Gefährliche Liebschaften

Choderlos de Laclos

Gefährliche Liebschaften

Illustrationen von Erhard Göttlicher

Büchergilde Gutenberg

Nachwort von Dominique Aury

Vorbericht der Verlagshandlung

Wir glauben das Publikum darauf hinweisen zu müssen, daß wir trotz dem Titel dieses Buches und ungeachtet dessen, was der Herausgeber in seiner Vorrede sagt, für die Echtheit dieser Sammlung nicht gutstehen, sondern vielmehr allen Anlaß zu der Meinung haben, daß es sich nur um einen Roman handelt.

Zudem dünkt uns, daß der Verfasser, der es doch auf Wahrscheinlichkeit abgesehen zu haben scheint, diese seinem Werke selbst, und zwar auf die ungeschickteste Weise, durch die Zeit genommen hat, in die er die erzählten Begebenheiten versetzt. In der Tat haben einige Personen, die er uns vorführt, einen so sittenlosen Lebenswandel, daß wir unmöglich annehmen können, sie hätten in unserem Jahrhundert gelebt – in unserem Jahrhundert der Philosophie, in dem, wie jedermann weiß, die allenthalben verbreitete Aufklärung sämtliche Männer so gut und sämtliche Frauen so bescheiden und zurückhaltend gemacht hat.

Unsere Ansicht ist also, daß, wenn die in diesem Buche berichteten Abenteuer auch nur zum Teil auf Wahrheit beruhen, sie sich an anderen Orten und zu anderen Zeiten zugetragen haben müssen; und wir tadeln den Verfasser sehr, der – offenbar in der Hoffnung, durch eine Annäherung an seine Zeit und an sein Land den Leser mehr zu fesseln – es wagte, in unsern Kleidern und mit unsern Gebräuchen Charaktere auftreten zu lassen, die uns doch so fremd sind.

Um, soweit es in unserer Macht steht, den allzu leichtgläubigen Leser vor jeglicher Umgarnung zu bewahren, möchten wir unsere Meinung durch eine Überlegung stützen, die wir getrost vorbringen, da sie uns einleuchtend und unwiderleglich scheint: nämlich daß, obwohl doch gleiche Ursachen die gleichen Wirkungen hervorbringen müssen, wir heute dennoch nicht ein Fräulein mit sechzigtausend Franken Rente Nonne werden oder eine hübsche junge Präsidentin vor Kummer sterben sehen.

Vorwort des Herausgebers

Dieses Werk oder vielmehr diese Briefsammlung, die dem Publikum vielleicht noch zu umfangreich erscheinen wird, enthält doch nur den kleineren Teil der Korrespondenz, der sie entnommen ist. Von den Personen, an die sie gelangt war und von denen ich wußte, daß sie eine Veröffentlichung planten, mit deren Sichtung beauftragt, bedang ich mir als Lohn für meine Mühe nur die Erlaubnis aus, alles, was mir unwichtig schien, auszusondern; und so war ich denn bestrebt, nur jene Briefe zu bringen, die ich für das Verständnis der Begebenheiten oder der Charaktere als notwendig erachtete. Fügt man zu dieser geringen Arbeit noch das Ordnen der von mir beibehaltenen Stücke in der richtigen Reihenfolge – ich konnte mich in den meisten Fällen an die Daten halten – und endlich einige wenige kurze Anmerkungen hinzu, die sich zum größten Teil auf die Quelle von Zitaten oder auf die Begründung der Kürzungen, die ich mir vorzunehmen erlaubte, beziehen, so ist damit mein ganzer Anteil an diesem Werke umschrieben. Mein Ziel war mir nicht weiter gesteckt*.

Ich hatte viel einschneidendere Änderungen vorgeschlagen, die sich fast alle auf die Reinheit der Sprache und des Stiles beziehen, gegen die man hier zahlreiche Verstöße finden wird. Auch hätte ich gewünscht, einige allzu lange Briefe entzweischneiden zu dürfen, da viele von ihnen fast ohne Übergang auf völlig andere Themen hinüberwechseln. Diese Arbeit, zu der ich die Bewilligung nicht erhielt, hätte zweifellos nicht genügt, dem Buche einen hohen Wert zu verleihen, würde aber doch wenigstens einige seiner Mängel behoben haben.

Man hat mir entgegengehalten, daß man die Briefe selbst bekanntmachen wolle und nicht ein Werk, das nach ihnen angefertigt ist; auch wäre es, sagte man, gegen alle Wahrheit und Wahrscheinlichkeit, wenn die acht bis zehn Personen, die an dieser Korrespondenz beteiligt sind, alle mit der gleichen Korrektheit schrieben. Auf meine Erklärung, daß es ganz im Gegenteil unter diesen Personen keine gäbe, die nicht grobe

* Ebenso habe ich alle Namen der in diesen Briefen erwähnten Personen weggelassen oder geändert, und wenn sich unter den Namen, durch die ich sie ersetzt habe, solche befinden sollten, die schon jemandem gehören, so wäre das natürlich ein Versehen, aus dem sich irgendwelche Schlüsse nicht ziehen ließen.

Fehler gemacht habe, an denen man sicher Anstoß nehmen werde, wurde mir erwidert, daß kein vernünftiger Leser sich wundern werde, wenn er in einer Sammlung von Briefen irgendwelcher Privatleute Fehler vorfinde, zumal da sämtliche bisher veröffentlichten Briefe – sogar jene geschätzter Autoren und Mitglieder der Akademie – gegen diesen Vorwurf nicht gefeit seien. Diese Argumente haben mich keineswegs überzeugt, und ich fand und finde immer noch, daß man sie leichter vorbringen als gelten lassen kann; aber ich war in dieser Angelegenheit nicht der Herr und mußte mich fügen. Allerdings behielt ich mir vor, dagegen Einspruch zu erheben und ausdrücklich zu erklären, daß ich die Ansicht meiner Auftraggeber nicht teile – was hiermit geschieht.

Was nun den Wert anbetrifft, den dieses Buch haben mag, so kommt es mir vielleicht nicht zu, mich darüber zu äußern und mit meiner Meinung andere zu beeinflussen. Immerhin mögen alle jene, die, bevor sie ein Buch zu lesen anfangen, gerne wissen möchten, was sie zu erwarten haben, ruhig weiterlesen; die andern aber tun besser daran, sich gleich den Briefen zuzuwenden; sie wissen schon genug.

Zu allererst möchte ich sagen, daß ich, obwohl ich, wie ich gestehen muß, zur Veröffentlichung dieser Briefe riet, dennoch weit davon entfernt bin, auf ihren Erfolg zu hoffen. Und man nehme diese meine Aufrichtigkeit nicht für die gespielte Bescheidenheit eines Autors; denn ich erkläre mit dem gleichen Freimut, daß ich auf diese Briefsammlung keine Mühe verschwendet hätte, wenn sie mir nicht der Darbietung an das Publikum würdig erschienen wäre. Das scheint ein Widerspruch; ich will ihn zu lösen versuchen.

Der Wert eines Buches liegt in seinem Nutzen oder in seiner Annehmlichkeit – zuweilen findet sich beides vereint. Aber der Erfolg, der durchaus nicht immer ein Beweis des Wertes ist, hängt oft weit mehr vom Stoffe selbst als von dessen Gestaltung, mehr von dem Dargestellten als von der Art der Darstellung ab. Nun enthält diese Sammlung die Briefe verschiedener Personen aus einem ganzen Gesellschaftskreise, und es herrscht darin eine Verschiedenheit der Interessen, die das des Lesers vielleicht vermindert. Zudem können die in diesen Briefen ausgedrückten Empfindungen, da sie fast alle erheuchelt oder versteckter Natur sind, bestenfalls die Neugier erregen. Die Neugier aber steht tief unter der echten menschlichen Anteilnahme und neigt vor allem weniger zu nachsichtiger Beurteilung, so daß sie die einzelnen Fehler um so schärfer bemerkt, als diese sie in ihrer Befriedigung stören.

Vielleicht werden diese Mängel – zum Teil wenigstens – durch einen Vorzug aufgewogen, der die Eigenart dieses Buches ausmacht, ich meine die Vielfalt der Stile, ein Effekt, den ein Autor nur selten erreicht, der sich aber hier von selber bot und der zum mindesten die Langeweile der Einförmigkeit nicht aufkommen läßt. Auch mögen manche Leser Gefallen an den neuen oder doch wenig bekannten Beobachtungen finden, die in diese Briefe ziemlich reichlich eingestreut sind. Das ist freilich alles, was man von dem Buche an Vergnügen erwarten kann, selbst wenn man ihm die größte Wohlgeneigtheit entgegenbringt.

Sein Nutzen, den man vielleicht noch mehr bestreiten wird, scheint mir doch leichter zu beweisen. Es dünkt mich, daß man der Sittlichkeit einen Dienst erweist, wenn man die Mittel aufdeckt, deren die Sittenlosen sich bedienen, um die Sittlichen zu verderben; und die Veröffentlichung dieser Briefe kann, so glaube ich, zur Erreichung dieses Zieles wirksam beitragen. Man wird hier auch Beweise und Exempel für zwei wichtige Wahrheiten finden, die man verkannt glauben könnte, so wenig wird ihnen nachgelebt: die eine ist, daß jede Frau, die einen sittenlosen Mann in ihrer Gesellschaft duldet, ihm früher oder später zum Opfer fallen muß; die andere, daß jede Mutter zum mindesten unvorsichtig handelt, wenn sie zuläßt, daß eine andere Person als sie das Vertrauen ihrer Tochter gewinnt. Auch könnten junge Menschen beiderlei Geschlechts daraus lernen, daß die Freundschaft, die ihnen sittenlose Personen so leicht zu gewähren scheinen, immer nur eine gefährliche Falle ist, die ebenso ihrem Glück wie ihrer Tugend zum Verhängnis werden kann. Jedoch der Mißbrauch, der immer dem guten Gebrauch so nahe ist, scheint mir hier zu befürchten; deshalb sei es fern von mir, diese Lektüre der Jugend zu empfehlen; ich halte es vielmehr für wichtig, alle derartigen Bücher vor ihr zu verstecken. Der Zeitpunkt, da das unsere hier aufhört, gefährlich zu sein und nützlich wird, scheint mir von einer guten Mutter, die nicht nur Geist, sondern auch den rechten Geist hat, richtig bestimmt worden zu sein. Sie hatte das Manuskript dieser Korrespondenz gelesen und sagte dann zu mir: »Ich würde glauben, meiner Tochter einen wertvollen Dienst zu erweisen, wenn ich ihr dieses Buch an ihrem Hochzeitstage gebe.« Wenn alle Mütter so dächten, könnte ich mich für alle Zeiten glücklich preisen, diese Briefe veröffentlicht zu haben.

Aber auch unter den günstigsten Voraussetzungen dürfte diese Sammlung von Briefen nur wenigen gefallen. Die verderbten Männer und Frauen haben alles Interesse daran, ein Buch, das ihnen schaden kann, in Verruf zu bringen; und da es ihnen nicht an Geschicklichkeit fehlt, werden sie am Ende auch die Sittenstrengen in ihr Lager ziehen, die sich darüber entsetzen, daß man eine solche Verworfenheit darzustellen sich nicht scheute.

Die sogenannten Freigeister werden keine Teilnahme aufbringen für eine fromme Frau, die ihnen allein auf Grund dieser Eigenschaft als ein Gänschen vorkommen muß, während die Frommen, geärgert über das Erliegen der Tugend, sich beklagen werden, daß die Religion sich nicht in ihrer ganzen Macht zeige.

Überdies werden Personen von verfeinertem Geschmack an dem gar zu simplen und fehlerhaften Stil einiger dieser Briefe Anstoß nehmen, während die große Mehrzahl der Leser, befangen in der Vorstellung, daß alles Gedruckte ein Produkt des Nachdenkens sei, in andern die gekünstelte Manier eines Autors zu erkennen glauben wird, der hinter der Gestalt, die er sprechen läßt, hervorlugt.

Endlich läßt es sich vielleicht als allgemeingültige Wahrheit bezeichnen, daß jedes Ding nur an seinem gehörigen Platz die rechte Wirkung hervorbringt. Wenn also der allzu gepflegte Stil des Schriftstellers einen zwischen Personen der Gesellschaft getauschten Brief jeden Reizes beraubt, so werden andrerseits die Nachlässigkeiten in unsern Briefen hier als grobe Fehler wirken, ja unerträglich werden, sobald man sie im Drucke vor sich sieht.

Ich gebe ehrlich zu, daß alle diese Einwürfe begründet sein mögen, und glaube sogar, daß ich darauf antworten könnte, auch ohne die übliche Länge eines Vorworts zu überschreiten. Doch wird man meiner Ansicht beipflichten, daß einer, der sich genötigt sieht, auf alles und jedes zu antworten, nicht fähig ist, sein Werk allein für sich sprechen zu lassen. Dächte ich von meiner Arbeit so, dann hätte ich alles unterdrückt: die Vorrede und das Buch dazu.

ERSTER TEIL

1. Brief **Cécile Volanges an Sophie Carnay bei den Ursulinerinnen zu . . .**

Du siehst, liebe Freundin, daß ich Wort halte und daß die Häubchen, Rüschen und Spitzen nicht alle meine Zeit in Anspruch nehmen; es bleibt mir immer noch welche für Dich. Und doch habe ich heute, an diesem einzigen Tage, mehr Putz gesehen als in den vier Jahren, die wir gemeinsam verbracht haben; und ich glaube, daß die stolze Tanville bei meinem ersten Besuche im Kloster mehr Kummer empfinden wird, als sie uns alle die Male anzutun glaubte, da sie sich uns in großer Toilette zeigte. Mama hat mit mir jede Einzelheit besprochen; sie behandelt mich gar nicht mehr wie ein kleines Mädchen im Pensionat. Ich habe eine Zofe ganz für mich; ich habe ein Zimmer und ein Kabinett zu meiner Verfügung, und ich schreibe Dir an einem sehr hübschen Schreibtisch, dessen Schlüssel man mir überreicht hat und in dem ich alles, was ich will, verschließen kann. Mama sagt, ich dürfe alle Tage bei ihrem Aufstehen zugegen sein; es genüge, wenn ich bis zum Diner frisiert sei, da wir immer allein sein würden, und sie werde mir dann an jedem Tage die Stunde angeben, zu der ich mich am Nachmittag bei ihr einzufinden habe. Der Rest der Zeit gehört mir, und ich habe meine Harfe, meine Zeichensachen und Bücher ganz wie im Kloster; bloß daß Mutter Perpetua nicht da ist, um mich auszuschelten, und daß es mir freisteht, immer nur gar nichts zu tun. Aber da ich meine Sophie nicht habe zum Plaudern und zum Lachen, kann ich mich ebensogut beschäftigen.

Jetzt ist es erst fünf Uhr, und ich soll bei Mama erst um sieben erscheinen; das wäre eine Menge Zeit, wenn ich Dir nur etwas zu erzählen hätte! Aber noch hat man mir von nichts gesprochen; und ohne die Vorbereitungen, die ich allenthalben machen sehe, ohne die vielen Näherinnen, die alle nur meinetwegen kommen, müßte ich glauben, daß man nicht daran denkt, mich zu verheiraten, und daß es sich nur um eine der vielen Faseleien unserer guten Klosterpförtnerin Joséphine handelt. Doch hat mir Mama so oft gesagt, ein junges Fräulein müsse im Kloster bleiben, bis sie heirate, daß ich, da sie mich herausgenommen hat, wohl an Joséphines Wahrhaftigkeit glauben muß.

Eben hält ein Wagen vor dem Tor, und Mama läßt mir sagen, ich solle sofort zu ihr kommen. Wenn es jener Herr wäre? Ich bin nicht in Toilette, meine Hand bebt, mein Herz pocht. Ich fragte die Zofe, ob sie wisse, wer bei meiner Mutter sei. »Ei«, sagte sie, »es ist Herr C . . .« Und dabei lachte sie! Oh, ich glaube wirklich, das ist *er*! Sobald ich zurückkomme, werde ich Dir erzählen, was sich zugetragen hat. Einstweilen weißt Du seinen Namen. Ich darf nicht auf mich warten lassen. Leb wohl, gleich bin ich wieder da.

Wie Du Dich über die arme Cécile lustig machen wirst! Oh, ich schäme mich so sehr. Aber es wäre Dir genau so gegangen wie mir. Als ich bei Mama eintrat, stand neben ihr ein schwarzgekleideter Herr. Ich machte meinen schönsten Knicks und blieb dann stehen, ohne mich von der Stelle rühren zu können. Du kannst Dir denken, wie genau ich ihn musterte! »Madame«, sagte er zu meiner Mutter, indem er sich vor mir verneigte, »das ist ein charmantes Fräulein; mehr denn je weiß ich Ihre Güte zu schätzen.« Bei diesen so unzweideutigen Worten befiel mich ein solches Zittern, daß ich mich nicht aufrecht zu halten vermochte; ich fand einen Lehnstuhl und sank ganz rot im Gesicht und fassungslos hinein. Kaum saß ich, als dieser Mann sich vor mir auf die Knie warf. Da verlor Deine arme Cécile den Kopf; ich war, wie Mama sagte, ganz verstört. Ich sprang auf und stieß einen durchdringenden Schrei aus . . . weißt Du, genau wie an jenem Gewittertag. Mama lachte laut und sagte zu mir: »Aber was hast du denn nur? Setz dich und reiche dem Herrn deinen Fuß.« In der Tat, meine liebe Freundin, der Herr war ein Schuhmacher. Ich bin nicht imstande, auszudrücken, wie sehr ich mich geschämt habe; zum Glück war nur Mama zugegen. Ich glaube, wenn ich einmal verheiratet bin, werde ich bei diesem Schuhmacher nicht mehr für mich arbeiten lassen.

Gib zu, mein Kind, daß wir recht unwissende Geschöpfe sind. Adieu. Bald ist es sechs, und meine Zofe sagt, daß ich Toilette machen muß. Leb wohl, meine liebe Sophie, ich liebe Dich, als wenn ich noch im Kloster bei Dir wäre.

PS. Ich weiß nicht, durch wen ich diesen Brief bestellen lassen soll; so will ich warten, bis Joséphine kommt.

Paris, den 3. August 17..

2. Brief **Marquise de Merteuil an Vicomte de Valmont im Schlosse zu . . .**

Kommen Sie zurück, mein lieber Vicomte, kommen Sie zurück! Was tun Sie, was können Sie bei einer alten Tante tun, deren Erbschaft Ihnen doch schon verschrieben ist? Reisen Sie auf der Stelle, ich bedarf Ihrer. Es ist mir ein ausgezeichneter Gedanke gekommen, und ich bin bereit, Sie mit dessen Ausführung zu betrauen. Diese wenigen Worte sollten genügen, und Sie, durch meine Wahl hochbeglückt, sollten herbeieilen, um meine Befehle kniend entgegenzunehmen. Aber Sie mißbrauchen meine Gunstbeweise, selbst seitdem Sie sich ihrer nicht mehr erfreuen, und in dem Zwiespalt zwischen ewigem Haß und übermäßiger Milde will Ihr Glück, daß meine Güte den Sieg davonträgt. Ich will Sie also in meine Pläne einweihen, aber schwören Sie mir, daß Sie als treuer Ritter sich nicht eher auf ein anderes Abenteuer einlassen werden, als bis Sie dieses zu einem guten Ende gebracht haben! Es ist eines Helden würdig: Sie werden zugleich der Liebe und der Rache dienen; mit einem Wort, Sie werden in Ihren Memoiren einen Schurkenstreich mehr verzeichnen können, jawohl, in Ihren Memoiren, denn ich will sie eines Tages gedruckt sehen und erbiete mich, sie selbst zu schreiben. Aber lassen wir das und kommen wir zur Sache.

Madame de Volanges verheiratet ihre Tochter; das ist noch ein Geheimnis, aber sie hat es mir gestern anvertraut. Und wen glauben Sie, hat sie als Schwiegersohn ausersehen? Den Grafen de Gercourt. Nie hätte ich mir träumen lassen, daß ich dereinst Gercourts Kusine werde. Ich bin rasend vor Wut . . . Nun, und Sie? Haben Sie noch nichts erraten? Was für ein schwerfälliger Geist Sie doch sind! Haben Sie ihm denn die Geschichte mit der Intendantin verziehen? Und ich – habe ich mich nicht noch mehr über ihn zu beklagen, Sie abscheulicher Mensch*? Aber ich fasse mich, und die Hoffnung auf Rache erheitert

* Zum Verständnis dieser Stelle ist es nötig, zu wissen, daß der Graf de Gercourt die Marquise de Merteuil um der Intendantin de . . . willen verlassen hatte, die ihrerseits ihm den Vicomte de Valmont opferte, und daß die Marquise und der Vicomte sich daraufhin zusammenfanden. Da dieses Ereignis den Begebenheiten, von denen in diesen Briefen die Rede ist, um geraume Zeit vorhergeht, hielt man es für ratsam, die ganze diesbezügliche Korrespondenz hier wegzulassen.

meine Seele. – Wohl hundertmal sind Sie sowohl wie ich durch die Wichtigtuerei gelangweilt worden, mit der Gercourt von der Wahl seiner künftigen Frau sprach, und durch den albernen Dünkel, der ihn glauben läßt, daß er allein das unvermeidliche Los vermeiden werde. Sie kennen seine lächerliche Eingenommenheit für die Erziehung der Mädchen im Kloster und sein noch lächerlicheres Vorurteil bezüglich der Zurückhaltung der Blondinen. In der Tat möchte ich wetten, daß er sich, trotz den sechzigtausend Franken Rente der kleinen Volanges, nie zu dieser Heirat entschlossen haben würde, wenn sie brünett oder nicht im Kloster gewesen wäre. Beweisen wir ihm, daß er ein Esel ist – sicherlich wird er es eines Tages vor aller Augen sein, darüber mach' ich mir keine Sorgen –, aber das hübscheste wäre, wenn er seine Ehe gleich damit begönne. Wie werden wir uns amüsieren, wenn er sich am Tage nach der Hochzeit brüstet! Denn er wird sich brüsten. Und wenn Sie dieses kleine Mädchen in die Lehre nehmen, müßte es nicht mit rechten Dingen zugehen, wenn Gercourt nicht bald zum Tagesgespräch von Paris würde.

Im übrigen verdient die Heldin dieses neuen Romans Ihre ganze Sorgfalt: sie ist wirklich hübsch, erst fünfzehn Jahre alt, ein Rosenknöspchen; freilich ist sie noch in einer Weise ungewandt, wie man es nicht sein darf, und keineswegs geziert; aber davor habt Ihr Männer ja keine Angst. Sie hat überdies einen gewissen schmachtenden Blick, der wahrlich viel verspricht. Zu alledem kommt, daß ich Ihnen das Mädchen anempfehle, so bleibt Ihnen nichts, als mir zu danken und zu gehorchen. Sie werden diesen Brief morgen früh erhalten. Ich erwarte, daß Sie morgen abend um sieben Uhr bei mir sind. Vor acht wird niemand vorgelassen, nicht einmal mein derzeit regierender Chevalier; er hat nicht genug Kopf für eine so große und wichtige Sache. Um acht Uhr gebe ich Ihnen Ihre Freiheit zurück, und Sie werden um zehn wieder erscheinen, um mit der Schönen zu speisen, denn Mutter und Tochter sind bei mir zum Souper geladen. Adieu, schon hat es Mittag geschlagen, ich muß Sie jetzt verlassen.

Paris, den 4. August 17..

3. Brief **Cécile Volanges an Sophie Carnay**

Noch immer weiß ich nichts, meine liebe Freundin. Mama hatte gestern große Gesellschaft zum Souper. Obwohl es in meinem Interesse lag, zu beobachten, besonders die Männer, habe ich mich doch sehr gelangweilt. Herren und Damen, alle Welt hat mich angeschaut, und dann sprach man sich leise ins Ohr; ich sah wohl, daß man von mir sprach – das machte mich erröten, ohne daß ich's hindern konnte. Und doch war es mir so peinlich; denn ich habe bemerkt, daß die anderen Frauen, wenn man sie ansieht, nicht erröten. Oder vielleicht liegt es an dem Rot, das sie auflegen, und womit sie das Rot verdecken, das ihnen aus Verlegenheit aufsteigt; denn es muß recht schwer sein, nicht zu erröten, wenn man von einem Mann fest angeschaut wird.

Am meisten beunruhigte mich, daß ich nicht wußte, was man von mir dachte. Ich glaube immerhin zwei- oder dreimal das Wort »hübsch« gehört zu haben; aber ganz deutlich habe ich das Wort »ungewandt« gehört; und das muß wahr sein, denn die Dame, die es sagte, ist eine Verwandte und Freundin meiner Mutter; es scheint sogar, daß sie auf den ersten Blick Sympathie für mich empfand. Sie ist die einzige Person, die während des Abends ein wenig mit mir plauderte. Wir werden morgen bei ihr soupieren.

Dann hörte ich noch nach dem Souper einen Herrn zu einem andern sagen – und ich bin überzeugt, er sprach von mir –: »Die muß erst richtig aus dem Ei schlüpfen. Im kommenden Winter wird man sehen . . .« Vielleicht war das der Mann, der mich heiraten soll; aber dann müßte ich ja noch ganze vier Monate warten! Ich wüßte gar zu gern, woran ich bin.

Da ist Joséphine und sagt, daß sie es eilig hat. Ich möchte Dir doch noch eine meiner »Ungewandtheiten« erzählen. Wahrhaftig, ich glaube, diese Dame hat recht!

Nach dem Essen begab man sich an die Whisttische, und ich setzte mich neben Mama. Ich weiß nicht, wie es geschah, aber plötzlich war ich eingeschlafen. Lautes Gelächter weckte mich. Ich bin nicht sicher, ob man über mich lachte, aber ich glaube es. Mama gestattete mir, mich zurückzuziehen. Wie war ich froh! Denk Dir, es war schon elf Uhr vorbei! Adieu, meine teure Sophie, denke immer in Liebe an Deine Cécile. Ich versichere Dir, daß die große Welt nicht so unterhaltend ist, wie wir sie uns vorgestellt haben.

Paris, den 4. August 17..

4. Brief **Vicomte de Valmont an Marquise de Merteuil in Paris**

Ihre Befehle sind charmant, die Art, wie Sie sie geben, ist es noch mehr; sie brächten es fertig, den Despotismus liebenswert zu machen. Es ist – Sie wissen es – nicht das erstemal, daß ich bedaure, nicht mehr Ihr Sklave zu sein, und so »abscheulich«, wie Sie sagen, ich auch bin, so gedenke ich doch nie ohne Vergnügen der Zeit, da Sie mich mit süßeren Namen bedachten. Oft sogar wünsche ich, mir solche von neuem zu verdienen und der Welt gemeinsam mit Ihnen ein Beispiel der Beständigkeit zu geben. Aber höhere Interessen rufen uns: Erobern ist unsere Bestimmung, wir müssen ihr folgen. Vielleicht werden wir am Ende der Laufbahn uns wieder begegnen, denn, ohne Sie ärgern zu wollen, meine sehr schöne Marquise, Sie halten mit mir wenigstens gleichen Schritt, und es dünkt mich, daß, seitdem wir uns zum Heile der Welt getrennt haben und jeder auf seinem Wege den Glauben predigen, Sie in dieser Mission der Liebe mehr Bekehrte gewonnen haben als ich. Ich kenne Ihren löblichen Eifer, Ihre glühende Inbrunst, und wenn der Gott, dem wir dienen, uns nach unseren Werken beurteilt, werden Sie eines Tages die Schutzpatronin einer großen Stadt sein, während Ihr Freund sich mit der Stelle eines Dorfheiligen wird begnügen müssen. Diese Sprache verwundert Sie, nicht wahr? Aber seit acht Tagen höre und spreche ich keine andere und, um mich in ihr zu vervollkommnen, bin ich genötigt, Ihnen den Gehorsam zu verweigern.

Ärgern Sie sich nicht, hören Sie mich an! Ihnen, der Bewahrerin aller Geheimnisse meines Herzens, will ich den größten Plan anvertrauen, den ich jemals ersonnen habe. Was schlagen Sie mir vor? Ein junges Mädchen zu verführen, das nichts gesehen hat, nichts weiß, das mir sozusagen wehrlos ausgeliefert wäre, das sich von der ersten Huldigung unfehlbar berauschen und von der Neugier vielleicht stärker treiben lassen wird als von der Liebe. Zwanzig andern Männern kann diese Sache gelingen wie mir. Sehr verschieden davon ist das Unternehmen, das mich beschäftigt; sein Erfolg sichert mir ebensoviel Ruhm wie Vergnügen. Die Liebe, die mir den Kranz winden wird, zögert zwischen Myrte und Lorbeer, oder vielmehr: sie wird sie beide vereinen, um meinen Sieg zu krönen. Selbst Sie, schöne Freundin, werden, von ehrfürchtiger Achtung erfaßt, begeistert ausrufen: »Das ist ein Mann nach meinem Herzen!«

Sie kennen die Präsidentin de Tourvel, ihre Frömmigkeit, ihre eheliche Treue, ihre Sittenstrenge. Dies also ist der Gegenstand meines Angriffs, dies der meiner würdige Gegner, dies das Ziel, das ich erreichen will.

Und wenn sie zu erringen mir versagt sein sollte,
So ist es doch genug, daß ich es wagen wollte.

Man darf schlechte Verse zitieren, wenn sie von einem großen Dichter sind*.

So wissen Sie denn, daß sich der Präsident in Verfolgung eines großen Prozesses – ich hoffe, ihn einen weit wichtigeren verlieren zu lassen – in Burgund befindet. Seine untröstliche Ehehälfte soll hier die ganze Zeit dieser leidigen Witwenschaft verbringen. Täglich eine Messe, Besuche bei den Armen des Bezirks, Gebete am Morgen und am Abend, einsame Spaziergänge, fromme Gespräche mit einer alten Tante, zuweilen ein trübseliges Whist – das sind ihre einzigen Zerstreuungen. Diejenigen, die ich für sie vorbereite, sind vergnüglicherer Art. Mein guter Engel hat mich hierher geführt für ihr Glück und das meinige. Ich Unsinniger klagte über versäumte vierundzwanzig Stunden, die ich Höflichkeitsrücksichten zu opfern genötigt war! Und jetzt – wie hart wäre ich gestraft, wenn ich nach Paris zurückkehren müßte! Zum Glück spielt man Whist zu viert, und da es hier nur den Pfarrer des Ortes gibt, hat meine liebe, gute Tante sehr in mich gedrungen, ihr noch einige Tage zu schenken. Natürlich habe ich zugesagt. Sie können sich nicht vorstellen, wie sie mich seither verhätschelt, wie erbaut sie darüber ist, mich regelmäßig ihren Andachtsübungen, ihrer Messe beiwohnen zu sehen. Sie ahnt ja nicht, welcher Gottheit meine Anbetung gilt.

So bin ich seit vier Tagen im Banne einer starken Leidenschaft. Sie wissen, wie heftig ich begehre, wie ich die Hindernisse im Sturme nehme; aber dieses wissen Sie nicht, wie sehr die Einsamkeit den Brand der Begierde schürt. Nur eines beschäftigt mich noch: ich denke bei Tag daran und träume des Nachts davon. Ich muß diese Frau besitzen, um mich vor der Lächerlichkeit eines schmachtenden Verliebten zu retten – denn wozu treibt uns nicht ein ungestilltes Verlangen! O

* La Fontaine

köstlicher Liebesgenuß, ich sehne dich herbei um meines Glückes willen, vor allem um meiner Ruhe willen! Wie glücklich sind wir Männer, daß die Frauen sich so schlecht verteidigen, wir wären sonst neben ihnen nur zaghafte Sklaven. In diesem Augenblick durchströmt mich ein Gefühl der Dankbarkeit für die gefälligen, die leichtfertigen Frauen, das mich – wie könnte es anders? – zu *Ihren* Füßen zwingt. Kniend erbitte ich Ihre Verzeihung und schließe diesen schon allzu langen Brief. Adieu, sehr schöne Freundin, nichts für ungut.

Schloß . . ., den 5. August 17 . .

5. Brief **Marquise de Merteuil an Vicomte de Valmont**

Wissen Sie, Vicomte, daß Ihr Brief von einer seltenen Impertinenz ist und daß ich alles Recht hätte, Ihnen böse zu sein? Doch er hat mir klar bewiesen, daß Sie den Kopf verloren haben, und dies allein rettet Sie vor meinem Groll. Als großmütige und zartfühlende Freundin vergesse ich die mir zugefügte Beleidigung, um mich nur mit der Ihnen drohenden Gefahr zu beschäftigen, und wie langweilig es auch sein mag, Vernunft zu predigen, so lasse ich mich doch von Ihrer gegenwärtigen Not dazu bewegen.

Wie, Sie wollen die Präsidentin de Tourvel besitzen? Welch lächerliche Kaprice! Daran erkenne ich Ihren Wirrkopf, der nur begehrt, was er glaubt, nicht erlangen zu können. Was ist nun eigentlich an dieser Frau? Regelmäßige Züge, wenn man es so nennen will, aber kein Ausdruck; nicht schlecht gewachsen, doch ohne Anmut; immer gekleidet, daß man sich krank lachen möchte, mit ihren übereinander geschichteten Busentüchern und ihrem Schnürleib, der ihr bis ans Kinn steigt! Ich sage es Ihnen als Freundin: zwei Frauen wie diese da, und Sie werden Ihr ganzes Ansehen einbüßen. Erinnern Sie sich doch an den Tag, wo sie in Saint-Roch für die Armen sammelte und wo Sie sich bei mir dafür bedankten, Ihnen dieses Schauspiel verschafft zu haben. Ich sehe sie noch vor mir, wie sie dem langen, dürren Kerl mit den langen Haaren die Hand gab, wie sie bei jedem Schritt zu fallen drohte, ihr vier Ellen breiter Reifrock sich immer jemandem über den Kopf bauschte und sie bei jedem Knicks errötete. Wer hätte Ihnen damals zu sagen gewagt, daß Sie diese Frau begehren werden? Pfui,

Vicomte, erröten Sie doch selbst und kommen Sie zu sich! Ich verspreche Ihnen Stillschweigen zu wahren.

Und dann: denken Sie an die Ungelegenheiten, die ihnen bevorstehen! Welchen Nebenbuhler haben Sie zu bekämpfen? Den Ehemann! Fühlen Sie sich nicht allein bei diesem Wort gedemütigt? Welche Schmach, wenn Sie scheitern! Und wie wenig Ruhm selbst im Falle des Erfolges! Noch etwas: Erhoffen Sie sich kein Vergnügen davon. Hat man denn welches mit prüden Frauen? – ich meine solche, die es wahrhaft sind. Zurückhaltend selbst mitten in der Lust, bieten Sie dem Manne nur halben Genuß. Jene völlige Hingabe ihrer selbst, jene Raserei der Wollust, in der sich das Genießen gerade durch sein Übermaß läutert, alle die hohen Güter der Liebe sind diesen Frauen unbekannt. Ich sage Ihnen voraus: im günstigsten Fall wird Ihre Präsidentin glauben, alles für Sie getan zu haben, wenn sie Sie wie ihren Gatten behandelt. Und selbst im zärtlichsten ehelichen Zusammenleben bleibt man immer zu zweit. Hier aber ist es noch schlimmer: Ihre Prüde ist fromm, und zwar von jener Altweiberfrömmigkeit, die zu ewiger Kindheit verdammt. Vielleicht werden Sie dies Hindernis überwinden, aber schmeicheln Sie sich nicht mit der Hoffnung, es zu beseitigen. Sieger über die Liebe zu Gott, werden Sie doch nicht Sieger über die Angst vor dem Teufel sein; und wenn Sie Ihre Mätresse in den Armen halten und das Pochen ihres Herzens fühlen werden, wird es nicht Liebe sein, die es beben macht, sondern die Furcht. Vielleicht hätten Sie aus dieser Frau, wenn Sie sie früher gekannt hätten, etwas machen können; aber sie zählt nun zweiundzwanzig Jahre und ist seit fast zweien verheiratet. Glauben Sie mir, Vicomte, wenn eine Frau bis zu diesem Grade *verkrustet* ist, tut man am besten, sie ihrem Schicksal zu überlassen: sie wird immer nur ein Gänschen sein.

Und doch ist es um dieser Schönen willen, daß Sie mir den Gehorsam verweigern, sich bei Ihrer alten Tante vergraben und auf das köstlichste Abenteuer verzichten, das Ihnen Ehre zu machen am meisten geeignet ist. Welches Verhängnis fügt es nur, daß Gercourt immer etwas vor Ihnen voraus hat? Hören Sie, ich spreche zu Ihnen in aller Ruhe, aber ich fühle mich in diesem Augenblick versucht zu glauben, daß Sie Ihren Ruf nicht verdienen, ja, ich fühle mich versucht, Ihnen mein Vertrauen zu entziehen. Nie werde ich mich an den Gedanken gewöhnen, meine Geheimnisse dem Liebhaber von Madame de Tourvel preiszugeben.

Ich will Ihnen dennoch erzählen, daß die kleine Volanges bereits einen Kopf verdreht hat: der junge Danceny ist ganz verschossen in sie. Er hat mit ihr gesungen, und in der Tat singt sie besser, als es eine Klosterschülerin gewöhnlich tut. Sie üben miteinander Duette, und ich glaube, sie würde nichts gegen ein Unisono haben. Aber dieser Danceny ist ein Knabe, der seine Zeit mit Liebesgetändel versäumen wird, ohne ans Ziel zu kommen. Die kleine Person ihrerseits ist noch ziemlich scheu. Wie immer die Sache ausgeht, sie wird nicht so vergnüglich ablaufen, wie sie durch Sie geworden wäre. Deshalb bin ich schlechter Laune und werde dem Chevalier sicherlich eine Szene machen, wenn er kommt. Ich rate ihm sanft zu sein, denn in diesem Moment würde es mich nichts kosten, mit ihm zu brechen. Ich bin überzeugt, daß, wenn ich so klug wäre, ihm jetzt den Laufpaß zu geben, er darüber in Verzweiflung geriete; und nichts belustigt mich so sehr wie eine amouröse Verzweiflung. Er würde mich eine Treulose nennen, und treulos genannt zu werden, hat mir immer Vergnügen bereitet; es ist die Bezeichnung, die nach dem Wort »die Grausame« dem Ohr einer Frau am süßesten klingt, und es ist weniger peinlich, sich diesen Titel zu verdienen. In vollem Ernst: ich werde diesen Bruch in Erwägung ziehen. Und von alledem sind Sie die Ursache, darum belaste ich auch Ihr Gewissen damit. Adieu. Empfehlen Sie mich den Gebeten Ihrer Präsidentin. Paris, den 7. August 17..

6. Brief **Vicomte de Valmont an Marquise de Merteuil**

Es gibt also wirklich keine Frau, die die Macht, die sie über uns hat, nicht mißbraucht? Und sogar Sie, die ich so oft meine nachsichtige Freundin nannte, hören auf, es zu sein, und scheuen nicht davor zurück, mich in dem Gegenstand meiner Neigung anzugreifen! Mit welchen Pinselstrichen wagen Sie es, Madame de Tourvel zu malen! Welcher Mann würde mir eine so unerhörte Vermessenheit nicht mit dem Leben bezahlen! Welch anderer Frau hätte ich sie nicht wenigstens mit einem bösen Streich vergolten! Um Himmels willen, stellen Sie mich nicht wieder auf eine so harte Probe; ich kann nicht dafür einstehen, daß ich sie ein zweites Mal ertrüge! Im Namen der Freundschaft warten Sie, bis ich diese Frau besessen habe, wenn Sie ihr Übles nachsagen wollen! Wissen Sie denn nicht, daß einzig die Wollust das Recht hat, Amor die Binde von den Augen zu lösen?

Aber was sage ich da? Bedarf denn Madame de Tourvel der Künste der Illusion? Nein. Um anbetungswürdig zu sein, genügt es, daß sie ganz sie selbst sei. Sie werfen mir vor, sich schlecht zu kleiden. Mag sein; jeder Putz tut ihr Eintrag; alles, was sie verhüllt, entstellt sie. Gerade in der Ungezwungenheit des Negligés ist sie am entzückendsten. Dank der drückenden Hitze, unter der wir jetzt leiden, läßt mich ein Morgenkleid aus schlichtem Leinen ihren runden und schlanken Wuchs erkennen. Ein einziges Musselintuch bedeckt ihren Busen, und mein verstohlener, aber durchdringender Blick hat schon seine bezaubernden Formen erspäht. Ihr Gesicht, sagen Sie, sei ohne Ausdruck. Und was sollte es ausdrücken in Momenten, wo nichts zu ihrem Herzen spricht? Zweifellos hat sie nicht jenen lügenhaften Blick Ihrer Koketten, der manachmal verführt und doch nichts als Täuschung ist. Sie versteht es nicht, die Leere einer Phrase durch ein einstudiertes Lächeln zu verdecken; und obwohl sie die schönsten Zähne von der Welt besitzt, lacht sie nur über das, was sie belustigt. Aber Sie sollten sehen, wie sie bei ländlichen Spielen das Bild kindlicher und herzlicher Heiterkeit bietet, wie an der Seite eines Armen, dem zu helfen es sie drängt, ihr Auge reine Freude und mitfühlende Güte verkündet! Man muß vor allem beim geringsten Wort des Lobes oder der Schmeichelei sich auf ihrem himmlischen Antlitz jene rührende Verlegenheit malen sehen, die einer Bescheidenheit entspringt, die nicht gespielt ist! . . . Sie ist prüde und fromm. Und Sie schließen daraus, daß sie kalt und seelenlos sei? Ich denke darüber ganz anders. Welch reiche Empfindung muß sie besitzen, um sie bis auf ihren Gatten auszudehnen, um einen immer Abwesenden noch zu lieben! Können Sie einen zwingenderen Beweis verlangen? Indessen habe ich mir noch einen andern zu verschaffen gewußt.

Wie zufällig lenkte ich den Spaziergang so, daß ein Graben zu überqueren war; und obwohl sie sehr leichtfüßig ist, hinderte sie doch ihre Schüchternheit. Sie können sich vorstellen, daß eine Prüde fürchtet, den Graben zu überspringen*. Sie mußte sich mir anvertrauen. Ich

* Man erkennt hier die fatale Mode der zweideutigen Wortspiele, die damals aufzukommen begann und seither so große Fortschritte gemacht hat.

habe diese schamhafte Frau in meinen Armen gehalten. Bei unseren Vorbereitungen und dem Hinübertragen meiner alten Tante war die schalkhafte Bigotte in helles Lachen ausgebrochen, aber kaum hatte ich mich ihrer bemächtigt, als durch eine bewußte Ungeschicklichkeit meinerseits unsere Arme sich ineinanderschlangen. Ich preßte ihren Busen gegen meine Brust und fühlte in dieser kurzen Zeitspanne ihr Herz schneller schlagen. Eine liebenswürdige Röte übergoß ihr Gesicht, und ihre schamhafte Befangenheit gab mir deutlich zu erkennen, daß ihr Herz vor Liebe gebebt hatte, nicht vor Furcht. Meine Tante freilich täuschte sich, genau wie Sie, und sagte: »Das Kind hat Angst gehabt!« Aber »das Kind« in seiner entzückenden Unschuld wollte nicht lügen, und so antwortete es naiv: »O nein, aber . . .« Dies eine Wort hat mich erleuchtet. Seit diesem Augenblick ist an die Stelle der quälenden Ungewißheit die süße Hoffnung getreten. Ich werde diese Frau besitzen; ich werde sie dem Ehemann rauben, der sie entweiht; ich werde mich erkühnen, sie selbst dem Gotte, den sie anbetet, zu entreißen. Welch ein Genuß, bald der Erreger ihrer Gewissensbisse, bald deren Überwinder zu sein! Fern sei der Gedanke von mir, die Vorurteile, die sie beengen, zu zerstören, sie werden vielmehr mein Glück, meinen Ruhm noch erhöhen. Möge sie an die Tugend glauben, aber um sie mir zu opfern; möge sie vor ihren Sünden schaudern, ohne ihnen doch Einhalt gebieten zu können, und möge sie, von tausend Schrecken gepeinigt, sie zu vergessen, zu besiegen in meine Arme flüchten. Dann, ja dann – ich will es! – soll sie zu mir sagen: »Ich bete dich an«; und sie allein unter allen Frauen wird würdig sein, diese Worte auszusprechen. Ich werde der Gott sein, den sie dem andern vorzieht.

Seien wir aufrichtig: in unsern Liebespartnerschaften, die ebenso kalt wie leichtfertig sind, ist das, was wir Glück nennen, kaum ein Vergnügen. Soll ich's Ihnen verraten? Ich hielt mein Herz für abgestorben und beklagte mich, da ich nur noch Sinne hatte, über vorzeitiges Altern. Madame de Tourvel hat mir die reizenden Illusionen meiner Jugend wiedergeschenkt. An ihrer Seite bedarf ich nicht des vollen sinnlichen Genusses, um glücklich zu sein. Das einzige, das mich erschreckt, ist die Zeit, die dieses Abenteuer mich kosten wird; denn ich wage nicht aufs Geratewohl vorzugehen. Was nützt es mir, mich einstiger glücklicher Verwegenheiten zu erinnern, ich kann mich nicht entschließen, sie anzuwenden. Damit ich in Wahrheit glücklich sei, muß sie sich mir geben – und das zu erreichen ist kein leichtes Ding.

Ich bin sicher, daß Sie meine Behutsamkeit loben werden. Noch habe ich das Wort Liebe nicht ausgesprochen, doch sind wir bereits bei den Worten »Vertrauen« und »Anteilnahme« angelangt. Um sie so wenig wie möglich zu belügen, vor allem, um der Wirkung von Gerede, das ihr zu Ohren kommen könnte, vorzubeugen, habe ich ihr, gleichsam in Selbstanklage, einige meiner bekanntesten Streiche erzählt. Sie würden lachen, wenn Sie hörten, mit welcher Unschuld sie mir Tugend predigt. Sie will, so sagt sie, mich bekehren. Die Gute ahnt noch nicht, was es sie kosten wird, dies zu versuchen. Sie ist weit entfernt davon, zu denken, daß sie, indem sie – um mit ihren eigenen Worten zu reden – »für die unglücklichen Frauen eintritt, die ich zugrunde gerichtet habe«, im voraus in eigener Sache spricht. Dieser Gedanke kam mir gestern inmitten einer ihrer Predigten, und ich konnte mir das Vergnügen nicht versagen, sie zu unterbrechen und ihr zu versichern, daß sie rede wie ein Prophet. Adieu, meine sehr schöne Freundin. Sie sehen, ich bin noch nicht ganz verloren.

PS. Apropos, hat der arme Chevalier sich aus Verzweiflung umgebracht? Auf Ehre, Sie sind hundertmal schlimmer als ich, und ich würde mich gedemütigt fühlen, wenn ich Eigenliebe besäße.

Schloß . . ., den 9. August 17 . .

7. Brief **Cécile Volanges an Sophie Carnay***

Wenn ich dir von meiner Heirat nichts erzählt habe, so ist der Grund davon, daß ich nicht klüger bin als am ersten Tag. Ich gewöhne mich, nicht mehr daran zu denken, und finde mich mit meiner Art von Leben recht gut ab. Ich übe jetzt eifrig das Singen und das Harfenspiel; fast scheint's, daß sie mir lieber sind, seitdem ich keine Lehrer mehr habe; oder vielmehr: ich habe einen bessern. Der Chevalier Danceny, jener Herr, von dem ich Dir bereits erzählte und mit dem ich

* Um die Geduld des Lesers nicht zu erschöpfen, werden hier zahlreiche Briefe dieser täglichen Korrespondenz fortgelassen und nur jene gebracht, die zum Verständnis der Begebenheiten nötig schienen. Aus dem gleichen Grunde werden sowohl sämtliche Briefe der Sophie Carnay als auch mehrere von andern an diesen Abenteuern beteiligten Personen unterdrückt.

bei Madame de Merteuil gesungen habe, hat die Güte, alle Tage herzukommen und ganze Stunden lang mit mir zu singen. Er ist außerordentlich liebenswürdig. Er singt wie ein Engel und komponiert sehr hübsche Weisen, zu denen er auch den Text macht. Wie schade, daß er Malteserritter ist! Es scheint mir, daß er, wenn er heiraten dürfte, seine Frau sehr glücklich machen würde . . . Er ist so sanft und charmant. Nie hat man das Gefühl, daß er ein Kompliment macht, und dennoch schmeichelt alles, was er sagt. Immer wieder weist er mich zurecht, sowohl in musikalischen wie auch in andern Dingen; aber er verbindet seinen Tadel mit so viel Anteilnahme und Munterkeit, daß man nicht anders kann, als ihm gut sein. Mit jedem Blick scheint er einem etwas Verbindliches zu sagen. Dazu kommt, daß er sehr gefällig ist. Gestern zum Beispiel war er zu einem großen Konzert gebeten und hat es doch vorgezogen, den ganzen Abend bei Mama zu bleiben. Das hat mir viel Vergnügen gemacht; denn wenn er nicht da ist, spricht niemand mit mir, und ich langweile mich; während wir, wenn er da ist, miteinander singen und plaudern. Er hat mir immer etwas zu sagen. Er und Madame de Merteuil sind die einzigen Menschen, die ich liebenswürdig finde. Aber adieu, liebe Freundin; ich habe versprochen, für heute eine kleine Arie zu können, deren Begleitung sehr schwer ist, und will mein Wort nicht brechen. Ich will mich jetzt ans Üben machen, bis er kommt.

Paris, den 7. August 17..

8. Brief **Präsidentin de Tourvel an Madame de Volanges**

Man kann, Madame, für das Vertrauen, das Sie mir bezeigen, nicht empfänglicher sein, als ich es bin, und kann nicht mehr Interesse an den Heiratsplänen für Mademoiselle de Volanges nehmen. Von ganzem Herzen wünsche ich ihr ein glückseliges Leben, dessen sie zweifellos würdig ist und das sie Ihrer klugen Voraussicht verdanken wird. Ich kenne den Herrn Grafen de Gercourt zwar nicht, aber da Sie ihm die Ehre erwiesen haben, ihn zu wählen, kann ich mir nur die günstigste Meinung über ihn bilden. Für heute, Madame, nur der innige Wunsch, daß dieser Heirat ein ebenso glücklicher Erfolg beschieden sei wie der meinen, die gleichfalls Ihr Werk ist und für die ich Ihnen mit täglich wachsender Dankbarkeit erkenntlich bin. Möge das Glück

Ihres Fräulein Tochter der Lohn für jenes sein, das Sie mir verschafft haben, und möge die beste aller Freundinnen auch die glücklichste aller Mütter werden!

Es betrübt mich sehr, daß ich Ihnen meinen ehrerbietigen und aufrichtigen Wunsch nicht mündlich darbringen kann und daß es mir versagt ist, so bald, als ich es wünschen würde, die Bekanntschaft von Mademoiselle de Volanges zu machen. Nachdem mir Ihre wahrhaft mütterliche Güte zuteil geworden ist, glaube ich bei Ihrem Fräulein Tochter mit Recht zärtliche Schwesterliebe erwarten zu dürfen. Ich bitte Sie, Madame, sie in meinem Namen darum zu ersuchen, bis daß ich in der Lage bin, mir ihre Zuneigung persönlich zu verdienen.

Ich gedenke während der ganzen Zeit, da Herr de Tourvel abwesend ist, auf dem Lande zu bleiben. Das wird mir Gelegenheit geben, mich der schätzenswerten Gesellschaft der Madame de Rosemonde zu erfreuen und aus ihr Gewinn zu ziehen. Diese Frau ist immer noch charmant: sie hat durch ihr hohes Alter nichts verloren, hat ihr volles Gedächtnis und ihren Frohsinn bewahrt. Ihr Körper ist vierundachtzig Jahre alt, ihr Geist nur zwanzig.

Unsere Abgeschiedenheit wird durch ihren Neffen, den Vicomte de Valmont, erheitert, der so freundlich ist, uns einige Tage zu opfern. Ich kannte bisher nur seinen Ruf, der eine nähere Bekanntschaft wenig wünschenswert erscheinen ließ; aber ich glaube, er ist besser als sein Ruf. Hier, wo der Wirbel der großen Welt ihn nicht mit sich fortreißt, redet er erstaunlich vernünftig und klagt sich wegen seiner Sünden mit seltener Offenheit an. Er spricht zu mir mit viel Vertrauen, und ich predige ihm mit großer Strenge. Sie, die ihn kennen, werden mir zugeben, daß seine Bekehrung eine schöne Aufgabe wäre; aber trotz seinen Versprechungen zweifle ich nicht daran, daß eine Woche in Paris ihn alle meine Predigten vergessen lassen wird. Sein Aufenthalt hier wird zum mindesten eine Unterbrechung seiner gewöhnlichen Lebensführung bedeuten, und bei der Art, wie er sonst zu leben pflegt, ist wohl das Beste, was er tun kann, gar nichts zu tun. Er weiß, daß ich Ihnen schreibe, und hat mich beauftragt, Ihnen seine ehrerbietigen Empfehlungen zu übermitteln. Nehmen Sie mit der Güte, die ich an Ihnen kenne, auch die meinigen entgegen und zweifeln Sie niemals an meiner aufrichtigen Ergebenheit, mit der ich die Ehre habe zu verbleiben usw.

Schloß . . ., den 9. August 17 . .

9. Brief **Madame de Volanges an Präsidentin de Tourvel**

Ich habe, meine schöne junge Freundin, nie an der Freundschaft gezweifelt, die Sie mir entgegenbringen, und ebensowenig an dem Interesse, das Sie an allem nehmen, was mich betrifft. Nicht um diese Tatsachen zu erörtern, die, wie ich hoffe, ein- für allemal zwischen uns ausgemacht sind, beantworte ich Ihren Brief, sondern weil ich es für meine Pflicht halte, mich mit Ihnen über den Vicomte de Valmont zu unterhalten.

Nie, ich gesteh' es, hätte ich erwartet, seinen Namen in einem Ihrer Briefe zu lesen. In der Tat: was kann es Gemeinsames geben zwischen Ihnen und ihm? Sie kennen diesen Menschen nicht; wo hätten Sie auch die Vorstellung von der Seele eines Wüstlings hernehmen sollen? Sie sprechen mir von seiner »seltenen Offenheit«; allerdings, die Offenheit eines Valmont muß wirklich etwas sehr Seltenes sein. Noch lügenhafter und gefährlicher als er liebenswürdig und einnehmend ist, hat er seit seiner frühesten Jugend nie einen Schritt getan oder ein Wort gesprochen, ohne damit einen Plan zu verfolgen, und nie einen Plan gefaßt, der nicht unehrenhaft oder verbrecherisch gewesen wäre. Liebe Freundin, Sie kennen mich, Sie wissen auch, daß von den Tugenden, die ich mir anzueignen trachte, die Nachsicht diejenige ist, die ich am meisten erstrebe. Drum würde ich, wenn Valmont sich durch wilde Leidenschaften hinreißen, wenn er, wie tausend andere, sich von den Irrtümern der Jugend verlocken ließe, wohl seine Aufführung tadeln, aber ihn selbst bedauern und schweigend der Zeit entgegenharren, wo eine sittliche Umkehr ihm die Achtung der ehrbaren Leute zurückgewänne. Aber Valmont ist nicht so: seine Aufführung ist das Ergebnis seiner Grundsätze. Er berechnet genau, was alles sich ein Mann an Abscheulichkeiten erlauben kann, ohne selbst dabei zu Schaden zu kommen; und, um ohne Gefahr grausam und böse zu sein, hat er sich als Opfer die Frauen ausersehen. Ich will mich nicht bei der Aufzählung derjenigen aufhalten, die er verführt hat – aber wie viele hat er nicht gänzlich zugrunde gerichtet! Bei dem sittsamen und zurückgezogenen Leben, das Sie führen, gelangen diese skandalösen Geschichten nicht bis an Ihr Ohr. Ich könnte Ihnen welche erzählen, die Sie schaudern machen würden; aber Ihre Blicke, rein wie Ihre Seele, würden durch derartige Bilder besudelt werden. Im sicheren Bewußtsein, daß Valmont Ihnen niemals gefährlich werden kann, bedürfen Sie zu Ihrer Verteidigung solcher Waffen nicht. Nur dies eine möchte ich Ihnen sagen, daß unter allen Frauen, denen er – mit Erfolg oder nicht – seine Aufmerksamkeit widmete, keine ist, die nicht Grund zur Klage über ihn hätte. Einzig die Marquise de Merteuil bildet eine Ausnahme von dieser Regel; sie allein hat es verstanden, ihm zu widerstehen und seine Bosheit in Fesseln zu legen. Ich gestehe, daß dieses Verhalten ihr in meinen Augen zur größten Ehre gereicht; auch hat es genügt, um sie in den Augen aller von einigen Unbesonnenheiten freizusprechen, die man ihr zu Beginn ihrer Witwenschaft vorgeworfen hatte*.

Wie dem auch sei, meine schöne Freundin, Alter, Erfahrung und vor allem meine Freundschaft für Sie berechtigen mich, Ihnen vorzustellen, daß man in der Gesellschaft die Abwesenheit Valmonts zu bemerken beginnt; und wenn man erfährt, daß er sich eine Zeitlang zwischen seiner Tante und Ihnen als Dritter befunden hat, liegt Ihr Ruf in seinen Händen, und das ist das größte Unglück, das einer Frau begegnen kann. Ich rate Ihnen also, seine Tante zu veranlassen, ihn nicht länger zurückzuhalten; und wenn er darauf besteht zu bleiben, so glaube ich, daß Sie nicht zögern sollten, ihm den Platz zu räumen. Aber warum sollte er bleiben? Was macht er denn auf diesem Landsitz? Wenn Sie seinem Treiben nachspüren lassen wollten, würden Sie sicherlich herausfinden, daß er nur von einem bequemen Versteck aus irgendeine schwarze Tat in der Umgebung ausheckt. Da es uns unmöglich ist, das Übel zu bekämpfen, wollen wir uns wenigstens davor sichern.

Adieu, meine schöne Freundin. Nun verzögert sich die Heirat meiner Tochter ein wenig. Der Graf de Gercourt, den wir von einem Tag zum andern erwarteten, läßt mich wissen, daß sein Regiment nach Korsika geht, und da noch kriegerische Operationen stattfinden, wird es ihm unmöglich sein, vor dem Winter nach Paris zu kommen. Das kommt mir ungelegen, läßt mich aber hoffen, daß wir das Vergnügen haben werden, Sie hier bei der Hochzeit zu sehen. Es täte mir sehr leid,

* Der Irrtum, in dem sich Madame de Volanges befindet, zeigt deutlich, daß Valmont, genau wie andere Verbrecher auch, seine Komplicen nicht verriet.

wenn sie ohne Sie stattfinden müßte. Adieu, ich bin in voller Aufrichtigkeit und Herzlichkeit ganz die Ihre.

PS. Empfehlen Sie mich Madame de Rosemonde, derer ich stets in Liebe gedenke, wie sie es so sehr verdient. Paris, den 11. 8. 17..

10. Brief **Marquise de Merteuil an Vicomte de Valmont**

Grollen Sie mir, Vicomte? Oder sind Sie tot? Oder – was beinahe auf das selbe herauskäme – leben Sie nur noch für Ihre Präsidentin? Diese Frau, die Ihnen »die Illusionen der Jugend« wiedergegeben hat, wird Ihnen bald auch deren lächerliche Vorurteile wiedergeben. Schon sind Sie zaghaft und ein Sklave; das ist fast gleichbedeutend mit Verliebtsein. Sie verzichten auf Ihre »glücklichen Verwegenheiten«. Wissen Sie, was das heißt? Das heißt ohne Grundsätze handeln und alles dem Zufall überlassen oder vielmehr der Laune. Ist Ihnen denn nicht mehr erinnerlich, daß die Liebe – genau wie die Heilkunde – in der Kunst besteht, der Natur nachzuhelfen? Sie sehen, daß ich Sie mit Ihren eigenen Waffen schlage; aber ich bilde mir nichts darauf ein, denn ich schlage einen, der bereits am Boden liegt. »Sie muß sich mir geben«, versichern Sie mir. Ja, das wird sie wohl müssen; sie wird sich geben wie alle die anderen, nur mit dem Unterschied, daß sie es widerstrebend tun wird. Aber auf daß sie sich schließlich gebe, ist das einzig richtige Mittel, damit anzufangen, sie zu nehmen. Wie ist doch diese lächerliche Unterscheidung bezeichnend für das Irrereden der Liebe! Jawohl, ich sage Liebe, denn Sie sind verliebt. Mit Ihnen anders zu reden, wäre Betrug, hieße Ihnen Ihre Krankheit verhehlen. So sagen Sie mir doch, Sie schmachtender Liebhaber: glauben Sie denn, daß Sie alle die Frauen, die Sie jemals besaßen, vergewaltigt haben? Aber wie große Lust wir auch verspüren und wie eilig wir es auch haben mögen, uns zu geben, so bedürfen wir doch eines Scheingrundes – und gibt es für uns einen bequemeren als den, der Gewalt zu erliegen? Für mich, ich gesteh' es, gehört zu den Dingen, die mir am meisten Genuß bereiten, eine lebhafte, gut geführte Attacke, bei der alles in der richtigen Reihenfolge, aber im Hui vor sich geht, wodurch uns die peinliche Verlegenheit erspart wird, eine Ungeschicklichkeit zu verbessern dort, wo wir hätten Vergnügen haben sollen, eine Attacke, die stets, bis in die Gunst, die wir freiwillig gewähren, den Schein der Gewalt zu wahren und geschickt unsern beiden Hauptpassionen zu schmeicheln weiß: dem Ruhm der Verteidigung und der Lust an der Niederlage. Ich gebe zu, daß dieses Talent, das seltener ist, als man denkt, mir immer Spaß gemacht hat, selbst dann, wenn es mich nicht verführte, und daß ich mich zuweilen herbeiließ, mich zu ergeben, bloß als Belohnung für so viel Kunst. So überreichte in unsern Turnieren von einst die Schöne den Preis für Tapferkeit und Gewandtheit.

Aber Sie, der Sie nicht mehr Sie selbst sind, benehmen sich, als hätten Sie Angst, das Ziel zu erreichen. Ei, seit wann bewegen Sie sich in kleinen Tagereisen und auf Seitenwegen? Wer schnell ankommen will, mein Freund, muß Postpferde und die große Landstraße benutzen! Aber lassen wir dieses Thema, das mir die Laune um so mehr verdirbt, als es mich des Vergnügens, Sie zu sehen, beraubt. Schreiben Sie mir wenigstens öfter als bisher, und halten Sie mich auf dem laufenden über die Fortschritte, die Sie machen. Wissen Sie, daß es fast vierzehn Tage her ist, daß dieses lächerliche Abenteuer Sie beschäftigt? Wissen Sie auch, daß Sie alle Welt vernachlässigen?

Da wir gerade von Vernachlässigung sprechen – Sie gleichen den Leuten, die regelmäßig Boten zu ihren kranken Freunden schicken, um sich nach ihrem Befinden zu erkundigen, sich aber die Antwort nie ausrichten lassen. Ihren letzten Brief schlossen Sie mit der Frage, ob der Chevalier tot sei. Ich antworte nicht darauf, und Sie beunruhigen sich deswegen weiter nicht. Ist Ihnen nicht klar, daß mein Liebhaber Ihr geborener Freund ist? Aber seien Sie unbesorgt, er ist nicht tot; oder, wenn er es wäre, so aus dem Übermaß seiner Wonne. Der gute Chevalier, wie zärtlich er ist, wie geschaffen für die Liebe, wie lebhaft empfindet er! Mir schwindelt, wenn ich daran denke! Im Ernst: das vollkommene Glück, das er darin findet, von mir geliebt zu werden, macht mich ihm herzlich zugetan.

An eben jenem Tag, an dem ich Ihnen schrieb, ich wolle an unserem Bruche arbeiten, habe ich ihn zum glücklichsten aller Menschen gemacht! Ich erwog allen Ernstes die Mittel, ihn bis aufs Blut zu reizen, als man ihn mir meldete. Sei es aus einer plötzlichen Laune oder aus gutem Grund, er gefiel mir wie noch nie. Trotzdem empfing ich ihn sehr ungehalten. Er hoffte zwei Stunden mit mir zu verbringen, ehe meine Tür für alle Welt geöffnet wäre; ich aber sagte, ich sei im Begriffe auszugehen. Er fragte mich, wohin ich ginge; ich weigerte mich, es ihm zu verraten. Er drang in mich. »Dorthin, wo Sie nicht sind«, entgegnete ich schroff. Zu seinem Glück machte ihn diese Antwort ganz sprachlos; denn hätte er ein einziges Wort gesagt, so wäre daraus unweigerlich eine Szene gefolgt, die zu dem von mir geplanten Bruch geführt hätte. Verwundert über sein Schweigen, blickte ich ihn an, ohne, ich schwör' es, eine andere Absicht, als zu sehen, was für eine Miene er mache. Ich fand auf seinem hübschen Gesicht eine Traurigkeit, tief und zärtlich zugleich, von welcher Sie selbst mir eingeräumt haben, daß es schwer sei, ihr zu widerstehen. Die gleiche Ursache erzielte die gleiche Wirkung: ich war ein zweites Mal besiegt. Von diesem Augenblick an war mein Bestreben darauf gerichtet, alles zu vermeiden, das ihn hätte verletzen können. »Ich verlasse das Haus in Geschäften«, sagte ich ein wenig sanfter, »und sogar in einem Geschäfte, das Sie persönlich angeht; aber fragen Sie nicht weiter! Ich werde zu Hause soupieren; kommen Sie wieder und Sie werden alles erfahren.« Drauf fand er seine Sprache wieder, aber ich ließ ihn nicht zu Worte kommen. »Ich bin sehr eilig«, fuhr ich fort. »Verlassen Sie mich jetzt; auf heute abend!« Er küßte mir die Hand und ging.

Worauf ich, um ihn zu entschädigen, vielleicht auch, um mich selbst schadlos zu halten, alsbald beschließe, ihn mit meinem »kleinen Hause« bekannt zu machen, von dessen Vorhandensein er nichts ahnt. Ich rufe meine ergebene Victoire, habe meine Migräne, bin für alle meine Bediensteten bettlägerig, und, endlich allein mit der Getreuen, staffiere ich mich als Kammerzofe aus, während sie sich als Lakai verkleidet. Dann bestellt sie eine Mietkutsche vor das Pförtchen meines Gartens, und schon sind wir unterwegs. In dem Tempel Amors angelangt, wähle ich mein verlockendstes Negligé, das ganz von meiner eigenen Erfindung und wirklich entzückend ist: es enthüllt nichts und läßt doch alles erraten. Ich verspreche Ihnen ein Modell davon für Ihre Präsidentin, sobald sie sich würdig erwiesen hat, es zu tragen.

Nach diesen Vorbereitungen lese ich, während Victoire sich mit den andern Kleinigkeiten befaßt, ein Kapitel aus dem »Sopha«, einen Brief der Heloise und zwei Erzählungen von La Fontaine, um mir die Register, die ich zu ziehen gedachte, in Erinnerung zu bringen. Inzwischen trifft mein Chevalier mit seiner gewöhnlichen Hast vor meinem Haustor ein. Der Portier verweigert ihm den Eintritt und teilt ihm mit, ich sei krank – erster Zwischenfall. Er übergibt ihm zugleich ein Briefchen von mir, das ich aber entsprechend meiner Vorsichtsmaßregel nicht selbst geschrieben habe. Der Chevalier öffnet es und findet darin von der Hand Victoires: »Seien Sie Schlag neun Uhr auf dem Boulevard vor den Cafés!« Er begibt sich hin, und ein kleiner Lakai, den er nicht kennt oder nicht zu kennen meint – es ist immer noch Victoire – kommt auf ihn zu und kündigt ihm an, daß er seinen Wagen fortschicken und ihm folgen muß. Dieses romanhafte Hin und Her hat ihm die Phantasie erhitzt, und eine erhitzte Phantasie ist zu manchem gut. Endlich langt er an und fühlt sich vor Überraschung und Liebe ganz verzaubert. Um ihm Zeit zu geben, sich zu fassen, promeniere ich mit ihm eine Weile im Boskett; dann führe ich ihn dem Pavillon zu. Sein Blick fällt auf einen Tisch mit zwei Gedecken und auf ein offenes Bett. Endlich sind wir im Boudoir, das in seinem ganzen Glanze prangt. Dort lasse ich mich, halb mit Vorbedacht, halb vom Gefühle hingerissen, auf die Knie nieder und umschlinge ihn mit meinen Armen. »O mein Freund«, sage ich, »um dir die Überraschung dieses Moments zu bereiten, habe ich dich durch den Anschein übler Laune betrüben und dir mein Herz für eine kurze Zeitspanne verhüllen müssen. Verzeih mir mein Unrecht, ich will es mit viel Liebe sühnen.« Die Wirkung dieser gefühlvollen Rede können Sie sich vorstellen. Der überglückliche Chevalier hob mich auf, und seine Verzeihung wurde auf der selben Ottomane besiegelt, auf der Sie und ich unsern ewigen Bruch so lustig und auf die gleiche Weise versiegelt haben.

Da wir sechs Stunden vor uns hatten und ich beschlossen hatte, daß diese ganze Zeit in gleichmäßigem Entzücken für ihn verlaufen solle, mäßigte ich seinen Überschwang, und an die Stelle der Zärtlichkeit trat angenehme Tändelei. Noch nie, so scheint mir, habe ich so viel Sorgfalt darauf verwendet, zu gefallen, noch nie war ich so zufrieden mit mir. Bald kindlich, bald vernünftig, bald mutwillig, bald empfindsam, zuweilen sogar ausschweifend, gefiel ich mir nach dem Souper darin, ihn als einen Sultan inmitten seines Harems zu betrachten, dessen Favoritinnen ich abwechselnd spielte. Und wirklich galten seine immer wieder erneuerten Huldigungen, obwohl von der selben Frau entgegengenommen, jedesmal einer andern Geliebten.

Endlich, beim Morgengrauen, mußten wir uns trennen; und was er auch sagen, ja, was er tun mochte, um mich vom Gegenteil zu überzeugen, er bedurfte der Ruhe gar dringend, obwohl er wenig Lust dazu verspürte. In dem Moment, da wir den Pavillon verließen, nahm ich als letzte Abschiedsgabe den Schlüssel dieses glückseligen Aufenthalts und drückte ihn in seine Hand. »Ich habe ihn nur für Sie«, sagte ich, »und es ist recht und billig, daß Sie sein Herr seien: dem Opferpriester steht die Verfügung über den Tempel zu.« Durch diese geschickte Rede sicherte ich mich gegen gewisse Gedanken, zu denen der stets verdächtige Besitz eines geheimen Hauses ihn hätte veranlassen können. Ich kenne ihn gut genug, um zu wissen, daß er sich seiner nur für mich bedienen wird; und wenn mir die Laune kommen sollte, es ohne ihn zu besuchen, so bleibt mir jedenfalls ein zweiter Schlüssel. Er wollte durchaus ein neues Stelldichein mit mir verabreden; aber ich liebe ihn noch zu sehr, um ihn so rasch zu verbrauchen. Man darf sich ein Zuviel nur mit den Männern erlauben, die man bald verlassen will. Er freilich weiß das noch nicht, aber zu seinem Glücke weiß ich es für uns beide.

Eben merke ich, daß es drei Uhr morgens ist und daß ich ein ganzes Buch geschrieben habe, während ich doch nur einige Zeilen schreiben wollte. Das ist der Zauber vertrauensvoller Freundschaft, die auch bewirkt, daß ich Sie immer noch sehr gern habe – doch, ehrlich gesagt, der Chevalier gefällt mir besser. Paris, den 12. August 17..

11. Brief **Präsidentin de Tourvel an Madame de Volanges**

Ihr strenger Brief, Madame, hätte mich erschreckt, fände ich glücklicherweise hier nicht mehr Gründe, mich sicher zu fühlen als, wie Sie meinen, Gründe zur Furcht. Dieser bedrohliche Herr de Valmont, der der Schrecken aller Frauen sein muß, scheint seine mörderischen Waffen abgelegt zu haben, ehe er dieses Schloß betrat. Weit entfernt davon, Anschläge auszuhecken, hat er sich hier nicht einmal anmaßlich eingeführt; und der Vorzug der Liebenswürdigkeit, den selbst seine Feinde ihm zugestehen, tritt hier hinter dem der schlichten Güte zurück. Offenbar ist es die Landluft, die dieses Wunder bewirkt hat. Jedenfalls kann ich Ihnen versichern, daß ihm, obwohl er unablässig in meiner Gesellschaft weilt und sogar Gefallen an ihr zu finden scheint, dennoch kein einziges Wort entschlüpft ist, das irgendwie mit Liebe zu tun hätte, noch auch eine jener Redensarten, die sich alle Männer herausnehmen, ohne, wie er, etwas zu besitzen, das ihnen ein Recht dazu gäbe. Nie zwingt er mich zu jener Zurückhaltung, zu der eine Frau, die sich respektiert, sich heute genötigt sieht, wenn sie die Männer, die sie umgeben, im Zaum halten will; und nie macht er sich tückisch die fröhliche Stimmung zunutze, die er um sich schafft. Er lobt vielleicht ein bißchen zu viel; doch tut er das mit so viel Geschmack, daß er die Bescheidenheit selbst an Elogen gewöhnen könnte. Kurzum, wenn ich einen Bruder hätte, möchte ich, daß er so wäre, wie Herr de Valmont sich hier zeigt. Andere Frauen würden vielleicht eine beflissene Galanterie von ihm verlangen; ich hingegen gestehe, ihm herzlich dankbar dafür zu sein, daß er mich richtig genug einschätzt, um mich mit jenen anderen nicht zu verwechseln.

Dieses Porträt unterscheidet sich zweifellos sehr von dem, das Sie mir entwerfen; trotzdem können alle beide ähnlich sein, aber für verschiedene Epochen seines Lebens. Er selbst räumt ein, viele Fehler begangen zu haben, und vielleicht hat man ihm noch darüber hinaus einige zugeschrieben. Aber ich habe wenige Männer getroffen, die von den anständigen Frauen mit größerer Achtung, ich möchte fast sagen mit mehr Enthusiasmus gesprochen haben. Sie schreiben mir, daß er wenigstens in diesem einen Punkt nicht unehrlich ist. Sein Verhalten gegenüber Madame de Merteuil ist ein Beweis dafür. Er spricht mit uns sehr viel von ihr, und zwar stets mit solcher Bewunderung und dem Ausdruck einer echten Anhänglichkeit, daß ich bis zum Empfang Ihres Briefes das, was er Freundschaft nannte, in Wahrheit für Liebe hielt. Ich klage mich dieses vorschnellen Urteils an, durch das ich ein um so größeres Unrecht beging, als er selbst es sich des öfteren angelegen sein ließ, die Marquise im günstigsten Licht zu zeigen. Ich gestehe, daß ich als Schlauheit ansah, was von seiner Seite eine ehrenwerte Aufrichtigkeit war. Ich will mir nichts herausnehmen, doch möchte mir scheinen, daß derjenige, der zu einer so lange anhaltenden Freundschaft mit einer so achtbaren Frau fähig ist, kein unbekehrbarer Wüstling sein kann. Im übrigen ist mir unbekannt, ob wir das sittsame Betragen, das er hier zeigt, der Tatsache verdanken, daß er, wie Sie annehmen, mit einer Liebesgeschichte in der Umgebung beschäftigt ist. Es gibt zwar einige liebenswürdige Frauen in der Gegend;

aber er verläßt das Schloß nur selten, außer des Morgens, und dann geht er, wie er sagt, auf die Jagd. Wildbret bringt er freilich nicht oft mit, aber er versichert, daß er ein schlechter Jäger sei. Übrigens kümmert mich wenig, was er auswärts tut; und wenn ich je wünschte, es zu wissen, so geschähe es nur, um einen Grund mehr zu haben, mich Ihrer Ansicht zu nähern oder Sie zu der meinen zu bekehren.

Was Ihren Vorschlag betrifft, bei Madame Rosemonde darauf hinzuwirken, daß Herr de Valmont seinen Aufenthalt hier abkürzt, so scheint es mir recht schwierig und gewagt, die Tante um den Verzicht auf die Anwesenheit ihres Neffen zu bitten, zumal sie ihn sehr liebt. Trotzdem verspreche ich Ihnen – doch nur aus Entgegenkommen, nicht weil es nötig wäre – bei sich ergebender Gelegenheit entweder ihr oder ihm selbst diese Bitte vorzutragen. Was mich selbst anbelangt, so habe ich Herrn de Tourvel von meinem Vorsatz, bis zu seiner Rückkehr hierzubleiben, unterrichtet, und er würde sich mit Recht über meine Wankelmütigkeit wundern, wenn ich meinen Entschluß ändern wollte.

Das sind, Madame, recht weitschweifige Auseinandersetzungen; aber ich glaubte es der Wahrheit schuldig zu sein, für Herrn de Valmont ein günstiges Zeugnis abzulegen, dessen er mir bei Ihnen, wie mir scheint, sehr bedarf. Ich bin deswegen nicht weniger empfänglich für die Ratschläge, die Ihnen Ihre freundschaftliche Gesinnung eingab, welcher ich auch die liebenswürdigen Worte verdanke, die Sie mir anläßlich der bevorstehenden Heirat Ihres Fräulein Tochter schrieben. Aber ein so großes Vergnügen ich mir auch davon verspreche, diese schöne Zeit mit Ihnen zu verleben, so würde ich es doch herzlich gern der Aussicht opfern, Mademoiselle de Volanges früher glücklich zu wissen, sofern sie jemals glücklicher sein kann als an der Seite einer Mutter, die ihrer Liebe und Achtung so würdig ist. Ich teile mit ihr diese beiden Gefühle, die mich so innig an Sie binden, und bitte Sie, diese Versicherung gütigst aufzunehmen.

Ich habe die Ehre zu verbleiben usw.

Schloß . . ., den 13. August 17 . .

12. Brief **Cécile Volanges an Marquise de Merteuil**

Mama ist unpäßlich, Madame; sie wird heute nicht ausgehen, und ich muß ihr Gesellschaft leisten. So werde ich nicht die Ehre haben, Sie in die Oper zu begleiten. Ich versichere Ihnen, daß ich weit mehr als das Theater Ihre Gegenwart vermissen werde, und bitte Sie, mir dies zu glauben. Ich liebe Sie so sehr! Würden Sie die Güte haben, dem Herrn Chevalier Danceny zu sagen, daß ich das Notenheft, von dem er mir sprach, nicht besitze, und daß er mir große Freude bereiten würde, wenn er es mir morgen brächte. Sollte er heute kommen, so wird man ihm sagen, daß wir nicht zu Hause sind; aber das liegt nur an Mama, die heute niemanden empfangen will. Ich hoffe sehr, daß es ihr morgen besser geht.

Ich habe die Ehre zu verbleiben usw.

Paris, den 13. August 17..

13. Brief **Marquise de Merteuil an Cécile Volanges**

Ich bin sehr betrübt, meine Schöne, des Vergnügens, Sie zu sehen, beraubt zu sein, und ebenso über den Beweggrund dieser Beraubung. Ich hoffe, eine solche Gelegenheit wird sich bald wieder finden. Ihren Auftrag an den Chevalier Danceny werde ich ausrichten; sicherlich wird er sehr betrübt sein, zu hören, daß Ihre Mama krank ist. Wenn sie mich morgen empfangen will, werde ich kommen, um ihr Gesellschaft zu leisten. Wir beide, Ihre Mama und ich, werden dann gemeinsam den Chevalier de Belleroche* im Pikett attackieren und, indem wir ihm sein Geld abnehmen, überdies noch das Vergnügen genießen, Sie mit Ihrem liebenswürdigen Musiklehrer singen zu hören, wozu ich die Anregung geben werde. Wenn Ihre Mama und Sie damit einverstanden sind, so stehe ich für mich und meine beiden Kavaliere ein. Adieu, meine Schöne; meine Empfehlung an die liebe Madame de Volanges.

Ich umarme Sie zärtlich. Paris, den 13. August 17..

* Derselbe, von dem Madame de Merteuil in ihren Briefen spricht.

14. Brief **Cécile Volanges an Sophie Carnay**

Ich habe Dir gestern nicht geschrieben, meine liebe Sophie, aber nicht, weil ich mich so sehr vergnügt hätte, das kannst Du mir glauben. Mama war krank, und ich bin den ganzen Tag nicht von ihrer Seite gewichen. Am Abend, als ich mich endlich zurückzog, hatte ich zu gar nichts mehr Lust und ging ganz schnell ins Bett, um mich zu vergewissern, daß der Tag wirklich zu Ende sei; noch nie hatte ich einen so langen verlebt. Du darfst nicht denken, daß ich Mama nicht wirklich liebe; aber ich weiß nicht, was es war. Ich hätte mit Madame de Merteuil in die Oper gehen sollen; der Chevalier Danceny sollte auch dabei sein. Du weißt, daß das die beiden Menschen sind, die ich am meisten liebe. Zur Stunde, wo auch ich hätte dort sein sollen, krampfte sich mir wider Willen das Herz zusammen. Alles erregte mir Mißvergnügen, und ich weinte, weinte, ohne daß ich's hindern konnte. Zum Glück war Mama im Bett und konnte mich nicht sehen. Ich bin sicher, daß es auch dem Chevalier Danceny leid getan hat; aber er wurde durch das Stück und durch alle die Leute abgelenkt; das ist etwas ganz anderes.

Glücklicherweise geht es Mama heute besser, und Madame de Merteuil wird uns mit einem andern Herrn und dem Chevalier Danceny besuchen. Sie erscheint aber immer sehr spät, die liebe Madame de Merteuil, und so lange allein zu bleiben, ist sehr widerwärtig. Jetzt ist es erst elf Uhr. Freilich muß ich Harfe üben, und meine Toilette wird auch ein wenig Zeit in Anspruch nehmen, denn ich will heute gut frisiert sein. Ich glaube, Mutter Perpetua hat recht: man wird gefallsüchtig, sobald man in die Welt eintritt. Ich war noch nie so erpicht darauf, hübsch zu sein, wie seit einigen Tagen, und ich finde, daß ich nicht so hübsch bin, wie ich meinte. Auch ist man gegenüber den Frauen, die Rouge auflegen, sehr im Nachteil. So weiß ich zum Beispiel, daß alle Männer Madame de Merteuil hübscher finden als mich; doch das verdrießt mich nicht besonders, weil sie mich sehr gern hat und weil sie behauptet, daß der Chevalier Danceny mich hübscher findet als sie. Das ist doch sehr anständig von ihr, mir so etwas zu sagen! Sie scheint sich sogar darüber zu freuen. Wahrhaftig, ich begreife das nicht! Sie hat mich eben so lieb! Und er . . .! Oh, was macht er mir damit für eine Freude! Freilich glaube ich, daß ich, wenn ich ihn bloß anschaue, schöner werde. Ich würde ihn immerfort anschauen, wenn ich nicht fürchtete, seinen Augen zu begegnen; denn jedesmal, wenn das geschieht, bringt es mich aus der Fassung und tut mir irgendwie weh – aber das macht nichts.

Adieu, meine liebe Freundin; ich muß nun an meine Toilette gehen. Ich habe Dich lieb wie immer und stets.

Paris, den 14. August 17..

15. Brief **Vicomte de Valmont an Marquise de Merteuil**

Es ist sehr freundlich von Ihnen, mich meinem traurigen Lose nicht ganz zu überlassen. Das Leben, das ich hier führe, ist durch das Übermaß an Ruhe und schaler Einförmigkeit wirklich sehr ermüdend. Als ich Ihren Brief und die ausführliche Beschreibung Ihres entzückenden Tageslaufs las, war ich wohl tausendmal in Versuchung, unter dem Vorwand eines Geschäftes zu Ihnen zu eilen und Sie auf Knien zu bitten, zu meinen Gunsten einen Verrat an Ihrem Chevalier zu begehen, der, wenn man es recht bedenkt, sein Glück nicht verdient. Wissen Sie, daß Sie mich auf ihn eifersüchtig gemacht haben? Was reden Sie mir von ewigem Bruch? Ich verleugne jenen im Wahn getanen Eid: wir wären nicht würdig, ihn geschworen zu haben, wenn wir ihn halten wollten. Ach, könnt' ich mich doch eines Tages in Ihren Armen für den Kummer rächen, den mir das Glück des Chevaliers verursacht hat! Entrüstung packt mich, ich gesteh's, bei dem Gedanken, daß dieser Mensch, ohne zu überlegen, ohne sich die geringste Mühe zu geben, indem er in seiner Einfalt dem Triebe seines Herzens folgte, eine Seligkeit findet, die mir hier versagt ist. Oh, ich werde es ihm vergällen ... Versprechen Sie mir, daß ich es ihm vergällen werde! Und Sie selbst, fühlen Sie sich nicht erniedrigt? Sie lassen es sich Mühe kosten, ihn zu täuschen, und er ist glücklicher als Sie. Sie wähnen ihn in Ihren Fesseln zu halten und sind doch in den seinen! Er schlummert friedlich, während Sie wachen zur Mehrung seiner Lust. Kann eine Sklavin mehr tun?

Hören Sie, meine schöne Freundin, solange Sie sich unter mehrere verteilen, empfinde ich nicht die geringste Eifersucht. Ich sehe dann in Ihren Geliebten nur die Nachfolger des großen Alexander, die alle zusammen nicht imstande sind, ein Reich zusammenzuhalten, in dem ich Alleinherrscher war. Aber daß Sie sich einem von ihnen ganz schenken, daß es einen andern Mann gibt, der diese Höhe des Glücks erreicht – nein, das werde ich nicht dulden! Wagen Sie nicht, solches zu hoffen! Entweder Sie nehmen mich wieder, oder Sie nehmen wenigstens einen andern; aber verraten Sie nicht durch eine alle andern ausschließende Kaprice die unverbrüchliche Freundschaft, die wir uns schwuren.

Ist's doch schon schlimm genug, daß ich mich über Amor zu beklagen habe. Sie sehen, ich stimme Ihrer Meinung zu und gestehe meine Verfehlungen ein. In der Tat, wenn Verliebtsein ist, ohne den Besitz des begehrten Wesens nicht leben zu können, ihm seine Zeit, seine Vergnügungen, sein Leben aufzuopfern, dann bin ich wirklich verliebt. Freilich bringt mich diese Erkenntnis um keinen Zoll weiter. Ich hätte Ihnen über dieses Thema überhaupt nichts mitzuteilen, wenn nicht ein Ereignis eingetreten wäre, das mir viel zu denken gibt und von dem ich noch nicht weiß, ob es mir Furcht oder Hoffnung einflößen soll.

Sie kennen meinen Jäger, ein Juwel der Intrige, einen wahren Kammerdiener aus der Komödie, und haben richtig erraten, daß seine Weisung lautete, mit der Zofe zu scharmuzieren und die Dienerschaft betrunken zu machen. Der Spitzbube ist glücklicher als ich, er hat sein Ziel bereits erreicht. Soeben fand er heraus, daß Madame de Tourvel einen ihrer Leute damit beauftragt hat, sich über mein Tun und Lassen zu unterrichten und mir sogar auf meinen morgendlichen Gängen zu folgen, soweit dies unbemerkt möglich ist. Was beabsichtigt diese Frau? So wagt also sie, die Sittsamste von allen, noch Dinge, die wir selber kaum wagen würden uns herauszunehmen! Das soll sie mir entgelten! . . . Doch bevor wir darauf sinnen, Rache für diese weibliche List zu nehmen, wollen wir uns zunächst mit den Mitteln beschäftigen, sie zu unserem Vorteil zu nutzen. Bisher verfolgte ich mit jenen Spaziergängen, die Verdacht erregen, keinen besonderen Zweck; ich muß ihnen einen geben. Die Sache verdient meine volle Aufmerksamkeit, und ich verlasse Sie, um darüber nachzudenken. Adieu, meine schöne Freundin.

Immer noch auf dem Schlosse zu . . ., den 15. August 17 . .

16. Brief **Cécile Volanges an Sophie Carnay**

Ah, meine Sophie, heut gibt es Neuigkeiten! Ich sollte sie Dir vielleicht nicht erzählen, aber ich muß einfach mit jemandem darüber reden, ich kann nicht anders. Dieser Chevalier Danceny ... Ich bin in einer solchen Aufregung, daß ich nicht fähig bin zu schreiben: ich weiß nicht, womit ich anfangen soll.

Seitdem ich dir von dem hübschen Abend berichtet habe, den ich bei Mama mit ihm und Madame de Merteuil verbrachte, sprach ich Dir nicht mehr von ihm; ich wollte nämlich mit niemandem mehr darüber sprechen, mußte aber immer daran denken. Seit damals war er traurig geworden, aber so traurig, so traurig, daß es mir richtig weh tat; und als ich ihn fragte, warum, leugnete er's, aber ich sah doch, daß er es war. Endlich, gestern, sah er noch trauriger aus als sonst. Trotzdem hatte er die Güte, mit mir zu singen wie gewöhnlich; aber jedesmal, wenn er mich ansah, gab es mir einen Stich ins Herz. Als wir mit dem Singen fertig waren, ging er ins Nebenzimmer, um meine Harfe in ihren Kasten einzuschließen; dann bat er mich, indem er mir den Schlüssel überreichte, am Abend, sobald ich allein sei, noch einmal auf ihr zu spielen. Ich machte mir darüber weiter keine Gedanken, hatte auch gar keine Lust mehr zum Spielen, aber er drang so sehr in mich, daß ich's ihm schließlich versprach. Er hatte nämlich seine guten Gründe. Denk Dir, als ich mich in mein Zimmer zurückgezogen hatte und die Jungfer hinausgegangen war, ging ich meine Harfe holen und – fand in ihren Saiten einen Brief, nur gefaltet, nicht versiegelt, und der Brief war von ihm! Ach, wenn Du wüßtest, was er mir schreibt! Seitdem ich seinen Brief gelesen, bin ich so voller Freude, daß ich nichts anderes mehr denken kann. Ich las ihn viermal hintereinander und schloß ihn dann in meinen Schreibtisch ein. Ich kann ihn auswendig. Als ich dann im Bette lag, habe ich mir ihn so oft hergesagt, daß an Schlafen nicht zu denken war. Wenn ich die Augen schloß, sah ich Danceny vor mir, wie er mir selber alle die Worte sagte, die ich soeben gelesen hatte. Erst sehr spät schlief ich ein; und kaum war ich erwacht – es war noch sehr früh –, als ich seinen Brief wieder vornahm, um ihn nach Herzenslust zu lesen. Ich trug ihn in mein Bett und hab' ihn dann geküßt, wie wenn ... Es ist vielleicht nicht recht, einen Brief so zu küssen, aber ich konnte nicht anders.

Und jetzt, meine liebe Freundin, bin ich zwar sehr froh, aber auch in großer Verlegenheit, denn sicherlich darf ich auf diesen Brief nicht antworten. Ich weiß wohl, daß sich das nicht schickt, und dennoch bittet er mich darum; aber wenn ich es nicht tue, wird er bestimmt wieder traurig sein. Das wäre doch sehr schlimm für ihn! Was rätst Du mir? Aber Du kennst Dich nicht besser aus als ich. Ich hätte große Lust, darüber mit Madame de Merteuil zu sprechen, die mich sehr lieb hat. Ich möchte ihn so gerne trösten, will aber doch nichts tun, was unrecht ist. Man ermahnt uns doch immer, ein gutes Herz zu haben, und dann verbietet man uns, den Eingebungen des Herzens zu folgen, wenn es sich um einen Mann handelt! Das ist nun auch wieder nicht gerecht. Ist denn ein Mann nicht unser Nächster, genau wie eine Frau, und noch mehr? Denn hat man nicht einen Vater, wie man eine Mutter, einen Bruder, wie man eine Schwester hat? Und obendrein gibt es noch den Ehemann. Und doch, wenn ich etwas täte, was nicht recht wäre, würde vielleicht Herr Danceny keine gute Meinung von mir haben. Nein, bei Gott, lieber soll er traurig sein! Auch habe ich ja noch Zeit vor mir. Weil er mir gestern geschrieben hat, bin ich nicht verpflichtet, ihm heute schon zu antworten. Heute abend sehe ich Madame de Merteuil und werde ihr, wenn ich den Mut dazu aufbringe, alles erzählen. Wenn ich das tue, was sie mir sagt, werde ich mir nichts vorzuwerfen haben. Vielleicht rät sie mir sogar, ihm ein weniges zu antworten, damit er nicht so traurig ist. Ach, ich weiß nicht ein noch aus!

Adieu, meine liebe Freundin. Sag mir jedenfalls, was Du davon denkst.

Paris, den 19. August 17..

17. Brief **Chevalier Danceny an Cécile Volanges**

Mein Fräulein! Bevor ich mir die Freude mache oder vielmehr dem drängenden Bedürfnis nachgebe, Ihnen zu schreiben, muß ich damit beginnen, Sie um Gehör anzuflehen. Ich weiß, daß das Wagnis, Ihnen meine Gefühle zu offenbaren, der Nachsicht bedarf, die, wenn ich sie nur rechtfertigen wollte, nicht vonnöten wäre. Denn was tue ich andres, als hinzuweisen auf Ihr eigenes Werk? Und was habe ich Ihnen zu sagen, das meine Blicke, meine Befangenheit, mein Betragen und sogar

mein Schweigen Ihnen nicht schon vorher gesagt hätten? Warum sollten Sie mir wegen eines Gefühles grollen, das Sie doch selbst geweckt haben? Hervorgerufen von Ihnen, ist es zweifellos auch würdig, Ihnen dargebracht zu werden; und wenn es glühend ist, wie meine Seele, so ist es auch rein wie die Ihre. Kann man es ein Verbrechen heißen, wenn ich Ihr entzückendes Gesicht, Ihre liebenswürdigen Talente, Ihre bezaubernde Anmut zu schätzen weiß und jene rührende Unschuld, die zu all dem Guten als Köstlichstes hinzutritt? Nein, gewiß nicht. Freilich kann man, ohne sich schuldig gemacht zu haben, dennoch unglücklich sein, und dieses Los harrt meiner, wenn Sie meine Huldigung zurückweisen. Sie sind die erste, der mein Herz sie darbringt. Ohne Sie wäre ich, wenn auch nicht glücklich, so doch ruhig. Ich sah Sie, und von dieser Stunde an floh mich die Ruhe, und mein Glück ist ungewiß. Und doch wunderten Sie sich über meine Traurigkeit und fragten mich nach ihrem Grund, ja, manchmal glaubte ich zu bemerken, daß Sie sich darüber betrübten. Ach, sagen Sie mir nur ein Wort, und meine Seligkeit wird Ihr Werk sein! Aber bevor Sie es aussprechen, bedenken Sie, daß ein Wort von Ihnen mich auch zum unglücklichsten aller Menschen machen kann. Sie sind es, die über mein Schicksal zu entscheiden hat. Durch Sie werde ich für alle Zeit glücklich oder unglücklich sein. Welchen mir lieberen Händen könnte ich ein wichtigeres Anliegen anvertrauen?

Ich beende diesen Brief, wie ich ihn begonnen habe: mit einem Flehen um Ihre Nachsicht. Ich bat Sie, mir Gehör zu schenken; ich wage nun noch mehr: ich bitte Sie um eine Antwort. Sie mir zu verweigern, ließe mich glauben, daß Sie sich für beleidigt halten, und mein Herz ist Zeuge, daß meine Achtung meiner Liebe gleichkommt.

PS. Sie können sich für Ihre Antwort des gleichen Mittels bedienen, durch das ich Ihnen diesen Brief zukommen lasse; es scheint mir ebenso sicher wie bequem. Paris, den 18. August 17..

18. Brief **Cécile Volanges an Sophie Carnay**

Wie, Sophie, Du tadelst im voraus, was ich tun werde? Ich hatte schon ohnehin Unruhe genug, und jetzt vermehrst Du sie noch. Es ist klar, sagst Du, daß ich nicht antworten darf. Du hast leicht reden, und außerdem weißt Du nicht genau, worum es sich handelt; Du kannst es nicht mit eigenen Augen sehen. Sicherlich würdest Du an meiner Stelle genau dasselbe tun. Natürlich ist es im allgemeinen Pflicht, nicht zu antworten, und aus meinem gestrigen Brief ersiehst Du, daß ich es ja auch nicht wollte; aber ich glaube, daß noch niemand sich in der Lage befunden hat, in der ich mich befinde.

Noch dazu bin ich genötigt, ganz allein die Entscheidung zu treffen. Madame de Merteuil, die ich heut abend zu sprechen hoffte, ist nicht gekommen. Alles kehrt sich gegen mich. Sie hat mich mit ihm bekannt gemacht; fast immer war sie anwesend, wenn ich ihn sah und mit ihm sprach. Ich bin ihr ja darum nicht böse – aber jetzt, in der Verlegenheit, läßt sie mich im Stich. Oh, ich bin zu bedauern!

Denk Dir, er erschien gestern wie gewöhnlich! Ich war so verwirrt, daß ich nicht wagte, ihn anzusehen. Er konnte nicht mit mir sprechen, weil Mama dabei war. Ich ahnte natürlich, daß es ihn betrüben wird, wenn er entdeckt, daß ich ihm nicht geschrieben habe, und wußte nicht, wie ich mich benehmen sollte. Gleich darauf fragte er mich, ob er mir meine Harfe bringen dürfe. Mein Herz schlug so heftig, daß alles, was ich vorbringen konnte, ein Ja war. Als er zurückkam, war es noch schlimmer. Ich warf ihm nur ganz schnell einen Blick zu. Er aber, er schaute mich nicht an, doch sah er aus, als ob er krank wäre. Das tat mir in der Seele weh. Er stimmte meine Harfe und sagte, als er sie mir reichte: »Ach, mein Fräulein! . . .« Nur diese Worte stieß er hervor, aber in einem Ton, daß es mir ins Herz schnitt. Ich klimperte auf meiner Harfe, ohne zu wissen, was ich tat. Mama fragte, ob wir nicht singen wollten. Er entschuldigte sich, sagte, daß er ein wenig unpäßlich sei; und ich, die keine Entschuldigung anzuführen hatte, mußte singen. In diesem Moment wünschte ich, nie eine Stimme besessen zu haben. Ich wählte absichtlich ein Lied, das mir unbekannt war, denn ich wußte genau, daß ich heute überhaupt nicht singen konnte, und wollte nicht, daß man es merke. Zum Glück kam ein Besuch. Als ich den Wagen vorfahren hörte, brach ich mein Lied ab und bat ihn, die Harfe zurückzutragen. Meine Angst, er werde sich mit der Harfe zugleich empfehlen, war groß; aber er kam wieder.

Während Mama und diese Dame miteinander plauderten, wollte ich ihn noch ein wenig anschauen. Unsere Augen trafen sich, und es war mir unmöglich, die meinen abzuwenden. Bald sah ich, wie die seinen sich mit Tränen füllten, und er mußte sich abwenden, um es zu verbergen. Das war zu viel für mein Gemüt: ich fühlte, daß ich auch weinen würde. Ich verließ das Zimmer, nahm schnell einen Bleistift und schrieb auf ein Stück Papier: »Bitte seien Sie doch nicht so traurig! Ich verspreche Ihnen zu antworten!« Du wirst doch nicht behaupten wollen, daß daran etwas Unrechtes ist, und außerdem konnte ich einfach nicht anders. Das Papier steckte ich zwischen die Saiten der Harfe, genau wie er es mit seinem Brief getan, und ging wieder in den Salon zurück. Ich fühlte mich jetzt ruhiger. Wenn nur diese Dame schon gegangen wäre! Glücklicherweise war sie auf Besuchstour und verließ uns bald. Kaum war sie fort, als ich ihn bat, mir meine Harfe wieder zu bringen. Seinem Gesicht sah ich an, daß er nichts ahnte. Aber als er zurückkam, oh, wie war er da froh! Indem er die Harfe vor sich hin setzte, stellte er sich so auf, daß Mama nichts bemerken konnte, ergriff meine Hand und drückte sie . . . Aber auf eine Weise! . . . Es war nur ein kurzer Augenblick, aber das Vergnügen, das ich dabei hatte, kann ich Dir nicht beschreiben. Übrigens habe ich die Hand wieder zurückgezogen, so daß ich mir nichts vorzuwerfen habe.

Da siehst Du also, meine liebe Freundin, daß mir gar nichts anderes übrigbleibt, als ihm zu schreiben, weil ich es ihm ja versprochen habe. Und dann möchte ich ihm doch nicht wieder Kummer machen, denn ich leide darunter noch mehr als er. Wenn etwas Schlimmes daran wäre, würde ich es gewiß nicht tun. Aber was kann am Schreiben Schlimmes sein, zumal wenn es nur darum geschieht, damit er nicht unglücklich sei? Ungeschickt ist es nur, daß ich es nicht verstehen werde, meinen Brief richtig abzufassen; aber er wird schon fühlen, daß ich dafür nichts kann; auch weiß ich sicher, daß der Brief, nur weil er von mir kommt, ihm Freude machen wird.

Adieu, meine liebe Freundin. Wenn Du findest, daß ich unrecht habe, sag es mir; aber ich glaube es nicht. Je näher der Augenblick rückt, wo ich mich ans Schreiben machen muß, desto stärker klopft mein Herz, als wollte es zerspringen. Aber ich muß es tun, denn ich habe es versprochen. Adieu. Paris, den 20. August 17..

19. Brief **Cécile Volanges an Chevalier Danceny**

Sie waren gestern so traurig, mein Herr, und taten mir so leid, daß ich mich zu dem Versprechen hinreißen ließ, Ihren Brief zu beantworten. Nichtsdestoweniger fühle ich heute, daß ich es nicht tun sollte. Da ich es aber versprochen habe, so will ich mein Wort auch halten, und das muß Ihnen doch die Freundschaft beweisen, die ich für Sie empfinde. Jetzt, wo Sie es wissen, werden Sie hoffentlich nicht von mir verlangen, daß ich Ihnen noch öfter schreibe. Ich hoffe auch, Sie werden niemandem weitersagen, daß ich Ihnen geschrieben habe, denn man würde mich sicher deswegen tadeln, und das könnte mir viele Ungelegenheiten bereiten. Vor allem hoffe ich, daß Sie selbst deswegen keine schlechte Meinung von mir haben werden; das wäre für mich ärger als alles. Ich kann Ihnen ehrlich versichern, daß ich keinem andern diese Gefälligkeit erwiesen haben würde als Ihnen. Dafür sollten Sie mir die Gefälligkeit erweisen, nicht mehr so traurig zu sein, wie Sie es waren; denn das nimmt mir jede Freude an dem Zusammensein mit Ihnen. Sie sehen, mein Herr, daß ich zu Ihnen aufrichtig spreche. Ich wünsche mir nichts Besseres, als daß unsere Freundschaft ewig dauere, aber ich bitte Sie inständig: schreiben Sie mir nicht mehr.

Ich habe die Ehre zu verbleiben CÉCILE VOLANGES

Paris, den 20. August 17..

20. Brief **Marquise de Merteuil an Vicomte de Valmont**

Ah, Sie Spitzbube, Sie tun mir schön aus Angst, daß ich mich über Sie lustig mache. Nun, ich will gnädig sein; Sie schreiben mir so viele Tollheiten, daß Ihnen die Sittsamkeit, in der Sie Ihre Präsidentin hält, verziehen sei. Ich glaube nicht, daß mein Chevalier so gutmütig wäre wie ich; er wäre Mannes genug, die Erneuerung unseres Vertrages nicht zu billigen und an Ihrer verrückten Idee nichts Spaßhaftes zu finden. Ich habe aber doch sehr darüber gelacht und fand nur ärgerlich, daß ich es ganz allein tun mußte. Wären Sie da gewesen, wer weiß, wohin mich diese Heiterkeit geführt hätte; indes, ich hatte Zeit zur Überlegung und wappnete mich mit Strenge. Es soll kein Nein für immer sein, aber ich schiebe auf und tue recht daran. Vielleicht würde ich bei dem Spiel meine Eitelkeit einsetzen, und wenn man einmal in Hitze gerät, kennt man kein Innehalten mehr. Ich wäre imstande, Sie von neuem in Fesseln zu schlagen und Sie Ihre Präsidentin vergessen zu lassen; aber wenn ich, die Unwürdige, es fertig brächte, Sie der Tugendhaften abspenstig zu machen, denken Sie nur, welch ein Skandal! Um solcher Gefahr auszuweichen, stelle ich Ihnen hier meine Bedingungen.

Sobald Sie Ihre schöne Bigotte besessen haben und mir dafür den Beweis liefern können, kommen Sie, und ich gehöre Ihnen. Aber Sie wissen doch, daß bei wichtigen Geschäften nur schriftliche Beweise Geltung haben. Auf diese Art werde ich einerseits statt eines Trostes zur Belohnung, was mir bei weitem besser gefällt; und anderseits wird Ihr Erfolg um so reizvoller sein, wenn er zugleich das Sprungbrett zur Untreue ist. Kommen Sie also, kommen Sie so bald als möglich, um mir das Unterpfand Ihres Triumphes zu bringen, unsern tapfern Rittern von einstmals gleich, die zu den Füßen ihrer Dame die glänzenden Früchte ihres Sieges niederlegten. Im Ernst: ich bin begierig, zu erfahren, was eine Prüde nach einer solchen Stunde schreiben mag, mit welchem Schleier sie ihr Geständnis verhüllt, nachdem sie auf ihrem Körper keinen mehr gelassen hat. Urteilen Sie selbst, ob der Preis, den ich für mich fordere, zu hoch ist; aber das sage ich Ihnen gleich, daß ich mir nichts davon abmarkten lasse. Bis dahin, mein lieber Vicomte, werden Sie sich darein schicken müssen, daß ich meinem Chevalier treu bleibe und mich daran ergötze, ihn glücklich zu machen, trotz dem kleinen Kummer, den Ihnen dies bereitet.

Freilich, wenn ich weniger Grundsätze hätte, würde er, glaube ich, in diesem Moment einen gefährlichen Rivalen haben: die kleine Volanges. Ich bin ganz vernarrt in das Kind, es ist fast eine wirkliche Leidenschaft. Wenn ich mich nicht sehr täusche, wird sie einmal zu unsern Frauen nach der Mode gehören. Ich sehe, wie ihr Herzchen sich entfaltet – ein entzückendes Schauspiel. Schon liebt sie rasend ihren Danceny, doch weiß sie es selbst noch nicht. Und er, obzwar sehr verliebt, hat noch die Zaghaftigkeit seiner Jugend und wagt noch nichts. Alle beide blicken verehrungsvoll zu mir auf. Die Kleine hat die größte Lust, mich in ihr Geheimnis einzuweihen; besonders seit einigen Tagen scheint sie davon ganz erdrückt. Ich könnte ihr einen großen Dienst erweisen, wenn ich ihr ein wenig helfen wollte; aber ich vergesse nicht, daß sie noch ein Kind ist, und will mich nicht kompromittieren. Danceny hat etwas deutlicher mit mir gesprochen; aber ihm gegenüber ist mein Entschluß gefaßt: ich will ihn nicht anhören. Was die Kleine betrifft, so fühle ich mich oft verlockt, aus ihr meine Schülerin zu machen; den Dienst würde ich Gercourt gern erweisen. Er läßt mir alle Zeit dazu, da er bis Oktober in Korsika festgehalten ist. Ich gedenke diese Zeit gut anzuwenden und hoffe, ihm an Stelle der unschuldigen Klosterschülerin eine wissende Frau zuzuführen. In welch unverschämter Sicherheit wiegt sich doch dieser Mann, der ruhig zu schlafen wagt, während eine Frau, der er Grund zur Klage gegeben, sich noch nicht an ihm gerächt hat! Wahrlich, wenn die Kleine in diesem Augenblick hier wäre, ich weiß nicht, was ich ihr alles sagen würde!

Adieu, Vicomte, gute Nacht und guten Erfolg! Aber um Gottes willen, machen Sie doch endlich Fortschritte! Bedenken Sie, daß, wenn Sie diese Frau nicht erobern, die andern alle sich dessen schämen müssen, jemals die Ihre gewesen zu sein. Paris, den 20. August 17..

21. Brief **Vicomte de Valmont an Marquise de Merteuil**

Endlich, meine schöne Freundin, habe ich einen Schritt vorwärts getan, sogar einen großen Schritt, der, wenn er mich auch nicht bis ans Ziel führte, mich wenigstens erkennen ließ, daß ich auf dem rechten Wege bin, und mich von der Furcht, in die Irre gegangen zu sein, befreite. Ich habe endlich meine Liebe gestanden und, obwohl ich auf das verstockteste Schweigen stieß, dennoch die vielleicht unzweideutigste und schmeichelhafteste Antwort erhalten. Aber greifen wir den Ereignissen nicht vor, sondern fangen wir mit dem Anfang an.

Sie erinnern sich, daß man meinen Spaziergängen nachspürte. Nun, ich wollte, daß dieses verwerfliche Mittel zu öffentlicher Erbauung ausschlage und habe dies folgendermaßen bewerkstelligt. Ich gab meinem Vertrauensmann den Auftrag, in der Gegend irgendeinen Unglücklichen ausfindig zu machen, der der Hilfe bedürftig ist. Das war schnell geschehen. Gestern nachmittag berichtete er mir, daß am folgenden Morgen der Hausrat einer ganzen Familie beschlagnahmt werden sollte, die nicht imstande war, ihre Steuern zu bezahlen. Zur Sicherheit vergewisserte ich mich, daß sich in diesem Hause kein junges Mädchen und keine Frau befand, deren Alter oder Erscheinung meine Handlung verdächtig machen konnte, und kündigte, nachdem ich zu meiner Befriedigung unterrichtet worden war, beim Abendessen meine Absicht an, am nächsten Morgen auf die Jagd zu gehen. Hier muß ich meiner Präsidentin Gerechtigkeit widerfahren lassen; zweifellos empfand sie wegen der Befehle, die sie gegeben hatte, einige Reue und wollte, da sie nicht die Kraft besaß, ihre Neugier zu bezähmen, sich wenigstens gegen meine Absicht wenden. Es werde, sagte sie, entsetzlich heiß sein; ich liefe Gefahr, mich krank zu machen; ich würde nichts schießen und mich vergebens ermüden; und während dieses Zwiegesprächs gaben ihre Augen, die vielleicht mehr verrieten, als sie wollte, mir deutlich ihren Wunsch zu verstehen, daß ich ihre schlechten Gründe für gute nehmen solle. Wie Sie sich denken können, hütete ich mich, ihm stattzugeben, widerstand ebenso einer kleinen Schmährede gegen die Jagd und die Jäger, ja, blieb sogar ungerührt beim Anblick eines Wölkchens der Übellaune, das an diesem Abend das himmlische Antlitz verdüsterte. Einen Augenblick lang fürchtete ich, sie habe ihre Befehle widerrufen und sah meinen Plan schon durch ihr Zartgefühl vereitelt. Ich täuschte mich, denn ich hatte die weibliche Neugier nicht in Rechnung gestellt. Mein Jäger beruhigte mich noch am selben Abend, und ich legte mich zufrieden ins Bett.

Beim Morgengrauen erhebe ich mich und breche auf. Kaum bin ich fünfzig Schritte vom Schloß entfernt, da bemerke ich schon meinen Spion, der mir folgt. Ich beginne die Jagd, indem ich querfeldein dem Dorf zustrebe, in das ich mich begeben will, wobei mein einziges Vergnügen ist, den Burschen, der mir folgt, in Trab zu bringen; denn da er nicht wagte, die gebahnten Wege zu verlassen, mußte er oft im schnellsten Lauf eine Strecke zurücklegen, die dreimal so groß war wie meine. Während ich ihn so abtrieb, wurde mir selbst so furchtbar warm, daß ich mich unter einem Baume niederließ. Hatte der Halunke nicht die Frechheit, sich, kaum zwanzig Schritte von mir entfernt, hinter ein Gebüsch zu schleichen und dort gleichfalls hinzusetzen! Einen Augenblick lang fühlte ich mich versucht, ihm einen Schuß aus meiner Flinte zu schicken, der, wenn auch nur eine Schrotladung, ihn doch über die Gefahren unzeitiger Neugier hinreichend belehrt hätte. Zum Glück für ihn erinnere ich mich daran, daß er für meine Absichten nützlich, ja sogar unentbehrlich ist. Diese Überlegung hat den Kerl gerettet.

Mittlerweile bin ich im Dorf angelangt, sehe dort alles in Aufruhr, trete näher, stelle Fragen, und man berichtet mir den Vorfall. Ich lasse mir den Steuereinnehmer kommen und bezahle, von edlem Mitleid hingerissen, großmütig die sechsundfünfzig Franken, wegen derer man fünf Menschen an den Bettelstab bringen und in Verzweiflung treiben wollte. Nach dieser so einfachen Handlung hätten Sie den Chor von Segenswünschen hören sollen, den alle Umstehenden anstimmten. Welche Tränen der Dankbarkeit entströmten den Augen des Familienoberhauptes und verklärten dieses Patriarchengesicht, das vor kurzem noch der grimmige Druck der Verzweiflung bis zur Häßlichkeit entstellt hatte! Ich betrachtete dieses Schauspiel, als ein anderer, jüngerer Bauer mit einer Frau und zwei Kindern sich mit schnellen Schritten näherte und zu ihnen sagte: »Lasset uns alle diesem Ebenbilde Gottes zu Füßen fallen!« Und im gleichen Augenblick lag die ganze Familie rings um mich auf den Knien. Ich gestehe meine Schwäche: in meine Augen traten Tränen, und ich fühlte in meinem Inneren eine unwillkürliche, aber köstliche Regung. Ich war erstaunt über das Vergnügen, das man beim Wohltun empfindet, und wäre versucht zu glauben, daß die Menschen, die man die tugendhaften nennt, nicht so viel Verdienst haben, als man uns weismachen will. Wie dem auch sei, ich fand es nur recht und billig, die armen Leute für den Genuß, den sie mir geboten, zu bezahlen. Ich hatte zehn Louis zu mir gesteckt und gab sie ihnen. Hier begannen nun die Danksagungen von neuem, aber sie erreichten nicht den selben Grad des Pathetischen: das Notwendige hatte den großen, echten Effekt erzielt; das übrige war nur der einfache Ausdruck der Erkenntlichkeit und des Staunens über ein Geschenk, das einen Überfluß bedeutete.

Inmitten der Segenssprüche der redseligen Familie glich ich so ziemlich dem Helden eines Theaterstücks in der großen Schlußszene. Vergessen Sie nicht, daß sich unter der zusammengelaufenen Menge natürlich auch der Spion befand. Mein Zweck war erreicht. Ich riß mich los und ging ins Schloß zurück. Alles in allem genommen, beglückwünsche ich mich zu meinem Einfall. Diese Frau ist es zweifellos wert, daß ich ihretwegen so viele Beschwerlichkeiten auf mich nehme – eine Mühe, die ich eines Tages als Anspruch geltend machen werde. Und da ich sie auf diese Weise gewissermaßen im vorhinein bezahlt habe, werde ich das Recht haben, über sie nach meinem Belieben zu verfügen, ohne mir einen Vorwurf machen zu müssen.

Ich vergaß Ihnen zu sagen, daß ich, um keinen Vorteil außer acht zu lassen, die guten Leute bat, für den Erfolg meiner Pläne zu Gott zu beten. Sie werden gleich sehen, wie ihre Gebete schon zum Teil erhört worden sind ... Eben meldet man mir, daß das Abendessen aufgetragen ist, und dieser Brief würde heute nicht mehr abgehen, wenn ich ihn erst nach meiner Rückkehr schlösse. Also der Rest am nächsten Posttag. Das tut mir für Sie leid, denn der Rest ist das beste. Adieu, meine schöne Freundin, Sie stehlen mir eine Minute des Anblicks meiner Holden.

Schloß ..., den 20. August 17..

22. Brief **Präsidentin de Tourvel an Madame de Volanges**

Sie werden sich sicher freuen, Madame, von einem Charakterzug des Herrn de Valmont zu hören, der, wie mir scheint, zu allen Schilderungen, die man Ihnen von ihm gab, in schroffem Widerspruch steht. Ist es doch so peinlich, von irgend jemand unvorteilhaft denken zu müssen, so betrübend, in Menschen, die alle nötigen Eigenschaften besitzen, um durch Tugend Liebe zu erringen, nur Laster zu finden! Nun, Sie üben so gerne Nachsicht, daß ich glaube, Sie zu verbinden, wenn ich Ihnen Anlaß gebe, von einem zu strengen Urteil zurückzukommen. Herr de Valmont scheint mir würdig, sich auf diese Gunst – ich möchte fast sagen auf diese Gerechtigkeit – Hoffnung zu machen. Hier meine Gründe dafür.

Er brach heute früh zu einem jener Spaziergänge auf, von denen man annehmen konnte, daß sie der Ausführung irgendeines Anschlags in der Umgebung galten. Das war doch Ihre Idee, nicht wahr? Und ich klage mich an, diese Meinung vielleicht allzu bereitwillig zu der meinen gemacht zu haben. Zum Glück für ihn, oder vielmehr zum Glück für uns, da wir dadurch davor bewahrt wurden, ungerecht zu sein, mußte einer meiner Bediensteten in der gleichen Richtung gehen wie er*, und so kam es, daß meine tadelnswerte, aber im Erfolg so glückliche Neugier befriedigt wurde. Der Mann berichtete uns, daß Herr de Valmont im Dorfe N. eine unglückliche Familie angetroffen habe, de-

* Madame de Tourvel wagt also nicht, zu gestehen, daß es auf ihren Befehl geschah?

ren Möbel verkauft werden sollten, weil sie ihre Abgaben nicht bezahlen konnte. Darauf habe er nicht nur sofort die Schuld dieser armen Leute beglichen, sondern ihnen auch überdies einen ansehnlichen Geldbetrag geschenkt. Mein Bediensteter, der Zeuge dieser tugendhaften Handlungsweise war, erzählte ferner, daß Bauern im Gespräch unter sich und mit ihm gesagt hätten, ein Diener, den sie genau beschrieben und in dem der meine den von Herrn de Valmont erkannte, habe sich gestern im Dorfe nach Hilfsbedürftigen erkundigt. Wenn dem so ist, handelt es sich nicht bloß um eine vorübergehende, durch die Gelegenheit veranlaßte Mitleidsregung, sondern um den vorbedachten Plan, Gutes zu tun. Das ist Wohltätigkeit aus liebevollem Herzen, die schönste Tugend der schönsten Seelen. Aber Zufall oder Vorbedacht, jedenfalls war es eine ehrenwerte und lobenswürdige Tat, deren bloße Erzählung mich bis zu Tränen rührte. Ich füge noch hinzu – und zwar wieder der Gerechtigkeit halber –, daß, als ich ihm von dieser Sache sprach, von der er kein Wort hatte verlauten lassen, er damit begann, sie schlechthin abzuleugnen. Und als er sie endlich eingestand, schien er so wenig Wert darauf zu legen, daß durch seine Bescheidenheit sein Verdienst verdoppelt wird.

Und nun, meine verehrte Freundin, sagen Sie mir, ob Herr de Valmont wirklich ein unbekehrbarer Wüstling ist. Wenn er nichts als das ist und sich doch so benimmt, was bleibt dann für die anständigen Menschen übrig? Wie, sollten die Bösen mit den Guten die geheiligte Freude des Wohltuns teilen? Könnte Gott zulassen, daß eine tugendhafte Familie aus der Hand eines Unholds Hilfeleistungen empfängt, für die sie ihren Dank der göttlichen Vorsehung abstattet? Und könnte er daran Gefallen finden, wenn reine Münder ihre Segenssprüche über ihn, den Verworfenen, ausschütten? Nein, lieber will ich denken, daß seine Verirrungen, wenn auch von langer Dauer, doch nicht immer währen; und ich kann nicht glauben, daß, wer Gutes tut, der Feind der Tugend sei. Herr de Valmont ist vielleicht nur ein Beispiel mehr für die Gefahren verbotener Liebesbeziehungen. Ich verweile bei diesem Gedanken, der mir gefällt. Und wenn er dazu beitragen sollte, den Vicomte in Ihren Augen zu rechtfertigen, so wird er mir die zärtliche Freundschaft, die mich fürs Leben mit Ihnen verbindet, noch kostbaker machen. – Ich verbleibe in Ehrerbietung usw.

Schloß . . ., den 20. August 17 . .

PS. Madame de Rosemonde und ich werden jetzt gleich die wackere unglückliche Familie besuchen, um etwas verspätet unsere Hilfeleistungen denen des Herrn Valmont hinzuzufügen. Wenigstens werden wir diesen braven Leuten die Freude machen, ihren Wohltäter wiederzusehen; das ist, wie mir scheint, alles, was er uns zu tun übrig ließ.

23. Brief **Vicomte de Valmont an Marquise de Merteuil**

Meinen letzten Brief brach ich bei meiner Rückkehr ins Schloß ab; ich fahre in meiner Erzählung fort.

Ich fand gerade noch Zeit, mich schnell umzukleiden, und begab mich dann in den Salon, wo meine Schöne an einer Stickerei saß, während der Pfarrer des Ortes meiner Tante die Zeitung vorlas. Ich nahm neben dem Stickrahmen Platz. Noch sanftere Blicke als sonst, ja, fast zärtliche, ließen mich bald erraten, daß der Diener über den Erfolg seiner Sendung bereits berichtet hatte. Und wirklich konnte meine liebenswürdige Neugierige das Geheimnis, auf das sie mir gekommen war, nicht länger bei sich behalten, und so unterbrach sie keck den ehrwürdigen Seelenhirten, obwohl sein Geleier doch fast einer Predigt glich, und sagte: »Ich habe auch eine Neuigkeit in petto.« Worauf sie sofort mein Abenteuer mit einer Genauigkeit erzählte, die dem Verstand ihres Berichterstatters Ehre macht. Sie können sich vorstellen, wie ich alle meine Bescheidenheit spielen ließ; aber wer könnte einer Frau Einhalt tun, die, ohne es zu wissen, das Lob des Mannes singt, den sie liebt? So beschloß ich, sie reden zu lassen. Sie sprach wie ein Pfarrer auf der Kanzel, der die Verdienste eines Heiligen preist. Mittlerweile hatte ich – nicht ohne Hoffnung – auf alles acht, was ihr belebter Blick, ihre bereits freieren Gebärden der Liebe versprachen, und vor allem auf ihre Stimme, die durch den merklich veränderten Klang die Bewegung der Seele verriet. Sie hatte kaum zu reden aufgehört, als Madame de Rosemonde sagte: »Kommen Sie, mein lieber Neffe, lassen Sie sich umarmen!« Ich merkte sogleich, daß die hübsche Predigerin sich der Verpflichtung, ebenfalls umarmt zu werden, nicht würde entziehen können. Zwar versuchte sie zu fliehen, aber bald war sie in meinen Armen, und weit entfernt davon, sich zu wehren, fand sie kaum die Kraft, sich aufrecht zu halten. Je mehr ich diese Frau beobachte, um so begehrenswerter erscheint sie mir. Sie beeilte sich, wieder an ihren Rahmen zu kommen, und schien für jedermann zu sticken; ich aber sah, daß das Zittern ihrer Hand ihr nicht erlaubte, die Nadel zu führen.

Nach dem Essen wollten die Damen die Armen besuchen, denen ich so glücklich geholfen hatte, und ich begleitete sie. Ich erspare Ihnen die langweilige Schilderung dieser zweiten Szene der Dankesbezeigungen und Lobsprüche. Mein Herz, von einer köstlichen Erinnerung getrieben, beschleunigte unsere Rückkehr nach dem Schloß. Unterwegs sagte meine schöne Präsidentin, die nachdenklicher war als gewöhnlich, kein einziges Wort. Da ich innerlich ganz damit beschäftigt war, auf Mittel zu sinnen, um die Wirkung dieses großen Tages auszunutzen, schwieg ich ebenfalls. Madame de Rosemonde allein sprach und erhielt von uns nur seltene und kurze Antworten. Offensichtlich langweilten wir sie; das war auch meine Absicht, und sie gelang mir. Denn als wir aus dem Wagen stiegen, zog sie sich in ihre Gemächer zurück und ließ uns beide, meine Schöne und mich, allein in einem spärlich erleuchteten Salon, in mildem Halbdunkel, das zaghafte Liebe ermutigt.

Ich lenkte ohne Mühe das Gespräch in die erwünschte Bahn. Der Eifer meiner liebenswürdigen Tugendpredigerin war mir dienlicher, als alle meine Geschicklichkeit es hätte sein können. »Wenn man so würdig ist, Gutes zu tun«, sagte sie, ihren sanften Blick auf mich heftend, »wie kann man nur sein Leben in Schlechtigkeit verbringen?« – »Ich verdiene«, entgegnete ich, »weder jenes Lob noch diesen Tadel, und ich finde es unbegreiflich, daß Sie mit Ihrem scharfen Verstand mich noch nicht durchschaut haben. Sollte mein Vertrauen mir auch in Ihren Augen schaden, Sie sind seiner zu würdig, als daß es mir möglich wäre, es Ihnen zu versagen. Sie finden den Schlüssel zu meinem Benehmen in meinem unglücklicherweise allzu beweglichen Temperament. Umgeben von sittenlosen Menschen, ahmte ich ihre Laster nach, setzte vielleicht meinen Ehrgeiz darein, sie zu übertreffen. Hier wiederum verführt mich das Vorbild der Tugend, und so habe ich ohne Hoffnung, Ihre Vollkommenheit zu erreichen, wenigstens versucht, Ihnen zu folgen. Vielleicht würde die Tat, für die Sie mich heute loben, in Ihren Augen jeden Wert verlieren, wenn Sie ihren wahren Beweggrund kennten.« (Sie sehen, meine schöne Freundin, wie nahe ich der Wahrheit war!) »Nicht mir«, fuhr ich fort, »verdanken diese Unglücklichen die Hilfe in der Not. Wo Sie eine lobenswerte Tat zu sehen glauben, suchte ich nur ein Mittel, zu gefallen. Ich war – um alles zu gestehen – nur das schwache Werkzeug einer Göttin, die ich anbete!« (Hier wollte sie mich unterbrechen, aber ich ließ ihr nicht die Zeit dazu.) »Sogar in diesem Augenblick«, fuhr ich schnell fort, »lasse ich mir mein Geheimnis nur aus Schwäche entschlüpfen. Ich hatte mir gelobt, es Ihnen zu verschweigen; ich machte mir ein Glück daraus, Ihren Tugenden wie Ihren Reizen eine reine Huldigung darzubringen, die Ihnen ewig unbekannt bleiben sollte. Aber da ich unfähig bin, dort zu täuschen, wo ich das Bild lauterer Offenheit vor mir sehe, will ich mir gegen Sie wenigstens keine Verstellung vorzuwerfen haben. Glauben Sie nicht, daß ich Sie durch eine sträfliche Hoffnung beleidige. Ich werde unglücklich sein, ich weiß es; aber meine Leiden werden mir teuer sein als ein Beweis für das Übermaß meiner Liebe. Zu Ihren Füßen, in Ihr Herz werde ich meine Qual niederlegen und daraus Kraft schöpfen für neue Leiden. Bei Ihnen werde ich die teilnehmende Güte finden und mich getröstet glauben, weil Sie mich bedauern. Angebetete, hören Sie mich an, beklagen Sie mein Los, helfen Sie mir!« Bei diesen Worten lag ich schon vor ihr auf den Knien und drückte ihre Hände; aber sie entzog sie mir plötzlich, schlug sie vors Gesicht und rief mit dem Ausdruck der Verzweiflung: »Ich Unglückliche!« Dann fing sie bitterlich zu weinen an. Glücklicherweise war ich so in Schwung, daß ich ebenfalls weinte und ihre Hände, die ich nun wieder ergriff, mit meinen Tränen netzte – eine höchst notwendige Maßnahme, denn sie war so sehr mit ihrem eigenen Schmerz beschäftigt, daß sie des meinen nicht gewahr geworden wäre, wenn ich sie nicht durch dieses Mittel darauf aufmerksam gemacht hätte. Ich zog daraus noch den Gewinn, das liebliche Gesicht, das der Schmuck der Tränen noch verschönte, nach Herzenslust betrachten zu können. Mein Blut geriet in Wallung, und ich war meiner so wenig Meister, daß ich mich versucht fühlte, den Augenblick zu nutzen.

Wie groß ist doch unsere Schwäche und wie gewaltig die Macht der Umstände, wenn sogar ich, meiner Pläne vergessend, Gefahr lief, den Reiz eines langen Kampfes und alle die Einzelheiten ihrer schmerzlichen Niederlage durch einen vorzeitigen Triumph preiszugeben; wenn ich, verleitet von knabenhafter Gier, den Sieger über Madame de

Tourvel der Möglichkeit aussetzte, als Frucht für seine Mühe nur den banalen Vorteil einzuheimsen, eine Frau mehr besessen zu haben. Ah! sie soll sich ergeben, aber vorher kämpfen, soll, ohne die Kraft zum Siege, doch die zum Widerstand haben, soll das Gefühl ihrer Schwachheit bis zur Neige auskosten, bis sie gezwungen ist, ihre Niederlage einzugestehen. Mag der gemeine Wilddieb den Hirsch aus einem Hinterhalt erlegen, der wahre Jäger muß ihn mit Kunst zu Tode hetzen. Mein Plan ist erhaben, nicht wahr? Aber vielleicht müßte ich jetzt schon bereuen, ihm nicht nachgelebt zu haben, wäre nicht der Zufall meiner Klugheit zu Hilfe gekommen.

Wir hörten ein Geräusch; jemand kam. Madame de Tourvel erschrak, erhob sich rasch, griff nach einem Leuchter und verließ den Salon. Ich mußte es geschehen lassen. Es war aber nur ein Diener. Sobald ich dessen sicher war, folgte ich ihr. Kaum hatte ich einige Schritte getan, als sie – sei es, weil sie mich erkannt hatte, sei es aus einem unbestimmten Angstgefühl – ihre Schritte beschleunigte und mehr laufend als gehend in ihr Zimmer stürzte, dessen Tür sie hinter sich schloß. Ich schlich mich heran: der Schlüssel steckte von innen. Ich hütete mich, zu klopfen; das hätte ihr den Widerstand zu leicht gemacht. Es kam mir der ebenso einfache wie glückliche Gedanke, durchs Schlüsselloch zu schauen, und wirklich erblickte ich die herrliche Frau, von Tränen überströmt, kniend in inbrünstigem Gebet. Welchen Gott wagte sie anzurufen? Gibt es denn einen, der etwas gegen die Liebe vermag? Vergebens späht sie nach fremdem Beistand aus, ich allein werde fortan ihr Schicksal bestimmen.

In dem Bewußtsein, meinen Tag gut angewendet zu haben, zog ich mich ebenfalls in mein Zimmer zurück, um Ihnen zu schreiben. Ich hoffte die Schöne beim Abendessen zu sehen; aber sie ließ sagen, daß sie sich nicht wohl fühle und zu Bett gegangen sei. Madame de Rosemonde wollte zu ihr hinaufgehen, doch die listige Kranke schützte Kopfschmerzen vor, die ihr nicht gestatteten, Besuch zu empfangen. Sie können sich denken, daß ich nach dem Abendessen nicht lange bei meiner Tante saß, sondern auch mein Kopfweh bekam und mich bald empfahl. In meinem Zimmer angelangt, schrieb ich ihr einen langen Brief, in dem ich mich über ihre Grausamkeit beklagte, und legte mich dann mit der Absicht zu Bett, ihr ihn am Morgen zu übergeben. – Ich habe schlecht geschlafen, wie Sie aus dem Datum dieses Briefes sehen.

Ich stand auf, las meine Epistel nochmals durch und stellte fest, daß ich mich nicht genügend in der Hand gehabt hatte, da sich darin mehr wildes Begehren als Liebe, mehr schlechte Laune als Traurigkeit ausdrückt. Ich werde den Brief umschreiben müssen, aber mit größerer Ruhe.

Ich merke, daß der Morgen anbricht, und erhoffe von dem frischen Lüftchen, das er bringt, den Schlaf. Ich will jetzt wieder zu Bett gehen. Wie groß auch die Macht sein mag, die diese Frau über mich hat, so verspreche ich Ihnen doch, mich nicht so sehr mit ihr zu beschäftigen, daß mir nicht Zeit bleibt, viel an Sie zu denken. Adieu, meine schöne Freundin.

Schloß . . ., den 21. August 17 . ., vier Uhr früh

24. Brief **Vicomte de Valmont an Präsidentin de Tourvel**

Aus Erbarmen, Madame, besänftigen Sie die Wirrnis meiner Seele! Haben Sie die Gnade, mich wissen zu lassen, was ich hoffen darf oder fürchten muß! In meiner Lage zwischen höchstem Glück und tiefstem Unglück ist die Ungewißheit eine grausame Qual. Warum nur habe ich mich Ihnen eröffnet? Warum vermochte ich dem übermächtigen Zauber, der Ihnen meine Gedanken preisgab, nicht zu widerstehen? Zufrieden, Sie schweigend anzubeten, schwelgte ich doch wenigstens im Gefühl meiner Liebe; und diese meine Empfindung, die damals noch nicht von dem Bilde Ihres Schmerzes getrübt wurde, genügte zu meiner Seligkeit. Aber die Quelle des Glücks wurde zur Quelle der Verzweiflung, seitdem ich Ihre Tränen fließen sah, seitdem ich jenes grausame »Ach, ich Unglückliche!« vernahm. Diese Worte, Madame, hallten in meinem Herzen lange wider. Welches Verhängnis bewirkt, daß das sanfteste der Gefühle Ihnen nur Schrecken einjagt? Und worin besteht denn diese Furcht? Oh, es ist keineswegs die Furcht, mein Gefühl zu teilen; denn Ihr Herz, das ich so schlecht kannte, ist für die Liebe nicht geschaffen, das meine, das Sie unaufhörlich verleumden, ist allein empfindsam; das Ihre kennt sogar das Mitleid nicht. Wäre dem nicht so, Sie hätten dem Unglücklichen, der Ihnen sein Leid klagte, nicht ein Wort des Trostes versagt: Sie hätten sich seinem Blicke nicht entzogen, wo er doch keine Freude hat, als Sie zu sehen; Sie hätten nicht mit seiner Qual ein grausames Spiel getrieben, indem Sie ihm sagen ließen, Sie seien krank, und ihm nicht einmal gestatteten, sich bei Ihnen nach Ihrem Befinden zu erkundigen. Sie hätten gefühlt, daß diese Nacht, die für Sie zwölf Ruhestunden hatte, für ihn ein Jahrhundert der Pein bedeuten mußte.

Wodurch, sagen Sie es mir, habe ich so viel unbarmherzige Strenge verdient? Ich rufe ohne Furcht Ihr eigenes Urteil an. Was habe ich denn getan? Nichts andres, als meinem drängenden Gefühle nachgegeben, das Ihre Schönheit in mir erregt, Ihre Tugend gerechtfertigt hat, das ich aus Achtung stets bezwang, bis mir, dem Vertrauen, nicht der Hoffnung entsprungen, jenes unschuldige Geständnis entschlüpfte. Wollen Sie es nun enttäuschen, dieses Vertrauen, das Sie selbst mir doch zu gestatten schienen und dem ich mich ohne Rückhalt hingab? Nein, ich kann es nicht glauben: das hieße Ihnen ein Unrecht andichten, und mein Herz empört sich bei dem bloßen Gedanken, einen Fehler an Ihnen zu finden. Ich nehme meine Vorwürfe zurück; ich konnte sie niederschreiben, doch nicht wirklich denken. Ach, lassen Sie mich glauben, daß Sie vollkommen sind; es ist die einzige Freude, die mir bleibt. Und beweisen Sie es mir, indem Sie mir Ihr großmütiges Mitleid schenken. Welcher Unglückliche, dem Sie halfen, bedurfte Ihrer Hilfe so sehr wie ich? Verlassen Sie mich nicht in der Verstörung, in die Sie mich gestürzt haben; leihen Sie mir Ihren Verstand, Sie, die mir doch den meinen raubten! Sie haben mich gezüchtigt, nun wohl, geben Sie mir Klarheit, um Ihr Werk zu vollenden.

Ich will Sie nicht täuschen. Es wird Ihnen nie gelingen, mich von meiner Liebe zu heilen; aber Sie werden mich lehren, mein Gefühl zu regeln. Indem Sie meine Schritte lenken, mir meine Worte vorschreiben, werden Sie mich wenigstens vor dem entsetzlichen Schmerz bewahren, Ihnen zu mißfallen. Befreien Sie mich vor allem von der quälenden Angst; sagen Sie mir, daß Sie mir verzeihen, daß Sie mich bedauern; versichern Sie mich Ihrer Güte. Alle die Güte, die ich von Ihnen ersehne, werden Sie mir doch nie gewähren; aber ich fordere die, deren ich bedarf. Werden Sie sie mir verweigern?

Adieu, Madame. Nehmen Sie mit Gewogenheit die Huldigung meiner Gefühle entgegen, die meiner Hochachtung keinen Eintrag tun.

Schloß . . ., den 20. August 17 . .

25. Brief **Vicomte de Valmont an Marquise de Merteuil**

Hier der Bericht von gestern.

Um elf Uhr begab ich mich zu Madame de Rosemonde; in ihrer Begleitung erhielt ich bei der angeblich Kranken Zutritt, die noch im Bette lag. Sie hatte blaue Schatten unter den Augen, ich hoffe, daß sie ebensoschlecht geschlafen hat wie ich. Ich benutzte einen Augenblick, da Madame de Rosemonde sich entfernt hatte, zur Überreichung meines Briefes. Man weigerte sich, ihn anzunehmen, aber ich ließ ihn auf dem Bett und rückte höflich den Lehnstuhl für meine alte Tante heran, die nahe bei »ihrem lieben Kinde« sein wollte. Da blieb nichts übrig, als den Brief zu verstecken, um einen Skandal zu vermeiden. Die Kranke tat die unvorsichtige Äußerung, sie glaube, sie habe ein wenig Fieber. Madame de Rosemonde forderte mich auf, ihr den Puls zu fühlen, wobei sie meine medizinischen Kenntnisse sehr rühmte. Meine Schöne war also der doppelten Ungelegenheit ausgesetzt, mir ihren Arm überlassen zu müssen und Gefahr zu laufen, daß ihre kleine Lüge entdeckt wurde. Ich ergriff ihre Hand und drückte sie heftig, während ich mit meiner andern Hand über ihren frischen, vollen Arm hinstrich; die raffinierte Person verriet sich durch kein Zeichen, weshalb ich, als ich mich zurückzog, sagte: »Es ist nicht die geringste Spur von Erregung vorhanden.« Ich ahnte die Strenge ihres Blicks und vermied ihn, um sie zu strafen. Ein wenig später erklärte sie, aufstehen zu wollen, und wir ließen sie allein. Sie erschien beim Diner, das trübselig verlief, und verkündete, daß sie heute nicht ausfahren werde, was bedeutete, daß ich keine Gelegenheit haben würde, allein mit ihr zu sprechen. Ich fühlte wohl, daß hier ein Seufzer und ein schmerzlicher Blick am Platze war, und zweifellos erwartete sie so etwas, denn dies war der einzige Moment des Tages, wo ich ihre Augen auf mich gerichtet fand. So sittsam sie ist, sie hat doch ihre kleinen Listen wie alle die anderen Frauen. In einem geeigneten Augenblick gelang es mir, sie zu fragen, ob sie die Güte haben wolle, mich über mein Schicksal zu unterrichten, und war ein wenig erstaunt, die Antwort zu hören: »Ja, mein Herr, ich habe Ihnen geschrieben.« Ich brannte darauf, diesen Brief zu haben, aber – war es bewußte Absicht, Ungeschicklichkeit oder Schüchternheit? – sie gab ihn mir erst am Abend, als sie sich zurückzog. Ich lege ihn Ihnen bei, zugleich mit dem Konzept des meinen: lesen und urteilen Sie! Beachten Sie, mit welch abgründiger Falschheit sie behauptet, daß sie keineswegs Liebe für mich empfinde, während ich doch des Gegenteils sicher bin. Und dann wird sie sich beklagen, wenn ich sie nachher betrüge, wo sie sich nicht scheut, mich vorher zu belügen! Meine schöne Freundin, selbst der geschickteste Mann ist kaum imstande, der wahrhaftigsten Frau die Waage zu halten. Und doch muß man sich stellen, als glaube man an dieses Getue, und bis zum Überdruß Verzweiflung mimen, weil es Madame gefällt, die Grausame zu spielen! Wer wird sich für so viel Hinterlist nicht rächen wollen? . . . Nur Geduld! . . . Aber für heute Adieu, ich habe noch viel zu schreiben.

Noch etwas. Schicken Sie mir den Brief der Grausamen zurück; möglicherweise verlangt sie später von mir, daß ich auf diese Nichtigkeiten Wert lege, und man muß immer korrekt sein.

Ich spreche Ihnen heute nicht von der kleinen Volanges, wir wollen uns bei nächster Gelegenheit über sie unterhalten.

Schloß . . ., den 22. August 17 . .

26. Brief **Präsidentin de Tourvel an Vicomte de Valmont**

Sie würden, mein Herr, gewiß keinen Brief von mir bekommen, wenn mein dummes Benehmen von gestern abend mich nicht zu einer Erklärung zwänge. Ja, ich habe geweint, ich gestehe es; vielleicht auch sind die beiden Worte mir entschlüpft, die Sie mir so geflissentlich in Erinnerung rufen. Tränen und Worte – Sie haben alles bemerkt; so muß ich Ihnen alles erklären.

Gewohnt, nur ehrbare Gefühle einzuflößen und nur Reden zu vernehmen, die ich, ohne zu erröten, anhören darf, mit einem Wort, mich einer Sicherheit zu erfreuen, deren ich – ich wage es zu sagen – würdig bin, verstehe ich es nicht, die Wirkung der Eindrücke, die ich empfange, zu verbergen oder zu bekämpfen. Die Verblüffung, die Verwirrung, in die mich Ihr Vorgehen stürzte, ich weiß nicht welche Angst, hervorgerufen durch eine Situation, die nie für mich hätte entstehen sollen, vielleicht auch der empörende Gedanke, mit jenen Frauen verwechselt zu werden, die Sie verachten, und ebenso leichtfertig behandelt zu werden – das Zusammenwirken aller dieser Ursachen hat mich zum Weinen gebracht und mir das, wie ich glaube, berechtigte Geständnis entrungen, daß ich unglücklich sei. Sie finden diesen Ausdruck stark; er wäre noch viel zu schwach, wenn meine Tränen und meine Worte einen andern Beweggrund hätten: wenn ich, anstatt Gefühle, die mich beleidigen, zu mißbilligen, fürchten müßte, sie zu teilen.

Nein, mein Herr, diese Furcht habe ich nicht. Wenn ich Sie hätte, würde ich hundert Meilen weit vor Ihnen fliehen und in einer Einöde das Unglück beweinen, Sie jemals gekannt zu haben. Vielleicht hätte ich trotz meiner festen Überzeugung, daß ich Sie nicht liebe, nie lieben werde, besser daran getan, den Rat meiner Freunde zu befolgen, Sie mir nicht nahekommen zu lassen.

Ich glaubte – und das war mein einziger Fehler – ich glaubte, daß Sie eine ehrbare Frau respektieren würden, die sich nichts Besseres wünschte, als auch Sie so zu finden und Ihnen Gerechtigkeit widerfahren zu lassen – eine Frau, die Sie verteidigte, während Sie sie schon mit Ihren verbrecherischen Hoffnungen beleidigten. Sie kennen mich nicht; nein, mein Herr, Sie kennen mich nicht. Sonst hätten Sie sich nicht aus Ihrem Unrecht noch ein Recht geschmiedet: weil Sie mir Worte gesagt haben, die ich nicht hören durfte, glaubten Sie sich ermächtigt, mir einen Brief zu schreiben, den ich nicht lesen durfte; und nun verlangen Sie gar, daß ich Ihre Schritte leite, Ihnen Ihre Reden vorschreibe! Nun wohl, mein Herr, Schweigen und Vergessen, das sind die Ratschläge, die Ihnen zu geben mir geziemt, so wie es Ihnen geziemt, sie zu befolgen. Dann, nur dann, werden Sie einen Anspruch auf meine Nachsicht haben, und es hängt nur von Ihnen ab, ob auch auf meine Dankbarkeit ... Aber nein, ich werde an den keine Bitte richten, der mich nicht geachtet hat, ich werde kein Zeichen des Vertrauens dem Manne schenken, der meine Arglosigkeit mißbrauchte; Sie zwingen mich, Sie zu fürchten, vielleicht sogar Sie zu hassen; ich wollte es nicht, wollte in Ihnen nur den Neffen meiner hochverehrten Freundin sehen und kämpfte mit der Stimme der Freundschaft gegen die öffentliche Meinung an, die Sie anklagte. Sie haben alles zerstört und werden, ich sehe es voraus, nichts wiedergutmachen wollen.

Ich erkläre Ihnen ausdrücklich, daß Ihre Gefühle mich beleidigen, daß deren Geständnis mich beschimpft, und vor allem, daß ich, weit entfernt davon, Ihre Gefühle jemals zu teilen, gezwungen wäre, Sie nie wiederzusehen, wenn Sie sich in diesem Punkte nicht ein Schweigen auferlegen, das zu erwarten, ja von Ihnen zu fordern, ich ein Recht habe. Ich lege diesem Brief den Ihren bei und hoffe, daß Sie mir den meinen ebenfalls zurückgeben werden; es wäre für mich ein peinigender Gedanke, wenn von diesem Vorfall, der nie sich hätte ereignen dürfen, irgendeine Spur zurückbliebe.

Ich habe die Ehre zu verbleiben usw. Den 21. August 17..

27. Brief **Cécile de Volanges an Marquise de Merteuil**

Mein Gott, wie gut Sie sind, Madame! Wie richtig haben Sie gefühlt, daß es mir leichter sein wird, Ihnen zu schreiben, als mit Ihnen zu sprechen! Freilich ist das, was ich Ihnen zu sagen habe, recht schwierig zu sagen; aber Sie sind doch meine Freundin, nicht wahr? – ja meine sehr gute Freundin, und ich will versuchen, keine Angst zu haben. Ich brauche Sie nämlich so dringend, Sie und Ihre Ratschläge! Ich habe viel Kummer, und mir scheint, als ob alle Welt erriete, was ich denke. Besonders wenn er da ist, werde ich rot, sobald jemand mich ansieht. Gestern, als Sie mich weinen sahen, wollte ich gerade mit Ihnen sprechen, und dann hat mich, ich weiß nicht was, davon abgehalten, und als Sie mich fragten: »Kind, was fehlt dir?« kamen mir wider meinen Willen die Tränen. Ich hätte kein Wort hervorbringen können. Ohne Sie hätte Mama es bemerkt, und was hätt' ich dann anfangen sollen? Sehen Sie, so verbringe ich mein Leben, besonders seit vier Tagen.

An diesem Tag, Madame, ja, ich will es Ihnen sagen, an diesem Tag hat mir der Herr Chevalier Danceny geschrieben. Oh, ich schwöre Ihnen, als ich seinen Brief fand, wußte ich gar nicht, was es bedeutete; aber es wäre eine Lüge, wenn ich behaupten wollte, daß ich nicht viel Vergnügen empfand, als ich ihn las. Lieber möchte ich mein ganzes Leben Kummer haben, als daß er mir diesen Brief nicht geschrieben hätte! Aber ich wußte natürlich, daß ich ihm das nicht sagen durfte, und kann Ihnen sogar versichern, daß ich mich ihm gegenüber erzürnt stellte; aber er sagte, es sei stärker gewesen als er, und ich muß es ihm glauben, denn ich hatte beschlossen, ihm nicht zu antworten, und habe mich dann doch nicht enthalten können, es zu tun. Oh, ich habe ihm nur einmal geschrieben, und eigentlich nur, um ihm zu sagen, daß er mir nicht mehr schreiben soll. Aber er schreibt mir trotzdem immer wieder; und ich sehe ihm an, wie traurig er ist, weil ich ihm nicht antworte, und das betrübt mich noch mehr, so sehr, daß ich nicht weiß, was ich tun oder anfangen soll, und sehr zu bedauern bin.

Madame, ich bitte Sie inständig, sagen Sie mir: wäre es wirklich sehr schlimm, wenn ich ihm von Zeit zu Zeit antworte? Wenigstens so lange, bis er es über sich bringt, mir nicht mehr zu schreiben und so zu sein, wie wir früher miteinander waren; denn wenn das so weitergeht, weiß ich nicht, was aus mir werden soll. Denken Sie nur, als ich seinen letzten Brief las, mußte ich lange, lange weinen, und wenn ich ihm jetzt wieder nicht antworte, wird für uns beide sicher großer Kummer daraus entstehen.

Ich werde Ihnen seinen Brief schicken, oder eine Abschrift davon, so daß Sie selbst urteilen können. Sie werden ja sehen, daß es nichts Schlimmes ist, was er verlangt. Sollten Sie aber finden, daß es sich nicht schickt, so verspreche ich Ihnen, nicht zu antworten; doch glaube ich, daß Sie denken werden wie ich, nämlich, daß nichts Schlimmes dabei ist.

Erlauben Sie mir bei dieser Gelegenheit noch eine Frage, Madame. Man hat mir gesagt, daß es schlecht sei, jemanden zu lieben – aber warum denn? Ich lege Ihnen diese Frage vor, weil der Chevalier Danceny behauptet, es sei gar nichts Schlechtes dabei, und er sagt, daß fast alle Welt liebt. Wenn das so ist, dann sehe ich nicht ein, warum ich allein mich der Liebe enthalten soll. Oder ist es nur bei jungen Mädchen ein Unrecht? Habe ich doch sogar Mama sagen hören, daß Frau D. den Herrn M. liebe, und sie sprach darüber nicht, als ob das etwas besonders Schlechtes wäre; und doch bin ich sicher, daß sie es mir sehr verübeln würde, wenn sie auch nur ahnte, daß ich für Danceny Freundschaft empfinde. Mama behandelt mich immer wie ein Kind und sagt mir gar nichts. Als sie mich aus dem Kloster nahm, glaubte ich, es geschähe, um mich zu verheiraten; jetzt aber sieht es nicht so aus. Nicht daß ich mir darüber viel Gedanken machte, das sicher nicht; aber Sie sind doch so befreundet mit ihr und wissen vielleicht, was vorgeht, und wenn Sie es wissen, so hoffe ich, daß Sie es mir verraten werden.

Das ist nun ein sehr langer Brief geworden, Madame, aber da Sie mir erlaubten, Ihnen zu schreiben, benutzte ich die Gelegenheit, um Ihnen alles zu sagen, und ich zähle auf Ihre Freundschaft.

Ich habe die Ehre zu verbleiben usw. Paris, den 23. August 17..

28. Brief **Chevalier Danceny an Cécile Volanges**

Wie, mein Fräulein, Sie wollen mir noch immer nicht antworten? Nichts vermag Sie zu erweichen, und jeder Tag trägt die Hoffnung, die er brachte, wieder mit sich fort! Was ist denn diese Freundschaft, deren Bestehen zwischen uns Sie zugeben, wenn sie nicht einmal stark genug ist, um Sie für meinen Schmerz empfänglich zu machen; wenn sie Sie kühl und ruhig bleiben läßt, während ich die Qualen eines Brandes erdulde, den ich nicht löschen kann; wenn sie, weit entfernt davon, Ihnen Vertrauen einzuflößen, nicht einmal hinreicht, Ihr Mitleid zu erwecken? Wie, Ihr Freund leidet, und Sie tun nichts, um ihm zu helfen? Er bittet Sie um ein einziges Wort, und Sie verweigern es ihm und fordern, daß er sich mit einem so schwachen Gefühl begnüge, dessen Versicherung Sie sich zu wiederholen scheuen!

Sie möchten nicht undankbar sein, sagten Sie gestern. Glauben Sie mir, mein Fräulein: wer Liebe mit Freundschaft vergelten will, fürchtet nicht, undankbar zu sein, sondern bloß, es zu scheinen! Aber ich wage nicht mehr, Ihnen von einem Gefühl zu sprechen, das Ihnen nur lästig sein kann, wenn es Ihr Herz nicht berührt; ich muß mich bemühen, es in mir zu verschließen, bis daß ich lerne, es zu überwinden. Ich weiß wohl, wie schwer mir dies fallen wird, und verhehle mir nicht, daß ich aller meiner Kraft bedürfen werde; ich werde kein Mittel unversucht lassen, und es gibt eines, das meinem Herzen am meisten weh tun wird: mir immer wieder zu sagen, daß das Ihre fühllos ist. Ich will sogar versuchen, Sie weniger oft zu sehen, und bin in Gedanken schon damit beschäftigt, einen einleuchtenden Vorwand dafür zu finden.

Wie, ich sollte die süße Gewohnheit aufgeben, Sie täglich zu sehen? Immer, immer würde ich ihr nachweinen. Ein ewiges Unglück wird der Lohn für meine zärtliche Liebe sein, und Sie werden es gewollt haben, und es wird ihr Werk sein! Nie, ich fühle es, werde ich das Glück wiederfinden, das ich heute verliere; Sie allein waren für mein Herz bestimmt; mit welcher Freude würde ich den Schwur leisten, einzig für Sie zu leben! Aber Sie wollen mein Gelübde nicht entgegennehmen; Ihr Schweigen verrät mir deutlich, daß Ihr Herz nichts für mich empfindet. Das ist der klarste Beweis für Ihre Gleichgültigkeit und die grausamste Art, sie mir kundzutun. Leben Sie wohl, mein Fräulein!

Ich wage nicht mehr, mir mit der Hoffnung auf eine Antwort zu schmeicheln. Die Liebe hätte sie mit feuriger Beschwingtheit geschrieben, die Freundschaft mit Vergnügen und selbst das Mitleid mit gefälligem Entgegenkommen. Aber Mitleid, Freundschaft und Liebe sind Ihrem Herzen gleichermaßen fremd. Paris, den 23. August 17..

29. Brief **Cécile Volanges an Sophie Carnay**

Ich sagte es Dir gleich, Sophie, daß es Fälle gibt, wo man schreiben darf, und ich versichere Dir, daß ich mir große Vorwürfe mache, weil ich Deinem Rate folgte, woraus uns, dem Chevalier Danceny und mir, so viel Kummer erwuchs. Der Beweis, daß ich recht hatte, ist, daß Madame de Merteuil, eine Frau, die es doch sicherlich wissen muß, sich schließlich zu meiner Meinung bekehrte. Ich habe ihr alles gestanden. Anfangs sprach sie wie Du; aber als ich ihr dann alles erklärte, gab sie zu, daß das etwas ganz anderes sei. Um sicher zu sein, daß ich nur das schreibe, was sich gehört, verlangt sie nur, daß ich ihr alle meine Briefe und auch die des Chevalier Danceny zeige. Siehst Du, jetzt habe ich wieder mein ruhiges Gewissen. Mein Gott, wie ich Madame de Merteuil liebe! Sie ist so gut, und dabei ist sie eine verehrungswürdige Frau! So wäre also alles in Ordnung.

Nun will ich gleich an Herrn Danceny schreiben. Wie froh wird er sein, und zwar noch weit mehr als er ahnt, denn bisher sprach ich ihm immer nur von meiner Freundschaft, und er verlangte, daß ich es Liebe nenne. Ich glaubte, es sei ein und dasselbe, aber ich wagte dennoch nicht, es zu schreiben, und es war ihm so sehr daran gelegen. Ich habe mit Madame de Merteuil darüber gesprochen, und sie meinte, ich habe recht, man dürfe nur dann gestehen, daß man liebe, wenn man gar nicht mehr anders könne. Jetzt bin ich aber überzeugt, daß ich nicht mehr anders kann, schließlich ist es ja dasselbe und wird ihm um so mehr Freude machen.

Madame de Merteuil hat mir auch versprochen, mir Bücher zu leihen, die von alledem handeln und mich über das richtige Benehmen belehren werden, auch darüber, wie man besser schreibt, als ich es jetzt tue. Weißt du, sie macht mich auf alle meine Fehler aufmerksam, was doch ein Beweis dafür ist, daß sie mich sehr lieb hat. Sie hat mir nur empfohlen, meiner Mama von diesen Büchern nichts zu sagen, weil das so aussehen könnte, als hätte sie meine Erziehung zu sehr vernachlässigt, und das könnte sie kränken. Oh, ich werde ihr kein Wort davon erzählen!

Es ist doch eigentlich seltsam, daß eine Frau, die kaum mit mir verwandt ist, sich mehr um mich kümmert als meine eigene Mutter. Welches Glück für mich, sie kennengelernt zu haben!

Sie hat Mama auch darum gebeten, mich übermorgen in die Oper mitnehmen zu dürfen, in ihre Loge; wir werden, sagt sie, dort ganz allein sein und ungestört miteinander plaudern können, ohne daß uns jemand hört. Das ist mir viel lieber als die Oper. Wir werden dann auch über meine Heirat sprechen, denn sie sagt, es sei wahr, daß ich heiraten soll, aber sie konnte mir im Augenblick nicht mehr darüber mitteilen. Du lieber Gott, ist es nicht erstaunlich, daß mir Mama auch davon gar nichts sagt?

Adieu, meine Sophie, ich werde jetzt dem Chevalier Danceny schreiben. Oh, wie bin ich froh!

Den 24. August 17..

30. Brief **Cécile Volanges an Chevalier Danceny**

Endlich, mein Herr, willige ich ein, Ihnen zu schreiben, Sie meiner Freundschaft zu versichern, meiner *Liebe*, da Sie sonst unglücklich wären. Sie behaupten, daß ich kein gutes Herz habe; ich kann Ihnen versichern, daß Sie sich täuschen, und hoffe, daß Sie jetzt nicht mehr daran zweifeln. Glauben Sie denn, daß, wenn Sie sich darüber grämten, daß ich nicht schrieb, ich nicht auch Qualen litt? Aber ich wollte um alles in der Welt nicht etwas tun, was unrecht ist, und würde meine Liebe ganz sicher nicht zugegeben haben, wenn ich hätte anders können; aber Ihre Traurigkeit tat mir so leid. Ich hoffe, daß Sie jetzt nicht mehr so traurig sind und daß wir sehr glücklich sein werden.

Ich rechne bestimmt auf das Vergnügen, Sie heute abend zu sehen und daß Sie recht zeitig kommen werden – es wird doch nie so früh sein, als ich es mir wünsche. Mama wird zu Hause speisen, und ich glaube, Sie wird Ihnen vorschlagen zu bleiben – ich hoffe, Sie sind nicht wieder vergeben wie vorgestern abend. War es denn so unterhaltend, das Souper, zu dem Sie gingen? Denn Sie verließen uns schon sehr bald. Aber sprechen wir nicht mehr davon! Jetzt, wo Sie wissen, daß ich Sie liebe, hoffe ich, daß Sie so lange bei mir bleiben werden, wie Sie können; denn ich bin nur zufrieden, wenn ich mit Ihnen zusammen bin, und möchte gern, daß es bei Ihnen ebenso ist.

Es tut mir sehr leid, daß Sie jetzt noch traurig sind, aber das ist nicht meine Schuld. Sofort, wenn Sie kommen, werde ich nach meiner Harfe verlangen, damit Sie gleich meinen Brief haben. Das ist doch recht so, nicht?

Adieu. Ich liebe Sie sehr, ich liebe Sie von ganzem Herzen. Je öfter ich es Ihnen sage, um so froher bin ich, und ich hoffe, Sie sind es auch.

Den 24. August 17..

31. Brief **Chevalier Danceny an Cécile Volanges**

Ja, wir werden glücklich sein! Das Glück ist mir sicher, da ich von Ihnen geliebt bin; das Ihre wird kein Ende nehmen, wenn es so lange währt wie die Liebe, die Sie in mir entflammten. Wie, Sie lieben mich, Sie schrecken nicht mehr davor zurück, mich Ihrer Liebe zu versichern? Je öfter Sie es mir sagen, um so froher sind Sie! Als ich dieses entzückende »Ich liebe Sie«, geschrieben von Ihrer Hand, las, glaubte ich zu hören, wie Ihr schöner Mund das Geständnis wiederholte, sah, wie Ihre herrlichen Augen, noch verschönt durch den Ausdruck der Zärtlichkeit, sich auf mich richteten, und empfing Ihr Gelöbnis, nur noch für mich zu leben. Ah, nehmen Sie dafür den Schwur entgegen, mein ganzes Leben Ihrem Glücke zu weihen, und seien Sie versichert, daß ich ihn nie brechen werde!

Was haben wir gestern für einen glücklichen Abend verbracht! Ach, warum hat Madame de Merteuil Ihrer Mama nicht täglich Geheimnisse anzuvertrauen, und warum muß der Gedanke an den Zwang, der uns erwartet, mir die süße Erinnerung verbittern? Warum darf ich Ihre reizende Hand, die das »Ich liebe Sie« niederschrieb, nicht immer in der meinen halten und mit Küssen bedecken, um mich dafür zu rächen, daß Sie mir eine größere Gunst versagten?

Sagen Sie mir, meine Cécile: als Ihre Mama zurückkam, als wir durch ihre Gegenwart genötigt waren, für einander nur noch gleichgültige Blicke zu haben, als Sie mich durch die Versicherung Ihrer

Liebe nicht mehr trösten konnten – hat Ihnen da Ihre Weigerung, sie mir zu beweisen, nicht leid getan? Haben Sie sich nicht gesagt: ein Kuß hätte ihn beseligt, und ich habe ihm dieses Glück vorenthalten? Versprechen Sie mir, meine liebenswürdige Freundin, daß Sie bei der nächsten Gelegenheit weniger streng sein werden. Mit Hilfe dieses Versprechens werde ich den Mut aufbringen, die Widerwärtigkeiten zu ertragen, welche die Umstände uns bereiten, und die grausamen Entbehrungen wird mir die Gewißheit lindern, daß auch Sie sie schwer empfinden.

Adieu, meine reizende Cécile; die Stunde ist da, wo ich zu Ihnen darf. Es wäre unmöglich, Sie zu verlassen, geschähe es nicht, um Sie wiederzusehen. Adieu, Cécile, die ich so innig liebe und immer mehr lieben werde!

Den 25. August 17..

32. Brief **Madame de Volanges an Präsidentin de Tourvel**

Sie verlangen, Madame, daß ich an die Tugend des Herrn de Valmont glaube? Ich gestehe, daß ich mich dazu nicht entschließen kann und daß es mir ebensoschwer fiele, ihn nach dem einen Vorfall, von dem Sie mir berichten, für anständig zu halten, wie einen anerkannt guten Menschen für lasterhaft, bloß weil man mir einen Fehler von ihm hinterbringt. Der Mensch ist in keiner Weise aus einem Guß, weder im Guten noch im Bösen. Der Ruchlose hat seine Vorzüge wie der Ehrenmann seine Schwächen. Diese Wahrheit scheint mir um so beherzigenswerter, als sich von ihr die Notwendigkeit der Nachsicht sowohl gegen die Bösen als gegen die Guten ableitet, und weil sie diese vor Stolz und jene vor Mutlosigkeit bewahrt. Zweifellos werden Sie finden, daß ich in diesem Moment die Nachsicht, die ich predige, recht mangelhaft übe; aber ich sehe in ihr nur eine gefährliche Schwachheit, wenn sie uns dazu führt, den Lasterhaften und den Ehrenmann gleich zu behandeln.

Ich will mir die Beweggründe der Handlungsweise des Herrn de Valmont zu untersuchen nicht erlauben und will glauben, daß sie ebenso lobenswert sind wie die Tat selbst. Aber hat er deshalb sein Leben weniger damit verbracht, in die Familien Verwirrung, Schande und Ärgernis zu tragen? Hören Sie, wenn Sie wollen, auf die Stimme des Armen, dem er geholfen hat, aber verschließen Sie Ihr Ohr nicht den Schreien der hundert unglücklichen Frauen, die er zugrunde gerichtet hat. Wenn er, wie Sie sagen, nur ein Beispiel für die Gefährlichkeit verbotener Liebesbeziehungen ist, muß er dann nicht selbst eine gefährliche Beziehung sein? Sie halten ihn für fähig, daß er den rechten Weg zurück finde? Gehen wir noch weiter, nehmen wir an, daß dieses Wunder wirklich geschehen sei – wäre nicht trotzdem noch die öffentliche Meinung gegen ihn, und müßte das allein nicht schon genügen, um Ihr Betragen gegen ihn zu bestimmen? Gott allein kann im Augenblick der Reue Verzeihung gewähren; er liest in den Herzen; aber die Menschen können die Gedanken nur nach den Handlungen beurteilen, und keiner von ihnen hat, wenn er die Achtung der andern verlor, das Recht, sich über ein notwendiges Mißtrauen zu beklagen, das diesen Verlust so empfindlich macht. Bedenken Sie, meine junge Freundin, daß man sich den Verlust dieser Achtung bisweilen schon zuziehen kann, wenn man auf sie zu wenig Wert legt. Und zeihen Sie diese Strenge nicht der Unbilligkeit; denn die Ansicht ist berechtigt, daß ein Mensch, der einen Anspruch auf dieses kostbare Gut hätte, nicht leichtfertig darauf verzichten würde. So wird denn ein solcher, der von diesem mächtigen Zügel nicht mehr zurückgehalten wird, der Gefahr, ins Schlechte abzugleiten, sehr nahe sein. In diesem Lichte aber würde Sie eine enge Beziehung zu Herrn de Valmont erscheinen lassen, so unschuldig sie auch sein möge.

Erschrocken über die Wärme, mit der Sie ihn verteidigt haben, beeile ich mich, den Einwendungen, die ich voraussehe, zuvorzukommen. Sie werden mir Madame de Merteuil nennen, der man ihre Verbindung mit ihm verziehen hat; Sie werden mich fragen, warum ich ihn bei mir empfange, und mir sagen, daß er, weit davon entfernt, von den anständigen Leuten verstoßen zu werden, in der sogenannten guten Gesellschaft empfangen wird, ja sogar gern gesehen ist. Ich glaube auf all dies antworten zu können.

Zunächst hat Madame de Merteuil, die in der Tat sehr schätzenswert ist, vielleicht nur den einen Fehler, daß sie zuviel Vertrauen in ihre Kräfte setzt. Sie ist wie ein geschickter Lenker, der sich darin gefällt, einen Wagen zwischen Felsen und Abgründen sicher hindurchzuführen, und der in seinem Tun durch den Erfolg allein gerechtfertigt wird. Es ist recht und billig, sie zu loben, aber es wäre unklug, sie nachzuahmen; sie selbst gibt das zu und klagt sich dessen an. Je mehr sie vom Leben gesehen hat, desto strenger werden ihre Grundsätze, und ich glaube Ihnen versichern zu können, daß sie genau so denkt wie ich.

Was mich betrifft, so werde ich mich nicht mehr rechtfertigen als die andern. Gewiß empfange ich Herrn de Valmont, und er wird überall empfangen; das ist eine jener Inkonsequenzen, die man tausend andern, die in der Gesellschaft gang und gäbe sind, hinzufügen kann. Sie wissen wie ich, daß man sein Leben damit hinbringt, sie zu bemerken, sich über sie zu beklagen und sie doch zu begehen. Herr de Valmont mit seinem großen Namen, seinem beträchtlichen Vermögen und vielen liebenswürdigen Eigenschaften hat bald erkannt, daß, um die Macht in der Gesellschaft zu behaupten, es genügt, das Lob und den Spott mit gleichem Geschick zu handhaben. Keiner besitzt wie er dieses zwiefache Talent: er bezaubert den einen und macht sich bei dem andern gefürchtet. Man achtet ihn nicht, aber man schmeichelt ihm. Das ist seine Existenz inmitten einer Welt, die, mehr klug als mutig, ihn lieber mit Vorsicht behandelt als bekämpft.

Aber sicher würde weder Madame de Merteuil noch irgendeine andere Frau es wagen, sich auf einem Landsitz mit einem solchen Mann fast im Tête-à-tête einzuschließen. Es war der Sittsamsten, der Zurückhaltendsten unter allen vorbehalten, das Beispiel einer solchen Ungereimtheit zu geben – verzeihen Sie mir dieses Wort, es entspringt der Freundschaft. Meine schöne Freundin, gerade Ihre Tugendhaftigkeit betrügt Sie durch das Gefühl der Sicherheit, das Sie Ihnen einflößt. Bedenken Sie doch, Richter über Sie werden teils frivole Leute sein, die an eine Tugend nicht glauben, für die sie unter sich kein Beispiel finden, teils aber böse Menschen, die Ihre Reinheit nicht werden anerkennen wollen, um Sie für deren Besitz zu strafen. Werden Sie sich darüber klar, daß Sie in diesem Augenblick etwas tun, was selbst manche Männer nicht wagen würden. Tatsächlich befinden sich unter den jungen Leuten, bei denen Herr de Valmont nur zu sehr den Ton angibt, einige sehr vorsichtige, die davor zurückschrecken, gar zu eng mit ihm befreundet zu sein – und Sie, Sie fürchten das nicht? Oh, kehren Sie nach Paris zurück, ich beschwöre Sie! ... Wenn meine Gründe nicht genügen, Sie zu überzeugen, so schenken Sie meiner Freundschaft Gehör; sie ist es, die mich treibt, meine dringenden Bitten zu wiederholen, sie muß mich rechtfertigen. Sie finden mein freundschaftliches Drängen vielleicht streng, und ich wünschte, daß es unnötig wäre. Aber ich will lieber, daß Sie sich über meinen Eifer als über meine Nachlässigkeit beklagen. Paris, den 24. August 17..

33. Brief **Marquise de Merteuil an Vicomte de Valmont**

Sofern Sie sich vor dem Erfolge fürchten, mein lieber Vicomte, sofern Sie beabsichtigen, Waffen gegen sich selbst zu liefern, und Ihnen weniger daran gelegen ist, zu siegen als zu kämpfen, kann ich Sie nur loben. Ihr Benehmen ist in diesem Falle ein Meisterwerk der Klugheit. Es wäre aber im entgegengesetzten Falle eines der Dummheit, und um die Wahrheit zu sagen, ich fürchte, Sie geben sich Täuschungen hin.

Was sich Ihnen vorwerfe, ist nicht, daß Sie sich den günstigen Moment nicht zunutze machten. Erstens sehe ich nicht ganz deutlich, ob er wirklich da war, und dann weiß ich zur Genüge, daß man – was die Leute auch sagen mögen – eine versäumte Gelegenheit meist wiederfindet, während man einen übereilten Schritt unmöglich zurücknehmen kann.

Aber Ihr grober Schnitzer besteht darin, daß Sie sich haben hinreißen lassen zu schreiben. Es ist nicht abzusehen, wohin Sie das noch führen kann. Hoffen Sie etwa dieser Frau schriftlich zu beweisen, daß sie sich ergeben muß? Es scheint mir, daß es sich da nur um eine Wahrheit des Gefühles, nicht um etwas Beweisbares handelt, und daß man, um für sie empfänglich zu machen, rühren, nicht räsonieren muß. Aber was hülfe es Ihnen, durch Briefe zu rühren, da Sie doch nicht anwesend wären, um daraus Vorteil zu ziehen? Selbst wenn Ihre schönen Sätze in der Angebeteten einen Rausch der Verliebtheit bewirken sollten, glauben Sie, daß er lange genug anhalten wird, so daß die Überlegung nicht Zeit findet, das Geständnis zu verhindern? Bedenken Sie, wieviel Zeit es erfordert, einen Brief zu schreiben, wieviel Zeit vergeht, bevor er übergeben wird, und fragen Sie sich, ob eine Frau mit Grundsätzen wie ihre Bigotte so lange wollen kann, was nie zu wollen sie bestrebt ist. Ein solches Verfahren mag bei Kindern gelingen, die, wenn sie schreiben: »ich liebe Dich«, nicht wissen, daß sie damit sagen: »ich gebe mich hin«. Aber die räsonierende Tugend der Madame de Tourvel scheint mir das Gewicht der Worte sehr gut zu kennen. So hat sie trotz dem Vorteil, den Sie im Gespräch über sie gewannen, Sie doch auf dem Gebiet des Briefs geschlagen. Und dann – wissen Sie, was dann geschieht? Weil man nun einmal beim Disputieren ist, will man nicht nachgeben. Man sucht so lange nach triftigen Gründen, bis man welche findet und sie niederschreibt. Und dann versteift man sich auf sie, nicht weil sie triftig wären, sondern weil man sich nicht selber Lügen strafen will.

Noch eine Bemerkung, von der ich mich wundere, daß Sie sie nicht schon selbst gemacht haben. Es gibt in der Liebe nichts Schwierigeres, als etwas zu schreiben, was man nicht fühlt – ich meine, es auf eine wahrscheinliche Weise zu schreiben. Gewiß, man bedient sich der gleichen Worte; aber man fügt sie nicht in der rechten Art aneinander, oder vielmehr: man fügt sie nur aneinander, und das ist es eben. Lesen Sie Ihren Brief noch einmal durch; es herrscht darin eine Ordnung, die Sie mit jedem Satz verrät. Ich will gern glauben, daß Ihre Präsidentin nicht gewitzt genug ist, um es zu merken. Aber was tut's? Die Wirkung ist darum nicht weniger verfehlt. Das ist der Mangel der Romane: der Verfasser gibt sich alle erdenkliche Mühe, um warm zu werden; aber der Leser bleibt kalt. »Die neue Héloise« ist der einzige Roman, der von dieser Regel eine Ausnahme bildet; und trotz dem Talent des Verfassers hat diese Beobachtung mich immer zu der Meinung bewogen, daß die Geschichte im Grunde wahr ist. Ganz anders ist es beim Reden. Die Gewohnheit, den Klang seiner Stimme zu modeln, verleiht ihr Empfindsamkeit; leicht fließende Tränen vermehren noch diesen Effekt; das Feuer des Verlangens in den Augen ist dem der Zärtlichkeit zum Verwechseln ähnlich; auch erweckt das stammelnde Sprechen leichter den Eindruck jenes Aufgewühltseins und Verwirrtseins, in dem die wahre Überredungskunst der Liebe besteht. Vor allem aber ist die Gegenwart des geliebten Mannes der Überlegung hinderlich und entzündet in uns Frauen den Wunsch, besiegt zu werden.

Hören Sie auf mich, Vicomte: man fordert Sie auf, nicht mehr zu schreiben; nützen Sie das, um Ihren Fehler wiedergutzumachen, und warten Sie auf eine Gelegenheit zum Sprechen! Wissen Sie, daß diese Frau mehr Stärke besitzt, als ich ihr zutraute? Sie verteidigt sich geschickt. Wäre nicht die Länge ihres Briefes und böte sie Ihnen nicht durch den Satz von der Dankbarkeit einen Vorwand, ihr wieder zu schreiben, so hätte sie sich überhaupt nicht verraten.

Was mich immerhin veranlaßt, Sie ihres Sieges zu versichern, ist, daß Sie zu viel Kraft auf einmal aufwendet. Sie wird sich in der Verteidigung des Wortes erschöpfen, so daß ihr für die Verteidigung der Sache selbst nichts mehr bleibt.

Ich schicke Ihnen die beiden Briefe zurück, und wenn Sie klug sind, werden es die letzten sein, die Sie ihr vor der glücklichen Erfüllung schreiben. Leider ist es schon spät, sonst würde ich Ihnen von der kleinen Volanges erzählen, die recht hübsche Fortschritte macht und mit der ich sehr zufrieden bin. Ich glaube, ich werde vor Ihnen zum Ziele kommen, und Sie sollten sich dafür schämen. Adieu für heute.

Paris, den 24. August 17..

34. Brief **Vicomte de Valmont an Marquise de Merteuil**

Sie reden zum Entzücken, meine schöne Freundin; aber warum geben Sie sich so viel Mühe, um zu beweisen, was jedermann bekannt ist? Um in der Liebe schnell voranzukommen, ist es besser zu sprechen als zu schreiben; das ist, so scheint mir, der ganze Sinn Ihres Briefes. Je nun, das sind aber doch die einfachsten Anfangsgründe der Verführungskunst! Ich möchte bloß bemerken, daß Sie von dieser Regel nur eine Ausnahme machen, wo es doch deren zwei gibt. Den kindhaften Mädchen, die diesen Weg aus Schüchternheit beschreiten und sich aus Unwissenheit hingeben, muß man noch die schöngeistigen Frauen hinzufügen, die sich aus Eigenliebe einlassen und aus Eitelkeit in die Falle gehen. So bin ich überzeugt, daß die Gräfin B., die ohne weiteres auf meinen ersten Brief antwortete, damals so wenig Liebe für mich empfand als ich für sie und daß sie in diesem Briefwechsel nur die Gelegenheit sah, ein Thema zu behandeln, durch das sie glänzen wollte.

Wie dem auch sei, ein Advokat würde ihnen sagen, daß die Regel auf meinen Fall nicht anwendbar ist. Sie gehen nämlich von der Annahme aus, ich hätte die Wahl zwischen Schreiben und Sprechen; so ist es aber nicht. Seit jener Affäre vom Neunzehnten hat meine Grausame, die sich in Abwehrstellung hält, zur Vermeidung von Begegnungen eine

Geschicklichkeit entwickelt, an der die meine zuschanden wurde. Und zwar so sehr, daß, wenn das so weitergeht, sie mich zwingen wird, ernsthaft auf Mittel und Wege zu sinnen, um diesen Vorteil wieder zu erringen; denn bei Gott, ich will mich von ihr auf keinem Gebiete besiegen lassen. Sogar meine Briefe sind Gegenstand eines kleinen Krieges: nicht zufrieden damit, sie nicht zu beantworten, weigert sie sich, sie anzunehmen. Es bedarf für jeden einzelnen einer neuen List, die nicht immer gelingt.

Sie entsinnen sich noch, durch welches einfache Mittel ich ihr den ersten Brief zukommen ließ; auch der zweite machte keine Schwierigkeit. Sie hatte verlangt, daß ich ihr ihren Brief zurückgebe; ich gab ihr statt dessen den meinen, ohne daß sie den geringsten Verdacht schöpfte. Aber sei es aus Ärger, hinters Licht geführt worden zu sein, sei es aus Laune oder gar aus Tugendhaftigkeit – denn sie zwingt mich, an ihre Tugend zu glauben –, sie weigerte sich hartnäckig, den dritten in Empfang zu nehmen. Immerhin hoffe ich, daß die Ungelegenheit, die sie sich infolge ihrer Weigerung zuzog, ihr in Zukunft zur Warnung dienen werde.

Ich war nicht sehr erstaunt, als sie diesen Brief, den ich ihr einfach hinhielt, nicht annahm; das wäre schon ein Zugeständnis gewesen, und ich mache mich auf einen längeren Widerstand gefaßt. Nach diesem Versuch, der nur eine beiläufige Probe war, steckte ich meinen Brief in einen Umschlag und schickte ihn, die Zeit ihres Ankleidens benutzend, bei dem Madame de Rosemonde und die Kammerjungfer zugegen waren, durch meinen Jäger mit dem Auftrag, der Schönen zu sagen, dies sei das Papier, um das sie mich ersucht habe. Meine Vermutung, daß sie die peinliche Auseinandersetzung fürchten würde, die durch eine Zurückweisung hervorgerufen werden mußte, war richtig gewesen. Sie nahm den Brief, und mein Sendbote, der Befehl hatte, ihr Gesicht zu beobachten und der keinen schlechten Blick hat, stellte ein leichtes Erröten fest – wohl mehr Verlegenheit als Zorn.

Ich beglückwünschte mich zu diesem Erfolg und fühlte mich nun meiner Sache sicher; denn entweder mußte sie den Brief behalten oder, wenn sie ihn mir zurückgeben wollte, einen Moment des Alleinseins mit mir herbeiführen, was mir Gelegenheit zum Sprechen bieten würde. Ungefähr eine Stunde später kommt einer ihrer Bediensteten in mein Zimmer und überreicht mir im Namen seiner Herrin ein Kuvert von ungewohnter Gestalt, auf dem ich die ersehnten Schriftzüge erkenne. Ich reiße es eilig auf... Es war mein Brief, nicht geöffnet, sondern nur zusammengefaltet. Ich nehme an, daß die Furcht, ich könnte weniger Angst vor einem Skandal haben als sie, ihr diese teuflische List eingab.

Sie kennen mich, ich brauche Ihnen meine Wut nicht zu schildern. Und doch mußte ich mich in Geduld fassen und mir ein neues Mittel ausdenken. Hier das einzige, das ich fand:

Man holt hier jeden Morgen die Briefe von der etwa dreiviertel Stunden entfernten Post ab und benutzt zu diesem Behuf eine verschließbare Büchse, die ungefähr wie ein Opferstock aussieht und zu der der Postmeister den einen Schlüssel hat und Madame de Rosemonde den andern. Jeder legt im Laufe des Tages seine Briefe in die Büchse, die am Abend auf die Post getragen und am nächsten Mogen mit den neuangekommenen zurückgebracht wird. Alle Bediensteten, sowohl die des Hauses als auch die der Gäste, werden abwechselnd mit diesem Amt betraut. Mein Jäger war zwar nicht an der Reihe, aber er übernahm an diesem Tage den Dienst, indem er vorgab, er habe ohnehin in der Gegend zu tun.

Ich schrieb also meinen Brief, verstellte auf der Adresse meine Handschrift und fälschte auf dem Umschlag ziemlich geschickt den Stempel von Dijon. Ich wählte diese Stadt, weil ich es lustig fand, ihr von demselben Ort zu schreiben wie Ihr Gatte, dessen Rechte ich bei ihr beanspruchte, und auch weil sie den ganzen Tag von ihrem Wunsch gesprochen hatte, Nachricht aus Dijon zu erhalten. Es schien mir richtig, ihr zu diesem Vergnügen zu verhelfen.

Nach allen diesen Vorbereitungen war es ein leichtes, den Brief unter die andern zu schmuggeln. Ich gewann dabei noch den Vorteil, Zeuge des Empfangs zu sein, denn es ist hier Brauch, gemeinsam zu frühstücken, die Ankunft der Briefe abzuwarten und dann erst auseinanderzugehen. Endlich kam die Post.

Madame de Rosemonde öffnete die Büchse. »Aus Dijon«, sagte sie und gab Madame de Tourvel den Brief. – »Das ist nicht die Handschrift meines Gatten«, erwiderte diese in etwas beunruhigtem Ton und erbrach schnell das Siegel. Beim ersten Blick begriff sie, und ihr Gesicht spiegelte einen solchen Aufruhr, daß Madame de Rosemonde es bemerkte und sie fragte: »Was haben Sie?« Auch ich trat näher und warf hin: »Dieser Brief ist wohl sehr schrecklich?« Die schüchterne Bigotte wagte nicht die Augen zu erheben, äußerte kein Wort und tat, um ihre Verlegenheit zu verbergen, als durchflöge sie schnell den Brief, den sie doch vor Erregung nicht zu lesen vermochte. Ich weidete mich an ihrer Verwirrung und meinte, um sie ein bißchen zu necken: »Ihre Miene beruhigt sich, was mich zur Hoffnung berechtigt, daß diese Nachricht Sie mehr überrascht als betrübt.« In diesem Moment gab ihr der Zorn eine bessere Antwort ein, als es die Klugheit hätte tun können. »Dieser Brief«, sagte sie, »enthält Dinge, die mich beleidigen, und es überrascht mich, daß man sie mir zu schreiben wagt.« – »Von wem ist er denn?« unterbrach sie Madame de Rosemonde. »Er ist nicht unterzeichnet«, erwiderte die erzürnte Schöne, »aber der Brief und sein Verfasser flößen mir beide die größte Verachtung ein. Ich wäre dankbar, wenn man die Sache nicht mehr erwähnte.« Bei diesen Worten zerriß sie das verwegene Schreiben, stopfte die Fetzen in die Tasche, stand auf und ging.

Trotz ihrem Zorn – der Brief war in ihren Händen, und ich rechne mit ihrer Neugier, die sie sicherlich bestimmt hat, ihn von Anfang bis zum Ende zu lesen.

Die einzelnen Ereignisse des Tages wiederzugeben, würde zu weit führen. Ich lege diesem Bericht die Entwürfe meiner beiden Briefe bei, so daß Sie ebenso auf dem laufenden sein werden wie ich. Wenn Sie über diese Korrespondenz ständig unterrichtet bleiben wollen, müssen Sie sich daran gewöhnen, mein Geschmiere zu entziffern; denn ich würde um alles in der Welt nicht die Langeweile auf mich nehmen, meine Konzepte noch einmal abzuschreiben. Adieu, meine schöne Freundin.

Schloß . . ., den 25. August 17 . .

35. Brief Vicomte de Valmont an Präsidentin de Tourvel

Ich muß Ihnen gehorchen, Madame, muß Ihnen beweisen, daß mir bei all den Freveln, die Sie meinen, mir zuschreiben zu müssen, doch genug Zartgefühl bleibt, um keinen Vorwurf zu äußern, und genug Mut, um die schmerzlichsten Opfer auf mich zu nehmen. Sie befehlen mir Schweigen und Vergessen! Nun wohl, ich werde meine Liebe zum Schweigen zwingen, und ich werde, wenn es möglich ist, den grausamen Empfang vergessen, den Sie ihr bereitet haben. Gewiß gab mir der Wunsch, Ihnen zu gefallen, noch nicht das Recht darauf; auch muß ich zugeben, daß mein Bedürfnis nach Ihrer Nachsicht noch keinen Anspruch auf deren Gewährung begründete. Aber Sie sehen meine Liebe als eine Beleidigung an und vergessen, daß, wenn sie ein Verbrechen ist, Sie zugleich dessen Ursache und dessen Entschuldigung sind. Sie vergessen auch, daß ich, gewohnt, mich Ihnen ganz zu eröffnen, selbst dann, wenn ein solches Vertrauen mir schaden konnte, nicht fähig war, Ihnen die Gefühle meines Herzens zu verhehlen. Und das, was das Werk meines ehrlichen Gemütes ist, betrachten Sie als das Werk der Verwegenheit! Zum Lohn für die zärtlichste, die ehrerbietigste, die aufrichtigste Liebe verbannen Sie mich aus Ihrer Gegenwart. Ja, sie sprechen von Ihrem Haß! ... Welcher andere würde sich über eine solche Behandlung nicht beklagen? Ich jedoch, ich unterwerfe mich, ich leide, ohne zu murren; Sie schlagen zu – und ich bete an. Durch die unbegreifliche Macht, die Sie über mich haben, sind Sie die unumschränkte Herrin meiner Gefühle; und meine Liebe leistet Ihnen nur darum Widerstand, läßt sich von Ihnen nur darum nicht zerstören, weil sie Ihr Werk ist, nicht das meine.

Ich bitte nicht um Gegenliebe, die zu erlangen ich mir nie schmeichelte. Ich erwarte nicht einmal jenes Mitleid, das die Anteilnahme, die Sie mir zuweilen bezeigten, mich erhoffen ließ. Doch eines, ich erkläre es offen, glaube ich beanspruchen zu dürfen: Gerechtigkeit.

Sie lassen mich wissen, Madame, daß man bemüht war, mir in Ihren Augen zu schaden. Wenn Sie dem Rat Ihrer Freunde gefolgt wären, hätten Sie mich nicht einmal in Ihre Nähe gelassen. Dies Ihre eigenen Worte. Wer sind denn diese beflissenen Freunde? Zweifellos sind diese so tugendstrengen, so unerbittlichen Leute einverstanden, genannt zu werden; zweifellos wollen sie sich nicht in einem Dunkel verstecken, das sie auf eine Stufe mit gemeinen Verleumdern brächte, so daß ich ihre Namen und ihre Anklagen erfahren werde. Bedenken Sie, Madame, daß ich ein Recht habe, beides zu wissen, da Sie mich nach ihren Aussagen beurteilen. Man verdammt einen Beschuldigten nicht, ohne ihm sein Verbrechen zu nennen und seine Ankläger zu bezeichnen. Das ist die einzige Gnade, um die ich Sie bitte, und ich verpflichte mich im voraus, mich zu rechtfertigen und meine Feinde zum Widerruf zu zwingen.

Wenn ich das eitle Gerede von Leuten, an denen mir wenig gelegen ist, vielleicht zu gering anschlug, so verhält es sich doch ganz anders mit *Ihrer* Achtung; denn ich weihe mein Leben der Aufgabe, sie zu verdienen, und werde sie mir nicht ungestraft rauben lassen. Diese Achtung wird mir um so teurer, als ich ihr wohl jene Bitte verdanken werde, die an mich zu richten Sie sich scheuen und die, wie Sie sagen, mir »ein Recht auf Ihre Dankbarkeit« geben würde. Ah, weit entfernt davon, Dank zu verlangen, werde ich vielmehr glauben, Ihnen welchen zu schulden, wenn Sie mir die Gelegenheit verschaffen, Ihnen gefällig zu sein! Beginnen Sie doch damit, mir Gerechtigkeit widerfahren zu lassen, indem Sie mir nicht mehr verhehlen, was Sie von mir wünschen! Wenn ich es erraten könnte, würde ich Ihnen die Mühe ersparen, es mir zu sagen. Fügen Sie der Freude, Sie zu sehen, das Glück, Ihnen dienen zu dürfen, hinzu, und ich werde Ihre Nachsicht preisen. Was kann Sie daran hindern? Doch hoffentlich nicht die Furcht vor einem Nein? Das könnte ich Ihnen nie verzeihen. Es ist kein Nein, wenn ich mich weigere, Ihnen Ihren Brief wiederzugeben. Wünschte ich doch weit mehr als Sie, daß er mir nicht mehr nötig wäre. Aber da ich nun einmal an Ihre gütige Seele glaube, finde ich Sie einzig in diesem Briefe, so wie Sie scheinen wollen. Wenn alles in mir sich danach sehnt, Ihr Herz zu erweichen, sehe ich im Brief, daß Sie, eher als mir zu willfahren, hundert Meilen vor mir fliehen möchten; wenn Ihr ganzes Wesen meine Liebe steigert und rechtfertigt, ist es wieder der Brief, der mir versichert, daß meine Liebe Sie beleidigt; und wenn mir bei Ihrem Anblick diese Liebe als das höchste der Güter erscheint, muß ich zu ihrem Briefe greifen, um zu erkennen, daß sie nichts sein kann als eine fürchterliche Qual. Sie werden jetzt begreifen, daß mein größtes Glück darin bestände, Ihnen diesen unseligen Brief zurückgeben zu können; denn wenn Sie ihn noch einmal von mir verlangten, würden Sie mich dadurch ermächtigen, an seinen Inhalt nicht mehr zu glauben. Ich hoffe nun, Sie zweifeln nicht mehr an meiner Bereitwilligkeit, ihn Ihnen zurückzuerstatten.

Schloß . . ., den 21. August 17 . .

*36. Brief** Vicomte de Valmont an Präsidentin de Tourvel

Ihre Strenge, Madame, nimmt mit jedem Tage zu, und Sie scheinen, wenn ich es sagen darf, sich weniger vor Ungerechtigkeit als vor Nachsicht zu fürchten. Nachdem Sie mich, ohne mich anzuhören, verurteilt hatten, kamen Sie wohl zu dem Schluß, daß es für Sie leichter sein würde, meine Gründe nicht zur Kenntnis zu nehmen, als auf sie zu antworten. Sie verweigern hartnäckig die Annahme meiner Briefe, Sie schicken sie mir verachtungsvoll zurück. Sie zwingen mich schließlich, zur List meine Zuflucht zu nehmen, und das in dem Augenblick, wo es mein einziges Ziel ist, Sie von meiner vollen Aufrichtigkeit zu überzeugen. Die Notwendigkeit meiner Verteidigung wird zweifellos genügen, die Mittel zu entschuldigen, deren ich mich bediene. Im sicheren Bewußtsein der Aufrichtigkeit meiner Gefühle und in der Überzeugung, daß es, um mich in Ihren Augen reinzuwaschen, genügen würde, sie Ihnen mit aller Klarheit zur Kenntnis zu bringen, glaubte ich mir diese kleine List erlauben zu dürfen. Auch erkühne ich mich zu glauben, daß Sie mir verzeihen und sich kaum darüber wundern werden, wenn es der Liebe leichter gelingt, hervorzutreten, als es der Gleichgültigkeit gelingt, sie beiseite zu schieben.

Erlauben Sie also, Madame, daß mein Herz sich Ihnen ganz enthülle. Es gehört Ihnen, und es ist nur billig, daß Sie es kennen.

Als ich bei Madame de Rosemonde eintraf, war ich weit davon entfernt, vorauszusehen, welches Schicksal mich hier erwartete. Ich wußte nicht, daß Sie da seien, und mit der Aufrichtigkeit, die für mich bezeichnend ist, muß ich hinzufügen, daß, auch wenn ich es gewußt hätte, meine Seelenruhe dadurch nicht gestört worden wäre. Gewiß, ich hätte Ihrer Schönheit den Tribut gezollt, den man ihr nicht versagen kann; aber da ich gewohnt war, nur flüchtige Begierden zu empfinden und mich nur denen zu überlassen, welche die Hoffnung ermutigt, kannte ich die Qualen der Liebe nicht.

Sie waren Zeugin, wie Madame de Rosemonde mich inständig bat, einige Zeit bei ihr zu verweilen. Ich hatte schon einen Tag mit Ihnen verbracht; trotzdem willigte ich nur ein – oder glaubte es wenigstens –, um das natürliche und erlaubte Vergnügen zu haben, einer ehrwür-

* Mit dem Stempel von Dijon

digen Verwandten einen Gefallen zu tun. Die Art des Lebens, das man hier führt, ist zweifellos sehr verschieden von der mir gewohnten; es fiel mir nicht schwer, mich hineinzufinden, und ohne mir über die Ursache der Veränderung, die in mir vorging, viel Gedanken zu machen, schrieb ich sie einfach der Beweglichkeit meines Temperaments zu, von der ich Ihnen, glaube ich, bereits gesprochen habe.

Unglücklicherweise – ach, warum muß es ein Unglück sein? – merkte ich, als ich Sie näher kennenlernte, sehr bald, daß dieses bezaubernde Gesicht, das mir zuerst auffiel, der geringste Ihrer Vorzüge sei. Ihre himmlische Seele überraschte und bestrickte die meine. Ich bewunderte die Schönheit, lag in Anbetung vor der Tugend. Ohne an Ihren Besitz zu denken, strebte ich doch, Ihrer würdig zu werden. Ich bat um Ihre Nachsicht für meine Vergangenheit und bemühte mich um Ihren Beifall für meine Zukunft. Ich suchte nach ihm in Ihren Worten, spähte nach ihm in Ihren Blicken. In diesen Blicken, die ein gefährliches Gift enthielten, um so gefährlicher, als es sich ohne Absicht mitteilte und ohne Argwohn aufgenommen wurde.

So lernte ich die Liebe kennen. Doch nichts lag mir ferner, als darüber zu klagen! Entschlossen, es in ewigem Schweigen zu begraben, überließ ich mich ohne Furcht und ohne Rückhalt diesem wunderbaren Gefühl. Mit jedem Tage wuchs seine Macht. Bald wurde das Vergnügen, Sie zu sehen, mir zu einer Notwendigkeit. Entfernten Sie sich für einen Augenblick, so krampfte sich mein Herz vor Trauer zusammen; hörte ich Sie wiederkommen, so bebte es vor Freude. Ich lebte nur noch durch Sie und für Sie. Und doch, ich rufe Sie selbst zum Zeugen an; ist mir in der Heiterkeit ausgelassener Spiele oder im Eifer eines ernsthaften Gesprächs jemals ein Wort entschlüpft, das mein Geheimnis verraten hätte?

Da kam der Tag, der meines Unglücks Anfang sein sollte, und durch eine unbegreifliche Schickung gab eine ehrenhafte Tat von mir den Anlaß dazu. Ja, Madame, inmitten der armen Leute, denen ich Hilfe brachte, haben Sie, indem Sie sich jener köstlichen Empfindsamkeit hingaben, welche die Schönheit selbst verschönt, der Tugend höheren Wert verleiht, mein Herz, das schon von Liebe trunken war, vollends verwirrt. Sie erinnern sich vielleicht, wie still und in mich versunken ich auf dem Rückweg war. Ach, ich versuchte eine Neigung zu bekämpfen, von der ich fühlte, daß sie stärker war als ich!

Nachdem ich in diesem ungleichen Kampf meine Kräfte erschöpft hatte, fügte ein Zufall, den ich nicht voraussehen konnte, daß ich mich plötzlich mit Ihnen allein fand. Und da – da unterlag ich, ich gestehe es. Mein übervolles Herz konnte weder meinen Worten noch meinen Tränen Einhalt gebieten. Aber war denn das ein Verbrechen? Und wenn es eines war, bin ich nicht schon genug gestraft durch die furchtbaren Qualen, denen ich preisgegeben bin?

Mich in hoffnungsloser Liebe verzehrend, flehe ich Sie um Ihr Mitleid an und finde nichts als Ihren Haß. Ohne ein anderes Glück als das, Sie zu sehen, suchen meine Augen Sie gegen meinen Willen, und ich zittere davor, Ihren Blicken zu begegnen. In dem grauenvollen Zustand, zu dem Sie mich verdammt haben, verbringe ich die Tage damit, meine Leiden zu verhehlen, und die Nächte, mich ihnen hinzugeben – während Sie, ruhig und friedlich dahinlebend, nur von Qualen wissen, deren Ursache Sie sind und über die Sie sich freuen. Und doch sind Sie es, die sich beklagt, und ich bin es, der sich entschuldigt.

Dies also ist, Madame, der getreue Bericht über das, was Sie als mein Unrecht bezeichnen und vielleicht mit mehr Gerechtigkeit mein Unglück nennen sollten. Reine, aufrichtige Liebe, unwandelbare Ehrerbietung, vollkommene Ergebenheit sind die Gefühle, die Sie mir eingeflößt haben. Ich würde mich nicht scheuen, sie Gott selbst darzubringen. Sie, die Sie sein schönstes Werk sind, oh, ahmen Sie ihn nach in seiner Barmherzigkeit! Denken Sie an meine grausame Pein; denken Sie, daß ich zwischen Verzweiflung und höchster Seligkeit schwebe und daß das erste Wort, das Sie sprechen, für alle Zeit über mein Schicksal entscheiden wird. Schloß . . ., den 23. August 17. .

37. Brief **Präsidentin de Tourvel an Madame de Volanges**

Ich füge mich, Madame, den Ratschlägen, die Ihre Freundschaft mir erteilt. Gewohnt, Ihren Meinungen ehrfurchtsvoll beizupflichten, bin ich auch überzeugt, daß sie immer auf Vernunft gegründet sind. Ich will sogar einräumen, daß Herr de Valmont in der Tat äußerst gefährlich sein muß, wenn er imstande ist, sich zu stellen, wie er hier scheint, und zugleich zu bleiben, wie Sie ihn schildern. Wie dem auch sei, da Sie es wünschen, werde ich ihn zur Abreise bestimmen; wenigstens werde ich mein möglichstes dazu tun, denn manchmal bereiten uns Dinge, die an sich ganz leicht sein sollten, aus Formgründen Schwierigkeiten.

Es scheint mir noch immer untunlich, eine solche Bitte an seine Tante zu richten; das wäre ihr wie ihm gegenüber gleichermaßen unhöflich. Ich habe auch Bedenken, mich selbst zu entfernen, denn abgesehen von den Gründen, die Herrn de Tourvel betreffen und die ich Ihnen schon mitgeteilt habe, bliebe Herrn de Valmont für den Fall, daß meine Abreise ihm unerwünscht sein sollte, doch immer die Möglichkeit, mir nach Paris zu folgen. Und würde seine Rückkehr, deren Ursache ich wäre oder zum mindesten schiene, den Leuten nicht noch sonderbarer vorkommen als die zufällige Begegnung auf einem Landsitz bei einer Dame, von der jedermann weiß, daß sie seine Verwandte und meine Freundin ist?

So bleibt mir kein anderer Ausweg, als von ihm selbst zu verlangen, daß er sich freundlichst entferne. Ich fühle, daß es nicht ganz leicht sein wird, ihm einen solchen Vorschlag zu machen; da ihm aber sehr daran gelegen scheint, mir zu beweisen, daß er mehr Ehrenhaftigkeit besitzt, als man ihm zuschreibt, gebe ich die Hoffnung auf einen Erfolg nicht auf. Fast reizt es mich, den Versuch zu wagen und dadurch zu erproben, ob es wahr ist, daß, wie er oft behauptet, die wirklich ehrbaren Frauen nie Anlaß hatten und auch nie haben werden, sich über seine Aufführung zu beklagen. Wenn er, wie ich es wünsche, abreist, so wird es in der Tat aus Rücksicht für mich geschehen; denn es lag zweifellos in seiner Absicht, einen großen Teil des Herbstes hier zu verbringen. Schlägt er mir aber meine Bitte ab und besteht darauf, zu bleiben, so ist es für mich immer noch Zeit, selbst abzureisen, und ich verspreche es Ihnen.

Das ist, glaube ich, alles, was Ihre Freundschaft von mir verlangt, und ich beeile mich, Ihren Wunsch zu erfüllen, um Ihnen zu beweisen, daß ich ungeachtet der »Wärme«, mit der ich Herrn de Valmont angeblich verteidigt habe, nicht weniger bereit bin, die Ratschläge meiner Freunde nicht nur anzuhören, sondern auch zu befolgen. – Ich habe die Ehre usw.

Schloß ..., den 25. August 17..

38. Brief **Marquise de Merteuil an Vicomte de Valmont**

Ihr beträchtliches Briefpaket, mein lieber Vicomte, erreicht mich in eben diesem Moment. Wenn das Datum richtig ist, hätte ich es schon vierundzwanzig Stunden früher erhalten müssen. Nun, wie dem auch sein mag – nähme ich mir die Zeit, es zu lesen, so bliebe mir keine, es zu beantworten. Ich will mich also damit begnügen, Ihnen vorläufig den Empfang zu bestätigen und mich inzwischen mit Ihnen über etwas anderes unterhalten. Nicht, daß ich über mich selbst etwas Besonderes mitzuteilen hätte. Der Herbst läßt in Paris fast keine Männer übrig, die wie Menschen aussehen, und so befleißige ich mich seit einem Monat einer ehrbaren Lebensführung, die zum Umkommen ist. Jeder andere als mein Chevalier wäre der Beweise meiner Treue schon überdrüssig. Aus Mangel an Beschäftigung zerstreue ich mich mit der kleinen Volanges, und von ihr will ich Ihnen erzählen.

Wissen Sie, daß Sie, als Sie es ablehnten, sich mit diesem Kinde zu befassen, mehr verloren haben, als Sie ahnen? Die Kleine ist wirklich entzückend. Sie hat weder Charakter noch moralische Grundsätze – danach können Sie sich vorstellen, wie ergötzlich und bequem ein Zusammensein mit ihr ist. Ich glaube nicht, daß sie jemals durch Gefühl glänzen wird; aber alles an ihr verspricht ein lebhaftes Feuer der Sinne. Ohne Esprit und ohne Raffinement, besitzt sie doch eine gewisse natürliche Falschheit – wenn ich so sagen darf –, die manchmal mich selbst verblüfft und die ihr um so besser gelingt, als ihr Gesicht das Bild der naiven Unschuld ist. Sie ist von Natur zum Küssen geneigt, und das macht mir oft viel Spaß: ihr Köpfchen erhitzt sich mit unglaublicher Leichtigkeit, und sie ist dann um so drolliger, als sie nichts, aber auch gar nichts von dem weiß, was sie doch so brennend gerne wissen möchte. Es überkomnmt sie da eine Ungeduld, die wirklich lustig anzusehen ist: sie lacht, sie ärgert sich, sie weint und bittet mich dann mit einer geradezu entwaffnenden Inständigkeit, sie zu belehren. Wahrhaftig, ich bin fast eifersüchtig auf den Mann, dem dieses Vergnügen vorbehalten ist.

Habe ich Ihnen schon erzählt, daß ich seit vier oder fünf Tagen die Ehre genieße, ihre Vertraute zu sein. Sie werden sicher erraten, daß ich anfangs die Sittenstrenge spielte. Aber sobald ich merkte, daß sie glaubte, mich durch ihre schlechten Gründe bestochen zu haben, stellte ich mich, als hielte ich sie für gute, und sie ist nun fest überzeugt, daß sie diesen Erfolg ihrer Beredsamkeit verdankt. Diese Vorsicht war nötig, um mich nicht zu kompromittieren. Ich erlaubte ihr also, zu schreiben und zu sagen »ich liebe«, und verschaffte ihr am selben Tage ein natürlich »zufälliges« Tête-à-tête mit ihrem Dancency. Aber stellen Sie sich vor, er ist noch so blöde, daß er nicht einmal einen Kuß bekommen hat. Und dabei macht der Junge recht hübsche Verse! Mein Gott, was sind diese geistreichen Leute dumm! Dieser da ist es in solchem Grade, daß er mich in Verlegenheit bringt; denn schließlich kann ich ihn doch nicht auch gängeln!

Gerade jetzt können Sie mir von Nutzen sein. Sie sind doch mit Danceny liiert genug, um sein Vertrauen zu gewinnen, und wenn Sie es einmal haben, werden wir wie im Fluge vorankommen. Sputen Sie sich doch mit Ihrer Präsidentin, denn ich möchte nicht, daß Gercourt ungeschoren davonkommt. Übrigens habe ich gestern mit der Kleinen über ihn gesprochen und ihn so trefflich geschildert, daß sie ihn nicht stärker hassen könnte, wenn sie seit zehn Jahren seine Frau wäre. Ich habe ihr aber auch erbauliche Reden über die eheliche Treue gehalten; nichts kommt meiner Strenge in diesem Punkte gleich. Dadurch unterbaue ich einerseits den Ruf meiner Tugend, den ich durch allzu große Duldsamkeit in ihren Augen erschüttern könnte, und schüre anderseits in ihr den Haß, mit dem ich ihren Gatten beschenken will. Und schließlich hoffe ich, daß die ihr beigebrachte Überzeugung, sie habe für die Liebe nur noch die kurze Zeit, die ihr als Mädchen bleibt, sie schneller dazu bestimmen wird, von dieser kostbaren Spanne nichts zu verlieren.

Adieu, Vicomte. Ich will mich jetzt ankleiden und dabei Ihren Briefband lesen.

Paris, den 27. August 17..

39. Brief **Cécile Volanges an Sophie Carnay**

Ich bin traurig und unruhig, meine liebe Sophie. Und ich habe beinahe die ganze Nacht geweint. Vorläufig bin ich ja sehr glücklich, aber ich sehe voraus, daß es nicht lange dauern wird.

Gestern war ich mit Madame de Merteuil in der Oper. Wir haben dort viel über meine Heirat gesprochen, und ich habe nichts Gutes darüber erfahren. Ich soll den Grafen de Gercourt heiraten, und zwar schon im Oktober. Er ist reich, von vornehmer Herkunft und ist Oberst in einem Regiment. Soweit wäre alles in Ordnung. Aber erstens einmal ist er alt, denk Dir, er ist mindestens sechsunddreißig! Und dann sagt Madame de Merteuil, er sei traurig und streng und daß sie fürchtet, ich werde mit ihm nicht glücklich sein. Ich merkte genau, daß sie davon überzeugt war, aber es mir nicht sagen wollte, um mich nicht zu betrüben. Fast den ganzen Abend hat sie sich mit mir über die Pflichten der Frauen gegen ihre Männer unterhalten. Sie gibt zu, daß Herr de Gercourt gar nicht liebenswert ist; trotzdem sagt sie, daß ich ihn lieben muß. Hat sie mir doch auch gesagt, daß ich, wenn ich einmal verheiratet bin, den Chevalier Danceny nicht mehr lieben darf. Als ob das möglich wäre! Oh, ich versichere Dir, daß ich ihn ewig lieben werde. Weißt Du, lieber möchte ich gar nicht heiraten. Dieser Herr de Gercourt soll sehen, wie er zurechtkommt, ich hab' ihn mir nicht ausgesucht. Jetzt ist er in Korsika, sehr weit weg von hier, ich wollte, er bliebe zehn Jahre dort. Wenn ich nicht Angst hätte, daß ich ins Kloster zurück muß, würde ich Mama sicher sagen, daß ich von diesem Mann nichts wissen will. Aber das Kloster wäre doch noch schlimmer. Ich bin in einer schrecklichen Lage. Mein Herz sagt mir, daß ich den Chevalier Danceny noch nie so geliebt habe wie jetzt, und wenn ich denke, daß ich nur noch einen Monat so sein darf wie jetzt, kommen mir gleich die Tränen. Mein einziger Trost ist die Freundschaft von Madame de Merteuil. Sie hat ein so gutes Herz! Sie fühlt allen meinen Kummer genau so wie ich. Und dann ist sie so liebenswürdig, daß ich, wenn ich mit ihr zusammen bin, an mein Leid kaum mehr denke. Sie ist mir auch sehr nützlich, denn das wenige, was ich weiß, habe ich durch sie erfahren. Und sie ist so gut, daß ich ihr alles anvertraue, was ich denke, ohne mich zu schämen. Wenn sie findet, daß etwas nicht recht ist, schilt sie mich manchmal, aber sehr sanft; und dann umarme und küsse ich sie von ganzem Herzen, bis sie nicht mehr ärgerlich ist. Wenigstens sie kann ich lieben, soviel ich will, ohne daß etwas Schlimmes dabei ist, und das freut mich wirklich. Übrigens haben wir ausgemacht, daß ich vor den Leuten meine große Liebe zu ihr nicht so zeigen soll, besonders nicht vor Mama, damit sie wegen Danceny keinen Verdacht schöpft. Ich versichere Dir, wenn ich immer so leben könnte wie jetzt, würde ich sehr glücklich sein. Wenn nur dieser abscheuliche Herr de Gercourt nicht wäre! . . . Aber ich will Dir von ihm nicht weiter sprechen, denn das würde mich wieder traurig machen. Statt dessen will ich dem Chevalier Danceny schreiben. Ich werde ihm nichts von meinem Kummer erzählen, nur von meiner Liebe, da ich ihn nicht betrüben möchte.

Adieu, meine liebe Freundin. Du siehst, daß Du unrecht hättest, Dich über mich zu beklagen, und daß ich trotz meinem »ausgefüllten Leben«, wie Du sagst, noch Zeit finde, Dich zu lieben und an Dich zu schreiben*.

Paris, den 27. August 17..

40. Brief **Vicomte de Valmont an Marquise de Merteuil**

Es dünkt meine grausame Schöne noch zu wenig, die Briefe, die ich ihr schreibe, nicht zu beantworten und ihre Annahme zu verweigern; sie will mich auch ihres Anblicks berauben, sie verlangt, daß ich abreise. Weit mehr wird Sie überraschen, daß ich mich diesem strengen Gebote füge. Sie werden mich tadeln. Indes, ich glaubte die Gelegenheit, mir einen Befehl geben zu lassen, nicht versäumen zu dürfen, denn ich bin überzeugt, daß, wer befiehlt, sich verpflichtet; und dann ist die scheinbare Macht, die wir den Frauen über uns einräumen, eine der Fallen, denen sie am schwersten entgehen. Zudem brachte die Geschicklichkeit, mit der diese Frau ein Alleinsein mit mir vermied, mich in eine gefährliche Lage, aus der ich mich um jeden Preis herausziehen wollte; denn da ich unablässig mit ihr zusammen war, ohne ihr von meiner Liebe sprechen zu können, hatte ich allen Anlaß zu der Befürchtung, sie würde sich allmählich daran gewöhnen, mich zu sehen, ohne eine Erregung dabei zu empfinden. Und wenn es einmal zu dieser Seelenverfassung kommt, ist es – das wissen Sie selbst sehr gut – recht schwierig, den früheren Zustand wiederherzustellen.

Übrigens habe ich mich natürlich nicht bedingungslos gefügt. Ich war sogar so schlau, ihr eine Bedingung zu stellen, deren Erfüllung sie mir nicht gewähren kann; auf diese Weise bleibe ich Herr, mein Ver-

* Wir lassen auch künftighin jene Briefe der Cécile Volanges und des Chevalier Danceny fort, sofern sie wenig interessant sind und über kein neues Ereignis berichten.

sprechen zu halten oder zu brechen, und habe zudem die Möglichkeit, einen mündlichen oder schriftlichen Dialog einzuleiten, sobald die Schöne mit mir zufriedener ist und das Bedürfnis hat, daß auch ich zufriedener mit ihr sei; ganz abgesehen davon, daß ich ein Dummkopf wäre, wenn es mir nicht gelänge, für mein Abstehen von dieser Forderung, so unhaltbar sie ist, eine Entschädigung einzuheimsen.

Nachdem ich Ihnen in dieser langen Einleitung meine Gründe dargelegt habe, beginne ich mit der Geschichte der beiden letzten Tage. Ich füge als Beweisstücke den Brief an meine Schöne und ihre Antwort bei. Sie werden zugeben müssen, daß nur wenige Geschichtsschreiber so gewissenhaft sind wie ich.

Sie erinnern sich an die Wirkung, die am vorgestrigen Morgen mein »Brief aus Dijon« hatte. Der Rest des Tages verlief gewitterhaft. Meine hübsche Prüde erschien erst im Augenblick, als man sich zum Mittagessen setzte, und kündigte eine heftige Migräne an – eine Ausrede, mit der sie einen jener furchbaren Anfälle übler Laune, denen die Frauen ausgesetzt sind, zu bemänteln suchte. Ihr Gesicht war wirklich ganz verändert, der sanfte Ausdruck, den man an ihr kennt, hatte sich in einen trotzigen verwandelt, der ihr eine neue Schönheit gab. Ich verspreche mir, von dieser Entdeckung später einmal Gebrauch zu machen und die zärtliche Geliebte bisweilen durch die trotzige ablösen zu lassen.

Ich sah einen trübseligen Nachmittag voraus; um mich vor dessen Langweiligkeit zu retten, gab ich vor, Briefe schreiben zu müssen, und zog mich auf mein Zimmer zurück. Ich kam erst gegen sechs wieder in den Salon. Madame de Rosemonde schlug eine Spazierfahrt vor, womit man einverstanden war. Aber gerade als wir in den Wagen steigen wollten, schützte die angeblich Kranke in teuflischer Bosheit – vielleicht auch, um sich für meine Flucht am Nachmittag zu rächen – einen neuen Anfall ihrer Kopfschmerzen vor und ließ mich erbarmungslos im Tête-à-tête mit meiner alten Tante. Ich weiß nicht, ob die Verwünschungen, die ich gegen diesen weiblichen Dämon ausstieß, erhört wurden, aber bei der Rückkehr fanden wir sie im Bett.

Am nächsten Morgen war sie wie umgewandelt. Ihre natürliche Sanftmut war zurückgekehrt, und ich glaubte Verzeihung erlangt zu haben. Gleich nach dem Frühstück erhob sich gelassen das sanfte Geschöpf und ging in den Park. Ich folgte ihr, wie Sie sich denken können. »Was weckte in ihnen den Wunsch, spazieren zu gehen?« fragte ich sie, als ich sie eingeholt hatte. »Ich habe heute morgen viel geschrieben«, entgegnete sie, »und mein Kopf ist etwas müde.« – »Ich bin wohl nicht so glücklich, die Ursache dieser Müdigkeit zu sein?« fragte ich. – »Doch, ich habe Ihnen geschrieben«, antwortete sie, »aber ich zögere noch, Ihnen den Brief zu geben. Er enthält eine Bitte, und Sie haben mich nicht daran gewöhnt, auf eine Erfüllung meiner Bitten zu hoffen.« – »Oh, ich schwöre – wenn es mir möglich ist . . .« – »Nichts ist leichter«, unterbrach sie mich, »und obzwar ihre Gewährung wohl nur recht und billig wäre, bin ich bereit, sie als eine Gefälligkeit aufzufassen.« Mit diesen Worten überreichte sie mir den Brief. Ich nahm ihn und ergriff zugleich ihre Hand, die sie mir ohne Unwillen mit mehr Verlegenheit als Heftigkeit entzog. »Die Hitze ist doch stärker, als ich dachte«, sagte sie, »ich muß ins Haus zurück.« Und sie schlug die Richtung nach dem Schlosse ein. Vergebens bemühte ich mich, sie dazu zu bestimmen, ihren Spaziergang fortzusetzen, und ich mußte mich daran erinnern, daß man uns vom Schloß aus sehen konnte, um es bei Worten bewenden zu lassen. Sie ging zurück, ohne noch mehr zu sagen, und ich begriff, daß sie mit dieser Promenade einzig den Zweck erfolgt hatte, mir den Brief einzuhändigen. Sie begab sich in ihre Gemächer, und ich zog mich in die meinen zurück, um den Brief zu lesen, den ich Ihnen ebenfalls zu lesen rate, ebenso wie meine Antwort, bevor ich weitererzähle . . .

41. Brief **Präsidentin de Tourvel an Vicomte de Valmont**

Es will fast scheinen, mein Herr, als ob Sie durch Ihr Benehmen die Gründe zur Klage, die ich gegen Sie habe, von Tag zu Tag vermehren wollten. Die Hartnäckigkeit, mit der Sie immer wieder darauf bestehen, mir von einem Gefühl zu reden, das ich nicht anhören will noch darf; die Art, wie Sie meine Arglosigkeit oder Schüchternheit mißbrauchten, um mir ihre Briefe aufzudrängen, vor allem das, was ich sagen muß, wenig taktvolle Mittel, durch das Sie mir den letzten zukommen ließen, wobei Sie nicht einmal davor zurückscheuten, mich durch die Wirkung einer Überraschung bloßzustellen – all das gäbe mir Anlaß genug, Ihnen die heftigsten und verdientesten Vorwürfe zu machen. Doch will ich heute, anstatt mich zu beschweren, nur eine ebenso einfache wie berechtigte Bitte an Sie richten; und wenn Sie mir ihre Gewährung zusagen, soll alles vergessen sein.

Sie selbst, mein Herr, haben mir versichert, daß ich von Ihnen kein Nein zu befürchten hätte; und obwohl Sie in Ihrem Briefe mit der Ihnen eigenen Inkonsequenz diesem Satze das einzige Nein folgen lassen, zu dem Sie Gelegenheit hatten, will ich doch glauben, daß Sie wenigstens heute Ihr mir vor wenigen Tagen ausdrücklich gegebenes Versprechen halten werden.

Ich wünsche also, daß Sie die Güte haben, abzureisen, das heißt dieses Schloß zu verlassen, wo Ihre längere Anwesenheit nur dazu beitragen würde, mich dem Gerede einer Welt auszusetzen, die immer bereit ist, vom andern schlecht zu denken, und die Sie nur allzusehr daran gewöhnt haben, ihr scharfes Augenmerk auf die Frauen zu richten, die Sie in Ihre Nähe lassen.

Durch Freunde auf diese Gefahr schon seit langem hingewiesen, habe ich diesen Warnungen kein Gehör geschenkt, ja ich habe die schlimme Meinung, die über Sie im Umlauf ist, bekämpft, solange Ihr Betragen mir gegenüber mich hoffen lassen konnte, daß Sie mich nicht mit der Schar der Frauen verwechseln würden, die alle Grund zur Klage über Sie haben. Heute, wo Sie mich behandeln wie jene, wo ich mir dies nicht mehr verhehlen kann, bin ich es der Welt, meinen Freunden, mir selbst schuldig, diesen notwendigen Entschluß zu fassen. Ich könnte noch hinzufügen, daß Sie durch eine Ablehnung meiner Bitte nichts gewinnen würden, da ich entschlossen bin, selbst zu reisen, wenn Sie darauf bestehen sollten, zu bleiben. Aber ich möchte die Erkenntlichkeit, zu der Sie mich durch Ihr Entgegenkommen verpflichten würden, nicht verkleinern und Ihnen offen sagen, daß die Notwendigkeit meiner Abreise von hier alle meine Pläne stören würde.

Beweisen Sie mir also, daß, wie Sie so oft beteuerten, die ehrbaren Frauen sich nie über Sie zu beklagen haben werden, oder beweisen Sie wenigstens, daß Sie ein an einer ehrbaren Frau begangenes Unrecht wiedergutzumachen wissen.

Wenn ich es für nötig hielte, meine Bitte vor Ihnen zu rechtfertigen, würde die Feststellung genügen, daß sie durch Ihr ganzes bisheriges Leben gerechtfertigt ist und daß es mir nur lieb gewesen wäre, wenn ich sie nie hätte vorbringen müssen. Aber sprechen wir nicht von

Dingen, die ich vergessen möchte und die mich in einem Augenblick zur Strenge zwingen, wo ich Ihnen Gelegenheit gebe, sich meine ganze Dankbarkeit zu verdienen. Adieu, mein Herr. Ihr Betragen wird mich lehren, mit welchen Gefühlen ich fortan sein werde Ihre ergebene usw. . . .

Schloß . . ., den 26. August 17 . .

42. Brief **Vicomte de Valmont an Präsidentin de Tourvel**

So hart auch Ihre Bedingungen sind, Madame, ich weigere mich nicht, sie zu erfüllen. Ich fühle, daß es mir unmöglich wäre, irgendeinem Ihrer Wünsche entgegen zu sein. Da wir nun darüber einig sind, wage ich zu hoffen, daß auch Sie mir erlauben werden, einige Bitten an Sie zu richten, die viel leichter zu gewähren sind als die Ihren, die ich aber dennoch nur durch die völlige Unterwerfung unter Ihren Willen erlangen will.

Die eine, die mir hoffentlich Ihr Gerechtigkeitssinn zugestehen wird, ist, mir die Namen meiner Ankläger zu nennen; sie tun mir, finde ich, genug Schlimmes an, so daß ich einen Anspruch darauf habe, sie zu kennen. Die andere, deren Gewährung ich von Ihrer Nachsicht erwarte, ist, daß Sie mir erlauben, Ihnen auch in Zukunft hin und wieder die Huldigungen einer Liebe darzubringen, die mehr als je Ihr Mitleid verdient.

Bedenken Sie, Madame, daß ich mich beeile, Ihnen zu gehorchen, wenn auch auf Kosten meines Glücks, ja noch mehr: trotz meiner Überzeugung, daß Sie meine Abreise nur wünschen, um sich den peinlichen Anblick des Opfers Ihrer Ungerechtigkeit zu ersparen.

Geben Sie es zu, Madame: Sie fürchten nicht so sehr das Gerede einer Welt, die, gewöhnt, Sie hochzuachten, nie wagen wird, Unvorteilhaftes über Sie zu denken, als die lästige Gegenwart eines Mannes, den Sie zwar strafen, aber nicht tadeln können. Sie weisen mich fort, wie man die Blicke von einem Bedürftigen abwendet, dem man nicht helfen will.

Aber wenn nun die Trennung meine Qualen verdoppelt, an wen anders als an Sie kann ich meine Klagen richten? Von wem sonst kann ich den Trost erwarten, der mir so nötig sein wird? Wollen Sie ihn mir versagen, Sie, die die Ursache meiner Leiden sind?

Gewiß wird es Sie auch nicht verwundern, wenn mir vor meiner Abreise das Herz gebietet, die Gefühle, die Sie in mir erweckten, vor Ihnen zu rechtfertigen; und ebenso wenig werden Sie es mir verübeln, daß ich nur dann die Kraft finde, mich zu entfernen, wenn ich den Befehl dazu aus Ihrem eigenen Munde empfange.

Aus diesem zwiefachen Grund bitte ich Sie um eine kurze Unterredung. Vergebens würden wir uns darüber Briefe schreiben; man schreibt Bände und setzt doch schlecht auseinander, was ganz zu verstehen eine Viertelstunde des Gesprächs genügt. Sie werden leicht die Zeit zur Gewährung meiner Bitte finden. Ich will mich ja beeilen, Ihnen zu gehorchen, aber Sie wissen, daß Madame de Rosemonde meine Absicht kennt, einen Teil des Herbstes bei ihr zu verbringen, so möchte ich wenigstens einen Brief abwarten, um ein Geschäft vorschützen zu können, das mich zur Abreise zwingt.

Adieu, Madame; noch nie ist mir das Niederschreiben dieses Wortes so schwergefallen wie in diesem Moment, wo es mir unsere Trennung vor Augen hält. Wenn Sie sich vorstellen könnten, was ich leide, würden Sie mir vielleicht für meine Fügsamkeit einigen Dank wissen. Empfangen Sie wenigstens mit größerer Nachsicht die Versicherung meiner zärtlichsten und ehrerbietigsten Liebe.

Schloß . . ., den 26. August 17..

Fortsetzung des 40. Briefes **Vicomte de Valmont an Marquise de Merteuil**

Nun wollen wir überlegen, meine schöne Freundin. Sie sagen sich genau wie ich, daß die gewissenhafte und äußerst anständige Madame de Tourvel mir die erste meiner Bitten nicht gewähren kann, indem sie das Vertrauen ihrer Freunde täuscht und mir die Namen meiner Ankläger nennt. Also verpflichte ich mich zu nichts, da ich ja alles unter dieser Bedingung versprochen habe. Aber Sie sagen sich auch, daß diese Weigerung mir einen Anspruch auf die Erfüllung meiner andern Wünsche gibt, so daß ich, indem ich mich entferne, gewinne, nämlich durch die Anknüpfung eines regelrechten Briefwechsels mit ihr. Auf das Stelldichein, um das ich sie bitte, lege ich wenig Wert; ich beabsichtige damit im Grunde nur, sie im voraus an die Gewährung anderer zu gewöhnen, wenn die Zeit dazu gekommen ist.

Etwas bleibt mir vor meiner Abreise noch zu tun: ich muß herausbekommen, wer die Leute sind, die sich bemühen, mir bei ihr zu schaden. Vermutlich ist es ihr steifleinener Gatte; ich hoffe es, denn abgesehen davon, daß die Abwehr des Ehegatten dem Begehren ein Ansporn ist, bin ich sicher, daß ich von dem Augenblick an, da meine Schöne einwilligt, mir zu schreiben, von dem Gatten nichts mehr zu befürchten habe, da sie ihn dadurch schon hintergeht.

Sollte es sich aber um eine intime Freundin handeln, die ihr Vertrauen genießt und bei ihr gegen mich arbeitet, so scheint es mir nötig, die beiden zu entzweien, was mir sicherlich gelingen wird. Freilich muß ich vorher über alles unterrichtet sein.

Gestern hoffte ich dieses Ziel zu erreichen; aber diese Frau macht alles anders als ihre Geschlechtsgenossinnen. Wir befanden uns in ihrem Zimmer, als gemeldet wurde, daß das Diner aufgetragen sei. Sie hatte ihre Toilette noch nicht ganz beendet, und während sie sich beeilte und Entschuldigungen vorbrachte, bemerkte ich, daß an ihrem Sekretär der Schlüssel steckte; sie hat auch die Gewohnheit, den zu ihren Räumen nicht abzuziehen. Ich machte mir beim Mittagessen meine Gedanken darüber und hörte plötzlich, wie ihre Kammerjungfer die Treppe herunterkam. Sofort war mein Entschluß gefaßt: ich schützte Nasenbluten vor und verließ das Zimmer. Ich stürzte an den Sekretär, fand aber alle Schubladen offen und kein einziges beschriebenes Blatt darin. Und doch gibt es um diese Jahreszeit keine Gelegenheit, Papier zu verbrennen. Was macht sie mit den Briefen, die sie erhält? Und sie erhält recht viele! Ich habe keine Mühe gescheut, alles war offen, und ich habe alles durchsucht; doch gewann ich nichts dabei als die Überzeugung, daß dieser kostbare Schatz in ihren Taschen bleibt.

Wie wäre er zu heben? Seit gestern zerbreche ich mir vergeblich den Kopf über Mittel und Wege dazu und kann doch meine Neugier nicht zähmen. Wie schade, daß mir das Talent zum Taschendieb fehlt. Gehört diese Kunst von Rechts wegen nicht zu der Erziehung eines Mannes, der sich mit Liebeshändeln abgibt? Wäre es nicht lustig, den Brief oder das Konterfei eines Nebenbuhlers zu entwenden oder aus den Taschen einer Scheinheiligen das Mittel zu ihrer Entlarvung zu ziehen? Aber unsere Eltern denken an nichts, und wenn ich auch an alles denke, so verhilft es mir doch nur zu der Erkenntnis, daß ich ungeschickt bin und es nicht ändern kann.

In äußerst unzufriedener Verfassung begab ich mich wieder an die Tafel zurück. Doch meine Schöne besänftigte einigermaßen meinen Ärger durch das Interesse, das sie für mein angebliches Unwohlsein zeigte. Natürlich verfehlte ich nicht, ihr zu versichern, daß ich seit einiger Zeit heftige Aufregungen hätte, die meine Gesundheit schädigten. Da sie doch weiß, daß sie die Schuld an ihnen trägt, müßte sie nicht alles tun, um sie mir zu ersparen? Nun ist sie zwar sehr fromm, aber ihre Mildtätigkeit geht nicht so weit, daß sie mir ein amouröses Almosen zukommen ließe. Und diese Hartherzigkeit berechtigt mich zum Diebstahl, finde ich. Adieu für heute; während ich mit Ihnen plaudere, wollen mir diese verflixten Briefe nicht aus dem Sinn.

Schloß . . ., den 27. August 17 . .

43. Brief **Präsidentin de Tourvel an Vicomte de Valmont**

Warum, mein Herr, wollen Sie meine Dankbarkeit verkleinern, warum mir nur zur Hälfte gehorchen, warum sich ein honettes Verhalten gewissermaßen abkaufen lassen? Genügt es Ihnen denn nicht, daß ich seinen ganzen Wert ermesse? Sie verlangen nicht nur viel, Sie verlangen Unmögliches. Wenn meine Freunde mir über Sie berichtet haben, so taten Sie es aus Freundschaft für mich; selbst wenn sie sich getäuscht haben sollten, so war doch ihre Absicht nicht weniger gut. Und nun verlangen Sie von mir, daß ich diesen Beweis der Anhänglichkeit belohne, indem ich Ihnen die Namen meiner Freunde preisgebe! Es war schon nicht recht von mir, daß ich Ihnen davon erzählte, und Sie lassen mich das jetzt reichlich fühlen. Was jedem andern gegenüber nur naiv gewesen wäre, wird Ihnen gegenüber zur Unbesonnenheit und würde, wenn ich Ihrer Bitte nachgäbe, geradezu zu einem üblen Streich. Ich appelliere an Sie selbst, an Ihre Ehrenhaftigkeit – hielten Sie mich wirklich einer solchen Handlung für fähig? War es recht von Ihnen, sie mir zuzumuten? Nein, sicherlich nicht; und ich bin überzeugt, daß Sie nach reiflicher Überlegung auf diese Bitte nicht mehr zurückkommen werden.

Die andere Bitte, mir schreiben zu dürfen, ist kaum leichter zu gewähren; und wenn Sie gerecht sind, werden Sie die Schuld daran nicht mir, sondern sich selbst zuschreiben. Ich möchte Sie nicht beleidigen – aber welche Frau könnte angesichts des Rufes, in dem Sie stehen und den Sie, wie Sie selbst sagen, wenigstens zum Teil verdienen, welche Frau könnte eingestehen, daß sie mit Ihnen Briefe wechselt? Und welche ehrbare Frau dürfte sich entschließen, etwas zu tun, von dem sie weiß, daß sie es vor der Welt zu verheimlichen genötigt wäre?

Ja, wenn ich noch die Gewißheit hätte, daß diese Briefe mir nie einen Anlaß zur Klage geben werden, so daß ich es stets vor mir verantworten könnte, sie empfangen zu haben! Dann vielleicht würde ich, um Ihnen zu beweisen, daß nicht der Haß, sondern Vernunft mich leitet, geneigt sein, über so starke Bedenken hinwegzugehen und mehr zu tun, als ich dürfte, indem ich Ihnen erlaube, mir manchmal zu schreiben. Wenn Sie dies wirklich so sehr wünschen, wie Sie versichern, werden Sie sich gern der einzigen Bedingung fügen, unter der ich dazu meine Einwilligung geben kann. Und wenn Sie nur einige Dankbarkeit für das haben, was ich jetzt für Sie tue, werden Sie Ihre Abreise nicht länger aufschieben.

Erlauben Sie mir hierzu noch eine Bemerkung. Sie haben heute morgen einen Brief bekommen und diese Gelegenheit nicht benutzt, um Madame de Rosemonde Ihre Abreise anzukündigen, was Sie mir doch versprochen hatten. Ich hoffe, daß Sie nun nichts mehr hindert, Ihr Wort zu halten, und rechne mit Bestimmtheit darauf, daß Sie nicht erst die erbetene Unterredung abwarten, zu der ich mich auf keinen Fall bewegen lassen werde. Statt des Befehles aus meinem Munde, dessen Sie angeblich bedürfen, werden Sie sich mit der Wiederholung meiner Bitte zufrieden geben müssen.

Leben Sie wohl, mein Herr! Schloß . . ., den 27. August 17 . .

44. Brief **Vicomte de Valmont an Marquise de Merteuil**

Freuen Sie sich mit mir, meine schöne Freundin! Ich werde geliebt! Ich habe dieses widerspenstige Herz bezwungen. Umsonst verstellt es sich noch; meiner Gewandtheit gelang es, sein Geheimnis zu entdecken. Dank meiner eifrigen Bemühung weiß ich alles, was ich wissen muß. Seit der Nacht, seit der glücklichen gestrigen Nacht bin ich wieder in meinem Element, lebe ich wieder aus vollen Zügen. Zwei Geheimnissen kam ich auf die Spur, dem der Liebe und dem der Angeberei: das eine verspricht mir Genuß, das andere drängt mich zur Rache, und so fliege ich von Vergnügen zu Vergnügen. Der bloße Gedanke daran berauscht mich so, daß ich einige Mühe habe, nicht zu vergessen, wie sehr mir Klugheit und Vorsicht nötig sind, ja daß es mir vielleicht schwerfallen wird, Ihnen alles der Reihe nach zu erzählen. Versuchen wir es immerhin.

Just gestern, nachdem ich meinen Brief an Sie geschrieben, erhielt ich einen von der himmlischen Bigotten. Er liegt hier bei. Sie sehen, daß Sie mir so wenig ungeschickt, als es ihr möglich ist, darin die Erlaubnis gibt, ihr zu schreiben. Zugleich aber drängt sie mich zur Abreise, und ich weiß wohl, daß ich sie nicht mehr lange aufschieben kann, ohne mir zu schaden.

Indessen quälte mich der Wunsch, zu erfahren, wer gegen mich geschrieben hatte, und ich wußte nicht, was tun. Ich versuchte die Kammerjungfer für mich zu gewinnen und von ihr zu erlangen, daß sie mir den Inhalt der Taschen ihrer Herrin ausliefere, den sie mit Leichtigkeit am Abend herausnehmen und am Morgen wieder hineinstecken konnte, ohne den geringsten Verdacht zu wecken. Für diesen kleinen Dienst bot ich ihr zehn Louisdor an. Aber ich stieß auf eine gewissenhafte oder auch nur ängstliche Zimperliese, die sich weder durch meine Überredungskunst noch durch mein Geld rühren ließ. Ich sprach noch auf sie ein, als es zum Souper läutete. So mußte ich von ihr ablassen und noch zufrieden damit sein, daß sie mir Verschwiegenheit gelobte, auf die ich, wie Sie sich denken können, kaum zu zählen wagte.

Meine Laune war so schlecht als möglich, denn ich hatte mich vor dem Mädchen bloßgestellt, und ich warf mir diese Unvorsichtigkeit den ganzen Abend vor.

Höchst beunruhigt zog ich mich zurück und sprach mit meinem Jäger, der in seiner Eigenschaft als glücklicher Liebhaber doch einigen Einfluß bei dem Frauenzimmer haben muß. Ich bat ihn, bei ihr die Erfüllung meines Wunsches durchzusetzen oder wenigstens die Versicherung, daß sie reinen Mund halten werde. Aber er, der sich sonst alles zutraut, schien an dem Erfolg solcher Unterhandlungen zu zweifeln und machte bei dieser Gelegenheit eine Bemerkung, deren Scharfsinn mich verblüffte.

»Der gnädige Herr«, sagte er, »wissen sicher besser als ich, daß mit einem Mädel schlafen heißt, sie zu etwas bringen, woran sie selber Spaß hat. Aber sie dazu bringen, daß sie das macht, was wir wollen, dahin ist's meist noch ein sehr weiter Weg.«

Des Lümmels Verstand erschreckt mich zuweilen

»Für diese da kann ich«, fuhr er fort, »schon gar nicht meine Hand ins Feuer legen, weil ich ziemlich sicher bin, daß sie in Paris einen Liebhaber hat, so daß ich mein Glück nur der Langeweile auf dem Land verdanke. Wenn nicht mein Eifer für den gnädigen Herrn wäre, hätt' ich sie vielleicht nur ein einziges Mal gehabt.« Er ist doch ein Juwel, dieser Bursche! »Und was das Mundhalten anbelangt – was würde uns ihr Versprechen nützen, da sie doch keine Gefahr läuft, wenn sie uns verrät? Durch vieles Reden darüber würde man ihr noch deutlicher zeigen, daß uns die Sache wichtig ist, und sie um so mehr dazu verlocken, sich durch Plauderhaftigkeit bei ihrer Herrin in Gunst zu setzen.«

Je mehr ich die Richtigkeit seiner Einwände einsah, um so weniger wußte ich mir Rat. Glücklicherweise war der Kerl ins Schwatzen geraten, und da ich ihn brauchte, unterbrach ich ihn nicht. Er erzählte mir also seinen Roman mit dem Mädchen und erwähnte dabei, daß sie sich jede Nacht in seinem Zimmer träfen, weil nämlich das ihre von dem ihrer Herrin nur durch eine leichte Zwischenwand getrennt sei, durch die man alles hören könne. Darauf baute ich sofort meinen Plan auf, gab ihm die nötigen Weisungen, und wir führten ihn mit Erfolg aus.

Ich wartete bis zwei Uhr morgens und begab mich dann, wie wir verabredet hatten, in das Zimmer, in dem die beiden zusammenkamen. Mit einem Licht in der Hand betrat ich es und sagte, ich hätte einige Male vergeblich geläutet. Mein Komplize, der seine Rollen vollendet spielt, mimte geschickt eine kleine Überraschungsszene mit Verzweiflung und vielen Entschuldigungen, denen ich ein Ende bereitete, indem ich ihn mit dem Befehl wegschickte, mir in der Küche Wasser heiß zu machen. Die gewissenhafte Kammerzofe schämte sich entsetzlich, um so mehr, als der Schlingel, der seine Sache besonders gut machen wollte, sie zu einer Toilette bewogen hatte, die durch die Umstände zwar gerechtfertigt, aber nicht völlig entschuldigt werden konnte.

Da ich mir sagte, daß ich von dem Mädchen leichter erlangen konnte, was ich wollte, wenn ich ihre Beschämung ausnutzte, gestattete ich ihr weder ihre Stellung zu ändern noch sich zu bedecken. Meinem Diener hatte ich befohlen, mich auf meinem Zimmer zu erwarten, und so setzte ich mich neben sie auf das Bett, das sehr in Unordnung war, und begann das Gespräch. Ich mußte sehr darauf achten, die Macht, die mir die Situation über sie gab, nicht zu verlieren, und bewahrte denn auch kaltes Blut, so kalt wie das des keuschen Scipio. Nicht die geringste Freiheit nahm ich mir gegen sie heraus, wiewohl ihre Frische und die Gelegenheit sie berechtigten, solches zu erwarten, sondern ich sprach zu ihr ganz ruhig und geschäftsmäßig, als wäre sie ein Sachwalter.

Ich stellte meine Bedingungen: strengste Diskretion meinerseits über ihr Liebesgeheimnis, wenn sie mir in der folgenden Nacht etwa um die gleiche Stunde die Taschen ihrer Herrin ausliefere. »Übrigens«, fuhr ich fort, »habe ich Ihnen gestern zehn Louis angeboten und halte mein Versprechen auch heute aufrecht, da es mir fernliegt, Ihre Lage zu mißbrauchen.« Wie Sie sich denken können, willigte das Mädchen in alles ein; worauf ich mich zurückzog und dem Glücklichen erlaubte, die verlorene Zeit wieder einzubringen; die meine verwendete ich zum Schlafen.

Als ich am Morgen erwachte, suchte ich nach einem Vorwand, um den Brief meiner Schönen nicht beantworten zu müssen, ehe ich ihre Papiere durchsucht hatte, was ich doch erst in der folgenden Nacht tun konnte. So beschloß ich denn, auf die Jagd zu gehen, und blieb fast den ganzen Tag über aus.

Bei der Rückkehr wurde mir ein kühler Empfang zuteil. Man war wohl etwas pikiert darüber, daß ich so geringen Eifer zeigte, die kurze Zeit meines Bleibens zu nutzen, besonders nach dem freundlicheren Brief, den man mir geschrieben hatte. Ich schließe das aus einer etwas spitzen Bemerkung, die meine Holde machte, als Madame de Rosemonde mir meine lange Abwesenheit vorwarf. »Wir wollen es Herrn de Valmont nicht verdenken«, sagte sie, »wenn er sich dem einzigen Vergnügen widmet, das er hier finden kann.« Ich beklagte mich über die Ungerechtigkeit dieser Äußerung und beeilte mich, zu versichern: »Ich fühle mich in der Gesellschaft der Damen so glücklich, daß ich diesem Glück das Schreiben eines sehr wichtigen Briefes opfere.« Ich fügte hinzu, daß ich seit mehreren Nächten keinen Schlaf fände und versucht hätte, ob die körperliche Ermüdung ihn mir vielleicht wieder bringen könnte – und meine Blicke drückten deutlich genug das Anliegen meines Briefes und die Ursache meiner Schlaflosigkeit aus. Ich gab mir Mühe, den ganzen Abend hindurch eine sanfte Schwermut zur Schau zu tragen, was mir nach meiner Ansicht recht gut gelang, und verbarg unter dieser träumerischen Miene die heftige Ungeduld, mit der ich den Augenblick erwartete, der mir das hartnäckig bewahrte Geheimnis enthüllen sollte. Endlich gingen wir auseinander, und einige Zeit später brachte mir die getreue Kammerjungfer den Entgelt für meine Verschwiegenheit.

Sobald ich im Besitz des Schatzes war, ging ich mit der Genauigkeit, die Sie an mir kennen, an die Aufstellung eines Verzeichnisses, denn es war wichtig, alles wieder an seinen richtigen Platz zu tun. Zuerst fielen mir zwei Briefe des Gatten in die Hände, ein unverdauliches Gemisch von prozessualen Einzelheiten und langen Ergüssen ehelicher Liebe. Ich brachte die Geduld auf, sie ganz und gar zu lesen, fand aber nichts auf mich Bezügliches darin. In übler Laune legte ich sie beiseite, aber meine Stimmung besserte sich beträchtlich, als ich die Stücke meines Briefes aus Dijon sorgfältig aneinandergeklebt fand. Glücklicherweise ergriff mich die Lust, ihn noch einmal zu überfliegen, und Sie können sich meine Freude vorstellen, als ich auf ihm unverkennbare Spuren von Tränen meiner anbetungswürdigen Bigotte entdeckte. Ich gestehe offen, daß ich, einer Jünglingsregung folgend, den Brief mit einer Inbrunst küßte, deren ich mich nicht mehr fähig glaubte. In meiner Suche fortfahrend, stieß ich beglückt auf alle meine Briefe, sorgfältig nach dem Datum geordnet. Am angenehmsten überraschte mich, den allerersten, den die Grausame mir zurückgegeben hatte, von ihrer Hand getreulich abgeschrieben zu finden, mit einer zitternden, bewegten Schrift, in der die süße Erregtheit ihres Herzens sich deutlich kundgab.

Bis dahin war ich ganz in Liebe aufgegangen; bald sollte sie der Wut Platz machen. Wer, glauben Sie, will mich in den Augen der Frau, die ich anbete, entehren? Welche Megäre halten Sie für boshaft genug, eine solche Gemeinheit auszuhecken? Sie kennen sie: sie ist Ihre Freundin, Ihre Verwandte – Madame de Volanges! Sie können sich nicht vorstellen, welches Gewebe von Abscheulichkeiten diese Ausgeburt der Hölle über mich geschrieben hat. Sie, sie allein hat die Seelenruhe der engelhaften Frau gestört; durch ihre Ratschläge, ihre giftigen Äußerungen bin ich genötigt, mich von hier zu entfernen; diesem Weibe werde ich geopfert. Ja wahrhaftig, man muß ihre Tochter verführen, und nicht genug damit, man muß sie zugrunde richten! Und da diese verdammte Frau durch ihr Alter vor mir geschützt ist, werde ich sie in ihren mütterlichen Gefühlen treffen.

Sie will also, daß ich nach Paris zurückkehre! Sie zwingt mich dazu! Gut, ich werde kommen, aber sie soll über meine Rückkehr Tränen vergießen. Es ist recht schade, daß Danceny der Held dieses Abenteuers ist; er besitzt einen Grundstock von Anständigkeit, der uns Ungelegenheiten bereiten kann. Indes, er ist verliebt, und ich komme oft mit ihm zusammen; vielleicht läßt er sich gebrauchen. Über meinem Zorn vergesse ich ganz, daß ich Ihnen noch die Erzählung der heutigen Begebenheiten schulde. Greifen wir zurück.

Heute morgen habe ich meine empfindsame Prüde wiedergesehen. Noch nie fand ich sie so schön. Das mußte wohl so sein. Der schönste Moment einer Frau, der einzige, wo sie jene Verzücktheit der Seele hervorrufen kann, von der man immer spricht und die man so selten erlebt, ist der, wo wir, ihrer Liebe sicher, noch nicht ihre Gunstbeweise empfangen haben. Und dieser Augenblick war für mich jetzt gekommen. Vielleicht auch trug der Gedanke, daß ich bald die Freude ihres Anblicks entbehren mußte, zur Erhöhung ihrer Schönheit bei. Als endlich die Post eintraf, überreichte man mir Ihren Brief, vom Siebenundzwanzigsten, und während ich ihn las, war ich noch ungewiß, ob ich mein Wort halten würde; aber dann traf ich den Blick meiner Schönen, und es wäre mir unmöglich gewesen, ihr etwas zu verweigern.

Ich kündigte also meine Abreise an. Eine Weile später ließ uns Madame de Rosemonde allein. Ich näherte mich dem scheuen Geschöpf und war nur noch vier Schritte von ihr entfernt, als sie sich mit allen Zeichen des Entsetzens erhob und ausrief: »Lassen Sie mich, lassen Sie mich, um Gottes willen lassen Sie mich!« Diese inständige Bitte, in der sich die Erregung ihres Gemütes verriet, brachte mich noch mehr in Feuer. Schon war ich bei ihr und hielt ihre Hände, die sie in rührendem Flehen gefaltet hatte, und ich begann in zärtliche Klagen auszubrechen, als ein feindlicher Dämon Madame de Rosemonde zurückführte. Die schüchterne Bigotte, die in der Tat einigen Grund zu Befürchtungen hatte, benützte diese Gelegenheit, um sich zurückzuziehen.

Ich reichte ihr aber die Hand, die sie nahm, worauf ich, mir von dieser ungewohnten Willfährigkeit Gutes versprechend, neue Klagen anstimmte und dabei versuchte, die ihre zu streicheln. Zuerst wollte sie mir sie entziehen, aber auf mein ungestümeres Drängen hin ließ sie sich das Streicheln ziemlich gutwillig gefallen, freilich ohne mir mit Gebärden oder mit Worten zu erwidern. Als wir an der Türe zu ihren Gemächern angelangt waren, wollte ich auf diese Hand zum Abschied einen Kuß drücken. Hier nun begann eine entschiedenere Abwehr, doch mein zärtlich gemurmeltes »Bedenken Sie, daß ich reise« machte sie matt und unwirksam. Kaum hatte ich den Kuß gegeben, als die Hand ihre Kraft wiederfand und sich entzog, während meine Schöne in ihre Zimmer entschlüpfte, in denen ihre Kammerzofe war. Damit endigt meine Geschichte.

Da ich annehme, daß Sie morgen bei der Marschallin de N. sein werden, wo ich Sie sicher nicht aufzusuchen beabsichtige, und da wir bei unserem ersten Wiedersehen wohl so manche Angelegenheit zu besprechen haben werden, vornehmlich die der kleinen Volanges, die ich nicht aus den Augen verliere, habe ich beschlossen, mir diesen Brief vorangehen zu lassen. Er ist zwar schon recht lang ausgefallen, aber ich will ihn doch erst in dem Moment, da er zur Post abgeht, versiegeln, denn so wie die Sache jetzt steht, kann alles von einer Gelegenheit abhängen, und ich verlasse Sie, um ihr aufzulauern.

PS. Um acht Uhr abends. Nichts Neues; nicht der kleinste Augenblick des Alleinseins mit ihr; sie gibt sich sogar alle Mühe, es zu vermeiden. Immerhin so viel Traurigkeit, als die Schicklichkeit zuläßt; wenigstens das. Ein vielleicht nicht unwichtiges Ereignis: Madame de Rosemonde hat mich beauftragt, in ihrem Namen Madame de Volanges einzuladen, einige Zeit auf ihrem Landgut zu verbringen.

Adieu, meine schöne Freundin. Auf morgen oder spätestens übermorgen!

Schloß …, den 28. August 17..

45. Brief **Präsidentin de Tourvel an Madame de Volanges**

Herr de Valmont ist heute morgen abgereist; Sie schienen auf seine Entfernung solchen Wert zu legen, daß ich es für richtig halte, Sie davon zu verständigen. Madame de Rosemonde bedauert die Abreise ihres Neffen sehr, und ich muß zugeben, daß seine Gesellschaft in der Tat angenehm ist. So hat sie während des ganzen Vormittags mit dem warmen Gefühl, das Sie an ihr kennen, von ihm gesprochen und konnte ihn gar nicht genug loben. Es schien mir aus Höflichkeit geboten, ihr ohne Widerspruch zuzuhören, zumal sie, wie ich gestehen muß, in vielen Beziehungen recht hat. Besonders peinlich ist es mir, die Ursache dieser Trennung zu sein, da ich nicht hoffen darf, sie für das Vergnügen, dessen ich sie beraubte, entschädigen zu können. Sie wissen, daß ich von Natur wenig fröhlich bin, und das Leben, das wir fortan hier führen werden, ist nicht dazu angetan, meine Fröhlichkeit zu mehren.

Wäre mein Betragen nicht die Folge Ihrer Warnungen, so würde ich fast fürchten, etwas übereilt gehandelt zu haben; denn ich bin aufrichtig betrübt über den Kummer meiner ehrwürdigen Freundin, der mich in einer Weise rührte, daß ich gerne meine Tränen mit den ihren vermischt hätte.

Wir leben jetzt in der Hoffnung, daß Sie die Einladung, die Herr de Valmont Ihnen von seiten der Madame de Rosemonde überbringt, annehmen und einige Zeit hier bei uns verweilen werden. Seien Sie versichert, daß es mir ein Vergnügen sein wird, Sie hier zu sehen; und wahrhaftig, Sie schulden uns diese Entschädigung. Ich bin entzückt, auf diese Weise schneller die Bekanntschaft von Fräulein de Volanges zu machen und dabei Gelegenheit zu finden, Sie, Madame, von meiner ständig wachsenden Hochachtung zu überzeugen.

Schloß . . ., den 29. August 17..

46. Brief **Chevalier Danceny an Cécile Volanges**

Was ist Ihnen denn zugestoßen, meine anbetungswürdige Cécile? Wer konnte in Ihnen eine so schnelle und so grausame Veränderung hervorrufen? Was wurde aus Ihren Schwüren, mich ewig zu lieben? Gestern noch wiederholten Sie sie mir mit so viel Freude – was kann es nur heute sein, das Sie sie vergessen macht? Wie ich mein Inneres auch durchforsche, ich finde in mir die Ursache nicht, und es ist furchtbar, sie in Ihnen suchen zu müssen. Ach, sicher sind Sie weder leichtfertig noch trügerisch, und selbst in dieser Stunde der Verzweiflung soll kein häßlicher Argwohn meine Seele beflecken! Und doch, durch welches Verhängnis sind Sie nicht mehr die selbe? Nein, Grausame, Sie sind es nicht mehr! Die zärtliche Cécile, die Cécile, die ich anbete und deren Schwüre ich empfing, hätte nicht meinen Blick gemieden, wäre nicht dem glücklichen Zufall ausgewichen, der mich in ihre Nähe führte, oder würde mich, wenn irgendein unbegreiflicher Grund sie dazu gezwungen hätte, mir mit solcher Strenge zu begegnen, mich zum mindesten davon unterrichtet haben.

Ah, meine Cécile, Sie wissen nicht, werden nie wissen, was Sie mich heute leiden ließen, was ich in diesem Augenblick noch leide! Glauben Sie denn, daß ich leben kann, ohne von Ihnen geliebt zu sein? Und doch, als ich Sie um ein Wort, ein einziges Wort bat, um meine Ängste zu zerstreuen, antworteten Sie mir nicht und taten, als hätten Sie Furcht, von andern gehört zu werden. Und dieses Hindernis, das vorher nicht bestanden hatte, schufen Sie gleich darauf selbst durch einen Wechsel Ihres Platzes. Als ich gezwungen war, Sie zu verlassen, und ich Sie nach der Stunde fragte, zu der ich Sie morgen wiedersehen könne, stellten Sie sich, als wüßten Sie es nicht, und Madame de Volanges mußte es mir sagen. So wird der unablässig herbeigesehnte Augenblick, wo ich mich Ihnen nähern darf, mir morgen nichts als Unrast bringen, und an die Stelle der Freude, Sie wieder zu sehen, die meinem Herzen bisher so teuer war, wird die Furcht treten, Ihnen lästig zu sein.

Bereits, ich fühl' es, hemmt mich diese Furcht, und ich wage nicht mehr, Ihnen von meiner Liebe zu sprechen. Dies Wort »ich liebe dich«, das ich so gerne wiederholte, wenn mir sein Echo aus Ihrem Munde entgegendrang, dies süße Wort, das meine ganze Glückseligkeit ausmachte, ist, wenn Sie eine andere geworden sind, für mich nur noch ein Schreckbild ewiger Verzweiflung. Und doch vermag ich nicht zu glauben, daß dieser Talisman der Liebenden seine Kraft verloren haben sollte, und ich versuche, mich noch einmal seiner zu bedienen*. Ja, meine Cécile, *ich liebe Sie!* Wiederholen Sie mit mir dieses Zauberwort. Bedenken Sie, daß Sie mich gewöhnt haben, es aus Ihrem Munde zu hören, und daß mich seiner zu berauben gleichbedeutend ist mit der Verdammung zu einer Qual, die, wie meine Liebe, nur mit meinem Tode endigen wird.

Paris, den 29. August 17..

47. Brief **Vicomte de Valmont an Marquise de Merteuil**

Heute werde ich Sie noch nicht sehen, meine schöne Freundin. Hier meine Gründe dafür, die ich Sie mit Nachsicht entgegenzunehmen bitte.

Statt gestern direkt zurückzukehren, machte ich bei der Gräfin de S. halt, deren Schloß beinahe auf meinem Wege lag und bei der ich mich zum Diner einlud. Ich traf in Paris erst gegen sieben Uhr abend ein und ließ mich bei der Oper absetzen, wo ich Sie vielleicht zu treffen hoffte.

Nach Schluß der Oper begab ich mich zu meinen Freundinnen hinter der Bühne und fand dort meine ehemalige Emilie, umgeben von einem zahlreichen Hofstaat sowohl von Frauen als von Männern, denen sie noch am gleichen Abend ein Souper in P... gab. Ich war kaum eingetreten, als man mich schon einstimmig aufforderte, mit von der Partie zu sein. Dies erfolgte insbesondere durch ein kurzes, dickes Männlein, das in einem Holländisch-Französisch eine Einladung radebrechte und alsbald von mir als die eigentliche Hauptperson der Veranstaltung erkannt wurde. Ich nahm an.

Unterwegs erfuhr ich, daß das Haus, in das wir uns begaben, der ausbedungene Preis für Emiliens Gunstbeweise an die groteske Gestalt sei, so daß das Souper in Wahrheit ein regelrechtes Hochzeitsmahl war. Der kleine Mann war in Erwartung seines Glückes vor Freude ganz aus dem Häuschen und zeigte eine solche Selbstzufriedenheit, daß mich die Lust ankam, sie zu stören, was ich denn auch wirklich tat.

* Menschen, die nie Gelegenheit hatten, den ganzen Wert eines Wortes, einer Redewendung zu ermessen, welche die Liebe heiligte, werden diesen Satz sinnlos finden.

Nicht ganz leicht war es, Emilie für meine Absicht zu gewinnen, da der Reichtum des Holländers ihr das Gewissen schärfte. Nach einigem Hin und Her ging sie aber doch auf meinen Plan ein, das kleine Bierfaß so lange mit Wein vollzugießen, bis es für den Rest der Nacht unschädlich gemacht wäre.

Die großartige Idee, die wir uns von dem Fassungsvermögen eines holländischen Trinkers machten, ließ uns alle bekannten Mittel anwenden, und wir hatten Erfolg, denn nach dem Dessert war er nicht mehr imstande, sein Glas zu halten. Trotzdem trichterten ich und die gefällige Emilie ihm um die Wette immer neue Flüssigkeit ein. Endlich fiel er unter den Tisch und war so betrunken, daß er zum Aufwachen wohl acht Tage brauchen wird. Wir beschlossen, ihn nach Paris zurückzubefördern, und da er seinen Wagen nicht behalten hatte, ließ ich ihn in den meinen laden und blieb statt seiner. Hierauf nahm ich die Glückwünsche der Versammelten entgegen, die sich alsbald empfahlen und mich als Herrn des Schlachtfeldes zurückließen. Die ausgelassene Stimmung, vielleicht auch die lange Enthaltsamkeit, ließen mir Emilie so begehrenswert erscheinen, daß ich ihr versprach, bis zur Wiederauferstehung des Holländers bei ihr zu bleiben.

Dieser Liebesdienst von meiner Seite ist der Preis, den ich ihr für den ihrigen bezahle, nämlich mir als Schreibpult für einen Brief an meine schöne Bigotte zu dienen. Ich finde es spaßhaft, ihr einen Brief aus dem Bette, ja fast aus den Armen einer Dirne zu schicken, einen Brief, bei dessen Niederschrift ich mich durch vollkommenste Untreue unterbreche und in dem ich ihr einen genauen Bericht über meine Situation und meine Aufführung erstatte.

Emilie las, was ich schrieb, lachte wie eine Verrückte, und ich hoffe, es wird auch Sie erheitern.

Da mein Brief an die Bigotte den Stempel von Paris tragen muß, lege ich ihn offen bei. Haben Sie die Güte, ihn zu lesen, zu schließen und auf die Post bringen zu lassen. Aber bedienen Sie sich ja nicht Ihres Siegels oder sonst eines verliebten Emblems; eine Münze genügt. Adieu, meine schöne Freundin.

PS. Ich öffne den Brief noch einmal. Ich habe Emilie überredet, in die Italienische Oper zu gehen, und will die Zeit benutzen, um Sie zu sehen. Spätestens um sechs Uhr bin ich bei Ihnen, und wenn es Ihnen paßt, gehen wir dann gegen sieben miteinander zu Madame de Volanges. Es dürfte schicklich sein, mit der Einladung, die ich ihr von Madame de Rosemonde zu überbringen habe, nicht länger zu säumen, auch bin ich recht neugierig auf die kleine Volanges.

Adieu, sehr schöne Dame. Ich eile mit solchem Vergnügen, Sie zu umarmen, daß der Chevalier eifersüchtig sein kann.

P . . ., den 30. August 17 . .

48. Brief **Vicomte de Valmont an Präsidentin de Tourvel***

Nach einer stürmischen Nacht, in der ich kein Auge schloß, nach einem Auf und Ab zwischen verzehrender Glut und gänzlichem Darniederliegen aller meiner Seelenkräfte komme ich zu Ihnen, Madame, um die Ruhe zu suchen, deren ich bedarf und die zu erlangen ich doch kaum zu hoffen wage. In der Tat, die Situation, in der ich mich beim Schreiben dieses Briefes befinde, läßt mich mehr denn je die unwiderstehliche Macht der Liebe erkennen; es wird mir schwer, so viel Gewalt über mich zu gewinnen, um in meine Gedanken einige Ordnung zu bringen, und ich ahne bereits, daß ich diesen Brief ohne Unterbrechung nicht werde beendigen können. Ach, darf ich denn nicht hoffen, daß Sie eines Tages die Erregung teilen, die mich jetzt durchpulst? Und doch wage ich zu glauben, daß Sie, wenn Sie sie wahrhaft kennten, nicht ganz fühllos wären. Seien Sie versichert: die kühle Gelassenheit, der Schlummer der Seele, dieses Abbild des Todes – nein, das führt nicht zum Glück; einzig die treibenden, drängenden Leidenschaften lassen uns dahin gelangen; und trotz den Qualen, die Sie mir bereiten, glaube ich getrost behaupten zu können, daß ich in diesem Moment glücklicher bin als Sie. Vergebens drücken Sie mich mit Ihrer grausamen Strenge zu Boden; sie hindert mich doch nicht, mich ganz der Liebe hinzugeben und in dem Rausch, den sie mir schenkt, die Verzweiflung, der Sie mich ausliefern, zu vergessen. So räche ich mich für die Verbannung, zu der Sie mich verdammen. Noch nie empfand ich beim Schreiben eines Briefes an Sie so viel Vergnügen, noch nie verspürte ich bei dieser Beschäftigung eine so süße und doch so lebhafte Bewegung. Alles scheint mein Feuer zu schüren; die Luft, die ich atme,

* Mit dem Poststempel von Paris

brennt vor Lust; der Tisch selbst, auf dem ich schreibe und der zum erstenmal diesem Dienst geweiht ist, verwandelt sich mir in einen heiligen Liebesaltar. Wie schön, wie doppelt schön wird er in meinen Augen sein, wenn ich auf ihm den Schwur verzeichnet haben werde, Sie ewig zu lieben! Verzeihen Sie, ich bitte Sie inständig, die Verwirrung meiner Sinne; vielleicht sollte ich mich einer Leidenschaft weniger hingeben, die Sie nicht teilen . . . ich muß Sie für einen Moment verlassen, um eines Deliriums Herr zu werden, das mit jeder Sekunde wächst und schon stärker ist als ich.

Ich kehre zu Ihnen zurück, Madame, und zweifellos stets mit der gleichen Ergebenheit. Aber das Glücksgefühl ist nun fern von mir und hat dem Gefühl qualvoller Entbehrung Platz gemacht. Was nützt es mir, Ihnen von meiner Liebe zu sprechen, wenn ich doch umsonst nach Mitteln suche, Sie von ihr zu überzeugen! Nach so oft wiederholter Bemühung verläßt mich meine Zuversicht zugleich mit meiner Kraft. Wenn ich mir noch die Freuden der Liebe vergegenwärtige, so nur, um deren Entbehrung um so schmerzlicher zu empfinden. Ich sehe nirgends Trost und Hilfe als in Ihrer Nachsicht und fühle in diesem Augenblick so sehr, wie dringend ich Ihrer bedarf, daß mir darüber alle Hoffnung schwindet. Und doch war meine Liebe nie ehrerbietiger, nie weniger dazu angetan, Sie zu beleidigen; sie ist – ich wage es zu sagen – so, daß die strengste Tugend sie nicht zu fürchten braucht. Aber ich selbst muß fürchten, Ihnen noch länger von meinen Qualen zu sprechen. Da ich überzeugt bin, daß Sie, die Sie deren Ursache sind, meine Leiden nicht teilen, darf ich Ihre Güte nicht mißbrauchen, und das täte ich, wenn ich die Zeit damit verschwenden wollte, Ihnen das traurige Bild noch deutlicher zu malen. Nur eines noch: ich flehe Sie an, mir zu antworten und nie zu zweifeln an der Wahrheit meiner Gefühle.

Paris, den 30. August 17..

49. Brief **Cécile Volanges an Chevalier Danceny**

Obzwar weder leichtfertig noch trügerisch, bin ich doch klug genug, mein Herr, um, über mein Betragen aufgeklärt, die Notwendigkeit einzusehen, es zu ändern. Ich habe dieses Opfer Gott gelobt, bis daß ich ihm auch das meiner Gefühle für Sie bringen kann, die, da Sie einem mönchischen Orden angehören, noch sündhafter sind. Ich fühle sehr gut, daß es mir Kummer bereiten wird, und ich will Ihnen nicht verhehlen, daß ich seit vorgestern jedesmal, wenn ich an Sie dachte, weinen mußte. Nun, ich hoffe, Gott wird gnädig sein und mir die nötige Kraft schenken, Sie zu vergessen, worum ich ihn jeden Abend und jeden Morgen bitte. Ich erwarte sogar von Ihrer Freundschaft und Ehrenhaftigkeit, daß Sie nicht versuchen werden, mich in den guten Vorsätzen, die man mir eingeflößt hat und in denen ich verharren will, irrezumachen. Aus diesem Grunde muß ich Sie um den Gefallen bitten, mir nicht mehr zu schreiben, um so mehr, als ich Ihnen im vorhinein erkläre, daß ich Ihnen nicht antworten würde und daß ich gezwungen wäre, Mama von allem, was vorgeht, zu unterrichten – und das würde mich ganz des Vergnügens berauben, Sie zu sehen.

Ich werde Ihnen trotzdem die ganze Anhänglichkeit bewahren, die man haben darf, ohne daß ein Unrecht dabei ist, und ich wünsche Ihnen von ganzem Herzen alles nur mögliche Glück. Ich weiß recht wohl, daß Sie mich jetzt nicht mehr so lieben werden und daß Sie vielleicht bald eine andere mehr lieben werden als mich. Aber das wäre nur eine Buße mehr für den Fehltritt, den ich dadurch beging, daß ich Ihnen mein Herz gab, anstatt es Gott zu schenken und meinem Gatten, sobald ich einen habe. Ich hoffe, daß die göttliche Barmherzigkeit Mitleid mit mir haben und mir nur so viel Leiden schicken wird, als ich ertragen kann.

Adieu, mein Herr. Ich kann Ihnen ehrlich versichern, daß, wenn mir erlaubt wäre, jemanden zu lieben, ich nur Sie allein lieben würde. Das ist aber auch alles, was ich Ihnen sagen kann, und vielleicht ist es schon mehr, als ich dürfte. Paris, den 31. August 17..

50. Brief **Präsidentin de Tourvel an Vicomte de Valmout**

So also, mein Herr, erfüllen Sie die Bedingungen, unter denen ich eingewilligt habe, hin und wieder Briefe von Ihnen zu empfangen? Und sollte ich nicht Grund zur Klage haben, wenn Sie mir darin nur von einem Gefühle sprechen, dem mich hinzugeben ich selbst dann fürchten würde, wenn ich es tun dürfte, ohne alle meine Pflichten zu verletzen.

Übrigens, wenn ich noch neue Gründe nötig hätte, um in dieser heilsamen Furcht zu verharren, könnte ich sie, wie mir scheint, in Ihrem letzten Briefe finden. Denn gerade dann, wenn Sie sich einbilden, das Lob der Liebe zu singen, was machen Sie in Wirklichkeit? Sie zeigen mir nur ihre bedrohlichen Stürme. Wer wird um den Preis der Vernunft ein Glück erkaufen wollen, dessen Freuden so kurz währen und dem Bedauern, wenn nicht gar bittere Reue folgt?

Selbst Sie, bei dem die Gewöhnung an dieses gefährliche Delirium dessen Wirkung abschwächen sollte, müssen Sie nicht zugeben, daß es oft stärker ist als Sie? Und klagen nicht gerade Sie über die ungewollte Verwirrung, die es in Ihrem Kopfe hervorruft? Welch fürchterliche Verheerung müßte die Leidenschaft erst in einem unerfahrenen und empfindsamen Herzen anrichten, in einem Herzen, das durch die Größe der Opfer, die es ihr bringen müßte, ihrer Gewalt noch hilfloser preisgegeben wäre?

Sie glauben, mein Herr, oder geben vor zu glauben, daß die Liebe zum Glück führt; ich aber bin so fest davon überzeugt, daß sie mich unglücklich machen würde, daß ich auch nur das Wort Liebe nie wieder hören möchte. Mich dünkt, daß bloß von Liebe zu reden, die Seelenruhe stört, und deshalb bitte ich Sie ebensosehr aus Neigung wie aus Pflicht, darüber zu schweigen.

Es muß Ihnen jetzt leichtfallen, diese Bitte zu gewähren. In Paris werden Sie Gelegenheit genug finden, ein Gefühl zu vergessen, das seine Entstehung vielleicht nur der Gewohnheit, sich mit solchen Dingen zu befassen, verdankt und seine Stärke nur dem Müßiggang auf dem Lande. Befinden Sie sich jetzt nicht in der selben Stadt, wo Sie mein Anblick so gleichgültig ließ? Und können Sie dort auch nur einen Schritt tun, ohne einem Beispiel Ihrer Flatterhaftigkeit zu begegnen? Sind Sie dort nicht von Frauen umgeben, die alle liebenswürdiger sind als ich und mehr Anrecht auf Ihre Huldigungen haben? Ich besitze nicht die Eitelkeit, die man meinem Geschlecht zum Vorwurf macht, und noch weniger jene falsche Bescheidenheit, die nur ein verkleideter Hochmut ist; so erkläre ich Ihnen denn in voller Aufrichtigkeit, daß ich an mir nur wenig Gaben, zu gefallen, finde, und selbst wenn ich deren alle hätte, würden sie doch nicht genügen, um Sie festzuhalten. Von Ihnen verlangen, sich nicht mehr um mich zu kümmern, heißt also nur, Sie bitten, heute wieder zu tun, was Sie schon immer taten und was Sie ganz bestimmt in einiger Zeit wieder tun werden, auch wenn ich Sie um das Gegenteil bitte.

Diese Wahrheit, die mir immer vor Augen steht, wäre allein schon ein triftiger Grund, der mich bewegen müßte, Sie nicht anzuhören. Ich habe noch tausend andere. Doch möchte ich mich nicht auf lange Erörterungen einlassen, sondern begnüge mich mit der Wiederholung meiner Bitte, mir nicht von einem Gefühl zu sprechen, das ich nicht anhören und noch weniger erwidern darf.

Schloß . . ., den 1. September 17 . .

ZWEITER TEIL

51. Brief **Marquise de Merteuil an Vicomte de Valmont**

Wirklich, Vicomte, Sie sind unausstehlich. Sie behandeln mich mit einer Vernachlässigung, als ob ich Ihre Mätresse wäre. Wissen Sie, daß ich Ihnen ernstlich böse sein werde und daß ich in diesem Moment in einer entsetzlichen Laune bin? Wie, Sie sollen morgen vormittag mit Danceny zusammentreffen und wissen, wie wichtig es ist, daß ich vorher mit Ihnen spreche, und Sie lassen mich, ohne sich im geringsten zu beunruhigen, den ganzen Tag lang warten, um, ich weiß nicht wo, herumzulaufen! Sie sind Ursache, daß ich unerlaubt spät bei Madame de Volanges erschienen bin und daß alle die alten Damen mich »anmaßend« gefunden haben. Ich mußte ihnen während des ganzen Abends schöntun, um sie zu beschwichtigen, denn man darf die alten Damen nicht ärgern; sie sind es, die den Ruf der jungen machen.

Jetzt ist es ein Uhr früh, und statt mich schlafen zu legen, wozu ich die große Lust verspüre, muß ich ihnen diesen langen Brief schreiben, der durch die Langeweile, die er mir verursacht, meine Schläfrigkeit noch verdoppeln wird. Sie haben Glück, daß mir die Zeit fehlt, Sie länger auszuzanken. Aber glauben Sie deshalb nicht, daß ich Ihnen verzeihe; es ist nur, weil ich in Eile bin. Hören Sie also gut zu, ich will mich sputen.

Falls Sie einige Geschicklichkeit besitzen, müssen Sie morgen Dancenys Vertrauen gewinnen. Der Augenblick ist Ergüssen günstig, denn der Gute ist unglücklich. Das kleine Mädchen ist beichten gegangen und hat wie ein Kind alles ausgeplaudert. Seitdem plagt sie die Furcht vor dem Teufel dermaßen, daß sie unbedingt brechen will. Sie hat mir alle ihre kleinen Gewissensnöte erzählt mit einer Lebhaftigkeit, die mir bewies, wie sehr sie ihr zu Kopf gestiegen sind. Sie zeigte mir auch ihren Abschiedsbrief, der eine wahre Kapuzinerpredigt ist. Eine ganze Stunde lang schwatzte sie auf mich ein, ohne etwas zu sagen, das vernünftig gewesen wäre. Sie brachte mich darum nicht weniger in Verlegenheit; denn Sie können sich denken, daß ich es nicht wagen könnte, einem solchen Wirrköpfchen meine wahre Meinung zu sagen.

Aus all dem Gefasel schloß ich immerhin, daß sie ihren Danceny noch immer liebt. Ich bin sogar einer jener unbewußten Finten auf die Spur gekommen, die der Liebe immer zu Gebote stehen und mit der die Kleine sich auf drollige Weise selbst betrügt. Gequält von dem

Verlangen, sich mit ihrem Liebsten zu befassen, und gleichzeitig von der Furcht, sich dadurch die ewige Verdammnis zuzuziehen, ist sie darauf verfallen, Gott zu bitten, daß er sie Danceny vergessen lasse, und da sie dieses Gebet während des Tages unzählige Male wiederholt, hat sie so das Mittel gefunden, unablässig an ihn zu denken.

Bei einem gewitzteren Mann, als es Danceny ist, wäre dieses kleine Vorkommnis eher als günstig denn als widerwärtig zu bezeichnen; aber der Junge ist so sehr schmachtender Tugendheld, daß, wenn wir ihm nicht zu Hilfe kommen, er zur Überwindung auch der kleinsten Hindernisse so viel Zeit brauchen wird, daß uns für die Ausführung unserer Pläne keine mehr bleibt.

Sie haben recht, es ist jammerschade und ärgert mich ebenso wie Sie, daß er der Held dieses Abenteuers ist. Aber was läßt sich da tun – was geschehen ist, ist geschehen, und schließlich ist es Ihre Schuld. Ich veranlaßte die Kleine, mir seine Antwort zu zeigen; nun, die ist wirklich kläglich! Er beweist ihr mit tausend Gründen, daß ein unwillkürliches Gefühl kein Verbrechen sein kann – als ob es nicht aufhörte, unwillkürlich zu sein, sobald man aufhört, es zu bekämpfen! Ein Gedanke, so simpel, daß er selbst dem kleinen Mädchen kam. Er klagt in recht rührender Weise über sein Unglück; aber sein Schmerz ist so sanftmütig und scheint zugleich so stark und ehrlich, daß eine Frau, die Gelegenheit hat, einen Mann dermaßen zur Verzweiflung zu bringen, noch dazu ohne jede Gefahr, sich notwendig verlockt fühlen muß, diese Möglichkeit nach Herzenslust auszukosten. Er setzt ihr ferner auseinander, daß er nicht Mönch ist, wie sie glaubte, und das ist unbestreitbar der vernünftigste Teil seines Briefes.

Aber wie dem auch sei – statt meine Zeit mit gescheiten Auseinandersetzungen zu vergeuden, die mich kompromittiert und Cécile vielleicht nicht einmal überzeugt hätten, billigte ich den Bruch, sagte aber, daß es in einem solchen Falle anständiger sei, seine Gründe zu sagen und nicht zu schreiben; auch sei es üblich, die Briefe und die kleinen Geschenke, die man empfangen hat, zurückzugeben. So konnte ich, indem ich dem Entschluß der Kleinen scheinbar beistimmte, sie leicht dazu bewegen, Danceny ein Rendezvous zu gewähren. Wir heckten sofort einen Plan aus, und ich nahm es auf mich, die Mutter zu überreden, ohne ihre Tochter auszugehen. Morgen nachmittag wird diese entscheidende Zusammenkunft stattfinden. Danceny ist bereits unterrichtet; aber ich beschwöre Sie, wenn Sie dazu Gelegenheit finden, bestimmen Sie doch diesen holden Schäfer, weniger kraftlos zu sein, und lehren Sie ihn – da man ihm ja alles sagen muß –, daß die beste Art, Bedenken zu besiegen, darin besteht, diejenigen, die sie haben, in einen Zustand zu versetzen, wo ihnen nichts mehr zu verlieren bleibt.

Übrigens habe ich, um einer Wiederholung dieses lächerlichen Vorfalls zuvorzukommen, nicht verfehlt, dem kleinen Mädchen einige Zweifel über die Verschwiegenheit der Beichtväter beizubringen; und ich versichere Ihnen, daß sie jetzt den Schreck, den sie mir eingejagt hat, mit der Furcht bezahlt, der ihre könnte alles ihrer Mutter sagen. Ich hoffe, daß sie nach ein oder zwei solchen Gesprächen mit mir ihre Albernheiten nicht mehr dem ersten besten anvertrauen wird*.

Adieu, Vicomte. Bemächtigen Sie sich Dancenys und leiten Sie ihn. Es wäre allzu beschämend, wenn wir mit den beiden Kindern nicht bewerkstelligen könnten, was wir wollen. Sollte die Sache uns größere Mühe machen, als wir anfangs dachten, so müssen wir uns zur Anspornung unseres Eifers vor Augen halten: Sie, daß es sich um die Tochter von Madame de Volanges handelt, und ich, daß sie die Frau Gercourts werden soll.

Paris, den 2. September 17..

52. Brief **Vicomte de Valmont an Präsidentin de Tourvel**

Sie verbieten mir, Madame, Ihnen von meiner Liebe zu sprechen. Wo aber soll ich den nötigen Mut schöpfen, um Ihnen zu gehorchen? Einzig beschäftigt mit einem Gefühl, das so süß sein sollte und das durch Sie so peinigend wird, schmachtend in der Verbannung, zu der Sie mich verurteilt haben, lebe ich in Entbehrung und Traurigkeit dahin, Qualen preisgegeben, die um so grausamer sind, als der Gedanke an Ihre Gleichgültigkeit sie immer neu hervorruft. Soll ich denn den einzigen Trost verlieren, der mir noch bleibt? Und kann es für mich

* Der Leser hat aus dem Lebenswandel der Madame de Merteuil sicher schon längst erraten, wie wenig sie die Religion respektiert. Man hätte diesen Absatz unterdrückt, doch hielt man es für richtig, zugleich mit den Wirkungen auch deren Ursachen aufzuzeigen.

einen andern geben, als Ihnen zuweilen mein Herz zu eröffnen, das Sie mit Unruhe und Bitterkeit erfüllen? Wollen Sie Ihren Blick abwenden, um nicht die Tränen zu sehen, die Sie vergießen machen? Wollen Sie sogar die Huldigung des Ihnen dargebrachten Opfers zurückweisen, das Sie doch selbst von mir fordern? Wäre es nicht Ihres guten und sanften Herzens würdiger, den Unglücklichen, der es nur durch Sie ist, zu bedauern, statt seine Leiden durch ein Verbot, das ebenso ungerecht wie grausam ist, noch zu verschlimmern?

Sie tun, als fürchteten Sie die Liebe, und wollen nicht sehen, daß Sie allein die Übel verursachen, die Sie ihr vorwerfen. Gewiß, dieses Gefühl ist qualvoll, wenn der Gegenstand, der es einflößt, es nicht teilt – aber wo wäre das Glück zu finden, wenn selbst die erwiderte Liebe es nicht zu schaffen vermöchte? Die zärtliche Neigung, das schöne Vertrauen, das einzige, das keinen Rückhalt kennt, die Linderung der Leiden, die Verdoppelung der Freuden, die zauberische Hoffnung, die köstlichen Erinnerungen – wo anders als in der Liebe kann man sie finden! Sie verleumden die Liebe, Sie, die, um alle die Gaben, die sie Ihnen darbietet, zu genießen, sich ihr nur nicht mehr zu verweigern brauchten – und ich, ich vergesse die Leiden, die sie mir bereitet, um mich ihrer Verteidigung zu widmen.

Sie zwingen mich auch, mich selbst zu verteidigen; denn während ich mein Leben Ihrer Anbetung weihe, verbringen Sie das Ihre damit, mir Fehler nachzuweisen. Schon nennen Sie mich leichtsinnig und flatterhaft, indem Sie Irrtümer, die ich Ihnen selbst gestand, gegen mich mißbrauchen und sich darin gefallen, den, der ich einstmals war, mit dem zu verwechseln, der ich heute bin. Nicht zufrieden damit, mich der Qual, fern von Ihnen zu leben, ausgeliefert zu haben, fügen Sie noch den grausamen Spott über gewisse Vergnügungen hinzu, von denen Sie doch wissen, daß sie mir, seitdem ich Sie kenne, nichts mehr bedeuten. Sie glauben weder an meine Versprechungen noch an meine Schwüre. Nun wohl, ich kann Ihnen einen Bürgen stellen, den Sie wenigstens nicht verdächtigen werden: Sie selbst. Ich bitte Sie nur, sich ehrlich selbst zu befragen. Wenn Sie an meine Liebe nicht glauben, wenn Sie auch nur einen Augenblick lang daran zweifeln, Alleinherrscherin in meiner Seele zu sein, wenn Sie nicht überzeugt sind, mein Herz, das freilich bisher nur allzu flatterhaft war, beständig gemacht zu haben, dann bin ich bereit, die Pein dieses Irrtums auf mich zu nehmen; ich werde darunter stöhnen, doch nicht mich widersetzen. Wenn Sie hingegen in gerechter Erwägung unserer beider Lage genötigt sind, sich selbst zu gestehen, daß Sie keine Nebenbuhlerin haben und nie haben werden, dann zwingen Sie mich, ich bitte Sie inständig, nicht mehr, gegen Phantome anzukämpfen, und lassen Sie mir wenigstens den Trost, Sie nicht mehr an einem Gefühl zweifeln zu sehen, das nie enden wird und kann als zugleich mit meinem Leben. Erlauben Sie mir, Madame, Sie um unzweideutige Antwort auf diese Frage meines Briefes zu bitten.

Wenn ich nun diesem leichtsinnigen Leben Valet sage, das mir in Ihren Augen so sehr zu schaden scheint, so geschieht dies nicht, weil es mir nötigenfalls an Gründen zu seiner Rechtfertigung fehlen würde.

Was tat ich denn mehr, als daß ich dem Strudel, in den ich geworfen wurde, nicht widerstand. Jung und unerfahren in die Welt getreten, ging ich sozusagen von Hand zu Hand, durch die Hände einer Menge von Frauen, die sich alle beeilen, durch die Leichtigkeit, mit der sie zu haben sind, einer Überlegung zuvorzukommen, von der sie fühlen, daß sie ihnen nicht günstig wäre. War es an mir, das Beispiel eines Widerstands zu geben, den ich bei ihnen nicht fand? Oder sollte ich mich selbst für den flüchtigen Augenblick eines Irrtums, der oft genug provoziert worden war, durch eine sicherlich sinnlose Treue bestrafen, die man mir bloß als Lächerlichkeit angerechnet hätte? Und durch welches andere Mittel als durch einen raschen Bruch ließe sich die Schmach einer falschen Wahl wiedergutmachen?

Das aber kann ich sagen: diese Trunkenheit der Sinne, vielleicht sogar dieser Rausch der Eitelkeit ist nie bis zu meinem Herzen vorgedrungen. Es war für die große Liebe geschaffen; Liebschaften konnten es zerstreuen, aber nicht erfüllen. Ich war von verführerischen, aber verächtlichen Wesen umgeben; doch keines rührte an meine Seele. Man bot mir Genüsse; ich suchte Tugenden – und ich hielt mich für unbeständig, weil ich feinfühlig und empfindsam war.

Erst als ich Sie sah, wurde ich mir über mich selber klar. Bald erkannte ich, daß der Zauber der Liebe an die Vorzüge der Seele gebunden ist, daß nur Sie das höchste Gefühl erregen und es rechtfertigen können. Ich fühlte auch, daß es mir ebenso unmöglich ist, Sie nicht zu lieben, wie eine andere zu lieben.

So also ist das Herz beschaffen, dem auszuliefern Sie sich fürchten und das Ihres Schicksalsspruchs harrt. Aber wie immer auch das Los sein mag, das Sie ihm bereiten, Sie werden nichts an den Gefühlen ändern können, die es an Sie binden; denn meine Liebe ist unwandelbar wie die Tugenden, denen sie ihr Sein verdankt.

Paris, den 3. September 17..

53. Brief **Vicomte de Valmont an Marquise de Merteuil**

Ich sprach mit Danceny, gewann aber nur sein halbes Vertrauen. Vor allem verschwieg er mir hartnäckig den Namen der kleinen Volanges, von der er mir nur als von einer sehr sittsamen, vielleicht sogar ein wenig bigotten Frau sprach. Abgesehen davon, hat er mir über sein Abenteuer ziemlich wahrheitsgetreu berichtet, vornehmlich über den letzten Zwischenfall. Ich habe ihm, so gut ich konnte, Leidenschaft gepredigt und mich über sein Zartgefühl und seine Bedenklichkeit lustig gemacht, aber er scheint entschlossen, an beiden festzuhalten, so daß ich nicht für ihn einstehen kann. Übrigens werde ich Ihnen übermorgen mehr darüber sagen können. Ich nehme ihn morgen nach Versailles mit und gedenke ihm unterwegs gründlich auf den Zahn zu fühlen.

Das Rendezvous der beiden Kinder, das heute stattgefunden haben muß, gibt mir auch einige Hoffnung. Vielleicht hat sich alles zu unserer vollen Zufriedenheit abgespielt, und es bleibt uns nur noch die Aufgabe, das Geständnis zu entreißen und die Beweise zu sammeln. Diese Arbeit wird für Sie leichter sein als für mich, denn die Kleine ist vertrauensseliger oder, was auf dasselbe herauskommt, schwatzhafter als ihr diskreter Liebhaber. Jedenfalls will ich mein möglichstes tun.

Adieu, meine schöne Freundin; ich bin sehr in Eile und werde Sie weder heute abend noch morgen sehen. Sollten Sie Ihrerseits etwas erfahren, so schreiben Sie mir ein Wort. Es wird mich bei meiner Rückkehr erreichen. Zur Nacht bin ich sicher wieder in Paris.

Paris, am Abend des 3. September 17..

54. Brief **Marquise de Merteuil an Vicomte de Valmont**

Da können Sie lange warten, bis Danceny etwas zu gestehen hat! Sollte er etwas gesagt haben, so war es nur Geflunker. Ich kenne keinen zweiten, der so dumm in der Liebe ist wie er, und ich nehme mir allmählich die Güte übel, die ich für ihn hatte. Wissen Sie, daß ich um seinetwillen beinahe kompromittiert worden wäre? Und das für nichts und wieder nichts. Oh, ich werde mich rächen, ich gelobe es!

Als ich gestern Madame de Volanges abholen kam, wollte sie nicht mehr ausgehen, sagte, sie fühle sich unpäßlich. Es bedurfte meiner ganzen Überredungskunst, um sie umzustimmen, und ich sah schon in Gedanken Danceny erscheinen, ehe wir fort waren. Das wäre um so schlimmer gewesen, als Madame de Volanges ihm am Tag vorher gesagt hatte, daß sie nicht zu Hause sein werde. Die Kleine und ich waren wie auf glühenden Kohlen. Endlich ging ich mit der Mutter weg, und die Tochter drückte mir zum Abschied so zärtlich die Hand, daß ich trotz ihrer Absicht zu brechen, die sie immer noch zu hegen glaubte, mir von dem Abend Wunder versprach.

Aber neue Ängste standen mir bevor. Wir waren noch keine halbe Stunde bei Madame de . . ., da wurde Madame de Volanges unwohl, aber diesmal ernstlich unwohl. Natürlich wollte sie nach Hause zurück, und ich konnte das um so weniger zulassen, als ich mit Recht fürchtete, daß, wenn wir die beiden jungen Leute überraschten, worauf mit Sicherheit zu rechnen war, der Verdacht der Mutter, die ich zum Ausgehen gedrängt hatte, auf mich fiele. So malte ich ihr ihren Zustand so schwarz als möglich aus, was zum Glück bei ihr nicht schwer ist, und verhinderte sie anderthalb Stunden lang, in ihren Wagen zu steigen, dessen Rütteln, wie ich vorgab, ihr gefährlich werden könnte. Wir trafen also erst zur festgesetzten Stunde zu Hause ein, und ich gestehe, daß ich mir beim Anblick der verschämten Miene der Kleinen Hoffnung machte, meine Mühe sei wenigstens nicht umsonst gewesen.

Mein Wunsch, mich darüber zu unterrichten, bewog mich, bei Madame de Volanges zu bleiben, die sich alsbald zu Bette legte. Nachdem wir bei ihr zu Abend gegessen hatten, verließen wir sie rasch unter dem Vorwand, daß sie Ruhe brauche, und gingen in das Zimmer ihrer Tochter. Diese hat ihrerseits alles getan, was ich von ihr erwartete –

verflogen waren ihre Bedenken, neue Schwüre ewiger Liebe getauscht usw. usw., kurz, sie zeigte sich zu jedem Opfer bereit; aber der blöde Danceny hat nicht um einen Zoll die Linie überschritten, wo er vorher war. Ah, mit diesem Menschen kann man ruhig brechen, die Aussöhnung ist ja so ungefährlich.

Die Kleine allerdings versichert, daß er mehr wollte, daß sie sich aber geschickt verteidigt habe. Ich möchte wetten, daß sie aufschneidet oder daß sie ihn entschuldigen will; ich habe mich dessen beinahe vergewissert. In der Tat überkam mich die Lust, zu erkunden, wie weit die Verteidigung geht, deren sie fähig ist. Und ich, die ich bloß eine Frau bin, habe es – ein Wort gab das andere – fertiggebracht, sie so zu erregen, daß . . . nun, Sie können mir glauben, noch nie war ein Mädchen weniger gefeit gegen eine Überrumpelung durch die Sinne. Sie ist wirklich reizend, die liebe Kleine! Sie wäre eines andern Liebhabers würdig; wenigstens wird sie eine gute Freundin haben, denn ich bin ihr aufrichtig zugetan. Ich habe ihr versprochen, sie zu formen, und ich glaube, ich werde Wort halten. Ich habe schon oft das Bedürfnis empfunden, eine vertraute Freundin zu haben, und diese da wäre mir lieber als irgendeine andere; aber ich kann mich ihrer nicht bedienen, solange sie nicht . . . nun, das ist, was sie eben sein muß; und aus diesem Grunde grolle ich Danceny doppelt.

Adieu, Vicomte. Kommen Sie morgen nicht zu mir, oder höchstens am Vormittag. Ich habe mich durch die inständigen Bitten des Chevaliers bewegen lassen, ihm einen Abend im »Kleinen Hause« zu gewähren.

Paris, den 4. September 17..

55. Brief **Cécile Volanges an Sophie Carnay**

Du hattest recht, meine liebe Sophie; mit Deinen Prophezeiungen hast Du mehr Erfolg als mit Deinen Ratschlägen. Danceny war, wie Du vorausgesehen hast, stärker als der Beichtvater, und wir stehen miteinander wieder genau so wie vorher. Oh, ich bereue es nicht, und wenn Du mir grollst, dann nur, weil Du nicht weißt, was für ein Vergnügen es ist, Danceny zu lieben. Es ist natürlich für Dich leicht, mir zu raten, was ich tun soll, nichts steht Dir im Wege; aber wenn Du empfunden haben würdest, wie bitter weh uns der Kummer eines

Menschen, den wir lieben, tut, wie seine Freude die unsere wird und wie schwierig es ist, nein zu sagen, wenn man so gerne ja sagen möchte, würdest Du Dich über nichts mehr wundern. Siehst Du, ich selbst habe das empfunden, sehr lebhaft empfunden, und ich begreife es noch nicht. Glaubst Du vielleicht, ich könnte Danceny weinen sehen, ohne selbst zu weinen? Ich kann Dir versichern, daß dies mir ganz unmöglich ist; und wenn er froh ist, bin ich glücklich wie er. Du hast leicht reden, aber das Reden ändert doch nicht das, was ist, und ich bin ganz sicher, daß es so ist.

Ich wollte Dich an meiner Stelle sehen ... Nein, das will ich eigentlich nicht sagen, denn ganz bestimmt möchte ich meine Stelle niemandem andern abtreten. Aber ich wollte, daß auch Du jemanden liebtest, nicht nur, damit Du mich besser verstehst und mich weniger ausschiltst, sondern vor allem, weil Du dann glücklicher wärest oder, um mich besser auszudrücken, anfingest, glücklich zu sein.

Unser Fröhlichsein, unser Lachen, siehst Du, all das war nur Kinderspiel, von dem, wenn es vorbei ist, nichts übrigbleibt. Aber die Liebe, ach, die Liebe! ... ein Wort, ein Blick, das bloße Bewußtsein, daß er da ist, ja, das ist Glück! Wenn ich Danceny sehe, habe ich keinen Wunsch mehr; wenn ich ihn nicht sehe, sehne ich mich nur nach ihm. Ich weiß nicht, wie das zugeht, aber ich möchte fast sagen, daß alles, was mir gefällt, ihm gleicht. Wenn er nicht bei mir ist, denke ich an ihn, und wenn ich aus ganzem Herzen an ihn denken kann, ohne Ablenkung, zum Beispiel wenn ich allein bin, dann bin ich wieder glücklich: ich schließe die Augen, und schon glaube ich, ihn vor mir zu sehen; ich erinnere mich an seine Worte, und schon glaube ich, ihn zu hören; das macht mich seufzen, und plötzlich fühle ich ein Feuer, eine Erregtheit ... ich bin nicht mehr imstande ruhig zu bleiben. Es ist wie eine Qual, und doch ist diese Qual ein unaussprechlicher Genuß.

Ich glaube sogar, daß, wenn man einmal Liebe fühlt, diese auch auf die Freundschaft übergreift. Meine Freundschaft für Dich hat sich freilich nicht geändert; sie ist immer noch so wie im Kloster; aber das Gefühl, von dem ich Dir sprach, empfinde ich mit Madame de Merteuil. Mir ist oft, als gliche meine Liebe für sie mehr der für Danceny als der für Dich, und manchmal wünschte ich, sie wäre er. Das kommt vielleicht davon, daß es sich nicht um eine Kinderfreundschaft handelt wie die unsere, oder auch davon, daß ich die beiden so oft zusammensehe und unwillkürlich miteinander vermische. Wahr ist, daß die beiden zusammen mich sehr glücklich machen, und schließlich wird an dem, was ich tue, wohl nicht etwas ganz Schlimmes sein. So wünsche ich mir auch nichts anderes als so zu bleiben, wie ich bin, und nur der Gedanke an meine Heirat macht mir Kummer; denn wenn Herr de Gercourt so ist, wie man ihn mir beschrieben hat – und daran kann ich wohl nicht zweifeln –, so weiß ich nicht, was aus mir werden soll. Adieu, meine Sophie; ich habe Dich immer gleich lieb.

Paris, den 4. September 17..

56. Brief **Präsidentin de Tourvel an Vicomte de Valmont**

Wozu, mein Herr, wäre Ihnen die Antwort nütze, die Sie von mir verlangen? Wenn ich an Ihre Gefühle glaubte, wäre das nicht ein Grund mehr, diese Gefühle zu fürchten? Und ob ich nun an Ihrer Aufrichtigkeit zweifle oder sie zugebe – genügt es denn nicht, muß es selbst Ihnen nicht genügen, zu wissen, daß ich darauf weder antworten will noch darf?

Angenommen, Sie lieben mich wirklich – und ich mache diese Annahme nur, um weitere Erörterungen darüber zu vermeiden –, sind darum die Hindernisse, die uns trennen, nicht ebenso unübersteiglich? Und bleibt mir etwas anderes übrig, als von ganzem Herzen zu wünschen, daß Sie dieser Liebe bald Herr werden, und Sie mit allen meinen Kräften dabei zu unterstützen, indem ich Ihnen unverzüglich jede Hoffnung nehme? Sie sagen es ja selbst, daß dieses Gefühl qualvoll ist, wenn der Gegenstand, der es einflößt, es nicht teilt. Und doch wissen Sie recht gut, daß es für mich unmöglich ist, es zu teilen. Stieße mir aber dieses Unglück wirklich zu, dann wäre ich ein bedauernswertes Wesen, ohne daß Sie darum glücklicher würden. Ich hoffe, Sie achten mich genug, um keinen Augenblick daran zu zweifeln. Hören Sie auf, ich beschwöre Sie, hören Sie auf, ein Herz zu beunruhigen, dem die Ruhe so notwendig ist! Zwingen Sie mich nicht, es zu bedauern, daß ich Sie jemals kennengelernt habe!

Geliebt und geachtet von einem Gemahl, den ich liebe und achte, bin ich mit meinen Pflichten und Freuden an diesen Mann allein gebunden. Ich bin glücklich; ich muß es sein. Wenn es lebhaftere

Freuden gibt, so begehre ich sie nicht und will sie nicht kennen. Gibt es denn etwas Besseres, als in Frieden mit sich selbst zu leben, heiterruhige Tage zu haben, ohne Unruhe einzuschlafen und ohne Reue zu erwachen? Was Sie das Glück nennen, ist nur eine Rebellion der Sinne, ein Gewitter der Leidenschaft – ein Schauspiel, entsetzlich selbst für den, der es vom sicheren Gestade aus betrachtet. Oh, wie diesen Stürmen die Stirne bieten? Wie sich auf ein Meer hinauswagen, das mit tausend und aber tausend Trümmern bedeckt ist? Und mit wem? ... Nein, mein Herr, ich bleibe am Ufer und lobe mir die Fesseln, die mich daran binden. Selbst wenn ich sie zerreißen könnte, wollte ich es nicht; ja, wenn sie mich nicht hielten, würde ich mich beeilen, sie auf mich zu nehmen.

Warum heften Sie sich an meine Fersen? Warum bestehen Sie darauf, mich zu verfolgen? Ihre Briefe, die nur zuweilen kommen sollten, kommen rasch nacheinander. Auch sollten diese Briefe vernünftig sein, und dennoch sprechen Sie mir darin immer nur von Ihrer närrischen Liebe. Sie bedrängen mich mit Ihrer Wahnidee mehr, als Sie es vorher mit Ihrer Person taten. In der einen Gestalt aus meiner Nähe verbannt, treten Sie mir in einer andern wieder entgegen. Was man Sie bittet, nicht mehr zu schreiben, wiederholen Sie nur mit andern Worten. Sie legen es darauf an, mich mit Gedanken zu verwirren, die verfänglich sind, aber den meinen verschließen Sie sich. Ich will und werde Ihnen nicht mehr antworten ... Wie Sie von den Frauen, die Sie verführt haben, reden! Mit welcher Verachtung Sie auf sie herabsehen! Ich will gern glauben, daß einige es verdienen – aber sind wirklich alle so verächtlich? Ja, gewiß doch, da sie ihre Pflicht vergaßen, um sich einer verbrecherischen Liebe hinzugeben. Damit verloren sie alles, sogar die Achtung desjenigen, für den sie alles geopfert hatten. Die Strafe ist gerecht, doch ihre bloße Vorstellung macht mich erzittern. Aber was geht mich all das an! Warum sollte ich mich mit diesen Frauen oder mit Ihnen beschäftigen? Mit welchem Recht stören Sie meine Ruhe? Lassen Sie ab von mir, verschonen Sie mich mit Ihrer Person, mit Ihren Briefen, ich bitte Sie inständig darum; ich fordere es von Ihnen! Dieser Brief ist der letzte, den Sie von mir erhalten.

Schloß ..., den 5. September 17..

57. Brief **Vicomte de Valmont an Marquise de Merteuil**

Ich fand Ihren Brief gestern bei meiner Rückkehr vor. Ihr Zorn hat mir ein inniges Vergnügen bereitet. Sie könnten Dancenys Versagen nicht heftiger empfinden, wenn es Ihre eigene Person beträfe. Zweifellos nehmen Sie dadurch Rache, daß Sie seine Angebetete daran gewöhnen, ihm mit Ihnen ein wenig untreu zu sein. Sie sind mir aber eine ganz Schlimme! – und dabei doch so entzückend, daß es mich nicht im geringsten wundert, wenn man Ihnen weniger Widerstand leistet als dem guten Danceny.

Endlich kenne ich ihn in- und auswendig, unsern holden Romanhelden, er hat für mich keine Geheimnisse mehr. Ich versicherte ihm so eindringlich, daß die ehrbare Liebe das Allerhöchste sei, daß ein wahres Gefühl mehr Wert habe als zehn Intrigen, daß ich in diesem Augenblick selbst ein schüchterner Verliebter sei – kurz, er fand meine Denkungsart der seinen so gleich, daß er im ersten Entzücken über mein unschuldiges Gemüt mir alles erzählte und mir unverbrüchliche Freundschaft schwor. Freilich sind wir unserm Ziel dadurch nicht näher gekommen.

Zunächst schien er mir dem Grundsatz zu huldigen, daß ein Fräulein weit mehr Schonung verdient als eine Frau, weil es mehr zu verlieren hat. Er findet insbesondere, daß ein Mann, der ein Mädchen in die Notwendigkeit versetzt, entweder ihn zu heiraten oder als Entehrte weiterzuleben, unverantwortlich handelt, zumal, wenn das Mädchen sehr viel reicher ist als der Mann, wie im vorliegenden Fall. Die Arglosigkeit der Mutter, die Unerfahrenheit der Tochter, all dies hemmt ihn und schüchtert ihn ein. Die Schwierigkeit für uns liegt nicht in der Bekämpfung dieser seiner Meinungen, so richtig sie auch sein mögen. Mit ein wenig Geschicklichkeit und mit Hilfe seiner Leidenschaft würde man sie schnell zur Strecke bringen, um so mehr, als sie der Lächerlichkeit ausgesetzt sind und man die Autorität des allgemein Üblichen für sich hätte. Aber eines steht unserem Eingreifen im Wege: er fühlt sich in dem Zustand, in dem er ist, glücklich. Wenn die erste Liebe meist ehrbarer und, wie man zu sagen pflegt, reiner scheint, wenn sie in ihrem Fortschreiten langsamer ist, so liegt das nicht, wie man gewöhnlich denkt, am Zartgefühl oder an der Zaghaftigkeit, sondern am jungen Herzen selbst. Staunend über ein unbekanntes Gefühl, hält es sozusagen bei jedem Schritte inne, um das Entzücken auszukosten, das es verspürt, und diese Zauberwirkung auf ein unerfahrenes Herz ist so mächtig, daß sie es in einer Weise erfüllt, die jede andere Wonne vergessen läßt. Das ist so richtig, daß ein wahrhaft liebender Wüstling – sofern ein Wüstling wahrhaft zu lieben vermag – von diesem Augenblick an weniger darauf erpicht ist, zu genießen, und daß mit einem Wort zwischen dem Verhalten Dancenys gegenüber der kleinen Volanges und dem meinen gegenüber der prüden Madame de Tourvel nur ein Unterschied des Grades ist. Es wären, um unsern jungen Mann in Schwung zu bringen, mehr Hindernisse nötig gewesen, als er vorgefunden hat; vor allem hätte mehr Geheimnis dabei walten müssen, denn das Geheimnis macht verwegen. Ich möchte beinahe glauben, daß Sie uns geschadet haben, indem Sie ihm so trefflich dienten. Ihr Vorgehen wäre gegenüber einem gewitzten Manne, der nur Begierden kennt, durchaus am Platz gewesen; aber Sie hätten voraussehen müssen, daß für einen braven und wirklich verliebten Jungen der wahre Wert der letzten Gunst darin besteht, daß sie der unumstößliche Beweis der Liebe ist, woraus folgt, daß der Knabe, je mehr er überzeugt ist, geliebt zu werden, um so weniger Unternehmungslust verspürt. Was wäre jetzt zu tun? Ich weiß es nicht. Aber ich habe keine Hoffnung mehr, daß die Kleine vor ihrer Heirat fällt, und so wird alle unsere Mühe umsonst gewesen sein. Ich finde das betrüblich, sehe aber nicht, wie dem abzuhelfen wäre.

Während ich mich hier auf weitschweifige Erwägungen einlasse, tun Sie mit ihrem Chevalier etwas Besseres. Das ruft mir Ihr Versprechen ins Gedächtnis, zu meinen Gunsten eine Untreue zu begehen. Ich habe es schriftlich und werde mich nicht foppen lassen wie La Châtre von Ninon de Lenclos. Zwar muß ich zugeben, daß mein Wechsel noch nicht fällig ist, aber es wäre edel von Ihnen, nicht darauf zu warten, wogegen ich mich zur Zahlung der Zinsen verpflichte. Was meinen Sie dazu, meine schöne Freundin? Sind Sie Ihrer Treue noch nicht überdrüssig? Ist denn dieser Chevalier wirklich so unübertrefflich? Oh, lassen Sie mich nur machen, ich werde Sie zu dem Geständnis zwingen, daß Sie an ihm einiges Verdienst nur darum fanden, weil Sie mich vergessen hatten.

Adieu, meine schöne Freundin, ich umarme Sie, wie ich Sie begehre, und getraue mich, alle Küsse des Chevaliers an Feuer zu übertreffen.

Paris, den 5. September 17..

58. Brief **Vicomte de Valmont an Präsidentin de Tourvel**

Wodurch, Madame, habe ich Ihre Vorwürfe und Ihren Zorn verdient? Die lebhafteste und doch ehrerbietigste Zuneigung, die vollständige Unterwerfung unter Ihre geringsten Wünsche – das ist in zwei Worten die Schilderung meiner Gefühle und meines Verhaltens. Niedergedrückt durch die Leiden unerwiderter Liebe, hatte ich keinen andern Trost, als Sie zu sehen; Sie befahlen mir, auch auf dieses Glück zu verzichten, und ich gehorchte, ohne zu murren. Als Entgelt für dieses Opfer erlaubten Sie mir, Ihnen zu schreiben, und heute wollen Sie mir auch noch diese einzige Freude nehmen. Soll ich mir dies Letzte rauben lassen, ohne eine Verteidigung zu versuchen? Nein, ich kann es nicht. Wie sollte es meinem Herzen nicht teuer sein, ist es doch das einzige, was mir bleibt, und Sie selbst haben es mir gewährt.

Meine Briefe, sagen Sie, kämen zu häufig. Bedenken Sie doch, um Himmels willen, daß ich seit den zehn Tagen meiner Verbannung beständig in Gedanken an Sie lebe – und doch habe ich Ihnen nur zweimal geschrieben! Sie sagen, ich spräche Ihnen darin von nichts als meiner Liebe. Wovon konnt' ich denn sprechen, wenn nicht von dem, was mich erfüllt? Alles, was ich zu tun vermochte, war, mich in meinem Ausdruck zu mäßigen. Glauben Sie mir, ich habe von meinen Gefühlen nur merken lassen, was zu verbergen über meine Kraft ging. Nun aber drohen Sie, mir nicht mehr zu antworten. Nicht genug damit, daß Sie den Mann, für den Sie mehr als alles bedeuten, der Sie noch mehr verehrt, als er Sie liebt, mit grausamer Strenge behandeln, wollen Sie ihn auch noch mit Verachtung strafen. Wozu denn dieser Aufwand von Drohung und Groll? Bedürfen Sie denn seiner? Sind Sie nicht meines Gehorsams sicher, selbst Ihren ungerechten Befehlen gegenüber? Es ist mir doch unmöglich, einem Ihrer Wünsche zuwider zu handeln. habe ich Ihnen das nicht schon bewiesen? Aber Sie wollen diese Macht, die Sie über mich haben, mißbrauchen. Sie haben mich unglücklich gemacht, Sie behandeln mich ungerecht – wird es Ihnen dann so leicht gelingen, sich der Ruhe zu erfreuen, die Sie, wie Sie versichern, so nötig haben? Sagen Sie sich doch einmal: »Dieser Mann hat mich zur Herrin über sein Schicksal erhoben, und ich habe ihn ins Elend gestürzt, dieser Mann flehte mich um Hilfe an, und ich schenkte ihm keinen Blick des Mitleids.« Ahnen Sie auch nur, wohin mich meine Verzweiflung führen kann?

Um meinen Schmerz zu ermessen, müßten Sie wissen, wie sehr ich Sie liebe, und Sie kennen mein Herz nicht.

Was ist es, dem Sie mich zum Opfer bringen? Grillenhaften Ängsten. Und wer flößt Sie Ihnen ein? Ein Mann, der Sie anbetet, ein Mann, über den Sie immer eine unumschränkte Herrschaft ausüben werden. Was fürchten Sie also, was können Sie von einem Gefühle fürchten, dessen Herrin Sie für alle Zeit sind und das Sie nach Ihrem Belieben lenken können? Aber Ihre Phantasie schafft sich Ungeheuer, und Sie schreiben den Schrecken, den sie Ihnen einjagen, der Liebe zu. Haben Sie ein wenig Vertrauen, und diese Gespenster werden sich verflüchtigen.

Ein Weiser hat gesagt, um Befürchtungen zu zerstreuen, genüge es fast immer, deren Ursache zu ergründen*. Und gerade in der Liebe findet diese Wahrheit ihre glücklichste Anwendung. Lieben Sie, und Ihre Ängste werden verschwinden. Die Schreckgespenster werden in Rauch aufgehen, und an ihre Stelle wird ein köstliches Gefühl und ein zärtlicher und fügsamer Geliebter treten. Alle Ihre Tage, geprägt durch das Glück, werden Ihnen nur das eine Bedauern hinterlassen, ihrer so viele in Gleichgültigkeit verloren zu haben. Ich selbst, der ich, seitdem ich von meinen Irrtümern zurückgekommen bin, einzig für die Liebe lebe, gedenke mit Bedauern einer Zeit, die ich in vorgeblichen Freuden verbrachte; und ich fühle, daß Sie allein die Macht haben, mich glücklich zu machen. Aber ich bitte Sie inständig, mir die Freude, die ich beim Schreiben an Sie empfinde, nicht mehr durch die Furcht, Ihnen zu mißfallen, trüben zu wollen. Ich möchte Ihnen nicht ungehorsam sein, und dennoch, niederkniend zu Ihren Füßen, erbitte ich von Ihnen das Glück, das Sir mir entziehen wollen, das einzige, das Sie mir noch ließen – ich schreie, ich beschwöre Sie: hören Sie mein Flehen, sehen Sie meine Tränen! Ah, Madame, ist's möglich, daß Sie mich zurückweisen?

Paris, den 7. September 17..

* Wir glauben, daß die Stelle in Rousseaus *Emile* vorkommt; aber die Wiedergabe ist ungenau und die Anwendung, die Valmont hier macht, durchaus falsch. Und schließlich: hat Madame de Tourvel *Emile* gelesen?

59. Brief Vicomte de Valmont an Marquise de Merteuil

Sagen Sie mir, wenn Sie es wissen, was dieses Gefasel von Danceny bedeutet? Was ist denn vorgefallen, und was hat er verloren? Hat sich vielleicht seine Schöne darüber geärgert, daß er sie endlos respektiert? Alles, was recht ist, man könnte sich über weniger ärgern. Was soll ich ihm heute abend bei der Zusammenkunft, um die er mich bat, sagen? Ich habe mich aufs Geratewohl darauf eingelassen, aber sicherlich möchte ich nicht meine Zeit damit verlieren, sein Gewinsel anzuhören, wenn uns das nicht weiterbringt. Liebesklagen läßt man sich nur als obligates Rezitativ oder als große Arie gefallen. Unterrichten Sie mich also über die Tatsachen und über das, was ich tun soll – oder aber ich desertiere, um der Langeweile zu entgehen, die ich voraussehe. Kann ich heute vormittag mit Ihnen sprechen? Wenn Sie beschäftigt sind, so schreiben Sie mir wenigstens ein kurzes Billet und geben Sie mir das Stichwort meiner Rolle.

Wo waren Sie denn gestern? Es gelingt mir nicht mehr, Sie zu sehen. Deswegen brauchten Sie mich wahrhaftig nicht im September in Paris zurückzuhalten. Entschließen Sie sich schnell, denn soeben erhielt ich eine Einladung der Gräfin de B. auf ihren Landsitz, in der sie mir drollig zu wissen tut, »daß ihr Gemahl den schönsten Forst der Welt mit Sechzehnendern besitzt, die er sorgfältig für seine Freunde reserviert«. Nun habe ich, wie Ihnen bekannt ist, zu diesen Geweihen mein Teil beigetragen und glaube noch gewisse Anrechte zu haben; darum werde ich mich dorthin begeben, wenn ich Ihnen hier nicht dienlich sein kann. Adieu! Vergessen Sie nicht, daß Danceny gegen vier Uhr bei mir sein wird.

Paris, den 8. September 17..

60. Brief Chevalier Danceny an Vicomte de Valmont*

Ach, mein Herr, ich bin verzweifelt, ich habe alles verloren! Ich wage nicht, das Geheimnis meiner Leiden dem Papier anzuvertrauen, allein es drängt mich, mein Herz an dem Busen eines treuen und sichern Freundes auszuschütten. Zu welcher Stunde kann ich Sie sprechen,

* Dem vorhergehenden Brief beigeschlossen.

um bei Ihnen Trost und Rat zu suchen? Ich war so glücklich an dem Tage, da ich Ihnen meine ganze Seele erschloß! Und heute, welch ein Unterschied! Die ganze Welt hat sich für mich verändert. Was ich um meiner selbst willen leide, macht nur den geringsten Teil meiner Qual aus; meine Sorge um ein mir unendlich teures Wesen ist es, die ich nicht ertragen kann. Sie sind glücklicher als ich, Sie können Sie sehen, und ich erwarte von Ihrer Freundschaft, daß Sie mir diesen Dienst nicht abschlagen. Aber vorher muß ich Sie sprechen, Sie von allem unterrichten. Sie werden mich bedauern, werden mir helfen, Sie sind meine einzige Hoffnung. Sie haben ein fühlendes Herz, und Sie kennen die Liebe. Sie sind der einzige Mensch, dem ich mich anvertrauen kann. Verweigern Sie mir Ihren Beistand nicht!

Adieu, Vicomte; die einzige Linderung, die mir in meinem Schmerz gewährt wird, ist der Gedanke, daß mir ein Freund bleibt wie Sie. Lassen Sie mich, ich bitte Sie inständig, wissen, um welche Zeit ich Sie aufsuchen darf, wenn nicht noch diesen Vormittag, so wenigstens am frühen Nachmittag.

Paris, den 8. September 17..

61. Brief **Cécile Volanges an Sophie Carnay**

Meine liebe Sophie, bedaure Deine Cécile, Deine arme Cécile, denn sie ist sehr unglücklich! Mama weiß alles. Ich begreife nicht, wie sie einen Verdacht schöpfen konnte, und doch hat sie alles entdeckt. Gestern abend schien mir Mama etwas verstimmt zu sein, doch gab ich nicht sehr darauf acht und unterhielt mich in der Erwartung, daß sie ihre Kartenpartie beendet haben würde, sehr lustig und angeregt mit Madame de Merteuil, die bei uns soupiert hatte. Wir sprachen auch viel von Danceny, aber ich glaube nicht, daß jemand uns hat hören können. Madame de Merteuil ging, und ich zog mich in mein Zimmer zurück.

Ich war gerade mit Auskleiden beschäftigt, als Mama hereinkam, die Kammerjungfer hinausschickte und von mir den Schlüssel zu meinem Schreibtisch verlangte. Bei dem Ton, in dem sie das sagte, ergriff mich ein solches Zittern, daß ich kaum aufrecht zu stehen vermochte. Ich tat, als könnte ich den Schlüssel nicht finden, aber endlich mußte ich ihn hergeben. Die erste Schublade, die sie aufmachte, war gerade die, in der sich die Briefe des Chevalier Danceny befanden. Ich war so verwirrt, daß, als sie mich fragte, was das wäre, ich nur das Wörtchen »nichts« hervorbrachte. Aber als ich dann sah, wie sie den ersten Brief, der ihr in die Hände fiel, zu lesen anfing, fand ich gerade noch Zeit, in einen Sessel zu sinken, und verlor im nächsten Augenblick das Bewußtsein. Sobald ich wieder zu mir kam, befahl mir meine Mutter, die inzwischen das Mädchen gerufen hatte, zu Bett zu gehen, und zog sich zurück. Alle Briefe von Danceny hat sie mitgenommen. Mich durchschauert's jedesmal, wenn ich daran denke, daß ich ihr wieder vor Augen treten muß. Die ganze lange Nacht habe ich geweint.

Ich schreibe Dir dies ganz früh am Morgen in der Hoffnung, daß Schwester Joséphine bald kommt. Wenn es mir gelingt, allein mit ihr zu sprechen, werde ich sie bitten, bei Madame de Merteuil ein kleines Billet von mir abzugeben; andernfalls lege ich es diesem Briefe bei, damit Du es an sie schickst. Nur sie allein kann mir noch Trost spenden. Wenigstens werden wir von ihm sprechen, denn ich habe alle Hoffnung aufgegeben, ihn wiederzusehen. Ich bin sehr unglücklich! Vielleicht wird die Marquise die Güte haben, einen Brief von mir an Danceny zu bestellen. Ich wage nicht, Schwester Joséphine mit diesem Auftrag zu betrauen und noch weniger meine Kammerjungfer, denn vielleicht war sie es, die meiner Mutter verraten hat, daß ich in meinem Schreibtisch Briefe habe.

Ich muß jetzt schließen, weil ich noch Zeit brauche, um an Madame de Merteuil zu schreiben und auch an Danceny; der Brief an ihn soll fertig sein, falls sie sich bereit erklärt, ihn zu befördern. Dann leg' ich mich wieder hin, damit man mich im Bett findet, wenn jemand ins Zimmer kommt. Ich werde sagen, daß ich krank bin, um nicht zu Mama gehen zu müssen. Das ist nicht einmal eine große Lüge, denn sicher leide ich mehr, als wenn ich wirklich Fieber hätte. Die Augen brennen mir vom vielen Weinen, und ich spüre einen solchen Druck auf der Brust, daß ich kaum atmen kann. Wenn ich denke, daß ich Danceny nicht mehr sehen soll, möchte ich tot sein. Adieu, meine liebe Sophie. Ich kann vor lauter Tränen nicht mehr weiter.

Paris, den 7. September 17..

Bemerkung des Herausgebers: Der Brief der Cécile Volanges an die Marquise fällt hier aus, da er dieselben Tatsachen wie der eben wiedergegebene, aber mit weniger Ausführlichkeit, enthält. Der Brief Céciles an den Chevalier Danceny hat sich nicht wiedergefunden; der Grund dafür geht aus dem 63. Brief (Madame de Merteuil an den Vicomte) hervor.

62. Brief **Madame de Volanges an Chevalier Danceny**

Mein Herr! Nachdem Sie das Vertrauen einer Mutter und die Unschuld eines Kindes mißbraucht haben, wird es Sie nicht überraschen, in einem Hause nicht mehr empfangen zu werden, in dem Sie die Beweise aufrichtigster Freundschaft mit dem Vergessen jeglicher Lebensart erwidert haben. Ich ziehe es vor, Sie zu ersuchen, nicht mehr bei mir zu erscheinen, als meinem Portier die entsprechenden Anweisungen zu geben, wodurch unfehlbar ein Gerede der Domestiken entstände, das allen Beteiligten nur Schaden brächte. Ich habe ein Recht, zu hoffen, daß Sie mich zu diesem äußersten Schritt nicht zwingen werden. Zugleich teile ich Ihnen mit, daß, wenn Sie künftighin den geringsten Versuch machen sollten, meine Tochter in der Verirrung zu bestärken, zu der Sie sie verleitet haben, eine strenge und dauernde Abschließung sie Ihren Verfolgungen entziehen würde. Sie stehen vor der Entscheidung, mein Herr: Werden Sie ebensowenig fürchten, die Ursache des Unglücks meiner Tochter zu sein, wie Sie vor dem Versuche nicht zurückschreckten, sie um ihre Ehre zu bringen? Was mich betrifft, so habe ich meinen Entschluß gefaßt und meine Tochter davon unterrichtet.

Beiliegend Ihre Briefe; ich rechne bestimmt darauf, daß Sie mir dagegen alle Briefe meiner Tochter zurückschicken und daß Sie sich mit mir bemühen werden, alle Spuren dieses Vorkommnisses zu verwischen, an das ich nicht ohne Entrüstung, meine Tochter nicht ohne Scham und Sie nicht ohne Reue zurückdenken könnten.

Ich habe die Ehre usw. Paris, den 7. September 17..

Aber natürlich werde ich Ihnen Dancenys Billet erklären. Das Ereignis, das ihn zu diesem Brief veranlaßte, ist nämlich mein Werk und, wie ich glauben möchte, mein Meisterstück. Seit ihrem letzten Brief habe ich meine Zeit nicht verloren und wie jener Baumeister in Athen ausgerufen: »Er hat's gesagt, ich werde es tun.«

Er bedarf also der Hindernisse, unser holder Romanheld, wenn er vor lauter Seligkeit nicht einschlafen soll. Oh, an meiner Hilfe wird's ihm nicht fehlen, ich werde ihm schon zu schaffen geben, und er wird, wenn ich nicht irre, nun nicht mehr friedlich dahinschlummern. Man mußte ihm den Wert der Zeit beibringen, und ich schmeichle mir, daß er jetzt schon der Zeit nachweint, die er verloren hat. Er brauchte, wie Sie sagen, auch den Reiz des Geheimnisvollen, ei, daran mangelt es ihm jetzt nicht mehr. Mein Vorzug ist, daß man mich nur auf meine Fehler aufmerksam zu machen braucht, und ich gönne mir weder Ruhe noch Rast, bis ich alles wieder in Ordnung gebracht habe. So hören Sie denn, wie ich vorging.

Als ich vorgestern morgen nach Hause kam, las ich Ihren Brief, und er erleuchtete mich wie eine Fackel. In der Überzeugung, daß Sie die Ursache des Übels richtig herausgefunden hatten, sann ich nur noch darauf, es zu heilen. Allerdings begann ich damit, mich hinzulegen, denn der unermüdliche Chevalier hatte mich keinen Augenblick schlafen lassen, und ich glaubte schläfrig zu sein. Aber nein – ganz mit Danceny beschäftigt und dem Wunsch, ihn seiner Schlaffheit zu entreißen oder ihn dafür zu bestrafen, schloß ich kein Auge, und erst nachdem ich meinen Plan fertig ausgeheckt hatte, fand ich zwei Stunden der Ruhe.

Am Abend begab ich mich zu Madame de Volanges und vertraute ihr meinem Plan gemäß an, ich hätte allen Grund, zu glauben, daß zwischen ihrer Tochter und Danceny eine gefährliche Beziehung bestehe. Diese Frau, die Ihnen gegenüber so scharfsichtig ist, war in diesem Falle so blind, daß sie mir antwortete, ich müsse mich sicher irren, ihre Tochter sei noch ein Kind und so weiter. Natürlich konnte ich ihr nicht alles sagen, was ich weiß; aber ich erzählte von Blicken und Worten, an denen meine Tugend und meine Freundschaft Anstoß genommen hätten. Kurzum, ich sprach beinahe so gut wie eine Betschwester und fügte, um den entscheidenden Schlag zu führen, hinzu, daß ich glaubte, den Austausch von Briefen beobachtet zu haben. »Dabei fällt mir ein«, fuhr ich fort, »daß sie eines Tages in meiner Gegenwart eine Schublade ihres Schreibtisches herauszog, in der ich viele Papiere sah, die sie anscheinend sorgfältig aufbewahrt. Führt sie mit jemandem eine lebhafte Korrespondenz?« Hier verfärbte sich das Gesicht der guten Madame de Volanges, und in ihre Augen traten Tränen. »Ich danke Ihnen, verehrte Freundin«, sagte sie und drückte mir innig die Hand, »ich werde mir Klarheit verschaffen.«

Nach diesem Gespräch, das zu kurz war, um den Argwohn der Kleinen zu erwecken, näherte ich mich wieder dieser, verließ sie aber alsbald, um die Mutter zu bitten, mich ihrer Tochter gegenüber nicht bloßzustellen. Das versprach sie mir um so bereitwilliger, als ich sie darauf aufmerksam machte, wie günstig es sein werde, wenn das junge Mädchen zu mir Vertrauen fasse und mir ihr ganzes Herz eröffne, so daß ich Gelegenheit hätte, ihr mit tugendhaften Ratschlägen zur Seite zu stehen. Ihre Verschwiegenheit scheint mir schon dadurch gesichert, daß sie sich vor ihrer Tochter das Verdienst zuschreiben will, alles durchschaut zu haben. Auf diese Weise kann ich mit der Kleinen weiter freundschaftlich verkehren, ohne in den Augen der Mutter als falsch dazustehen, was ich durchaus vermeiden möchte. Zugleich habe ich mir dadurch für die Zukunft die Möglichkeit erobert, mit Cécile so lange und so heimlich, als es mir paßt, zusammen zu sein, ohne daß die Mutter den geringsten Argwohn schöpfen kann.

Diesen Vorteil machte ich mir noch am gleichen Abend zunutze: nachdem ich meine Partie beendet hatte, zog ich die Kleine in eine Ecke und brachte Danceny aufs Tapet, ein Thema, dessen sie nie müde wird. Ich amüsierte mich damit, ihre Phantasie zu erhitzen, indem ich ihr das Vergnügen ausmalte, das sie morgen bei seinem Kommen empfinden würde. Ach, wie sie töricht darauflos schwatzte! Ich mußte ihr doch wohl in der Hoffnung wieder geben, was ich ihr in der Wirklichkeit nahm; auch sollte durch all das der Schlag sie um so empfindlicher treffen; und ich bin überzeugt, daß sie, je mehr sie leidet, um so hastiger die erste Gelegenheit ergreifen wird, die sie für den ausgestandenen Schmerz entschädigt. Im übrigen ist es ratsam, jemanden, den man zu großen Abenteuern bestimmt, vorher an große Erschütterungen zu gewöhnen.

Warum soll sie schließlich das Vergnügen, ihren Danceny zu besitzen, nicht mit einigen Tränen bezahlen? Sie ist rasend verliebt in ihn! Nun wohl, ich verspreche ihr, daß sie ihn bekommt, und sogar noch früher, als sie ihn ohne dieses Gewitter bekommen hätte. All das war nur ein böser Traum, auf den ein süßes Erwachen folgen wird. Alles in allem genommen, finde ich, daß sie mir Dank schuldet. Und wenn ich mein Tun auch mit ein wenig Bosheit gewürzt habe, man muß doch seine Unterhaltung haben:

*Die Dummen sind hienieden zu unsrer Lust vorhanden!**

Endlich ging ich, höchst zufrieden mit mir selbst. Entweder, sagte ich mir, wird Danceny, durch die Hindernisse in seiner Liebe neu befeuert, seine Anstrengungen verdoppeln, dann werde ich ihm nach Kräften behilflich sein, oder aber, wenn er nichts als ein Tölpel ist, was ich manchmal zu glauben versucht bin, wird er verzweifeln und sich geschlagen geben – in letzterem Fall habe ich mich wenigstens an ihm gerächt, soweit es in meiner Macht stand. Mein Manöver hat die Achtung der Mutter, die Freundschaft der Tochter für mich vermehrt und beider Vertrauen zu mir gestärkt. Was Gercourt, den Hauptgegenstand meiner Bemühungen, betrifft, so müßte ich sehr vom Pech verfolgt oder sehr ungeschickt sein, wenn ich als Herrin über den Willen seiner künftigen Frau – und das werde ich immer mehr – nicht tausend Mittel fände, das aus ihm zu machen, wozu ich ihn machen will. Eingelullt von diesen angenehmen Gedanken, ging ich zu Bett, schlief recht gut und erwachte am Morgen sehr spät.

Ich fand zwei Briefe vor, einen von der Mutter, den andern von der Tochter, und konnte mich nicht des Lachens enthalten, als ich in beiden wörtlich denselben Satz las: »Von Ihnen allein erwarte ich einigen Trost.« Ist es nicht amüsant, für und wider zu trösten und in einer Person zwei Interessen zu vertreten, die einander direkt zuwiderlaufen? Ich kam mir vor wie Gott, der die entgegengesetzten Wünsche der blinden Sterblichen empfängt und seine unwandelbaren Ratschlüsse doch nicht ändert. Aber bald vertauschte ich diese erlauchte Rolle mit dem Amt eines tröstenden Engels, der, getreu dem Gebote, die Witwen und die Waisen in ihrer Betrübnis aufsucht.

* Gresset, *Le Méchant*, Comédie

Ich begann mit der Mutter und fand sie in einer Traurigkeit, die Sie ein wenig für die Schwierigkeiten entschädigen könnte, die sie Ihnen bei Ihrer schönen Prüden bereitet hat. Alles ging nach Wunsch; einige Sorge verursachte mir nur die Befürchtung, Madame de Volanges könnte die Gelegenheit benutzen, um ihrer Tochter ganzes Vertrauen zu gewinnen, was ihr ein leichtes gewesen wäre, wenn sie mit der Kleinen sanft und freundlich gesprochen und ihre Vernunftgründe im Tone zärtlicher Nachsicht vorgebracht hätte. Glücklicherweise wappnete sie sich mit Strenge, kurzum, benahm sich dermaßen falsch, daß ich ihr nur applaudieren konnte. Allerdings hätte sie durch den Entschluß, ihre Tochter wieder ins Kloster zu stecken, unsere Pläne beinahe zunichte gemacht, aber ich wußte den Schlag abzuwenden, indem ich ihr empfahl, diese Maßnahme nur anzudrohen für den Fall, daß Danceny seine Verfolgung des jungen Mädchens fortsetzen sollte. Das hat auch den Vorteil, die beiden Liebenden zu einer Vorsicht zu zwingen, die mir für den Erfolg notwendig scheint.

Hierauf begab ich mich zu der Tochter. Sie können sich nicht vorstellen, wie der Schmerz sie verschönt! Wenn sie sich erst einmal auf Koketterie versteht, bürge ich Ihnen dafür, daß sie oft weinen wird. Diesmal freilich weinte sie ohne Hintergedanken . . . Erstaunt über diesen neuen Reiz, den ich an ihr noch nicht kannte und nun mit Vergnügen feststellte, spendete ich ihr zuerst nur einen ungeschickten Trost, der den Kummer eher vermehrt als lindert, und durch dieses Mittel trieb ich sie bis zu dem Punkte, wo sie vor Schluchzen fast erstickte. Sie weinte nicht mehr, einen Augenblick lang fürchtete ich, sie würde in Krämpfe verfallen. Ich riet ihr, zu Bett zu gehen, wozu sie sich auch verstand, ich spielte die Kammerjungfer; sie hatte noch nicht Toilette gemacht, und bald fiel ihr das aufgelöste Haar über die Schulter und die entblößte Brust. Ich küßte sie, sie ließ sich in meine Arme sinken, aus ihren Augen strömten wieder sanft die Tränen. Mein Gott, wie schön sah sie aus! Wenn Magdalena so war, muß sie als Büßerin weit gefährlicher gewesen sein denn als Sünderin.

Als die schöne Untröstliche im Bette lag, setzte ich alles daran, sie wirklich zu trösten. Zunächst redete ich ihr die Angst vor dem Kloster aus. Ich machte ihr Hoffnung, Danceny insgeheim wiederzusehen. Ich setzte mich zu ihr aufs Bett und sagte: »Wenn er jetzt hier wäre . . .«, und diese Vorstellung immer weiterspinnend und, sie durch immer neue Liebkosungen beschäftigend, versetzte ich sie in einen Zustand, in dem sie völlig vergaß, daß sie traurig war. Wir hätten uns sehr zufrieden miteinander getrennt, wenn sie nicht darauf bestanden hätte, mich mit der Bestellung eines Briefes an Danceny zu betrauen, was ich hartnäckig abschlug. Hier die Gründe dafür, die Sie zweifellos billigen werden.

Vor allem der, daß es mich Danceny gegenüber kompromittieren könnte. Und wenn das der einzige Grund war, den ich der Kleinen angab, so gibt es noch andere mehr, die mich und Sie angehen. Brächte es mich nicht um die Frucht meiner Mühe, wenn ich es den beiden jungen Menschen so leicht machte, ihre Schmerzen zu lindern? Auch wäre es mir nicht unlieb, sie zu zwingen, in ihr Liebesabenteuer einige Domestiken einzuweihen; denn wenn die Sache, wie ich hoffe, uns nach Wunsch gelingt, muß sie gleich nach der Hochzeit bekannt werden; und zur Verbreitung solcher Geschichten ist niemand geeigneter als die Dienstboten. Sollten diese aber wider Erwarten den Mund halten, dann würden wir sprechen und könnten es bequem auf die Indiskretion der Dienstboten schieben.

Bringen Sie also heute Danceny auf folgende Idee: Da ich der Kammerfrau der kleinen Volanges nicht sicher bin – sie selbst scheint ihr zu mißtrauen –, raten Sie ihm zu der meinigen, meiner treuen Victoire. Ich werde schon dafür sorgen, daß meine Zofe darauf eingeht. Dieser Plan gefällt mir um so besser, als er nur uns nützen wird, nicht ihnen. Aber ich bin mit meinem Bericht noch nicht zu Ende.

Während ich mich weigerte, den Brief der Kleinen zu bestellen, schwebte ich in der Angst, sie würde mich bitten, ihn der Pariser Stadtpost anzuvertrauen, was ich ihr kaum hätte abschlagen können. Glücklicherweise sprach sie nicht davon, vielleicht aus Verwirrtheit, vielleicht aus Unkenntnis, oder auch, weil sie nicht so sehr an ihren Brief wie an des Geliebten Antwort dachte, für deren Bestellung die Post nicht in Betracht kam. Um zu vermeiden, daß ihr diese Möglichkeit doch noch aufdämmere, traf ich sofort meinen Entschluß. Ich ging zur Mutter hinüber und überredete sie dazu, mit ihrer Tochter einige Zeit aufs Land zu gehen . . . Und wissen Sie wohin? Schlägt Ihnen nicht das Herz vor Freude? . . . Zu Ihrer Tante, der alten Rosemonde. Sie wird sie heute noch von ihrem Kommen benachrichtigen. Damit sind Sie ermächtigt, zu Ihrer Bigotten zurückzukehren, deren Ein-

wurf, ein Zusammensein zu zweit errege Anstoß, nun hinfällig wird. So wird dank meiner Fürsorge Madame de Volanges das Unrecht wiedergutmachen, das sie Ihnen zugefügt hat.

Aber hören Sie: Lassen Sie sich von Ihrer eigenen Angelegenheit nicht so sehr beeinflussen, daß Sie die andere darüber vernachlässigen, die, wohlgemerkt, für mich sehr wichtig ist. Ich will also, daß Sie der Mittler und Ratgeber der jungen Leute werden. Benachrichtigen Sie Danceny von Ihrer Reise und bieten Sie ihm Ihre Dienste an. Sie müssen tun, als ob die einzige Schwierigkeit darin läge, den ersten Brief – das Beglaubigungsschreiben – in die Hände der Kleinen gelangen zu lassen, und beheben Sie diese Schwierigkeit auf der Stelle damit, daß sie ihm den Weg über meine Kammerjungfer empfehlen. Zweifellos wird er den Vorschlag annehmen, und Sie werden zum Lohn für Ihre Mühe das Vertrauen eines unerfahrenen Herzens genießen, was immer interessant ist. Die arme Kleine, wie wird sie erröten, wenn sie Ihnen den ersten Brief übergibt! Wahrhaftig, diese Vertrautenrolle, gegen die gewisse Vorurteile bestehen, scheint mir eine hübsche Erholung zu bieten, wenn man anderswo stark beschäftigt ist; und das wird bei Ihnen der Fall sein.

Von Ihrer Klugheit also hängt das glückliche Gelingen dieses Liebeshandels ab. Sie werden über den Moment zu entscheiden haben, in dem sie die beiden zusammenführen. Das Landleben bietet tausend Möglichkeiten, und Danceny wird sicher bereit sein, auf den ersten Wink herbeizueilen. Eine dunkle Nacht, eine Verkleidung, ein offenes Fenster . . . was weiß ich? Aber wenn das kleine Mädchen so zurückkommt, wie sie jetzt fortgeht, so ist es Ihre Schuld. Sollten Sie es für nötig halten, daß ich ihr ein wenig Mut mache, so lassen Sie es mich wissen. Ich glaube, sie durch meinen Streich genügend darüber belehrt zu haben, wie gefährlich es ist, Briefe aufzubewahren, so daß ich wohl jetzt wagen kann, ihr welche zu schreiben. Meine Absicht ist ja noch immer, aus ihr meine gelehrige Schülerin zu machen.

Ich vergaß wohl zu erwähnen, daß ihr Verdacht wegen der verratenen Liebesbriefe zuerst auf ihre Kammerzofe fiel – ich habe ihn aber auf ihren Beichtvater abgelenkt. Zwei Fliegen auf einen Schlag!

Adieu, Vicomte. Wie lange sitze ich schon und schreibe Ihnen und versäume darüber mein Diner! Aber Eitelkeit und Freundschaft diktierten mir diesen Brief, und beide sind geschwätzig. Übrigens wird er um drei Uhr bei Ihnen sein und kommt also gerade rechtzeitig.

Beklagen Sie sich jetzt noch über mich, wenn Sie es wagen, und lassen Sie sich's einfallen, in dem Revier des Grafen B . . . zu jagen! Sie sagen, daß er es dem Vergnügen seiner Freunde reserviert? Hat denn dieser Mensch die ganze Welt zum Freund? Aber adieu, ich habe Hunger.

Paris, den 9. September 17..

64. Brief **Chevalier Danceny an Madame de Volanges***

Madame, ohne mein Betragen rechtfertigen zu wollen oder mich über das Ihre zu beklagen, kann ich ein Ereignis nur tief bedauern, das Ungemach über drei Menschen gebracht hat, die eines glücklicheren Loses würdig wären. Empfindlicher davon getroffen, die Ursache dieses Unglücks als dessen Opfer zu sein, habe ich seit gestern des öftern versucht, Ihnen zu schreiben, fand aber nicht die Kraft dazu. Und doch habe ich Ihnen so vieles zu sagen, daß ich meiner Schwäche Herr werden muß, und wenn dieser Brief der Ordnung und Folgerichtigkeit ermangeln sollte, so bitte ich Sie, daraus zu ermessen, wie schmerzlich meine Lage ist, und mir einige Nachsicht zu gewähren.

Erlauben Sie mir zunächst, gegen den ersten Satz Ihres Briefes Einspruch zu erheben. Ich habe, das darf ich behaupten, weder Ihr Vertrauen noch die Unschuld von Fräulein de Volanges mißbraucht, sondern in allem, was ich tat, beides respektiert. Hängt doch allein unser Tun von unserem Willen ab, und wenn Sie mich für ein unwillkürliches Gefühl verantwortlich machen wollten, könnte ich getrost hinzufügen, daß dasjenige, was Ihr Fräulein Tochter mir einflößte, Ihnen vielleicht mißfallen, Sie aber nicht beleidigen kann. Über diese Sache, die mir mehr am Herzen liegt, als ich zu sagen vermöchte, rufe ich Sie zum Richter und meine Briefe als Zeugen an.

Sie verbieten mir, in Zukunft bei Ihnen zu erscheinen, und ich kann Ihnen versichern, daß ich mich in dieser Angelegenheit ganz dem beugen werde, was Sie zu befehlen geruhen. Aber wird dieses plötzliche und völlige Fernbleiben nicht ebensoviel Anlaß zu Gerede geben wie der Befehl, den Sie aus diesem Grunde Ihrem Portier nicht erteilen wollten? Ich betone diese Einzelheit um so mehr, da sie für Fräulein de

* Beilage des 66. Briefes (Der Vicomte an die Marquise)

Volanges wichtiger ist als für mich. Ich bitte Sie also inständig, alles sorgfältig zu erwägen und sich durch Ihre Strenge nicht dazu bewegen zu lassen, Klugheit und Vorsicht hintanzustellen. Überzeugt, daß allein das Interesse Ihres Fräulein Tochter Ihre Entschlüsse bestimmt, erwarte ich Ihre neuen Befehle.

Sollten Sie mir gestatten, Ihnen hin und wieder meine Aufwartung zu machen, so verpflichte ich mich, Madame – und Sie können auf mein Versprechen bauen –, daß ich diese Gelegenheiten nicht zu Versuchen mißbrauchen werde, mit Fräulein de Volanges insgeheim zu sprechen oder ihr einen Brief zuzustecken. Die Furcht vor allem, was ihren Ruf schädigen könnte, gibt mir die Kraft zu diesem Opfer; und das Glück, sie manchmal zu sehen, wird mich dafür belohnen.

Dies auch meine Antwort, die einzige, die ich Ihnen auf das geben kann, was Sie mir über das Los von Fräulein de Volanges sagen, das Sie von meinem Verhalten abhängig machen wollen. Es wäre Betrug, wenn ich Ihnen mehr verspräche. Ein niederträchtiger Verführer wird seine Pläne den Umständen anpassen und die jeweiligen Ereignisse in schlaue Rechnung ziehen; aber die Liebe, die mich beseelt, kennt nur zwei Gefühle: den Mut und die Beständigkeit.

Wie, ich sollte dareinwilligen, von Fräulein de Volanges vergessen zu werden und sie zu vergessen? Nein, niemals. Ich werde ihr treu sein, sie hat meinen Schwur, und ich wiederhole ihn zu dieser Stunde. Verzeihen Sie, Madame, daß ich mich hinreißen ließ – ich komme wieder auf Ihren Brief zurück.

Über eines noch muß ich mit Ihnen sprechen, über ihre Forderung, Ihnen die Briefe zurückzugeben. Es tut mir aufrichtig leid, zu all dem Unrecht, das Sie mir vorwerfen, noch diese Weigerung hinzuzufügen. Aber hören Sie, ich flehe Sie an, meine Gründe, und erinnern Sie sich, um sie richtig einzuschätzen, gütigst daran, daß der einzige Trost für den Unglücklichen, der Ihre Freundschaft verloren hat, die Hoffnung ist, sich Ihre Achtung zu bewahren.

Die Briefe von Fräulein de Volanges sind mir in diesem Augenblick noch kostbarer, als sie es schon waren. Sie sind das einzige, was mir von ihr bleibt, der getreue Spiegel eines Gefühls, das mein ganzes Glück ausmacht. Trotzdem würde ich keinen Moment lang zögern, Ihnen dieses Opfer zu bringen, und mein Bedauern, diesen Schatz entbehren zu müssen, dem Wunsche, Ihnen meinen ehrerbietigen Gehorsam zu bezeigen, nachstehen lassen; aber es gibt mächtige Beweggründe, die mich von diesem Schritte abhalten, und ich bin sicher, daß auch Sie sie wenigstens nicht mißbilligen werden.

Es ist wahr, Sie haben das Geheimnis von Fräulein de Volanges entdeckt; aber ich fühle mich zu dem Glauben berechtigt, daß Sie Ihr Wissen darum der Überrumpelung, nicht dem Vertrauen verdanken. Ich maße mir nicht an, ein Vorgehen zu tadeln, zu dem Ihnen die Mutterliebe vielleicht ein Recht gibt. Ich respektiere Ihre Rechte, aber diese gehen nicht so weit, mich meiner Pflichten zu entbinden. Und die heiligste der Pflichten ist, das Vertrauen, das man uns schenkt, nicht zu verraten. Ein solcher Verrat wäre es aber, wenn ich den Augen eines andern die Geheimnisse eines Herzens preisgäbe, das es nur mir enthüllen wollte. Wenn sich Ihr Fräulein Tochter Ihnen ganz eröffnen will, dann mag sie reden, und diese Briefe haben für Sie keine Bedeutung mehr. Wünscht sie hingegen, ihr Geheimnis in sich zu verschließen, so werden Sie doch von mir nicht erwarten, daß ich es Ihnen ausliefere.

Was Ihren Wunsch betrifft, die Angelegenheit in tiefstem Schweigen zu begraben, so können Sie, Madame, darüber beruhigt sein. In allen Dingen, die Fräulein de Volanges angehen, nehme ich es selbst mit einem Mutterherzen auf. Um Ihnen Ihre Ruhe ganz wiederzugeben, habe ich alles Nötige getan. Das kostbare Briefbündel, das bisher die Aufschrift »Zu verbrennen!« trug, ist jetzt mit dem Vermerk »Eigentum von Madame de Volanges« versehen. Diese Vorkehrung beweist Ihnen hinreichend, daß meine Weigerung nicht auf der Furcht beruht, Sie könnten in diesen Briefen auch nur ein einziges Wort finden, das Sie persönlich kränken würde.

Dieser Brief, Madame, ist sehr lang geworden. Er wäre noch nicht lang genug, wenn Ihnen auch nur der geringste Zweifel an der Ehrbarkeit meiner Gefühle und an meinem aufrichtigen Bedauern bliebe, Ihnen mißfallen zu haben.

Ich verbleibe mit dem Ausdruck meiner tiefsten Ehrerbietung usw.

Paris, den 9. September 17..

65. Brief **Chevalier Danceny an Cécile Volanges***

O meine Cécile, was soll aus uns werden? Welche Gottheit wird uns vor dem Unglück retten, das uns bedroht? Möge die Liebe uns wenigstens die Kraft geben, es zu ertragen! Wie soll ich Ihnen mein Erschrecken, meine Verzweiflung schildern, als ich meine Briefe wieder vor mir sah und das Billet Ihrer Mama las! Wer mag uns nur verraten haben? Auf wen fällt Ihr Verdacht? Sollten Sie irgendeine Unvorsichtigkeit begangen haben? Was machen Sie jetzt? Was hat man Ihnen gesagt? Ich möchte alles wissen und weiß doch nichts. Vielleicht sind Sie gerade so ahnungslos wie ich.

Ich schicke Ihnen das Billet Ihrer Mama und die Abschrift meiner Antwort darauf. Ich hoffe, Sie billigen, was ich darin sage. Ich bedarf auch Ihrer Billigung für alles, was ich seit jenem verhängnisvollen Ereignis unternommen habe, um Nachricht von Ihnen zu erhalten und Ihnen von mir zu geben. Vielleicht sogar – wer kann es wissen? – besteht die Möglichkeit, uns unter günstigeren Umständen als zuvor wiederzusehen.

Stellen Sie sich vor, meine Cécile, welche Freude wieder zusammenzusein, uns von neuem ewige Liebe zu schwören und in unseren Augen zu sehen, in unseren Herzen zu fühlen, daß dieser Schwur nicht trügerisch ist! Welche Leiden würde ein so süßer Augenblick nicht vergessen machen? Nun, ich habe die Hoffnung, daß dieser Moment nahe ist, und ich verdanke es eben jenen Bemühungen, die ich Sie bitte gutzuheißen. Was sage ich? Ich verdanke es dem liebreichen Beistand des zärtlichsten Freundes, und meine einzige Bitte ist, diesen Freund auch als den Ihren zu betrachten.

Vielleicht hätte ich ihn ohne Ihre Einwilligung nicht ins Vertrauen ziehen sollen, aber das Unglück und die Notwendigkeit entschuldigen mich. Die Liebe war's, die meine Schritte leitete, sie ist es, die Sie um Nachsicht bittet und um Verzeihung für die Preisgabe unseres Geheimnisses, die notwendig war, denn ohne sie blieben wir vielleicht auf ewig getrennt**. Sie kennen den Freund, von dem ich Ihnen spreche,

* Offen dem Briefe 66 des Vicomte an die Marquise beigelegt

** Danceny spricht hier nicht die Wahrheit. Er hatte sich Herrn de Valmont schon vor diesem Ereignis anvertraut. Siehe 57. Brief.

er ist auch der Freund der Frau, die Sie am liebsten haben: der Vicomte de Valmont.

Ich wandte mich zunächst mit der Frage an ihn, ob er Madame de Merteuil nicht bitten könnte, Ihnen einen Brief von mir zu übergeben. Er hielt dies nicht für tunlich, empfahl mir aber, statt der Herrin ihre Kammerjungfer, für die er einstehen könne, da sie ihm Dank schuldig sei. Sie wird Ihnen also diesen Brief überbringen, und ihr können Sie auch die Antwort anvertrauen.

Freilich wird uns die Hilfe der Zofe wenig nützen, wenn Sie, wie Herr de Valmont meint, sich unverzüglich von Paris entfernen müssen. In diesem Fall erbietet er sich, Ihnen selbst zu dienen. Die Schloßherrin, zu der Sie gehen, ist seine Verwandte. Dadurch hat er die Möglichkeit, sich zu gleicher Zeit wie Sie dorthin zu begeben, und die Briefe, die wir tauschen, werden durch seine Hände gehen. Er versichert sogar, daß er, wenn Sie einwilligen, sich von ihm leiten zu lassen, Gelegenheit schaffen wird, damit wir uns dort sehen können, ohne daß Ihnen daraus irgendeine Unannehmlichkeit erwächst.

Und nun, meine Cécile, wenn Sie mich lieben, wenn Sie mich Unglücklichen bedauern, wenn Sie, wie ich hoffe, meinen Kummer teilen – können Sie dann Ihr Vertrauen einem Manne verweigern, der unser guter Engel sein will? Ohne seine Hilfe wäre ich zu dem verzweiflungsvollen Zustand verurteilt, die Leiden nicht lindern zu können, deren Ursache ich bin. Diese Leiden werden, ich hoffe es fest, ein Ende nehmen – aber versprechen Sie mir, meine süße Freundin, sich ihnen nicht allzusehr hinzugeben, sich durch sie nicht gänzlich niederdrükken zu lassen! Der Gedanke an Ihren Schmerz bedeutet für mich eine unerträgliche Qual. Ich gäbe mein Leben hin, um Sie glücklich zu machen! Sie wissen es doch. Möge die Gewißheit, daß ich Sie anbete, in Ihr Herz einige Tröstung tragen! Das meine sehnt sich nach der Versicherung, daß Sie der Liebe das Leid verzeihen, das Sie durch sie erdulden.

Adieu, meine Cécile; adieu, meine süße Freundin!

Paris, den 9. September 17..

66. Brief **Vicomte de Valmont an Marquise de Merteuil**

Sie werden, meine schöne Freundin, aus den beiden beigelegten Briefen ersehen, wie gut ich Ihren Plan ausgeführt habe. Obwohl sie alle beide von heute datiert sind, wurden sie doch gestern abend hier bei mir und unter meinen Augen geschrieben: der an das kleine Mädchen entspricht allen unsern Wünschen. Man kann sich vor Ihrem bewundernswerten Scharfblick nur demütig verneigen, wenn man ihn nach dem Erfolg unserer Maßnahmen beurteilt. Danceny ist ganz Feuer; sicherlich werden sie ihm nach der ersten Gelegenheit, die sich ihm bietet, keine Vorwürfe mehr zu machen brauchen. Wenn sich seine schöne Naive fügsam benimmt, wird kurz nach seiner Ankunft auf dem Schlosse alles erledigt sein – ich habe hundert Mittel bereit. Dank Ihrer Klugheit bin ich nun ganz und gar Dancenys Freund.

Er ist wirklich noch sehr jung, dieser Danceny! Würden Sie es glauben, daß ich von ihm durchaus nicht erreichen konnte, der Mutter seinen Verzicht auf seine Liebe zu erklären? Als ob es so peinlich wäre, etwas zu versprechen, was man entschlossen ist, nicht zu halten! Das wäre eine Lüge, versicherte er mir unaufhörlich – finden Sie diesen Skrupel nicht erbaulich, zumal bei einem Menschen, der die Tochter verführen will? Aber so sind die Männer! Alle gleich verbrecherisch in ihren Absichten, bezeichnen sie die Schwäche in deren Ausführung als Redlichkeit.

Es ist Ihre Sache, dafür zu sorgen, daß sich Madame de Volanges über die kleinen Unbesonnenheiten, die sich unser junger Mann in seinem Brief erlaubt hat, nicht zu sehr entrüstet. Schützen Sie uns vor dem Kloster und sehen Sie zu, daß sie nicht mehr auf der Auslieferung der Briefe der Kleinen besteht. Danceny wird sie nicht herausgeben, er will es einfach nicht, und ich schließe mich seiner Meinung an. Hier stimmen Liebe und Verstand überein. Ich habe die Briefe gelesen, mir diese Langeweile zugemutet. Sie können uns einmal nützlich sein. Ich will mich deutlicher ausdrücken.

Trotz aller Vorsicht, die wir anwenden, könnte es zu einem Skandal kommen, der die Heirat verhindern und alle unsere Pläne bezüglich Gercourts zunichte machen würde. Aber da ich zudem noch an der Mutter ganz persönlich Rache zu nehmen habe, behalte ich mir für diesen Fall vor, die Tochter zu entehren. Wenn ich in diesen Briefen eine geschickte Wahl treffe und nur einzelne Stücke daraus in die Öffentlichkeit bringe, wird es so aussehen, als hätte die kleine Volanges angefangen und sich den Männern an den Hals geworfen. Einige dieser Briefe könnten sogar die Mutter kompromittieren, sie wenigstens mit dem Makel einer unverzeihlichen Sorglosigkeit beflecken. Ich glaube zwar, daß der gewissenhafte Danceny sich anfangs gegen ein solches Vorgehen sträuben würde; da er persönlich angegriffen wäre, würden sich seine Bedenken wohl überwinden lassen. Es ist tausend gegen eins zu wetten, daß diese Wendung nicht eintritt, aber man muß auf alles vorbereitet sein.

Adieu, meine schöne Freundin! Es wäre sehr lieb von Ihnen, wenn Sie morgen bei der Marschallin de S . . . soupieren wollten, ich konnte nicht ablehnen.

Ich brauche Ihnen wohl nicht eigens strengste Verschwiegenheit gegenüber Madame de Volanges zu empfehlen. Sie darf von meiner Absicht, auch aufs Land zu kommen, durchaus nichts erfahren. Sie wäre imstande, in der Stadt zu bleiben, während sie, einmal bei meiner Tante angekommen, am nächsten Tage nicht abreisen wird. Wenn sie mir nur eine Woche schenkt, so bürge ich für alles.

Paris, den 9. September 17 . .

67. Brief **Präsidentin de Tourvel an Vicomte de Valmont**

Ich wollte Ihnen nicht mehr antworten, mein Herr, und vielleicht ist das Zögern, das ich in diesem Augenblick empfinde, ein Zeichen dafür, daß ich es nicht sollte. Aber ich will Ihnen keinen Grund zur Klage über mich geben und Sie davon überzeugen, daß ich für Sie alles getan habe, was ich tun konnte.

Ich habe Ihnen erlaubt, mir zu schreiben, sagen Sie. Das geb' ich zu. Aber, wenn Sie mich an diese Erlaubnis erinnern, glauben Sie, daß ich vergesse, unter welchen Bedingungen ich Sie Ihnen gab? Und würden Sie auch nur eine einzige Antwort von mir bekommen haben, wenn ich auf der genauen Erfüllung dieser Bedingungen bestanden hätte? Und doch ist dies schon die dritte Antwort, die ich an Sie schreibe; und während Sie alles tun, um mich zu zwingen, diesen Briefwechsel abzubrechen, bin ich es, die nach Möglichkeiten sucht, ihn fortzusetzen.

Es gibt nur eine Möglichkeit, die einzige, und wenn Sie meinen Vorschlag ablehnen, werden Sie – was immer Sie auch sagen mögen – mir damit bewiesen haben, wie wenig Ihnen an dieser Korrespondenz gelegen ist.

Lassen Sie doch ab von einer Sprache, die ich nicht anhören darf noch will, und verzichten Sie auf ein Gefühl, das mich beleidigt und erschreckt und an dem Sie vielleicht weniger zähe festhalten würden, wenn Sie sich sagten, daß es das Hindernis ist, das uns trennt. Ist denn dieses Gefühl das einzige, dessen Sie fähig sind, und will sich die Liebe in meinen Augen noch dadurch schaden, daß sie die Freundschaft ausschließt? Und wollen Sie sich selber schaden, indem Sie die Frau, von der Sie zärtlichere Gefühle ersehnten, als Freundin verschmähen? Ich will und kann es nicht glauben; dieser Gedanke käme mir erniedrigend und empörend vor und würde mich Ihnen unwiederbringlich entfremden.

Indem ich Ihnen meine Freundschaft anbiete, gebe ich Ihnen alles, was mein ist, alles, worüber ich verfügen darf. Können Sie mehr verlangen? Um mich dieser sanften Empfindung ganz hinzugeben, für die mein Herz so geschaffen ist, erwarte ich nur Ihr Einverständnis, fordere ich nur Ihr Versprechen, daß diese Freundschaft Ihrem Glück genüge. Ich will alles vergessen, was man mir hinterbracht hat, will mich darauf verlassen, daß Sie durch Ihr Benehmen meine Wahl rechtfertigen.

Sie sehen, ich spreche ganz offen mit Ihnen; dies sollte Ihnen ein Beweis meines Vertrauens sein – es noch zu vermehren, liegt in Ihrer Macht. Aber ich mache Sie aufmerksam, daß das erste Wort der Liebe es auf immer zerstören und alle meine Befürchtungen zurückrufen wird. Es wird für mich das Signal sein, Ihnen gegenüber ewiges Schweigen zu bewahren.

Wenn es wahr ist, was Sie sagen, daß Sie von Ihren Irrtümern zurückgekommen sind – werden Sie dann nicht lieber die aufrichtige Freundschaft einer ehrbaren Frau genießen wollen, als der Urheber der Gewissenspein einer Sünderin zu sein? Adieu, mein Herr. Sie werden selber spüren, daß ich, nachdem ich so zu Ihnen gesprochen, nichts weiter sagen kann, als bis Sie mir geantwortet haben.

Schloß ..., den 9. September 17..

68. Brief **Vicomte de Valmont an Präsidentin de Tourvel**

Wie soll ich, Madame, Ihren letzten Brief beantworten? Wie darf ich es wagen, wahr zu sein, wenn meine Aufrichtigkeit mich in Ihren Augen zugrunde richten kann? Und dennoch: es muß sein, ich habe den Mut. Ich sage mir, halte mir immer wieder vor, daß es für mich wichtiger ist, Sie zu verdienen als Sie zu erlangen. Und sollten Sie mir auch für alle Zeit ein Glück versagen, nach dem ich mich unaufhörlich sehnen werde, ich will Ihnen beweisen, daß mein Herz seiner würdig ist.

Wie bedauerlich, daß ich, wie Sie sagen, von meinen Irrtümern zurückgekommen bin! Mit welch freudigem Entzücken hätte ich sonst Ihren Brief gelesen, diesen Brief, den ich heute zu beantworten zittre. Sie wenden sich darin mit »Aufrichtigkeit« an mich, bezeigen mir Ihr »Vertrauen«, bieten mir sogar Ihre »Freundschaft« an. Wie viele schöne Dinge, Madame, und wie leid tut es mir, daß ich mich ihrer nicht erfreuen kann! Warum nur bin ich nicht mehr der selbe?

Wäre ich's noch, empfände ich für Sie nur jene gewöhnliche Geschmacksneigung, das leichtfertige Verlangen, Kind der Verführung und des Vergnügens, das man heute Liebe nennt, dann würde ich mich beeilen, aus allem, was ich von Ihnen erlangen kann, Gewinn zu ziehen. Ich würde, skrupellos in meinen Mitteln, Sie zur Offenheit ermutigen, um Sie ganz zu enträtseln; würde Ihr Vertrauen zu erreichen streben, in der Absicht, es zu verraten; würde Ihre Freundschaft annehmen, in der Hoffnung, sie auf Abwege zu führen ... Wie, Madame, dieses Gemälde erschreckt Sie? Und dennoch wäre es das getreue Abbild meiner Seele, wenn ich einwilligte, nichts als Ihr Freund zu sein ...

Ich – ich sollte einwilligen, ein Gefühl, das Ihrem Herzen entspringt, mit irgendeinem zu teilen? Wenn ich Ihnen das jemals sage, dann glauben Sie mir nicht mehr. Von diesem Augenblicke an wird mein Trachten sein, Sie zu täuschen; ich werde Sie dann vielleicht noch begehren, aber sicherlich nicht mehr lieben.

Nicht daß die liebenswürdige Offenheit, das sanfte Vertrauen, die zartfühlende Freundschaft in meinen Augen wertlos wären ... Aber die Liebe, die wahre Liebe, das Feuer, das Sie in mir entfachen, indem Sie diese Gefühle alle vereinen und ihnen neues Leben verleihen – sie könnte sich nicht, wie jedes von ihnen, zu einer solchen Gelassenheit verstehen, zu einer Herzenskälte, die sogar Vergleiche gestattet, ein Mehr oder Weniger zuläßt. Nein, Madame, ich werde nicht Ihr Freund sein; ich liebe Sie mit der zärtlichsten, der heißesten, wenn auch der ehrerbietigsten Liebe. Sie können Sie mit Hoffnungslosigkeit schlagen, doch nie sie vernichten.

Mit welchem Recht beanspruchen Sie, über mein Herz zu verfügen, dessen Huldigung Sie verschmähen? Welch abgefeimte Grausamkeit treibt Sie dazu, mir selbst das Glück meiner Liebe zu Ihnen zu mißgönnen? Dies Glück ist mein, es ist von Ihrem Willen unabhängig, und ich werde es zu verteidigen wissen. Es ist die Quelle meiner Leiden und doch zugleich das Mittel, sie zu heilen.

Nein, nein und nochmals nein! Verharren Sie nur in Ihrer Grausamkeit, aber lassen Sie mir meine Liebe! Sie gefallen sich darin, mich unglücklich zu machen – gut, es sei! Versuchen Sie, meine Hoffnung zu ermüden, ich werde Sie dennoch zwingen, Richterin über mein Schicksal zu sein – und vielleicht werden Sie mir eines Tages mehr Gerechtigkeit widerfahren lassen. Nicht, daß ich hoffte, Ihr Herz jemals zu rühren; aber Sie werden, auch ohne sich erweichen zu lassen, doch die Wahrheit zugeben müssen und sich sagen: Ich habe ihn falsch beurteilt.

Drücken wir es besser aus: Sich selbst lassen Sie keine Gerechtigkeit widerfahren. Sie kennen, ohne Sie zu lieben, Sie lieben, ohne Ihnen ewig treu zu sein, ist beides gleich unmöglich, und trotz der Bescheidenheit, die Sie ziert, sollte es Ihnen leichterfallen, sich über die Gefühle, die Sie erwecken, zu beklagen, als über sie erstaunt zu sein. Ich nun, dessen einziges Verdienst es ist, Sie nach Ihrem wahren Wert zu schätzen, möchte mich dieses Verdienstes nicht entäußern, und weit entfernt davon, auf Ihr arglistiges Angebot einzugehen, erneuere ich zu Ihren Füßen den Schwur ewiger Liebe.

Paris, den 10. September 17..

69. Brief **Cécile Volanges an Chevalier Danceny***

Sie fragen, was ich tue. Ich liebe Sie und weine. Meine Mutter spricht nicht mehr mit mir; sie hat mir Papier, Feder und Tinte weggenommen. Ich schreibe mit einem Bleistift, der mir zum Glück geblieben ist, und auf einem Stück Ihres Briefes. Es bleibt mir wohl nichts übrig, als alles zu billigen, was Sie getan haben, ich liebe Sie zu sehr, um nicht zu allen Mitteln zu greifen, durch die ich von Ihnen hören und Ihnen von mir Nachricht geben kann. Herrn de Valmont mochte ich eigentlich nicht, auch wußt' ich nicht, daß Sie so befreundet mit ihm sind; ich will versuchen, mich an ihn zu gewöhnen, und werde ihn um Ihretwillen lieben. Ich weiß nicht, wer uns verraten hat. Es kann nur meine Kammerfrau oder der Beichtvater sein. Ich bin sehr unglücklich; morgen reisen wir auf einen Landsitz ab, ich weiß nicht, für wie lange. Mein Gott, wie schrecklich, daß ich Sie nicht mehr sehen soll! Auf dem Papier ist kein Platz mehr. Adieu, hoffentlich können Sie mein Gekritzel lesen. Die mit Bleistift geschriebenen Worte werden sich vielleicht verwischen, doch nie die in mein Herz tief eingegrabenen Gefühle.

Paris, den 10. September 17..

70. Brief **Vicomte de Valmont an Marquise de Merteuil**

Ich muß Ihnen einen wichtigen Wink geben, liebe Freundin. Gestern soupierte ich, wie Sie wissen, bei der Marschallin de . . . Man kam dort auf Sie zu sprechen, und ich sagte von Ihnen nicht all das Gute, das ich wirklich denke, sondern alles, was ich nicht denke. Sämtliche Anwesenden schienen meiner Meinung zu sein, und wie das immer der Fall ist, wenn man von seinem Nächsten nur Gutes sagt, begann das Gespräch zu erlahmen, als plötzlich ein Gegner auftrat, nämlich Prévan.

»Gott bewahre mich davor«, sagte er, sich erhebend, »an der Ehrbarkeit von Madame de Merteuil zu zweifeln; doch ich möchte die Behauptung wagen, daß sie diesen Ruf mehr ihrer Gewichtlosigkeit als ihren Grundsätzen verdankt. Es ist vielleicht schwieriger, ihr ständig zu folgen, als ihr zu gefallen, und da man, wenn man hinter einer Frau

* Mit Bleistift gekritzeltes Billet, von Danceny abgeschrieben

her ist, auf seinem Wege unfehlbar andern Frauen begegnet und diese andern, wenn man's recht bedenkt, ebensoviel oder mehr wert sein können als sie, läßt der eine sich durch eine neue Neigung ablenken, während der andere aus Müdigkeit stehen bleibt – kurz, Madame de Merteuil ist vielleicht die Dame in Paris, die sich am wenigsten zu verteidigen hat. Ich persönlich«, fügte er, ermutigt durch das Lächeln einiger Damen, hinzu, »werde an ihre Tugend erst glauben, wenn ich in meiner Bemühung um sie sechs Pferde zuschanden geritten habe.«

Dieser schlechte Scherz gefiel, wie alles, was mit boshafter Nachrede zu tun hat; Prévan nahm während des Gelächters, das sich darüber erhob, wieder seinen Platz ein, und die allgemeine Unterhaltung wandte sich andern Dingen zu. Aber die beiden Gräfinnen de B. . ., neben denen unser Zweifler saß, führten mit ihm ein Privatgespräch über das Thema, dem ich glücklicherweise zu folgen vermochte.

Die Wette, Ihr Herz zu rühren, wurde abgeschlossen, das Wort, einander alles zu erzählen, gegeben; und ich bin überzeugt, daß von allen den Frauen, die an dieser Intrige beteiligt sind, gerade diese Verpflichtung am gewissenhaftesten eingehalten werden wird. Jedenfalls sind Sie gewarnt, und Sie kennen das Sprichwort.

Ich muß noch hinzufügen, daß dieser Prévan, den Sie nicht kennen, unendlich liebenswürdig und noch geschickter als liebenswürdig ist. Wenn Sie mich manchmal das Gegenteil haben sagen hören, so liegt das daran, daß ich ihn nicht mag und mir darin gefalle, seinen Erfolgen entgegenzuarbeiten, da ich wohl weiß, daß meine Stimme bei etwa dreißig unserer beliebtesten Damen einiges Gewicht hat.

In der Tat habe ich ihn durch dieses Mittel lange daran verhindert, in der Gesellschaft eine bedeutende Rolle zu spielen; und er hat wahre Wunder vollbracht, ohne damit seinen Ruhm zu vermehren. Aber der Skandal seines dreifachen Abenteuers hat die Augen der Welt auf ihn gelenkt und ihm ein Selbstvertrauen eingeflößt, das ihn erst wahrhaft gefährlich macht. Mit einem Wort, er ist vielleicht der einzige Mann, dem in meinem Revier zu begegnen ich fürchten würde, und, abgesehen von Ihrem eigenen Interesse, würden Sie mir einen wirklichen Dienst erweisen, wenn Sie ihn so nebenbei etwas lächerlich machen wollten. Bei Ihnen weiß ich ihn in guten Händen und hoffe, er ist bei meiner Rückkehr ein erledigter Mann.

Als Gegenleistung verspreche ich Ihnen, das Abenteuer Ihrer kleinen Schülerin zu dem erwünschten Ende zu führen und mich um sie ebenso zu kümmern wie um meine schöne Prüde.

Diese hat mir einen Kapitulationsvorschlag geschickt. Der ganze Brief atmet das Verlangen, belogen zu werden. Sie könnte mir kaum ein bequemeres und abgebrauchteres Mittel dazu bieten. Sie will, daß ich ihr »Freund« sei. Aber ich, der ich die neuartigen und schwierigen Methoden liebe, beabsichtige nicht, sie so wohlfeil davonkommen zu lassen, und habe mir nicht so viele Mühe gemacht, um mit einer gewöhnlichen Verführung zu schließen.

Mein Plan ist vielmehr, daß sie den vollen Wert und die ganze Tragweite jeden Opfers, das sie mir bringen wird, in jeder Fiber fühle. Ich will sie nicht so rasch zum Ziele führen, daß die Gewissensqual ihr nicht zu folgen vermag, will, daß ihre Tugend eines langsamen Todes sterbe und daß ihr Blick unverwandt auf dieses traurige Schauspiel geheftet bleibe; und ich werde ihr das Glück, mich in ihren Armen zu halten, erst vergönnen, nachdem ich sie gezwungen habe, ihren Wunsch danach zu gestehen. Ich wäre ja recht wenig wert, wenn ich nicht einmal so viel wert bin, daß man heiß nach mir begehrt. Und darf ich mich an einer hochmütigen Frau, die tut, als müßte sie sich des Geständnisses ihrer Liebe zu mir schämen, glimpflicher rächen?

Ich habe also diese kostbare Freundschaft abgelehnt und an dem Titel eines Liebenden festgehalten. Da ich mir nun nicht verhehle, daß dieser Titel, der zunächst nur Gegenstand eines müßigen Wortstreites scheint, von wirklichem Gewicht ist, habe ich auf meinen Brief viel Sorgfalt verwendet und mich bemüht, in ihm jene Unordnung zu verbreiten, die allein den Überschwang des Gefühls zu malen vermag. Kurz, ich gebärdete mich so unvernünftig, als es mir nur möglich war; denn ohne Unvernunft keine Zärtlichkeit, und vielleicht ist dies der Grund, warum die Frauen uns in Liebesbriefen so überlegen sind.

Ich schloß den meinen mit einer Schmeichelei, was wiederum die Folge meiner tiefen Beobachtungen ist. Wenn das Herz eine Zeitlang bearbeitet wurde, bedarf es einer Ruhepause, und ich habe die Bemerkung gemacht, daß eine Schmeichelei das angenehmste Ruhekissen ist, das man den Frauen bieten kann.

Adieu, meine schöne Freundin. Ich reise morgen. Wenn Sie mir Aufträge für die Gräfin de . . . mitzugeben haben, werde ich bei ihr haltmachen, wenigstens zum Diner. Ich bin betrübt, daß ich abreisen muß, ohne Sie vorher gesehen zu haben. Lassen Sie mir Ihre erhabenen Befehle zukommen und helfen Sie mir in diesem entscheidenden Moment mit Ihrem weisen Rat.

Noch einmal: Seien Sie auf der Hut vor Prévan! Ach, käme doch bald der Tag, wo ich Sie für dieses Opfer entschädigen kann! Adieu!

Paris, den 11. September 17..

71. Brief **Vicomte de Valmont an Marquise de Merteuil**

Hat doch der Leichtfuß von Jäger mein Portefeuille in Paris gelassen! Die Briefe meiner Schönen, der von Danceny an die kleine Volanges, alles ist zurückgeblieben, und ich brauche sie hier. Er reitet zurück, um seine Dummheit wiedergutzumachen, und während er sein Pferd sattelt, werde ich Ihnen die Geschichte dieser Nacht erzählen, denn Sie können mir glauben, daß ich meine Zeit nicht verliere.

Das Abenteuer an sich ist kaum der Rede wert; es ist nur ein Wiederaufwärmen meiner Affäre mit der Vicomtesse de M... Aber es interessierte mich in den Details. Übrigens freut es mich, Ihnen zu beweisen, daß ich nicht nur das Talent habe, Frauen zugrunde zu richten, sondern auch – wenn es mir paßt – dasjenige, sie zu retten. Ich entscheide mich stets für die schwierigere oder die lustigere Alternative, und ich bereue eine gute Tat keineswegs, sofern sie mir Gelegenheit gibt, meine Kräfte zu üben oder mich zu amüsieren.

Ich fand also hier die Vicomtesse vor, und da nach all dem Drängen der andern auch sie mich bestürmte, die Nacht im Schloß zu verbringen, antwortete ich ihr: »Gut, aber nur unter der Bedingung, daß ich in der Nacht bei Ihnen sein darf.« – »Das ist unmöglich«, entgegnete sie, »Vressac ist hier.« Bis zu diesem Augenblick hatte ich ihr nur eine Liebenswürdigkeit sagen wollen, aber das Wort »unmöglich« weckte wie gewöhnlich meinen Zorn. Es kam mir demütigend wor, Vressac nachgestellt zu werden, und ich beschloß, es nicht zu dulden. Also ließ ich nicht locker.

Die Umstände waren mir nicht günstig. Dieser Vressac hatte die Unvorsichtigkeit begangen, den Argwohn des Vicomte zu erregen, so daß die Vicomtesse ihn nicht mehr bei sich empfangen konnte; und diese Reise zu der guten Gräfin war von den beiden ausgeheckt worden, um zum Genusse einiger gemeinsamer Nächte zu kommen. Der

Vicomte war anfangs recht ungehalten, als er Vressac im Schloß erblickte; da aber seine Jagdlust noch größer ist als seine Eifersucht, blieb er doch. Die Gräfin ihrerseits – Sie kennen sie ja – logierte die Frau in einem der Zimmer am Ende des großen Korridors ein, den Gatten links, den Liebhaber rechts davon, und überließ den zwei Männern, sich miteinander zu arrangieren. Das Mißgeschick der beiden aber wollte, daß ich gerade gegenüber untergebracht wurde.

An selbigem Tage, das heißt gestern, ging Vressac, der, wie Sie sich denken können, dem Vicomte schöntut, mit ihm trotz seiner heftigen Abneigung gegen dieses Vergnügen auf die Jagd, in der Hoffnung, sich für die Langweile, die der Ehemann ihm den ganzen Tag über verursacht hatte, nachts in den Armen seiner Frau zu entschädigen. Ich aber meinte, er werde Ruhe nötig haben, und ließ es mir angelegen sein, seine Mätresse dahin zu bringen, ihm Zeit dazu zu lassen.

Das gelang mir denn auch. Sie willigte ein, ihm eben wegen jener Jagdpartie zu grollen, zu der er sich doch offensichtlich nur um ihretwillen entschlossen hatte. Ein schlechterer Vorwand läßt sich nicht finden, aber die Vicomtesse besitzt wie keine zweite die allen Frauen gemeinsame Gabe, die Launenhaftigkeit an Stelle der Vernunft treten zu lassen und nie unversöhnlicher zu sein, als wenn sie unrecht hat. Übrigens war der Moment für lange Erklärungen wenig geeignet, und da ich ja nur eine einzige Nacht haben wollte, war ich damit einverstanden, daß sie sich am nächsten Tage wieder aussöhnten.

Vressac wurde also bei seiner Rückkehr schmollend empfangen. Er will die Ursache wissen und wird ausgezankt. Er versucht sich zu rechtfertigen; der Gatte, der hinzukommt, dient als Vorwand zur Unterbrechung des Gesprächs. Endlich benutzt er einen Augenblick, in dem der Gatte abwesend ist, um sie zu bitten, ihn am Abend anzuhören. Da wurde die Vicomtesse einfach sublim. Sie entrüstete sich über die Dreistigkeit der Männer, die, weil sie die Gunstbeweise einer Frau empfangen haben, das Recht zu besitzen glauben, sich in gemeiner Weise darauf zu berufen, selbst wenn man Grund zur Klage gegen sie hat. Worauf sie mit einem geschickten Sprung dazu überging, von Zartgefühl und wahrer Empfindung zu reden, so daß Vressac ganz zerknirscht verstummte und selbst ich zu dem Glauben neigte, daß ihr Groll berechtigt sei; denn wie Sie schon erraten haben werden, war ich als Freund der beiden bei diesem Gespräch zugegen.

Endlich erklärte sie sehr entschieden, daß sie ihm zu den Anstrengungen der Jagd nicht auch noch die der Liebe aufbürden wolle und daß sie sich vorwerfe, so angenehmen Vergnügungen im Wege zu sein. Nun kam der Gatte zurück. Der untröstliche Vressac, der nicht mehr die Möglichkeit hatte, etwas zu entgegnen, wandte sich an mich, setzte mir sehr ausführlich seine Gründe auseinander, die ich ebensogut kannte wie er, und bat mich, bei der Vicomtesse für ihn einzutreten, was ich ihm auch versprach. Ich sprach tatsächlich mit ihr, aber nur, um ihr zu danken und mit ihr die Stunde unseres Stelldicheins zu verabreden.

Sie teilte mir mit, daß sie, weil sie zwischen ihrem Gatten und ihrem Liebhaber untergebracht sei, es für klüger gehalten habe, zu Vressac zu gehen, als ihn in ihrem Zimmer zu empfangen. Da ich ihr nun gegenüber wohne, hielte sie es gleichfalls für sicherer, zu mir zu kommen. Sobald ihre Kammerjungfer sie allein gelassen habe, würde sie zu mir schleichen, ich brauche nur meine Türe angelehnt zu lassen und auf sie zu warten.

Alles erfolgte nach Verabredung: um ein Uhr morgens war sie bei mir ...

> *... in der leichten Bekleidung*
> *Einer just dem Schlaf entrissenen Schönheit**.

Da ich nicht eitel bin, halte ich mich bei den Einzelheiten der Nacht nicht auf; aber Sie kennen mich ja, und ich war mit mir zufrieden.

Bei Tagesanbruch mußten wir uns trennen. Und hier wird die Sache interessant. Die Unbesonnene glaubte die Türe angelehnt gelassen zu haben, aber wir fanden sie geschlossen, und der Schlüssel steckte von innen. Sie können sich von dem Ausdruck der Verzweiflung keine Vorstellungen machen, mit der die Vicomtesse mir sagte: »Ach, ich bin verloren!« Ich muß einräumen, daß es amüsant gewesen wäre, sie in dieser Situation zu lassen, aber konnte ich dulden, daß eine Frau um meinetwillen zugrunde gerichtet wurde, ohne es durch mich zu sein? Und durfte ich mich, wie die große Menge der Männer, von den Umständen vergewaltigen lassen? Ich mußte also ein Mittel finden. Was hätten Sie getan, meine schöne Freundin? Hier mein Vorgehen, das auch gelang.

* Aus *Britannicus,* Tragödie von Racine

Ich hatte bald erkannt, daß sich die Türe eindrücken ließ, freilich mit viel Lärm. Ich erreichte also, nicht ohne Mühe, bei der Vicomtesse, daß sie durchdringende Schreie ausstoßen, »Dieb!«, »Mörder!« und ähnliches rufen sollte. Wir machten aus, daß ich beim ersten Schrei die Tür einrennen und sie dann ganz schnell in ihr Bett schlüpfen würde. Sie würden nicht glauben, wieviel Zeit es mich kostete, sie dazu zu bewegen, selbst nachdem sie sich schon einverstanden erklärt hatte. Immerhin war dies der einzige Ausweg, und beim ersten Fußtritt gab die Türe nach.

Die Vicomtesse hatte allen Grund, sich zu beeilen, denn im nächsten Augenblick waren der Vicomte und Vressac schon zur Stelle, und auch die Kammerjungfer kam gelaufen.

Ich allein bewahrte kaltes Blut, blies rasch ein Nachtlicht aus, das noch brannte, und warf es zu Boden; denn Sie können sich denken, wie lächerlich es gewesen wäre, eine solche Schreckensszene bei noch brennendem Licht aufzuführen. Dann machte ich dem Ehemann und dem Liebhaber Vorwürfe wegen ihres lethargischen Schlafes, indem ich ihnen versicherte, daß das Geschrei, auf das sie herbeigeeilt waren, und meine Bemühungen, die Türe einzurennen, schon mindestens fünf Minuten gedauert hätten.

Die Vicomtesse, die im Bett ihren Mut wiederfand, stand mir recht gut zur Seite und schwor bei allen Göttern, daß ein Dieb in ihrem Zimmer sei; noch aufrichtiger war ihre Beteuerung, daß sie noch nie in ihrem Leben so viel Angst ausgestanden habe. Wir suchten überall, ohne etwas zu finden, bis ich endlich auf die umgestürzte Nachtlampe wies und zu dem Schlusse kam, daß eine Ratte den ganzen Schaden und Schrecken verursacht habe. Meine Ansicht drang durch, und nach einigen abgeschmackten Witzen über die Ratten begab sich der Vicomte als erster in sein Zimmer und Bett, indem er seine Frau ersuchte, sich in Zukunft ruhigere Ratten zu halten.

Allein mit uns geblieben, näherte sich Vressac der Vicomtesse und sagte ihr zärtlich, daß dies Amors Rache gewesen sei; worauf sie, mich anblickend, entgegnete: »Er muß wohl sehr in Wut gewesen sein, denn er hat sich gewaltig gerächt! Aber«, fügte sie schnell hinzu, »ich bin jetzt todmüde und möchte schlafen.«

Ich hatte gerade einen wohlwollenden Moment; so trat ich denn, bevor wir uns trennten, für Vressac ein und brachte die Aussöhnung zustande. Das Pärchen umarmte sich, und auch ich wurde von beiden umarmt. Der Kuß der Vicomtesse ließ mich nun kalt, aber ich muß gestehen, daß der von Vressac mir Vergnügen machte. Wir verließen gemeinsam ihr Schlafzimmer, und nachdem er mir noch vielmals gedankt hatte, begab sich jeder in sein Bett.

Wenn Sie die Geschichte drollig finden, bitte ich Sie nicht um Verschwiegenheit. Jetzt, da ich mich darüber amüsiert habe, ist es nur recht und billig, daß auch das Publikum seinen Spaß hat. Ich meine vorläufig nur an der Geschichte – vielleicht auch einmal an der Heldin?

Adieu, mein Jäger wartet seit einer Stunde; ich nehme mir nur noch schnell die Zeit, Sie zu umarmen und Ihnen vor allem zu empfehlen, sich vor Prévan in acht zu nehmen. Schloß..., den 13. 9. 17..

72. Brief **Chevalier Danceny an Cécile Volanges***

O meine Cécile, wie beneide ich Valmont um sein Glück! Morgen wird er Sie sehen. Er wird Ihnen diesen Brief übergeben; und ich werde, fern von Ihnen schmachtend, zwischen Sehnsucht und Jammer mein peinliches Dasein schleppen. Meine Freundin, meine süße, zärtliche Freundin, bedauern Sie mich wegen meiner Leiden; vor allem aber bedauern Sie mich wegen der Ihren, die zu ertragen ich nicht die Kraft finde.

Wie furchtbar ist es mir, die Ursache Ihres Unglücks zu sein! Ohne mich wären Sie glücklich und ruhig. Verzeihen Sie mir? Sagen Sie, ach, sagen Sie mir, daß Sie mir verzeihen! Sagen Sie mir auch, daß Sie mich lieben, mich immer lieben werden! Ich muß es immer wieder hören. Nicht daß ich daran zweifle – aber es scheint mir, daß, je sicherer man ist, es einem um so süßer in den Ohren klingt. Sie lieben mich, nicht wahr? Ja, Sie lieben mich von ganzem Herzen. Ich werde nie vergessen, daß dies das letzte Wort war, das ich aus Ihrem Munde hörte. Wie trank es mein Herz in sich, wie tief hat es sich eingegraben und mit welcher Seligkeit gab mein Herz Antwort!

In jener Stunde des Glücks war ich weit entfernt davon, das furcht-

* Erst am 14. übergeben

bare Schicksal vorauszusehen, das uns erwartete. Sinnen wir auf Mittel, es zu mildern, meine Cécile! Wenn ich meinem Freunde glauben darf, wird es zu diesem Zweck genügen, daß Sie ihm das Vertrauen schenken, dessen er würdig ist.

Das unvorteilhafte Bild, das Sie sich von ihm machen, hat mich, ich gesteh' es, aufrichtig betrübt. Ich erkannte darin die Vorurteile Ihrer Mama wieder, der zuliebe ich seit einiger Zeit diesen wirklich liebenswerten Menschen vernachlässigt hatte. Heute tut er alles für mich und arbeitet an unserer Wiedervereinigung, während Ihre Mutter uns getrennt hat. Ich beschwöre Sie, teure Freundin, betrachten Sie ihn mit gewogenerem Auge. Denken Sie daran, daß er mein Freund ist, daß er der Ihre sein will, daß er mir das Glück zurückgeben kann, Sie zu sehen. Wenn diese Gründe Sie nicht zu bestimmen vermögen, meine Cécile, dann lieben Sie mich nicht so innig, wie ich Sie liebe, dann lieben Sie mich nicht mehr so, wie Sie mich liebten. Ach, wenn Sie mich jemals weniger lieben sollten . . . Doch nein, das Herz der süßen Cécile ist mein, gehört mir fürs ganze Leben, und wenn ich auch die Leiden einer vom Unglück verfolgten Liebe befürchten muß, so wird mich Ihre Treue doch vor den Qualen einer verratenen Liebe bewahren.

Adieu, entzückende Freundin! Vergessen Sie nicht, daß ich leide und daß es nur von Ihnen abhängt, mich glücklich, vollkommen glücklich zu machen. Empfangen Sie mit allen meinen Herzenswünschen die zärtlichsten Küsse der Liebe. Paris, den 11. 9. 17..

73. Brief **Vicomte de Valmont an Cécile Volanges***

Der Freund, der Ihnen zu Diensten steht, erfuhr, daß Ihnen alles fehlt, was man zum Schreiben braucht, und hat bereits entsprechend vorgesorgt. Sie werden in dem Vorsaal der von Ihnen bewohnten Räume, unter dem großen Schrank zur Linken, Papier, Federn und Tinte finden, die er nach Bedarf erneuern wird und die Sie, wie ihm scheint, an dem gleichen Platz belassen können, solange Sie über kein sichereres Versteck verfügen.

* Dem vorhergehenden beigelegt

Er bittet Sie, keinen Anstoß daran zu nehmen, wenn er im Kreise der andern tut, als schenke er Ihnen keine Beachtung und betrachte Sie nur als ein Kind. Diese Vorsicht scheint ihm um der Sicherheit willen notwendig, damit er für das Glück seines Freundes und das Ihre um so erfolgreicher wirken kann. Er wird sich bemühen, Gelegenheiten herbeizuführen, die ihm gestatten, mit Ihnen allein zu sprechen, wenn er Ihnen etwas mitzuteilen oder zu übergeben hat, und er hofft, es wird ihm gelingen, wenn Sie ihn eifrig dabei unterstützen. – Er rät Ihnen, ihm jedesmal die Briefe, die Sie durch ihn empfangen, zurückzugeben, wodurch die Gefahr einer Entdeckung vermieden wird.

Er schließt mit der Versicherung, daß, wenn Sie ihm Ihr Vertrauen schenken wollen, er alles Erdenkliche tun wird, um die strengen Maßnahmen einer allzu grausamen Mutter erträglich zu machen, durch die sie seinen besten Freund und eine Dame, die ihm des liebevollsten Interesses würdig scheint, mit so viel Härte trifft.

Schloß ..., den 14. September 17..

74. Brief **Marquise de Merteuil an Vicomte de Valmont**

Ei, mein Freund, seit wann sind Sie so ängstlich? Ist dieser Prévan denn gar so gefährlich? Aber sehen Sie, wie einfältig und sittsam ich bin! Ich bin ihm schon oft begegnet, diesem stolzen Sieger, und habe ihn doch kaum bemerkt! Es bedurfte erst Ihres Briefes, um meine Aufmerksamkeit auf ihn zu lenken. Gestern habe ich meinen Fehler wiedergutgemacht. Er war in der Oper, saß mir beinahe gegenüber, und ich habe mich mit ihm befaßt. Hübsch ist er sicher, sogar sehr hübsch, mit einem gut geformten Gesicht, das, aus der Nähe besehen, noch gewinnen muß. Und Sie sagen, daß er mich haben will? Das wird mir eine Ehre und ein Vergnügen sein. Im Ernst: ich habe Lust auf ihn und muß Ihnen gestehen, daß ich den ersten Schritt getan habe. Ob es gelingen wird, weiß ich noch nicht. So also ging es zu:

Beim Opernausgang war er zwei Schritte von mir, und ich machte ganz laut ein Rendevous aus mit der Marquise de ... für Freitagabend bei der Marschallin. Ich glaube, das ist das einzige Haus, wo ich ihn treffen kann. Ich zweifle nicht daran, daß er gehört hat, was ich sagte ... Sollte der Undankbare am Ende nicht erscheinen? Sagen Sie mir doch, glauben Sie, daß er kommt? Wissen Sie auch, daß, wenn er nicht kommt, ich den ganzen Abend verstimmt sein werde? Sie sehen, daß es für ihn nicht allzu schwierig sein wird, mir »ständig zu folgen« und – was Sie besonders verblüffen wird – noch weniger, mir zu »gefallen«. Er will, so schreiben Sie, in seinen Bemühungen um mich sechs Pferde zuschanden reiten? Oh, diesen Pferden werde ich das Leben retten! Nie werde ich die Geduld aufbringen, so lange zu warten. Sie wissen, daß es nicht zu meinen Grundsätzen gehört, einen Liebhaber lange schmachten zu lassen, wenn ich einmal entschlossen bin – und ich bin es für ihn.

Sie müssen zugeben, daß es ein Vergnügen ist, mir Vernunft zu predigen! Hat Ihr »wichtiger Wink« nicht einen großen Erfolg? Aber was wollen Sie? Schon so lange lebe ich in Eintönigkeit dahin. Seit sechs Wochen habe ich mir keinen mutwilligen Streich mehr erlaubt. Und jetzt, wo sich die Gelegenheit dazu bietet, soll ich mir ihn versagen? Lohnt der Gegenstand nicht die Mühe? Gibt es einen angenehmeren, in welchem Sinn Sie das Wort auch nehmen wollen?

Sie selbst sind gezwungen, ihm Gerechtigkeit widerfahren zu lassen. Sie singen nicht nur sein Lob, Sie tun mehr: Sie sind auf ihn eifersüchtig. Nun wohl, ich will Richter zwischen euch beiden sein, aber zuerst muß ich mich informieren, nicht wahr? Und das werde ich tun. Ich werde ein unbestechlicher Richter sein und Sie beide mit dem gleichen Maße messen. Was Sie betrifft, so habe ich bereits meine Unterlagen, und Ihr Fall ist gründlich untersucht. Ist es nicht recht und billig, daß ich mich jetzt mit Ihrem Gegner befasse? Vorwärts, bequemen Sie sich, und erzählen Sie mir vor allem, was es mit dem dreifachen Abenteuer, dessen Held er ist, für eine Bewandtnis hat. Sie schreiben darüber, als ob mir die Sache längst bekannt sei, und ich habe keine Ahnung davon. Offenbar hat sich der Vorfall während meiner Reise nach Genf zugetragen, und Ihre Eifersucht hat Sie daran gehindert, ihn mir mitzuteilen. Machen Sie Ihre Unterlassungssünde so schnell wie möglich wieder gut, und vergessen Sie nicht, daß nichts, was ihn angeht, mir gleichgültig ist. Zwar glaube ich mich zu erinnern, daß man davon noch sprach, als ich zurückkam; aber ich war damals mit andern Dingen beschäftigt und höre selten auf Geschichten dieser Art, die nicht von heute oder von gestern sind.

Wenn das, was ich von Ihnen verlange, Sie ein wenig verdrießen sollte, ist's nicht ein geringer Preis, den Sie für alle die Mühe, die ich mir Ihretwegen gemacht, zu bezahlen haben? Ist es nicht mein Verdienst, wenn Sie wieder in der Nähe Ihrer Präsidentin sind, von der Sie ihre Ungeschicklichkeit entfernt hatte? Und war nicht wieder ich es, die in Ihre Hände die Möglichkeit legte, sich an Madame de Volanges für ihren häßlichen Eifer zu rächen? Sie haben sich oft darüber beklagt, daß Sie auf dem Wege zu Ihren Abenteuern so viel Zeit verlieren. Jetzt haben Sie alles unter Ihrem Griff. Liebe und Haß, sie brauchen nur zu wählen, beides schläft unter dem gleichen Dach; und Sie können Ihr Dasein verdoppeln, mit der einen Hand streicheln, mit der andern Hand zuschlagen.

Sogar das Abenteuer mit der Vicomtesse verdanken Sie mir. Ich zolle Ihnen meine Anerkennung dafür; aber, wie Sie selbst sagen, es muß sich herumsprechen. Denn wenn ich auch begreife, daß die Umstände Sie dazu bewogen, diskret zu sein und den Skandal zu vermeiden, so muß man doch einräumen, daß diese Frau eine so vornehme Behandlung nicht verdiente.

Übrigens habe ich Grund zur Klage gegen sie. Der Chevalier Belleroche findet sie hübscher, als es mir lieb ist, und auch aus vielen andern Gründen wäre ich froh, einen Vorwand zu haben, mit ihr zu brechen. Da gibt es nun keinen bequemeren, als wenn man bloß zu sagen braucht: Man kann mit dieser Frau nicht mehr verkehren.

Adieu, Vicomte. Seien Sie sich darüber klar, daß an dem Orte, wo Sie sich befinden, jede Ihrer Stunden kostbar ist. Ich will die meinen dazu verwenden, mich mit dem Glück Prévans zu befassen.

Paris, den 15. September 17..

75. Brief **Cécile Volanges an Sophie Carnay**

In diesem Brief berichtet Cécile Volanges mit großer Ausführlichkeit über die Begebenheiten, die der Leser schon aus dem 59. Brief und den folgenden kennt. Man hielt es für ratsam, diese Wiederholung fortzulassen. Endlich kommt sie auf den Vicomte de Valmont zu sprechen und äußert sich wie folgt:

... Ich versichere Dir, daß er ein ganz außergewöhnlicher Mensch ist. Mama sagt ihm viel Schlimmes nach, aber der Chevalier Danceny spricht von ihm sehr gut, und ich glaube, daß er es ist, der recht hat.

Noch nie habe ich einen so gewandten Mann gesehen. Als er mir Dancenys Brief gab, geschah es mitten unter allen Leuten, aber niemand hat etwas davon bemerkt. Freilich habe ich furchtbare Angst ausgestanden, weil ich nicht darauf gefaßt war, aber von nun an bin ich darauf vorbereitet. Ich habe schon ganz gut begriffen, wie ich es anstellen muß, ihm meine Antwort zu übergeben. Es ist sehr leicht, sich mit ihm zu verständigen, denn er hat einen Blick, der spricht. Ich weiß nicht, wie er das macht: In dem Brief, von dem ich Dir erzählte, schreibt er mir, daß er vor Mama so tun will, als kümmere er sich nicht um mich; und wirklich, man würde denken, daß er mich gar nicht beachtet; aber jedesmal, wenn ich seine Augen suche, begegne ich gleich seinem Blick.

Es gibt hier auch noch eine gute Freundin von Mama, die ich bisher nicht kannte und die Herrn de Valmont nicht sehr zu schätzen scheint, obwohl er sehr aufmerksam zu ihr ist. Ich fürchte, daß ihm das Leben, das man hier führt, bald langweilig werden wird und daß er nach Paris zurückkehrt – das wäre sehr ärgerlich. Er muß doch ein sehr gutes Herz haben, weil er eigens hierher gekommen ist, um seinem Freund und mir einen Dienst zu erweisen. Ich möchte ihm gern meine Erkenntlichkeit aussprechen, weiß aber nicht, wie ich es anfangen soll, mit ihm unter vier Augen zu reden. Und selbst wenn ich Gelegenheit dazu fände, würde ich mich so schämen, daß ich vielleicht kein Wort herausbrächte.

Nur mit Madame de Merteuil kann ich frei über meine Liebe sprechen. Vielleicht sogar mit Dir, der ich doch alles anvertraue, käme ich in Verlegenheit, wenn ich es laut sagen müßte. Selbst Danceny gegenüber kam mir zuweilen wie wider meinen Willen eine gewisse Befangenheit, die mich hinderte, ihm alles zu sagen, was ich dachte. Heute tut mir das sehr leid, und ich gäbe alles in der Welt, um ihm einmal, ein einziges Mal sagen zu können, wie sehr ich ihn liebe. Herr de Valmont hat ihm versprochen, uns eine Gelegenheit zum Wiedersehen zu verschaffen, wenn ich mich nur von ihm leiten lasse. Ich bin ja gern bereit, ihm zu gehorchen, aber ich kann mir nicht vorstellen, daß ein Wiedersehen möglich sein sollte.

Adieu, meine liebe Freundin, ich habe keinen Platz mehr zum Schreiben*.

Schloß ..., den 14. September 17..

76. Brief **Vicomte de Valmont an Marquise de Merteuil**

Entweder ist Ihr Brief eine Fopperei, die ich nicht verstanden habe, oder Sie befanden sich, als Sie ihn schrieben, in einem sehr gefährlichen Wahn. Wenn ich Sie nicht so gut kennte, meine schöne Freundin, wäre ich wirklich heftig erschrocken – und was Sie auch sagen mögen, Sie wissen, ich erschrecke nicht leicht.

Vergeblich las ich Ihren Brief mehrere Male, ich wurde aus ihm nicht klug; denn ihn in seinem wörtlichen Sinn zu nehmen, scheint mir unmöglich. Was haben Sie nur sagen wollen?

Etwa nur das, daß es überflüssig sei, sich so viele Mühe wider einen so wenig fürchterlichen Feind zu geben? Aber in diesem Fall könnten Sie unrecht haben. Prévan ist wirklich liebenswürdig; er ist es mehr, als Sie denken; er verfügt vor allem über das äußerst nützliche Talent, die Liebe immer wieder ins Treffen zu führen, und zwar durch die Gewandtheit, mit der er in Gesellschaft, ja vor aller Welt davon spricht – das erste beste Gespräch dient ihm dazu. Nur wenige Frauen wittern die Falle und gehen nicht darauf ein, weil alle Anspruch auf Gescheitheit erheben und keine die Gelegenheit versäumen will, solche zu zeigen. Nun wissen Sie aber, daß eine Frau, die sich auf ein Gespräch über Liebe einläßt, damit endet, zu lieben oder sich wenigstens wie eine Liebende zu benehmen. Er hat diese Methode aufs feinste ausgebildet und gewinnt dabei noch, daß er oft die Frauen selbst als Zeugen ihrer Niederlage aufrufen kann. Das sage ich Ihnen, weil ich es selbst erlebt habe.

Ich wurde in das Geheimnis von einem andern eingeweiht, denn mit Prévan war ich nie besonders intim. Nun also – eines Abends waren wir unser sechs, und die Gräfin de P..., die sich sehr raffiniert vorkam und in der Tat für alle, die den wahren Sachverhalt nicht kannten, nur ein unpersönliches Salongespräch zu führen schien, erzählte uns mit großer Ausführlichkeit sowohl wie sie sich Prévan hingegeben hatte als auch

* Da Mademoiselle de Volanges, wie man in der Folge sehen wird, bald darauf ihre vertraulichen Briefe an eine andere schrieb, wird man in dieser Sammlung keinen der Briefe finden, die sie auch weiterhin an ihre Klosterfreundin richtete, denn der Leser würde aus ihnen nichts Wesentliches erfahren *(Fußnote zur gegenüberliegenden Seite)*.

alles, was zwischen ihnen beiden passiert war. Sie erzählte es mit einer solchen Selbstsicherheit, daß sie sich sogar durch das tolle Lachen nicht beirren ließ, das uns sechs zu gleicher Zeit plötzlich überkam; und ich werde nie vergessen, wie einer von uns, um sich für sein ungehöriges Benehmen zu entschuldigen, sich stellte, als zweifle er an der Wahrheit der Geschichte, und wie sie ihm sehr ernst erwiderte, daß sie darüber doch besser Bescheid wissen müsse, und sich sogar an Prévan mit der Frage wandte, ob auch nur ein Wort ihrer Erzählung Erfindung sei. Ich habe also ein Recht, zu glauben, daß dieser Mensch für alle Welt gefährlich ist. Und für Sie, Marquise, genügt es nicht, daß er hübsch, sogar sehr hübsch ist, wie Sie selbst sagen? Oder daß er eine jener Attacken auf Sie verübt, die Sie sich manchmal zu belohnen gefallen, aus keinem andern Grunde, als weil Sie den Angriff gut geführt finden? Oder weil Sie es spaßhaft finden, sich aus irgendeinem andern Grunde zu ergeben? Oder ... was weiß ich? Kann ich denn alle die tausend und aber tausend Launen erraten, die den Kopf einer Frau regieren und durch die allein Sie noch zu Ihrem Geschlecht gehören? Jetzt, wo ich Sie vor der Gefahr gewarnt habe, zweifle ich nicht, daß Sie sie mit Leichtigkeit vermeiden werden; immerhin war es nötig, Sie zu warnen. Ich komme also auf meine erste Frage zurück: Was wollten Sie mit Ihrem Briefe sagen?

Wenn es sich nur um eine Spöttelei über Prévan handeln sollte, so war diese, abgesehen davon, daß sie recht lang ist, mir gegenüber nicht angebracht. Vor der Gesellschaft müssen Sie ihn lächerlich machen, und ich erneuere meine diesbezügliche Bitte.

Ah, ich glaube, ich hab's erraten! Ihr Brief enthält eine Prophezeiung, nicht dessen, was Sie tun werden, sondern dessen, was er in dem Moment des Sturzes, den Sie ihm zugedacht haben, glauben wird, das Sie für ihn zu tun bereit sind. Der Plan gefällt mir recht gut, doch erfordert er große Vorsicht. Sie wissen wie ich, daß in den Augen der Gesellschaft einen Mann haben oder sich von ihm den Hof machen lassen genau das selbe ist, es sei denn, dieser Mann wäre ein Dummkopf – und ein Dummkopf ist Prévan nicht, ganz gewiß nicht. Wenn es ihm bloß gelingt, den Anschein vorzutäuschen, wird er sich brüsten und hat alles erreicht. Die Dummen werden es glauben, die Boshaften tun, als ob sie es glaubten – was hätten Sie dagegen für Mittel? Hören Sie, ich habe Angst. Nicht daß ich an Ihrer Geschicklichkeit zweifle; aber es sind gerade die guten Schwimmer, die ertrinken.

Ich glaube nicht dümmer zu sein als ein anderer. Der Mittel, eine Frau zu entehren, kenne ich hundert, kenne ich tausend; aber wenn ich nach Mitteln suchte, ihre Ehre zu retten, stand ich immer vor dem Unmöglichen. Sie selbst, meine schöne Freundin – Ihre Lebensführung ist ein Meisterwerk; und doch habe ich bei Ihnen wohl hundertmal mehr Glück als raffiniertes Spiel zu sehen geglaubt.

Aber vielleicht suche ich dort nach einem Grund, wo es gar keinen gibt. Ich wundere mich, wie ich seit einer geschlagenen Stunde ganz ernsthaft etwas erörtere, was von Ihnen sicherlich nur als Scherz gemeint war. Sie werden mich auslachen. Nun, meinetwegen, aber lachen Sie schnell und sprechen wir von etwas andrem. Von etwas andrem? Ich täusche mich, es ist immer nur dasselbe: immer sind es Frauen, die man besitzen oder zugrunde richten will, manchmal auch beides.

Ich habe hier, wie Sie richtig bemerkten, Gelegenheit, mich in beiden Arten zu üben, freilich nicht mit der gleichen Leichtigkeit. Ich sehe voraus, daß das Werk der Rache schneller gelingen wird als das der Liebe. Die kleine Volanges ist schachmatt, dafür bürge ich; ihr Fall hängt nur noch von der Gelegenheit ab und die werde ich herbeizuführen wissen. Anders verhält es sich mit Madame de Tourvel. Diese Frau bringt mich zur Verzweiflung, ich begreife sie nicht; ich habe hundert Beweise ihrer Liebe, aber tausend ihres Widerstands. Und wahrhaftig, ich fürchte, daß sie mir entwischt.

Die erste Wirkung meiner Wiederkehr vermehrte meine Hoffnung. Sie werden erraten haben, daß ich den Effekt unmittelbar beobachten wollte. So ließ ich mich, um die ersten Regungen zu erhaschen, nicht vorher anmelden und richtete meine Reise so ein, daß ich ankam, während man bei Tische saß. Ich fiel gewissermaßen aus den Wolken herab wie eine Gottheit in der Oper, die die Lösung bringt.

Da ich beim Eintreten ziemlich viel Lärm machte, um aller Blicke auf mich zu ziehen, sah ich zugleich die Freude meiner alten Tante, das Mißvergnügen der Madame de Volanges und das unbeherrschte Entzücken ihrer Tochter. Meine Schöne, die ihren gewöhnlichen Platz einnahm, saß mit dem Rücken zur Tür. Da sie gerade damit beschäftigt war, auf ihrem Teller etwas zu schneiden, wandte sie nicht einmal den Kopf. Aber beim ersten Wort, das ich an Madame de Rosemonde richtete, erkannte die feinfühlige Bigotte meine Stimme und ließ sich einen Schrei entschlüpfen, in dem ich eher Liebe als Überraschung oder gar Schrecken zu erkennen glaubte. Ich war inzwischen so weit vorgetreten, daß ich ihr ins Gesicht sah: der Aufruhr ihrer Seele, der Widerstreit der Gedanken und Gefühle malte sich darauf in mannigfacher Weise. Ich setzte mich neben sie an den Tisch, und sie wußte nicht, was sagen oder tun. Sie versuchte weiterzuessen, es war ihr nicht möglich. Endlich, noch war eine Viertelstunde nicht vergangen, wurden Befangenheit und Freude in ihr so übergroß, daß ihr nichts Besseres einfiel, als, sich entschuldigend, aufzustehen und unter dem Vorwand, daß sie Luft schöpfen müsse, in den Park zu flüchten. Madame de Volanges wollte sie begleiten, die zärtliche Spröde ließ es nicht zu. Sie war zweifellos glücklich, diese Ausflucht gefunden zu haben, die ihr ermöglichte, allein zu sein und sich ohne Zwang den süßen Empfindungen ihres Herzens hinzugeben!

Ich beeilte mich sehr mit dem Diner. Kaum war das Dessert aufgetragen, als die teuflische Volanges, offenbar von dem Bedürfnis getrieben, mir zu schaden, sich von ihrem Stuhle erhob, um der reizenden Kranken nachzugehen. Aber ich hatte diese Absicht vorausgesehen und durchkreuzte sie. Ich tat also, als ob dies das Zeichen zum allgemeinen Aufbruch wäre und stand ebenfalls auf, durch welches Beispiel ich die kleine Volanges und den Pfarrer des Ortes mitriß, so daß Madame de Rosemonde mit dem alten Komtur de T... an der Tafel allein sitzen blieb, bis die beiden sich endlich auch zum Gehen entschlossen. So gingen also alle meiner Schönen nach und fanden sie in dem Boskett unweit des Schlosses. Da sie aber nach Einsamkeit lechzte, nicht nach einer Promenade, war es ihr lieber, mit uns ins Schloß zurückzukehren, als unsere Gesellschaft im Parke um sich zu haben.

Sobald ich mich vergewissert hatte, daß Madame de Volanges keine Gelegenheit mehr fand, mit ihr allein zu reden, machte ich mich an die Ausführung Ihrer Befehle und widmete mich den Interessen Ihrer Schülerin. Gleich nach dem Kaffee ging ich auf mein Zimmer, sah mir auch die andern Räume an, um das Terrain zu rekognoszieren, traf die nötigen Vorkehrungen zur Sicherung der Korrespondenz der Kleinen, schrieb ihr nach dieser ersten edlen Tat noch ein paar Worte, um sie zu informieren und ihr Vertrauen zu erbitten, legte meinem Billet den Brief Dancenys bei und begab mich endlich in den Salon zurück.

Dort fand ich meine Schöne auf einem Ruhebett entzückend hingegossen.

Dieser Anblick erweckte mein Begehren und befeuerte meine Blicke; ich fühlte, daß sie zärtlich und drängend waren, und ich wählte einen Platz, der mir erlaubte, von ihnen Gebrauch zu machen. Die erste Wirkung war, daß die himmlische Prüde ihre großen, sittsamen Augen niederschlug. Ich betrachtete eine Zeitlang das engelhafte Gesicht und ergötzte mich dann damit, die Umrisse und Formen ihrer Gestalt durch ein leichtes, aber immer noch hinderliches Gewand zu erraten. Meine Augen wanderten vom Kopf bis zu den Füßen hinab und dann wieder hinauf von den Füßen bis zum Kopf . . . Denken Sie nur, meine schöne Freundin, ihr sanfter Blick heftete sich auf mich, doch gleich darauf senkte sie wieder die Lider. Um den schönen Moment wieder herbeizuführen, wandte ich mein Gesicht ab. So kam es zwischen uns zu jenem stillschweigenden Einvernehmen, dem ersten zaghaften Spiel der Liebe, das, um das gegenseitige Bedürfnis einander anzuschauen zu befriedigen, den Blicken erlaubt, sich wechselnd zu meiden, bis sie gebannt ineinander verschmelzen.

Überzeugt, daß meine Schöne mit diesem neuen Vergnügen ganz und gar beschäftigt war, hielt ich es für nötig, für unsere gemeinsame Sicherheit zu sorgen; als ich aber merkte, daß die übrige Gesellschaft, in eifrige Konversation verwickelt, uns nicht beachtete, versuchte ich von ihren Augen eine freiere Sprache zu erlangen. Ich überraschte zunächst einige ihrer Blicke, aber mit so viel Reserve, daß die Sittsamkeit daran keinen Anstoß nehmen konnte, und um es dem schüchternen Geschöpf leichter zu machen, stellte ich mich ebenso verlegen, wie sie es wirklich war. Allmählich gewöhnten sich unsere Augen daran, einander zu begegnen, und verweilten länger; endlich ließen sie nicht mehr voneinander, und ich sah in den ihren jenes süße Schmachten, das glückverheißende Anzeichen der Liebe und des Verlangens. Aber das dauerte nur einen Moment: bald kam sie wieder zu sich, änderte beschämt ihre Stellung und wandte den Blick ab.

In der Absicht, ihr zu beweisen, wie genau ich alle ihre Bewegungen verfolgt hatte, sprang ich auf und fragte sie mit dem Ausdruck des Erschreckens, ob sie sich nicht wohl fühle. Sofort war sie von der ganzen Gesellschaft umgeben. Nur die kleine Volanges, die neben einem Fenster an einer Stickerei arbeitete und von ihrem Stickrahmen nicht so rasch loskommen konnte, blieb sitzen, und ich benutzte diesen Augenblick, um ihr Dancenys Brief zu übergeben.

Ich war nicht nahe genug und mußte ihr die Epistel in den Schoß werfen. Verdutzt wie sie war, wußte sie nicht, was sie damit anfangen sollte. Sie hätten sich über dieses erstaunte und verlegene Gesicht krank gelacht; ich aber lachte nicht, denn ihre Ungeschicklichkeit konnte uns verraten. Aber ein fester Blick, verbunden mit einer sehr deutlichen Gebärde, machte ihr endlich begreiflich, daß sie den Brief in die Tasche stecken müsse.

Der Rest des Tages brachte nichts Erwähnenswertes. Was seitdem geschehen ist, wird vielleicht Folgen haben, mit denen Sie zufrieden sind, wenigstens soweit es Ihre Schülerin betrifft. Aber es ist besser, die Zeit zur Ausführung der Pläne zu verwenden als zu ihrer Erzählung. Übrigens ist dies schon die achte Seite, die ich schreibe, und ich bin müde. Also adieu.

Sie ahnen es wohl ohnehin, und ich brauche Ihnen nicht erst zu sagen, daß die Kleine Danceny geantwortet hat*. Ich erhielt auch eine Antwort meiner Schönen, an die ich am Tage nach meiner Ankunft geschrieben hatte. Ich lege Ihnen die beiden Briefe bei. Lesen Sie sie oder lesen Sie sie nicht; denn dieser immer wieder aufgewärmte Brei, der schon mir Überdruß macht, muß für jeden, den die Sache nichts angeht, gänzlich ungenießbar sein.

Noch einmal adieu. Ich liebe Sie immer noch sehr – aber ich beschwöre Sie, mir, wenn Sie von Prévan erzählen, so zu schreiben, daß ich es verstehen kann.

Schloß ..., den 17. September 17..

77. Brief **Vicomte de Valmont an Präsidentin de Tourvel**

Was kann, Madame, der Grund der grausamen Beflissenheit sein, mit der Sie mich zu meiden suchen? Wie ist's nur möglich, daß meine zärtliche Ergebenheit bei Ihnen auf ein Verhalten stößt, das man sich

* Dieser Brief ist verlorengegangen

kaum einem Mann gegenüber erlauben würde, über den man sich schwer zu beklagen hat? Wie, die Liebe zwingt mich zu Ihnen zurück, und wenn ein glücklicher Zufall mich an Ihre Seite bringt, ziehen Sie es vor, eine Unpäßlichkeit vorzutäuschen und Ihre Freunde zu erschrecken, statt bei mir zu bleiben! Wie oft haben Sie gestern nicht weggesehen, um mir die Gunst eines Blickes zu rauben! Und wenn Sie mich einen Moment lang mit weniger Strenge anschauten, war dieser Moment so kurz, als wollten Sie mich mit diesem Blick nicht so sehr beglücken, als mich fühlen lassen, was ich, seiner beraubt, verlor.

Das ist, ich wage es auszusprechen, weder die Behandlung, welche die treue Liebe verdient, noch jene, die sich die Freundschaft erlauben darf. Und doch wissen Sie sehr wohl, daß von diesen beiden Gefühlen das eine mich beseelt und ich zu dem Glauben berechtigt bin, daß Sie das andere mir nicht versagen. Diese kostbare Freundschaft, deren Sie mich würdig fanden, da Sie sie mir anboten – was habe ich denn getan, um sie seither zu verlieren? Sollte ich mir durch mein Vertrauen geschadet haben und strafen Sie mich für meine Aufrichtigkeit? Fürchten Sie denn nicht zum mindesten, dieses oder jene zu mißbrauchen? Habe ich denn nicht mein innerstes Geheimnis in das Herz meiner Freundin niedergelegt? Mußte ich mich nicht ihr allein gegenüber verpflichtet glauben, Bedingungen abzulehnen, deren Annahme es mir so leicht gemacht hätte, sie nicht zu halten, ja sie vielleicht auf gemeine und vorteilhafte Weise für mich zu nützen? Wollen Sie mich durch diese unverdiente Strenge am Ende zu dem Glauben zwingen, daß ich durch Lug und Trug mehr Nachsicht von Ihnen erlangt haben würde?

Ich bereue meine Handlungsweise nicht, die ich Ihnen schuldete, die ich mir selbst schuldete. Aber welches Verhängnis will, daß jede lobenswerte Tat für mich zum Vorzeichen eines neuen Unglücks wird?

Just als ich Ihnen Anlaß gab, mir für mein Benehmen das einzige Lob zu erteilen, daß Sie mir jemals zu spenden geruhten, mußte ich unter dem Unglück stöhnen, Ihnen mißfallen zu haben. Nachdem ich Ihnen meine völlige Unterwerfung bewiesen hatte, indem ich mich – einzig um Ihr Zartgefühl zu schonen – des Glückes beraubte, Sie zu sehen, wollten Sie den Briefwechsel mit mir ganz abbrechen, mir diesen geringen Lohn für das Opfer, das Sie verlangt hatten, nehmen und mir sogar meine Liebe verbieten, die Ihnen doch allein ein Recht über mich gab. Und nun, da ich mich Ihnen mit einer Aufrichtigkeit eröffnet habe, die selbst durch den Eigennutz der Liebe nicht gemindert wurde, fliehen Sie mich wie einen gefährlichen Verführer, dessen Tükke Sie erkannt haben!

Werden Sie denn dessen niemals müde, gegen mich ungerecht zu sein? Lassen Sie mich doch wenigstens wissen, welche neue Vergehen Sie zu solcher Härte hingerissen haben, und verschmähen Sie nicht, mir die Befehle zu geben, denen ich gehorchen soll. Wenn ich mich verpflichte, sie auszuführen, ist's dann zuviel verlangt, wenn ich Sie bitte, sie mir mitzuteilen? Schloß ..., den 15. September 17..

78. Brief **Präsidentin de Tourvel an Vicomte de Valmont**

Sie scheinen über mein Benehmen erstaunt, mein Herr, und es fehlt nicht viel, daß Sie Rechenschaft von mir verlangen, als hätten Sie ein Recht, mich zu tadeln. Ich gestehe, daß ich mich für berechtigter hielt, überrascht zu sein und mich zu beklagen; aber seit dem in Ihrem vorletzten Briefe enthaltenen Nein habe ich beschlossen, mich in Gleichgültigkeit zu hüllen, welche die Äußerung von Bemerkungen oder Vorwürfen nicht mehr zuläßt. Da Sie mich aber um Aufklärung bitten und ich – dem Himmel sei Dank! – nichts in mir fühle, was mich hindern könnte, sie Ihnen zu geben, will ich mich noch dieses eine Mal auf eine Auseinandersetzung mit Ihnen einlassen.

Beim Lesen Ihrer Briefe könnte man mich für ungerecht und launenhaft halten. Ich glaube jedoch zu verdienen, daß niemand eine solche Meinung über mich hat, Sie am allerwenigsten. Ohne Zweifel haben Sie gedacht, daß Sie, indem Sie meine Rechtfertigung nötig machen, mich zwingen, alles wieder in Erinnerung zu bringen, was sich zwischen uns begeben hat, und offensichtlich glaubten Sie bei einer solchen Überprüfung zu gewinnen. Da ich nun meinerseits nicht glaube, dabei zu verlieren, wenigstens nicht in Ihren Augen, fürchte ich diese Überprüfung nicht. Vielleicht ist dies das einzige Mittel, um zu ergründen, wer von uns beiden das Recht hat, sich über den andern zu beklagen.

Um mit dem Tage Ihrer Ankunft in diesem Schlosse anzufangen: Sie werden mir wohl zugeben müssen, daß wenn nichts anderes, so doch

Ihr Ruf mich zu einer gewissen Zurückhaltung Ihnen gegenüber berechtigt und daß ich mich, ohne fürchten zu müssen, für übertrieben zimperlich gehalten zu werden, auf ein Benehmen kühlster Höflichkeit hätte beschränken können. Sie selbst hätten mir Nachsicht entgegengebracht und es durchaus begreiflich gefunden, wenn eine wenig welterfahrene Frau nicht hinreichend Geist besitzt, um den Ihren richtig einzuschätzen. Das wäre zweifellos der Weg der Vorsicht gewesen, den zu begehen mich um so weniger Mühe gekostet haben würde, als ich, wie ich Ihnen nicht verhehlen will, mich meiner Freundschaft für Madame de Rosemonde und ihrer Liebe zu Ihnen, ihrem Neffen, erinnern mußte, um bei der Meldung Ihrer Ankunft nicht zu zeigen, wie peinlich mir diese Nachricht war.

Ich räume gerne ein, daß Sie sich anfangs in einem günstigen Lichte zeigten, das zu meiner Vorstellung von Ihnen im Widerspruch stand. Aber dieser gute Eindruck dauerte – das müssen Sie mir wiederum zugeben – nicht lange, weil Sie eines Zwanges überdrüssig wurden, für den Sie sich durch die vorteilhafte Meinung, die Sie mir einflößten, vermutlich nicht hinreichend entschädigt glaubten.

Nun aber scheuten Sie, meine Seelenruhe und meine Arglosigkeit mißbrauchend, nicht davor zurück, mir von einem Gefühl zu sprechen, das mich zweifellos beleidigen mußte. Und während Sie einzig darauf erpicht schienen, Ihr Unrecht durch häufige Wiederholung noch zu verschlimmern, suchte ich nach einem Mittel, es zu vergessen, indem ich Ihnen Gelegenheit bot, es, wenigstens zum Teil, wiedergutzumachen. Meine Bitte war so berechtigt, daß selbst Sie der Meinung waren, sie mir nicht abschlagen zu dürfen; aber Sie schufen sich aus meiner Nachsicht ein Recht und forderten von mir eine Erlaubnis, die ich Ihnen nie hätte geben sollen und Ihnen dennoch gewährte. Von den Bedingungen, die ich daran knüpfte, haben Sie nicht eine gehalten; und Ihre Briefe waren derart, daß mir aus jedem von ihnen die Pflicht erwuchs, nicht darauf zu antworten. Als mich Ihre Hartnäkkigkeit zwang, Sie aus meiner Umgebung zu verbannen, versuchte ich in einer vielleicht tadelnswerten Nachgiebigkeit das einzige mir erlaubte Mittel, das Sie wieder in meine Nähe bringen konnte – aber was wiegt in Ihren Augen ein ehrbares Gefühl? Sie verschmähen die Freundschaft und suchen, das Unglück und die Schande in ihrer tollen Verblendung für nichts achtend, nur Vergnügen und neue Opfer.

Ebenso leichtfertig in Ihrem Tun wie unlogisch in Ihren Vorwürfen, vergessen Sie Ihre Versprechungen oder machen sich vielmehr ein Spiel daraus, sie nicht zu halten. Nachdem Sie sich verpflichtet hatten, mich zu meiden, kamen Sie zurück, ohne gerufen worden zu sein, ohne Rücksicht auf meine Bitten, auf meine triftigen Gründe, ja sogar ohne mir die Aufmerksamkeit zu erweisen, mich vorher zu benachrichtigen. Sie haben mich ohne Scheu einer Überrumpelung ausgesetzt, deren Wirkung auf mich, wenn sie auch sicherlich unbedeutend war, von den anwesenden Personen in einem für mich ungünstigen Sinn ausgelegt werden konnte. Diese kurze Verlegenheit, die Sie heraufbeschworen, haben Sie nicht etwa versucht zu zerstreuen oder die Aufmerksamkeit von ihr abzulenken, nein, Sie waren darauf bedacht, sie noch zu vermehren. An der Tafel wählen Sie Ihren Platz gerade neben dem meinen, und als ein leichtes Unwohlsein mich nötigt, das Zimmer vor den andern zu verlassen, fordern Sie, statt mein Bedürfnis nach Einsamkeit zu respektieren, die ganze Gesellschaft auf, sie zu stören. In den Salon zurückgekehrt, finde ich Sie bei jedem Schritt, den ich tue, an meiner Seite, muß bei jedem Worte, das ich spreche, Sie, nur Sie antworten hören. Die gleichgültigste Äußerung nahmen Sie zum Vorwand, um daran ein Gespräch zu knüpfen, das ich nicht hören wollte, ja, das mich kompromittieren konnte; denn – so geschickt Sie auch sein mögen, mein Herr – das, was ich verstehe, verstehen vermutlich auch die andern.

Nachdem Sie mich auf diese Weise zu Schweigen und Regungslosigkeit verurteilt haben, lassen Sie trotzdem nicht ab, mich zu verfolgen. Ich kann die Augen nicht aufschlagen, ohne den Ihren zu begegnen. Ich bin gezwungen, immer wieder wegzusehen, und Sie in Ihrer unbegreiflichen Sorglosigkeit lenken die Blicke des ganzen Kreises in einem Moment auf mich, wo ich mich am liebsten vor meinen eigenen verstecken möchte.

Und dabei beklagen Sie sich über mein Verhalten und wundern sich über mein Bestreben, Sie zu fliehen? Oh, tadeln Sie mich weit eher wegen meiner Duldsamkeit und wundern Sie sich darüber, daß ich nicht sofort nach Ihrer Ankunft abgereist bin! Vielleicht hätte ich es sollen, und Sie werden mich zu diesem äußersten Entschlusse zwingen, wenn Sie von Ihren beleidigenden Nachstellungen nicht endlich ablassen. Nein, ich vergesse nicht, werde nie vergessen, was ich mir selbst, was ich dem von mir eingegangenen Bunde schulde, den ich schätze und liebe. Glauben Sie mir: wenn ich mich jemals vor die traurige Wahl gestellt sähe, ihn zu verletzen oder mich selbst zu opfern, ich würde keinen Augenblick schwanken.

Adieu, mein Herr. Schloß ..., den 16. September 17..

79. Brief **Vicomte de Valmont an Marquise de Merteuil**

Ich gedachte heute morgen auf die Jagd zu gehen, aber das Wetter ist abscheulich, und zum Lesen habe ich nur einen neuen Roman, der selbst eine Klosterschülerin langweilen würde. Bis zum Frühstück ist es mindestens noch zwei Stunden Zeit, so will ich trotz meinem langen Brief von gestern wieder mit Ihnen plaudern. Ich bin sicher, Sie nicht zu langweilen, denn ich werde Ihnen von dem »sehr hübschen« Prévan sprechen. Wie hätten Sie von dieser berühmten Geschichte nicht schon gehört haben sollen, von seinen Abenteuern, das die »Unzertrennlichen« trennte? Ich möchte wetten, daß Sie sich beim ersten Wort daran erinnern. Immerhin, da Sie es wünschen, hier ist die Geschichte.

Sie entsinnen sich sicher noch, daß ganz Paris über drei Damen staunte, die, alle sehr hübsch, alle mit den gleichen Vorzügen ausgestattet und zu den gleichen Ansprüchen berechtigt, dennoch seit ihrem Eintritt in die große Welt miteinander innig befreundet blieben. Anfangs glaubte man den Grund davon in ihrer übergroßen Schüchternheit zu finden; bald aber waren sie von einem zahlreichen Hofstaat umgeben, in dessen Huldigungen sie sich teilten, und wurden durch die liebenswürdige Beflissenheit, deren Gegenstand sie waren, sich ihres Wertes bewußt; doch schien dies ihren Bund nur um so fester zusammenzuschmieden, und man hätte meinen können, daß der Triumph der einen zugleich auch der der beiden andern sei. Man hoffte nun, daß, wenn die Liebe einmal ihr Wort spräche, dieses Ereignis zu einer Rivalität führen würde. Unsere angenehmen jungen Herren stritten sich um die Ehre, der Apfel der Zwietracht zu werden; und auch ich wäre wohl als Mitbewerber aufgetreten, wenn nicht die große Beliebtheit, deren die Gräfin de ... sich um dieselbe Zeit erfreute, mir verboten hätte, ihr untreu zu werden, bevor ich das ersehnte Ziel erreicht hatte.

Indessen kam der Karneval und unsere drei Damen trafen wie auf Verabredung gleichzeitig ihre Wahl. Doch weit entfernt davon, das

Gewitter heraufzubeschwören, das allgemein erwartet worden war, machte dieses Ereignis ihre Freundschaft durch den Reiz vertraulicher Mitteilungen noch interessanter.

Die unglücklichen Bewerber taten sich mit den eifersüchtigen Frauen zusammen, und diese skandalöse Beständigkeit wurde einer öffentlichen Nachprüfung unterzogen. Die einen sagten, daß in diesem Bunde der drei »Unzertrennlichen« – so nannte man sie damals – das Gesetz der Gütergemeinschaft herrsche, die bei ihnen auch in der Liebe gelte; andre versicherten, die drei Erwählten hätten zwar keine Rivalen, aber Rivalinnen, ja man verstieg sich sogar zu der Behauptung, man habe die drei Männer nur aus Anstandsgründen zugelassen, und sie hätten nur den Titel, nicht aber die Funktion.

Dieses Gerede, ob wahr oder falsch, hatte nicht die Wirkung, die man sich versprach. Die drei Paare fühlten im Gegenteil, daß sie verloren wären, wenn sie sich in diesem Momente trennten, und hielten dem Sturme stand. Die Gesellschaft, die aller Dinge müde wird, wurde bald auch dieser erfolglosen Bosheiten müde. Sprunghaft, wie sie ist, ging sie rasch zu anderen Themen über, und als sie auf dieses zurückkam, wandelte sie mit der ihr eigenen Inkonsequenz den Tadel in Lob um. Da nun hierzulande alles Mode ist, nahm diese Begeisterung immer zu und wurde zu einer richtigen Marotte; nun aber unternahm es Prévan, diesen Wundern auf den Grund zu kommen und der öffentlichen Meinung, ebenso wie der seinen, den rechten Weg zu weisen.

Er suchte sich also diesen Mustern der Vollkommenheit zu nähern. Daß er in ihre Gesellschaft unschwer zugelassen wurde, schien ihm ein günstiges Vorzeichen, denn er wußte wohl, daß glückliche Menschen einem Außenstehenden nicht so leicht Zutritt gewähren. Bald erkannte er denn auch, daß dieses vielgerühmte Glück, wie das der Könige, mehr beneidet als beneidenswert war. Er bemerkte, daß die angeblich Unzertrennlichen anfingen, nach Vergnügen und Zertreuung außerhalb ihres Kreises zu fahnden, und schloß daraus auf eine Lockerung oder gar ein Reißen des Freundschaftsbandes, das nur noch Eitelkeit und Gewohnheit zusammenhielten.

Indessen wahrten die drei Frauen aus einem Bedürfnis heraus noch den Anschein der alten Intimität, während die Männer, in ihren Bewegungen freier, wieder ihren Pflichten oder Geschäften nachgingen. Sie beklagten sich zwar noch über diesen Zwang, entzogen sich ihm aber nicht mehr, und an den Abenden war man nur selten vollzählig beisammen.

Dieser Zustand gereichte dem eifrigen Prévan zum Vorteil, der natürlich Gelegenheit fand, der jeweils verlassenen von den drei Freundinnen abwechselnd seine Huldigung darzubringen. Soviel war ihm klar, daß er bei einer Wahl unter den dreien das Spiel verlieren mußte, da die falsche Scham, die erste Ungetreue zu sein, die Bevorzugte abschrecken würde und die verletzte Eitelkeit die beiden andern in Feindinnen des neuen Liebhabers verwandeln müßte. Sie würden nicht verfehlen, die ganze Strenge der großen Prinzipien ins Feld zu führen, und sicherlich würde die Eifersucht einen Rivalen, der vielleicht noch zu fürchten war, zu neuen Bemühungen anspornen. Beim Angriff gegen eine allein wurde alles zum Hindernis; der Angriff gegen alle drei war kinderleicht. Jede der Frauen war nachsichtig, weil sie selbst beteiligt war, und jeder der Männer, weil er glaubte, er sei es nicht.

Prévan, der damals mit einer einzigen Frau liiert war, die er um der drei willen hätte aufgeben müssen, hatte das Glück, daß diese Schöne Berühmtheit erlangte. In ihrer Eigenschaft als Fremde und durch die recht geschickte Abweisung eines Prinzen von Geblüt, der sich um sie bemühte, hatte sie die Aufmerksamkeit des Hofes und der Stadt auf sich gelenkt, und ihr Geliebter teilte diese Glorie und profitierte davon bei seinen neuen Opfern. Die einzige Schwierigkeit bestand darin, die drei Liebesaffären nebeneinander in gleichem Zeitmaß zu führen; und natürlich mußte sich der Fortgang nach der jeweils am weitesten Zurückbleibenden richten! Einer von Prévans Intimen hat mir anvertraut, daß er die größte Mühe hatte, eine zurückzuhalten, die schon vierzehn Tage vor den andern »aufblühen« wollte.

Endlich kommt der große Tag. Prévan, der bereits die drei Liebesgeständnisse entgegengenommen hat, kann frei verfügen und trifft seine Maßnahmen, wie Sie gleich sehen werden. Von den drei Ehemännern war der eine abwesend; der zweite gedachte am folgenden Tage in aller Frühe abzureisen; der dritte war in der Stadt beschäftigt. Die Unzertrennlichen sollten bei der schönen Fremden, der künftigen Verlassenen, soupieren, aber ihr neuer Gebieter gestattete nicht, daß ihre alten Hausfreunde gleichfalls eingeladen würden. Am Morgen des selbigen Tages machte er aus den Briefen seiner aufgegebenen Geliebten drei Päckchen; dem ersten legte er ein Miniaturporträt bei, das sie ihm geschenkt hatte; dem zweiten ein amouröses Monogramm, das sie mit eigener Hand gezeichnet; dem dritten eine Locke ihres Haars. Jede der drei erhielt so ein Drittel dieses Opfers, als wäre es das ganze, und willigte dafür ein, mit dem in Ungnade gefallenen Liebhaber durch einen fulminanten Abschiedsbrief zu brechen.

Das war viel, aber noch nicht alles. Diejenige, deren Gatte in der Stadt war, konnte nur über den Tag verfügen; es wurde also ausgemacht, daß sie ein Unwohlsein vorschützen, sich von dem Besuch bei der Freundin dispensieren und den späten Nachmittag ganz Prévan widmen sollte; die, deren Mann abwesend war, bewilligte die Nacht; und der frühe Morgen, an dem der dritte Gatte abreisen sollte, wurde von der dritten für die Schäferstunde ausersehen.

Prévan, der nichts außer acht läßt, eilt hierauf zu seiner schönen Fremden, erregt bei ihr das Ärgernis, dessen er bedarf, und geht erst, nachdem er ein Zerwürfnis angezettelt hat, das ihm vierundzwanzig Stunden Freiheit verschafft. Nach so getroffenen Vorbereitungen begibt er sich nach Hause in der Absicht, ein wenig auszuruhen. Doch andere Geschäfte erwarten ihn dort.

Beim Lesen der Abschiedsbriefe war den drei entlassenen Liebhabern ein Licht aufgegangen. Keiner von ihnen zweifelte daran, daß er für Prévan aufgeopfert worden war. Und der Verdruß, zum Narren gehalten worden zu sein, verbunden mit dem Ärger, der aus der kleinen Demütigung des Verlassenwerdens meistens entsteht, brachte sie alle drei voneinander unabhängig, aber zu gleicher Zeit, zu dem Entschluß, ihren glücklichen Nebenbuhler zur Rechenschaft zu ziehen.

Dieser fand also zu Hause drei schriftliche Herausforderungen zum Zweikampf vor und nahm sie in korrekter Weise an. Da er aber weder auf seine Liebesvergnügen noch auf den Eklat seines Abenteuers verzichten wollte, setzte er die Begegnung auf den folgenden Vormittag fest und gab allen dreien den gleichen Ort und die gleiche Stunde an einem der Tore des Bois de Boulogne an.

Der Abend kam, und Prévan lief sein dreifaches Rennen mit stets gleichem Erfolg – jedenfalls hat er sich später gerühmt, daß jede seiner neuen Mätressen dreimal den Schwur und das Unterpfand seiner Liebe empfangen habe. Da, wie Sie richtig bemerken werden, hier die Beweise fehlen, bleibt dem unparteiischen Geschichtsschreiber nichts übrig, als den zweifelnden Leser darauf hinzuweisen, daß Eitelkeit und aufgestachelte Einbildungskraft Wunder wirken können; wozu noch kommt, daß unser Held bei dem Gedanken an den Vormittag, der dieser brillanten Nacht folgen sollte, sich jeder Schonung für die Zukunft enthoben glaubte. Wie dem auch sei, was nun folgt, ist besser erhärtet.

Prévan erschien pünktlich am angegebenen Rendezvousplatz und fand dort seine drei Rivalen vor, die alle überrascht über das unverhoffte Zusammentreffen und vielleicht schon ein wenig getröstet waren, da sie sich als Leidensgenossen erkannten. Er begrüßte sie in höflicher und weltmännischer Weise und hielt ihnen folgende Rede, die man mir getreu berichtet hat.

»Meine Herren«, sagte er, »Ihr Zusammentreffen hier hat Sie erraten lassen, daß Sie alle drei den gleichen Grund zur Klage gegen mich haben. Ich bin bereit, Ihnen Genugtuung zu geben. Lassen Sie durch das Los unter sich entscheiden, wer von Ihnen als erster zur Rache gegen mich antreten soll, zu der Sie alle gleichermaßen berechtigt sind. Ich komme ohne Sekundanten und ohne Zeugen – ich hatte keine für die Beleidigung und brauche keine für die Genugtuung.« Dann fügte er als eingefleischter Spieler hinzu: »Ich weiß, daß man im Pharao einen gewagten Satz nur selten gewinnt, aber, welches Los mich auch erwarten mag, man hat immer genug gelebt, wenn man Zeit gefunden hat, die Liebe der Frauen und die Achtung der Männer zu erwerben.«

Während seine verblüfften Gegner sich schweigend ansahen und ihr Ehrgefühl ihnen vielleicht zu bedenken gab, daß in diesem dreifachen Kampf die Aussichten nicht gleich ständen, nahm Prévan wieder das Wort. »Ich will Ihnen nicht verhehlen«, fuhr er fort, »daß die vergangene Nacht mich grausam mitgenommen hat. Es wäre großmütig von Ihnen, wenn Sie mir erlauben, meinen Kräften ein wenig aufzuhelfen. Ich habe Befehl gegeben, hier ein Frühstück bereitzuhalten. Erweisen Sie mir die Ehre, es mit mir zu teilen. Frühstücken wir also gemeinsam, vor allem frühstücken wir lustig! Man kann sich wegen solcher Bagatellen schlagen, aber sie dürfen uns, meine ich, nicht die Laune verderben.«

Die Einladung zum Frühstück wurde angenommen. Nie – so wird berichtet – war Prévan liebenswürdiger. Er brachte es fertig, keinen seiner Rivalen zu demütigen, sondern überzeugte sie vielmehr davon, daß sie alle mit Leichtigkeit den selben Sieg davongetragen haben würden und vor allem, daß sie sich, genau so wie er, die Gelegenheit dazu nicht hätten entgehen lassen. Nachdem man sich so weit geeinigt hatte, arrangierte sich alles von selbst. Noch war das Frühstück nicht zu Ende, als man wohl zehnmal wiederholt hatte, solche Frauen seien es nicht wert, daß ein Ehrenmann sich für sie schlage. Diese Meinung führte zu einem herzlichen Einvernehmen, das durch den reichlich fließenden Wein noch bekräftigt wurde, mit dem Erfolg, daß man eine Weile später nicht nur jedem Groll absagte, sondern sich unverbrüchliche Freundschaft schwor.

Prévan, dem diese Lösung zweifellos mehr behagte als die andre, wollte trotzdem seines Ruhmes nicht verlustig gehen. Daher änderte er seine Pläne gemäß den neuen Umständen ab und erklärte den drei Herren: »In Wahrheit bin nicht ich es, an dem Sie sich rächen müssen, sondern Ihre ungetreuen Mätressen. Ich biete die Gelegenheit dazu. Schon glaube ich gleich Ihnen den angetanen Schimpf zu fühlen, dem ich nicht lange werde entgehen können; denn wenn es keinem von Ihnen gelang, eine einzige festzuhalten, wie könnte ich hoffen, alle drei an mich zu binden? Ich mache Ihre Klage zu der meinen. Nehmen Sie für heute abend meine Einladung zu einem Souper in meinem geheimen Hause an, und ich werde das Meine tun, daß sich die Befriedigung Ihrer Rache nicht weiter verzögert.« Man verlangte nähere Aufklärungen von ihm, aber er antwortete in dem Ton der Überlegenheit, den ihm die Umstände erlaubten: »Meine Herren, ich glaube Ihnen bewiesen zu haben, daß ich über einige Lebenskunst verfüge. Verlassen Sie sich auf mich.« Alle waren einverstanden, sie umarmten ihren neuen Freund und verabschiedeten sich bis zum Abend, der die Erfüllung seines Versprechens bringen sollte.

Prévan kehrt, ohne Zeit zu verlieren, nach Paris zurück, stattet als galanter Mann jeder seiner neuen Eroberungen einen Besuch ab und erhält von allen dreien die Zusage, am Abend zu einem Souper unter vier Augen in seinen geheimen Pavillon zu kommen. Zwei von ihnen machten zwar einige Schwierigkeiten – aber was kann eine Frau »am Tag danach« noch abschlagen? Er setzte die Rendezvous in Abständen von je einer Stunde fest, wie er es zu seinem Plane brauchte. Nach diesen Vorbereitungen benachrichtigte er seine drei Mitverschworenen, und alle vier erwarteten fröhlich ihre Opfer.

Es kommt die erste. Prévan zeigt sich allein, begrüßt sie voll Eifer

und führt sie in das Allerheiligste, dessen Gottheit sie sich glaubt. Hierauf verschwindet er unter irgendeinem Vorwand, und an seiner Stelle erscheint sogleich der beleidigte Liebhaber.

Sie können sich denken, daß in einem solchen Momente der Verwirrung eine Frau, die keine Übung in Abenteuern hat, zur leichten Beute wird. Jeder nicht erhobene Vorwurf scheint ihr eine Gnade, und die ihrem früheren Herrn wieder Ausgelieferte schätzt sich überglücklich, wenn sie durch Aufnehmen ihrer alten Sklavenkette Verzeihung erhoffen kann. Der Friedensvertrag wurde an einem einsameren Orte besiegelt, und auf die leer gewordene Bühne traten nun der Reihe nach die andern Akteure, die ungefähr die gleiche Szene aufführten; vor allem war der Ausgang immer der gleiche.

Noch glaubte jede der Damen allein im Spiel zu sein. Wie groß aber war das Erstaunen und die Verlegenheit, als sich beim Souper die drei Paare zusammenfanden! Den Höhepunkt erreichte die Bestürzung, als Prévan inmitten der Versammelten erschien und die Grausamkeit hatte, sich vor den drei Ungetreuen in einer Art zu entschuldigen, die ihr Geheimnis enthüllte und ihnen mit allen Einzelheiten offenbarte, wie häßlich ihnen mitgespielt worden war.

Indessen nahm man an der Tafel Platz und gewann allmählich die Fassung wieder: die Männer gingen aus sich heraus, die Frauen schmiegten sich ihnen demütig an. Alle trugen Haß im Herzen, aber die getauschten Reden waren darum nicht weniger zärtlich: die Munterkeit erweckte das Begehren, das seinerseits ihr neuen Reiz verlieh. Diese erstaunliche Lustbarkeit dauerte bis zum Morgen, und als man sich trennte, konnten die Frauen glauben, es sei ihnen verziehen. Aber die Männer, die ihren Groll nicht vergessen hatten, führten am Tage darauf einen irreparablen Bruch herbei; und nicht zufrieden damit, ihre leichtfertigen Liebchen zu verlassen, vervollständigten sie ihre Rache, indem sie die Geschichte in Umlauf brachten. Seither ist die eine der drei im Kloster, und die beiden andern schmachten auf ihren Gütern in der Provinz.

Das ist Prévans großes Abenteuer. Es steht bei Ihnen, ob Sie seinen Ruhm noch vermehren und sich an seinen Triumphwagen anspannen lassen wollen. Ihr Brief hat mich aufrichtig beunruhigt, und ich erwarte voll Ungeduld eine vernünftigere und klarere Antwort auf den letzten, den ich Ihnen schrieb.

Adieu, meine schöne Freundin. Mißtrauen Sie den schnurrigen oder bizarren Einfällen, von denen Sie sich allzu leicht verführen lassen. Bedenken Sie, daß in der Laufbahn, die Sie verfolgen, der Esprit allein nicht genügt und daß eine einzige Unvorsichtigkeit unheilbaren Schaden anrichten kann. Und lassen Sie sich gefallen, daß behutsame Freundschaft Sie manchmal auf dem Wege Ihrer Vergnügungen berät.

Adieu. Ich liebe Sie dennoch genauso, als wären Sie vernünftig.

Schloß ..., den 18. September 17..

80. Brief **Chevalier Danceny an Cécile Volanges**

Cécile, meine teure Cécile, wann kommt die Zeit, wo wir uns wiedersehen? Wer wird mich fern von Ihnen zu leben lehren? Wer mir die Kraft und den Mut dazu verleihen? Niemals, nein niemals wird es mir möglich sein, diese unselige Trennung zu ertragen. Jeder Tag mehrt meinen Schmerz, und es ist kein Ende abzusehen! Valmont, der mir seine Hilfe, seinen Trost zusagte, Valmont läßt mich im Stich, hat mich vielleicht schon vergessen. Er ist dem geliebten Wesen nahe; er weiß nicht mehr, was man leidet, wenn man von ihm fern sein muß. Er hat mir Ihren letzten Brief geschickt und keine Zeile dazu geschrieben. Und doch ist's er, durch den ich erfahren soll, wann ich Sie wiedersehen kann und wie das zu bewerkstelligen sei. Hat er mir denn gar nichts zu sagen? Auch Sie schreiben mir nichts mehr von Wiedersehen – teilen Sie denn nicht mehr mein Verlangen? Oh, Cécile, Cécile, ich bin sehr unglücklich! Ich liebe Sie mehr, als ich Sie jemals geliebt habe; aber die Liebe, die das ganze Glück meines Lebens ausmacht, wird mir nun zur Pein.

Nein, ich kann nicht mehr so weiterleben; ich muß Sie sehen, muß es um jeden Preis, wäre es auch nur für einen Augenblick. Frühmorgens, wenn ich aufstehe, sage ich zu mir: »Ich werde sie heute nicht sehen.« Und am Abend, wenn ich mich niederlege, sage ich: »Ich habe sie nicht gesehen.« Die langen Tage haben keine Minute des Glückes für mich. Alles ist Entbehrung, alles Bedauern, alles Verzweiflung; und alle diese Leiden kommen von dort, woher ich alle meine Freuden erwartete! Denken Sie sich zu diesen quälenden Schmerzen noch meine Beunruhigung über die Ihren hinzu, und Sie haben ein Bild von meinem Zustand. Ich denke unablässig an Sie und nie ohne Qual. Wenn ich Sie mir betrübt und unglücklich vorstelle, erleide ich alle Ihre Schmerzen, wenn aber ruhig und getröstet, dann verdoppeln sich die meinen. Überall finde ich das Unglück.

Ach, wie anders war es, als Sie noch in der selben Stadt waren wie ich! Damals war alles Freude. Die Gewißheit, daß ich Sie sehen würde, verschönte selbst die Momente der Trennung; die Zeit, die ich fern von Ihnen verbringen mußte, näherte mich Ihnen, indem sie Stunde auf Stunde verrann. Was ich in jener Zeit tat, war immer auf Sie bezogen. Wenn ich meine Pflichten erfüllte, wurde ich dadurch Ihrer würdiger; wenn ich ein Talent ausübte, hoffte ich Ihnen damit besser zu gefallen. Selbst wenn mich die Zerstreuungen der Welt von Ihnen entfernten, blieb ich Ihnen doch immer nahe. Im Theater suchte ich zu erraten, was Ihnen wohl gefallen hätte; ein Konzert erinnerte mich an ihre Talente und unser liebes Musizieren. In Gesellschaften wie auf Promenaden spähte ich nach Ähnlichkeiten mit Ihnen aus. Ich verglich Sie mit allen Frauen, und immer trugen Sie den Preis davon. Jeder Augenblick des Tages war wie eine neue Huldigung an Sie, und jeden Abend legte ich sie alle Ihnen als Tribut zu Füßen.

Und jetzt – was ist mir geblieben? Schmerzliche Trauer, endloses Entbehren und ein schwacher Hoffnungsschimmer, daß das Schweigen Valmonts einmal aufhören und das Ihre sich in Unruhe verwandeln werde. Zehn Wegstunden nur trennen uns, und diese Strecke, die sich so leicht zurücklegen läßt, wird für mich allein zum unübersteiglichen Hindernis! Und wenn ich meinen Freund und meine Gebieterin anflehe, mir zu helfen, es zu überwinden, bleiben beide kalt und ruhig! Weit davon entfernt, mir beizustehen, antworten sie mir nicht einmal.

Was ist nur aus der tätigen Freundschaft Valmonts geworden? Was vor allem aus Ihren zärtlichen Gefühlen, die Sie so erfinderisch machten, so daß Sie immer Wege fanden, uns täglich zu sehen? Manchmal, ich entsinne mich noch, sah ich mich genötigt, diesen Wunsch, so brennend er war, ernsten Rücksichten und Pflichten zu opfern. Was sagten Sie mir dann nicht alles, mit welchen nichtigen Einwänden bekämpften Sie meine Gründe? Und erinnern Sie sich daran, meine Cécile, daß jedesmal Ihr Wunsch meine Gründe besiegte. Ich mache mir daraus kein Verdienst; ich hatte ja nicht einmal ein Opfer zu bringen. Was Sie verlangten, tat ich ja nur zu gern. Aber heute bitte auch ich. Und worum bitte ich Sie? Sie eine kurze Weile lang sehen zu dürfen, um meinen Schwur ewiger Liebe zu erneuern und den Ihren zu empfangen. Macht dies denn nicht mehr Ihr Glück aus so wie das meine? Ich weise diesen verzweiflungsvollen Gedanken, der mein Unglück unermeßlich machen würde, weit von mir. Nicht wahr, Sie lieben mich, werden mich immer lieben; ich weiß es, ich bin dessen sicher, will niemals daran zweifeln – aber mein Zustand ist entsetzlich, und ich kann ihn nicht länger ertragen. Adieu, Cécile.

Paris, den 18. September 17..

81. Brief **Marquise de Merteuil an Vicomte de Valmont**

Wie bemitleide ich Sie wegen Ihrer Befürchtungen! Wie deutlich beweisen sie mir meine Überlegenheit über Sie! Und Sie wollen mich lehren, wie ich mich zu betragen habe? Ach, mein armer Valmont, was für ein Abstand ist noch zwischen Ihnen und mir! Der ganze Hochmut Ihres Geschlechts genügte nicht, ihn zu überbrücken. Weil Sie meine Pläne nicht ausführen könnten, halten Sie sie für unausführbar! Oh, Du überhebliches, schwaches Geschöpf, es steht Dir wohl zu, meinen Möglichkeiten nachzurechnen und über meine Hilfsmittel zu urteilen! Im Ernst, Vicomte, Ihre Ratschläge haben mir die Laune verdorben, und ich kann es Ihnen nicht verhehlen.

Um Ihre unglaubliche Ungeschicklichkeit bei Ihrer Präsidentin zu bemänteln, stellen Sie es mir als Triumph hin, daß Sie diese Frau, die schüchtern ist und, wie ich zugeben will, Sie liebt, einen Moment lang aus der Fassung brachten und von ihr einen Blick, einen einzigen Blick erlangten. Nun wohl, ich lächle und lasse es Ihnen durchgehen. Sie hoffen ferner, die sich Ihnen aufdrängende Einsicht von der Schwächlichkeit Ihres Verhaltens meiner Aufmerksamkeit dadurch zu entziehen, daß Sie schmeichlerisch meine erlesene Bemühung loben, zwei Kinder einander zu nähern, die beide nichts sehnlicher wünschen, als einander zu sehen, und die, nebenbei gesagt, die Glut ihres Verlangens mir verdanken. Auch dies sei Ihnen gestattet. Endlich leiten Sie aus diesen glanzvollen Taten das Recht ab, mir in lehrhaftem Ton zu versichern, daß man seine Zeit besser auf die Ausführung als auf die Erzählung seiner Pläne verwende. Diese Eitelkeit tut mir nicht weh, und ich verzeihe sie Ihnen. Aber daß Sie sich im Glauben wiegen können, ich hätte Ihre Klugheit nötig und würde auf Irrwege geraten, wenn ich nicht Ihre Ratschläge befolgte, daß ich dem Gehorsam gegen Sie ein Vergnügen, eine Laune opfern soll – wahrhaftig, Vicomte, da überschätzen Sie doch das Vertrauen, das ich in Sie zu setzen beliebe!

Was haben Sie denn geleistet, das ich nicht tausendfach überträfe? Sie haben viele Frauen verführt, ja sogar zugrunde gerichtet. Aber welche Schwierigkeiten hatten Sie zu bewältigen, welche Hindernisse zu überwinden? Wo ist das Verdienst, das wirklich nur Ihnen zugehört? Ein hübsches Gesicht – purer Zufall; angenehme Manieren – lassen sich leicht durch Übung erlernen; Esprit – das ist wahr –, aber er wird zur Not durch zweideutiges Geschwätz ersetzt; eine recht löbliche Dreistigkeit, die Sie vielleicht nur der Leichtigkeit Ihrer ersten Erfolge verdanken. Das sind, wenn ich nicht irre, alle Ihre Mittel; denn was die von Ihnen erworbene Berühmtheit betrifft, so werden Sie wohl nicht von mir verlangen, daß ich die Kunst, einen öffentlichen Skandal zu erregen oder die Gelegenheit dazu herbeizuführen, besonders hoch bewerte.

Um noch Ihre Klugheit, Ihre Durchtriebenheit zu erwähnen, so will ich von mir gar nicht sprechen, aber welche Frau hätte davon nicht mehr als Sie? Ei, Ihre Präsidentin führt Sie ja am Bändel wie ein Kind!

Glauben Sie mir, Vicomte, man erwirbt nur selten die Eigenschaften, deren man entraten kann. Als Kämpfer, der nichts einsetzt, bedürfen Sie nicht der Vorsicht. Für Euch Männer ist eine Niederlage nur ein Erfolg weniger. In diesem ungleichen Spiel besteht unser Glück darin, nicht zu verlieren, und Euer Unglück darin, nicht zu gewinnen. Wenn ich Ihnen auch so viele Talente zubilligte wie uns Frauen, wären wir dennoch gezwungen, sie weit zu übertreffen, da wir uns in der ständigen Notwendigkeit befinden, von ihnen Gebrauch zu machen.

Nehmen wir einmal an, daß Sie ebensoviel Geschicklichkeit darauf verwenden, uns zu besiegen, wie wir uns zu verteidigen oder uns zu ergeben, so werden Sie mir doch wenigstens einräumen müssen, daß diese Geschicklichkeit für Sie überflüssig wird, sobald Sie Erfolg gehabt haben. Einzig mit Ihrer neuen Neigung beschäftigt, geben Sie sich ihr ohne Furcht, ohne Rückhalt hin; wie lange sie dauern mag, kümmert sie wenig.

Diese süßen Bande – um in der üblichen Sprache der Liebe zu reden – haben Sie als Mann allein die Macht, nach Ihrem Belieben zu festigen oder zu lösen; und wir Frauen müssen uns noch glücklich schätzen, wenn Sie in Ihrer Leichtfertigkeit die Verschwiegenheit dem Skandal vorziehen und, sich mit dem demütigenden Verlassen begnügend, die Göttin von gestern nicht zum Opfer von heute machen.

Fühlt aber eine unselige Frau zuerst den Druck ihrer Fesseln, wie vielen Gefahren setzt sie sich aus, wenn sie es wagt, sich ihnen zu entziehen oder auch nur sie zu lockern! Zitternd nur versucht sie, den Mann von sich zu entfernen, den ihr Herz wild zurückstößt. Beharrt er darauf, zu bleiben, so muß sie das, was ihr die Liebe gewährte, nun der Furcht hingeben.

Noch öffnen sich ihre Arme, wo doch ihr Herz sich verschließt.

Die Klugheit der Frau muß nun geschickt das Band aufknüpfen, das Sie gewaltsam zerrisssen hätten. Dem Feinde auf Gnade und Ungnade ausgeliefert, ist sie hilflos, wenn er ohne Großmut ist. Und wie sollte sie Großmut von Ihm erhoffen, da man einen Mann, der solche übt, wohl manchmal lobt, aber nie diejenigen tadelt, die ihrer ermangeln?

Gewiß werden Sie diese Wahrheiten nicht leugnen, die durch ihre Sonnenklarheit schon trivial geworden sind. Sehen Sie hingegen mich an, wie ich über Ereignisse und Meinungen verfüge, wie ich aus diesen so fürchterlichen Männern ein Spielzeug meiner Launen mache, den einen des Willens, den andern der Macht beraubend, mir zu schaden, wie ich, meinen flatterhaften Neigungen folgend, »diese entthronten Tyrannen, die zu Sklaven geworden sind«, bald eng an mich binde, bald weit von mir zurückstoße. Wenn in allen diesen häufigen Umwälzungen mein Ruf dennoch unangetastet bleibt, müssen Sie dann daraus nicht schließen, daß ich, geboren mein Geschlecht zu rächen und das Ihre zu meistern, es verstanden habe, mir Mittel zu schaffen, die bis auf mich unbekannt waren?

Ah, heben Sie doch Ihre Ratschläge und Befürchtungen für jene unbeherrschten Frauen auf, die sich gefühlvoll nennen und deren exaltierte Phantasie glauben machen könnte, daß die Natur die Sinne in ihren Kopf versetzt hat. Diese Geschöpfe haben nie nachgedacht, sie verwechseln immerfort die Liebe mit dem Geliebten, glauben in ihrer törichten Illusion, daß der, bei dem sie die Wollust suchten, der einzige ist, der über sie verfügt, sind mit einem Wort abergläubische Wesen, welche dem Priester den Glauben und die Achtung entgegenbringen, die allein dem Gotte gebührt.

Fürchten Sie auch für jene, die, mehr eitel als klug, nicht wissen, wann sie einwilligen sollen, daß man sie verläßt.

Zittern Sie ganz besonders für die in ihrem Müßiggang immer erregten Frauen, die man empfindsam zu nennen pflegt und derer die Liebe sich so leicht und mit solcher Gewalt bemächtigt, daß sie ihr noch immer alle Gedanken weihen, auch wenn sie sie nicht mehr genießen. Hingegeben dem Brodeln ihres Gemütes, verfassen sie zärtliche Briefe, die zu schreiben doch so gefährlich ist, und schrecken nicht davor zurück, diese Beweise ihrer Schwäche dem Gegenstand ihres Sehnens zukommen zu lassen. Oh, über die unklugen Frauen, die in ihrem gegenwärtigen Geliebten den künftigen Feind nicht zu erkennen wissen!

Doch ich, was habe ich mit diesen unbesonnenen Geschöpfen gemeinsam? Wann haben Sie gesehen, daß ich von den Regeln abweiche, die ich mir vorgeschrieben habe, und daß ich meine Prinzipien verleugne? Ich sage *meine Prinzipien*, und ich sage es mit Absicht; denn sie sind nicht, wie die der andern Frauen, vom Zufall geboren, ohne Prüfung hingenommen und aus Gewohnheit befolgt: sie sind Ergebnisse meines reiflichen Nachdenkens, ich habe sie geschaffen und kann sagen, daß ich mein eigenes Werk bin.

Zu einer Zeit in die Gesellschaft eingeführt, da ich, noch unverheiratet, durch mein Mädchentum zum Schweigen und zur Passivität verurteilt war, benutzte ich diesen Umstand, um zu beobachten und nachzudenken. Man hielt mich für unbesonnen und zerstreut, und in der Tat hörte ich kaum auf die Reden, die man mir geflissentlich hielt, lauschte aber um so sorgfältiger auf diejenigen, die man vor mir zu verbergen suchte.

Diese nützliche Neugierde, die zu meiner Unterweisung diente, lehrte mich auch die Verstellung. Da ich häufig gezwungen war, mein Interesse für dies oder das vor den Augen der andern zu verhehlen, übte ich mich darin, die meinen nach meinem Willen zu beherrschen; und so gelang es mir, nach Belieben jenen zerstreuten Blick anzunehmen, den Sie an mir so oft gelobt haben. Durch diesen ersten Erfolg ermutigt, versuchte ich, in der gleichen Weise die Bewegungen meines

Gesichts zu regeln. Empfand ich irgendeinen Kummer, so verlegte ich mich darauf, die Miene heiterer Gelassenheit und sogar der Freude anzunehmen; ja, ich trieb den Eifer so weit, daß ich mir absichtlich Schmerzen zufügte und mich währenddessen um den Ausdruck innigen Vergnügens bemühte. Auf diese Weise errang ich mir jene Herrschaft über mein Mienenspiel, die Sie zuweilen so verwundert hat.

Ich war damals noch sehr jung und ziemlich uninteressiert, aber mein Denken hatte ich ganz für mich, und ich empörte mich bei der Vorstellung, daß man es mir rauben oder wider meinen Willen meinen Gedanken auf die Spur kommen könnte. Mit diesen ersten Waffen versehen, machte ich mich an ihren Gebrauch: nicht zufrieden damit, mich nicht durchschauen zu lassen, zeigte ich mich unter verschiedenen Masken. Meiner Gebärden war ich sicher und achtete nun auf meine Reden, stimmte diese auf jene je nach den Umständen, oft auch je nach Laune, ab. Von diesem Moment an gehörte meine Denkungsart mir allein, und ich zeigte nur, was sehen zu lassen mir nützlich schien.

Durch diese Arbeit an mir selbst wurde meine Aufmerksamkeit auf den Ausdruck der Gesichter und die Eigentümlichkeit der verschiedenen Physiognomien gelenkt. Ich gewann dabei den durchdringenden Scharfblick, dem zwar, wie die Erfahrung mich gelehrt hat, nicht ganz zu trauen ist, der mich aber, alles in allem genommen, nur selten getäuscht hat.

Ich war noch nicht fünfzehn Jahre alt, besaß bereits die Fähigkeiten, denen unsere Staatsmänner einen guten Teil ihres Rufes verdanken, steckte aber doch noch in den Anfangsgründen der Wissenschaft, die ich erlernen wollte.

Sie können sich denken, daß ich, wie alle jungen Mädchen, hinter die Geheimnisse der Liebe und ihrer Freuden zu kommen suchte. Da ich aber nie im Kloster gewesen war, auch keine gute Freundin hatte und von meiner Mutter aufs strengste überwacht wurde, machte ich mir darüber nur ganz unbestimmte Vorstellungen. Selbst mein Körper, über den ich mich später wahrhaftig nicht zu beklagen haben sollte, gab mir damals nicht den geringsten Wink. Es war, als arbeitete die Natur im stillen an der Vollendung ihres Werkes. In meinem Kopfe allein gärte es. Ich dachte nicht daran, zu genießen, ich wollte wissen; und das Verlangen, mich zu unterrichten, gab mir das richtige Mittel ein.

Ich wußte, daß der einzige Mann, mit dem ich, ohne mich zu kompromittieren, über das Thema sprechen konnte, mein Beichtvater war. Sofort traf ich meinen Entschluß: mein Schamgefühl überwindend, rühmte ich mich vor ihm einer Sünde, die ich nicht begangen hatte, und klagte mich an, alles getan zu haben, »was die Frauen tun«. Genau so drückte ich mich aus; aber als ich so sprach, wußte ich in Wirklichkeit nichts von dem Sinn meiner Worte. Meine Hoffnung wurde nicht ganz enttäuscht, doch auch nicht völlig erfüllt, denn die Furcht, mich zu verraten, hinderte mich, alles zu erfahren. Aber der gute Pater machte mir die Hölle so heiß, daß ich daraus auf die Riesengröße der Lust schloß. So folgte meinem Drang nach Wissen der Wunsch, sie zu verkosten.

Wer weiß, wohin mich dieser Wunsch noch geführt haben würde; ich war damals jeder Erfahrung bar, und vielleicht hätte mich die erstbeste Gelegenheit ins Verderben gestürzt. Zum Glück für mich kündigte mir meine Mutter kurz darauf meine baldige Heirat an. Die Gewißheit, demnächst alles zu erfahren, benahm mir sofort meine Neugierde, und ich kam jungfräulich in die Arme des Herrn de Merteuil.

Ich erwartete seelenruhig den Moment, der mich aufklären sollte, und ich bedurfte aller meiner Kunst, um Verlegenheit und Angst vorzutäuschen. Diese erste Nacht, von der man sich gemeinhin eine so grausame oder so angenehme Vorstellung macht, bot mir nur die Gelegenheit, meine Kenntnisse zu erweitern: Schmerz und Lust, ich beobachtete beides genau und betrachtete diese verschiedenen Empfindungen nur als Tatsachen, die zu erfassen und zu bedenken sind.

Dieses Studium begann mir bald zu gefallen; doch getreu meinen Prinzipien und in dem vielleicht instinktiven Gefühl, daß ich niemandem mein Vertrauen weniger schenken dürfe als meinem Gatten, beschloß ich, gerade weil ich wollüstig war, mich vor ihm kalt und unempfindlich zu geben. Diese scheinbare Kälte wurde in der Folge zum unerschütterlichen Fundament seines blinden Vertrauens. Eine weitere Überlegung bewog mich, eine Ausgelassenheit zu mimen, zu der mich meine Jugend berechtigte, und nie kam ich ihm kindlicher vor, als wenn ich ihn am dreistesten betrog.

Freilich, in der ersten Zeit ließ ich mich von dem Taumel der Welt mitreißen und gab mich ganz ihren nichtigen Zertreuungen hin. Aber als mich Herr de Merteuil nach einigen Monaten auf sein trübseliges

Landgut führte, weckte die Furcht vor der Langeweile wieder die Lust zum Studium in mir. Und da ich dort nur von Leuten umgeben war, die tief unter mir standen, was jeden Verdacht ausschloß, machte ich mir dies zunutze, indem ich meine Experimente auf ein weiteres Gebiet ausdehnte. Dort vor allem habe ich mich davon überzeugt, daß die große Liebe, die man als Quelle unserer Freuden rühmt, ihnen höchstens als Vorwand dient.

Die Erkrankung des Herrn de Merteuil unterbrach mich in diesen angenehmen Beschäftigungen. Ich mußte mit ihm nach Paris zurück, wo er ärztliche Hilfe suchte. Er starb bald darauf, wie Sie wissen, und obwohl ich alles in allem keinen Grund zur Klage gegen ihn hatte, wußte ich doch den Wert der Freiheit, die mir die Witwenschaft schenkte, sehr zu schätzen und gelobte mir, davon gehörig zu profitieren.

Meine Mutter erwartete, daß ich ins Kloster gehen oder zu ihr zurückkehren würde. Ich schlug das eine wie das andere ab, und alles, was ich dem Anstand opferte, war, daß ich auf das Landgut zurückreiste, wo mir noch einige Beobachtungen zu machen blieben.

Ich unterbaute mein Wissen mit Hilfe der Lektüre. Aber glauben Sie ja nicht, daß alles, was ich las, von der Art war, die Sie meinen. Ich studierte in den Romanen unsere Sitten und in den Philosophen unsere Ansichten; ich ging sogar so weit, mich in den strengsten Moralisten über das zu unterrichten, was sie von uns fordern, und wußte nun genau, was man tun kann, was man denken soll und was man scheinen muß. Einmal im klaren über diese drei Punkte, fand ich, daß nur der letzte in seiner Ausführung einige Schwierigkeiten bot. Ich hoffte sie zu überwinden und sann über die Mittel dazu nach.

Die Vergnügungen des Landlebens begannen mich zu langweilen – es gab mir zu wenig Abwechslung für meinen tatendurstigen Geist –, ich fühlte ein Bedürfnis nach kokettem Spiel, das mich der großen Liebe näher bringen sollte; nicht um sie wirklich zu empfinden, sondern um sie einzuflößen und vorzutäuschen. Was man mir gesagt und was ich gelesen hatte, daß man die Liebe nicht vortäuschen könne, das glaubte ich nicht. Immerhin sah ich ein, daß es zu diesem Zweck nötig war, die Phantasie eines Autors mit dem Talent eines Schauspielers zu verbinden. Ich übte mich in beidem und, wie mir schien, mit einigem Erfolg. Aber mir war nicht daran gelegen, den nichtigen Applaus des

Theaters einzuheimsen, nein, ich beschloß, diese schauspielerischen Fähigkeiten, die so vielen zur Befriedigung ihrer Eitelkeit dienen, einzig zu meinem Glück zu nutzen.

Ein Jahr verstrich mit diesen mannigfachen Beschäftigungen. Meine Trauerzeit war abgelaufen, ich durfte wieder in der Welt erscheinen und kehrte mit meinen großen Plänen nach Paris zurück. Auf die Schwierigkeit, die sich mir gleich in den Weg stellte, war ich freilich nicht gefaßt gewesen.

Die lange Einsamkeit und Zurückgezogenheit hatten mir einen Anstrich von Sittenstrenge verliehen, der gerade unsere liebenswürdigsten Herren abschreckte: sie hielten sich von mir fern und überließen mich einer Schar von Langweiligen, die sich alle um meine Hand bewarben. Es war nicht schwer, sie abzuweisen, aber viele dieser Körbe mißfielen meinen Verwandten, und ich verlor mit diesem Familienärger die Zeit, von der ich mir eine so charmante Verwendung versprochen hatte. Um die einen zu mir zurückzulocken, die andern zu entfernen, sah ich mich genötigt, einige Unbesonnenheiten zur Schau zu tragen, und die Sorgfalt, mit der ich meinen Ruf zu wahren gedacht hatte, zu seiner Schädigung zu benutzen. Das gelang mir leicht, wie Sie sich denken können. Aber da ich nie von Leidenschaft hingerissen wurde, tat ich nur das Notwendigste und dosierte meine kleinen Streiche mit großer Vorsicht. Sobald ich meinen Zweck erreicht hatte, kehrte ich wieder auf den rechten Weg zurück und schrieb die Ehre meiner Besserung dem Einfluß einiger jener Frauen zu, die, weil ihnen das Talent, Vergnügen zu machen, fehlt, sich auf Würde und Tugend verlegen. Dieser Schachzug nützte mir mehr, als ich gehofft hatte. Die dankbaren Duennas warfen sich zu meinen Ehrenretterinnen auf, und ihr blinder Eifer für das, was sie ihr Werk nannten, ging so weit, daß beim geringsten Gerede, das man sich über mich erlaubte, die ganze Partei der Prüden Zeter und Mordio schrie. Das gleiche Mittel verhalf mir zur Unterstützung durch die Frauen mit den lockeren Absichten. In der Überzeugung, daß ich darauf verzichtete, im selben Fahrwasser zu segeln wie sie, sangen sie jedesmal mein Lob, wenn sie beweisen wollten, daß sie den andern nicht nur Böses nachsagten.

Inzwischen hatte ich durch meine frühere Aufführung auch die Liebhaber wieder herangelockt. Um nun zwischen ihnen und meinen getreuen Gönnerinnen meine Stellung zu wahren, spielte ich die zwar nicht unempfindliche, aber schwierige Frau, der ihr übermäßiges Ehrgefühl die Waffen gegen die Liebe lieferte.

Damals begann ich auf der großen Bühne die Talente zu gebrauchen, die ich in mir entwickelt hatte. Meine erste Sorge war, in den Ruf der Unbesieglichkeit zu gelangen. Um dies zu erreichen, wußte ich es so einzurichten, daß gerade die Männer, die mir gar nicht gefielen, sich in der Öffentlichkeit um meine Gunst bewerben durften. Ich benutzte sie geschickt, um mir die Ehre keuschen Widerstands zu verschaffen, während ich mich insgeheim ohne Furcht dem erwählten Geliebten hingab. Dieser freilich erhielt – angeblich wegen meiner großen Schüchternheit – nie die Erlaubnis, mir in die Öffentlichkeit zu folgen, so daß die Augen der Gesellschaft stets nur auf den unglücklichen Verehrer gerichtet waren.

Sie wissen, wie rasch ich mich entscheide. Ich tue das, weil ich bemerkt habe, daß es fast immer die vorhergehenden Bemühungen sind, durch die das Geheimnis einer Frau an den Tag kommt. Wie immer man sich anstrengen mag, der Ton ist vor und nach dem Erfolg nicht der gleiche. Dieser Unterschied entgeht dem aufmerksamen Beobachter nicht, und ich habe es weniger gefährlich gefunden, mich in der Wahl zu irren, als mich zu verraten. Auf diese Weise entgehe ich auch allen Wahrscheinlichkeitsschlüssen, nach denen allein die Welt uns beurteilt.

Diese Vorsichtsmaßnahmen wie auch die, nie etwas Schriftliches aus der Hand zu geben, nie einen Beweis für meine Niederlage zu liefern, mögen übertrieben erscheinen und sind mir doch immer noch unzureichend vorgekommen. Indem ich in mein eigenes Herz hinabstieg, ergründete ich das der andern und sah, daß es keinen Menschen gibt, der darin nicht ein Geheimnis aufbewahrt, das er nicht entschleiern lassen möchte. Diese Wahrheit scheint in alten Zeiten besser bekannt gewesen zu sein als in der unsern, wofür die Geschichte von Simson vielleicht nur ein geistreiches Gleichnis ist. Eine neue Delila, habe ich, gleich ihr, meine Macht als Weib nur dazu benutzt, diesem wichtigen Geheimnis auf die Spur zu kommen. Oh, von wie vielen unserer modernen Simsons halte ich das Haar unter meiner Schere! Und alle diese hörte ich zu fürchten auf; sie sind die einzigen, die ich mir manchmal zu demütigen erlaube. Mit den andern benahm ich mich geschmeidiger: die Kunst, sie zuerst untreu werden zu lassen, um mir den Vorwurf der Flatterhaftigkeit zu ersparen; vorgetäuschte Freundschaft, scheinbares Vertrauen, ein Air von Großmut; die schmeichelhafte Vorstellung, in der sich jeder sonnte, mein einziger Geliebter gewesen zu sein – all das hat mir ihre Verschwiegenheit eingetragen. Wenn diese Mittel versagten und ich einen Bruch voraussah, kam ich den schlimmen Reden dieser gefährlichen Männer dadurch zuvor, daß ich sie lächerlich machte oder verleumdete.

Was ich Ihnen da erzähle, sehen Sie mich in meinem Leben seit Jahren ausüben – und Sie zweifeln noch an meiner Vorsicht? Denken Sie doch an die Zeit zurück, wo Sie sich zuerst um mich bemühten. Nie hat mir eine Huldigung so sehr geschmeichelt, denn ich begehrte Sie schon, bevor ich Sie sah. Ihr Renommee lockte mich, und mir war, als fehlten Sie meinem Ruhme. Ich lechzte nach diesem erbitterten Ringen, und dies war die einzige meiner Neigungen, die für eine kurze Zeit mich übermächtig beherrschte. Und dennoch: Wenn Sie beabsichtigt hätten, mich zugrunde zu richten, welche Mittel wären Ihnen zu diesem Zweck zu Gebote gestanden? Verhallende Worte, die keine Spur hinterlassen, die Ihr Ruf allein verdächtig gemacht haben würde; eine Reihe von Begebnissen ohne Wahrscheinlichkeit, deren getreue Erzählung sich wie ein schlecht zusammengeklitterter Roman ausgenommen haben würde. Es ist wahr, daß ich Ihnen seither meine Geheimnisse ausgeliefert habe; aber Sie wissen, welche Interessen uns zusammenschmieden und ob von uns beiden ich es bin, die man unvorsichtig nennen kann *.

Da ich gerade dabei bin, Sie über mich aufzuklären, will ich es mit Genauigkeit tun. Sicherlich werden Sie sagen, daß ich doch wenigstens meiner Kammerjungfer auf Gnade und Ungnade ausgeliefert sei. Ich gebe zu, daß, wenn sie auch nicht in das Geheimnis meiner Gedanken eingeweiht ist, sie doch meine Handlungen kennt. Als Sie sich früher einmal bei mir nach ihr erkundigten, antwortete ich Ihnen nur, daß ich ihrer sicher sei. Und der Beweis dafür, daß diese Antwort

* Man wird in der Folge, nämlich im hundertzweiundfünfzigsten Brief, zwar nicht das Geheimnis des Herrn de Valmont erfahren, aber doch ungefähr von welcher Art es ist, und der Leser wird begreifen, daß er über diesen Punkt nicht näher aufgeklärt werden konnte.

Ihnen genügte, ist, daß Sie ihr seitdem Geheimnisse anvertraut haben, deren Entdeckung Ihnen gefährlich werden könnte. Aber jetzt, da Prévan Ihre Eifersucht erregt und Sie darüber den Kopf verlieren, dünkt mich, daß Sie mir auf mein bloßes Wort hin nicht mehr glauben. Ich muß also ausführlicher werden.

Erstens ist dieses Mädchen meine Milchschwester, und dieser Verwandtschaftsgrad, auf den unsereins wenig Wert legt, bedeutet für die Leute ihres Standes viel. Ferner kenne ich ihr Geheimnis; ja noch mehr: ich habe sie ganz in der Hand. Das Mädchen hat sich aus Liebe zu einer großen Torheit hinreißen lassen und wäre verloren, wenn ich sie nicht gerettet hätte. Ihre Eltern, die viel von Ehre schwatzten, hatten nichts Geringeres vor, als sie einsperren zu lassen. Sie wandten sich an mich. Auf den ersten Blick erkennend, wie mir ihr Zorn zustatten kommen konnte, goß ich noch Öl ins Feuer und erwirkte bei den Behörden den Haftbefehl. Dann aber schwenkte ich plötzlich zur Milde um und gewann auch die Eltern dafür. Ich benützte meine Beziehungen zu unserem alten Minister und ließ mir den Haftbefehl aushändigen, woraus mir mit Einwilligung aller Beteiligten das Recht erwuchs, seine Vollstreckung anzuordnen oder einstellen zu lassen, je nach der Führung des Mädchens. Sie weiß also, daß ihr Schicksal in meiner Hand liegt, und wenn sie, was mir kaum möglich scheint, sich selbst durch diese mächtigen Beweggründe nicht abhalten ließe, so ist es doch klar, daß die Enthüllung ihres Vergehens und die darauffolgende Strafe ihren Aussagen alle Glaubwürdigkeit nähmen.

Zu diesen Vorsichtsmaßnahmen, die ich die grundlegenden nennen möchte, kommen noch tausend andere, die ich je nach Ort und Gelegenheit mit Vorbedacht oder aus Gewohnheit treffe. Einzeln betrachtet, mögen sie kleinlich erscheinen, in der Praxis sind sie sehr wichtig, und Sie müßten schon versuchen, sie aus dem Gesamtbild meines Lebens herauszulesen, wenn Sie sie alle kennenlernen wollten.

Aber daß ich alle die Sorgfalt angewendet haben sollte, um ihre Früchte nicht zu ernten, daß ich, nachdem ich mich durch mühselige Arbeit über die andern Frauen erhoben habe, einwilligen sollte, wie jene zwischen Unvorsichtigkeit und Verzagtheit meinen Weg zu tappen, daß mir endlich aus Angst vor einem Mann nichts andres übrigbleiben sollte, als in der Flucht mein Heil zu suchen – nein, Vicomte, niemals, das können Sie nicht von mir verlangen! Ich muß siegen oder untergehen. Und nun zu Prévan: ich will ihn haben und werde ihn haben; er will es sagen und wird es nicht sagen. Das ist in zwei Worten unser Roman. Adieu. Paris, den 20. September 17..

82. Brief **Cécile Volanges an Chevalier Danceny**

Mein Gott, was hat Ihr Brief mir weh getan! Wo ich doch so darauf brannte, ihn zu erhalten! Ich hoffte in ihm Trost zu finden; statt dessen bin ich jetzt betrübter als zuvor. Wie hab' ich geweint, als ich ihn las! Ich will Ihnen daraus keinen Vorwurf machen, ich habe Ihretwegen schon viele Tränen vergossen, ohne daß es mir so weh tat. Aber diesmal ist es etwas anderes.

Was wollen Sie denn damit sagen, daß Ihre Liebe Ihnen zur Qual wird, daß Sie nicht mehr so weiterleben, Ihren Zustand nicht länger ertragen können? Werden Sie aufhören, mich zu lieben, weil es nicht mehr so angenehm ist wie früher? Es scheint mir, daß ich nicht glücklicher bin als Sie, ganz im Gegenteil; und trotzdem liebe ich Sie nur noch mehr. Wenn Herr de Valmont Ihnen nicht geschrieben hat, so ist das nicht meine Schuld. Ich konnte ihn nicht darum bitten, weil ich nie allein mit ihm war und weil wir ausgemacht haben, vor den andern nie miteinander zu sprechen. Das geschieht doch wieder nur Ihrethalben, damit er früher durchführen kann, was Sie wünschen. Ich wünsche es ja auch, dessen können Sie sicher sein – aber was kann ich dazu tun? Wenn Sie sich vorstellen, daß es so leicht ist, denken Sie sich doch etwas aus, ich verlange mir ja nichts Besseres.

Glauben Sie vielleicht, daß es angenehm ist, immer von Mama ausgezankt zu werden? Früher hat sie mir nie etwas verwiesen, im Gegenteil. Jetzt aber ist es schlimmer, als wenn ich im Kloster wäre. Immerhin tröstete ich mich damit, daß ich alles um Ihretwillen leide; ja, ich freute mich zuweilen fast bei diesem Gedanken; aber wenn ich sehe, daß auch Sie mir böse sind, noch dazu ganz ohne meine Schuld, so macht mich das noch trauriger als alles, was mir bisher zugestoßen ist.

Schon Ihre Briefe jedesmal zu bekommen, ist so mühevoll; wenn Herr de Valmont nicht so gefällig und so unglaublich geschickt wäre, ich wüßte nicht, wie ich's anfangen sollte. Und Ihnen schreiben ist noch schwieriger. Den ganzen Vormittag lang wage ich es nicht, weil Mama in der Nähe ist und alle Augenblicke in mein Zimmer kommt. Manchmal gelingt es mir am Nachmittag unter dem Vorwand, daß ich singen oder Harfe spielen will; dann muß ich mich aber bei jeder Zeile unterbrechen, damit man draußen hört, daß ich übe. Zum Glück schläft meine Kammerjungfer am Abend häufig ein, und ich sage ihr, daß ich allein zu Bett gehen werde, damit sie sich entfernt und mich mit dem Licht allein läßt. Dann muß ich aber unter dem Bettvorhang schreiben, damit man von draußen den Lichtschein nicht sieht, und ich lausche auf das geringste Geräusch, um, wenn jemand kommen sollte, alles gleich in meinem Bett zu verstecken. Ich wollte, Sie wären da und könnten mir zuschauen. Da würden Sie einsehen, daß man schon sehr lieben muß, um so etwas zu tun. Glauben Sie mir, es ist wirklich wahr, daß ich alles tue, was ich kann, und ich wünschte, ich könnte noch mehr tun.

Schauen Sie, ich weigere mich doch nicht mehr, Ihnen zu sagen, daß ich Sie liebe, daß ich Sie immer lieben werde; nie habe ich es aus vollerem Herzen gesagt – und Sie sind trotzdem traurig? Sie hatten mir doch, bevor ich mich entschloß, es Ihnen zu sagen, so fest versichert, daß dieses Wort allein zu Ihrem Glück genüge. Sie können es nicht leugnen: es steht in Ihren Briefen. Obwohl ich Ihre Briefe nicht mehr habe, sind sie doch so in meiner Erinnerung, als ob ich sie täglich läse. Aber jetzt denken Sie anders, weil wir voneinander getrennt sind! Diese Trennung wird doch wohl nicht ewig dauern? . . . O Gott, wie bin ich unglücklich! Und Sie sind daran schuld!

Wegen der Briefe wollte ich Ihnen noch sagen: Ich hoffe, Sie haben die Ihren, die Mama mir genommen und Ihnen zurückgeschickt hat, gut aufgehoben. Es muß doch einmal eine Zeit kommen, wo ich nicht so beengt bin wie jetzt; dann werden Sie mir alles zurückgeben. Wie glücklich werde ich sein, wenn ich sie immer behalten kann, ohne daß sich jemand hineinmischt! Jetzt übergebe ich alle, die ich von Ihnen bekomme, Herrn de Valmont, weil es sonst zu gefährlich wäre. Trotzdem händige ich sie ihm nie ohne große Betrübnis aus.

Adieu, mein teurer Freund: Ich liebe Sie von ganzem Herzen! Ich werde Sie mein ganzes Leben lang lieben! Ich hoffe, daß Sie jetzt nicht mehr ärgerlich sein werden, und wenn ich das sicher wüßte, würde ich es auch nicht mehr sein. Schreiben Sie mir, sobald Sie nur können; ich fühle, daß ich bis dahin traurig sein werde.

Schloß . . ., den 21. September 17 . .

83. Brief **Vicomte de Valmont an Präsidentin de Tourvel**

Um des Himmels willen, Madame, knüpfen wir doch das so unglücklich unterbrochene Gespräch wieder an! Könnte ich Ihnen doch beweisen, wie sehr ich von dem gehässigen Porträt verschieden bin, das man Ihnen von mir entworfen hat! Könnte ich vor allem mich wieder des liebenswürdigen Vertrauens erfreuen, das Sie mir zu bezeigen anfingen! Wieviel Reize wissen Sie der Tugend zu verleihen! Wie werden durch Sie alle ehrbaren Gefühle schön und liebenswert! Ja, das ist Ihre Art zu verführen, die stärkste, die es gibt, die einzige, die zugleich mächtig und achtungswert ist.

Ohne Zweifel genügt es, Sie zu sehen, um den Wunsch zu erregen, Ihnen zu gefallen, Sie im Kreise der andern zu hören, um diesen Wunsch noch zu steigern. Aber der, der das Glück hat, Sie besser zu kennen, der zuweilen in Ihrer Seele zu lesen vermag, gibt sich bald einer edleren Begeisterung hin und betet, erfüllt von Verehrung und Liebe, in Ihnen das Bild aller Tugenden an. Ich bin vielleicht mehr geschaffen als ein anderer, die Tugend zu lieben und ihr zu folgen. Irrungen zogen mich von ihr ab, aber Sie sind es, die mich ihr nahebrachten, mich wieder ihren ganzen Reiz empfinden ließen – wollen Sie mir aus dieser neuen Liebe ein Verbrechen machen, Ihr eigenes Werk tadeln, sich selbst das Interesse verübeln, das Sie daran nehmen könnten? Welches Übel läßt sich von einem so lauteren Gefühle befürchten, und welche Süßigkeit läge nicht darin, es auszukosten?

Meine Liebe erschreckt Sie. Sie finden sie gewaltsam und zügellos. Beschwichtigen Sie sie mit einer sanfteren Liebe, schlagen Sie die Herrschaft über mich nicht aus, die ich Ihnen anbiete, der ich – ich schwöre es – mich niemals entziehen werde und die, wie ich hoffe, auch für die Tugend nicht ganz verloren wäre. Welches Opfer könnte mir zu schwer fallen, wenn ich sicher bin, daß Ihr Herz es zu schätzen weiß? Welcher Mann wäre unselig genug, um die Entbehrungen, die er sich auferlegt, nicht zu genießen, um die freiwillige Gewährung eines Wortes, eines Blickes nicht allen Genüssen vorzuziehen, die er rauben oder ablisten könnte! Und Sie glaubten, daß ich dieser Mann sei, und haben mich gefürchtet? Ach, warum hängt Ihr Glück nicht von mir ab! Wie würde ich mich an Ihnen rächen, indem ich Sie glücklich machte!

Aber diese süße Herrschaft: die schale Freundschaft erzeugt sie nicht; das vermag nur die Liebe.

Dies Wort macht Sie befangen? Und warum? Ein zärtlicheres Zugetansein, ein stärkeres Band, ein einziger Gedanke, das gleiche Glück, die gleichen Leiden, ist dies Ihrer Seele so fremd? Und doch ist die Liebe so, die Liebe, die Sie einflößen und die ich in meinem Herzen fühle. Sie ist es, die ohne Eigennutz das Tun nach seinem Verdienste, nicht nach seinem Erfolge wertet; sie ist der unerschöpfliche Schatz der empfindsamen Seelen: alles wird kostbar, was durch sie und für sie geschieht.

Was ist denn Erschreckendes an diesen so leicht erfaßbaren Wahrheiten, denen zu folgen so süß ist? Welche Befürchtungen kann Ihnen ein empfindsamer Mann einflößen, dem die Liebe nur noch erlaubt, kein anderes Glück zu suchen als das Ihre? Das ist heute der einzige Wunsch, der in mir lebt, und ich werde alles opfern, um ihn zu erfüllen, alles außer dem Gefühl, das mir ihn eingibt; und dieses Gefühl, ach, willigen Sie doch ein, es zu teilen, und Sie werden es nach Ihrem Ermessen regeln. Aber wir wollen nicht mehr dulden, daß es uns trennt, wo es uns doch verbinden sollte. Wenn die Freundschaft, die Sie mir angeboten haben, nicht ein leeres Wort ist, wenn sie, wie Sie mir gestern schrieben, das schönste Gefühl ist, das Ihre Seele kennt, nun, dann soll sie zwischen uns entscheiden, ich werde mich ihrem Urteil nicht entziehen. Aber als Richterin über die Liebe muß sie auch einwilligen, sie anzuhören; dies zu verweigern wäre Ungerechtigkeit, und die Freundschaft ist nicht ungerecht.

Einer zweiten Unterredung mit Ihnen wird vermutlich ebensowenig im Wege stehen wie der ersten; der Zufall kann wieder eine Gelegenheit dazu schaffen, oder Sie könnten mir auch selbst den Zeitpunkt angeben. Ich will gerne unrecht haben. Ziehen Sie es denn nicht vor, mich zur Vernunft zu bringen, statt mich zu bekämpfen? Zweifeln Sie etwa an meinem Gehorsam? Hätte damals jener lästige Störer uns nicht unterbrochen, vielleicht wäre ich schon ganz zu Ihrer Meinung bekehrt – wer weiß denn, wie weit Ihre Macht gehen kann?

Soll ich es Ihnen sagen? Diese unbesiegbare Gewalt, der ich mich ausliefere, ohne zu klarem Erwägen fähig zu sein, dieser unwiderstehliche Zauber, der Sie zur Herrin über mein Denken wie über mein Tun macht – manchmal ergreift mich Furcht davor. Ach, diese Unterredung, um die ich Sie bitte, vielleicht muß ich mich vor ihr ängstigen! Vielleicht werde ich nachher, von meinen Versprechungen gefesselt, dazu verurteilt sein, in einer Liebesflamme zu brennen, von der ich weiß, daß sie nie erlöschen kann, und werde nicht einmal mehr wagen dürfen, Sie um Hilfe anzuflehen! Ah, Madame, üben Sie Gnade, mißbrauchen Sie Ihre Herrschaft nicht! Und doch: wenn Sie dann glücklicher wären, wenn ich dadurch Ihrer würdiger scheinen sollte, welche Leiden würde mir ein solcher Trost nicht versüßen! Ja, ich fühl' es: ein neues Gespräch mit Ihnen gibt Ihnen gegen mich noch stärkere Waffen, unterwirft mich Ihrem Willen ganz und gar. Gegen Ihre Briefe kann ich mich leichter verteidigen; die Worte sind zwar dieselben, aber Sie selbst sind nicht da, um ihnen Kraft zu verleihen. Doch die Freude, Ihre Stimme zu hören, läßt mich der Gefahr trotzen. Wenigstens werde ich die Befriedigung haben, alles für Sie getan zu haben, selbst das, was ich gegen mich tue, und meine Opfer werden sich so zur Huldigung wandeln. Überglücklich, Ihnen auf tausend Arten zu beweisen, wie ich es auf tausend Arten fühle, daß Sie mir mehr sind als ich selbst, daß Sie sind und immer sein werden meines Herzens Teuerstes.

Schloß . . ., den 23. September 17 . .

84. Brief **Vicomte de Valmont an Cécile Volanges**

Sie haben gesehen, wie wir gestern gestört wurden. Den ganzen Tag konnte ich Ihnen den Brief, den ich für Sie hatte, nicht übergeben; ich weiß nicht, ob ich heute die Möglichkeit dazu finden werde. Ich fürchte, Sie zu kompromittieren, wenn ich mehr Eifer als Geschicklichkeit entwickle, und würde mir eine Unvorsichtigkeit nie verzeihen, die Ihnen verhängnisvoll werden könnte und Sie zur Verzweiflung meines Freundes für alle Zeit unglücklich machen müßte. Und doch ist mir die Ungeduld der Liebenden bekannt, und ich fühle sehr wohl, wie sehr Sie in der Lage, in der Sie sich befinden, unter der Verzögerung des einzigen Trostes leiden müssen, dessen Sie sich gegenwärtig erfreuen können. Bei dem Suchen nach zur Beseitigung der Hindernisse geeigneten Mitteln kam ich auf eines, das mir, wenn Sie sich einige Mühe geben, ohne Schwierigkeit ausführbar erscheint. Ich glaube bemerkt zu haben, daß der Schlüssel zur Türe Ihres Schlafzimmers, die auf den Korridor hinausgeht, immer auf dem Kaminsims Ihrer Mama liegt. Haben wir einmal diesen Schlüssel, dann ist alles leicht, das müssen Sie sich auch sagen. Nun kann ich Ihnen statt seiner einen ähnlichen beschaffen, der ihn völlig ersetzt, und dazu würde es genügen, daß ich den echten Schlüssel für ein bis zwei Stunden zur Verfügung habe. Sie werden sicher leicht Gelegenheit finden, ihn an sich zu nehmen; und damit man sein Fehlen nicht bemerkt, lege ich Ihnen hier einen von meinen Schlüsseln bei, der ihm so ähnlich ist, daß man den Unterschied nicht sieht, es sei denn, daß man ihn ins Schloß steckt, was kaum geschehen wird. Sie müssen nur dafür sorgen, ein verblichenes blaues Band daran zu befestigen, so wie an dem Ihrigen eines ist.

Sehen Sie zu, daß Sie den Schlüssel morgen oder übermorgen beim Frühstück haben, denn bei dieser Gelegenheit ist es leicht, ihn mir zu übergeben, und er könnte am Abend, wo Ihre Mutter ihn braucht, wieder an seinem Platz liegen. Wenn alles gut geht, kann ich Ihnen den Schlüssel zur Zeit des Mittagessens wieder geben.

Sie wissen, daß, wenn man vom Salon ins Speisezimmer hinübergeht, Madame de Rosemonde immer die Letzte ist. Ich werde ihr den Arm reichen. Sie brauchen sich dann nur von Ihrem Stickrahmen etwas langsamer zu erheben oder etwas fallen zu lassen, so daß Sie zurückbleiben; dann können Sie mir mit Leichtigkeit den Schlüssel aus der Hand nehmen, den ich auf dem Rücken halten werde. Sie dürfen aber ja nicht verfehlen, sobald Sie den Schlüssel haben, sich zu meiner alten Tante zu gesellen und ihr ein wenig schönzutun. Sollten Sie ihn zufällig fallen lassen, so geraten Sie deswegen nicht aus der Fassung; ich werde tun, als wäre er mir entglitten, und stehe Ihnen für alles ein.

Das Mißtrauen, das Ihnen Ihre Mama bezeigt, und ihr strenges Vorgehen gegen Sie berechtigen zu dieser kleinen List. Zudem ist dies das einzige Mittel, das Ihnen erlaubt, die Briefe Dancenys weiter zu empfangen und ihm welche zu schreiben; alle andern sind wirklich gar zu gefährlich und könnten Sie beide unwiederbringlich ins Verderben stürzen; darum widerstrebt es meiner voraussehenden Freundschaft, sie auch fernerhin zu verwenden.

Sind wir einmal im Besitze des Schlüssels, so wären nur noch Maßnahmen gegen das Geräusch der Türe und des Schlosses zu treffen; das ist aber ganz einfach. Sie werden unter dem gleichen Schrank, unter den ich das Briefpapier zu legen pflege, Öl und eine Feder finden. Sie gehen doch manchmal in Ihr Zimmer, wenn niemand andrer da ist; das müssen Sie benützen, um das Schlüsselloch und die Türangeln gut zu ölen. Es wäre nur darauf zu achten, daß Sie auf Ihr Kleid keinen Flecken bekommen, was Sie verdächtig machen würde. Auch tun Sie gut daran, auf den Einbruch der Dunkelheit zu warten, denn wenn Sie die Sache gescheit anstellen, wozu Sie ja fähig sind, ist am Morgen nichts mehr zu sehen.

Sollte man trotzdem etwas merken, so sagen Sie gleich, daß es der Putzer war. Sie müßten in diesem Fall genau die Zeit angeben und auch, was er zu Ihnen gesagt hat, zum Beispiel, daß er das bei allen Schlüssellöchern, die wenig gebraucht werden, gegen den Rost tut. Denn es klänge nicht wahrscheinlich, wenn Sie Zeugin dieser Störung gewesen wären und nicht nach dem Grund gefragt hätten. Die Einzelheiten sind es, die einer Aussage Wahrscheinlichkeit verleihen, und die Wahrscheinlichkeit macht das Lügen ungefährlich, weil sie die Lust zur Nachprüfung benimmt.

Ich bitte Sie, wenn Sie diesen Brief gelesen haben, ihn nochmals zu lesen und darüber nachzudenken: erstens, weil man genau wissen muß, was man tun will, und zweitens, um sich zu vergewissern, daß ich nichts vergessen habe. Ich selbst bin wenig gewöhnt, in meinem eigenen Interesse Schlauheit anzuwenden, und bin daher nicht sehr geübt darin; es hat meiner innigen Freundschaft für Danceny und der Teilnahme, die Sie mir einflößen, bedurft, um mich zu solchen Mitteln zu entschließen, so harmlos sie auch sind. Ich hasse alles, was nach Betrug aussieht; das ist nun einmal mein Charakter. Aber Ihr Unglück hat mich dermaßen gerührt, daß ich alles versuchen werde, um es zu lindern.

Sie werden einsehen, daß, sobald diese Verbindung einmal zwischen uns hergestellt ist, es mir beträchtlich leichter fallen wird, Ihnen die gewünschte Zusammenkunft mit Danceny zu verschaffen. Aber erzählen Sie ihm noch nichts von allen diesen Dingen; Sie würden dadurch seine Ungeduld noch vermehren, und der Moment, sie zu stillen, ist noch nicht ganz gekommen. Sie sollten ihn, scheint mir, eher beruhigen als aufreizen. Ich verlasse mich diesbezüglich auf Ihr Zartgefühl. Adieu, mein schönes Mündel, denn Sie sind mein Mündel. Lieben Sie Ihren Vormund ein wenig, und vor allem seien Sie fügsam; Sie werden sich dabei gut befinden. Ich befasse mich mit Ihrem Glück, und seien Sie versichert, daß es auch das meine sein wird.

Schloß ..., den 24. September 17..

85. Brief **Marquise de Merteuil an Vicomte de Valmont**

Endlich werden Sie sich beruhigen und mir vor allem Gerechtigkeit widerfahren lassen. Hören Sie gut zu und verwechseln Sie mich nicht mehr mit andern Frauen. Ich habe mein Abenteuer mit Prévan zu Ende gebracht. Zu Ende! Verstehen Sie, was das heißt? Jetzt sollen Sie entscheiden, wer von uns beiden, er oder ich, sich rühmen darf. Der Bericht wird nicht so ergötzlich sein wie das Erlebnis selbst; auch wäre es nicht gerecht, wenn Sie, der schließlich über die Sache nur mehr oder weniger kluge Erwägungen anstellte, dasselbe Vergnügen davon hätten wie ich, die ihr Zeit und Mühe gewidmet hat.

Wenn Sie aber einen großen Coup vorhaben, wenn Sie an irgendein Unternehmen gehen wollen, bei dem Ihnen dieser gefährliche Rivale zu fürchten scheint, dann kommen Sie nur. Er läßt Ihnen das Feld frei, wenigstens für einige Zeit; vielleicht sogar wird er sich von dem Schlag, den ich ihm versetzt habe, nie erholen.

Wie glücklich sind Sie, mich zur Freundin zu haben! Ich bin für Sie die gute Fee. Sie schmachten fern von Ihrer ersehnten Schönen: ein Wort von mir und Sie sind wieder bei ihr. Sie wollen sich an einer Frau, die Ihnen schadet, rächen: ich bezeichne Ihnen die Stelle, wo sie zustechen sollen, und liefere sie Ihnen aus. Um endlich einen gefährlichen Nebenbuhler vom Kampfplatz verschwinden zu lassen, rufen Sie mich wieder an; und ich erhöre Sie. Wahrhaftig, wenn Sie Ihr Leben nicht damit verbringen, mir zu danken, sind Sie ein Undankbarer. Ich komme auf mein Abenteuer zurück und fange mit dem Anfang an.

Das Rendezvous, das ich beim Verlassen der Oper mit so lauter Stimme gab, wurde verstanden, wie ich gehofft hatte. Prévan erschien, und als die Marschallin ihm höflich versicherte, daß sie sich glücklich schätze, ihn zweimal hintereinander bei ihren Jours zu sehen, beeilte er sich, zu erwidern, er habe seit Dienstag unzählige Verabredungen rückgängig gemacht, um über diesen Abend zu verfügen. Das war natürlich auf mich gemünzt. Da ich mich aber über jeden Zweifel vergewissern wollte, ob ich der Gegenstand dieses schmeichelhaften Eifers sei oder nicht, beschloß ich, meinen neuen Anbeter zu zwingen, zwischen mir und seiner bekannten Passion zu wählen. Ich erklärte also, daß ich nicht spielen wolle; und tatsächlich fand er nun seinerseits tausend Gründe, um nicht zu spielen. Das war mein erster Triumph, nämlich über die Karten.

Ich zog den Bischof von . . . ins Gespräch; ich wählte ihn wegen seiner Beziehungen zu dem Helden des Tages, dem ich es tunlichst erleichtern wollte, mich anzusprechen. Es war mir sehr angenehm, in ihm einen ehrwürdigen Zeugen zu haben, der, wenn es nötig werden sollte, Zeugnis über mein Betragen und meine Worte ablegen konnte. All dies glückte vortrefflich.

Nachdem zwischen uns die üblichen Redensarten getauscht worden waren, machte sich Prévan schnell zum Herrn der Unterhaltung und schlug abwechselnd verschiedene Tonarten an, um zu versuchen, welche mir gefiele. Ich lehnte die der Empfindsamkeit ab, als eine Frau, die daran nicht glaubt; dann dämpfte ich durch meinen Ernst seine Munterkeit, die mir für den Anfang zu leichtfertig vorkam; endlich warf er sich auf die zartsinnige Freundschaft; und unter diesem banalen Banner begannen wir unser Gefecht.

Zum Souper ging der Bischof nicht mit hinunter; Prévan gab mir die Hand und nahm bei Tisch natürlich an meiner Seite Platz. Man muß gerecht sein: er führte mit viel Geschick unser privates Gespräch, während er sich zugleich an der allgemeinen Unterhaltung beteiligte, deren Kosten er allein zu tragen schien. Beim Dessert sprach man von einem neuen Stück, das nächsten Montag im Théâtre Français gegeben werden sollte. Ich äußerte ein leises Bedauern darüber, meine Loge nicht zu haben; er bot mir die seine an, was ich zuerst abschlug, wie man das so tut. Worauf er mir recht hübsch erwiderte, ich verstände ihn nicht; gewiß werde er seine Loge nicht jemandem abtreten, den er nicht kenne, er wolle mich nur darauf aufmerksam machen, daß er sie der Marschallin zur Verfügung stelle. Diese ging auf den Scherz ein, und so nahm ich an.

Als wir wieder im Salon waren, bat er, wie Sie sich denken können, um einen Platz in dieser Loge; die Marschallin, die ihm sehr wohl will, sagte ihn ihm zu, wenn er »artig« zu sein verspräche, was er zum Anlaß einer jener doppelsinnigen Unterhaltungen nahm, die Sie so sehr an ihm rühmen. Unter dem Vorwand, ihren Rat zu erbitten und zu ihrer Vernünftigkeit Zuflucht zu nehmen, ließ er sich vor ihr auf die Knie nieder (»wie ein gehorsames Kind«, sagte er) und brachte viele schmeichelhafte und zärtliche Dinge vor, die ich leicht auf mich beziehen konnte. Da mehrere Personen nach dem Souper nicht mehr an die Spieltische zurückkehrten, wurde das Gespräch nun allgemeiner und weniger interessant, aber unsere Augen sagten einander viel. Ich sage unsere Augen und müßte doch sagen die seinen, denn die meinen sprachen nur eine Sprache, die der Überraschung. Er sollte meinen, daß ich höchst betroffen und mit dem gewaltigen Eindruck, den er auf mich machte, sehr beschäftigt sei. Ich glaube, ihn in dieser Hinsicht befriedigt zu haben, und war auch selbst mit mir zufrieden.

Am Montag darauf war ich, wie verabredet, im Théâtre Français. Trotz Ihrer literarischen Neugier kann ich Ihnen über die Vorstellung nichts sagen, außer daß Prévan ein wunderbares Talent zum Kurmacher hat und daß das Stück durchgefallen ist; das ist alles, was ich dort bemerkt habe. Ich sah diesen Abend nur mit Bedauern zu Ende gehen, denn er bereitete mir wirklich viel Vergnügen; und um ihn zu verlängern, bot ich der Marschallin an, bei mir zu soupieren, was mir den Vorwand lieferte, auch meinen liebenswürdigen Schmeichler einzuladen, der mich nur bat, schnell zu den Gräfinnen de P. . .* eilen zu dürfen, um ihnen abzusagen. Dieser Name weckte wieder allen Zorn in mir. Ich sah deutlich voraus, daß er mit seinen Konfidenzen beginnen würde; ich erinnerte mich Ihrer weisen Ratschläge und gelobte mir – das Abenteuer fortzusetzen, in dem sicheren Bewußtsein, ihn von seiner gefährlichen Indiskretion zu kurieren.

Als Fremder in meinem Kreis, der an diesem Abend nur wenige Personen zählte, schuldete er mir die üblichen Aufmerksamkeiten; als man zum Souper ging, bot er mir also die Hand. Ich war so schlau, als ich sie annahm, in die meine ein leises Erzittern zu legen, und, während ich neben ihm schritt, die Lider zu senken und hörbar zu atmen. Ich tat, als fühlte ich meine Niederlage voraus und fürchtete meinen Besieger. Er bemerkte das sehr gut; und sofort änderte der Schurke Ton und Haltung. Zwar sagte er ungefähr das gleiche, die Umstände zwangen ihn dazu; aber sein Blick, nun weniger lebhaft, bekam etwas

* Siehe den 70. Brief

Kosendes, seine Stimme hatte einen weicheren Klang, und sein Lächeln war nicht mehr fein, sondern selbstgefällig. Allmählich erlosch in seinen Reden das Feuer des Witzes, und an die Stelle des sprühenden Geistes trat zärtliches Werben. Ich frage Sie: Hätten Sie es besser gemacht?

Ich meinerseits verfiel in Träumerei, und zwar so sehr, daß man es bemerken mußte. Als man mir dann deswegen Vorwürfe machte, war ich so geschickt, es in ungeschickter Weise abzuleugnen und dabei Prévan einen raschen Blick zuzuwerfen, in dem zugleich Schüchternheit und Fassungslosigkeit lag, wie wenn ich nichts mehr fürchtete, als daß er die Ursache meiner Verwirrung errate.

Nach dem Souper nutzte ich die Zeit, in der die gute Marschallin eine ihrer Geschichten erzählte, die sie immer erzählt, um mich auf meine Ottomane in einer Hingegossenheit zu legen, wie sie zärtliches Sinnen uns eingibt. Ich war keineswegs ärgerlich, daß Prévan mich so sah, der mich denn auch mit seiner besonderen Aufmerksamkeit beehrte. Sie können sich vorstellen, daß meine schüchternen Blicke den Augen meines Besiegers nicht zu begegnen wagten; doch machte ich, indem ich sie immer demütiger auf ihn richtete, bald die Beobachtung, daß ich den gewünschten Effekt erzielte. Es galt nun noch, ihn davon zu überzeugen, daß ich seine Empfindung teile; so rief ich, als die Marschallin Anstalten zum Aufbruch traf, mit weicher und zärtlicher Stimme aus: »Ach, mein Gott, und ich fühlte mich so wohl!« Ich stand trotzdem auf, fragte sie aber beim Abschied nach ihren Plänen, um einen Vorwand zu haben, die meinen zu verraten und die ganze Gesellschaft wissen zu lassen, daß ich am übernächsten Tage zu Hause sein werde. Dann gingen alle.

Und nun begann ich zu überlegen. Ich zweifelte nicht daran, daß Prévan von meiner verhüllten Aufforderung zum Rendezvous Gebrauch machen, daß er sich frühzeitig einstellen würde, um mich allein vorzufinden, und daß sein Angriff heftig sein würde. Ich war aber auch sicher, daß er mich in Anbetracht meines Rufes nicht mit jener Leichtfertigkeit behandeln würde, die jeder, der auch nur ein wenig Übung hat, nur gegenüber Frauen anwendet, die wegen ihrer Abenteuer bekannt sind oder die gar keine Erfahrung besitzen. So war ich meines Erfolges gewiß, wenn er das Wort Liebe aussprechen oder gar sich einbilden sollte, Liebe von mir zu erlangen.

Man hat es wahrhaftig bequem mit Euch Prinzipienmenschen. Manchmal bringt uns ein verliebter Wirrkopf durch seine Schüchternheit aus der Fassung oder setzt uns durch seine stürmische Leidenschaft in Verlegenheit; das ist ein Fieber, das, wie jedes andere, seine Schauer und seine brennende Hitze hat und mitunter in seinen Symptomen wechselt. Aber Euer geregeltes Vorgehen ist so leicht zu erraten. Sein Kommen, seine Haltung, sein Ton, seine Worte – ich wußte alles schon im vorhinein. Ich werde Ihnen also nicht unsere Unterhaltung wiedergeben, die Sie sich unschwer vorstellen können. So viel nur sei gesagt, daß ich ihm bei meiner scheinbaren Abwehr nach allen Kräften half: Verlegenheit, um ihm Zeit zum Reden zu geben; schlechte Gründe, damit er sie bekämpfe; Angst und Mißtrauen, um ihn zu Beteuerungen anzuspornen; und dieser ewige Refrain seinerseits, »ich verlange ja von Ihnen nur ein Wort«, und dieses Schweigen meinerseits, das ihn hinhält, um seine Begier zu reizen; dazwischen ergreift er unzählige Male meine Hand, die sich ihm immer entzieht und doch nicht ganz verweigert. Man könnte einen ganzen Tag so hinbringen; wir brachten eine tödlich langweilige Stunde so zu und wären vielleicht noch dabei, wenn wir nicht unten im Hofe das Vorfahren eines Wagens gehört hätten. Diese glückliche Störung machte, wie zu erwarten war, sein Drängen noch heftiger, und ich, die ich den Moment gekommen sah, der mich vor Überrumpelung bewahrte, gewährte, nachdem ich es durch einen langen Seufzer eingeleitet hatte, das kostbare Wort. Man meldete Besuch, und bald darauf war ich von einem zahlreichen Zirkel umgeben.

Prévan bat, am nächsten Vormittag kommen zu dürfen, und ich willigte ein; aber auf meine Verteidigung bedacht, befahl ich meiner Kammerjungfer, während der ganzen Zeit dieses Besuches im Schlafzimmer zu bleiben, von wo aus, wie Sie wissen, man alles sehen kann, was im Toilettenzimmer vorgeht, und dort empfing ich ihn. Unbehindert in unserer Unterhaltung und beide von dem gleichen Wunsch beseelt, wurden wir bald einig; aber es galt sich dieses lästigen Zuschauers zu entledigen: das war der Punkt, auf den ich ihn bringen wollte.

Ich begann ihm nun das Bild meines häuslichen Lebens nach Gutdünken auszumalen und überzeugte ihn leicht, daß wir nie einen Augenblick der Freiheit finden würden, ja, daß unser gestriges Alleinsein als eine Art Wunder zu betrachten sei, das für mich mit großer Gefahr verbunden gewesen wäre, da man jederzeit in meinen Salon eintreten könne. Ich verfehlte nicht, hinzuzufügen, daß dieser Brauch sich eingebürgert habe, weil ich ihn bisher nicht als störend empfunden hätte, und betonte zugleich die Unmöglichkeit, ihn abzuschaffen, ohne mich in den Augen meiner Dienerschaft bloßzustellen. Daraufhin spielte er den Traurigen, den Verstimmten, sagte, daß ich ihn zu wenig liebe, und Sie können sich denken, wie sehr mir das zu Herzen ging! In dem Bestreben, den entscheidenden Schlag zu führen, rief ich die Tränen zu Hilfe. Es entsprach akkurat der Stelle aus Voltaires Drame: »Zaïre, Sie weinen!« Die Herrschaft, die er über mich zu haben glaubte, und die Hoffnung, die er daraus schöpfte, mich nach Herzenslust zugrunde zu richten, ersetzten bei ihm die Liebe des Orosman.

Nach diesem Theatercoup befaßten wir uns wieder mit den zu treffenden Maßnahmen. Da es bei Tag nicht ging, zogen wir die Nacht in Betracht, aber da wurde mein Portier zum unüberwindlichen Hindernis, und ich erlaubte nicht, ihn zu bestechen. Er schlug das Pförtchen meines Gartens vor; doch ich hatte dies vorausgesehen und schuf dort einen Hund, der, ruhig und still bei Tag, in der Dunkelheit zu einem wahren Teufel würde. Die Bereitwilligkeit, mit der ich auf alle diese Einzelheiten einging, machte ihn kühner; so schlug er mir endlich das lächerlichste Hilfsmittel vor, in das ich denn einwilligte.

Erstens sei sein Diener so sicher wie er selbst, und darin log er nicht; einer war wie der andere. Ich sollte ein großes Souper geben; er würde dabeisein und es so einrichten, daß er allein fortging. Der geschickte Vertraute würde den Wagen rufen, den Schlag öffnen, und er, Prévan, statt einzusteigen, geschickt verschwinden. Sein Kutscher konnte von alledem nichts merken; so war er für jedermann fort und trotzdem in meinem Hause, und es handelte sich nur noch darum, wie er in meine Wohnung gelangen konnte. Ich muß gestehen, daß ich anfangs einige Schwierigkeit hatte, gegen diesen Plan genügend fadenscheinige Einwendungen zu finden, die für ihn leicht zu widerlegen waren. Er antwortete mir mit Beispielen. Nach ihm war nichts gewöhnlicher als dieses Mittel, er selbst habe sich seiner häufig bedient, ja er gebrauche es fast ausschließlich, weil es das ungefährlichste sei.

Von diesen gewichtigen Gründen bezwungen, gestand ich aufrichtig ein, daß es eine Geheimtreppe gebe, die zu meinem Boudoir führe. Wenn ich den Schlüssel stecken ließe, könne er hineinschlüpfen, sich dort einschließen und, ohne Gefahr zu laufen, warten, bis meine Kammerfrauen sich zurückgezogen hätten. Um meiner Einwilligung mehr Wahrscheinlichkeit zu verleihen, tat ich im nächsten Augenblick, als wollte ich nicht mehr, und ließ mich endlich zu einem Ja nur unter der Bedingung bewegen, daß er mir vollkommenen Gehorsam, Bravheit – o welche Bravheit! – versprach; kurz, ich wollte ihm meine Liebe beweisen, aber die seine nicht befriedigen.

Sein Abgang – das habe ich Ihnen noch nicht erzählt – sollte durch das Gartenpförtchen erfolgen; freilich müsse er bis zum Morgenanbruch warten, der Zerberus würde dann nichts einzuwenden haben. Um diese Zeit komme keine Menschenseele dort vorüber, und meine Dienstboten lägen im tiefsten Schlaf. Wenn Sie sich über diesen Haufen von Ungereimtheiten wundern, so vergessen Sie unsere gegenseitige Situation. Hatten wir es vielleicht nötig, uns etwas Besseres auszudenken? Sein sehnlichster Wunsch war, daß alles herauskäme, ich aber wußte ganz sicher, daß niemand die Wahrheit erfahren werde. Wir verabredeten uns auf den übernächsten Tag.

Ich mache Sie aufmerksam, daß die Sache damit zwischen uns abgemacht war und daß doch noch niemand Prévan in meinem Kreise gesehen hatte. Ich lerne ihn bei einer Freundin kennen, er bietet mir seine Loge für ein neues Stück an, und ich nehme einen Platz darin an. Ich lade diese Dame während der Vorstellung und in Gegenwart Prévans zum Souper ein und kann nicht umhin, auch ihn aufzufordern. Er nimmt an und stattet mir zwei Tage später den Besuch ab, den der Anstand erfordert. Er kommt zwar, ich muß es zugeben, schon am folgenden Vormittag, aber abgesehen davon, daß Vormittagsbesuche heute nichts Besonderes mehr sind, hängt es nur von mir ab, diesen etwas vorschnell zu finden. Tatsächlich reihe ich Prévan in die Gattung der entfernten Bekannten ein, indem ich ihm eine schriftliche Einladung zu einem zeremoniellen Souper schicke. »Und das ist alles!« kann ich mit Annette* sagen.

Als der verhängnisvolle Tag gekommen war, der Tag, an dem ich

* Gestalt aus einer komischen Oper der damaligen Zeit (Anmerkung des Übersetzers).

meine Tugend und meinen guten Ruf verlieren sollte, gab ich meiner getreuen Victoire die nötigen Weisungen, welche sie, wie Sie gleich sehen werden, pünktlich ausführte.

Der Abend kam. Schon waren viele Gäste eingetroffen, als Prévan gemeldet wurde. Ich empfing ihn mit einer betonten Höflichkeit, die meine geringe Beziehung zu ihm deutlich hervorhob, und setzte ihn an den Spieltisch der Marschallin, als der Dame, durch die ich seine Bekanntschaft gemacht hatte. Der Abend brachte nichts Neues außer einem Briefchen, das der diskrete Verliebte mir zuzustecken verstand und das ich meiner Gewohnheit gemäß verbrannt habe. Er verkündete mir darin, daß ich ganz auf ihn bauen könne, und um dieses wichtige Wort rankten sich alle die andern Schmarotzerworte, wie Liebe, Glück und so weiter, die bei einem solchen Anlaß niemals fehlen.

Um Mitternacht, als die Spielpartien beendet waren, schlug ich eine kurze Macédoine* vor. Ich tat dies in der zweifachen Absicht, Prévans Verschwinden zu begünstigen und es zugleich auffallend zu machen, was in Anbetracht seines Rufes als leidenschaftlicher Spieler nicht ausbleiben konnte. Mir lag auch daran, die andern merken zu lassen, daß ich es nicht eilig hatte, allein zu sein.

Das Spiel dauerte länger, als ich dachte. Der Teufel führte mich in Versuchung, und ich erlag beinahe dem Wunsch, meinen ungeduldigen Gefangenen zu trösten. Schon war ich auf dem Wege zu meinem Verderben, als mir die Überlegung kam, daß ich, sobald ich mich ihm ganz ergeben hätte, nicht mehr die Macht über ihn haben würde, um ihn zur Beibehaltung des schicklichen Kostüms zu zwingen, das für meinen Plan nötig war. So fand ich die Kraft zur Selbstüberwindung und kehrte, nicht ohne schlechte Laune, auf meinen Platz bei diesem ewig währenden Spiel zurück. Schließlich nahm es doch ein Ende, und alle gingen. Was mich betrifft, ich klingelte meinen Kammerfrauen, kleidete mich schnell aus und schickte auch sie weg.

Können Sie mich sehen, Vicomte, wie ich in leichtem Gewande

* Einige Personen wissen vielleicht nicht, daß eine Macédoine aus einem bunten Allerlei von mehreren Hasardspielen besteht, unter denen derjenige, der jeweils die Karten gibt, die Wahl hat. Sie ist eine Erfindung unseres Jahrhunderts.

zaghaften und behutsamen Schrittes zur Türe gehe und sie mit unsicherer Hand meinem Besieger öffne? Er erblickte mich – der Blitz ist nicht schneller. Was soll ich Ihnen sagen? Ich war besiegt, ganz und gar besiegt, bevor ich ihm noch mit einem Wort Einhalt gebieten oder mich zur Wehr setzen konnte. Dann wollte er sich's, der Situation entsprechend, bequemer machen. Er verwünschte seinen Putz, der ihn, wie er sagte, von mir fernhalte. Er wollte sich mit mir in gleicher Rüstung messen. Aber meine große Schamhaftigkeit widersetzte sich dieser Absicht, und meine zärtlichen Liebkosungen ließen ihm keine Zeit dazu. Er beschäftigte sich mit etwas anderem.

Seine Rechte hatten sich verdoppelt, und seine Forderungen kamen wieder. Da aber sagte ich: »Hören Sie, was Sie bisher den beiden Gräfinnen von P . . . und tausend andern zu erzählen haben, ist eine recht hübsche Geschichte; aber ich möchte wohl wissen, wie Sie ihnen den Abschluß Ihres Abenteuers berichten werden.« Damit zog ich an dem Klingelzug und läutete aus aller Kraft. Jetzt hatte ich gewonnenes Spiel, und meine Tat war rascher als sein Wort. Noch hatte er kaum etwas gestammelt, als ich schon Victoire herbeilaufen und die Leute rufen hörte, die sie, wie ich befohlen, bei sich behalten hatte. Wie eine Königin erhob ich nun die Stimme und sagte: »Gehen Sie, mein Herr, und lassen Sie sich nie mehr vor meinen Augen blicken!« Worauf die Schar meiner Leute hereinkam.

Der arme Prévan verlor den Kopf, meinte in dem, was im Grunde nur ein Scherz war, einen Hinterhalt zu sehen und stürzte sich auf seinen Degen. Das sollte ihm schlecht bekommen, denn mein Kammerdiener, ein wackerer und kräftiger Bursche, faßte ihn um den Leib und warf ihn zu Boden. Ich bekam, ich gestehe es, einen furchtbaren Schrecken, schrie, man möge innehalten und ihm freien Abzug gewähren, vorausgesetzt, daß er mein Haus verließe. Meine Leute gehorchten, aber die Aufregung unter ihnen war groß: sie waren entrüstet, daß einer es gewagt hatte, »ihrer tugendhaften Herrin« den Respekt zu versagen. Alle begleiteten den vom Unglück verfolgten Kavalier mit Lärm und Skandal, genau wie ich es wünschte. Nur Victoire blieb bei mir, und wir beschäftigten uns inzwischen damit, das aufgewühlte Bett wieder in Ordnung zu bringen.

Meine Leute kamen, immer noch im Tumult, zurück, und ich, »noch sehr erschüttert«, fragte sie, durch welchen glücklichen Zufall sie zu so später Stunde wach gewesen wären; worauf Victoire erzählte, sie habe zwei Freundinnen bewirtet und sei mit ihnen und den andern so lange aufgeblieben, kurz, alles, was wir vorher miteinander ausgemacht hatten. Ich dankte allen und gestattete ihnen, sich zurückzuziehen, bis auf einen, dem ich auftrug, sofort meinen Arzt zu holen. Mir schien, ich sei berechtigt, die Wirkung dieser »tödlichen Gemütserschütterung« zu fürchten; und es war ein Mittel, der Neuigkeit Umlauf und Widerhall zu verschaffen.

Der Arzt kam, bedauerte mich sehr und verordnete nur Ruhe. Ich aber befahl Victoire, am nächsten Morgen in der Nachbarschaft zu klatschen.

Alles gelang so gut, daß schon vor Mittag und sobald man bei mir die Vorhänge aufzog, meine fromme Nachbarin an meinem Bette saß, um die ganze Wahrheit über das greuliche Abenteuer mit allen Einzelheiten zu erfahren. Ich sah mich gezwungen, mich mit ihr eine geschlagene Stunde lang über die Verderbtheit unseres Jahrhunderts zu entrüsten. Bald darauf erhielt ich von der Marschallin das Schreiben, das ich hier beilege. Endlich, gegen fünf Uhr, sah ich zu meinem großen Erstaunen den Kommandanten M . . . hereintreten. Er komme, sagte er, um sich bei mir zu entschuldigen, daß ein Offizier seines Korps sich in einem solchen Grade gegen mich habe vergehen können. Er habe davon erst beim Diner bei der Marschallin erfahren und an Prévan sofort den Befehl ergehen lassen, sich ins Gefängnis zu begeben. Ich bat um Gnade für den Sünder, die er mir aber verweigerte. Darauf fand ich, daß ich auch meinerseits als Mitschuldige mich bestrafen müsse und verurteilte mich zu einem Monat strengem Arrest. So bleibt meine Tür geschlossen, und den Besuchern wird erklärt, daß ich unpäßlich sei.

Meiner Einsamkeit verdanken Sie diesen langen Brief. Ich werde auch einen an Madame de Volanges schreiben, den Sie sicher öffentlich vorlesen wird und aus dem Sie entnehmen können, wie die Geschichte erzählt werden soll.

Ich vergaß Ihnen zu sagen, daß Belleroche außer sich ist und sich mit Prévan unbedingt schlagen will. Der arme Junge! Glücklicherweise bleibt mir genügend Zeit, seinen hitzigen Kopf zu beruhigen. Bis dahin will ich dem meinen ein wenig Ruhe gönnen, der vom Schreiben müde ist. Adieu, Vicomte.

Paris, den 25. September 17.., 7 Uhr abends

*86. Brief** **Marschallin de ... an Marquise de Merteuil**

Mein Gott, was erfahre ich da, meine liebe Freundin! Ist's möglich, daß der kleine Prévan solche Abscheulichkeiten begeht? Und noch dazu Ihnen gegenüber! Welchen Dingen man doch ausgesetzt ist! Nicht einmal in seinem eigenen Hause ist man mehr sicher! Wahrhaftig, solche Vorkommnisse trösten einen über das Alter. Aber worüber ich mich nie trösten werde, ist, daß ich zum Teil daran die Schuld trage, daß Sie einen solchen Unhold bei sich empfangen haben. Ich verspreche Ihnen, daß, wenn das, was man mir davon hinterbracht hat, wahr ist, er keinen Fuß mehr in mein Haus setzen wird. Und diesen Entschluß werden alle ehrbaren Leute ihm gegenüber fassen, wenn sie tun, was sie tun sollen.

Man hat mir gesagt, daß es Ihnen recht schlecht gehe, und ich bin um Ihre Gesundheit besorgt. Geben Sie mir bitte Nachricht über Ihr liebes Befinden oder lassen Sie es mich durch eine Ihrer Kammerfrauen wissen, wenn Sie nicht selbst dazu imstande sind. Ich verlange ja nur ein Wörtchen zu meiner Beruhigung. Ich wäre schon heute vormittag zu Ihnen geeilt, wären nicht meine Bäder, die der Arzt mir nicht zu unterbrechen erlaubt. Und am Nachmittag muß ich nach Versailles, immer noch in der Angelegenheit meines Neffen.

Adieu, meine liebe Freundin. Rechnen Sie, solange ich lebe, auf meine aufrichtige Freundschaft. Paris, den 25. September 17..

87. Brief **Marquise de Merteuil an Madame de Volanges**

Ich schreibe Ihnen in meinem Bett, meine liebe, gute Freundin. Das ärgerlichste, das unvorhersehbarste Ereignis hat mich vor Schreck und Kummer krank gemacht. Nicht daß ich mir das Geringste vorzuwerfen hätte, aber es ist für eine ehrbare Frau, der an der ihrem Geschlechte angemessenen Zurückhaltung gelegen ist, immer so peinlich, die öffentliche Aufmerksamkeit auf sich zu ziehen, daß ich alles in der Welt darum gäbe, um diese unglückselige Begebenheit ungeschehen zu machen, und daß ich vielleicht den Entschluß fassen werde,

* Dem vorhergehenden beigeschlossen

mich auf mein Landgut zurückzuziehen und dort zu warten, bis sie vergessen ist. Es handelt sich um folgendes:

Ich bin bei der Marschallin de . . . einem Herrn de Prévan begegnet, den Sie sicher dem Namen nach kennen und den auch ich nur vom Hörensagen kannte. Aber da ich ihn in diesem Hause antraf, war ich, scheint mir, durchaus berechtigt, ihn für einen Mann von Lebensart zu halten. Er sieht recht gut aus und schien mir nicht ohne Geist zu sein. Aus Zufall und weil mich die Karten langweilen, blieb ich als einzige Frau allein zwischen ihm und dem Bischof von . . ., während die andern sich am Spiel beteiligten. Wir plauderten alle drei bis zum Souper. Bei Tisch gab ihm ein neues Stück, von dem gesprochen wurde, Gelegenheit, seine Loge der Marschallin anzubieten, was diese annahm, und es wurde abgemacht, daß ich einen Platz darin haben solle. Das war am letzten Montag im Théâtre Français. Da die Marschallin nach der Vorstellung bei mir zum Souper geladen war, schlug ich diesem Herrn vor, sie zu begleiten, und er kam mit. Am übernächsten Tag stattete er mir einen Besuch ab, der den üblichen Verlauf nahm, ohne daß darüber etwas Besonderes zu berichten wäre. Am Tag darauf stellte er sich schon am Vormittag ein, was mir ein wenig formlos vorkam; doch wollte ich ihn das nicht durch meinen Empfang merken lassen, sondern ihm lieber durch eine Höflichkeit zu verstehen geben, daß wir noch nicht so vertraut miteinander seien, wie er anzunehmen schien. Deshalb schickte ich ihm noch am gleichen Tage eine sehr kühle und förmliche Einladung zu einem Souper. Das fand nun vorgestern statt. Ich habe während des ganzen Abends kaum viermal das Wort an ihn gerichtet; auch zog er sich, sobald die Spielpartien zu Ende waren, zurück. Sie werden zugeben, daß sich bis dahin nicht das geringste ereignet hatte, das einen ungewöhnlichen Vorfall erwarten ließe. Nach den Partien spielten wir eine Macédoine, mit der wir bis gegen zwei Uhr die Zeit hinbrachten. Endlich ging ich zu Bett.

Wohl eine gute halbe Stunde, nachdem sich meine Kammerfrauen zurückgezogen hatten, hörte ich in meinen Gemächern ein Geräusch. Entsetzt öffnete ich den Bettvorhang und sah aus der Tür, die in mein Boudoir führt, einen Mann kommen. Ich stieß einen durchdringenden Schrei aus und erkannte beim Schein des Nachtlämpchens eben jenen Herrn de Prévan, der mir mit einer unbegreiflichen Unverschämtheit sagte, ich solle mich nicht beunruhigen, er werde mich über das Geheimnis seines Verhaltens aufklären, und er flehe mich an, ja keinen Lärm zu machen. Während er so sprach, zündete er eine Kerze an. Ich war dermaßen erschrocken, daß ich kein Wort hervorbrachte, und die Ruhe und Ungezwungenheit, mit der er sich benahm, ließen mich vollends erstarren. Aber er hatte noch keine zwei Worte gesagt, als ich merkte, worin sein angebliches Geheimnis bestand, und meine Antwort war, wie Sie sich denken können, daß ich wild an der Klingel zog.

Ein unwahrscheinlich glücklicher Zufall wollte, daß meine ganze Dienerschaft bei einer meiner Kammerfrauen ein kleines Fest feierte und noch wach war. Meine Zofe, die auf das Läuten hin gelaufen kam und mich im Schlafzimmer heftig reden hörte, erschrak sehr und rief nun alle diese Menschen herbei. Stellen Sie sich vor, welch ein Skandal! Meine Leute waren wütend; beinahe hätte mein Kammerdiener Prévan totgeschlagen. Ich muß gestehen, daß ich im Augenblick sehr froh war, in der Übermacht zu sein, aber heute, nach ruhiger Überlegung, wäre es mir doch lieber, meine Zofe wäre allein gekommen. Das hätte wohl genügt, und dieses bedauerliche Aufsehen wäre vielleicht vermieden worden.

Statt dessen hat der Aufruhr die Nachbarschaft geweckt, meine Leute haben geschwatzt, und jetzt ist der Vorfall die Neuigkeit von ganz Paris. Herr de Prévan sitzt im Gefängnis auf Befehl seines Korpskommandanten, der so liebenswürdig war, bei mir vorzusprechen, um sich zu entschuldigen. Diese Gefangensetzung wird das Gerede noch vermehren, aber ich konnte es beim besten Willen nicht ändern. Die Stadt und der Hof haben sich bei meinem Portier einschreiben lassen; meine Tür ist für jedermann geschlossen. Die wenigen Personen, die ich gesprochen habe, erklären, daß man mich zu schätzen wisse und daß die allgemeine Entrüstung über Herrn de Prévan unbeschreiblich sei. Gewiß verdient er es nicht anders, aber das hilft mir noch nicht über die Peinlichkeit dieses Abenteuers hinweg.

Zudem hat dieser Mensch sicher Freunde, und diese Freunde werden wohl bösartig sein. Wer weiß, wer kann wissen, was sie erfinden werden, um mir zu schaden. Mein Gott, wie unglücklich ist doch eine junge Frau! Sie hat noch nichts getan, wenn sie sich vor üblem Gemunkel schützt, sie muß auch noch der offenen Verleumdung die Stirne bieten.

Schreiben Sie mir bitte, was Sie getan haben würden, was Sie jetzt an meiner Stelle täten, kurz, alles, was Sie darüber denken. Stets noch habe ich von Ihnen lindernden Trost und die klügsten Ratschläge erhalten, und von Ihnen nehme ich sie am liebsten an.

Adieu, meine liebe und gute Freundin, Sie kennen ja meine Gefühle, die mich auf immer an Sie binden. Ich umarme Ihre liebenswürdige Tochter.

Paris, den 26. September 17..

DRITTER TEIL

88. Brief **Cécile Volanges an Vicomte de Valmont**

So sehr ich mich freue, mein Herr, die Briefe des Herrn Chevalier Danceny zu erhalten, und obwohl ich nicht weniger sehnlich wünsche als er, daß wir uns, ohne eine Störung befürchten zu müssen, wiedersehen können, habe ich es doch nicht gewagt, das zu tun, was Sie mir vorschlagen. Erstens ist es zu gefährlich. Dieser Schlüssel, den ich, wie Sie wünschen, an die Stelle des andern legen soll, ist ihm zwar recht ähnlich, gleicht ihm aber doch nicht ganz, und Mama schaut auf alles und merkt alles. Und wenn man sich auch dieses andern Schlüssels noch nicht bedient hat, seitdem wir hier sind, so braucht nur ein unglücklicher Zufall einzutreffen und die Sache bemerkt zu werden, dann wäre ich für immer verloren. Auch meine ich, daß es recht schlimm wäre, einen zweiten Schlüssel machen zu lassen, das ist doch stark! Es ist ja richtig, daß Sie die Güte hätten, es zu übernehmen; aber trotzdem, wenn es herauskäme, fiele der Tadel und die Schuld auf mich, weil Sie es ja doch für mich getan hätten. Ich habe es nun wirklich zweimal versucht, ihn zu nehmen, und sicherlich wäre das ganz leicht, wenn es sich um etwas andres handelte; aber ich weiß nicht, wie es kam: jedesmal fing ich an zu zittern und fand nicht den Mut dazu. Drum glaube ich, es ist besser, wenn alles beim alten bleibt.

Wenn Sie immer noch die Güte haben wollen, so gefällig zu sein wie bisher, werden Sie sicher stets ein Mittel finden, mir einen Brief zuzuschicken. Selbst beim letzten wäre es ganz leicht gewesen, hätten Sie sich nicht unglücklicherweise plötzlich umgedreht. Ich weiß wohl, daß Sie nicht wie ich immer nur daran denken können, aber ich will lieber Geduld haben als so viel aufs Spiel zu setzen. Ich bin sicher, daß Herr Danceny dasselbe sagen würde wie ich; denn jedesmal, wenn er etwas wollte, was mir Kummer machte, willigte er immer ein, es nicht zu tun.

Ich werde Ihnen zugleich mit diesem Brief den Ihren, den von Herrn Danceny und auch den Schlüssel geben. Ich bin Ihnen darum nicht weniger dankbar für alle Ihre Güte und bitte Sie, sie mir auch ferner zu erhalten. Es ist ja wahr, daß ich sehr unglücklich bin und daß ich es ohne Sie noch mehr wäre; aber schließlich ist es meine Mutter; man muß eben Geduld haben. Und wenn Herr Danceny mich weiter lieb hat und Sie mich nicht verlassen, kommt vielleicht einmal eine glücklichere Zeit.

Ich habe die Ehre, mein Herr in großer Dankbarkeit zu verbleiben Ihre sehr ergebene und gehorsame Dienerin.

Schloß ..., den 26. September 17..

89. Brief **Vicomte de Valmont an Chevalier Danceny**

Wenn Ihre Angelegenheit nicht so rasch fortschreitet, wie Sie es wünschen, mein Freund, dürfen Sie die Schuld daran nicht mir allein zumessen. Ich habe hier mehr als ein Hindernis zu überwinden. Die Wachsamkeit und Strenge von Madame de Volanges sind nicht die einzigen; auch Ihre junge Freundin stellt mir welche entgegen. Sei es aus Kälte oder aus Furchtsamkeit, sie tut nicht immer, was ich ihr rate; und ich glaube doch besser zu wissen als sie, was nötig ist.

Ich hatte ein einfaches, bequemes und sicheres Mittel gefunden, um Ihre Briefe zuzustellen und späterhin sogar die Zusammenkünfte zu ermöglichen, die Sie so sehr wünschen; aber ich konnte sie nicht dazu bewegen, sich dessen zu bedienen. Das betrübt mich um so mehr, als ich keine andern Mittel sehe, Sie beide zusammenzubringen, und selbst wegen Ihrer Korrespondenz in ständiger Furcht schwebe, uns alle drei zu kompromittieren. Sie können sich denken, daß ich einer solchen Gefahr weder mich noch Sie beide aussetzen möchte.

Es täte mir aufrichtig leid, wenn das geringe Vertrauen Ihrer kleinen Freundin mich hindern würde, Ihnen nützlich zu sein; vielleicht wäre es gut, wenn Sie ihr darüber schrieben. Überlegen Sie sich, was Sie tun wollen, die Entscheidung liegt bei Ihnen allein; denn es genügt nicht, seinen Freunden zu dienen, man muß es auch auf ihre Art tun. Sie könnten sich dadurch auch einen Beweis für die Stärke der Gefühle verschaffen, die sie Ihnen entgegenbringt; denn eine Frau, die ihren eigenen Willen behält, liebt nicht so sehr, wie sie sagt.

Damit will ich nicht den Verdacht aussprechen, daß die Gebieterin Ihres Herzens unbeständig sei; aber sie ist noch sehr jung; sie hat große Angst vor ihrer Mama, die, wie Sie wissen, nur bestrebt ist, Ihnen zu schaden; und vielleicht wäre es gefährlich, sie lange in einem Zustand zu lassen, in dem sie ihre Gedanken nicht mit Ihnen beschäftigt. Machen Sie sich aber wegen dessen, was ich Ihnen da sage, nicht übermäßige Sorgen. Ich habe im Grund keinen Anlaß zum Mißtrauen; mich treibt nur freundschaftlicher Eifer.

Ich schließe diesen Brief, weil ich mich noch eigenen Angelegenheiten widmen muß. Ich bin noch nicht so weit wie Sie, aber ich liebe ebensosehr, und das tröstet. Auch wenn ich für mich selbst keinen Erfolg haben sollte, so werde ich doch meine Zeit gut angewendet haben, wenn es mir gelungen ist, Ihnen nützlich zu sein. Adieu, mein Freund.

Schloß..., den 26. September 17..

90. Brief Präsidentin de Tourvel an Vicomte de Valmont

Ich wünsche sehr, mein Herr, daß dieser Brief Ihnen keinen Schmerz bereite oder daß er, wenn es doch sein muß, wenigstens durch den Schmerz gelindert werde, den ich beim Schreiben an Sie empfinde. Sie müssen mich jetzt hinreichend kennen, um zu wissen, daß es nicht meine Absicht ist, Sie zu betrüben; aber sicherlich werden auch Sie mich nicht in ewige Verzweiflung stürzen wollen. Ich beschwöre Sie also im Namen der zärtlichen Freundschaft, die ich Ihnen versprochen habe, im Namen auch der vielleicht heftigeren, aber gewiß nicht aufrichtigeren Gefühle, die Sie für mich empfinden – sehen wir uns nicht mehr, reisen Sie ab! Und lassen Sie uns bis dahin jene gefährlichen Gespräche unter vier Augen meiden, bei denen ich, durch eine unbegreifliche Macht gebannt, nie sagen kann, was ich will, und meine Zeit damit verbringe, Worten zu lauschen, die ich nicht anhören darf.

Gestern wieder, als Sie im Park zu mir traten, hatte ich einzig die Absicht, Ihnen das zu sagen, was ich Ihnen heute schreibe. Und was habe ich getan? Mich mit Ihrer Liebe beschäftigt ... mit Ihrer Liebe, die ich nie erwidern darf. Ich bitte Sie inständig; entfernen Sie sich!

Sie brauchen nicht zu fürchten, daß die Trennung meine Gefühle für Sie vermindern könnte. Wie sollte es mir gelingen, sie zu besiegen, da ich doch nicht den Mut mehr habe, gegen sie anzukämpfen? Sie sehen, ich sage Ihnen alles; ich fürchte weniger, meine Schwäche einzugestehen, als ihr zu unterliegen. Aber die Herrschaft, die ich über meine Gefühle verloren habe, werde ich über mein Handeln zu bewahren wissen. Ja, ich werde sie bewahren, ich bin dazu entschlossen, und koste es mein Leben.

O weh, wie nah ist noch die Zeit, in der ich mich ganz sicher glaubte, solche Kämpfe nie bestehen zu müssen! Ich beglückwünschte mich dazu; ich sonnte mich vielleicht zu sehr in diesem Ruhm. Diesen Hochmut hat der Himmel bestraft, grausam bestraft; doch in seiner großen Barmherzigkeit warnt er mich im Augenblicke seiner Züchtigung vor meinem Fall; und ich wäre doppelt schuldig, wenn ich, wissend, daß ich keine Kraft mehr habe, es auch weiterhin an Vorsicht fehlen ließe.

Sie haben mir unzähligemal versichert, daß Sie ein Glück nicht möchten, das mit meinen Tränen erkauft wäre. Ach, sprechen wir nicht mehr von Glück, aber lassen Sie mich wieder ein wenig Ruhe finden.

Durch die Gewährung meiner Bitte werden Sie viele neue Rechte über mein Herz erlangen. Und diese, die auf Tugend gegründet sind, werde ich Ihnen nicht verweigern können. Wie selig werde ich in meiner Dankbarkeit sein! Ich werde Ihnen das schöne Geschenk verdanken, mich ohne Gewissensbisse einer köstlichen Empfindung zu erfreuen. Jetzt hingegen erschrecke ich vor meinem Fühlen, meinem Denken und fürchte gleichermaßen die Beschäftigung mit mir wie mit Ihnen; der bloße Gedanke an Sie erfüllt mich mit Entsetzen: Kann ich ihm nicht entfliehen, so kämpfe ich gegen ihn an; es gelingt mir nicht, ihn zu bannen, und dennoch stoße ich ihn zurück.

Ist es nicht besser für uns beide, diesem Zustand der Verwirrung und der Angst ein Ende zu machen? O Sie, dessen Seele, empfindsam selbst inmitten ihrer Irrungen, der Tugend immer zugetan blieb, Sie werden Rücksicht nehmen auf meine schmerzliche Lage und mir die Bitte nicht abschlagen! Eine sanftere, doch nicht weniger zärtliche Anteilnahme wird diesen gewaltsamen Erschütterungen folgen; dann werde ich dank Ihrer Güte aufatmen, dann werde ich mein Dasein wieder lieben und in der Freude meines Herzens sagen: Diese Ruhe, die ich empfinde, verdanke ich meinem Freunde.

Wenn Sie sich einigen leichten Entbehrungen unterwerfen, die ich Ihnen nicht aufzwingen will, aber um die ich Sie bitte – werden Sie dann glauben, damit das Ende meiner Qualen zu teuer erkauft zu haben? Ach, wenn ich, um Sie glücklich zu machen, nur einzuwilligen brauchte, selbst unglücklich zu sein, ich würde keinen Augenblick zögern ... Aber schuldig werden? ... Nein, mein Freund, nein, lieber tausend Tode sterben!

Schon fürchte ich, von Scham befallen und stets an der Schwelle der

Reue, die andern und mich selbst; ich erröte im Kreise der Bekannten und zittere, wenn ich allein bin; mein Leben ist nur noch Schmerz, und ich kann Ruhe nur durch Sie erlangen. Meine tugendhaftesten Entschlüsse vermögen nicht, mich zu beschwichtigen; ich habe diesen schon gestern gefaßt und doch die Nacht in Tränen verbracht.

Sehen Sie doch Ihre Freundin, die Frau, die Sie lieben, an, wie sie, verstört und flehend, von Ihnen den Frieden und die Unschuld erbittet! Ach, mein Gott, wäre ich ohne Sie jemals zu dieser demütigenden Bitte herabgesunken? Ich mache Ihnen keine Vorwürfe: fühle ich doch in mir selbst, wie schwer es ist, einem gebieterischen Gefühl zu widerstehen. Ich klage nur, ich murre nicht. Tun Sie aus Großmut, was ich aus Pflicht tue, und ich werde allen Gefühlen, die Sie mir eingeflößt haben, noch das ewiger Dankbarkeit hinzufügen.

Adieu, adieu. Schloß . . ., den 27. September 17 . .

91. Brief **Vicomte de Valmont an Präsidentin de Tourvel**

Ganz bestürzt über Ihren Brief, weiß ich nicht, was darauf antworten. Zweifellos, wenn nur die Wahl zwischen Ihrem Unglück und dem meinen möglich ist, so bin ich es, der sich opfern muß, und ich zaudere nicht. Aber so große Dinge verdienen, wie mir scheint, vor allem besprochen und aufgeklärt zu werden, und wie läßt sich das erreichen, wenn wir uns weder sehen noch sprechen sollen?

Wie, während die zartesten Gefühle uns vereinen, soll ein nichtiges Schreckbild genügen, um uns zu trennen, vielleicht für immer? Vergeblich werden die zärtliche Freundschaft, die glühende Liebe ihr Recht verlangen; ihre Stimme wird nicht gehört werden. Und warum? Was ist denn das für eine dringende Gefahr, die Sie bedroht? Ah, glauben Sie mir, solche Befürchtungen, die Ihnen so leicht kommen, sind an sich schon Gewähr genug für Ihre Sicherheit.

Erlauben Sie mir, es Ihnen zu sagen: Ich finde hier die Spur der ungünstigen Schilderungen, die man Ihnen von mir gemacht hat. Man zittert nicht vor dem Manne, den man achtet, und man verbannt nicht denjenigen, den man seiner Freundschaft für würdig hielt; nur den Gefährlichen fürchtet und flieht man.

Wer aber war jemals ehrerbietiger und gehorsamer als ich? Schon,

Sie sehen es, achte ich auf meine Sprache; ich gestatte mir nicht mehr die süßen Namen, die meinem Herzen so teuer sind und die es Ihnen im geheimen unablässig gibt. Ich bin nicht mehr der treue und unglückliche Liebende, der von seiner zärtlichen und gefühlvollen Freundin Rat und Trost empfängt; ich bin der Angeklagte vor seinem Richter, der Sklave vor seinem Herrn. Diese neuen Titel bringen zweifellos auch neue Pflichten mit sich, und ich erbiete mich, sie alle zu erfüllen – ja, ich verspreche noch mehr. Wollen Sie die Tyrannin sein, die verurteilt, ohne anzuhören? Haben Sie den Mut zur Ungerechtigkeit? Wohlan, befehlen Sie, auch dann gehorche ich.

Aber diesen Richterspruch, diesen Befehl möchte ich aus Ihrem Munde hören. Warum? werden Sie fragen. Ach, wenn Sie diese Frage stellen, wie wenig kennen Sie die Liebe und mein Herz! Ist es denn nichts, Sie noch einmal zu sehen? Auch wenn Sie die Verzweiflung in mein Herz senken, wird vielleicht ein tröstender Blick von Ihnen es vor dem Brechen bewahren. Wenn ich denn wirklich auf Liebe und Freundschaft, für die allein ich lebe, verzichten muß, so sollen Sie doch wenigstens Ihr Werk sehen, und Ihr Mitleid wird mir bleiben. Es scheint mir, daß ich diese geringe Gunst, auch wenn ich ihrer nicht würdig sein sollte, durch meine Unterwerfung teuer genug zu zahlen bereit bin, um ihre Erlangung hoffen zu können.

Wie, Sie wollen mich aus Ihrer Nähe verbannen? Sie finden sich also damit ab, daß wir uns einander entfremden – was sage ich? –, Sie wünschen es! Und während Sie mir versichern, daß die Trennung Ihre Gefühle für mich nicht vermindern werde, dringen Sie zugleich auf meine Abreise, um leichter an der Ertötung dieser Gefühle arbeiten zu können.

Schon sprechen Sie davon, sie durch Dankbarkeit zu ersetzen. Also ein Gefühl, das ein Unbekannter für den kleinsten Dienst, das sogar Ihr Feind für die Einstellung seiner Bosheit von Ihnen erlangen könnte – das ist es, was Sie mir bieten! Und Sie wollen, daß mein Herz sich damit begnüge? Befragen Sie doch das Ihre! Wenn Ihr Geliebter, Ihr Freund eines Tages käme und Ihnen von seiner Erkenntlichkeit reden wollte, würden Sie ihm dann nicht entrüstet sagen: »Gehen Sie, Sie fühlloser Mensch!«?

Ich halte inne und bitte um Ihre Nachsicht. Verzeihen Sie die Äußerung eines Schmerzes, den Sie verursacht haben; er soll meinem vollkommenen Gehorsam nicht Abbruch tun. Aber ich beschwöre Sie im Namen der zärtlichen Gefühle, auf die Sie selbst sich berufen: Weigern Sie sich nicht, mich anzuhören! Und wenn auch nur aus Mitleid mit der tödlichen Trübsal, in die Sie mich gestürzt haben, schieben Sie den Zeitpunkt nicht auf! Adieu, Madame.

Schloß..., den 27. September 17.., am Abend

92. Brief **Chevalier Danceny an Vicomte de Valmont**

O mein Freund, Ihr Brief hat mir einen furchtbaren Schrecken eingejagt. Cécile ... mein Gott, ist's möglich? Cécile liebt mich nicht mehr. Ja, ich erkenne diese grausame Wahrheit durch den Schleier, mit dem Ihre Freundschaft sie umhüllt. Sie wollten mich auf diesen tödlichen Schlag vorbereiten; ich danke Ihnen für Ihre Sorge – aber läßt die Liebe sich täuschen? Sie läuft dem, was sie angeht, entgegen; sie wartet nicht, bis sie ihr Geschick erfahre: sie errät es. Ich zweifle nicht mehr an dem meinen: sprechen Sie mit mir ohne Umschweife, Sie können es, ich bitte Sie darum. Berichten Sie mir alles: wodurch Ihr Verdacht geweckt wurde, was Sie darin bestärkt hat. Die geringsten Einzelheiten sind von höchster Wichtigkeit. Versuchen Sie vor allem, sich an ihre Worte zu erinnern. Der Ersatz eines Wörtchens durch ein anderes kann den ganzen Satz ändern; ein und dasselbe hat oft zwei Bedeutungen ... Sie könnten sich geirrt haben – ach ja, ich suche mir noch etwas vorzugaukeln! Was hat sie Ihnen gesagt? Nimmt sie mir etwas übel? Verteidigt sie sich nicht wenigstens wegen ihres Unrechts? Ich hätte diese Sinnesänderung voraussehen, sie aus den Schwierigkeiten erraten müssen, die sie seit einiger Zeit in allem findet. Die Liebe kennt so viele Hindernisse nicht.

Welchen Entschluß soll ich fassen? Was raten Sie mir? Wenn ich versuchte sie zu sehen? Ist das denn ganz unmöglich? Die Trennung ist etwas so Grausames, so Verhängnisvolles ... und sie hat ein Mittel ausgeschlagen, mich zu sehen? Sie sagen mir nicht, was für ein Mittel es war. Wenn es wirklich so gefährlich sein sollte, weiß sie sehr gut, daß ich sie nicht zu viel aufs Spiel setzen lassen möchte. Aber ich kenne auch Ihre Vorsicht und kann zu meinem Unglück nicht daran zweifeln.

Was werde ich jetzt tun? Wie soll ich ihr schreiben? Wenn ich sie meinen Argwohn merken lasse, wird es sie vielleicht betrüben; und wenn er unbegründet ist, würde ich es mir nie verzeihen, sie gekränkt zu haben. Wenn ich ihr aber meinen Argwohn verberge, täusche ich sie, und es ist mir unmöglich, ihr gegenüber zu heucheln.

Oh, wenn sie wüßte, wie ich leide, mein Schmerz würde sie rühren! Ich kenne ihr empfindsames, ihr wirklich gutes Herz, und ich habe tausend Beweise für ihre Liebe. Ängstlichkeit, vielleicht Befangenheit – sie ist ja noch so jung! Und die Mutter ist so streng mit ihr! Ich werde ihr schreiben, mich zusammennehmen, sie nur bitten, sich ganz und gar auf Sie zu verlassen. Selbst wenn sie sich immer noch weigern sollte, kann sie doch an meiner Bitte keinen Anstoß nehmen – und vielleicht willigt sie ein.

Und Sie, mein Freund, bitte ich tausendmal um Verzeihung in meinem und in ihrem Namen. Ich versichere Ihnen, daß sie den Wert Ihrer Bemühungen kennt und Ihnen dafür dankbar ist. Es ist nicht Mißtrauen, es ist Ängstlichkeit. Üben Sie Nachsicht; sie ist der schönste Charakterzug der Freundschaft. Die Ihre ist mir unendlich teuer, und ich weiß nicht, wie ich Ihnen für alles, was Sie für mich tun, danken soll. Adieu, ich will ihr gleich schreiben.

Alle meine Befürchtungen stellen sich wieder ein. Wer hätte mir gesagt, daß es mich je so schwer ankommen würde, ihr zu schreiben? Ach, gestern noch war es meine süßeste Freude.

Adieu, mein Freund. Fahren Sie in Ihren Bemühungen für mich fort und bedauern Sie mich.

Paris, den 27. September 17..

*93. Brief** **Chevalier Danceny an Cécile Volanges**

Ich kann Ihnen nicht verhehlen, wie sehr es mich betrübt hat, von Valmont zu hören, wie wenig Vertrauen Sie noch immer in ihn setzen. Sie wissen, daß er mein Freund und der einzige Mensch ist, der die Möglichkeit hat, uns zusammenzubringen. Ich hätte gedacht, daß dies Ihnen genügen müßte, und sehe zu meinem Leidwesen, daß ich mich getäuscht habe. Darf ich hoffen, daß Sie mich wenigstens über

* Dem vorhergehenden Brief beigelegt

Ihre Gründe unterrichten werden? Oder gibt es auch da Schwierigkeiten, die Sie daran hindern? Und doch kann ich ohne Ihre Hilfe das Geheimnis Ihres Betragens nicht enträtseln. Ich wage es nicht, an Ihrer Liebe zu zweifeln, und auch Sie werden sicher die meine nicht leugnen wollen. Ach, Cécile . . .

Es ist also wahr, daß Sie ein Mittel, mich zu sehen, zurückwiesen, ein einfaches, bequemes und sicheres Mittel*? So lieben Sie mich! Diese kurze Trennung hat Ihre Gefühle sehr verändert. Aber warum täuschen Sie mich? Warum sagen Sie mir, daß Sie mich noch immer lieben, daß Sie mich noch mehr lieben? Hat Ihre Mama, indem sie Ihre Liebe zu mir zerstörte, auch ihre Aufrichtigkeit zerstört? Wenn sie in Ihnen wenigstens eine Spur von Mitleid gelassen hat, werden Sie nicht ohne Rührung von den Qualen erfahren, die Sie mir verursachen. Ach, ich würde weniger leiden, wenn ich mit dem Tode ränge!

Sagen Sie mir doch: ist mir Ihr Herz unwiederbringlich verschlossen? Haben Sie mich ganz und gar vergessen? Infolge Ihrer Weigerung bin ich im ungewissen, weiß nicht, wann Sie meine Klagen vernehmen, noch wann Sie mir Antwort geben werden. Valmonts Freundschaft hätte unsern Briefwechsel gesichert; aber Sie, Sie wollten nicht, Sie fanden ihn lästig, Sie zogen es vor, daß er spärlich sei. Nein, ich werde nie mehr an die Liebe, an die Treue glauben. Wem könnte man auch glauben, wenn Cécile mich getäuscht hat?

Antworten Sie mir doch! Ist es wahr, daß Sie mich nicht mehr lieben? Nein, das ist nicht möglich; Sie täuschen sich über sich selbst; Sie verleumden Ihr Herz. Eine vorübergehende Ängstlichkeit, ein Augenblick der Entmutigung, die aber die Liebe bald wieder verscheucht – nicht wahr, so ist's, meine Cécile? Und ich habe unrecht, Sie anzuklagen. Wie glücklich wäre ich, wenn ich unrecht hätte, wie gern würde ich Ihnen zärtliche Abbitte leisten und einen Augenblick der Ungerechtigkeit mit einer Ewigkeit von Liebe entgelten!

Cécile, Cécile, haben Sie Mitleid mit mir! Willigen Sie ein, mich zu sehen; bedienen Sie sich aller Mittel dazu! Sehen Sie doch, was eine Trennung mit sich bringt: Befürchtungen, Zweifel, vielleicht sogar Kälte! Ein einziger Blick, ein einziges Wort, und wir werden wieder

* Danceny weiß nicht, um welches Mittel es sich handelt; er wiederholt nur Valmonts Worte

glücklich sein. Doch ach, wie darf ich noch von Glück sprechen? Vielleicht ist es für mich verloren, auf immer dahin. Gepeinigt von Angst, grausam eingezwängt zwischen ungerechtem Argwohn und der noch grausameren Wahrheit, kann ich bei keinem Gedanken verweilen und habe gerade nur noch so viel Leben in mir, um zu leiden und Sie zu lieben. Ach, Cécile, Sie allein haben das Recht, mir das Dasein wieder teuer zu machen; und von dem ersten Wort, das Sie sprechen werden, erwarte ich die Wiederkehr meines Glückes oder die Gewißheit ewiger Verzweiflung.

Paris, den 27. September 17..

94. Brief **Cécile Volanges an Chevalier Danceny**

Ich begreife von Ihrem Brief gar nichts, außer daß er mir weh tut. Was hat Ihnen Herr de Valmont denn geschrieben? Und was konnte Sie zu dem Glauben veranlassen, daß ich Sie nicht mehr liebe? Das wäre vielleicht sehr günstig für mich, denn sicher würde man mich dann weniger quälen. Aber es ist doch sehr hart, daß ich, wo ich Sie doch so liebe, vor Ihnen immer unrecht haben soll und daß mir durch Sie statt Trost immer nur aller Kummer kommt, der mich am meisten betrübt. Sie glauben, daß ich Sie täusche und daß ich Ihnen etwas vormache, das gar nicht ist? Da haben Sie aber eine schöne Meinung von mir! Aber wenn ich eine Lügnerin wäre, wie Sie mir vorwerfen, was hätte ich denn für ein Interesse daran? Wenn ich Sie nicht mehr liebte, brauchte ich es ja bloß zu sagen, und alle Welt würde mich dafür loben. Aber zu meinem Unglück ist das Gefühl stärker als ich, und noch dazu für einen, der mir nicht einmal Dank weiß!

Was habe ich denn getan, das Sie so ärgern kann? Ich habe nur nicht gewagt, einen Schlüssel zu nehmen, weil ich Angst hatte, Mama könnte es merken, und weil das wieder Ihnen und mir neuen Kummer bringen würde; dann auch, weil es mir nicht recht vorkam. Aber es war ja nur Herr Valmont, der mir den Vorschlag machte, und ich konnte nicht ahnen, ob Sie es wollten oder nicht, da Sie ja nichts davon wußten. Jetzt, da ich weiß, daß Sie es wollen, weigere ich mich da vielleicht, den Schlüssel zu nehmen? Gleich morgen werde ich ihn nehmen, und wir werden sehen, was Sie noch gegen mich zu sagen haben.

Herr de Valmont mag ja Ihr Freund sein, aber ich glaube doch, daß ich Sie ebenso liebe wie er, wenn nicht noch mehr; und trotzdem hat er immer recht, und ich habe immer unrecht. Ich muß Ihnen sagen, daß ich sehr ärgerlich bin. Das ist Ihnen gleichgültig, weil Sie wissen, daß ich immer sofort wieder gut bin; aber jetzt, wo ich den Schlüssel haben werde,kann ich Sie sehen, wann ich will; und ich versichere Ihnen, daß ich nicht wollen werde, wenn Sie sich gegen mich so benehmen. Wenn ich schon Kummer haben muß, so will ich ihn mir lieber selbst machen, als daß er von Ihnen kommt; also richten Sie sich danach.

Wenn Sie nur wollten, ach, wie würden wir uns lieben! Wenigstens brauchten wir nur das zu leiden, was die andern uns antun. Ich versichere Ihnen hoch und teuer, daß, wenn es auf mich ankäme, Sie nie Grund zur Klage gegen mich hätten; aber wenn Sie mir nicht glauben, werden wir immer sehr unglücklich sein, und sicher nicht durch meine Schuld. Ich hoffe, daß wir uns bald sehen können und daß wir dann keine Veranlassung mehr haben werden, uns gegenseitig zu betrüben wie jetzt.

Wenn ich das hätte voraussehen können, würde ich den Schlüssel gleich genommen haben, aber wirklich, ich glaubte das Richtige zu tun. Seien Sie mir also nicht böse, ich bitte Sie sehr darum. Lassen Sie von Ihrer Traurigkeit, und lieben Sie mich stets so sehr, wie ich Sie liebe; dann werde ich froh sein. Adieu, mein teurer Freund!

Schloß ..., den 28. September 17..

95. Brief **Cécile Volanges an Vicomte de Valmont**

Ich bitte Sie, mein Herr, mir gütigst noch einmal den Schlüssel zu geben, den ich an die Stelle des andern legen soll; da man es von mir verlangt, muß ich es wohl tun.

Ich weiß nicht, warum Sie Herrn Danceny schrieben, daß ich ihn nicht mehr liebe; ich bin mir nicht bewußt, Ihnen jemals Ursache zu dieser Annahme gegeben zu haben; und es hat ihn sehr geschmerzt und mich auch. Ich weiß wohl, daß Sie sein Freund sind; aber das ist doch noch kein Grund, um mich oder ihn zu betrüben. Sie würden mich sehr erfreuen, wenn Sie ihm in Ihrem nächsten Brief das Gegenteil schrieben und daß Sie dessen sicher sind; denn in Sie setzt er sein volles Vertrauen, und ich, wenn ich etwas sage und man mir nicht glaubt, bin einfach ratlos.

Was den Schlüssel betrifft, so können Sie ganz ruhig sein; ich habe alles behalten, was Sie mir in Ihrem Brief empfahlen. Wenn Sie aber den Brief noch haben und mir ihn zugleich mit dem Schlüssel übergeben wollten, verspreche ich Ihnen sehr, acht auf ihn zu haben. Vielleicht wäre das morgen möglich, wenn man zum Diner geht, dann würde ich Ihnen den andern Schlüssel übermorgen beim Frühstück zustecken, und Sie würden ihn mir auf dieselbe Weise zurückgeben wie das erstemal. Ich wäre sehr froh, wenn es nicht länger dauerte, damit die Gefahr, daß Mama es entdeckt, nicht so groß ist.

Und wenn Sie einmal den richtigen Schlüssel haben, bitte ich Sie, sich dessen gütigst zu bedienen, um meine Briefe abzuholen; so wird Herr Danceny öfter Nachricht von mir bekommen. Es ist wahr, daß das viel bequemer sein wird als jetzt, aber ich hatte zuerst so große Angst. Ich bitte Sie um Entschuldigung und hoffe, daß Sie trotzdem auch weiter so gefällig sein werden wie bisher. Ich werde Ihnen auch immer dankbar sein.

Ich habe die Ehre, mein Herr, zu sein Ihre sehr ergebene und gehorsame Dienerin. Schloß ..., den 28. September 17..

96. Brief **Vicomte de Valmont an Marquise de Merteuil**

Ich möchte wetten, daß Sie seit Ihrem Abenteuer Tag um Tag auf meine Komplimente und Lobeserhebungen warten; ja, ich zweifle nicht daran, daß Sie über mein langes Schweigen ein wenig ärgerlich sind. Aber was wollen Sie? Ich war immer der Meinung, daß, wenn eine Frau nur noch Lob verdient, man sich auf sie verlassen und sich mit etwas anderem beschäftigen kann. Trotzdem danke ich Ihnen in meinem Interesse und beglückwünsche Sie in dem Ihren. Um Sie ganz glücklich zu machen, will ich sogar zugeben, daß Sie diesmal meine Erwartungen übertroffen haben. Und nun wollen wir sehen, ob ich meinerseits die Ihrigen wenigstens zum Teil erfüllt habe.

Nicht von Madame de Tourvel möchte ich Ihnen heute sprechen; die langsamen Fortschritte sind nicht nach Ihrem Geschmack. Sie lieben nur die abgeschlossenen Affären. Platonische Szenen langweilen Sie, und doch habe ich noch nie so viel Vergnügen gekostet wie in diesem angeblich langsamen Fortgang.

Jawohl, ich liebe es, diese besonnene Frau zu betrachten, die sich, ohne es zu merken, auf einen Pfad begeben hat, auf dem es kein Zurück mehr gibt und dessen gefährliche Abschüssigkeit sie wider ihren Willen mit sich reißt und sie zwingt, mir zu folgen. Erschreckt vor der Gefahr, möchte sie plötzlich innehalten und kann es nicht. Ihr Bemühen, ihre Wachsamkeit können ihre Schritte wohl kleiner machen, aber doch folgt einer dem andern. Bisweilen wagt sie nicht, der Gefahr ins Gesicht zu sehen, schließt die Augen, erschlafft und überläßt sich meiner Fürsorge. Öfter aber stachelt neue Furcht sie zu neuer Bemühung an: in tödlichem Schrecken versucht sie es noch einmal, umzukehren, und erschöpft ihre Kraft im mühsamen Erklimmen einer kurzen Wegstrekke. Bald aber fühlt sie sich, von einer zauberhaften Gewalt gezogen, der Gefahr, die sie fliehen wollte, noch näher gerückt. Dann bleibe nur ich ihr noch als Führer und Stütze: sie denkt nicht mehr daran, mir ihren unaufhaltsamen Sturz vorzuwerfen, und bittet mich inständig, ihn zu verzögern. Inbrünstige Gebete, demütiges Flehen, alles, was die Sterblichen in ihrer Angst der Gottheit darbringen, empfange ich von ihr. Und Sie fordern, daß ich, taub gegen ihre Wünsche, den Kult, den sie mir weiht, selbst zerstöre und daß ich, sie zu stürzen, die Macht anwende, die sie als ihren Halt anruft! So gewähren Sie mir wenigstens einige Zeit, um diesen ergreifenden Kampf zwischen Liebe und Tugend zu beobachten.

Wie denn, dasselbe Schauspiel, zu dem Sie begierig ins Theater eilen und dem Sie wütend Beifall zollen, halten Sie in der Wirklichkeit für viel weniger anziehend? Den Gefühlsausbrüchen einer reinen und zärtlichen Seele, die vor dem Glück zurückschreckt, das sie ersehnt, und die nie aufhört, sich zu verteidigen, selbst wenn sie schon aufhört zu widerstehen, lauschen Sie mit Begeisterung – und für den, der diese Gefühle hervorruft, sollten sie wertlos sein? Das aber sind die köstlichen Genüsse, die mir diese himmlische Frau Tag um Tag bietet – und Sie wollen es mir verdenken, daß ich ihre Süßigkeit koste? Ach, nur zu bald wird die Zeit kommen, wo sie, entwürdigt durch ihren Fall, für mich nur noch eine gewöhnliche Frau sein wird!

Aber ich spreche Ihnen von ihr und vergesse dabei, daß ich von ihr nicht sprechen wollte. Ich weiß nicht, welche Macht mich an sie bindet, mich immer wieder zu ihr zurückführt, selbst wenn ich ihr eine Schmach antue. Aber machen wir uns von diesem gefährlichen Bilde frei; ich will wieder ganz zu mir selbst und auf ein lustigeres Thema kommen. Es handelt sich um Ihre Schülerin, die jetzt auch die meine ist, und ich hoffe, hier werden Sie mich wiedererkennen.

Da ich seit einigen Tagen von meiner zärtlichen Bigotten etwas besser behandelt wurde und daher weniger mit ihr beschäftigt war, bemerkte ich, daß die kleine Volanges wirklich sehr hübsch ist und daß, wenn es auch eine Dummheit ist, sich in sie so zu verlieben wie Danceny, es von mir vielleicht nicht weniger dumm wäre, bei ihr nicht eine Zerstreuung zu suchen, die ich in meiner Einsamkeit so nötig habe. Ich fand es nur recht und billig, mich für die Mühe, die ich mir für sie gab, bezahlt zu machen und erinnerte mich überdies daran, daß Sie sie mir angeboten hatten, ehe noch Danceny irgendwelche Ansprüche stellte. So fühlte ich mich berechtigt, gewisse Abgaben von einer Ware zu verlangen, deren Besitz er nur meiner Weigerung und meinem Verzicht verdankt: Das hübsche Gesicht des Persönchens, ihr frischer Mund, ihre kindliche Art und sogar ihre Unbeholfenheit bestärkten mich in diesen klugen Überlegungen. Ich beschloß also, dementsprechend zu handeln, und der Erfolg hat meine Unternehmung gekrönt.

Schon suchen Sie zu erraten, durch welches Mittel ich so schnell an die Stelle des geliebten Anbeters trat, welche Verführung diesem Alter, dieser Unerfahrenheit angemessen sei. Sparen Sie sich die Mühe, ich wandte überhaupt keine Mühe an. Während Sie, die Waffen Ihres Geschlechts kunstvoll gebrauchend, durch Schlauheit triumphierten, habe ich, dem Manne sein unverjährbares Vorrecht wiedergebend, durch Gewalt unterworfen. Sicher, meine Beute zu fassen, wenn ich zu ihr gelangen konnte, bedurfte ich der List nur, um mich ihr zu nähern; und die List, deren ich mich bediente, verdient kaum diesen Namen.

Ich machte mir den ersten Brief zunutze, den ich von Danceny für seine Schöne erhielt, und verwendete, sobald ich sie davon durch das zwischen uns verabredete Zeichen benachrichtigt hatte, meine Geschicklichkeit nicht auf seine Übergabe, sondern darauf, keine Gelegenheit dazu zu finden. Die Ungeduld, die ich auf diese Weise hervorrief, teilte ich scheinbar und gab, nachdem ich das Leid verursacht hatte, das Gegenmittel an.

Die Kleine wohnt in einem Zimmer, dessen eine Tür auf den Korridor hinausgeht; aber aus guten Gründen hatte die Mutter den Schlüssel an sich genommen. Es handelte sich also nur darum, sich seiner zu bemächtigen. Nichts war leichter als das: ich wollte ihn nur für zwei Stunden haben und verpflichtete mich, einen ähnlichen zu beschaffen. Dann würden der Austausch der Briefe, Besprechungen, nächtliche Zusammenkünfte und all das bequem und sicher vonstatten gehen. Indessen – würden Sie es glauben? – das schüchterne Kind bekam Angst und weigerte sich. Ein anderer an meiner Stelle hätte den Mut verloren; ich aber sah darin nur die Gelegenheit zu einem reizvolleren Vergnügen. Ich schrieb an Danceny einen Brief, in dem ich mich über Cécile beklagte, und stellte es so klug an, daß der unbesonnene Knabe nichts Eiligeres zu tun hatte, als seine zaghafte Geliebte durch Vorwürfe zu bewegen, meine Bitte zu gewähren und sich ganz meinem Belieben auszuliefern.

Ich war, ich gestehe es, über diesen Rollentausch sehr entzückt: der junge Mann tat nun für mich, was ich, wie er hoffte, für ihn tun sollte. Dieser Gedanke verdoppelte in meinen Augen den Wert des Abenteuers. So sputete ich mich denn, kaum daß ich den kostbaren Schlüssel in Händen hielt, von ihm Gebrauch zu machen. Das geschah in der folgenden Nacht.

Nachdem ich mich vergewissert hatte, daß im Schlosse alles ruhig war, stattete ich, bewaffnet mit meiner Blendlaterne und in der Bekleidung, welche die Stunde und die Umstände erforderten, Ihrer Schülerin meinen ersten Besuch ab. Ich hatte alles vorbereiten lassen (und zwar durch sie selbst), um ohne Geräusch eintreten zu können. Sie lag im ersten Schlaf, im tiefen Schlaf ihrer jungen Jahre, so daß ich bis an ihr Bett kam, ohne daß sie erwachte. Mein erster Gedanke war, noch weiterzugehen und als Traum zu gelten; aber aus Angst, sie aufzuschrecken, und vor dem Lärm, der daraus entstehen konnte, zog ich es vor, die hübsche Schläferin vorsichtig zu wecken, und es gelang mir wirklich, den gefürchteten Aufschrei zu vermeiden.

Nachdem ich sie ein wenig beruhigt hatte, erlaubte ich mir – ich war ja nicht zum Plaudern gekommen – einige Freiheiten. Offenbar hat man sie im Kloster nicht gelehrt, wie vielen verschiedenen Gefahren die schüchterne Unschuld ausgesetzt ist und was sie alles zu schützen hat, um nicht überrumpelt zu werden; denn während sie ihre ganze

Aufmerksamkeit und Körperkraft darauf verwandte, sich eines Kusses zu erwehren, der nur ein Scheinangriff war, blieb alles andere ohne Verteidigung. Wie hätte ich mir das nicht zunutze machen sollen! Ich änderte also meine Marschroute und faßte sofort Posto. Jetzt wären wir alle beide beinahe verloren gewesen: das kleine Mädchen wollte in ihrem Schrecken nun allen Ernstes schreien; zum Glück erstickte ihre Stimme in Schluchzen. Schon griff sie nach der Klingelschnur, aber meine Geschicklichkeit hielt ihren Arm rechtzeitig auf.

»Was wollen Sie tun«, sagte ich zu ihr, »sich für immer unglücklich machen? Man mag nur kommen, was mach' ich mir daraus? Wen werden Sie überzeugen, daß ich hier nicht mit Ihrer Einwilligung bin? Wer anders als Sie hat mir das Mittel geliefert, hier einzudringen? Und diesen Schlüssel, den ich von Ihnen habe und nur von Ihnen bekommen konnte – werden Sie eingestehen wollen, zu welchem Zwecke Sie ihn bestimmt haben?« Diese kurze Ansprache besänftigte weder ihren Schmerz noch ihren Zorn, aber sie führte zur Unterwerfung. Ich weiß nicht, ob ich den Ton der Beredsamkeit hatte, ihre Gebärden hatte ich sicher nicht. Die eine Hand Gewalt ausübend, die andere mit der Liebe befaßt, welcher Redner könnte in einer solchen Lage Anspruch auf Anmut machen? Wenn Sie sich meine Situation richtig ausmalen, werden Sie zugeben, daß sie wenigstens für einen Angriff günstig war, aber ich verstehe bekanntlich von nichts etwas, und das einfältigste Weibchen, eine Klosterschülerin, führt mich, wie Sie sagen, am Bändel.

Diese nun sah trotz ihrer Verzweiflung ein, daß sie einen Entschluß fassen und in Unterhandlung treten müsse. Da alles Flehen mich unerbittlich fand, mußte sie zu Angeboten übergehen. Sie glauben wohl, daß ich diesen wichtigen Posten teuer verkauft habe? Nein, ich habe alles für einen Kuß versprochen. Es ist wahr, daß ich, nachdem ich meinen Kuß hatte, mein Versprechen nicht hielt; aber ich brachte dafür gute Gründe vor. Hatten wir ausgemacht, daß er genommen oder gegeben werden sollte? Nach vielem Feilschen einigten wir uns auf einen zweiten, den ich nun von ihr bekommen sollte. Ich legte ihre zaghaften Arme um meinen Leib, drückte sie mit den meinen innig an mich und empfing in der Tat den süßen Kuß, ganz richtig, wie er sein muß; die Liebe hätte es nicht besser zustandegebracht.

So viel guter Wille verdiente eine Belohnung, darum gewährte ich

auch sofort ihre Bitte. Die Hand zog sich zurück; aber ich weiß nicht, welcher Zufall es fügte, daß ich mich selbst an ihrer Stelle befand. Sie vermuten, daß ich mich nun sehr eifrig und tätig benahm, nicht wahr? Keine Spur. Ich habe – ich sagte es Ihnen schon – Geschmack an der Langsamkeit gefunden. Sobald man einmal sicher ist, ans Ziel zu gelangen, wozu die Reise beschleunigen?

Im Ernst: es interessiert mich sehr, die Macht der Gelegenheit zu beobachten, und ich fand sie hier jeder fremden Hilfe bar. Sie hatte gegen die Liebe zu kämpfen, gegen eine Liebe, zu der sich noch die Scham und die Furcht vor der Schande gesellten und die überdies durch den Zorn unterstützt wurde, den ich in der Kleinen in hohem Grade hervorgerufen hatte. Die Gelegenheit war allein, aber sie war da, immer sich anbietend, immer gegenwärtig – und die Liebe war fern.

Um meine Beobachtungen recht zuverlässig anzustellen, war ich so schlau, nur so viel Gewalt anzuwenden, als die Kleine hätte abwehren können. Nur wenn meine entzückende Gegnerin, meine Gefälligkeit mißbrauchend, Anstalten machte, mir zu entwischen, hielt ich sie durch die Drohung zurück, mit der ich bereits so gute Erfolge erzielt hatte. Mit einem Wort, ich brauchte mich nicht weiter anzustrengen: die zärtliche Liebende vergaß ihre Schwüre, gab nach und willigte schließlich ein – natürlich nicht, ohne daß nach diesem ersten Gewähren die Vorwürfe und die Tränen sich wieder einstellten. Ich weiß nicht, ob sie echt oder erheuchelt waren, aber wie immer in solchen Fällen, hörten sie auf, sobald ich damit beschäftigt war, ihnen neuen Grund zu liefern. Kurz, von Schwäche zu Vorwürfen und von Vorwürfen zu Schwäche, haben wir uns erst getrennt, als wir sehr zufrieden miteinander waren und uns im besten Einvernehmen auf ein Rendezvous in der heutigen Nacht geeinigt hatten.

Schon graute der Tag, als ich mich in mein Zimmer zurückzog. Ich war todmüde und sehnte mich nach Ruhe und Schlaf, aber ich opferte beides dem Wunsche, am Morgen beim Frühstück zugegen zu sein. Ich bin ganz versessen darauf, die Mienen »am Tage hernach« zu sehen. Von dieser da können Sie sich keine Vorstellung machen. Welche Befangenheit in der Haltung! Welch behinderter Schritt! Und Augen, stets zu Boden blickend, und so geschwollen, so umrändert! Das sonst so runde Gesicht war ganz in die Länge gezogen. Das sah sehr spaßhaft aus. Zum erstenmal bezeigte ihr die über die außerordentliche Veränderung erschrockene Mutter eine ziemlich zärtliche Teilnahme! Und zudem bemühte sich noch die Präsidentin um sie. Oh, was deren tröstende Fürsorge betrifft, so ist sie nur geliehen; der Tag wird kommen, wo man sie ihr zurückerstatten wird, und dieser Tag ist nicht fern. Adieu, meine schöne Freundin. Schloß . . ., den 1. Oktober 17 . .

97. Brief **Cécile de Volanges an Marquise de Merteuil**

Ach, mein Gott, Madame, wie bin ich betrübt! Wie bin ich unglücklich! Wer wird mich in meinem Kummer trösten, wer mir in meiner Verwirrung raten? Dieser Herr de Valmont . . . Und Danceny! Nein, der Gedanke an Danceny bringt mich zur Verzweiflung . . . Wie soll ich's Ihnen erzählen, wie Ihnen sagen? . . . Wie fang' ich nur an? . . . Und doch ist mein Herz so voll . . . Ich muß es jemandem sagen, und Sie sind die einzige, der ich vertrauen kann, der ich zu vertrauen wage. Sie haben mir immer so viel Güte bewiesen! Aber heute dürfen Sie keine für mich haben, denn ich bin dessen nicht würdig – was sage ich? Ich verlange es gar nicht. Alle hier haben mir heute ihre Anteilnahme bezeigt . . . und haben damit meinen Kummer nur vermehrt. Ich fühlte, daß ich es nicht verdiene. Im Gegenteil schelten Sie mich, zanken Sie mich tüchtig aus, denn ich habe mich sehr schuldig gemacht. Nachher aber retten Sie mich! Wenn Sie nicht die Güte haben, mir zu raten, muß ich vor Kummer sterben.

So wissen Sie also . . . meine Hand zittert, wie Sie sehen, ich kann fast nicht schreiben, mein Gesicht brennt wie Feuer . . . Ach, das ist natürlich die Röte der Scham! Nun wohl, ich muß es leiden; das wird die erste Strafe für meine Sünde sein. Ja, ich will Ihnen alles erzählen.

So erfahren Sie denn, daß Herr de Valmont, der mir bisher die Briefe des Herrn de Danceny übergab, plötzlich fand, daß es zu schwierig sei, und einen Schlüssel zu meinem Zimmer verlangte. Ich kann Ihnen fest versichern, daß ich nicht wollte; aber dann schrieb er an Danceny, und Danceny wollte es auch, und ich möchte ihm doch nichts abschlagen, weil mir das so weh tut, besonders seit unserer Trennung, die ihn so unglücklich macht – und da willigte ich schließlich ein. Das Unglück, das daraus entstehen sollte, sah ich nicht voraus.

Gestern hat Herr de Valmont diesen Schlüssel benutzt und ist in mein Zimmer gekommen, während ich schlief. Ich war so wenig darauf gefaßt, daß ich heftig erschrak, als er mich weckte. Aber da er gleich mit mir sprach, erkannte ich ihn und schrie nicht; auch dachte ich erst, daß er vielleicht käme, um mir einen Brief von Danceny zu bringen. Aber weit davon entfernt! Eine kleine Weile später wollte er mich küssen, und während ich mich zur Wehr setzte, wie es nur natürlich ist, hat er es so geschickt angestellt . . . ich wollte nicht um alles in der Welt . . . aber er wollte vorher einen Kuß. Ich mußte wohl, was sollte ich tun? Um so mehr, als ich schon versucht hatte, zu rufen. Aber erstens kam ich gar nicht dazu, und dann hatte er mir auch schon erklärt, daß er, wenn man komme, die Schuld auf mich schieben würde, und das konnte er natürlich leicht, wegen des Schlüssels. Nach dem Kuß hat er sich trotzdem nicht zurückgezogen. Er wollte durchaus einen zweiten; und ich weiß nicht, wie es mit dem war, aber der hat mich ganz verwirrt gemacht, und dann kam es noch schlimmer als zuvor. Meiner Seel, das ist wirklich schlecht! Und dann . . . Sie ersparen es mir wohl, Ihnen das übrige zu erzählen, aber ich bin so unglücklich, wie man es überhaupt sein kann.

Was ich mir am meisten vorwerfe und worüber ich mit Ihnen sprechen muß, ist, daß ich fürchte, mich nicht so gut verteidigt zu haben, wie ich es gekonnt hätte. Ich weiß nicht, was mit mir geschah, sicherlich liebe ich Herrn de Valmont nicht, aber es gab Momente, wo mir war, als ob ich ihn liebte . . . Sie können sich denken, daß ich mich dadurch nicht hindern ließ, ihm immer nein zu sagen, dabei fühlte ich aber genau, daß ich mich nicht so verhielt, wie ich sagte, und das war wie gegen meinen Willen, und ich war auch so benommen! Wenn es immer so schwierig ist, sich zu verteidigen, gehört schon große Übung dazu! Es ist ja wahr, Herr de Valmont hat eine Art, die Dinge zu sagen, daß man nicht weiß, was man ihm antworten soll. Und – würden Sie es glauben? – als er ging, war ich fast betrübt darüber, und ich hatte die Schwäche, ihm zu erlauben, daß er heut abend wiederkommt. Das bringt mich noch mehr zur Verzweiflung als alles andere.

Oh, trotz alledem, ich verspreche Ihnen hoch und teuer, daß ich ihn schon verhindern werde, zu kommen. Kaum war er fort, als ich schon fühlte, daß es unrecht von mir war, ihm das zu versprechen. Darum habe ich auch die ganze Zeit geweint. Besonders wegen Danceny tat es mir so leid! Jedesmal, wenn ich an ihn dachte, kamen mir die Tränen so stark, daß ich zu ersticken meinte, und ich denke immerfort an ihn ... Auch jetzt noch, Sie sehen es ja, mein Papier ist ganz durchnäßt. Nein, ich werde mich nie darüber trösten, wäre es auch nur um seinetwillen... Endlich konnte ich nicht mehr, aber es gelang mir doch nicht, auch nur eine Minute zu schlafen. Und heute früh, als ich aufstand und in den Spiegel blickte, sah ich zum Fürchten aus, so verändert war ich.

Mama hat es gleich bemerkt. als sie mich sah, sie fragte mich, was mir fehle. Darauf fing ich zu weinen an. Ich glaubte, sie würde mich auszanken, und das hätte mir vielleicht gut getan, aber nein, im Gegenteil, sie sprach so lieb auf mich ein! Das habe ich wahrhaftig nicht verdient. Sie sagte, ich solle es mir nicht so zu Herzen nehmen! Sie wußte ja nicht, warum ich so traurig war. Es würde mich krank machen, meinte sie. Es gibt Augenblicke, wo ich am liebsten tot sein möchte. Ich konnte mich nicht mehr zurückhalten, warf mich schluchzend in ihre Arme und rief aus: »Ach, Mama, Ihre Tochter ist sehr unglücklich!« Mama mußte auch ein wenig weinen, und dadurch wurde mein Kummer noch größer. Glücklicherweise hat sie mich nicht gefragt, warum ich so unglücklich bin, denn ich hätte nicht gewußt, was ich ihr antworten sollte.

Ich bitte Sie inständig, Madame, schreiben Sie mir, sobald Sie nur können, und sagen Sie mir, was ich tun soll, denn ich habe nicht die Kraft, richtig nachzudenken und tue nichts, als mich grämen. Lassen Sie mir gütigst Ihren Brief durch Herrn de Valmont zukommen; aber, ich flehe Sie an, erwähnen Sie, wenn Sie ihm gleichzeitig schreiben, nicht, daß ich Ihnen etwas gestanden habe.

Ich habe die Ehre, Madame, mit stets größter Zuneigung zu sein Ihre sehr ergebene und sehr gehorsame Dienerin ...

Ich wage nicht, den Brief mit meinem Namen zu unterzeichnen.

Schloß ..., den 1. Oktober 17..

98. Brief **Madame de Volanges an Marquise de Merteuil**

Es ist nur wenige Tage her, meine reizende Freundin, daß Sie mich um Trost und Rat baten; heute bin ich an der Reihe, und ich wende mich an Sie mit der gleichen Bitte, die Sie für sich taten. Ich bin wirklich sehr betrübt und fürchte, nicht die richtigen Mittel gewählt zu haben, um den Kummer zu vermeiden, den ich empfinde.

Meine Tochter ist die Ursache meiner Sorge. Seit meiner Abreise von Paris sah ich sie wohl immer traurig und bekümmert; aber ich hatte dies erwartet und wappnete mein Herz mit der Strenge, die ich für nötig hielt. Ich hoffte, daß die Entfernung, die Zerstreuungen einer Liebe schnell ein Ende setzen würden, die mir eher eine kindliche Verirrung als eine echte Leidenschaft schien. Aber weit davon entfernt, durch meinen Aufenthalt hier etwas gewonnen zu haben, bemerke ich vielmehr, daß das Kind sich mehr und mehr einer gefährlichen Schwermut hingibt, kurz, ich fürchte, daß ihre Gesundheit Schaden nehmen wird. Besonders seit einigen Tagen verändert sie sich zusehends. Vor allem gestern war ich ganz betroffen, und alle hier Anwesenden beunruhigten sich ernstlich.

Einen Beweis dafür, wie heftig sie leidet, sehe ich darin, daß sie die Schüchternheit ablegt, die sie mir gegenüber immer zeigte. Als ich sie gestern früh ganz einfach fragte, ob sie krank sei, stürzte sie sich in meine Arme, brach in Schluchzen aus und sagte: »Ich bin sehr unglücklich!« Ich kann Ihnen den Schmerz nicht beschreiben, den ich darüber empfand. Gleich traten mir die Tränen in die Augen, und ich hatte gerade noch Zeit, mich abzuwenden, damit sie es nicht sähe. Glücklicherweise war ich klug genug, keine Frage an sie zu richten, und sie wagte nicht, mir mehr zu sagen. Aber es ist ja ganz klar, daß es diese unglückselige Leidenschaft ist, die sie quält.

Welchen Entschluß soll ich nun fassen, wenn das so fort geht? Darf ich meine Tochter unglücklich machen? Sollen durch mich Empfindsamkeit und Treue, die wertvollsten Eigenschaften der Seele, zu ihrem Unheil ausschlagen? Bin ich darum ihre Mutter? Und wenn ich das natürliche Gefühl, das uns das Glück unsrer Kinder wünschen läßt, in mir ersticken wollte; wenn ich als Schwäche ansähe, was ich im Gegenteil für die erste und heiligste meiner Pflichten halte; wenn ich meine Tochter zu einer Heirat zwinge – bin ich dann nicht für die verhängnisvollen Folgen verantwortlich, die daraus entspringen können? Was für einen Gebrauch hieße es von der mütterlichen Machtvollkommenheit machen, wenn man seine Tochter zwischen die Sünde und das Unglück stellte!

Liebe Freundin, ich werde das nicht nachahmen, was ich so oft getadelt habe. Zweifellos konnte ich versuchen, für meine Tochter eine Wahl zu treffen; ich half ihr dadurch nur mit meiner Erfahrung; das war kein Recht, das ich ausübte, sondern eine Pflicht, die ich erfüllte. Ich würde aber eine Pflicht verletzen, wenn ich unter Mißachtung einer Neigung, deren Entstehen ich nicht zu verhindern wußte und deren Stärke und Dauer weder ich noch sie ermessen können, willkürlich über mein Kind verfügte. Nein, ich werde es nicht zulassen, daß sie den einen heiratet, um den andern zu lieben, und ich will lieber meine Autorität als ihre Tugend gefährden.

Ich glaube also, daß ich die weiseste Entscheidung treffe, wenn ich das Wort, das ich Herrn de Gercourt gab, zurücknehme. Die Gründe dafür habe ich Ihnen soeben auseinandergesetzt; sie scheinen mir schwerer zu wiegen als meine Versprechungen. Ich sage noch mehr: So wie die Dinge jetzt liegen, würde das Einhalten meiner Verpflichtung gegenüber Gercourt in der Tat deren Verletzung bedeuten. Denn wenn ich es meiner Tochter schulde, ihr Geheimnis zu wahren, so schulde ich Herrn de Gercourt doch wenigstens, seine Unkenntnis nicht zu mißbrauchen und für ihn alles zu tun, was er, wie ich glaube, selber tun würde, wenn er genügend unterrichtet wäre. Soll ich ihn schnöde verraten, wo er sich ganz auf mich verläßt, und, während er mir die Ehre gibt, mich zu seiner zweiten Mutter zu wählen, ihn bei der Wahl der Mutter seiner Kinder täuschen? Diese so zwingenden Erwägungen, denen ich mich nicht verschließen kann, beunruhigen mich mehr, als ich Ihnen zu sagen vermag.

Mit dem Unglück, das ich einerseits fürchte, vergleiche ich das Glück meiner Tochter, wenn sie den Gatten erhält, den ihr Herz gewählt hat. Dann kennt sie ihre Pflichten nur aus der süßen Befriedigung, die sie ihr einbringen; mein Schwiegersohn ist auch zufrieden und beglückwünscht sich täglich zu seiner Wahl; jedes von ihnen findet sein Glück nur im Glück des andern, und das der beiden vereint, vermehrt das meine. Soll die Hoffnung auf eine so schöne Zukunft nichtigen Rücksichten geopfert werden? Und was ist es denn, das mich abhält? Einzig das Geldinteresse. Was nützt es meiner Tochter, als reiche Erbin geboren zu sein, wenn sie trotzdem die Sklavin des Geldes sein soll?

Ich gebe zu, daß Herr de Gercourt vielleicht eine bessere Partie ist, als ich sie für meine Tochter erhoffen durfte; ich gestehe sogar, daß ich mich durch seine Wahl äußerst geschmeichelt fühlte. Aber schließlich ist Danceny aus ebenso gutem Hause; er steht ihm an persönlichen Vorzügen nicht nach und hat vor Herrn de Gercourt voraus, daß er liebt und geliebt wird. Zwar ist er nicht reich, aber ist es meine Tochter nicht genug für beide? Ach, warum sollte ich sie um die süße Genugtuung bringen, den Mann, den sie liebt, reich zu machen?

Diese Ehen, die man ausrechnet, statt sie passend zusammenzustellen, diese sogenannten Konvenienzehen, bei denen tatsächlich alles konveniert, außer den Neigungen und den Charakteren, bilden sie nicht den fruchtbarsten Boden für jene aufsehenerregenden Skandale, die täglich häufiger werden? Ich will die Entscheidung lieber aufschieben; wenigstens werde ich Zeit finden, meine Tochter, die ich nicht kenne, zu ergründen. Ich fühle in mir den Mut, ihr einen vorübergehenden Kummer zu bereiten, damit später ihr Glück um so fester gegründet sei; aber ich möchte nicht Gefahr laufen, sie einer ewigen Verzweiflung preiszugeben; das liegt meinem Herzen fern.

Das sind, liebe Freundin, die Gedanken, die mich quälen und wegen derer ich Ihren Rat erbitte. So ernste Angelegenheiten stehen zu ihrer liebenswürdigen Heiterkeit im Widerspruch und scheinen Ihrer Jugend fremd; aber Ihre Vernunft ist Ihren Jahren ja so weit voraus! Im übrigen wird die Freundschaft, die Sie für mich hegen, Ihrer Klugheit zu Hilfe kommen. und ich fürchte keineswegs, daß die eine oder die andere sich der Sorge einer Mutter, die Sie anfleht, versagen könnte.

Adieu, meine reizende Freundin, zweifeln Sie nie an der Aufrichtigkeit meiner Gefühle! Schloß ..., den 2. Oktober 17..

99. Brief **Vicomte de Valmont an Marquise de Merteuil**

Wiederum kleine Begebnisse, meine schöne Freundin, aber bloß Szenen, keine Taten. Also wappnen Sie sich mit Geduld, sogar mit sehr viel Geduld, denn während meine Präsidentin nur Schrittchen für

Schrittchen vorwärtskommt, retiriert Ihre Schülerin, was noch schlimmer ist. Nun, ich bringe den Gleichmut auf, mich über diese Kleinigkeiten zu amüsieren. In der Tat, ich gewöhne mich hier sehr gut ein und kann sagen, daß ich in dem trübseligen Schloß meiner Tante noch keinen Augenblick der Langweile verspürt habe. Gibt es denn hier nicht für mich Genüsse und Entbehrungen, Hoffnungen und Ungewißheit? Was hat man auf einem größeren Schauplatz mehr? Zuschauer? Ei, lassen Sie mich nur machen, sie werden nicht fehlen! Wenn sie mich auch nicht an der Arbeit sehen, so werde ich ihnen doch das fertige Werk vorführen: Sie brauchen dann nur zu bewundern und zu applaudieren. Jawohl, sie werden mir Beifall klatschen, denn endlich kann ich mit Sicherheit den Moment des Falles meiner sittenstrengen Bigotten voraussagen. Heute abend wohnte ich dem Todeskampf der Tugend bei; an ihre Stelle wird die sanfte Schwäche treten. Ich setze den Zeitpunkt dafür nicht später als auf unsere nächste Zusammenkunft an. Aber schon höre ich Sie meine Prahlsucht rügen. Wie denn, einen Sieg ankündigen, sich seiner im vorhinein rühmen! Gemach, beruhigen Sie sich! Um Ihnen meine Bescheidenheit zu beweisen, will ich Ihnen zuerst die Geschichte meiner Niederlage erzählen.

Wahrhaftig, Ihre Schülerin ist ein lächerliches Persönchen! Sie ist tatsächlich ein Kind, das man als ein solches behandeln sollte und gegen das man noch milde ist, wenn man ihm nur eine leichte Strafe auferlegt! Würden Sie es glauben? Nach dem vorgestern zwischen uns Vorgefallenen, nach der freundschaftlichen Art, in der wir uns gestern früh trennten, finde ich heute abend, als ich unserer Verabredung gemäß wiederkomme, ihre Türe von innen verriegelt! Was sagen Sie dazu? Man erlebt bisweilen am Tage vorher solche Kindereien. Aber am Tage nachher? Ist das nicht drollig?

Freilich habe ich nicht von Anfang an darüber gelacht; noch nie stand ich so sehr unter der Herrschaft meines Temperaments. Gewiß begab ich mich zu diesem Stelldichein ohne besondere Lust und einzig aus Höflichkeit. Mein Bett, dessen ich sehr bedurfte, schien mir im Augenblick jedem andern Bette vorzuziehen, und ich hatte mich nur widerwillig daraus erhoben. Kaum aber war ich auf ein Hindernis gestoßen, als ich darauf brannte, es zu überwinden. Ich fühlte mich gedemütigt, besonders da es einem Kinde gelungen war, mir solch einen Possen zu spielen. So zog ich mich also in übelster Laune und mit der festen Absicht zurück, mich mit der dummen Kleinen und ihren Angelegenheiten nicht mehr zu befassen, schrieb auch auf der Stelle ein Billet an sie, in dem ich ihr gründlich die Meinung sagte und das ich ihr heute zuzustecken gedachte. Aber, wie das Sprichwort sagt: Die Nacht bringt Rat. Heute morgen fand ich, daß ich, da mir hier keine Auswahl von Zerstreuungen zur Verfügung steht, diese da behalten muß. Und ich vernichtete das strenge Billet. Nach reiflicher Überlegung kann ich mich nicht genug darüber wundern, daß ich auf den Gedanken kam, ein Abenteuer abzuschließen, bevor ich etwas in Händen habe, um seine Heldin zu verderben. Wohin kann uns doch ein erster Impuls führen! Glücklich der, wie Sie, meine schöne Freundin, sich angewöhnt hat, der ersten Regung niemals nachzugeben! Kurz, ich habe meine Rache aufgeschoben und dieses Opfer in Anbetracht Ihrer Absichten mit Gercourt gebracht.

Jetzt, wo ich nicht mehr wütend bin, sehe ich nur noch das Lächerliche an dem Benehmen Ihres Mündels. Ich möchte wirklich gerne wissen, was sie damit zu gewinnen hofft. Ich wenigstens vermag es nicht zu sehen. Wenn sie sich nur verteidigen will, so fängt sie, wie man zugeben muß, damit ein wenig spät an. Sie wird mir eines Tages die Lösung des Rätsels mitteilen müssen. Ich bin sehr neugierig darauf. War sie vielleicht bloß müde? In der Tat, das wäre möglich; denn offenbar weiß sie noch nicht, daß die Pfeile der Liebe, wie der Speer des Achilles, das Heilmittel für die Wunden, die sie zufügen, in sich tragen. Aber nein, nach der kleinen Grimasse, die sie den ganzen Tag über zur Schau trug, möchte ich wetten, daß hier etwas wie Reue mitspielt . . . etwas – wie Tugend . . . Tugend! Als ob ihr so etwas zukäme! Sie lasse sie doch der Frau, die wirklich für Tugend geboren ist, der einzigen, die Tugend verschönen und sie liebenswert machen kann! . . . Verzeihung, liebe Freundin, aber gerade am heutigen Abend fand zwischen Madame de Tourvel und mir die Begegnung statt, über die ich Ihnen berichten will, und die Rührung schwingt noch in mir nach. Ich muß mir Gewalt antun, um mich von dem Eindruck abzulenken, den sie mir gemacht hat; und um mir dazu zu verhelfen, sitze ich hier und schreibe an Sie. Sie müssen mit diesem ersten Augenblick ein wenig Nachsicht haben.

Es ist schon einige Tage her, daß wir, Madame de Tourvel und ich, uns über unsere Gefühle einig sind; wir streiten uns nur noch um

Worte. Zwar antwortete sie auf meine »Liebe« immer noch mit ihrer »Freundschaft«; aber dieses Wort der Konvention ändert nichts an der Sache. Und wenn wir dabei geblieben wären, wäre ich vielleicht weniger schnell, aber nicht weniger sicher vorwärts gekommen. Schon war nicht mehr davon die Rede, daß ich mich entfernen müsse, wie sie anfangs verlangte; und für die Zusammenkünfte, die wir täglich haben, weiß ich geschickt die Gelegenheit zu liefern, und sie versteht es, sie zu ergreifen.

Da unsere kleinen Sondergespräche gewöhnlich beim Spazierengehen geführt werden, gab mir das abscheuliche Wetter, das heute den ganzen Tag herrschte, nur sehr geringe Hoffnung. Ich war darüber sehr ärgerlich, ich ahnte ja nicht, was ich dieser Widerwärtigkeit verdanken sollte.

Da man also nicht spazieren gehen konnte, setzte man sich nach dem Mittagsmahl an den Spieltisch; und da ich selten spiele und man mich auch nicht brauchte, benutzte ich die Zeit, um auf mein Zimmer zu gehen, ohne weitere Absicht, als dort zu warten, bis die Partie ungefähr zu Ende sein konnte.

Im Begriffe, zur Gesellschaft zurückzukehren, begegnete ich der reizenden Frau, die gerade in ihre Gemächer gehen wollte und, sei es aus Unvorsichtigkeit oder Schwäche, zu mir mit ihrer sanften Stimme sagte: »Wo gehen Sie denn hin? Es ist ja niemand im Salon.« Das genügte vollauf, um mich den Versuch machen zu lassen, bei ihr einzutreten; und ich fand weniger Widerstand, als ich erwartet hatte. Es ist richtig, daß ich so vorsichtig war, das Gespräch an der Tür zu beginnen, und zwar ein gleichgültiges Gespräch; aber kaum hatten wir uns hingesetzt, als ich zum Eigentlichen überging und meiner »Freundin« von meiner »Liebe« sprach. Ihre erste Antwort, obschon ganz einfach, schien mir doch bedeutsam. »Oh«, sagte sie, »sprechen wir doch hier nicht davon!« Und sie zitterte. Die arme Frau, sie ängstigte sich zu Tode!

Doch ihre Furcht war unbegründet. Da ich mich seit einiger Zeit des Erfolges an einem oder dem andern Tage sicher fühlte und sah, wie sie sich in nutzlosen Kämpfen erschöpfte, hatte ich den Entschluß gefaßt, meine Kräfte zu schonen und, ohne mich weiter anzustrengen, abzuwarten, bis sie sich aus Mattigkeit ergäbe. Sie werden einsehen, daß ich einen vollständigen Sieg erringen muß und nichts dem Zufall verdanken will. Entsprechend dem von mir entworfenen Plan und in der Absicht, dringlich zu werden, ohne mich doch zu weit vorzuwagen, kam ich auf das Wort Liebe zurück, das sie mir so hartnäckig verweigerte. Sicher, daß sie mir auch mehr Feuer zutraute, schlug ich einen zärtlicheren Ton an: Diese Weigerung erzürne mich nicht mehr, sie betrübe mich – schulde mir meine empfindsame Freundin nicht ein wenig Trost?

Indem sie mich so tröstete, blieb eine ihrer Hände in der meinen; ihr hübscher Körper lehnte sich an meinen Arm, und wir saßen sehr eng beieinander. Sie haben sicher die Beobachtung gemacht, daß in dieser Situation, je mehr die Abwehr erschlafft, der Bittende und die sich Sträubende immer enger zusammenrücken, wie das Köpfchen sich abwendet und die Blicke sich senken, während die mit leiser Stimme getauschten Worte immer seltener, immer stammelnder werden. Diese kostbaren Zeichen kündigen in unzweideutiger Weise die Einwilligung der Seele an, aber nur selten ist es zugleich eine Einwilligung der Sinne; ich glaube sogar, daß es immer gefährlich ist, in einem solchen Augenblick etwas zu Markantes zu unternehmen; denn da dieses Sichgehenlassen nie ohne eine sehr zarte Lust ist, wird derjenige, der die Frau aus diesem Zustand reißt, stets eine Verstimmung hervorrufen, die unfehlbar der Verteidigung zugute kommen muß.

Doch in dem gegenwärtigen Fall war die Vorsicht mir um so nötiger, als ich das Entsetzen meiner zärtlichen Träumerin fürchten mußte, sobald sie sich ihrer Selbstvergessenheit bewußt wurde. Darum bestand ich auch nicht darauf, daß dieses heißersehnte Geständnis ausgesprochen werde: ein Blick konnte genügen, ein einziger Blick, und ich würde glücklich sein.

Nun, meine schöne Freundin, die schönen Augen richteten sich wirklich auf mich; der schöne Mund sprach sogar: »Also ja, ich . . .« Plötzlich erlosch der Blick, die Stimme versagte, und die anbetungswürdige Frau sank in meine Arme. Ich hatte sie kaum darin aufgefangen, als sie sich krampfhaft losriß und mit verstörtem Blick und mit zum Himmel erhobenen Händen ausrief: »O Gott . . . mein Gott, rette mich!« Und fast im gleichen Moment sah ich, wie sie zehn Schritte von mir auf den Knien lag, und hörte ihr stoßweises Atmen. Ich trat hinzu, um ihr zu helfen, sie aber ergriff meine Hände und badete sie in Tränen, umschlang meine Knie und sagte: »Ja, Sie werden es sein, Sie werden mich retten! Sie wollen doch nicht meinen Tod. Lassen Sie von mir ab! Retten Sie mich! Lassen Sie von mir ab, um Gottes willen, lassen Sie mich!« Diese abgerissenen Worte fanden kaum ihren Weg durch Schluchzen und Tränen. Und während sie so sprach, hielt sie mich mit solcher Kraft fest, daß ich gar nicht hätte weggehen können. Da nahm ich alle die meine zusammen und hob sie in meinen Armen empor. Im gleichen Augenblick versiegten ihre Tränen; sie sprach nicht mehr: ihre Glieder wurden starr, und heftige Zuckungen folgten dem Gewittersturm.

Ich war, ich gesteh' es, tief erschüttert und glaube, daß ich ihrer Bitte willfahrt hätte, auch wenn ich von den Umständen nicht dazu gezwungen worden wäre. Wahr ist, daß ich ihr noch einigen Beistand leistete und sie dann verließ, wie sie mich gebeten hatte, und ich beglückwünsche mich dazu. Schon habe ich beinahe meinen Lohn dafür erhalten.

Ich erwartete, daß sie sich, wie an dem Tage meiner ersten Liebeserklärung, am Abend nicht zeigen würde. Aber gegen acht Uhr kam sie in den Salon herunter und teilte der Gesellschaft nur mit, daß sie sich sehr unwohl gefühlt habe. Ihr Gesicht war müde, ihre Stimme schwach und ihre Haltung nur mühsam beherrscht; aber ihr Blick war süß und ruhte oft auf mir. Als ich, durch ihre Weigerung zu spielen, gezwungen war, für sie am Spieltisch Platz zu nehmen, setzte sie sich sogar neben mich. Während des Soupers blieb sie allein im Salon. Als wir vom Essen zurückkamen, glaubte ich zu bemerken, daß sie geweint hatte. Um mir darüber Klarheit zu verschaffen, sagte ich zu ihr, sie verspüre wohl noch die Nachwirkung ihrer Unpäßlichkeit. Worauf sie die hübsche Antwort gab: »Dieses Leiden vergeht nicht so schnell, wie es kommt.« Endlich zogen sich alle zurück, ich geleitete sie, gab ihr die Hand und spürte, als wir vor ihrer Türe standen, den heftigen Druck der ihren. Zwar schien mir dieser Händedruck eher unwillkürlich zu sein; aber um so besser, das ist ein Beweis mehr für meine Herrschaft über sie.

Ich möchte wetten, daß sie jetzt froh ist, so weit zu sein: sie hat die Mühsal hinter sich und darf nun genießen. Vielleicht beschäftigt sie sich, während ich an Sie schreibe, schon mit dieser erquicklichen Vorstellung! Und selbst wenn sie einen neuen Plan zu ihrer Verteidigung aushecken sollte – wissen wir nicht genau, was aus allen diesen Plänen wird? Ich frage Sie; Kann es sich länger hinausziehen als bis zu unserer nächsten Zusammenkunft? Ich bin natürlich darauf gefaßt, daß sie noch einige Schwierigkeiten machen wird, bevor sie in diese Zusammenkunft willigt. Aber trotz alledem: können denn diese Prüden noch innehalten, sobald der erste Schritt getan ist? Ihre Liebe ist eine richtige Explosion, deren Gewalt der Widerstand noch vermehrt. Meine schüchterne Bigotte würde mir nachlaufen, wenn ich ihr nicht mehr nachliefe.

Kurz, meine schöne Freundin, ich werde demnächst bei Ihnen erscheinen, um Sie aufzufordern, Ihr Wort einzulösen. Sie haben doch nicht vergessen, was Sie mir im Falle des Erfolges zusagten – diese Untreue gegen Ihren Chevalier? Sind Sie bereit? Was mich betrifft, so wünsche ich es so sehnlichst, als hätten wir uns nie gekannt. Übrigens ist, Sie zu kennen, vielleicht ein Grund, es um so sehnlicher zu wünschen.

»Ich bin gerecht und nicht galant.«*

Dies sei die erste Untreue, die ich gegen meine schwer errungene Beute begehe, und ich werde den erstbesten Vorwand benutzen, um mich für vierundzwanzig Stunden von ihr zu entfernen. Das wird die Strafe dafür sein, daß sie mich so lange von Ihnen fernhielt. Wissen Sie, daß dieses Abenteuer mich schon länger als zwei Monate beschäftigt? Ja, zwei Monate und zwei Tage, ich rechne den morgigen mit, weil es erst dann perfekt sein wird. Dabei fällt mir ein, daß Madame de B. . . mir volle drei Monate widerstanden hat. Ich freue mich, festzustellen, daß die pure Koketterie mehr Verteidigungsmittel hat als die sittenstrenge Tugend.

Adieu, meine schöne Freundin, ich muß Sie jetzt verlassen, denn es ist schon sehr spät. Dieser Brief ist ausführlicher geworden, als es ursprünglich in meiner Absicht lag. Aber da ich morgen früh einen Boten nach Paris schicke, wollte ich dies ausnützen, damit Sie die Freude Ihres Freundes einen Tag früher teilen können.

Schloß . . ., den 2. Oktober 17 . ., spät abends

* Aus dem Lustspiel *Nanine* von Voltaire

100. Brief **Vicomte de Valmont an Marquise de Merteuil**

Ich bin genarrt, meine Freundin, verraten, verloren, ich bin verzweifelt. Madame de Tourvel ist abgereist. Sie ist abgereist, und ich wußte es nicht, war nicht da, um mich ihrer Abreise zu widersetzen, um ihr diesen nichtswürdigen Verrat vorzuwerfen! Ah, Sie glauben doch nicht, daß ich sie hätte reisen lassen! Sie wäre geblieben; ja, sie wäre geblieben, und wenn ich hätte Gewalt anwenden müssen. Doch ich in meiner vertrauensseligen Sicherheit schlief friedlich – ich schlief, und ein Blitzschlag traf mich. Nein, diese Abreise ist mir unbegreiflich; ich verzichte darauf, die Frauen zu kennen.

Wenn ich mich des gestrigen Tages erinnere – was sage ich? –, dieses letzten Abends noch, ihres so süßen Blickes, ihrer so zärtlichen Stimme, des Druckes ihrer Hand – und in dieser Stunde plante sie ihre Flucht! O Frauen, Frauen, beklagt euch noch, wenn man euch täuscht! Wahrhaftig, jede Hinterlist, die man anwendet, hat man euch entlehnt!

Welche Wonne wird mir die Rache sein! Ich werde sie wiederfinden, diese Treulose; ich werde sie wieder in meine Macht bekommen. Wenn schon die Liebe allein die Mittel dazu fand, was wird sie mit Hilfe der Rache nicht erst vollbringen! Ich werde sie wieder meine Knie umfassen sehen, zitternd, in Tränen gebadet, mit ihrer trügerischen Stimme um Gnade flehend – und ich werde ohne Erbarmen sein.

Was tut sie jetzt? Woran denkt sie? Vielleicht beglückwünscht sie sich dazu, mich hintergangen zu haben, und findet, der Neigung ihres Geschlechtes treu, darin die süßeste Lust. Was die so viel gerühmte Tugend nicht vermochte, das hat der Geist der List ohne Mühe zustande gebracht. Ich Tor, ich fürchtete ihre Sittsamkeit; ihre Unaufrichtigkeit hätte ich fürchten müssen.

Oh, daß ich gezwungen bin, meinen Groll hinunterzuschlucken! Daß ich nur wagen darf, zärtlichen Kummer zu zeigen, während mein Herz voll Wut ist! Daß ich eine rebellische Frau, die sich meiner Herrschaft entzieht, auch noch anzuflehen verurteilt bin! Mir mußte eine solche Demütigung widerfahren! Und durch wen? Durch eine schüchterne Frau, die im Kampfe nicht geübt ist. Was nützt es mir, daß ich mich in ihrem Herzen festgesetzt, daß ich es mit allen Feuern der Liebe entflammt, daß ich die Erregung ihrer Sinne bis zur Raserei gesteigert habe, wenn sie heute in ruhiger Verborgenheit stolzer auf ihre Flucht sein kann als ich auf meine Siege? Und so etwas sollte ich dulden? Liebe Freundin, das glauben Sie doch nicht, so niedrig denken Sie nicht von mir.

Welches Verhängnis kettet mich an diese Frau? Wünschen sich nicht hundert andere meine Liebe? Würden sie sich nicht beeilen, sie zu erwidern? Und selbst wenn keine von ihnen an diese heranreichen sollte – bieten nicht der Reiz der Abwechslung und der neuen Eroberungen, die Glorie ihrer Zahl auch recht angenehme Genüsse? Warum laufe ich hinter einem Genusse her, der mich flieht, und vernachlässige diejenigen, die sich anbieten? Ach, warum? Ja, warum? . . . Ich weiß es nicht, aber es wurmt mich tief.

Es gibt für mich kein Glück, keine Ruhe als durch den Besitz dieser Frau, die ich mit der gleichen Raserei hasse und liebe. Und ich werde mein Schicksal erst von dem Augenblick an ertragen, da ich über das ihre bestimme. Dann werde ich ruhig und befriedigt mitansehen, wie auch sie den Stürmen preisgegeben ist, die ich jetzt empfinde. Und ich werde noch tausend andere in ihr entfesseln: Hoffnung und Furcht, Mißtrauen und Sicherheit, alle die Leiden, die der Haß erfindet, alle Gaben, die die Liebe schenkt – ich will, daß sie ihr Herz erfüllen und daß sie sich nach meiner Laune darin ablösen. Die Zeit wird kommen . . . Aber wieviel Mühen noch! Wie nahe war ich diesem Augenblick noch gestern! Und wie fern bin ich ihm heute! Auf welche Weise kann ich mich ihr nähern? Noch wage ich keinen Schritt; ich fühle, um einen Entschluß zu fassen, müßte ich ruhiger sein, sehr ruhig, und in meinen Adern kocht das Blut.

Was meine Qual verdoppelt, ist die Gelassenheit, mit der hier jedermann antwortet, wenn ich über das Ereignis Auskunft zu erhalten suche, über seine Ursache, seine Unverhofftheit. Niemand weiß etwas, niemand wünscht etwas zu wissen; es wäre kaum davon gesprochen worden, wenn ich nicht darauf bestanden hätte. Madame de Rosemonde, zu der ich heute vormittag eilte, als ich die Neuigkeit erfuhr, erwiderte mir mit der kalten Vernünftigkeit ihres Alters: das sei die natürliche Folge der Unpäßlichkeit, von der Madame de Tourvel gestern befallen wurde; die junge Frau habe eine Krankheit befürchtet und es deshalb vorgezogen, nach Hause zu reisen. Meine Tante findet das selbstverständlich und würde – so sagte sie mir – in diesem Fall das gleiche getan haben. Als ob es zwischen den beiden etwas Gemeinsames gäbe, zwischen ihr, die nur noch zu sterben hat, und der andern, die das Glück und die Qual meines Lebens ist!

Madame de Volanges, die ich anfangs im Verdacht hatte, mit im Komplott zu sein, scheint einzig gekränkt, daß sie nicht vorher um Rat gefragt wurde. Ich bin, ich gesteh' es, sehr froh, daß sie nicht das Vergnügen hatte, mir zu schaden. Das beweist mir auch, daß sie das Vertrauen der geliebten Frau nicht in dem Maße genießt, wie ich fürchtete; immerhin eine Feindin weniger. Wie würde sie sich freuen, wenn sie wüßte, daß ich es bin, den man flieht! Wie aufgebläht von Stolz wäre sie, wenn ihre Ratschläge meine Schöne zur Abreise bewogen hätten! Wie käme sie sich in ihrer Wichtigkeit dadurch verdoppelt vor! O Gott, wie ich sie hasse! Ja, ich werde mit ihrer Tochter wieder anknüpfen; ich will sie nach meinem Belieben formen. Deshalb glaube ich, daß ich noch eine Zeitlang hierbleiben werde; jedenfalls treiben mich die wenigen Überlegungen, die ich noch anzustellen imstande bin, zu diesem Entschluß.

Glauben Sie nicht auch, daß meine Undankbare nach diesem so entschiedenen Schritt meine Gegenwart fürchten muß? Und wenn ihr der Gedanke kommen sollte, daß ich ihr folgen könnte, wird sie mir sicherlich die Tür verschließen. Ich aber will nicht, daß sie sich an den Gebrauch dieses Mittels gewöhne, noch will ich mich auf diese Weise demütigen lassen. Ich ziehe vielmehr vor, ihr anzukündigen, daß ich hier zu bleiben gedenke, und werde sogar in sie dringen, zurückzukommen. Wenn sie dann von meinem Fernbleiben ganz überzeugt ist, stelle ich mich bei ihr ein, und wir werden ja sehen, wie sie diese Unterredung erträgt. Es ist allerdings nötig, das Zusammentreffen hinauszuschieben, um seine Wirkung zu erhöhen; und ich weiß noch nicht, ob ich die dazu nötige Geduld aufbringe. Wohl zwanzigmal am Tage tat ich den Mund auf, um meine Pferde zu verlangen. Aber ich werde mich beherrschen und verpflichte mich, Ihre Antwort hier abzuwarten; ich bitte Sie, meine schöne Freundin, nur um eins, sie nicht lange hinauszuzögern.

Am meisten verdrösse mich, wenn ich nicht wüßte, was dort vorgeht; aber mein Jäger, der jetzt in Paris ist und gewisse Rechte bei ihrer Kammerjungfer hat, wird mir nützlich sein können. Ich schicke ihm Instruktionen und Geld. Gestatten Sie, daß ich beides diesem Briefe beilege und Sie bitte, es durch einen Ihrer Bediensteten an ihn zu schicken mit dem Befehl, es ihm persönlich zu übergeben. Ich treffe diese Vorsichtsmaßnahme, da der Schurke die Gewohnheit hat, den Empfang der Briefe, die ich ihm schreibe, zu leugnen, wenn darin Anweisungen enthalten sind, die ihm lästig sind, und weil er mir im Augenblick in seine Eroberung nicht so verliebt scheint, wie ich möchte, daß er es wäre.

Adieu, meine schöne Freundin! Sollte Ihnen ein glücklicher Gedanke, irgendein Mittel zur Beschleunigung meines Vorwärtskommens einfallen, so lassen Sie mich es wissen. Ich habe mehr als einmal empfunden, wie nützlich mir Ihre Freundschaft sein kann, und empfinde es wieder in diesem Moment, denn seitdem ich Ihnen schreibe, fühle ich mich ruhiger. Wenigstens spreche ich zu jemandem, der mich versteht, und nicht zu den Automaten, unter denen ich seit heute morgen leide. Wahrhaftig, je länger ich lebe, um so mehr bin ich versucht zu glauben, daß auf dieser Welt nur Sie und ich etwas wert sind.

Schloß ..., den 3. Oktober 17..

*101. Brief** **Vicomte de Valmont an Azolan, seinen Jäger**

Er muß schon arg dumm sein, Er, der heute morgen hier abgeritten ist, wenn Er nicht wußte, daß Madame de Tourvel auch abreiste, oder, falls Er es wußte, es mir nicht melden kam. Was hat es denn für einen Zweck, daß Er mein Geld ausgibt, um sich mit den Domestiken zu betrinken, und die Zeit, die Er auf meine Bedienung verwenden sollte, damit verbringt, bei den Kammerjungfern den Angenehmen zu spielen, wenn ich dann doch nicht besser von dem unterrichtet bin, was vorgeht? Solche Nachlässigkeiten begeht Er! Aber ich warne Ihn. Wenn Er sich bei diesem Geschäft die geringste Nachlässigkeit zuschulden kommen läßt, so wird es das letzte sein, das Er in meinem Dienste versieht.

Er wird mich also über alles unterrichten, was bei Madame de Tourvel vorgeht: über ihr Befinden; ob sie schläft; ob sie fröhlich oder traurig ist; ob sie oft das Haus verläßt und zu wem sie geht; ob sie

* Dem vorhergehenden Brief beigelegt

Besuch empfängt und welchen; womit sie ihre Zeit hinbringt; ob sie gegen ihre Kammerfrauen unwirsch ist, besonders gegen jene, die sie mit hierher brachte; was sie tut, wenn sie allein ist; ob sie, wenn sie liest, durchgehend liest oder öfters innehält, um zu träumen; ebenso, wenn sie schreibt.

Sei Er besonders darauf bedacht, sich mit dem, der ihre Briefe auf die Post bringt, gut zu stellen. Biete Er sich an, den Auftrag statt seiner zu erledigen, und lasse Er, wenn er es annimmt, nur die Briefe abgehen, die Ihm gleichgültig scheinen; die andern, vor allem die an Madame de Volanges, wenn Er auf solche stoßen sollte, schicke Er mir zu.

Richte Er es so ein, daß Er noch einige Zeit der glückliche Liebhaber seiner Julie bleibt. Hat sie, wie Er vermutet, noch einen andern Schatz, so überrede Er sie, sich zwischen Euch beiden zu teilen, und sei Er nicht so lächerlich, den Zartfühlenden zu spielen: Er wird sich in dem Falle sehr vieler anderer befinden, die mehr wert sind als Er. Sollte Sein Teilhaber sich jedoch besonders lästig erweisen, wenn Er zum Beispiel bemerkt, daß er Julie während des Tages zu sehr in Anspruch nimmt und sie deshalb weniger oft bei Ihrer Herrin ist, so entferne Er ihn durch irgendein Mittel oder fange Er Streit mit ihm an. Wegen der Folgen braucht Er sich keine Sorgen zu machen; ich werde Ihm beistehen. Wer eifrig und beharrlich ist, sieht alles und sieht richtig. Der Zufall könnte wollen, daß einer der Leute weggeschickt wird; dann melde Er sich, um ihn zu ersetzen, als ob Er nicht mehr bei mir bedienstet wäre. Sage Er in diesem Fall, daß Er mich verlassen hat, um sich ein ruhigeres, ordentlicheres Haus zu suchen; kurz, wende Er alle Mühe an, damit man Ihn nimmt. Ich werde Ihn nichtsdestoweniger in meinem Dienst behalten; das wird so sein wie damals bei der Herzogin von . . ., und später wird Madame de Tourvel Ihn auch dafür belohnen.

Wenn Er genug Geschicklichkeit und Diensteifer hätte, würden diese Anweisungen Ihm genügen; doch schicke ich Ihm, um beiden nachzuhelfen, auch noch Geld. Das beiliegende Billet ermächtigt Ihn, wie Er sieht, bei meinem Geschäftsträger fünfundzwanzig Louis zu beheben; denn vermutlich hat Er keinen Heller mehr. Er wird von diesem Betrag so viel als nötig ist verwenden, um Julie dazu zu bestimmen, mit mir in brieflichen Verkehr zu treten. Der Rest soll dazu dienen, die Leute mit Wein zu traktieren. Tue Er Sein Möglichstes, daß dieses Trinken bei dem Portier des Hauses stattfindet, damit dieser Ihn gern kommen sieht. Aber vergesse Er nicht, daß ich Ihn nicht für Seine Vergnügungen, sondern für Seine Dienste bezahle.

Gewöhne Er Julie daran, alles zu beobachten und alles zu berichten, selbst das, was ihr zu geringfügig vorkommt. Besser, sie schreibt zehn unnütze Sätze, als daß sie etwas Interessantes ausläßt; was unwichtig aussieht, ist es oft nicht. Da ich auf der Stelle benachrichtigt werden muß, wenn etwas vorkommt, das Seiner Ansicht nach meine Aufmerksamkeit verdient, schicke Er sofort nach Empfang dieses Briefes Philippe auf dem Botenpferd nach dem Dorf P. . ., das auf halbem Wege zwischen Paris und dem Schloß liegt. Er soll dort bis auf weitere Weisung bleiben, damit wir, wenn nötig, ein frisches Pferd zum Wechseln haben. Für die laufende Korrespondenz genügt die Post.

Achte Er darauf, daß Er diesen Brief nicht verliert. Lese Er ihn alle Tage wieder durch, sowohl um sich zu überzeugen, daß Er nichts vergessen hat, als auch, um sich zu vergewissern, daß Er ihn noch hat. Kurz, tue Er alles, was einer tun muß, den ich mit meinem Vertrauen beehre. Wenn ich mit Ihm zufrieden bin, wird Er es auch mit mir sein; das weiß Er ja.

Schloß . . ., den 3. Oktober 17 . .

102. Brief **Präsidentin de Tourvel an Madame de Rosemonde**

Sie werden erstaunt sein, Madame, daß ich Ihr Haus so überstürzt verlasse. Dieser Schritt muß Ihnen recht sonderbar scheinen. Aber wie sehr wird Ihr Erstaunen wachsen, wenn Sie die Gründe meiner Handlung erfahren! Vielleicht werden Sie finden, daß ich durch mein Geständnis auf die Ruhe, die Ihr Alter so nötig hat, nicht die gehörige Rücksicht nehme, ja, daß ich mich gegen die Ehrerbietung vergehe, die Ihnen mit so viel Recht gebührt. Ach, Madame, verzeihen Sie mir! Aber mein Herz ist so bedrückt und hat das Bedürfnis, seinen Schmerz in den Busen einer ebenso sanften wie klugen Freundin auszuschütten. Wen anders als Sie könnte ich da wählen? Betrachten Sie mich als Ihr Kind, bringen Sie mir die Güte einer Mutter entgegen; ich bitte Sie inständig darum. Vielleicht geben mir meine Gefühle für Sie ein gewisses Anrecht darauf.

Wo ist die Zeit, da ich, von löblicher Gesinnung ganz durchdrungen, jene Empfindungen nicht kannte, die, in mein Herz die tödliche Erregung tragend, ihm die Pflicht zum Widerstand auferlegen und doch zu gleicher Zeit die Kraft dazu benehmen? Ach, dieser verhängnisvolle Aufenthalt war mein Verderben! . . .

Was soll ich Ihnen sagen? Ich liebe, ja, ich liebe glühend. Ach, dieses Wort, das ich zum ersten Male hinschreibe, das Wort, das von mir so oft verlangt und nie gewährt wurde, ich würde mein Leben für das Glück hingeben, es nur ein einziges Mal ihn hören lassen zu dürfen, der mir die Liebe einflößt! Und dennoch muß ich es immer wieder verweigern! Er wird an meinen Gefühlen zweifeln, wird glauben, Grund zur Klage gegen mich zu haben. Ich bin sehr unglücklich. Warum ist es für ihn nicht so leicht, in meinem Herzen zu lesen, als in ihm zu regieren? Ja, ich würde weniger leiden, wüßte er, was ich leide. Doch selbst Sie, der ich es sage, werden nur eine schwache Vorstellung davon haben.

Nur noch eine kurze Weile, und ich werde ihn fliehen und ihn betrüben. Während er sich noch in meiner Nähe glaubt, werde ich fern von ihm sein; zur Stunde, da ich ihn jeden Tag zu sehen pflegte, werde ich mich an einem Ort befinden, den er nie betreten hat und wohin zu kommen ich ihm nie erlauben darf. Schon habe ich alle meine Vorkehrungen getroffen; alles liegt bereit vor meinen Augen; ich kann sie auf keinen Punkt wenden, der mir nicht von diesem grausamen Abschied spricht. Alles ist bereit, nur ich nicht! . . . Und je mehr mein Herz sich dagegen aufbäumt, desto mehr beweist es mir die Notwendigkeit, mich darein zu finden.

Ja, ich werde es tun; es ist besser zu sterben, als sündig zu leben. Schon, ich fühle es, bin ich es nur zu sehr: ich habe nur meine Ehre gerettet, die Tugend ist dahin. Darf ich es Ihnen gestehen? Was mir bleibt, verdanke ich seiner Großmut. Beseligt von der Freude, ihn zu sehen, ihn zu hören, von dem süßen Gefühl, ihn an meiner Seite zu wissen, von dem noch süßeren, sein Glück machen zu können, war ich ohne Macht und Kraft. Kaum blieb mir welche, um zu kämpfen; zum Widerstand hatte ich keine mehr. Ich zitterte vor der Gefahr und konnte ihr doch nicht entfliehen. Er aber sah meine Not und hatte Mitleid mit mir. Wie sollte ich ihn nicht lieben? Ich verdanke ihm mehr als das Leben.

Ach, wenn ich durch mein Bleiben nur mein Leben gefährdete,

glauben Sie mir, ich würde nie dareinwilligen, mich von ihm zu entfernen. Was ist mir das Leben ohne ihn? Müßte ich nicht froh sein, es zu verlieren? Verdammt zu sein, ewig ihn und mich unglücklich zu machen; nicht wagen dürfen, mich zu beklagen oder ihn zu trösten; mich Tag um Tag gegen ihn, gegen mich selbst zur Wehr setzen; mein Sinnen und Trachten darauf richten, ihm Qual zu bereiten, wo ich es doch ganz und gar seinem Glücke widmen möchte – ist ein solches Leben nicht tausend Toden gleich? Und doch wird dies mein Los sein. Ich werde es aber tragen, ich werde den Mut dazu haben. O Sie, die ich zu meiner Mutter erwähle, nehmen Sie diesen Schwur entgegen!

Empfangen Sie auch den, daß ich Ihnen keine meiner Handlungen verschweigen werde. Nehmen Sie ihn entgegen, ich bitte Sie flehentlich darum, wie um einen Beistand, dessen ich bedarf. Verpflichtet, Ihnen alles zu sagen, werde ich das Gefühl haben, immer unter Ihren Augen zu sein. Ihre Tugend wird die meine ersetzen. Nie werde ich einwilligen, vor Ihnen erröten zu müssen, und durch diesen starken Halt gestützt, werde ich in Ihnen nicht nur die nachsichtige Freundin und Vertraute meiner Schwäche lieben, sondern auch den Schutzengel verehren, der mich vor der Schande bewahrt.

Es ist schon Schande genug, daß ich eine solche Bitte tun muß. Verhängnisvolle Wirkung überheblichen Selbstvertrauens! Warum bin ich vor dieser Neigung, die ich in mir keimen fühlte, nicht eher erschrocken? Warum schmeichelte ich mir, ich könnte sie nach meinem Willen meistern und besiegen? Ich Törin, ich kannte die Liebe schlecht. Ach, hätte ich sie eifriger bekämpft, vielleicht hätte sie weniger Macht über mich gewonnen! Vielleicht wäre meine Abreise dann nicht nötig geworden, oder ich würde, auch wenn ich mich zu dieser schmerzlichen Entscheidung entschlossen hätte, diese Beziehung nicht ganz zerrissen, sondern nur gelockert haben. Aber alles auf einmal verlieren und für immer! O meine Freundin! . . . Doch wie? Selbst jetzt, da ich an Sie schreibe, verliere ich mich in sündige Wünsche! Ah, fort, nur fort von hier, daß wenigstens diese unwillkürliche Schuld durch meine Opfer gesühnt werde!

Adieu, verehrungswürdige Freundin. Lieben Sie mich wie Ihre Tochter, nehmen Sie mich als solche an. Und seien Sie versichert, daß ich, trotz meiner Schwäche, lieber sterben als mich Ihrer Wahl unwürdig zeigen will. Schloß . . ., den 3. Oktober 17 . ., ein Uhr nachts

103. Brief **Madame de Rosemonde an Präsidentin de Tourvel**

Ich war, meine liebe Schöne, mehr betrübt über Ihre Abreise als überrascht über deren Ursache. Langjährige Erfahrung und der Anteil, den ich an Ihnen nehme, genügten, um mich über den Zustand Ihres Herzens aufzuklären; ja, wenn ich ganz aufrichtig sein soll: Sie haben mir in Ihrem Brief nichts Neues oder fast nichts Neues berichtet. Wäre ich nur auf diesen Brief angewiesen, so wüßte ich nicht, wer es ist, den Sie lieben; denn indem Sie mir immer nur von *ihm* sprechen, nennen Sie doch seinen Namen kein einziges Mal. Nun, für mich war das nicht nötig; ich weiß wohl, wer es ist. Aber ich mache diese Bemerkung, weil ich mich entsinne, daß die Liebe von jeher so schrieb. Ich sehe, es ist heute noch so wie in längst vergangenen Zeiten.

Ich hätte nicht geglaubt, daß ich jemals auf Erinnerungen zurückgreifen müßte, die so fern von mir sind und meinem Alter so fremd. Aber seit gestern habe ich mich viel mit ihnen beschäftigt in dem Bemühen, etwas zu finden, das Ihnen nützlich sein könnte. Allein, was kann ich tun, als Sie bemitleiden und bewundern. Ich lobe den weisen Entschluß, den Sie getroffen haben; doch hat er mich zugleich erschreckt, da er mir beweist, daß Sie ihn für notwendig hielten; und wenn man einmal so weit ist, dann ist es sehr schwer, sich dauernd von dem fernzuhalten, dem unser Herz uns immer wieder nahebringt.

Verlieren Sie trotz allem den Mut nicht. Für Ihre edle Seele kann nichts unmöglich sein, und wenn Sie dennoch eines Tages das Unglück haben sollten, zu unterliegen – was Gott verhüte! –, dann, meine liebe Schöne, glauben Sie mir, wird es Ihnen zum Trost gereichen, wenigstens mit aller Macht gekämpft zu haben. Dort, wo die menschliche Vernunft versagt, wirkt oft die göttliche Gnade, wenn es ihr so gefällt. Vielleicht steht Ihnen ihre Hilfe unmittelbar bevor, und Ihre Tugend, erprobt in mühseligem Ringen, wird daraus reiner und strahlender hervorgehen. Die Kraft, die Sie heute nicht haben, müssen Sie hoffen, morgen zu empfangen. Rechnen Sie nicht damit, glauben Sie nicht, sich darauf verlassen zu können, aber schöpfen Sie aus dieser Hoffnung den Mut zur äußersten Anstrengung.

Ich muß es der Vorsehung überlassen, Ihnen in einer Gefahr beizustehen, gegen die ich nichts vermag; ich behalte mir aber vor, Sie zu stützen und zu trösten, soweit es in meiner Macht steht. Wohl werde ich Ihre Leiden nicht lindern, doch werde ich sie teilen. In diesem Sinne will ich gerne Ihre Geständnisse empfangen. Ich fühle, Ihr Herz hat das Bedürfnis, sich in ein anderes auszuschütten. Ich öffne Ihnen das meine; die Jahre haben es nicht so sehr zum Erkalten gebracht, daß es unempfindlich für die Freundschaft wäre. Sie werden es immer bereit finden, das Ihre bei sich aufzunehmen. Das wird für Ihre Schmerzen nur eine schwache Linderung sein, aber wenigstens werden Sie nicht allein sein; und wenn diese unselige Liebe Sie ganz und gar überwältigt und zwingt, von ihr zu sprechen, so wird es besser sein, Sie sprechen mit mir als mit *ihm*. Sehen Sie, jetzt drücke ich mich aus wie Sie, und ich glaube, wir beide werden es nie über uns gewinnen, seinen Namen zu nennen. Übrigens verstehen wir uns auch ohne das.

Ich weiß nicht, ob ich recht daran tue, Ihnen mitzuteilen, daß er über Ihre Abreise aufrichtig betrübt schien. Es wäre vielleicht vernünftiger, Ihnen nicht davon zu sprechen, aber ich schätze die Vernünftigkeit nicht, mit der man seinen Freunden weh tut. Immerhin muß ich mich jetzt in Schweigen hüllen, denn meine schwachen Augen und meine zitternde Hand erlauben mir keine langen Briefe, wenn ich sie selbst schreiben muß.

Adieu also, meine liebe Schöne, adieu, mein liebenswürdiges Kind! Ja, ich nehme Sie gerne als meine Tochter an, und Sie haben alles, was eine Mutter froh und stolz machen muß.

Schloß ..., den 3. Oktober 17..

104. Brief **Marquise de Merteuil an Madame de Volanges**

Wirklich, meine liebe, gute Freundin, ich konnte mich kaum einer Regung des Stolzes erwehren, als ich Ihren Brief las. Wie, Sie beehren mich mit Ihrem vollen Vertrauen, Sie gehen sogar so weit, mich um Rat zu fragen! Ach, ich bin sehr glücklich, wenn ich diese günstige Meinung Ihrerseits verdiene, wenn ich sie nicht nur der Voreingenommenheit der Freundschaft verdanke. Und welchem Beweggrund sie auch entspringen mag, so ist sie meinem Herzen jedenfalls teuer, und sie erlangt zu haben, ist für mich ein Grund mehr, mich zu bemühen, sie ganz zu verdienen. Ich will Ihnen also – doch ohne den Anspruch zu erheben, Ihnen einen Rat zu erteilen – frei heraus meine Ansicht sagen. Ich mißtraue ihr, da sie von der Ihrigen abweicht. Wenn ich Ihnen meine Gründe auseinandergesetzt habe, werden Sie selber urteilen, und wenn Sie sie verdammen, unterwerfe ich mich im vorhinein Ihrem Verdikt. Ich werde dann wenigstens die Klugheit haben, mich nicht für klüger zu halten als Sie.

Sollte aber, doch nur dieses einzige Mal, meine Ansicht vorzuziehen sein, so wäre die Ursache davon in den Illusionen der Mutterliebe zu suchen. Da dieses Gefühl löblich ist, muß es sich in Ihnen finden. Und tatsächlich ist es in dem Entschluß, den Sie zu treffen versucht sind, deutlich zu erkennen! Wenn Sie einmal irren, so immer nur bei der Wahl unter Tugenden.

Nun scheint mir unter ihnen die Klugheit jedesmal vorzuziehen, wenn man über das Los anderer bestimmt, und ganz besonders, wenn es sich darum handelt, es durch ein unlösliches und geheiligtes Band festzulegen, wie es die Ehe ist. Gerade dann muß eine Mutter, die ebenso klug wie liebevoll ist, ihrer Tochter mit ihrer Erfahrung beistehen, wie Sie so richtig sagen. Und nun frage ich Sie, was obliegt ihr da, wenn nicht die Unterscheidung zwischen dem, was gefällt, und dem, was sich schickt?

Hieße es nicht das mütterliche Ansehen herabwürdigen, es gleichsam zunichte machen, wenn man es einer leichtfertigen Neigung unterordnen wollte, deren scheinbare Macht nur so lange besteht, als man sie fürchtet, und verschwindet, sobald man sie verachtet? Was mich betrifft, so muß ich gestehen, daß ich nie an diese hinreißenden und unwiderstehlichen Leidenschaften geglaubt habe, die zur Entschuldigung jeglicher Liederlichkeit anzuführen man allgemein übereingekommen zu sein scheint. Ich begreife nicht, wie eine bloße Geschmacksneigung, die ein Moment entstehen, der nächste vergehen sieht, mehr Kraft haben soll als die unwandelbaren Grundsätze von Schamhaftigkeit, Ehrbarkeit und Bescheidenheit; und eine Frau, die diese mißachtet, kann meiner Ansicht nach durch ihre angebliche Leidenschaft ebensowenig gerechtfertigt werden wie ein Dieb durch seine Sucht nach Geld oder ein Mörder durch seine Sucht nach Rache.

Wer von uns kann von sich sagen, daß er niemals Kämpfe mit sich auszutragen hatte? Doch hielt ich mich stets davon überzeugt, daß es genügt, zu wollen, um zu widerstehen; und jedenfalls hat die Erfahrung bis heute meine Meinung bestätigt. Was wäre die Tugend ohne die Pflichten, die sie uns auferlegt? Wir dienen ihr durch Opfer und finden die Belohnung in unserem Herzen. Diese Wahrheiten werden nur von denen geleugnet, die ein Interesse daran haben, sie zu verkennen, und die, schon der Verderbtheit anheimgefallen, hoffen, es eine Zeitlang zu verhehlen, indem sie ihre schlechte Aufführung mit schlechten Gründen zu rechtfertigen suchen.

Aber läßt sich solches bei einem einfachen und schüchternen Kinde befürchten, bei einem Kinde, das Sie geboren haben und dessen glückliches Naturell durch eine sittsame und lautere Erziehung noch gefestigt wurde? Und doch wollen Sie dieser Befürchtung, die ich eine Beleidigung Ihrer Tochter zu nennen wage, die vorteilhafte Heirat opfern, die Ihre Klugheit für Sie vorbereitet hat! Ich habe Danceny sehr gern und verkehre, wie Sie wissen, mit Herrn de Gercourt seit langer Zeit kaum mehr; aber meine Freundschaft für den einen, meine Gleichgültigkeit gegenüber dem andern hindern mich nicht, den gewaltigen Unterschied zu sehen, der zwischen den beiden Partien besteht.

Die Herkunft der beiden ist gleichwertig, das steht fest; aber der eine ist ohne Vermögen, und das des andern ist ja so groß, daß es selbst ohne seine gute Herkunft genügt hätte, ihn alles erreichen zu lassen. Ich gebe zu, daß Geld allein nicht glücklich macht; aber man muß auch zugeben, daß es das Glücklichwerden sehr erleichtert. Fräulein de Volanges ist, wie Sie sagen, reich genug für zwei; indessen sind die sechzigtausend Franken Rente, die sie haben wird, nicht mehr so viel, wenn man den Namen Danceny trägt und dementsprechend ein großes Haus führen und unterhalten muß. Wir leben nicht mehr in den Zeiten der Madame de Sévigné. Der Luxus verschlingt alles; man mißbilligt ihn, muß sich ihm aber dennoch anpassen, und das Überflüssige beraubt uns schließlich des Notwendigen.

Was die persönlichen Eigenschaften betrifft, auf die Sie so großen Wert legen (und sicherlich mit Recht), so ist Herr de Gercourt in dieser Beziehung ohne Tadel; er hat seine Probe bestanden. Ich bin gerne zu glauben bereit und glaube auch wirklich, daß Danceny ihm in nichts nachsteht – aber sind wir dessen bei ihm ebenso sicher? Es ist wahr, daß er bisher von den Untugenden seines Alters frei schien und daß er trotz der Mode des Tages eine Vorliebe für anständigen Umgang zeigt, die Günstiges erwarten läßt. Aber wer kann sagen, ob er diese scheinbare

Tugend nicht der Geringfügigkeit seines Vermögens verdankt? So mancher scheut vor Liederlichkeit und Unzucht zurück, weil er Geld haben müßte, um Spieler oder Wüstling zu sein, und liebt doch die Laster, deren Übermaß er meidet. Kurzum, er wäre nicht der erste, der nur darum in der anständigen Gesellschaft verkehrt, weil er nicht anders kann.

Ich sage nicht – Gott behüte! –, daß ich das alles von ihm glaube, aber die Möglichkeit besteht, und welche Vorwürfe müßten Sie sich machen, wenn die Ehe nicht glücklich ausfiele! Was würden Sie Ihrer Tochter antworten, wenn sie zu Ihnen sagte: »Liebe Mutter, ich war jung und ohne Erfahrung, ja, ich ließ mich durch einen Irrtum verleiten, der in diesem Alter entschuldbar ist. Aber der Himmel, der meine Schwäche voraussah, hatte mir eine verständige Mutter gegeben, um mir zu helfen und mich zu schützen. Warum haben Sie, Ihre Klugheit vergessend, in mein Unglück eingewilligt? War es denn meine Aufgabe, mir einen Gemahl zu wählen, wo ich doch vom Stande der Ehe nichts wußte? Und wenn ich es auch gewollt hätte, war es nicht an Ihnen, sich dem zu widersetzen? Aber ich habe diese närrische Absicht nie gehabt. Entschlossen, Ihnen zu gehorchen, gewärtigte ich in ehrerbietiger Ergebenheit Ihre Wahl. Niemals bin ich von dem Gehorsam abgewichen, den ich Ihnen schulde, und doch erleide ich heute die Strafe, die nur widerspenstige Kinder trifft. Ach, Ihre Schwäche war mein Verderben! . . .« Vielleicht würde sie aus Respekt vor Ihnen diese Klagen unterdrücken, aber die Liebe der Mutter würde sie erraten, und die Tränen Ihrer Tochter, wenn auch vor Ihren Blicken verborgen, fielen dennoch auf Ihr Herz. Ach, was wird Sie dann trösten können? Wohl jene törichte Liebe, gegen die Sie sich hätten wappnen sollen und von der Sie sich im Gegenteil haben verführen lassen?

Mag sein, liebe Freundin, daß ich gegen diese Leidenschaft ein allzu starkes Vorurteil habe, aber ich halte sie für gefährlich, selbst in der Ehe. Nicht daß ich etwas dagegen hätte, wenn eine ehrbare und sanfte Empfindung das eheliche Band verschönt und die Pflichten, die es uns auferlegt, in gewisser Hinsicht versüßt. Aber nicht der Liebe kommt es zu, dieses Band zu knüpfen, nicht dem Gaukelbild eines Augenblicks, über die Wahl für das ganze Leben zu entscheiden. In der Tat, wer wählt, muß vergleichen; und wie könnte man es, wenn man von einem einzigen Gegenstand ganz erfüllt ist und selbst diesen einen nicht kennen kann, befangen in Rausch und Verblendung, wie man ist.

Ich bin, wie Sie sich denken können, mehreren Frauen begegnet, die von diesem gefährlichen Übel befallen waren; einige von ihnen schenkten mir Vertrauen. Wenn man ihnen zuhört, gibt es keine, deren Liebhaber nicht ein vollkommenes Wesen wäre; aber diese schimärischen Vollkommenheiten bestehen nur in ihrer Einbildung. Ihr exaltierter Kopf träumt nur von Vorzügen und Tugenden, mit denen sie den Gegenstand ihrer Wahl nach Herzenslust ausschmücken. Es ist das Prachtgewand eines Gottes, das oft genug ein schlechter Haubenstock trägt. Aber wie er auch sein mag, kaum haben sie ihn damit bekleidet, so lassen sie sich von ihrem eigenen Werk betrügen, sinken nieder und beten es an.

Entweder liebt Ihre Tochter Danceny nicht, oder auch sie gibt sich dieser Täuschung hin, die beiden gemeinsam ist, wenn sie sich gegenseitig lieben. So laufen Ihre Gründe, die beiden auf ewig zu vereinen, auf die Gewißheit hinaus, daß sie sich nicht kennen, nicht kennen können. Aber, werden Sie mir einwenden, kennen denn Herr de Gercourt und meine Tochter einander besser? Nein, sicher nicht; aber wenigstens täuschen sie sich nicht: sie wissen nur nichts voneinander. Was geschieht in diesem Falle zwischen den Ehegatten, wenn sie, wie ich annehme, beide gute Menschen sind? Jeder von ihnen studiert den andern, nimmt sich ihm gegenüber in acht, erforscht und erkennt bald, was er um des gemeinsamen Friedens willen von seinen Neigungen und seinem Willen aufgeben muß.

Diese leichten Opfer bringt man ohne Mühe, weil sie gegenseitig sind und man sie vorhergesehen hat. Bald entsteht daraus ein wechselseitiges Wohlwollen, und die Gewohnheit, welche die Neigung festigt, die sie nicht zerstört, führt allmählich diese sanfte Freundschaft, dieses zärtliche Vertrauen herbei, die, so scheint mir, gemeinsam mit der Achtung das wahre und gediegene Glück der Ehe bilden.

Die Illusionen der Liebe mögen süßer sein, aber wer weiß nicht, daß sie auch weniger dauerhaft sind? Und wie gefährlich ist der Augenblick, der sie zerstört! Dann wirken durch den Kontrast zu der Vorstellung von Vollkommenheit, die uns verführt hat, die geringsten Fehler peinigend und unerträglich. Jeder der beiden Ehegatten glaubt aber, daß nur der andere sich geändert hat und daß er selbst immer noch so viel wert ist, wie ihn ein kurzer Augenblick des Irrtums erscheinen ließ. Er wundert sich, daß er die Bezauberung, die er nicht mehr empfindet, im andern nicht mehr hervorruft, und fühlt sich dadurch gedemütigt. Die verletzte Eitelkeit verbittert die Gemüter, setzt beide ins Unrecht, macht schlechte Laune, gebiert den Haß. So werden frivole Freuden mit langem Unglücklichsein bezahlt.

Dies, meine liebe Freundin, ist meine Ansicht über den Gegenstand, der uns beschäftigt. Ich verteidige sie nicht, ich lege sie nur dar; an Ihnen ist es, zu entscheiden. Wenn Sie aber bei Ihrer Meinung bleiben sollten, bitte ich Sie, mich die Gründe wissen zu lassen, welche die meinen besiegt haben. Ich wäre sehr froh, von Ihnen zu lernen und vor allem über das Los Ihrer liebenswürdigen Tochter beruhigt zu werden, deren Glück ich von ganzem Herzen wünsche, sowohl aus Freundschaft für die Kleine als auch aus den Gefühlen, die mich fürs Leben mit Ihnen verbinden. Paris, den 4. Oktober 17..

105. Brief **Marquise de Merteuil an Cécile Volanges**

Ei, meine Kleine, Sie sind also sehr entrüstet, sehr verschämt! Und dieser Herr de Valmont ist ein schlimmer Mann, nicht wahr? Wie, er wagt es, Sie zu behandeln wie die Frau, die er am meisten liebt, er bringt Ihnen bei, was Sie so brennend gerne wissen wollten! Ein solches Vorgehen ist wirklich unverzeihlich. Und Sie Ihrerseits wollen Ihre Keuschheit für Ihren Geliebten aufbewahren (der Sie nicht mißbrauchte), Sie schätzen in der Liebe nur die Leiden, nicht die Genüsse! Vortrefflich! Sie gäben eine gute Romanfigur ab. Leidenschaft, Unglück und Tugend obendrein – was für schöne Dinge! Freilich langweilt man sich manchmal in dieser glänzenden Gesellschaft, doch rächt man sich gelegentlich dafür.

Seht mir nur das arme Kind an, wie es zu bedauern ist! Es hatte am Morgen danach umränderte Augen! Und was werden Sie erst sagen, wenn die Ihres Geliebten umrändert sind? Beruhigen Sie sich, mein schöner Engel, das wird Ihnen nicht immer passieren; nicht jeder Mann ist ein Valmont. Und dann, daß Sie nicht wagten, diese Augen aufzuschlagen. Bravo, da taten Sie recht daran; alle Welt hätte darin Ihr Abenteuer gelesen. Doch glauben Sie mir: wenn dem wirklich so wäre, hätten unsere Frauen und sogar unsere Fräulein einen zurückhaltenderen Blick.

Trotz dem Lobe, das ich Ihnen, wie Sie sehen, zu spenden genötigt bin, müssen Sie doch zugeben, daß Sie Ihr Meisterwerk nicht vollendet haben: nämlich alles Ihrer Frau Mama zu sagen. Und Sie hatten doch so gut begonnen! Sie warfen sich ihr in die Arme, Sie brachen in Schluchzen aus, auch sie weinte – welch pathetische Szene! Und wie schade, daß Sie sie nicht zu Ende gespielt haben! Ihre zärtliche Mutter hätte Sie vor lauter Entzücken, um Ihrer Tugend nachzuhelfen, in ein Kloster eingesperrt. Da hätten Sie Danceny lieben können, soviel Sie wollten, ohne Rivalen und ohne Sünde; Sie hätten ganz nach Herzenslust verzweifeln können, und Valmont hätte Ihren Schmerz durch widerwärtige Vergnügungen sicher nicht gestört.

In vollem Ernst: Kann man mit mehr als fünfzehn Jahren ein Kind sein, wie Sie es sind? Sie haben ganz recht, zu sagen, daß Sie meine Güte nicht verdienen. Und doch wollte ich Ihre Freundin sein: das haben Sie wohl nötig mit der Mutter, die Sie haben, und dem Gatten, den sie Ihnen geben will! Wenn Sie aber nicht gelehriger sind, was soll man mit Ihnen anfangen? Was kann man hoffen, wenn das, was den Mädchen den Verstand gibt, Ihnen den Ihrigen zu rauben scheint?

Wenn Sie es über sich brächten, einen Augenblick lang nachzudenken, würden Sie bald finden, daß Sie sich beglückwünschen müssen, statt sich zu beklagen. Aber Sie schämen sich, und das peinigt Sie! Ei, beruhigen Sie sich: die Scham, die uns die Liebe verursacht, ist wie der Schmerz, den sie erregt. Man empfindet ihn nur einmal. Man kann ihn wohl später noch heucheln, doch man fühlt ihn nicht mehr. Aber der Genuß bleibt, und das ist auch etwas. Ich glaube sogar aus Ihrem niedlichen Geschwätz herausgehört zu haben, daß Sie ihn sehr hochschätzen dürften. Rücken Sie doch mit der Wahrheit heraus. Diese Verwirrung, die Sie hinderte, »sich so zu verhalten, wie Sie sagten«, die es Sie so schwer finden ließ, sich zu verteidigen, die Sie »fast betrübt« sein ließ, als Valmont ging, war das wirklich die Scham, die das hervorrief, oder vielmehr das Vergnügen? Und »die Art, die Dinge zu sagen«, die Herr de Valmont hat, »so daß man nicht weiß, was man ihm antworten soll«, sollte das nicht die Art sein, wie er es macht? Oh, Sie kleines Mädchen, Sie lügen, und Sie lügen Ihre beste Freundin an! Das ist nicht recht. Aber sprechen wir von etwas anderem.

Das, was für alle Welt ein Vergnügen wäre und vielleicht sonst nichts, wird in Ihrer Situation zu einem wahren Glück. Gestellt zwischen eine Mutter, an deren Liebe Ihnen gelegen ist, und einen Liebhaber, dem Sie auf ewig angehören möchten, sehen Sie denn nicht, daß das einzige Mittel, diese beiden entgegengesetzten Erfolge zu erreichen, darin besteht, sich mit einem Dritten zu befassen? Das neue Abenteuer wird Sie zerstreuen, und während Sie dem Gehorsam gegen Ihre Mutter scheinbar die Neigung opfern, die sie mißbilligt, werden Sie sich gegenüber Ihrem Liebhaber die Ehre einer tapferen Verteidigung erwerben. Ihn unablässig Ihrer Liebe versichernd, werden Sie ihm doch nicht die letzten Beweise dafür gewähren, und diese Weigerung, so wenig peinlich in Ihrem Fall, wird er nicht verfehlen, Ihrer Tugend gutzuschreiben. Er wird sich vielleicht darüber beklagen, aber Sie nur um so mehr lieben. Und die Erlangung dieses zweifachen Verdienstes – das Opfer der Liebe in den Augen der einen, der sittsame Widerstand gegen sie in den Augen des andern – werden Sie einzig damit bezahlen, daß Sie die Freuden der Liebe genießen. Oh, wie viele Frauen haben ihren guten Ruf verloren, den sie bewahrt hätten, wenn sie ihn durch solche Mittel hätten stützen können!

Scheint Ihnen dieser Vorschlag, den ich Ihnen mache, nicht der vernünftigste wie auch der angenehmste? Wissen Sie, was Sie mit Ihrem bisherigen Verhalten erreicht haben? Ihre Mutter hat Ihre große Traurigkeit einem neuen Erwachen Ihrer Liebe zugeschrieben; sie ist empört darüber und wartet, um Sie zu bestrafen, nur noch darauf, bis sie volle Sicherheit hat. Sie hat mir soeben geschrieben; sie wird alles versuchen, um dieses Geständnis aus Ihrem eigenen Munde zu erlangen. Sie wird, so sagt sie mir, vielleicht so weit gehen, Ihnen Danceny als Gatten vorzuschlagen, und das nur, um Sie zum Sprechen zu bewegen. Und wenn Sie sich durch diese trügerische Zärtlichkeit erweichen ließen, zu antworten, wie es Ihnen Ihr Herz eingibt, würden Sie bald, für lange Zeit, vielleicht für immer eingesperrt, Ihre blinde Leichtgläubigkeit in voller Ungestörtheit beweinen.

Diese List, die sie gegen Sie anzuwenden gedenkt, müssen Sie durch eine andere List bekämpfen. Beginnen Sie also damit, ihr weniger Traurigkeit zu zeigen, um ihr den Glauben beizubringen, daß Sie weniger an Danceny denken. Sie wird sich davon um so leichter überzeugen lassen, als dies die gewöhnliche Wirkung der Abwesenheit ist;

Adieu, mein Herz, ich küsse Sie statt Sie auszuzanken,
in der Hoffnung, daß Sie vernünftiger werden.

und sie wird Ihnen dafür um so größeren Dank wissen, als sie darin einen Grund finden wird, sich auf die Klugheit etwas einzubilden, die ihr dieses Mittel eingab. Sollte sie aber, weil sie noch Zweifel hegt, Sie weiter auf die Probe stellen wollen und von Heirat sprechen, so erklären Sie ihr, daß Sie sich ihrem Willen gänzlich unterwerfen. Was riskieren Sie denn dabei? Die Ehemänner sind einer des andern wert, und der unbequemste ist immer noch weniger lästig als eine Mutter.

Sobald die Mama mit Ihnen zufriedener ist, wird sie Sie verheiraten; dann aber werden Sie mehr Bewegungsfreiheit haben und können nach Ihrem Belieben entweder Valmont mit Danceny vertauschen oder auch beide behalten. Nun merken Sie auf: Ihr Danceny ist ja recht nett, aber er gehört zu den Männern, die man hat, wenn man sie will und so lange man will; man hat also mit ihnen leichtes Spiel. Ganz anders mit Valmont: er ist schwer zu fesseln, und es ist gefährlich, ihn zu verlassen. Zu seiner Behandlung ist sehr viel Geschicklichkeit vonnöten oder, wenn man die nicht hat, äußerste Fügsamkeit. Freilich, wenn es Ihnen gelänge, ihn zum Freund zu gewinnen, so wäre das für Sie ein wahres Glück! Er würde Sie alsbald in die erste Reihe unserer Damen à la mode befördern. Auf diese Weise erwirbt man sich ein Ansehen in der Welt und nicht durch Erröten und Flennen wie damals, als Ihre Klosterfrauen Sie zwangen, Ihr Mittagessen kniend zu verzehren.

Sie werden also, wenn Sie gescheit sind, eine Aussöhnung mit Valmont anstreben, der sicher sehr böse auf Sie ist. Und scheuen Sie, um Ihre Ungeschicklichkeit wiedergutzumachen, nicht davor zurück, ihm ein wenig entgegenzukommen. Sie werden ja bald lernen, daß, wenn die Männer auch den ersten Schritt tun, wir doch fast immer gezwungen sind, den zweiten zu machen. Für diesen hier haben Sie einen Vorwand, denn Sie dürfen diesen Brief nicht behalten; ich fordere von Ihnen, daß Sie ihn gleich nach dem Lesen Valmont übergeben. Vergessen Sie ja nicht, den Brief vorher wieder zu siegeln. Erstens sollen Sie sich in seinen Augen das Verdienst dieses Entgegenkommens verschaffen, damit es nicht so aussieht, als hätte man Ihnen dazu geraten – und dann sind Sie auf dieser Welt die einzige, mit der ich so befreundet bin, um aufrichtig zu reden.

Adieu, schöner Engel! Befolgen Sie meine Ratschläge und lassen Sie mich wissen, ob Sie sich dabei wohlbefinden.

PS. A propos, ich vergaß etwas ... noch ein Wort. Sehen Sie zu, daß Sie Ihren Stil mehr pflegen. Sie schreiben immer noch wie ein Kind. Ich merke schon, woher das kommt. Sie sagen immer alles, was Sie denken, und nie etwas, was Sie nicht denken. Das kann wohl hingehen zwischen uns beiden, die nichts voreinander verbergen sollen, aber gegenüber allen und jedem? ... Besonders Ihrem Geliebten gegenüber würden Sie immer wie ein kleines dummes Mädchen wirken. Sie müssen sich doch klar machen, daß, wenn Sie an jemanden schreiben, Sie es für ihn tun und nicht für sich. Also müssen Sie weniger suchen, zu sagen, was Sie denken, als das zu sagen, was dem andern besser gefällt.

Adieu, mein Herz, ich umarme Sie, statt Sie auszuzanken, in der Hoffnung, daß Sie vernünftiger werden. Paris, 4. Oktober 17..

106. Brief **Marquise de Merteuil an Vicomte de Valmont**

Vortrefflich, Vicomte, dafür liebe ich Sie bis zum Wahnsinn! Übrigens konnte man sich nach dem ersten Ihrer beiden Briefe auf den zweiten gefaßt machen; und so hat er mich nicht überrascht. Während Sie, schon stolz auf Ihre künftigen Erfolge, von mir die Belohnung verlangten und mich fragten, ob ich bereit sei, merkte ich wohl, daß zur Eile kein Anlaß war. Ja, auf Ehre, als ich Ihren schönen Bericht über die zärtliche Szene las, die Sie so »tief erschüttert« hatte, als ich Ihre Zurückhaltung sah, würdig der schönsten Zeiten unseres Rittertums, sagte ich mir wohl zwanzigmal: »Das ist eine verfehlte Geschichte!«

Aber anders konnte es ja gar nicht sein. Was soll denn eine arme Frau tun, die sich ergibt und die man nicht nimmt? Mein Gott, in diesem Fall muß man wenigstens die Ehre retten, und das hat Ihre Präsidentin getan. Soviel scheint mir sicher, daß der Weg, den sie nahm, nicht ohne einigen Effekt ist, weshalb ich mir vorgenommen habe, ihn bei der ersten ernsthafteren Gelegenheit, die sich bietet, für mich zu benutzen. Allerdings gelobe ich, daß, wenn der, für den ich mich in solche Unkosten gestürzt habe, sich nicht besser bewährt als Sie, er sicherlich für alle Zeit auf mich verzichten muß.

Jetzt haben Sie also ganz und gar nichts, und das zwischen zwei Frauen, von denen die eine schon am Tage danach war und die andere nichts sehnlicher wünschte, als es auch zu sein! Ei nun, Sie werden glauben, daß ich prahle, und sagen, daß es leicht ist, nach Eintritt des Ereignisses zu prophezeien, aber ich schwöre Ihnen, daß ich es nicht anders erwartet habe. Es fehlt Ihnen eben an Genie: Sie wissen nur, was Sie gelernt haben, und denken sich nichts Neues aus. Sobald sich daher die Umstände den üblichen Formeln nicht mehr fügen und Sie von der gewohnten Straße abweichen müssen, versagen Sie wie ein Schüler. Eine Kinderei auf der einen Seite, ein Rückfall in die Prüderie auf der andern genügen, um Sie aus der Fassung zu bringen, weil sie nicht täglich vorkommen. Und Sie verstehen es, weder vorzubeugen noch nachher abzuhelfen. Ah, Vicomte, Vicomte! Sie lehren mich, die Männer nicht nach ihren Erfolgen zu beurteilen. Bald wird man von Ihnen sagen: »Er war an einem gewissen Tage tapfer.« Und wenn Sie Dummheit auf Dummheit begangen haben, bitten Sie mich um Hilfe! Es scheint fast, als hätte ich nichts anderes zu tun als Ihre Dummheiten wiedergutzumachen. Das gäbe freilich Arbeit genug.

Wie dem auch sei, von diesen beiden Abenteuern wurde das eine gegen meinen Willen unternommen, und ich mische mich nicht ein. Bei dem andern haben Sie mir einige Gefälligkeit bewiesen, so daß ich es zu meiner Sache mache. Der beigelegte Brief, den Sie zuerst lesen und dann der kleinen Volanges übergeben werden, ist mehr als genügend, um sie zu Ihnen zurückzuführen. Aber ich bitte Sie dringend, nehmen Sie sich der Kleinen an und machen wir gemeinsam aus ihr die Verzweiflung ihrer Mutter und Gercourts. Sie brauchen nicht vor zu starken Dosen Angst zu haben. Ich sehe klar, daß die Kleine darüber nicht erschrecken wird. Und haben wir unsere Zwecke mit ihr erst einmal erreicht, so mag sie sehen, was aus ihr wird.

Sie interessiert mich überhaupt nicht mehr. Ich hatte erst Lust, aus ihr wenigstens eine untergeordnete Intrigantin zu machen und sie unter meiner Leitung die zweiten Rollen spielen zu lassen. Aber ich sehe, daß ihr das Zeug dazu fehlt; sie hat eine alberne Naivität, die selbst dem Spezifikum, das Sie angewendet haben, nicht wich, obwohl es doch wirklich sehr heilkräftig ist; und das ist nach meiner Ansicht die gefährlichste Krankheit, die eine Frau haben kann. Sie zeigt vor allem eine Charakterschwäche, die fast immer unheilbar ist und jeder Bemühung im Wege steht, so daß wir, während wir versuchen, das kleine Mädchen zur Intrige auszubilden, aus ihr nur ein leichtfertiges

Frauenzimmer machen werden. Nun gibt es für mich nichts Abgeschmackteres als diese Nachgiebigkeit aus purer Dummheit, ein Sichergeben, ohne zu wissen, wieso und warum, bloß weil einer da ist, der angreift, und man nicht widerstehen kann. Solche Frauen sind tatsächlich nichts als Wollustmaschinen.

Sie werden mir sagen, daß wir ja nur das aus ihr zu machen brauchen, da es für unsere Pläne genügt. Das ist richtig! Aber vergessen wir nicht, daß die Federn und die Rädchen solcher Maschinen bald allen bekannt sind; also muß man sich beeilen, wenn man sich dieser da ohne Gefahr bedienen will, muß bald aufhören und sie dann zerbrechen. In der Tat wird es uns an Möglichkeiten, uns der Kleinen zu entledigen, nicht fehlen, und Gercourt wird sie sicherlich hinter Schloß und Riegel setzen, sobald wir nur wollen. Wenn er an seinem Mißgeschick nicht mehr zweifeln kann, wenn es stadtbekannt und in aller Munde ist, was kümmert es uns dann, wenn er sich rächt, vorausgesetzt, daß er sich nicht tröstet? Was ich hier vom Gatten sage, gilt Ihrerseits wohl auch für die Mutter; also wäre dies erledigt.

Dieser Entschluß, der mir der beste scheint und an den ich mich zu halten gedenke, hat mich dazu bestimmt, die Kleine ein wenig in Trab zu setzen, wie Sie aus meinem Briefe an sie sehen werden. Darum wäre es besonders wichtig, nichts in ihren Händen zu lassen, was uns kompromittieren könnte, und ich bitte Sie, darauf zu achten. Diese Vorsicht einmal getroffen, übernehme ich das Moralische, doch der Rest geht Sie an. Sollte sich in der Folge erweisen, daß ihre Blödigkeit sich bessert, so können wir unser Vorgehen immer noch rechtzeitig abändern. Wir hätten ja ohnehin an einem oder dem andern Tage unsere Entscheidungen für die Zukunft fassen müssen; in keinem Falle werden unsere Bemühungen verloren sein.

Wissen Sie, daß die meinen es beinahe gewesen wären und daß der Glücksstern Gercourts fast den Sieg über meine Klugheit davongetragen hätte? Hören und vernehmen Sie: Madame de Volanges wollte in einem Moment der Schwäche ihre Tochter Danceny geben. Eben dieses wurde durch das zärtlichere Interesse angekündigt, das Sie an jenem »Tage danach« beobachtet haben. So wären wieder einmal Sie die Ursache dieses schönen Meisterwerks gewesen! Zum Glück berichtete mir die zärtliche Mutter ihren Plan, und ich hoffe, daß meine Antwort ihr den Geschmack daran gründlich verdorben hat. Ich spreche in diesem Brief so viel von Tugend und tue ihr vor allem so schön, daß sie mir nicht anders als recht geben kann.

Es tut mir leid, daß ich nicht die Zeit fand, eine Abschrift meines Briefes zu machen, die Sie über meine Sittenstrenge aufgeklärt hätte. Sie würden sehen, wie tief ich die Frauen verachte, die so verderbt sind, einen Geliebten zu nehmen. Es ist so bequem, in Reden die Tugendsame zu spielen. Das schadet immer nur den andern und geniert uns in keiner Weise. Auch ist mir bekannt, daß die gute Dame in ihren jungen Tagen sich, genau wie jede andere, einige kleine Schwachheiten hat zuschulden kommen lassen, und es war mir nicht unlieb, sie wenigstens vor ihrem Gewissen zu beschämen; das bot mir ein kleines Entgelt für die Lobsprüche, die ich ihr gegen das meine erteilte. In eben diesem Brief schöpfte ich aus meinem Vorsatz, Gercourt zu schaden, die Kraft, Gutes von ihm zu sagen.

Adieu, Vicomte. Ich bin sehr einverstanden mit Ihrem Entschluß, noch eine Zeitlang zu bleiben, wo Sie sind. Ich verfüge über kein Mittel zur Beschleunigung Ihres Vorwärtskommens, empfehle Ihnen aber, sich mit unserm gemeinsamen Mündel die Langeweile zu vertreiben. Was mich betrifft, so werden Sie doch einsehen, daß ich Sie trotz Ihrer höflichen Aufforderung noch warten lassen muß, und Sie werden zweifellos zugeben, daß nicht an mir die Schuld liegt.

Paris, den 4. Oktober 17..

107. Brief **Azolan an Vicomte de Valmont**

Gnädiger Herr!
Ihren Befehlen nachkommend, ging ich sofort nach Erhalt Ihres Briefes zu Herrn Bertrand, der mir fünfundzwanzig Louis auszahlte, wie Sie ihm befohlen hatten. Ich bat ihn, mir noch zwei für Philippe zu geben, dem ich gesagt hatte, er solle auf der Stelle abreiten, wie der gnädige Herr es mir geschrieben, und der kein Geld hatte. Aber ihr Herr Geschäftsträger wollte nicht, er sagte, daß er keinen Befehl von Ihnen dafür hat. Ich war also genötigt, sie ihm von mir aus zu geben, und der gnädige Herr wird sie mir anrechnen, wenn er die Güte haben will.

Philippe ist gestern abend abgeritten. Ich habe ihm dringend anempfohlen, die Schenke nicht zu verlassen, damit man ihn sicher finden kann, wenn man ihn braucht.

Gleich darauf lief ich ins Haus der Frau Präsidentin, um Fräulein Julie zu besuchen. Aber sie war ausgegangen, und ich konnte nur mit La Fleur sprechen, von dem ich nichts erfahren habe, weil er seit seiner Ankunft nur zur Essenszeit im Palais war. Es war der zweite, der den ganzen Dienst bei Tisch besorgt hat, und der gnädige Herr wissen, daß ich den nicht kenne. Aber ich habe heute damit angefangen.

Heute früh bin ich wieder zu Fräulein Julie gegangen, und sie schien sehr erfreut, mich zu sehen. Ich habe sie über die Ursache der Rückkehr ihrer Herrin ausgefragt; aber sie sagte, daß sie nichts davon wisse, und ich glaube, sie spricht die Wahrheit. Ich machte ihr Vorwürfe, weil sie mich von der Abreise nicht benachrichtigt hatte. Sie aber versicherte mir, es erst erfahren zu haben, als sie am Abend Madame zu Bett brachte, so daß sie die ganze Nacht hindurch packen mußte und das arme Mädchen keine zwei Stunden geschlafen hat. Sie hat in dieser Nacht das Schlafzimmer ihrer Herrin erst nach ein Uhr verlassen, als diese sich gerade hinsetzte, um einen Brief zu schreiben.

Am Morgen bei der Abreise hat Madame de Tourvel dem Portier des Schlosses einen Brief übergeben. Fräulein Julie weiß nicht, für wen er war; sie meint, vielleicht für den gnädigen Herrn; aber der gnädige Herr haben mir nicht davon gesprochen.

Während der ganzen Reise hatte die gnädige Frau eine große Kapuze überm Gesicht, so daß man es nicht sehen konnte; aber Fräulein Julie glaubt sicher, daß sie oft geweint hat. Sie sprach auf dem ganzen Weg kein Wort und wollte in . . . nicht anhalten, wie sie es auf der Hinfahrt getan hatte. Darüber war Fräulein Julie ziemlich ärgerlich, denn sie hatte nicht gefrühstückt. Aber, wie ich immer sage, die Herren sind die Herren.

Bei der Ankunft ist die gnädige Frau zu Bett gegangen, sie ist aber nur zwei Stunden liegen geblieben. Als sie aufstand, ließ sie den Portier kommen und gab ihm den Auftrag, niemand vorzulassen. Sie hat an diesem Tag überhaupt keine Toilette gemacht. Sie hat sich zwar zum Essen an den Tisch gesetzt, aber nur ein bißchen Suppe genommen und war dann gleich wieder weg. Den Kaffee brachte man ihr aufs Zimmer, und Fräulein Julie ist gleichzeitig hinein. Sie fand ihre Herrin, wie sie an ihrem Schreibtisch Papiere ordnete, und hat gesehen, daß es Briefe waren. Ich möchte wetten, daß es die Briefe vom gnädigen Herrn sind, und von den dreien, die am Nachmittag ankamen, hat sie den einen den ganzen Abend vor sich liegen gehabt! Bestimmt war der auch wieder vom gnädigen Herrn. Aber warum ist sie denn so plötzlich auf und davon? Das wundert mich. Wahrscheinlich wissen der gnädige Herr Bescheid, und mich geht die Sache ja nichts an.

Die Frau Präsidentin ist am Nachmittag in die Bibliothek gegangen, hat dort zwei Bücher genommen und ist damit in ihr Boudoir; aber Fräulein Julie behauptet, daß sie den ganzen Tag über keine Viertelstunde darin gelesen hat, sondern nichts tat als diesen Brief lesen, träumen und den Kopf auf die Hand stützen. Da ich mir denke, daß der gnädige Herr sich freuen würde, zu wissen, was für Bücher das sind, und Fräulein Julie es nicht wußte, ließ ich mich heute in die Bibliothek führen, unter dem Vorwand, ich wollte sie ansehen. Ich habe dort nur zwei Lücken bemerkt: es fehlt der zweite Band der »Christlichen Gedanken« und der erste eines Werkes, das »Clarissa« heißt. Ich schreibe es genau so, wie es dasteht, auf; der gnädige Herr werden vielleicht wissen, worum es sich handelt.

Gestern abend hat die gnädige Frau nicht soupiert; sie hat nur etwas Tee getrunken.

Heute hat sie schon in aller Früh geklingelt, sie hat gleich anspannen lassen und war schon vor neun Uhr in der Feuillantiner Kirche, wo sie die Messe gehört hat. Sie wollte beichten, aber ihr Beichtvater ist abwesend und wird vor acht bis zehn Tagen nicht zurück sein. Ich hielt es für richtig, dies dem gnädigen Herrn zu melden.

Sie fuhr dann nach Hause, frühstückte und setzte sich zum Schreiben hin, was bis beinahe eine Stunde dauerte. Ich habe bald Gelegenheit zu dem gefunden, was der gnädige Herr am meisten wünschte; denn ich war es, der die Briefe auf die Post getragen hat. Es war keiner für Madame de Volanges darunter; aber ich schicke dem gnädigen Herrn einen, der für den Herrn Präsidenten ist, ich denke mir, das muß der interessanteste sein. Es war auch einer für Madame de Rosemonde dabei, aber den wird der gnädige Herr sicher zu sehen bekommen, wenn er will; und so habe ich ihn abgehen lassen. Im übrigen werden der gnädige Herr wohl alles erfahren, denn die Frau Präsidentin schreibt ja auch an ihn. Ich kann in Zukunft alle Briefe verschaffen, die der gnädige Herr haben will; denn fast immer ist es Fräulein Julie, die sie den Leuten zur Beförderung gibt, und sie hat mir versichert, daß sie aus Freundschaft für mich und auch für den gnädigen Herrn gerne tun wird, was ich verlange.

Sie hat nicht einmal das Geld annehmen wollen, das ich ihr angeboten habe, aber ich glaube, der gnädige Herr werden ihr ein kleines Geschenk machen wollen, und wenn das der Wille vom gnädigen Herrn ist und er mich damit betrauen will, kann ich leicht aus ihr herausbringen, was sie gern haben möchte.

Ich hoffe, der gnädige Herr werden mich in meinem Dienst nicht nachlässig finden; es liegt mir sehr am Herzen, mich von den Vorwürfen, die er mir macht, zu reinigen. Wenn ich von der Abreise der Frau Präsidentin nichts wußte, so war im Gegenteil mein Eifer im Dienste des gnädigen Herrn daran schuld, denn aus Eifer bin ich schon um drei Uhr früh aufgebrochen. Darum habe ich auch am Abend vorher Fräulein Julie nicht wie gewöhnlich zu sehen bekommen, weil ich doch bei den Pferden schlief, um früh im Schloß niemand zu wecken.

Zu dem Vorwurf des gnädigen Herrn, daß ich häufig ohne Geld bin, muß ich sagen, daß ich mich gerne sauberhalte, was der gnädige Herr ja sehen kann. Auch muß man die Ehre des Kleides hochhalten, das man trägt. Ich weiß schon, daß ich vielleicht ein wenig für die Zukunft zurücklegen sollte; aber ich verlasse mich ganz auf die Großmut des gnädigen Herrn, der ein so guter Dienstherr ist.

Was den Eintritt in den Dienst von Madame de Tourvel betrifft, wobei ich zugleich in dem des gnädigen Herrn bleiben soll, so hoffe ich, daß der gnädige Herr es nicht von mir verlangt. Bei der Frau Herzogin war es etwas ganz anderes; aber ich werde bestimmt nicht Livree tragen, noch dazu die Livree eines bloßen Beamtenadels, nachdem ich die Ehre gehabt habe, Jäger des Herrn Vicomte zu sein. In bezug auf alles andere können der gnädige Herr ganz verfügen über den, der die Ehre hat, zu sein mit ebensoviel Hochachtung und Anhänglichkeit sein sehr gehorsamer Diener

ROUX AZOLAN, JÄGER

Paris, den 5. Oktober 17.., um elf Uhr nachts

108. Brief **Präsidentin de Tourvel an Madame de Rosemonde**

O meine nachsichtige Mutter, wieviel Dank schulde ich Ihnen, und wie sehr bedurfte ich Ihres Briefes! Ich las ihn, las ihn immer wieder, konnte mich von ihm nicht trennen. Ihm verdanke ich die einzigen weniger schmerzlichen Augenblicke, die ich seit meiner Abreise verbracht habe. Wie gut sind Sie! So können also Sittsamkeit und Tugend sich der Schwäche erbarmen? Ja, Sie haben Mitleid mit meinen Qualen! Ach, wenn Sie sie kennten . . . sie sind entsetzlich. Ich glaubte die Schmerzen der Liebe erfahren zu haben; aber die unaussprechliche Qual, die man gefühlt haben muß, um sie sich vorstellen zu können, ist die, sich von dem trennen zu müssen, was man liebt, sich davon trennen zu müssen auf ewig! . . . Und dieses Leid, das mich heute bedrückt, wird morgen, wird übermorgen, wird Tag um Tag, wird mein ganzes Leben lang dasein! Mein Gott, wie jung ich noch bin, und wieviel Zeit zum Leiden habe ich noch vor mir!

Selbst der Urheber seines Unglücks zu sein, sich das Herz mit den eigenen Händen zu zerfleischen und, während man unerträgliche Schmerzen erduldet, zu wissen, daß man sie jeden Moment durch ein Wort beenden kann und daß dieses Wort ein Verbrechen ist – ach, meine Freundin! . . .

Als ich den schweren Entschluß faßte, mich von ihm zu entfernen, hoffte ich, daß die Abwesenheit meinen Mut und meine Kräfte vermehren würde. Wie sehr habe ich mich getäuscht! Die Trennung scheint sie im Gegenteil vollends zerstört zu haben. Es ist wahr, ich hatte früher mehr zu kämpfen, aber selbst im Widerstehen war nicht alles Entbehrung; wenigstens sah ich ihn manchmal; oft sogar ohne zu wagen, die Blicke auf ihn zu richten, fühlte ich die seinen auf mir; ja, meine Freundin, ich fühlte sie, es war mir, als wärmten sie meine Seele, und so gelangten sie, ohne meinen Augen zu begegnen, dennoch in mein Herz. Nun, in meiner grausamen Einsamkeit, abgetrennt von allem, was mir teuer ist, von Angesicht zu Angesicht mit meinem Unglück allein, sind alle Augenblicke meines traurigen Daseins mit Tränen gezeichnet, und nichts versüßt mir ihre Bitterkeit, kein Trost mischt sich in meine Opfer, und die bisher gebrachten haben nur dazu gedient, jene, die mir bevorstehen, noch schmerzlicher zu machen.

Gestern noch habe ich das aufs heftigste empfunden. Unter den

Briefen, die man mir brachte, war einer von ihm. Der Bedienstete war noch zwei Schritte von mir entfernt, als ich ihn schon unter den andern erkannte. Unwillkürlich erhob ich mich: ich zitterte, hatte Mühe, meine Erregung zu verbergen; und dieser Zustand entbehrte nicht der Freude. Im Augenblick danach, als ich allein war, verschwand diese trügerische Lust sehr schnell und ließ mir nur die Pflicht zu einem neuen Opfer zurück. In der Tat, durfte ich diesen Brief öffnen, den zu lesen ich doch brannte? Durch das Verhängnis, das mich verfolgt, legen die Tröstungen, die sich zu bieten scheinen, mir vielmehr neue Entbehrungen auf, und diese werden noch grausamer bei dem Gedanken, daß Herr de Valmont sie teilt.

Da ist er endlich, dieser Name, der mich unablässig beschäftigt und den niederzuschreiben mich so viel Mühe kostete. Die Art Vorwurf, die Sie mir daraus machen, hat mich ganz erschreckt. Glauben Sie mir, ich flehe Sie an, daß keine falsche Scham mein Vertrauen zu Ihnen beeinträchtigt hat! Warum sollte ich mich auch scheuen, ihn zu nennen? Ach, ich erröte über meine Gefühle, nicht über den Gegenstand, der sie verursacht! Wer anders als er wäre würdig, sie einzuflößen! Und doch, ich weiß nicht warum, dieser Name will mir nicht ganz von selbst in die Feder; auch diesmal wieder brauchte es Überwindung, bis ich ihn hinschrieb. Ich muß noch von ihm sprechen.

Sie schreiben mir, daß er über meine Abreise »aufrichtig betrübt schien«. Was hat er denn getan, was geäußert? Hat er davon gesprochen, nach Paris zurückzukehren? Ich bitte Sie, alles nur Mögliche zu tun, um ihn davon abzubringen. Wenn er mich richtig beurteilt, darf er mir wegen dieses Schrittes nicht böse sein; aber er muß auch fühlen, daß es mein unwiderruflicher Entschluß ist. Eine meiner größten Qualen besteht darin, nicht zu wissen, was er denkt. Zwar habe ich hier noch seinen Brief vor mir . . . aber Sie sind sicher meiner Meinung: ich darf ihn nicht öffnen.

Nur durch Sie, meine nachsichtige Freundin, bin ich von ihm nicht ganz getrennt. Ich möchte Ihre Güte nicht mißbrauchen; ich fühle sehr wohl, daß Ihre Briefe nicht lang sein können; aber verweigern Sie Ihrer Tochter zwei Worte nicht: das eine, um ihren Mut zu stärken, das andere, um sie zu trösten.

Adieu, meine verehrungswürdige Freundin.

Paris, den 5. Oktober 17..

109. Brief **Cécile Volanges an Marquise de Merteuil**

Erst heute, Madame, habe ich Herrn de Valmont den Brief übergeben, den ich die Ehre hatte, von Ihnen zu empfangen. Ich habe ihn vier Tage behalten, trotz der Angst, die mich häufig befiel, daß man ihn bei mir finden könnte; aber ich versteckte ihn mit großer Sorgfalt, und wenn mir gar zu betrübt zumute war, schloß ich mich ein, um ihn wieder zu lesen.

Ich sehe jetzt ein, daß das, was ich für ein großes Unglück hielt, fast gar keins ist; und ich muß gestehen, daß ich viel Vergnügen dabei habe, so daß ich mich kaum mehr gräme. Nur der Gedanke an Danceny quält mich noch zuweilen. Aber es gibt schon eine ganze Menge Augenblicke, wo ich überhaupt nicht mehr an ihn denke! Herr de Valmont ist auch wirklich sehr liebenswürdig!

Seit zwei Tagen bin ich mit ihm ausgesöhnt. Das war recht leicht, denn ich hatte ihm noch keine zwei Worte gesagt, als er mir antwortete, daß er, wenn ich ihm etwas mitzuteilen hätte, nachts in mein Zimmer kommen würde. Ich brauchte also bloß ja zu sagen. Und dann, kaum war er eingetreten, da schien er so wenig ärgerlich, als ob ich ihm niemals etwas angetan hätte. Erst nachher hat er mich ausgezankt, aber sehr sanft, und zwar auf eine Art . . . ganz wie Sie; was mir beweist, daß er auch Freundschaft für mich hat.

Ich kann Ihnen gar nicht sagen, was für drollige Geschichten er mir erzählt hat, die ich nie geglaubt haben würde, besonders über Mama. Sie würden mich sehr erfreuen, wenn Sie mir mitteilten, ob das alles wahr ist. Soviel ist sicher, daß ich mein Lachen nicht zurückhalten konnte; ja einmal habe ich laut herausgelacht, was uns einen großen Schrecken einjagte; Mama hätte es hören können. Und wenn sie gekommen wäre, um nachzuschauen, was wäre dann aus mir geworden? Sicher hätte sie mich gleich wieder ins Kloster gesteckt!

Da man vorsichtig sein muß und Herr de Valmont mir selbst gesagt hat, daß er um nichts in der Welt Gefahr laufen möchte, mich bloßzustellen, sind wir übereingekommen, daß er von nun an nur die Tür öffnen wird und wir dann zusammen in sein Zimmer gehen werden. Da ist dann nichts zu befürchten. Ich war schon gestern dort, und jetzt, während ich Ihnen schreibe, warte ich, daß er kommt. Nun hoffe ich, Madame, daß Sie mich nicht mehr auszanken.

In Ihrem Brief steht aber etwas, das mich doch sehr überrascht hat, nämlich das, was Sie mir für die Zeit, wo ich verheiratet sein werde, in bezug auf Danceny und Herrn de Valmont sagen. Mir ist doch, als hätten Sie mir einmal in der Oper im Gegenteil erklärt, daß ich, wenn ich verheiratet bin, nur noch meinen Gatten lieben darf und sogar Danceny vergessen muß. Vielleicht habe ich mich damals verhört, und es ist mir auch lieber, wenn es anders ist, weil ich mich jetzt nicht mehr so sehr vor der Ehe fürchte. Ich wünsche den Augenblick der Heirat sogar herbei, weil ich dann mehr Freiheit haben werde; und ich hoffe es dann so einrichten zu können, daß ich nur noch an Danceny denke. Ich fühle, nur mit ihm werde ich wirklich glücklich sein; denn jetzt quält mich der Gedanke an ihn unausgesetzt, und ich beruhige mich nur, wenn ich es fertigbringe, nicht mehr an ihn zu denken, was aber sehr schwierig ist. Sowie ich aber an ihn denke, bin ich gleich wieder betrübt.

Ein bißchen tröstet mich, daß Sie mir versichern, Danceny werde mich deshalb um so mehr lieben. Ist das aber auch ganz sicher? ... Ach, gewiß; Sie werden mich doch nicht täuschen wollen. Es ist aber doch drollig, daß ich Danceny liebe und daß Herr de Valmont ... Aber, wie Sie sagen, das ist vielleicht ein Glück! Nun, wir werden sehen.

Ich habe nicht recht verstanden, was Sie mir über meine Art zu schreiben bemerken. Mir scheint doch, daß Danceny meine Briefe gut findet, so wie sie sind. Ich fühle aber wohl, daß ich von dem, was zwischen mir und Herrn de Valmont passiert, ihm gegenüber gar nichts erwähnen darf. So brauchen Sie also keine Angst zu haben.

Mama hat mir von meiner Heirat noch nicht gesprochen. Aber lassen Sie mich nur machen: wenn sie davon etwas sagt, verspreche ich Ihnen, geschickt zu lügen, da sie mich ja doch nur fangen will.

Adieu, meine liebe, gute Freundin. Ich danke Ihnen sehr und verspreche Ihnen, daß ich alle Ihre Güte für mich nie vergessen werde. Ich muß jetzt Schluß machen, denn es ist schon fast ein Uhr; Herr de Valmont kann nicht mehr lange auf sich warten lassen.

Schloß ..., den 10. Oktober 17..

110. Brief **Vicomte de Valmont an Marquise de Merteuil**

Ihr Mächte des Himmels, ich hatte eine Seele für den Schmerz; gebt mir eine für die Glückseligkeit! So drückt sich, glaube ich, der zärtliche Saint-Preux in der neuen Héloïse aus. Reicher bedacht als er, besitze ich gleichzeitig die beiden Seelen. Ja, meine Freundin, ich bin zur gleichen Zeit sehr glücklich und sehr unglücklich, und da Sie mein volles Vertrauen haben, schulde ich Ihnen die zwiefache Erzählung meiner Leiden und meiner Freuden.

So wissen Sie denn, daß meine undankbare Bigotte mir noch immer Strenge zeigt. Schon hat sie mir den vierten Brief zurückgeschickt. Es ist vielleicht falsch, ihn den vierten zu nennen; denn da ich schon bei der ersten Rücksendung erriet, daß ihr noch viele andere folgen würden, wollte ich meine Zeit nicht verlieren und beschloß, meine Klagen in allgemeinen Redensarten abzufassen und nicht zu datieren, so daß nun seit der zweiten Post der gleiche Brief immer hin und her geht; ich brauche nur den Umschlag zu wechseln. Wenn meine Schöne, wie die Schönen gewöhnlich, sich eines Tages schließlich erweichen läßt, sei's auch nur aus Ermüdung, so wird sie den Brief behalten, und mir bleibt noch immer Zeit, das Versäumte nachzuholen. Sie begreifen, daß ich bei dieser neuen Art von Korrespondenz nicht völlig unterrichtet sein kann.

Immerhin habe ich entdeckt, daß die flatterhafte Person ihre Vertraute gewechselt hat. Wenigstens habe ich mich vergewissert, daß seit ihrer Flucht aus dem Schloß kein Brief von ihr an Madame de Volanges gekommen ist, während ihrer zwei an die alte Rosemonde eintrafen; und da diese uns nichts davon sagt, ja nicht einmal mehr den Mund auftut über ihre »liebe Schöne«, von der sie uns sonst unaufhörlich sprach, schließe ich daraus, daß sie nun die Vertraute ist. Ich vermute, daß auf der einen Seite das Bedürfnis, von mir zu reden, auf der andern die Scham, vor Madame de Volanges ein Gefühl einzugestehen, das sie so lange verleugnet hat, diese große Umwälzung bewirkt haben. Freilich fürchte ich, daß ich bei diesem Tausch verliere; denn je älter die Frauen werden, desto griesgrämiger und strenger werden sie. Die erste hätte ihr mehr Schlechtes über mich gesagt, aber die andere wird schlechter von der Liebe reden; und die empfindsame Prüde hat mehr Angst vor dem Gefühl als vor der Person.

Das einzige Mittel, mir Klarheit zu verschaffen, besteht, wie Sie sehen, darin, diesen heimlichen Briefwechsel abzufangen. Ich habe meinem Jäger den Befehl dazu bereits erteilt und erwarte täglich seine Ausführung. Bis dahin tappe ich im ungewissen. So gehe ich denn seit acht Tagen vergebens alle mir bekannten Mittel durch, alle die aus den Romanen und die aus meinen geheimen Memoiren, und finde doch keines, das zu den Umständen des Abenteuers oder zu dem Charakter der Heldin passen würde. Es wäre ja weiter nicht schwer, bei ihr einzudringen, sogar nachts, wenn's sein muß, und sie einzuschläfern und aus ihr eine neue Clarissa zu machen – aber darf ich nach mehr als zwei Monaten der Sorgfalt und Mühe zu solchen Mitteln greifen, die meiner Natur fremd sind, knechtisch den Spuren anderer folgen und ruhmlos siegen? . . . Nein, sie soll nicht »die Freuden des Lasters und die Ehren der Tugend*« haben! Es genügt mir nicht, sie zu besitzen; ich will, daß sie sich gibt. Nun muß ich, um dies zu erreichen, nicht nur bis zu ihr dringen, sondern dies muß auf ihren eigenen Wunsch geschehen; ich muß sie allein finden und, in der Absicht, mich anzuhören, muß ihr vor allem die Augen vor der Gefahr verschließen, denn wenn sie sie merkt, wird sie es verstehen, sie zu überwinden oder zu sterben. Aber je besser ich weiß, was ich zu tun habe, desto schwieriger kommt mir die Ausführung vor; kurz, auf die Gefahr hin, von Ihnen wieder ausgelacht zu werden, muß ich gestehen, daß meine Unschlüssigkeit in dem Maße wächst, als ich darüber nachdenke.

Mein Kopf würde, glaube ich, mit mir durchgehen, fände ich nicht bei unserem gemeinsamen Mündel höchst angenehme Zerstreuung. Ihr allein verdanke ich es, daß ich nicht nur Klagelieder singe.

Würden Sie es glauben, daß das kleine Mädchen dermaßen verstört war, daß drei lange Tage vergingen, bis Ihr Brief seine Wirkung tat? So kann ein einziger falscher Begriff das glücklichste Naturell verderben!

Erst am Samstag begann man wieder, um mich herumzustreichen, und hat mir stammelnd etwas zugeflüstert, noch dazu so leise und so erstickt vor Scham, daß ich es unmöglich verstehen konnte. Aber das Erröten, von dem die Worte begleitet waren, ließ mich den Sinn erraten. Bis dahin hatte ich mich stolz zurückgehalten; aber erweicht durch eine so niedliche Reue, ließ ich mich zu dem Versprechen her-

* Jean-Jacques Rousseau, *La Nouvelle Héloïse*

bei, die hübsche Büßerin noch am selben Abend aufzusuchen, und diese Gnade von meiner Seite wurde mit all der Dankbarkeit aufgenommen, die man einer solchen Wohltat schuldet.

Da ich Ihre Pläne wie auch die meinen nie aus den Augen verliere, beschloß ich, diese Gelegenheit dazu zu nutzen, mir von dem Wert der Kleinen ein genaues Bild zu machen und auch ihre Ausbildung zu beschleunigen. Um aber diese Arbeit mit mehr Freiheit verrichten zu können, mußte ich unsere Zusammenkünfte an einen andern Ort verlegen; denn das kleine Kabinett, das allein das Schlafzimmer Ihres Mündels von dem ihrer Mutter trennt, war nicht imstande, ihr genügend Sicherheit zu ungehemmter Entfaltung einzuflößen. Ich hatte mir also vorgenommen, scheinbar unabsichtlich etwas Geräusch zu machen, um dadurch ihre Furcht vor Entdeckung zu erregen und sie zur Wahl eines sicheren Asyls zu bestimmen. Sie hat mir aber auch diese Mühe erspart.

Die kleine Person lacht sehr gern. Um ihre Munterkeit zu fördern, kam ich auf den Gedanken, ihr in den Zwischenakten alle Skandalgeschichten zu erzählen, die mir gerade einfielen. Um diese Historchen pikanter zu machen und sie ihrem Gedächtnis schärfer einzuprägen, setzte ich sie alle auf das Konto ihrer Mama, die ich so nach Herzenslust mit Lastern und Lächerlichkeiten ausstaffierte.

Ich hatte diese Wahl nicht ohne Grund getroffen: meine zaghafte Schülerin wurde dadurch angeeifert und ihr zugleich die tiefste Verachtung für die Mutter eingeflößt. Ich habe seit langem die Beobachtung gemacht, daß dieses Mittel, wenn auch nicht immer nötig zur Verführung junger Mädchen, doch unentbehrlich und oft sogar das wirksamste ist, wenn man sie depravieren will. Denn eine, die ihre Mutter nicht achtet, wird auch sich selbst nicht achten – eine moralische Wahrheit, deren Kenntnis ich für so nützlich halte, daß ich mich freue, hier ein Beispiel zur Stützung dieser Regel geliefert zu haben.

Indes, Ihr Mündel, das an Moral nicht dachte, erstickte alle Augenblicke fast vor Lachen, und einmal wäre sie beinahe herausgeplatzt. Es fiel mir nicht schwer, ihr einzureden, daß sie einen »entsetzlichen Lärm« gemacht habe, und ich heuchelte einen großen Schrecken, den sie auch bereitwillig mitempfand. Damit sie sich auch recht daran erinnere, brach ich das Vergnügen ab und verließ sie drei Stunden früher als gewöhnlich. Beim Abschied aber machten wir aus, uns von morgen an in meinem Zimmer zu treffen.

Dort habe ich sie nun schon zweimal empfangen, und in dieser kurzen Zeit ist die Schülerin fast so geschickt geworden wie ihr Lehrer. Tatsächlich, ich habe ihr alles beigebracht, sogar die kleinen Gefälligkeiten! Nur die Vorsichtsmaßnahmen habe ich weggelassen.

So die ganze Nacht beschäftigt, verwende ich einen großen Teil des Tages zum Schlafen, und da die gegenwärtige Gesellschaft im Schloß nichts Anziehendes für mich hat, erscheine ich kaum für eine Stunde im Salon. Ich habe heute sogar beschlossen, auf meinem Zimmer zu speisen, und gedenke es nur noch für kurze Spaziergänge zu verlassen. Diese Absonderlichkeiten gehen auf Rechnung meiner Gesundheit. Ich habe erklärt, daß meine Nerven am Reißen sind; auch ein wenig Fieber habe ich angemeldet. Die einzige Mühe, die es mich kostet, besteht darin, mit langsamer, matter Stimme zu reden. Was die nötige Veränderung meines Gesichts betrifft, so verlassen Sie sich ganz auf Ihr Mündel. *Die Liebe wird dafür sorgen**.

Meine Mußestunden verwende ich zum Nachdenken über die Mittel, durch die ich die verlorenen Vorteile über meine Undankbare zurückgewinnen könnte, aber auch zur Ausarbeitung einer Art von Katechismus der Ausschweifung zum Gebrauch für meine Schülerin. Es macht mir Spaß, darin alles bei seinem groben Namen zu nennen, und ich lache im vorhinein über die interessante Konversation, die sich aus dieser Belehrung zwischen ihr und Gercourt in der Hochzeitsnacht ergeben wird. Nichts ist komischer als die Naivität, mit der sie jetzt schon das wenige anwendet, das sie von dieser Sprache kennt! Sie hat keine Ahnung davon, daß man auch anders reden kann. Das Kind ist wirklich verführerisch. Dieser Gegensatz von naiver Arglosigkeit und der Ausdrucksweise schamlosester Verworfenheit ist nicht ohne Reiz, und ich weiß nicht warum, es gefällt mir nur noch das Bizarre.

Vielleicht gebe ich mich mit der Kleinen zu viel ab, weil ich mich dabei um Zeit und Gesundheit bringe; anderseits hoffe ich, daß mein fingiertes Kranksein, außer daß es mich vor der Langeweile im Salon bewahrt, mir auch von einigem Nutzen bei meiner gestrengen Bigotte sein kann, deren unerbittliche Tugend sich doch mit sanfter Empfindsamkeit paart. Zweifellos ist sie von diesem wichtigen Ereignis schon unterrichtet, und ich bin sehr begierig, zu wissen, was sie darüber

* Régnard, *Folies amoureuses*

denkt, und das um so mehr, als ich wetten möchte, daß sie die Ehre der Urheberschaft sich allein zuschreibt. Ich werde meinen Gesundheitszustand nach dem Eindruck regeln, den er auf sie macht.

Sie wissen nun, meine schöne Freundin, über meine Angelegenheiten so gut Bescheid wie ich selbst. Ich wünsche Ihnen bald schwerwiegendere Neuigkeiten berichten zu können und bitte Sie, überzeugt zu sein, daß ich unter den Freuden, die ich mir davon verspreche, die Belohnung, die ich von Ihnen erwarte, sehr hoch anschlage.

Schloß..., den 11. Oktober 17..

111. Brief **Graf de Gercourt an Madame de Volanges**

Allem Anschein nach, Madame, wird hierzulande fortan alles ruhig bleiben, und wir erwarten täglich die Erlaubnis zur Rückkehr nach Frankreich. Ich hoffe, Sie zweifeln nicht an meinem immer gleichen Eifer, mich hinzubegeben, um dort den Bund zu schließen, der mich mit Ihnen und Fräulein de Volanges verknüpfen soll. Indes teilt mir mein Vetter, der Herzog von ..., dem ich, wie Sie wissen, außerordentlich verpflichtet bin, soeben seine Abberufung aus Neapel mit und läßt mich wissen, daß er über Rom zu reisen und auf seinem Wege den Teil Italiens zu besuchen gedenkt, den kennenzulernen ihm noch übrig bleibt. Er fordert mich auf, ihn auf dieser Tour zu begleiten, die etwa sechs Wochen oder zwei Monate dauern wird. Ich verhehle Ihnen nicht, daß es mir angenehm wäre, diese Gelegenheit zu nutzen, zumal ich mir sage, daß ich mir nach meiner Verheiratung schwerlich die Zeit zu längerer Abwesenheit nehmen werde, außer wenn es der Dienst verlangt. Vielleicht wäre es auch angemessener, mit der Trauung bis zum Winter zu warten, da erst dann meine ganze Verwandtschaft in Paris versammelt ist, unter der ich vornehmlich den Marquis de ... nenne, dem ich die Hoffnung, Ihnen anzugehören, verdanke. Ungeachtet dieser Erwägungen, unterwerfe ich meine diesbezüglichen Pläne durchaus den Ihrigen und bin, sofern Sie unsere ursprünglichen Abmachungen bevorzugen, bereit, meine Absichten zurückzustellen. Ich bitte Sie nur, mich sobald als möglich Ihre Meinung darüber wissen zu lassen. Ich erwarte hier Ihre Antwort, sie allein wird mein Verhalten bestimmen.

Ich verbleibe, Madame, in Ehrerbietung und mit allen Gefühlen, die einem Sohne zukommen, Ihr sehr ergebener usw.

GRAF DE GERCOURT
Bastia, den 10. Oktober 17..

*112. Brief** **Madame de Rosemonde an Präsidentin de Tourvel**

Ich erhalte erst jetzt, meine liebe, schöne Frau, Ihren Brief vom elften** und die sanften Vorwürfe, die er enthält. Gestehen Sie nur, Sie hatten große Lust, mir noch schlimmere zu machen, und hätten mich, wäre Ihnen nicht rechtzeitig eingefallen, daß Sie »meine Tochter« sind, richtig ausgezankt. Das wäre aber sehr ungerecht von Ihnen gewesen! Nur der Wunsch und die Hoffnung, Ihnen bald selbst anworten zu können, ließen es mich immer wieder aufschieben; und Sie sehen ja, daß ich auch heute noch genötigt bin, die Hand meiner Kammerjungfer zu benutzen. Mein unglückseliger Rheumatismus hat mich wieder befallen; diesmal hat er sich im rechten Arm eingenistet, und ich bin ein rechter Krüppel. Sehen Sie, so geht's, Sie junges, blühendes Geschöpf, wenn man eine so alte Freundin hat, man leidet mit an ihren Beschwerden.

Sowei meine Schmerzen mir etwas Ruhe lassen, gedenke ich lange mit Ihnen zu plaudern. Bis dahin will ich Sie nur wissen lassen, daß ich Ihre beiden Briefe erhalten habe, daß sie, wenn dies möglich wäre, meine zärtliche Freundschaft für Sie noch verdoppelt hätten und daß ich nie aufhören werde, an allem, was Sie angeht, aufs innigste teilzunehmen.

Mein Neffe ist auch ein wenig unwohl, aber ohne daß eine Gefahr bestünde oder man sich irgendwie Sorgen machen müßte. Es ist eine leichte Unpäßlichkeit, die, wie mir scheint, weniger seine Gesundheit als sein Gemüt angreift. Wir bekommen ihn fast nicht mehr zu Gesicht.

Seine Zurückgezogenheit und Ihre Abreise machen unsern kleinen Kreis nicht vergnügter. Besonders die kleine Volanges vermißt Sie rasend. Sie gähnt den ganzen Tag lang, daß sie ihre Fäuste verschluk-

* Diktiert
** Dieser Brief ist verlorengegangen

ken könnte. Seit ein paar Tagen erweist sie uns die Ehre, nach dem Mittagessen fest einzuschlafen.

Adieu, meine liebe Schöne; ich bin für immer Ihre sehr gute Freundin, Ihre Mama, sogar Ihre Schwester, wenn mein hohes Alter diese Bezeichnung zuläßt. Mit einem Wort, ich bin Ihnen durch die zärtlichsten Gefühle verbunden.

Gezeichnet: ADELAIDE für Madame de Rosemonde.

Schloß..., den 14. Oktober 17..

113. Brief **Marquise de Merteuil an Vicomte de Valmont**

Ich muß Sie davon benachrichtigen, Vicomte, daß man sich in Paris mit Ihnen zu beschäftigen anfängt. Man bemerkt Ihre Abwesenheit und errät deren Ursache. Gestern war ich bei einem Souper mit vielen Geladenen, dort wurde fest behauptet, Sie würden durch eine romantische und unglückliche Liebe in einem Dorfe festgehalten. Sofort malte sich die Freude auf den Gesichtern aller Neider Ihrer Erfolge und aller Frauen, die Sie vernachlässigt haben. Glauben Sie mir, Sie dürfen diesen gefährlichen Gerüchten nicht erlauben, sich einzunisten, sondern müssen auf der Stelle erscheinen, um sie durch Ihre Anwesenheit zu zerstören.

Bedenken Sie doch: Wenn es dazu käme, daß man Sie nicht mehr für unwiderstehlich hielte, würden Sie bald erfahren, daß man Ihnen tatsächlich leichter widersteht; auch würden Ihre Nebenbuhler den Respekt vor Ihnen verlieren und es wagen, sich mit Ihnen zu messen – denn wer von ihnen hält sich nicht für stärker als die Tugend? Bedenken Sie vor allem, daß unter der Menge der Frauen, die Sie ins Gerede gebracht haben, diejenigen, die zu besitzen Ihnen nicht gelungen ist, versuchen werden, dem Publikum seinen Irrtum zu benehmen, während die andern sich bemühen werden, es zu täuschen. Kurz, Sie müssen sich darauf gefaßt machen, ebensosehr unter Ihrem Wert geschätzt zu werden, als Sie bisher überschätzt wurden.

Kommen Sie also zurück, Vicomte, und opfern Sie nicht Ihren Ruf einer kindischen Laune. Sie haben aus der kleinen Volanges alles gemacht, was wir wollten; und was Ihre Präsidentin anbetrifft, so können Sie doch Ihr Gelüst an ihr nicht stillen, wenn Sie sich zehn Meilen von ihr entfernt halten. Glauben Sie etwa, daß sie Sie holen wird? Vielleicht denkt sie nicht mehr an Sie, oder wenn doch, so nur, um sich darüber zu freuen, daß sie Sie so gedemütigt hat. Hier werden Sie wenigstens Gelegenheit finden, mit einigem Glanz wieder aufzutauchen, und das haben Sie reichlich nötig. Sollten Sie auf Ihrem lächerlichen Abenteuer bestehen, so sehe ich nicht ein, was Ihre Rückkehr dabei schaden könnte – im Gegenteil.

In der Tat, wenn Ihre Präsidentin Sie »anbetet«, wie Sie mir so oft versichert und so wenig bewiesen haben, dann muß ihr einziger Trost, ihre einzige Freude darin bestehen, von Ihnen zu reden, zu erfahren, was Sie tun, was Sie sagen, was Sie denken, bis zu der kleinsten Einzelheit, die Sie angeht. Diese Bagatellen nehmen infolge der Entbehrungen, die man erleidet, einen großen Wert an. Sie sind die Brosamen, die von der Tafel des Reichen fallen; dieser verachtet sie; aber der Arme sammelt sie gierig auf und nährt sich davon. Die arme Präsidentin erhält nun alle diese Brosamen, und je mehr sie davon bekommt, um so weniger eilig wird sie es haben, ihren Appetit auf das übrige zu befriedigen.

Zudem zweifeln Sie, seitdem Sie wissen, wer ihre Vertraute ist, wohl nicht daran, daß jeder ihrer Briefe zum mindesten eine kleine Predigt enthält und alles, was sie *zur Stärkung der Ehrbarkeit und Befestigung der Tugend* für nützlich erachtet. Warum wollen Sie der einen Mittel zur Verteidigung lassen und der andern welche, um Ihnen zu schaden?

Ich bin aber durchaus nicht Ihrer Meinung über den Verlust, den Sie bei dem Wechsel der Vertrauten erlitten zu haben glauben. Vor allem haßt Sie Madame de Volanges, und der Haß ist immer scharfsichtiger und erfindungsreicher als die Freundschaft. Aber sämtliche Tugend Ihrer alten Tante wird sie nicht dazu bewegen, auch nur einen Moment lang von ihrem geliebten Neffen etwas Übles zu sagen; denn auch die Tugend hat ihre Schwächen. Endlich entspringen Ihre Befürchtungen einer völlig falschen Maxime.

Es ist nicht wahr, daß die Frauen, je älter sie werden, um so griesgrämiger und strenger werden. Im Alter zwischen vierzig und fünfzig Jahren macht die Verzweiflung über das Welken ihres Gesichts, die Wut darüber, auf Ansprüche und Vergnügungen verzichten zu müssen, an denen sie noch hängen, fast alle Frauen sauer und spitz. Sie brauchen diese lange Zeitspanne, um das große Opfer ganz zu bringen. Sobald dies aber getan ist, teilen sich die alten Frauen in zwei Gattungen.

Die zahlreichste, diejenige der Frauen, die nichts als ihr Gesicht und ihre Jugend für sich hatten, verfällt in stumpfsinnige Gleichgültigkeit, aus der sie nur das Kartenspiel und etwelche Andachtsübungen gelegentlich wecken. Diese Frauen sind immer langweilig, oft zänkisch, manchmal recht unleidlich, aber selten boshaft. Man kann von ihnen auch nicht sagen, sie seien streng oder nicht streng: Ohne Ideen und ohne eigenes Sein wiederholen sie verständnis- und unterschiedslos alles, was sie andere sagen hören, und sind an sich vollkommene Nullen.

Die andere, weit seltenere, aber wirklich wertvolle Gattung ist die der Frauen, die, im Besitz eines Charakters, es nicht versäumten, ihre Vernunft zu entwickeln, die sich ein eigenes Sein geschaffen haben, als die Natur sie im Stiche ließ, und nun ihren Geist statt ihr Gesicht schmücken. Diese haben gewöhnlich ein sehr gesundes Urteil, einen gediegenen und dabei heiteren und anmutigen Geist. Die verführerischen Reize ersetzen sie durch Güte, die die Herzen anzieht, und auch durch jene beschwingte Fröhlichkeit, deren Zauber mit dem Alter wächst. Auf diese Weise gelingt es ihnen, gewissermaßen wieder jung zu werden, indem sie sich die Liebe der Jugend erwerben. Dann aber sind sie weit entfernt davon, »griesgrämig und streng« zu sein, wie Sie sagen. Die Gewohnheit milder Beurteilung, langes Nachdenken über die menschliche Schwäche und vor allem die Erinnerungen an ihre Jugend, durch die allein sie noch mit dem Leben zusammenhängen, machen sie weit eher geneigt zu übergroßer Nachsicht.

Ich kann Ihnen endlich noch verraten, daß ich immer die Gesellschaft alter Frauen aufgesucht habe, denn ich erkannte beizeiten die Nützlichkeit ihres Wohlwollens. Und ich habe unter ihnen einige gefunden, zu denen mich die Neigung ebenso wie mein Vorteil führte. Ich halte inne, denn Sie entflammen sich jetzt so schnell und so tugendhaft, daß ich Angst hätte, Sie könnten sich plötzlich in Ihre alte Tante verlieben und sich mit ihr in der Gruft vergraben, in der Sie ohnehin schon so lange leben. Nun wieder zur Hauptsache.

Trotz dem Entzücken, in das Sie Ihre kleine Schülerin zu versetzen scheint, kann ich nicht glauben, daß sie für Ihre Pläne verwendbar ist. Sie fanden sie unter der Hand und haben sie genommen, vortrefflich!

Aber das ist doch keine wirkliche Neigung. Um die Wahrheit zu sprechen, ist es ja nicht einmal ein vollkommener Genuß. Sie besitzen doch tatsächlich nichts als ihren Körper! Ich spreche nicht von ihrem Herzen, an dem Ihnen, wie ich vermute, nichts gelegen ist; aber Sie beschäftigen nicht einmal ihren Kopf! Ich weiß nicht, ob Sie sich dessen bewußt sind, aber ich habe in dem letzten Brief, den sie mir schrieb*, den Beweis dafür in der Hand und schicke ihn Ihnen, damit Sie sich selbst ein Urteil bilden. Sehen Sie nur, wie sie, wenn sie von Ihnen spricht, Sie immer nur *Herr de Valmont* nennt und wie alle ihre Gedanken, selbst die, die Sie in ihr wecken, immer nur bei Danceny enden. Und ihn nennt sie nicht Herr, da sagt sie stets nur »Danceny«. Dadurch zeichnet sie ihn vor allen andern aus, und selbst wenn sie sich Ihnen hingibt, bleibt sie ihm zugehörig. Wenn eine solche Eroberung Ihnen verführerisch scheint, wenn das Vergnügen, das sie Ihnen gewährt, Sie fesselt, dann sind Sie wahrhaftig bescheiden und wenig anspruchsvoll! Ich habe ja nichts dagegen, daß Sie sie behalten; das spielt ja auch in meinen Plänen eine Rolle. Aber mir scheint die ganze Sache nicht wert, daß man sich ihrethalben auch nur eine Viertelstunde aus der Ordnung bringen läßt; man muß auch einige Gewalt über sie haben, ihr zum Beispiel erst erlauben, sich Danceny wieder zu nähern, nachdem sie ihn ein bißchen mehr vergessen hat.

Bevor ich aufhöre, mich mit Ihnen zu beschäftigen, und mit mir beginne, möchte ich Ihnen noch sagen, daß das Mittel des Krankseins, dessen Sie sich, wie Sie mir schreiben, bedienen wollen, sehr bekannt und abgebraucht ist. Wirklich, Vicomte, erfinderisch sind Sie nicht! Auch ich wiederhole mich manchmal, wie Sie sehen werden, aber ich suche mich durch die Behandlung der Details dafür zu entschädigen, und vor allem rechtfertigt mich der Erfolg. Ich will nun wieder einen neuen erringen, ein neues Abenteuer bestehen. Zwar gebe ich zu, daß es nicht das Verdienst der Schwierigkeit haben wird, aber wenigstens wird es eine Zerstreuung sein, und ich langweile mich zu Tode.

Ich weiß nicht, wie es kommt, daß mir Belleroche seit dem Abenteuer mit Prévan unerträglich geworden ist. Seine Aufmerksamkeit, seine Zärtlichkeit, seine »Verehrung« haben dermaßen zugenommen, daß ich es einfach nicht mehr aushalten kann. Im ersten Augenblick

* Siehe den 109. Brief

fand ich seinen Zorn spaßhaft; aber ich mußte ihn doch wohl besänftigen, denn hätte ich ihn gewähren lassen, so hätte er mich kompromittiert, und mit Vernunft war ihm nicht beizukommen. Ich beschloß also, ihm mehr Liebe zu zeigen, um auf diese Weise leichter mit ihm fertig zu werden. Er aber nahm das ernst, und seit der Zeit bringt er mich durch sein ewiges Entzücken in Verzweiflung. Besonders verüble ich ihm das beleidigende Vertrauen, das er in mich setzt, und die Sicherheit, mit der er mich als sein für immer betrachtet. Das hat geradezu etwas Demütigendes. Er schätzt mich wirklich sehr gering ein, da er sich für wertvoll genug hält, um mich zu fesseln! Sagte er mir nicht letzthin, ich würde nie einen andern lieben als ihn? Wahrhaftig, ich bedurfte meiner ganzen Vorsicht, um ihm nicht auf der Stelle den Star zu stechen, indem ich ihm sagte, wie es sich damit verhält. Das wäre mir der Richtige, dem ich ein ausschließliches Recht einräumen möchte! Gewiß ist er recht gut gewachsen und hat ein ganz hübsches Gesicht; aber, alles in allem genommen, ist er doch nur ein Stümper in der Liebe. Kurz, der Moment ist gekommen, wo wir uns trennen müssen.

Ich versuche es schon seit vierzehn Tagen und habe abwechselnd Kälte, Launen, Verstimmung, Streit ausprobiert; aber der zähe Bursche läßt nicht locker; man muß ein gewaltsameres Mittel anwenden: Ich nehme ihn also auf mein Landgut mit. Wir reisen übermorgen. Mit uns werden nur einige unbeteiligte, wenig scharfsichtige Leute sein, und wir werden fast soviel Freiheit haben, wie wenn wir allein wären. Dort werde ich ihn mit Zärtlichkeiten und Liebe dermaßen überschütten, und wir werden so ausschließlich nur mit- und füreinander leben, daß er – was gilt die Wette? – das Ende dieses Aufenthalts, von dem er sich heute soviel Glück verspricht, bald mehr als ich herbeisehnen wird. Und wenn er zu guter Letzt nicht angeödeter von mir als ich von ihm zurückkehrt, dann dürfen Sie, ich gestatt' es Ihnen, sagen, daß ich ebensowenig verstehe wie Sie.

Der Vorwand für diese Art Weltflucht ist, daß ich mich ernsthaft mit meinem großen Prozeß beschäftigen muß, der zu Beginn dieses Winters durch Urteil endlich entschieden werden soll. Ich freue mich darüber, denn es ist wirklich unangenehm, sein ganzes Vermögen so in der Schwebe zu wissen. Nicht daß ich über den Ausgang beunruhigt wäre. Erstens bin ich im Recht; alle meine Advokaten versichern es mir. Und selbst wenn ich nicht im Recht wäre, wie ungeschickt müßte ich sein, wenn ich es nicht fertigbrächte, einen Prozeß zu gewinnen, in dem meine Gegner nur minderjährige Kinder mit ihrem alten Vormund sind! Da man jedoch in einer so wichtigen Sache nichts vernachlässigen darf, werde ich mir auf mein Landgut zwei Advokaten mitnehmen. Eine lustige Reise, was? Immerhin, wenn sie mich meinen Prozeß gewinnen und zugleich Belleroche loswerden läßt, werde ich meine Zeit nicht bereuen.

Und jetzt, Vicomte, erraten Sie den Nachfolger, zerbrechen Sie sich den Kopf! Aber was denn, ich weiß ja doch, daß Sie nie etwas erraten. Ei nun, es ist Danceny. Sie staunen, nicht wahr? Denn schließlich bin ich noch nicht auf die Erziehung von Kindern angewiesen. Aber dieser da verdient, ausgenommen zu werden. Er hat nur die Anmut der Jugend und nicht ihren Leichtsinn. Seine große Zurückhaltung in der Gesellschaft ist sehr geeignet, jeden Verdacht fernzuhalten, und wenn er unter vier Augen aus sich herausgeht, findet man ihn um so liebenswürdiger. Nicht daß ich schon etwas mit ihm hätte, ich bin vorläufig nur seine Vertraute; aber ich glaube bei ihm unter dem Mantel der Freundschaft ein sehr lebhaftes Gefallen an mir zu entdecken und fühle, daß auch ich Geschmack an ihm zu finden beginne. Es wäre doch sehr schade, wenn so viel Geist und Feinheit dem Gänschen Volanges geopfert und an ihr sich abstumpfen würde! Ich hoffe, er täuscht sich über sich selbst, wenn er glaubt, daß er sie liebt; sie ist so weit entfernt, es zu verdienen. Ich bin durchaus nicht eifersüchtig auf sie; aber das wäre geradezu ein Mord, und ich will Danceny retten. Ich bitte Sie also, Vicomte, dafür Sorge zu tragen, daß er sich seiner Cécile – er hat noch immer die schlechte Angewohnheit, sie so zu nennen – nicht nähern kann. Eine erste Neigung ist immer mächtiger, als man denkt, und ich möchte für nichts stehen, wenn er sie jetzt wiedersähe, besonders während meiner Abwesenheit. Bin ich einmal zurück, so nehme ich alles auf mich und bürge für den Erfolg.

Ich habe wohl daran gedacht, den jungen Mann aufs Land mitzunehmen, opferte aber diesen Wunsch meiner gewohnten Vorsicht. Auch fürchtete ich, er könnte etwas zwischen Belleroche und mir bemerken, und ich wäre in Verzweiflung, wenn er von dem, was vorgeht, die geringste Ahnung hätte. Er soll sich mich als reines, makelloses Wesen vorstellen, kurz, so, wie ich sein müßte, um seiner wirklich wert zu sein.

Paris, den 15. Oktober 17..

114. Brief **Präsidentin de Tourvel an Madame de Rosemonde**

Meine liebe Freundin, ich gebe meiner lebhaften Beunruhigung nach; und, ohne zu wissen, ob Sie imstande sein werden, mir zu antworten, kann ich mich doch nicht enthalten, Ihnen Fragen zu stellen. Der Zustand von Herrn de Valmont, den Sie als ungefährlich bezeichnen, gibt mir nicht die Sicherheit, die er Ihnen einzuflößen scheint. Es kommt nicht selten vor, daß Schwermut und Weltschmerz die Vorboten einer ernsten Krankheit sind. Die Leiden des Körpers wie die der Seele erregen den Wunsch nach Einsamkeit, und man verübelt manchem seine schlechte Laune, den man doch nur wegen seiner Schmerzen bedauern sollte.

Mir scheint, er müsse doch wenigstens jemanden zuziehen. Wie kommt es, daß Sie als Kranke keinen Arzt bei sich haben? Der meine, den ich heute morgen sprach und, wie ich Ihnen nicht verhehlen will, indirekt um Rat fragte, ist der Meinung, daß bei von Natur regsamen Menschen eine solche plötzliche Apathie nicht vernachlässigt werden darf, und, wie er hinzufügte, weichen die Krankheiten der Behandlung nicht mehr, wenn sie nicht rechtzeitig erfolgt. Warum wollen Sie einen Menschen, der Ihnen so teuer ist, dieser Gefahr aussetzen?

Meine Unruhe verdoppelt sich dadurch, daß ich seit vier Tagen keine Nachrichten mehr von ihm erhalte. O Gott, täuschen Sie mich nicht über seinen Zustand? Warum sollte er plötzlich aufgehört haben, mir zu schreiben? Wäre dies nur die Wirkung des Eigensinns, mit dem ich ihm seine Briefe zurückschicke, so hätte er wohl diesen Entschluß, mir nicht zu schreiben, schon früher gefaßt. Ohne an Vorgefühle zu glauben, bin ich seit einigen Tagen von einer Traurigkeit, die mich erschreckt. Ach, vielleicht steht mir ein großes Unglück bevor!

Sie können sich nicht vorstellen, und ich schäme mich, es Ihnen zu gestehen, wie sehr es mich schmerzt, diese Briefe nicht mehr zu erhalten, die zu lesen ich auch heute noch verweigern würde. Wenigstens hatte ich die Gewißheit, daß er sich mit mir beschäftigt, und sah etwas, was von ihm kam. Ich öffnete sie nicht, diese Briefe, aber ich sah sie an und weinte. Meine Tränen flossen sanfter und leichter; und nur sie verscheuchten zum Teil die gewohnte Bedrücktheit, die ich seit meiner Rückkehr empfinde. Ich beschwöre Sie, meine nachsichtige Freundin, schreiben Sie mir selbst, sobald Sie dazu fähig sind, und lassen Sie mich inzwischen täglich wissen, wie es Ihnen und ihm geht.

Ich bemerke gerade, daß ich Ihnen kaum ein Wort für Sie sagte, aber Sie kennen meine Gefühle, meine rückhaltlose Anhänglichkeit, meine zärtliche Dankbarkeit für Ihre feinfühlige Freundschaft. Verzeihen Sie die Verwirrung, in der ich mich befinde, verzeihen Sie sie meiner Qual, meiner Angst vor einem Entsetzlichen, das ich vielleicht verursacht habe. Großer Gott, dieser zur Verzweiflung bringende Gedanke verfolgt mich und zerreißt mir das Herz! Dieses Unglück fehlte mir noch, und ich fühle, daß ich geboren bin, alles Unglück auf mich zu nehmen. Adieu, meine liebe Freundin, lieben Sie mich, bedauern Sie mich. Werde ich heute einen Brief von Ihnen haben?

Paris, den 16. Oktober 17..

115. Brief **Vicomte de Valmont an Marquise de Merteuil**

Es ist ein unbegreiflich Ding, meine schöne Freundin, wie, kaum daß man sich entfernt, leicht auch das Sichverstehen aufhört. Solange ich in Ihrer Nähe war, hatten wir stets das gleiche Empfinden, die gleiche Art zu sehen; und jetzt, weil ich Ihnen seit fast drei Monaten fern bin, sind wir über nichts mehr einer Meinung. Wer von uns beiden hat unrecht? Gewiß werden Sie mit der Antwort nicht zögern; aber ich, der ich vernünftiger oder höflicher bin, wage nicht zu entscheiden. Ich will nur auf Ihren Brief antworten und weiter versuchen, Ihnen mein Verhalten zu erklären.

Zunächst danke ich Ihnen für den Rat, den Sie mir wegen der Gerüchte geben, die über mich im Umlauf sind; aber sie beunruhigen mich noch nicht, denn ich glaube sicher zu sein, Ihnen bald ein Ende bereiten zu können. Seien Sie unbesorgt: Ich werde berühmter als je in die Welt zurückkehren und Ihrer nur noch würdiger.

Ich hoffe, man wird auch meinem Abenteuer mit der kleinen Volanges einen gewissen Wert beimessen, obwohl Sie es für so unbeachtlich halten. Als ob es nichts wäre, ein junges Mädchen in einer einzigen Nacht dem Heißgeliebten wegzunehmen, sie zu gebrauchen, soviel man will, wie sein Eigentum und ohne jedes Hindernis, von ihr zu erlangen, was man nicht einmal von allen den Mädchen zu fordern wagt, deren Handwerk es schließlich ist, und dieses, ohne sie im geringsten von ihrer zärtlichen Liebe abzubringen, ohne sie unbeständig oder untreu zu machen – denn in der Tat, ich beschäftige nicht einmal ihren Kopf! So daß ich, nachdem mir die Lust an ihr vergangen ist, sie in die Arme ihres Geliebten legen werde, ohne daß sie sozusagen etwas gemerkt hat. Ist das denn wirklich ein so gewöhnlicher Vorgang? Und dann, glauben Sie mir: Einmal von mir freigegeben, wird sie nichtsdestoweniger die Grundsätze, die ich ihr eingeprägt habe, weiter befolgen, und ich prophezeie, daß die zaghafte Schülerin bald einen Aufschwung nehmen wird, der ihrem Lehrer Ehre macht.

Hat man aber das heroische Genre lieber, so weise ich die Präsidentin vor, dieses gerühmte Vorbild aller Tugenden, das selbst unsere schlimmsten Wüstlinge respektieren, eine Frau, bei der man nicht einmal mehr auf den Gedanken kommt, sie anzugreifen! Ich werde sie zeigen, wie sie ihre Pflichten und ihre Tugend vergißt, wie sie ihren Ruf und zwei Jahre der Ehrbarkeit opfert, um hinter dem Glück, mir zu gefallen, herzujagen, um sich an dem Glück, mich zu lieben, zu berauschen, und sich für alle die Opfer genügend entschädigt findet, durch ein Wort, einen Blick von mir, die sie nicht einmal immer erhalten wird. Mehr noch: Ich werde sie verlassen – und ich würde diese Frau nicht kennen, wenn sie mir einen Nachfolger gäbe. Sie wird dem Bedürfnis nach Trost, der Gewohnheit des Liebesgenusses, sogar dem Wunsch nach Rache widerstehen. Mit einem Wort, sie wird nur für mich gelebt haben; und sei ihre Laufbahn kurz oder lang, ich allein werde ihr die Schranken geöffnet und geschlossen haben. Und ist der Sieg einmal errungen, dann werde ich zu meinen Rivalen sagen: »Seht mein Werk und suchet im Jahrhundert eines, das ihm gleichkommt!«

Sie werden mich fragen, woher mir heute dieses Übermaß an Selbstvertrauen kommt. Ich bin nämlich seit acht Tagen der Vertraute meiner Schönen: Sie sagt mir zwar ihre Geheimnisse nicht, aber ich fange sie ab. Zwei Briefe von ihr an Madame de Rosemonde haben mich hinreichend unterrichtet, und ich werde die übrigen nur noch aus Neugier lesen. Um das Ziel zu erreichen, brauche ich mich ihr bloß zu nähern, meine Mittel dazu sind gefunden, und ich will unverzüglich darangehen, sie anzuwenden.

Sie sind wohl neugierig, was? . . . Doch nein, um Sie dafür zu strafen, daß Sie an meine Erfindungsgabe nicht glauben, sollen Sie nichts erfahren. Im Ernst, Sie würden es verdienen, daß ich Ihnen mein Vertrauen entziehe, zum wenigsten für dieses Abenteuer; und wirklich, ohne die süße Belohnung, die Sie an den Erfolg geknüpft haben, würde ich Ihnen über diese Sache nichts mehr erzählen. Sie sehen, daß ich ärgerlich bin. Doch will ich, in der Hoffnung, daß Sie sich bessern, es bei dieser leichten Strafe bewenden lassen und, zur Nachsicht zurückkehrend, einen Moment lang meine großen Pläne vergessen, um mit Ihnen die Ihren zu erörtern.

Sie sind also jetzt auf dem Lande, das langweilig ist wie die Empfindsamkeit und trübselig wie die Treue. Und dieser arme Belleroche! Sie begnügen sich nicht damit, ihm den Trank des Vergessens einzuflößen, Sie spannen ihn auch noch auf die Folter. Wie fühlt er sich dabei? Übersteht er den Ekel an der Liebe gut? Ich gäbe was darum, wenn er sich nur noch fester an Sie schlösse; denn ich bin neugierig, welches noch wirksamere Mittel Sie dann anwenden würden. Wirklich, Sie tun mir leid, daß Sie zu diesem Ihre Zuflucht nehmen mußten. Ich habe nur einmal in meinem Leben aus Nebenabsichten geliebt. Ich hatte damals einen triftigen Grund, da es sich um die Gräfin von . . . handelte. Wohl zwanzigmal war ich in ihren Armen versucht, zu ihr zu sprechen: »Madame, ich verzichte auf die Stellung, um die ich mich bewerbe, wenn Sie mir nur erlauben, die zu verlassen, die ich eben einnehme.« Darum ist sie von allen Frauen, die ich besessen habe, die einzige, der ich wirklich mit Vergnügen Schlechtes nachsage.

Was Ihren Grund betrifft, so finde ich ihn, offengestanden, einfach lächerlich, und Sie hatten recht, zu glauben, daß ich den Nachfolger nicht erraten würde. Wie, für Danceny geben Sie sich so viel Mühe? Ach, meine liebe Freundin, lassen Sie ihn doch »seine tugendhafte Cécile« anbeten und geben Sie sich keine Blöße mit diesen kindlichen Spielen. Lassen Sie doch die Schulknaben sich bei ihren Bonnen ausbilden oder mit Pensionärinnen kleine unschuldige Spiele spielen. Warum wollen Sie sich mit einem Neuling belasten, der es weder verstehen wird, Sie zu nehmen, noch Sie zu verlassen, und bei dem Sie alles selber tun müssen? Ich sage Ihnen in allem Ernst, daß ich Ihre Wahl mißbillige, und wie geheim Sie sie auch halten mögen, so wird sie Sie zumindest vor mir und Ihrem eigenen Gewissen herabsetzen.

Sie finden, so schreiben Sie mir, viel Geschmack an ihm. Ach, was Sie nicht sagen! Darin täuschen Sie sich sicher, und ich glaube sogar die Ursache Ihres Irrtums gefunden zu haben. Dieser lobenswerte Überdruß an Belleroche kam Ihnen in einer Zeit des Mangels, und da

Paris Ihnen damals keine Auswahl bot, wandten Sie Ihren immer lebhaften Sinn dem ersten besten zu, der Ihnen begegnete. Aber bedenken Sie, daß Sie bei Ihrer Rückkunft unter Tausenden werden wählen können! Und sollten Sie die Untätigkeit während der Wartezeit befürchten, so bin ich gerne bereit, Ihre Muße zu versüßen.

Bis zu Ihrer Rückkehr werden meine großen Angelegenheiten auf die eine oder die andere Weise erledigt sein, und sicherlich werden weder die kleine Volanges noch selbst die Präsidentin mich so sehr beschäftigen, daß ich mich Ihnen nicht soviel, wie Sie nur wünschen, widmen könnte. Vielleicht habe ich bis dahin das kleine Mädchen in die Arme ihres züchtigen Liebhabers gelegt. Trotz allem, was Sie mir einwenden mögen, kann ich nicht zugeben, daß die Kleine nur ein reizloser Genuß ist, und da es in meiner Absicht liegt, sie ihr Leben lang die Erinnerung an meine Überlegenheit über alle andern Männer bewahren zu lassen, habe ich im Verkehr mit ihr einen Ton angeschlagen, den ich nicht lange durchhalten könnte, ohne meine Gesundheit zu schädigen. Schon in diesem Augenblick verbindet mich mit ihr nur das Interesse, das man seinen Familienangelegenheiten schuldet ...

Sie verstehen mich nicht? ... Ich warte den Zeitpunkt der zweiten Periode ab, um die Gewißheit zu haben, daß meine Hoffnung sich erfüllt hat und alle meine Pläne gelungen sind. Ja, meine schöne Freundin, bereits sagt mir ein erstes Anzeichen, daß der Gemahl meiner Schülerin nicht Gefahr läuft, ohne Nachkommenschaft zu sterben, und daß der künftige Chef des Hauses Gercourt nur ein Zweitgeborener des Hauses Valmont sein wird. Aber lassen Sie mich doch dieses Abenteuer, das ich nur auf Ihren Wunsch begonnen habe, nach meinem Belieben beenden! Bedenken Sie, wenn Sie Danceny zur Treulosigkeit verführen, berauben Sie die ganze Geschichte ja der Pointe! Bedenken Sie schließlich, daß mein Angebot, ihn bei Ihnen zu vertreten, mir, wie mir scheint, ein gewisses Recht auf Bevorzugung gibt.

Ich rechne so fest damit, daß ich nicht vor der Durchkreuzung Ihrer Pläne zurückschreckte, indem ich dazu beitrug, die zärtliche Leidenschaft des schüchternen Liebhabers für den ersten und würdigsten Gegenstand seiner Wahl noch anzufeuern. Ich fand nämlich gestern Ihr Mündel damit beschäftigt, ihm zu schreiben, und brachte sie von diesem angenehmen Tun durch ein noch angenehmeres ab und bat sie dann, mir ihren Brief zu zeigen. Da dieser mir kalt und gezwungen schien, machte ich ihr klar, daß dies nicht die richtige Art sei, ihren Anbeter zu trösten, und überredete sie, nach meinem Diktat einen anderen zu schreiben, worin ich nach Kräften ihr kleines Geschwätz nachahmte und versuchte, die Liebe des jungen Mannes mit einer bestimmteren Hoffnung zu stärken. Die kleine Person war, wie sie versicherte, ganz entzückt dabei, sich so trefflich auszudrücken, und von jetzt an bin ich mit der Führung dieser Korrespondenz betraut. Was hat dieser Danceny mir nicht alles zu verdanken! Ich bin zugleich sein Freund, sein Vertrauter, sein Rivale und – seine Geliebte! Und jetzt erweise ich ihm noch obendrein den Dienst, ihn vor Ihren gefährlichen Banden zu retten. Jawohl, gefährlich; denn Sie besitzen und wieder verlieren, heißt einen Augenblick des Glücks mit ewiger Sehnsucht nach Ihnen zu bezahlen.

Adieu, meine schöne Freundin; haben Sie den Mut, Belleroche so schnell wie möglich abzuschieben. Lassen Sie von Danceny ab und bereiten Sie sich darauf vor, die köstlichen Genüsse unserer ersten Verbindung neu zu erleben und mir wieder zu schenken.

PS. Ich gratuliere Ihnen zu der bevorstehenden Entscheidung in Ihrem großen Prozeß. Ich werde entzückt sein, wenn dieses frohe Ereignis unter meiner Herrschaft eintrifft.

Schloß ..., den 19. Oktober 17..

116. Brief **Chevalier Danceny an Cécile Volanges**

Madame de Merteuil ist heute früh aufs Land gereist. Ich bin also, meine reizende Cécile, des einzigen Vergnügens beraubt, das mir in Ihrer Abwesenheit blieb, nämlich von Ihnen mit der Frau zu sprechen, die Ihre Freundin und die meine ist. Seit einiger Zeit hat sie mir erlaubt, ihr diesen Titel zu geben, und ich habe mir dies mit um so größerem Eifer zunutze gemacht, als ich mich Ihnen dadurch zu nähern schien. Mein Gott, wie liebenswürdig ist diese Frau und welchen schmeichelhaften Reiz weiß sie der Freundschaft zu verleihen! Es ist, als ob diese sanfte Empfindung bei ihr an Schönheit und Kraft gewönne durch alles, was sie der Liebe verweigert. Wenn Sie wüßten, wie sie Sie liebt, wie gerne sie mich von Ihnen reden hört! ... Darin liegt zweifellos die große Anziehung, die sie auf mich ausübt. Welches Glück, einzig für Sie beide leben zu können, mein Herz immerwährend zwischen den Wonnen der Liebe und den zarten Freuden der Freundschaft zu teilen, ihnen mein ganzes Dasein zu weihen, gewissermaßen das Bindeglied Ihrer gegenseitigen Beziehung zu sein und immer zu fühlen, daß ich, mit dem Glück der einen beschäftigt, auch an dem der andern tätig bin! Meine reizende Freundin, lieben Sie, lieben Sie sehr diese herrliche Frau! Geben Sie meiner Zuneigung für sie noch mehr Wert, indem Sie sie teilen. Seitdem ich den Zauber der Freunschaft verkostet habe, wünsche ich, daß auch Sie ihn empfinden. Es scheint mir, als ob ich die Freuden, die ich nicht mit Ihnen teile, nur zur Hälfte genösse. Ja, meine Cécile, ich möchte Ihr Herz mit allen süßesten Gefühlen umgeben, jede seiner Regungen sollte in Ihnen eine Glücksempfindung hervorrufen; und ich würde immer noch glauben, daß ich Ihnen nur einen Teil der Seligkeit zurückgebe, die ich Ihnen verdanke.

Warum müssen diese schönen Pläne nur ein Gespinst meiner Einbildung sein? Warum bietet mir die Wirklichkeit nur schmerzliche, nie endende Entbehrung? Die Hoffnung, die Sie mir gaben, Sie auf diesem Landgut sehen zu können, ich merke wohl, daß ich auf sie verzichten muß. Nichts anderes vermag mir Trost zu spenden, als mir immer wieder zu sagen, daß es wirklich nicht möglich ist. Aber Sie, Sie sagen es mir nicht und sind darüber nicht mit mir betrübt! Schon zweimal blieben meine Klagen darüber ohne Antwort. Ach, Cécile, Cécile, ich glaube ja, daß Sie mich mit allen Kräften Ihrer Seele lieben, aber Ihre Seele brennt nicht wie die meine! Warum ist es nicht an mir, die Hindernisse zu beheben? Warum sind es nicht meine Interessen, die zu schonen sind, statt der Ihren? Ich würde Ihnen bald bewiesen haben, daß der Liebe nichts unmöglich ist.

Sie schreiben mir nicht einmal, wann dieses grausame Fernsein ein Ende nehmen wird; vielleicht würde ich Sie hier wenigstens zu Gesicht bekommen. Ihre reizenden Blicke würden meine bedrückte Seele neu beleben, ihr rührender Ausdruck mein Herz beschwichtigen, das es doch manchmal sehr nötig hat. Verzeihung, meine Cécile, meine Verzagtheit soll kein Verdacht sein. Ich glaube an Ihre Liebe, an Ihre Treue. Ach, ich wäre *zu* unglücklich, wenn ich daran zweifelte. Aber so viele Hindernisse und immer wieder neue! Meine Freundin, ich bin traurig, sehr traurig. Mir ist, als hätte die Abreise von Madame de Merteuil in mir die Empfindung all meines Unglücks neu aufgewühlt.

Adieu, meine Cécile; adieu, Heißgeliebte. Denken Sie daran, daß Ihr Geliebter sich grämt und daß Sie allein imstande sind, ihm das Glück wiederzugeben. Paris, den 17. Oktober 17..

*117. Brief** **Cécile Volanges an Chevalier Danceny**

Glauben Sie denn, mein guter Freund, daß ich ausgezankt werden muß, um traurig zu sein, wo ich doch weiß, daß Sie sich grämen? Und zweifeln Sie daran, daß ich unter allen Ihren Schmerzen nicht ebenso leide? Ich spüre sogar jene, die ich Ihnen willentlich verursache, und leide noch mehr als Sie, weil ich sehe, daß Sie mir keine Gerechtigkeit widerfahren lassen. Oh, das ist nicht recht! Ich sehe schon, was Sie ärgert; daß ich nämlich die beiden letzten Male, wo Sie mich baten, hierher kommen zu dürfen, nicht darauf geantwortet habe. Aber ist es denn leicht, eine solche Antwort zu geben? Glauben Sie etwa, ich wisse nicht, daß das, was Sie wollen, sehr schlimm ist? Und wenn es mir schon soviel Mühe macht, Ihnen aus der Ferne nein zu sagen, wie wäre es erst, wenn Sie sich hier befänden? Darüber, daß ich Sie einen Moment lang trösten wollte, müßte ich mich mein ganzes Leben lang grämen.

Hören Sie, ich habe vor Ihnen keine Geheimnisse; dies sind meine Gründe, urteilen Sie selbst. Ich hätte vielleicht getan, was Sie wollen, ohne die Nachricht, die ich Ihnen mitteilte, daß nämlich dieser Herr de Gercourt, der unsern ganzen Kummer ausmacht, nicht so bald eintreffen wird. Und da mir Mama seit einiger Zeit viel freundlicher begegnet und ich ihr so schön tue, wie ich nur kann – wer weiß, was ich bei ihr noch werde erreichen können? Und wenn wir glücklich sein könnten, ohne daß ich mir etwas vorzuwerfen hätte, wäre das nicht viel besser? Wenn ich dem Glauben schenken darf, was mir so häufig versichert wird, dann lieben die Männer ihre Frauen nicht mehr so sehr, wenn sie sie, bevor sie es waren, zu sehr geliebt haben. Diese Furcht hält mich noch mehr zurück als alles andere. Mein Freund,

* Von Valmont diktiert

sind Sie denn meines Herzens nicht sicher, und wird es nicht immer noch früh genug sein?

Passen Sie auf, ich will Ihnen etwas versprechen. Wenn ich das Unglück, Herrn de Gercourt zu heiraten, den ich schon hasse, bevor ich ihn kenne, durchaus nicht vermeiden kann, wird mich nichts mehr zurückhalten, Ihnen so sehr, wie ich nur kann, zu gehören, und sogar vorher schon. Da mir nur an Ihrer Liebe gelegen ist und Sie ja sehen werden, daß, wenn ich unrecht tue, es nicht meine Schuld ist, ist mir alles übrige gleich, wenn Sie mir nur versprechen, mich immer so zu lieben wie jetzt. Bis dahin aber, mein Freund, lassen Sie mich in meiner Art weitermachen und verlangen Sie von mir nicht etwas, das nicht zu tun ich gute Gründe habe und das Ihnen zu verweigern mich dennoch schmerzt.

Ich wünschte auch, daß Herr de Valmont in Ihrem Namen nicht so drängte; das dient nur dazu, mich noch trauriger zu machen. Oh, Sie haben in ihm einen sehr guten Freund, das können Sie mir glauben! Er tut alles, wie Sie es selber täten. Aber adieu, mein lieber Freund; ich habe ziemlich spät zu schreiben angefangen und einen Teil der Nacht damit verbracht. Ich werde jetzt zu Bett gehen und die verlorene Zeit wieder einbringen. Ich umarme Sie, aber schelten Sie mich nicht mehr.

Schloß ..., den 18. Oktober 17..

118. Brief **Chevalier Danceny an Marquise de Merteuil**

Wenn ich meinem Kalender glauben darf, meine anbetungswürdige Freundin, so sind seit Ihrer Abreise erst zwei Tage vergangen; wenn ich aber meinem Herzen glaube, sind es zwei Jahrhunderte. Nun soll man – das habe ich von Ihnen selbst – immer seinem Herzen glauben; es ist also hohe Zeit, daß Sie zurückkommen, und alle Ihre Geschäfte müssen mehr als beendet sein. Wie können Sie von mir verlangen, daß ich mich für Ihren Prozeß interessiere, da ich, ob Sie nun gewinnen oder verlieren, in beiden Fällen mit dem Verdruß über Ihre Abwesenheit bezahlen muß? Oh, wie hätte ich Lust, Streit anzufangen! Und wie traurig ist's, mit einem so schönen Anlaß zu schlechter Laune nicht das Recht zu haben, sie zu zeigen!

Ist es aber nicht eine wirkliche Untreue, ein schwarzer Verrat, daß Sie Ihren Freund so weit zurücklassen, nachdem Sie ihn daran gewöhnt haben, nicht mehr ohne Ihre Gegenwart sein zu können? Befragen Sie nur Ihre Advokaten, Sie werden Ihnen keine Rechtfertigung für diese schlimme Handlungsweise finden; auch reden diese Leute immer nur von Vernunftgründen, und Vernunftgründe genügen nicht als Antwort auf Gefühle.

Was mich betrifft, so haben Sie mir so oft gesagt, daß Sie diese Reise aus Vernunft unternehmen, daß ich der Vernunft ganz böse bin. Ich will ganz und gar nicht mehr auf sie hören, selbst nicht, wenn sie mir sagt, Sie zu vergessen. Dennoch ist dieser Rat der Vernunft sehr vernünftig; schließlich wäre das nicht so schwierig, wie Sie glauben mögen. Dazu genügte einfach, daß ich die Gewohnheit verliere, immer an Sie zu denken; und nichts hier, ich versichere Sie, könnte mich an Sie erinnern.

Unsere hübschesten Frauen, die man die liebenswürdigsten nennt, stehen noch so weit hinter Ihnen zurück, daß sie nur eine ganz schwache Vorstellung von Ihnen geben können. Ich glaube sogar, daß einer mit geübten Augen, der anfangs meinte, daß sie Ihnen glichen, später den Unterschied um so größer findet. Die andern mögen sich noch so sehr anstrengen, noch so sehr ihre Künste spielen lassen, es fehlt ihnen immer, *Sie* zu sein, und gerade das ist es, was den Reiz ausmacht. Wenn die Tage so lang sind und man ohne Beschäftigung ist, verfällt man leider ins Träumen, baut Luftschlösser, erschafft sich eine Schimäre; allmählich erhitzt sich die Phantasie: Man strebt, sein Werk zu verschönern, trägt alles herbei, was gefallen kann, gelangt schließlich zur Vollkommenheit; und ist man einmal so weit, dann führt das Abbild zum Urbild zurück, und man ist ganz erstaunt, zu sehen, daß man nichts getan hat, als an Sie denken.

Selbst in diesem Augenblick narrt mich wieder ein ähnlicher Irrtum. Sie glauben vielleicht, ich hätte mich, um mich mit Ihnen zu beschäftigen, hingesetzt, um an Sie zu schreiben? Durchaus nicht. Ich tat es, um mich von Ihnen abzulenken. Ich hatte Ihnen tausend Dinge zu sagen, deren Gegenstand nicht Sie waren und die mich, wie Sie wissen, aufs lebhafteste beschäftigen. Und doch wurde ich von diesen letzteren abgelenkt. Seit wann lenkt der Zauber der Freundschaft von dem der Liebe ab? Ach, wenn ich es genau bedächte, müßte ich mir vielleicht einen kleinen Vorwurf machen! Aber still davon! Vergessen wir diesen leichten Fehler aus Angst, in ihn zurückzufallen, und selbst meine Freundin soll davon nichts wissen.

Warum sind Sie auch nicht hier, um mir zu antworten, um mich auf den rechten Weg zu führen, wenn ich mich verirre, und mir von meiner Cécile zu sprechen, um, wenn es möglich ist, das Glück, das mir die Liebe zu ihr schenkt, durch den schönen Gedanken noch zu steigern, daß, die ich liebe, Ihre Freundin ist? Ja, ich muß es Ihnen sagen, die Liebe, die sie mir einflößt, ist für mich noch köstlicher geworden, seitdem Sie mir gestattet haben, Ihnen von ihr zu sprechen. Ich genieße es so sehr, Ihnen mein Herz zu eröffnen, das Ihre mit meinen Gefühlen zu beschäftigen, sie darin rückhaltlos niederzulegen. Es scheint mir, als würden sie mir um so teurer, in dem Maße, als Sie geruhen, sie bei sich aufzunehmen – und dann blicke ich Sie an und sage zu mir: In ihr liegt mein ganzes Glück beschlossen.

Ich habe Ihnen über meine Lage nichts Neues zu berichten. Der letzte Brief, den ich von *ihr* erhielt, vermehrt meine Hoffnung und gibt ihr Sicherheit, schiebt sie aber noch weiter hinaus. Aber ihre Beweggründe sind so liebevoll und so ehrbar, daß ich sie darum nicht tadeln, noch mich beklagen kann. Vielleicht werden Sie nicht ganz verstehen, was ich Ihnen da sage, aber warum sind Sie auch nicht hier? Wenn man auch seiner Freundin alles gesteht, so wagt man doch nicht, alles zu schreiben. Zumal die Geheimnisse der Liebe so zarter Natur sind, daß man sie nicht so leichthin in die Welt schicken kann. Wenn man ihnen auch manchmal erlaubt, zu entschlüpfen, so darf man sie wenigstens nicht aus den Augen verlieren; man muß sie gewissermaßen in ihre neue Zuflucht einziehen sehen. Ach, kommen Sie zurück, meine anbetungswürdige Freundin; Sie sehen doch, daß Ihre Rückkehr nötig ist! Vergessen Sie die »tausend Gründe«, die Sie zurückhalten, wo Sie sind, oder lehren Sie mich zu leben, wo Sie nicht sind. – Ich habe die Ehre zu verbleiben usw. Paris, den 19. Oktober 17..

119. Brief **Madame de Rosemonde an Präsidentin de Tourvel**

Obwohl ich noch starke Schmerzen habe, meine liebe, schöne Frau, versuche ich doch, Ihnen eigenhändig zu schreiben, um Ihnen von dem, was Sie angeht, berichten zu können. Mein Neffe verharrt noch immer in seiner Menschenscheu. Er schickt zwar täglich jemanden, um sich nach meinem Befinden zu erkundigen, aber er ist kein einziges

Mal selbst gekommen, wiewohl ich ihn darum bitten ließ, so daß ich ihn ebensowenig zu Gesicht bekomme, wie wenn er in Paris wäre. Ich bin ihm aber heute vormittag an einem Orte begegnet, wo ich ihn am allerwenigsten erwartete, nämlich in meiner Kapelle, in die ich seit meinem schmerzlichen Anfall zum erstenmal wieder kam. Heute erfuhr ich auch, daß er seit vier Tagen regelmäßig der Messe beiwohnt. Wolle Gott, daß das anhält!

Als ich eintrat, kam er mir entgegen und beglückwünschte mich sehr herzlich zur Besserung meines Zustands. Da die Messe anfing, brach ich das Gespräch ab, in der Hoffnung, es bald darauf fortzusetzen; aber er war verschwunden, bevor ich ihn erwischen konnte. Ich will Ihnen nicht verhehlen, daß ich ihn ein wenig verändert fand. Aber, meine liebe Schöne, lassen Sie mich mein Vertrauen in Ihre Vernünftigkeit nicht bereuen, indem Sie sich wieder gar zu lebhafte Sorgen machen, und seien Sie versichert, daß ich es vorzöge, Sie zu betrüben, als Sie zu täuschen.

Wenn mein Neffe mich weiter so abweisend behandelt, werde ich mich, sobald es mir besser geht, entschließen müssen, zu ihm in sein Zimmer zu gehen, und will dann versuchen, die Ursache dieser sonderbaren Manie zu ergründen, die, wie ich bestimmt glaube, mit Ihnen etwas zu tun hat. Ich werde Ihnen dann berichten, was ich erfahren habe. Ich verlasse Sie jetzt, da ich die Finger nicht mehr bewegen kann. Wenn Adelaïde wüßte, daß ich geschrieben habe, würde sie mich den ganzen Abend lang schelten. Adieu, meine liebe, schöne Frau. Schloß …, den 20. Oktober 17..

*120. Brief** **Vicomte de Valmont an Pater Anselme**

Ich habe nicht die Ehre, Hochwürden, von Ihnen gekannt zu werden; aber ich weiß von dem vollen Vertrauen, das Frau Präsidentin de Tourvel in Sie setzt, und weiß auch, wie sehr Sie dieses Vertrauens würdig sind. Ich glaube mich also, ohne zudringlich zu erscheinen, an Sie wenden zu dürfen, um von Ihnen einen sehr wesentlichen Dienst zu erbitten, einen Ihres heiligen Amtes wahrhaft würdigen, wobei sich das Interesse von Madame de Tourvel mit dem meinen vereint.

* Feuillantiner im Kloster der rue Saint-Honoré

In meinen Händen befinden sich wichtige Papiere, die sie betreffen, die niemandem anvertraut werden können und die ich nur in ihre Hände übergeben will und darf. Ich verfüge über kein Mittel, sie davon zu verständigen, weil Gründe, die Sie vielleicht von ihr erfahren haben, die aber Ihnen mitzuteilen mir nicht erlaubt scheint, sie zu dem Entschluß bewogen haben, jede Korrespondenz mit mir zu verweigern – ein Entschluß, den ich, wie ich heute gerne zugebe, nicht tadeln kann, da sie Ereignisse nicht vorhersehen konnte, die auch ich weit entfernt war zu erwarten und die nur durch die mehr als menschliche Macht ermöglicht wurden, die man genötigt ist, in ihnen zu erkennen.

Ich bitte Sie also, Hochwürden, sie von meinen neuen Entschlüssen zu unterrichten und sie in meinem Namen um eine Unterredung unter vier Augen zu bitten; ich möchte wenigstens zum Teil mein Unrecht durch meine Entschuldigungen wieder gutmachen und als letztes Opfer die einzigen noch bestehenden Spuren eines Irrtums oder Vergehens vernichten, durch das ich mich gegen sie schuldig gemacht habe.

Erst nach dieser vorbereitenden Sühnetat werde ich es wagen, das erniedrigende Geständnis meiner langen Verirrungen zu Ihren Füßen niederzulegen und Ihr Mittlertum für eine weit wichtigere, aber leider auch schwierigere Aussöhnung zu erbitten. Darf ich hoffen, Hochwürden, daß Sie mir diese so nötige und kostbare Fürsorge nicht verweigern werden, daß Sie geruhen werden, mich in meiner Schwachheit zu stützen und meine Schritte zu leiten auf einem neuen Pfade, dem zu folgen ich glühend ersehne, den ich aber, errötend gesteh' ich's, noch nicht kenne?

Ich erwarte Ihre Antwort mit der Ungeduld der Reue, die wiedergutmachen will, und bin mit der Versicherung meiner Dankbarkeit und Verehrung

Ihr sehr ergebener ...

PS. Ich ermächtige Sie, Hochwürden, diesen Brief für den Fall, daß Sie es für angemessen halten, in seiner Gänze Madame de Tourvel bekanntzugeben, die mein ganzes Leben zu achten ich mir zur Pflicht mache und in der ich immer die Frau verehren werde, deren der Himmel sich bedient hat, um durch ihr rührendes Vorbild auch meine Seele zur Tugend zu führen.

Schloß ..., den 22. Oktober 17..

121. Brief **Marquise de Merteuil an Chevalier Danceny**

Ich habe Ihren Brief erhalten, mein allzu junger Freund; aber ehe ich Ihnen danke, muß ich Sie ausschelten, und ich mache Sie darauf aufmerksam, daß, wenn Sie sich nicht bessern, Sie von mir keine Antwort mehr bekommen werden. Unterlassen Sie also, wenn Sie meinem Rate folgen wollen, diesen Ton der Schmeichelei, der ja doch nur noch Jargon ist, wenn er nicht der Liebe zum Ausdruck dient. Ist das denn der Stil der Freundschaft? Nein, mein Freund. Jedes Gefühl hat die Sprache, die ihm zukommt, und sich eines andern bedienen, heißt den Gedanken, den man äußert, maskieren. Ich weiß wohl, daß unsere Weibchen nichts davon verstehen, was man ihnen sagen möchte, wenn es nicht in diesen gebräuchlichen Jargon übersetzt ist; aber ich hoffte, ich gesteh' es, zu verdienen, daß Sie zwischen mir und ihnen einen Unterschied machen. Ich bin wirklich ärgerlich, und vielleicht mehr, als ich es sein sollte, daß Sie mich so verkannt haben.

Sie werden also in meinem Brief nur das finden, was dem Ihren fehlt: Offenheit und Schlichtheit. Ich werde Ihnen zum Beispiel sagen, daß ich sehr froh wäre, Sie zu sehen, und daß ich es recht lästig finde, nur Leute um mich zu haben, die mich langweilen, statt Leute, die mir gefallen. Sie aber übersetzen diesen Satz folgendermaßen: »Lehren Sie mich zu leben, wo Sie nicht sind.« So daß Sie also, wenn Sie, wie ich annehmen will, bei Ihrer Geliebten sind, mit ihr nur leben könnten, wenn ich als Dritte dabei wäre. Was für ein Unsinn! Und wie steht es mit den Frauen, »denen es immer nur fehlt, ich zu sein?« Finden Sie vielleicht, daß das Ihrer Cécile auch fehlt? Sehen Sie, dahin führt eine Sprache, die durch den Mißbrauch, den man heute mit ihr treibt, noch unter den Komplimenten steht und zum bloßen Formelkram wird, an den man ebensowenig glaubt wie an den »untertänigsten Diener«!

Lieber Freund, wenn Sie mir schreiben, dann tun Sie es, um mir Ihre Art, zu denken und zu fühlen, mitzuteilen, und nicht, um mir Phrasen hinzuwerfen, die ich auch ohne Sie, mehr oder weniger hübsch gesagt, in dem erstbesten Tagesroman finden würde. Ich hoffe, daß Sie sich über das, was ich Ihnen da sage, nicht ärgern werden, sogar wenn Sie darin eine Spur von schlechter Laune entdecken sollten, die zu haben ich nicht leugne. Um aber selbst den Anschein zu vermeiden, daß ich in den gleichen Fehler verfalle, den ich Ihnen vorwerfe, werde ich Ihnen nicht verraten, daß diese Übellaune durch das Fernsein von Ihnen vielleicht noch ein wenig verstärkt wird. Mir scheint, wenn ich alles bedenke, daß Sie mehr wert sind als ein Prozeß mit zwei Advokaten und vielleicht auch als der beflissene Belleroche.

Sie sehen, daß Sie, statt über meine Abwesenheit untröstlich zu sein, sich vielmehr zu ihr beglückwünschen sollten; denn noch nie habe ich Ihnen ein so schönes Kompliment gemacht. Mir scheint, daß Ihr Beispiel mich ansteckt und daß ich im besten Zuge bin, Ihnen gleichfalls Schmeicheleien zu sagen; aber nein, ich will mich lieber an die Aufrichtigkeit halten, und aufrichtig allein ist es, wenn ich Sie meiner zärtlichen Freundschaft und des Interesses versichere, das Sie mir einflößen. Es ist sehr angenehm, einen jungen Freund zu haben, dessen Herz anderswo beschäftigt ist. Das ist freilich nicht die Denkungsart aller Frauen; aber es ist die meine. Es scheint mir, daß man sich einem Gefühl, von dem man nichts zu fürchten hat, mit mehr Vergnügen überläßt. So habe ich Ihnen gegenüber wohl noch zur rechten Zeit die Rolle einer Vertrauten übernommen. Aber Sie wählen Ihre Angebeteten so jung, daß ich zum erstenmal bemerkt habe, wie ich alt zu werden beginne! Sie haben recht daran getan, sich so auf eine lange Laufbahn der Beständigkeit vorzubereiten, und ich wünsche Ihnen von ganzem Herzen, daß sie gegenseitig sei.

Ich finde es durchaus richtig, daß sie den »zärtlichen und ehrbaren Beweggründen« nachgeben, die, wie Sie mir schreiben, ihr Glück hinauszögern. Eine lange Verteidigung ist das einzige Verdienst der Mädchen, die nicht immer widerstehen; und ich würde es bei jeder andern als einem Kinde wie die kleine Volanges unverzeihlich finden, daß sie es nicht verstanden hat, eine Gefahr zu fliehen, von der sie doch durch das Geständnis Ihrer Liebe hinreichend unterrichtet war. Ihr Männer habt ja keine Ahnung, was die Tugend ist und welche Überwindung es kostet, sie hinzuopfern! Aber wenn eine Frau nur ein wenig Verstand hat, muß sie wissen, daß, abgesehen von der Sünde, die sie begeht, ein Schwachwerden für sie das allergrößte Unglück bedeutet; und ich begreife nicht, daß irgendeine unterliegt, wenn sie nur einen Augenblick des Überlegens findet.

Sagen Sie mir nichts gegen diesen Gedanken, denn er ist es, der mich vornehmlich an Sie bindet. Sie werden mich vor den Gefahren der

Liebe retten; und, obwohl ich mich bisher auch ohne Sie gut zu verteidigen wußte, bin ich doch bereit, Ihnen dafür Dank zu wissen und werde Sie dann um so besser und mehr liebhaben.

Und nun, mein lieber Chevalier, bitte ich Gott, daß er Sie in seine heilige Obhut nehme. Schloß ..., den 22. Oktober 17..

122. Brief **Madame de Rosemonde an Präsidentin de Tourvel**

Ich hoffte, meine liebenswürdige Tochter, Sie von Ihren Besorgnissen endlich befreien zu können, und bemerke doch zu meinem Kummer, daß ich sie noch vermehren werde. Beruhigen Sie sich immerhin; mein Neffe ist nicht in Gefahr; man kann nicht einmal sagen, daß er wirklich krank sei. Aber sicherlich geht in ihm etwas Ungewöhnliches vor. Ich begreife gar nichts davon; aber ich verließ sein Zimmer mit einem Gefühl der Traurigkeit, vielleicht sogar des Schreckens, an dem Sie teilnehmen zu lassen ich mir vorwerfe, ohne doch umhin zu können, mit Ihnen darüber zu sprechen. Hier der Bericht dessen, was sich zugetragen hat. Sie können sicher sein, daß er wahrheitsgetreu ist, denn wenn ich weitere achtzig Jahre lebte, würde ich den Eindruck nicht vergessen, den diese traurige Szene auf mich gemacht hat.

Ich war also heute vormittag bei meinem Neffen; ich fand ihn schreibend und umgeben von verschiedenen Papieren, die anscheinend der Gegenstand seiner Arbeit waren. Er war in diese Beschäftigung in dem Maße vertieft, daß ich bereits in der Mitte des Zimmers stand, ohne daß er den Kopf gewendet hätte, um zu sehen, wer käme. Als er mich erblickte, bemerkte ich, daß er, als er aufstand, sich anstrengte, eine ruhige Miene aufzusetzen, und vielleicht war es gerade das, was mich zur Aufmerksamkeit zwang. Er war freilich nicht in Toilette und ohne Puder; aber ich fand ihn blaß und abgemagert, und besonders sein Gesicht war verändert. Sein Auge, das wir so lebhaft und munter gekannt haben, blickte traurig und niedergeschlagen. Mit einem Wort, ich sag' es nur unter uns, ich hätte nicht gewünscht, daß Sie ihn so sähen; denn sein Anblick war sehr rührend und, wie ich glaube, sehr geeignet, das zärtliche Mitleid einzuflößen, das eine der gefährlichsten Fallen der Liebe ist.

Obwohl betroffen über meine Beobachtungen, knüpfte ich doch ein

Gespräch an, als hätte ich nichts bemerkt. Ich sprach ihm zunächst von seiner Gesundheit, und, ohne zu sagen, sie sei gut, hat er doch nicht deutlich ausgesprochen, daß sie schlecht sei. Darauf beklagte ich mich über seine Menschenscheu, die beinahe einer Manie gliche, und ich versuchte meinen kleinen Vorhaltungen ein wenig Scherzhaftigkeit beizumischen. Er aber antwortete in tiefernstem Ton: »Das ist ein weiteres Unrecht von mir, ich gebe es zu; aber es soll zugleich mit den anderen wiedergutgemacht werden.« Sein Aussehen, mehr noch als seine Worte, stimmte meine Munterkeit ein wenig herab, und ich beeilte mich, ihm zu erklären, daß er einen schlichten Vorwurf der Freundschaft viel zu wichtig nähme.

Wir haben dann ruhig miteinander gesprochen. Er sagte mir bald darauf, daß eine Angelegenheit, »die größte Angelegenheit seines Lebens«, ihn vielleicht demnächst nach Paris zurückrufen werde. Da ich aber Angst hatte, zu erraten, worum es sich handelt, meine liebe Schöne, und fürchtete, daß dieser Anfang zu einem Geständnis von seiner Seite führen könnte, das ich vermeiden wollte, stellte ich ihm weiter keine Fragen, sondern beschränkte mich auf die Antwort, seiner Gesundheit würde ein wenig Zerstreuung sicher zuträglich sein. Ich fügte noch hinzu, ich würde ihn diesmal nicht mit Bitten, zu bleiben, bedrängen, da ich meine Freunde zu ihrem eigenen Wohle liebe. Nach diesen doch so einfachen Worten ergriff er meine beiden Hände und sagte mit einer Eindringlichkeit, die ich nicht zu schildern vermag: »Ja, meine Tante, lieben Sie mich, lieben Sie Ihren Neffen sehr, der Sie hochachtet und Ihnen von Herzen zugetan ist, und lieben Sie ihn, wie Sie eben sagten, um seines eigenen Wohles willen. Machen Sie sich keine Sorgen um sein Schicksal und stören Sie durch kein Bedauern den Seelenfrieden, den er bald für immer zu genießen hofft. Sagen Sie mir noch einmal, daß Sie mich lieben und daß Sie mir verzeihen werden; ja, Sie werden mir verzeihen, ich kenne Ihre Güte – aber wie darf ich die selbe Nachsicht von denen hoffen, die ich so sehr beleidigt habe?« Dann beugte er sich über mich, um mir, so glaube ich, die Zeichen seines Schmerzes zu verbergen, den der Klang seiner Stimme trotzdem verriet.

Mehr ergriffen, als ich sagen kann, erhob ich mich rasch, und zweifellos bemerkte er mein Erschrecken, denn er sagte sofort, indem er sich noch mehr beherrschte: »Verzeihung, Tante, verzeihen Sie mir; ich fühle, daß ich mich wider meinen Willen hinreißen lasse. Ich bitte Sie, meine Worte zu vergessen und nur den Ausdruck meines tiefsten Respekts im Gedächtnis zu bewahren. Ich werde nicht verfehlen«, setzte er hinzu, »Ihnen vor meiner Abreise noch einmal meine Ehrerbietung zu bezeigen.« Mir schien, als wäre in diesem letzten Satz eine Aufforderung zur Beendigung meines Besuchs enthalten, und so ging ich denn.

Aber je mehr ich darüber nachdenke, desto weniger kann ich erraten, was er eigentlich sagen wollte. Was mag das für eine Angelegenheit sein, die die größte seines Lebens ist? Weshalb hat er mich um Verzeihung gebeten? Woher kam ihm diese unwillkürliche Rührung, während er mit mir sprach? Ich habe mir diese Fragen wohl schon tausendmal vorgelegt, ohne eine Antwort darauf zu finden, und ich sehe auch nichts, was sich mit Ihnen in Verbindung bringen ließe. Da aber die Augen der Liebe schärfer sehen als die der Freundschaft, wollte ich Sie alles wissen lassen, was sich zwischen meinem Neffen und mir zugetragen hat.

Ich habe mich beim Schreiben dieses Briefes viermal unterbrechen müssen, und er würde noch viel länger geworden sein ohne die Müdigkeit, die ich verspüre. Adieu, meine liebe Schöne.

Schloß ..., den 25. Oktober 17..

123. Brief **Pater Anselme an Vicomte de Valmont**

Mein Herr Vicomte, ich habe den Brief, mit dem Sie mich beehrten, erhalten und mich, Ihrem Wunsche gemäß, noch gestern zu der betreffenden Persönlichkeit begeben. Ich habe ihr den Gegenstand und die Beweggründe der Schritte dargelegt, die Sie mich baten, bei ihr unternehmen zu dürfen. Wiewohl sie an dem weisen Entschluß, den sie zuerst getroffen, festzuhalten wünschte, so habe ich ihr doch vorgestellt, daß sie durch ihre Weigerung vielleicht Gefahr liefe, Ihrer glücklichen Umkehr hinderlich zu sein und sich dadurch gewissermaßen den barmherzigen Absichten der göttlichen Vorsehung entgegenzustellen. Daraufhin willigte sie ein, Ihren Besuch zu empfangen, jedoch unter der Bedingung, daß er der letzte sei, und sie hat mich beauftragt, Ihnen mitzuteilen, daß sie am nächsten Donnerstag, den

28., zu Hause sein wird. Sollte Ihnen dieser Tag nicht passen, so sind Sie gebeten, sie davon zu benachrichtigen und einen andern anzugeben. Ihr Brief wird angenommen werden.

Indessen möchte ich mir erlauben, Herr Vicomte, Ihnen nahezulegen, diese Angelegenheit nicht ohne gewichtige Gründe hinauszuschieben, damit Sie sich um so eher und um so rückhaltloser den löblichen Absichten widmen können, von denen Sie mich in Kenntnis gesetzt haben. Bedenken Sie, daß, wer den Augenblick der Gnade zu ergreifen zögert, Gefahr läuft, daß sie ihm entzogen werde, und daß, wenn auch die göttliche Güte unendlich ist, sie doch der Ordnung seiner Gerechtigkeit untersteht. Der Augenblick kann kommen, wo der Gott der Barmherzigkeit sich in einen Gott der Rache verwandelt.

Wenn Sie mich mit Ihrem Vertrauen weiter beehren wollen, bitte ich Sie, versichert zu sein, daß alle meine Fürsorge Ihnen zur Verfügung stehen wird, sobald Sie es wünschen. Wie sehr ich auch beschäftigt sein mag, meine wichtigste Angelegenheit bleibt immer die Erfüllung der Pflichten des heiligen Amtes, dem ich mich ganz besonders geweiht habe; und der schönste Augenblick in meinem Leben wird es sein, wenn ich meine Bemühungen durch den Segen des Allmächtigen mit Erfolg gekrönt sehe. Schwache Sünder, die wir sind, wir können nichts durch uns selbst! Aber Gott, der Sie ruft, vermag alles, und wir werden gleichermaßen seiner Güte verdanken: Sie den festen Wunsch, sich wieder mit ihm zu vereinigen; ich die Mittel, Sie ihm zuzuführen. Mit seiner Hilfe hoffe ich Sie bald davon zu überzeugen, daß unsere heilige Religion allein, selbst schon in dieser Welt, das gediegene und dauerhafte Glück zu geben vermag, das man in der Verblendung der menschlichen Leidenschaften vergeblich sucht.

Ich habe, mit dem Ausdruck meiner ausgezeichneten Hochachtung, die Ehre, zu sein usw. Paris, den 25. Oktober 17..

124. Brief **Präsidentin de Tourvel an Madame de Rosemonde**

Inmitten des Erstaunens, in das die gestern erhaltene Nachricht mich versetzt, vergesse ich nicht die Genugtuung, die sie Ihnen bereiten muß, und beeile mich, sie Ihnen mitzuteilen. Herr de Valmont denkt weder an mich noch an seine Liebe mehr, sein einziger Wunsch ist, durch ein erbauliches Leben die Sünden oder vielmehr die Verirrungen seiner Jugend wiedergutzumachen. Ich wurde von diesem großen Ereignis durch den Pater Anselme unterrichtet, an den er sich gewendet hat, damit er ihn in Zukunft leite und ihm auch ein Zusammentreffen mit mir verschaffe, dessen Hauptzweck wohl ist, mir meine Briefe zurückzugeben, die er bisher trotz allen meinen Bitten behalten hatte.

Zweifellos muß ich mich über diese glückliche Veränderung freuen und mir gratulieren, wenn ich, wie er sagt, dazu etwas beigetragen habe. Doch warum war es nötig, daß ich das Werkzeug war und daß ich mit der Ruhe meines Lebens bezahlen mußte? Konnte das Glück Herrn de Valmonts nur durch mein Unglück zustandekommen? Ach, meine nachsichtige Freundin, verzeihen Sie mir diese Klage. Ich weiß, es steht mir nicht zu, die Ratschlüsse Gottes zu ergründen; aber während ich ihn unablässig und stets vergeblich anflehe, mir die Kraft zur Überwindung meiner unseligen Liebe zu geben, schenkt er seine Kraft jenem, der ihn nicht darum bat, und läßt mich ohne Hilfe, preisgegeben meiner Schwäche.

Aber unterdrücken wir dieses sündhafte Murren! Weiß ich nicht, daß der verlorene Sohn bei seiner Rückkunft von seinem Vater mehr Gnaden erhielt als der Sohn, der nie fortgegangen war? Welche Rechenschaft können wir von dem fordern, der uns nichts schuldet? Und hätten wir auch einige Rechte an ihn, welche könnten wohl die meinen sein? Kann ich mich meiner Sittsamkeit rühmen, die ich doch nur Valmont verdanke? Er hat mich gerettet, und ich soll mich beklagen dürfen, daß ich für ihn leide? Nein, meine Leiden werden mir teuer sein, wenn sein Glück der Lohn dafür ist. Zweifellos mußte auch er zu unserm aller Vater heimfinden. Der Gott, der ihn gebildet hat, liebte sicherlich sein Werk. Er hat diesen bezaubernden Menschen nicht geschaffen, um aus ihm einen Verworfenen zu machen. Mir kommt es zu, die Strafe für meine frevelhafte Unbesonnenheit zu tragen. Mußte ich, da mir verboten war, ihn zu lieben, nicht wissen, daß ich mir selbst nicht gestatten durfte, ihn zu sehen?

Mein Fehler oder mein Unglück ist, daß ich mich dieser Wahrheit zu lange verschloß. Sie sind mir Zeuge, meine liebe und verehrungswürdige Freundin, daß ich mich diesem Opfer unterzog, sobald ich seine Notwendigkeit erkannte; aber zu seiner Vollständigkeit fehlte, daß

Herr de Valmont sich ihm widersetzte. Darf ich vor Ihnen aussprechen, daß dieser Gedanke es ist, der mich jetzt am meisten quält? O unerträglicher Stolz! Er lindert die Schmerzen, die wir leiden, durch die Schmerzen, die wir leiden machen. Aber ich werde dieses rebellische Herz besiegen und es an Demütigungen gewöhnen.

Vor allem aus diesem Beweggrund habe ich eingewilligt, nächsten Donnerstag den peinlichen Besuch des Herrn de Valmont zu empfangen. Da werde ich aus seinem eigenen Munde hören, daß ich ihm nichts mehr bin, daß der schwache vorübergehende Eindruck, den ich auf ihn machte, ganz und gar ausgelöscht ist! Ich werde sehen, wie seine Blicke sich ohne Erregung auf mich richten, während ich, aus Furcht, die meine zu verraten, die Augen niederschlage. Die Briefe, deren Rückgabe er mir trotz meinen wiederholten Bitten so lange verweigert hat, ich werde sie von seiner Gleichgültigkeit erhalten. Er wird sie mir überreichen wie nutzlose Dinge, die ihn nichts mehr angehen; und meine zitternden Hände werden beim Empfang dieser Zeugnisse meiner Schande fühlen, daß sie ihnen von einer ruhigen und festen Hand übergeben werden! Endlich wird er scheiden . . ., scheiden für immer, und meine Augen, die ihm folgen, werden die seinen nicht auf mich zurückblicken sehen!

Zu soviel Demütigung war ich bestimmt! Oh, daß ich sie nutzbringend anwenden könnte, so daß sie mich mit dem Gefühl meiner Schwäche ganz durchdringt! . . . Ja, diese Briefe, die zu behalten ihm nichts mehr bedeutet, werde ich wie eine Kostbarkeit aufbewahren. Ich werde mir die Schande auferlegen, sie Tag um Tag neu zu lesen, bis meine Tränen ihre letzte Spur verwischt haben; die seinen aber werde ich verbrennen, als von dem gefährlichen Gift infiziert, das meine Seele verdorben hat. Ach, was ist doch die Liebe, wenn sie uns sogar den Gefahren nachweinen läßt, in die sie uns stürzt, ja, wenn man selbst dort noch fürchten muß, sie zu empfinden, wo man sie nicht mehr einflößt! Fliehen wir diese verhängnisvolle Leidenschaft, die uns nur die Wahl zwischen Schande und Unglück läßt und oft sogar beide vereint! Möge wenigstens die Klugheit an die Stelle der Tugend treten.

Wie ist es noch lang bis zu diesem Donnerstag! Warum kann ich dieses schmerzliche Opfer nicht schon im nächsten Augenblick bringen und dann zugleich seine Ursache und seinen Gegenstand vergessen? Dieser Besuch peinigt mich; ich bedaure, zugesagt zu haben.

Wozu braucht er mich noch einmal zu sehen? Was sind wir jetzt noch füreinander? Hat er mich beleidigt, so verzeihe ich ihm. Ich beglückwünsche ihn sogar dazu, daß er sein Unrecht wiedergutmachen will, und lobe ihn dafür. Ich werde noch mehr tun: ihn nachahmen. Die gleichen Irrtümer haben mich mißleitet; sein Beispiel wird mich auf den rechten Weg zurückführen. Aber wenn es sein Vorhaben ist, mich zu fliehen, warum fängt er damit an, mich aufzusuchen? Ist es für uns beide nicht das dringendste, einander möglichst schnell zu vergessen? Ja, so ist es, und dies soll fortan meine einzige Sorge sein.

Wenn Sie es erlauben, meine liebenswürdige Freundin, werde ich mich bei Ihnen dieser schweren Aufgabe widmen. Sollte ich Beistand, vielleicht sogar Trost benötigen, so will ich sie nur von Ihnen erhalten. Sie allein sind imstande, mich zu verstehen und zu meinem Herzen zu sprechen. Ihre kostbare Freundschaft wird mein ganzes Dasein ausfüllen. Nichts soll mir zu schwierig erscheinen, um die Mühe zu unterstützen, die Sie sich mit mir geben werden. Ihnen werde ich meinen Frieden, mein Glück, meine Tugend verdanken; und der Ertrag all Ihrer Güte für mich wird sein, daß Sie mich endlich ihrer würdig gemacht haben.

Ich habe mich, fürchte ich, in diesem Briefe zu sehr gehen lassen; wenigstens entnehme ich es der Verwirrung, die mich während des Schreibens nie verließ. Sollte er Gefühle enthalten, deren ich mich schämen muß, so decken Sie den Mantel Ihrer nachsichtigen Freundschaft darüber. Ihr vertraue ich mich ganz und gar an. Keine der Regungen meines Herzens möchte ich Ihnen verhehlen.

Leben Sie wohl, meine ehrwürdige Freundin. Ich hoffe, ich kann Ihnen in einigen Tagen meine Ankunft melden.

Paris, den 25. Oktober 17..

VIERTER TEIL

125. Brief **Vicomte de Valmont an Marquise de Merteuil**

So ist sie denn besiegt, diese stolze Frau, die zu glauben wagte, daß sie mir widerstehen kann! Ja, meine Freundin, sie gehört mir, ganz und gar mir: Seit gestern hat sie mir nichts mehr zu gewähren.

Ich bin noch zu voll von meinem Glück, um es zu ermessen; aber ich staune über den unbekannten Zauber, den ich empfunden habe. So wäre es denn wahr, daß die Tugend den Wert einer Frau erhöht, selbst noch bis in den Augenblick ihrer Schwachheit? Aber verbannen wir solche kindischen Gedanken zu den Ammenmärchen. Begegnet man nicht fast überall beim ersten Sieg einem mehr oder weniger gespielten Widerstand? Und habe ich nicht auch anderswo den Zauber gefunden, von dem ich spreche? Und doch ist es auch der Zauber der Liebe nicht; denn wenn ich neben dieser erstaunlichen Frau auch zuweilen Momente der Schwäche hatte, die der Leidenschaft verzagter Schwärmer ähnlich waren, so wußte ich sie doch stets zu besiegen und mich auf meine Grundsätze zu besinnen. Selbst wenn, wie ich glaube, die Szene von gestern mich ein wenig stärker ergriffen haben sollte, als ich wünschte; selbst wenn ich einen Moment lang die Erregung und die Trunkenheit, die ich hervorrief, geteilt hätte, so wäre diese vorübergehende Illusion doch jetzt verflogen; und dennoch besteht der Zauber fort. Es wäre mir sogar, ich muß es gestehen, eine recht süße Lust, mich ihm hinzugeben, wenn es mir nicht einige Unruhe verursachte. Soll ich mich in meinem Alter von einem unwillkürlichen und unbekannten Gefühl wie ein Schüler meistern lassen? Nein, zuallererst muß ich es bekämpfen und ihm auf den Grund kommen.

Übrigens glaube ich den Grund schon zu ahnen; jedenfalls gefalle ich mir in dieser Idee und möchte, daß sie wahr sei.

Unter der Menge der Frauen, bei denen ich bis heute die Rolle eines Liebhabers gespielt und dessen Funktionen ausgeübt habe, hatte ich keine einzige getroffen, die nicht mindestens so begierig gewesen wäre, sich mir hinzugeben, wie ich, sie dazu zu bestimmen. Ich pflegte sogar die spröde zu nennen, die mir nur auf halbem Wege entgegenkamen, im Gegensatz zu den vielen, vielen andern, deren herausfordernde Verteidigung nur unvollkommen bemäntelt, daß die ersten Avancen von ihnen ausgegangen sind. Hier hingegen stieß ich von Anfang an auf ungünstiges Vorurteil, das später noch durch die Ratschläge und

Zuträgereien einer gehässigen, aber scharfsichtigen Frau gestützt wurde; ich fand eine angeborene, äußerst empfindliche Schüchternheit, vermehrt noch durch ein sehr entwickeltes Schamgefühl, und eine Tugendliebe, die von der Religion geleitet wurde und schon zwei Jahre sieghafter Bewährung zählte – endlich durchgreifende Maßnahmen, von diesen verschiedenen Motiven eingegeben, und alle einzig zu dem Zwecke, sich meinen Verfolgungen zu entziehen.

Es ist also nicht, wie bei allen meinen andern Abenteuern, eine einfache, mehr oder weniger günstige Kapitulation, die zu nutzen leicht, deren sich zu rühmen aber schwer ist; es handelt sich hier um einen vollständigen Sieg, erkauft durch einen mühsamen Feldzug und entschieden durch wohlüberlegte Manöver. Es kann darum nicht überraschen, wenn dieser Erfolg, den ich nur mir allein verdanke, mir dadurch um so kostbarer wird; und das Mehr an Lust, das mir in meinem Triumph zuteil wurde und das ich noch immer empfinde, ist nur das süße Nachgefühl meiner glanzvollen Tat. Diese Art, die Dinge zu sehen, ist mir lieb, denn sie rettet mich vor der Demütigung, denken zu müssen, daß ich auf irgendeine Weise von der Sklavin abhängen könnte, die ich mir unterworfen habe, daß ich die ganze Fülle des Glücks nicht nur in mir selber finde und daß die Fähigkeit, es mich in seiner ganzen Stärke genießen zu lassen, dieser oder jener Frau unter Ausschluß jeder andern vorbehalten wäre.

Solche vernünftige Erwägungen werden mein Verhalten in dieser wichtigen Angelegenheit regeln, und Sie können sicher sein, ich werde mich nicht derart fesseln lassen, daß ich diese neuen Bande nicht jederzeit zerreißen kann, spielend und nach meinem Belieben. Doch schon spreche ich von Bruch, und Sie wissen noch nicht, durch welche Mittel ich mir das Recht dazu erworben habe. Lesen Sie also das weitere und sehen Sie, welcher Gefahr sich die Tugend aussetzt, wenn sie versucht, der Tollheit beizustehen. Ich beobachtete so wachsam meine Reden und die Antworten, die ich erhielt, daß ich hoffe, Ihnen die einen wie die andern mit einer Genauigkeit wiedergeben zu können, die Sie zufriedenstellen wird.

Aus den beigelegten beiden Briefabschriften* werden Sie ersehen, welche Mittel ich erkor, um mich meiner Schönen zu nähern, und mit

* 120. und 123. Brief

welchem Eifer sich der heilige Mann befleißigte, uns zusammenzubringen. Ich muß noch hinzufügen, was ich aus einem – wie gewöhnlich aufgefangenen – Brief erfahren hatte, nämlich, daß die Angst und die kleine Schmach, verlassen worden zu sein, die Sprödigkeit der strengen Bigotten ein wenig erschüttert und ihr Herz und Kopf mit Empfindungen und Gedanken erfüllt hatten, die zwar ohne Sinn und Verstand, aber darum nicht weniger interessant waren. Nach diesen Vorbereitungen, deren Kenntnis unumgänglich ist, stellte ich mich am Donnerstag, dem 28., dem festgesetzten, von der Undankbaren angegebenen Tage, bei ihr als schüchterner und reuevoller Sklave ein, um als ruhmgekrönter Sieger wieder wegzugehen.

Es war sechs Uhr abends, als ich bei der schönen Klausnerin eintraf; denn seit ihrer Rückkehr nach Paris hatte sie ihre Tür aller Welt verschlossen. Sie versuchte, sich zu erheben, als ich gemeldet wurde, aber ihre zitternden Knie ließen es nicht zu, und so sank sie gleich wieder auf ihren Sessel zurück. Als der Diener, der mich hereingeführt hatte, sich im Zimmer noch etwas zu schaffen machte, schien sie ungeduldig zu werden. Wir füllten diese Zeitspanne mit den üblichen Begrüßungsfloskeln aus. Aber, um keinen Moment der kostbaren Zeit zu verlieren, sah ich mich sorgfältig in dem Raume um und bezeichnete schon jetzt mit dem Blick den Schauplatz meines Sieges. Ich hätte freilich einen bequemeren wählen können, denn in demselben Zimmer befand sich eine Ottomane. Aber ich bemerkte, daß ihr gegenüber ein Porträt ihres Gatten hing, und hegte, wie ich gestehen muß, die Befürchtung, daß bei einer so seltsamen Frau ein einziger vom Zufall in diese Richtung gelenkter Blick das Werk so vieler Mühen im Nu zerstören könnte. Endlich waren wir allein und kamen zur Sache.

Nach einigen Worten darüber, daß der Pater Anselme sie wohl über die Gründe meines Besuches unterrichtet haben werde, beklagte ich mich über die grausame Behandlung, die mir zuteil geworden war, und betonte mit Nachdruck die »Verachtung«, die man mir bezeigt habe. Wie ich erwartet hatte, wollte man das nicht gelten lassen, und, wie Sie wohl ebenfalls erwarten, stützte ich meinen Beweis auf das Mißtrauen und das Entsetzen, die ich ihr eingeflößt hätte, auf die aufsehenerregende Flucht, die daraus gefolgt sei, auf ihre Weigerung, meine Briefe zu beantworten, ja selbst sie anzunehmen usw. Als sie mit einer Rechtfertigung begann, die ihr sicherlich sehr leicht gelungen wäre, glaubte ich sie unterbrechen zu müssen, und, um für diese brüske Art Verzeihung zu erlangen, deckte ich sie sofort mit einer Schmeichelei zu. »Wenn so viele Reize«, sagte ich, »auf mein Herz einen so tiefen Eindruck machten, so haben so viele Tugenden nicht weniger Eindruck auf meine Seele gemacht. Zweifellos hat der Wunsch, mich Ihnen zu nähern, mich zu dem vermessenen Glauben verführt, Ihrer würdig zu sein. Ich mache Ihnen keinen Vorwurf daraus, daß Sie darüber anders geurteilt haben, sondern ich strafe mich für meinen Irrtum.« Als man in verlegenem Schweigen beharrte, fuhr ich fort: »Es ist mein Wunsch, Madame, mich entweder in Ihren Augen zu rechtfertigen oder von Ihnen Verzeihung für das Unrecht zu erlangen, das Sie mir zuschreiben, damit ich wenigstens mit einiger Ruhe ein Dasein beenden kann, das für mich keinen Wert mehr hat, seitdem Sie sich weigerten, es zu verschönen.«

Hier versuchte man doch zu antworten: »Meine Pflicht gestattete mir nicht . . .« Aber die Schwierigkeit, die von der Pflicht gebotene Lüge ganz auszusprechen, verhinderte die Beendigung des Satzes. Ich begann also wieder im zärtlichsten Ton: »So ist es denn wahr, daß ich es bin, den Sie flohen?« – »Meine Abreise war notwendig.« – »Auch daß Sie mich aus Ihrer Nähe verbannen?« – »Es muß sein.« – »Für immer?« – »Es ist meine Pflicht.« Ich brauche Ihnen nicht zu sagen, daß während dieses kurzen Zwiegesprächs die Stimme der zärtlichen Spröden gepreßt klang und ihre Augen sich nicht zu mir erhoben.

Ich hielt es für richtig, diese sich in die Länge ziehende Szene ein wenig zu beleben. So erhob ich mich mit dem Ausdruck heftigen Verdrusses: »Ihre Festigkeit«, sagte ich, »gibt mir die meine wieder. Gut, Madame, wir werden uns trennen, und zwar mehr, als Sie denken; und Sie können sich dann zu Ihrem Werk nach Herzenslust beglückwünschen.« Ein wenig überrascht von meinem vorwurfsvollen Ton, wollte sie antworten: »Der Entschluß, den Sie gefaßt haben . . .« – »ist nur eine Wirkung meiner Verzweiflung«, unterbrach ich sie leidenschaftlich. »Sie wollten, daß ich unglücklich sei, ich will Ihnen beweisen, daß Ihnen das noch weit über Ihre Wünsche hinaus gelungen ist.« – »Ich wünsche nur Ihr Glück«, antwortete sie. Und der Klang ihrer Stimme begann Erregung anzuzeigen. Sofort stürzte ich mich vor ihr auf die Knie und rief in dem tragsichen Ton, den Sie an mir kennen: »Grausame, kann es für mich ein Glück geben, das Sie nicht teilen? Wo könnte ich es fern von Ihnen finden? Nein, niemals, niemals!« Ich gestehe, daß ich, als ich mich in dieser Weise ausgab, sehr auf den Beistand der Tränen gerechnet hatte; aber sei es, weil ich nicht disponiert war, sei es wegen der angestrengten und stetigen Aufmerksamkeit, die ich allem, was vorging, zuwendete – es war mir unmöglich, zu weinen.

Zum Glück erinnerte ich mich daran, daß zur Unterwerfung einer Frau jedes Mittel gut ist und daß die Erschütterung durch eine starke Gemütsbewegung genügt, um einen tiefen und günstigen Eindruck zu machen. Da es mir an Empfindsamkeit mangelte, half ich mit dem Schrecken nach; dazu brauchte ich bloß den Tonfall meiner Stimme zu ändern und behielt im übrigen dieselbe Stellung bei. »Ja«, rief ich aus, »ich schwöre es zu Ihren Füßen: Sie besitzen oder sterben!« Bei diesen letzten Worten begegneten sich unsere Blicke. Ich weiß nicht, was die schüchterne Person in meinen Augen sah oder zu sehen glaubte, aber sie sprang entsetzt auf und entwand sich den Armen, mit denen ich sie umschlungen hielt. Allerdings tat ich nichts, um sie festzuhalten, denn ich habe des öfteren die Beobachtung gemacht, daß zuweit getriebene Verzweiflungsszenen ins Lächerliche umschlagen, wenn sie sich in die Länge ziehen, oder nur einen tragischen Ausweg übriglassen, den zu wählen ich weit entfernt war. Aber während sie sich mir entzog, sagte ich mit leiser, unheimlicher Stimme, doch so, daß sie es hören konnte: »Nun wohl, der Tod!«

Ich stand nun auf, verharrte eine Weile in Schweigen und warf auf sie wie von ungefähr wilde Blitze, die, wie irre sie auch aussehen mochten, doch scharfsichtig und beobachtend waren. Das Schwanken ihres Körpers, der hörbare Atem, das Zucken, die zitternden, halb erhobenen Arme, alles bewies mir, daß die Wirkung so war, wie ich sie hatte hervorrufen wollen. Da aber in der Liebe das Entscheidende nur aus nächster Nähe geschieht und wir im Augenblick ziemlich weit voneinander waren, mußte ich mich ihr vor allem wieder nähern. Zu diesem Behufe ging ich zu einer scheinbaren Gelassenheit über, die geeignet war, ihre heftige Erregung zu besänftigen, ohne doch den Eindruck abzuschwächen.

Mein Übergang war: »Ich bin sehr unglücklich. Ich wollte für Ihr Glück leben und habe es gestört. Ich opfere mich, um Ihnen Ihre Ruhe wiederzugeben, und störe auch diese wieder.« Dann fuhr ich wie ein sich mühsam Beherrschender fort: »Verzeihen Sie mir, Madame; da ich an die Stürme der Leidenschaft wenig gewöhnt bin, verstehe ich es schlecht, meine Gemütsbewegungen zu unterdrücken. Wenn ich unrecht hatte, mich Ihnen so hinzugeben, bedenken Sie, daß es das letztemal ist. Ach, beruhigen Sie sich, beruhigen Sie sich, ich beschwöre Sie!« Und während dieser langen Rede rückte ich ihr unmerklich näher. »Wenn Sie wollen, daß ich ruhig sein soll«, erwiderte die verstörte Schöne, »so seien Sie doch selbst auch ruhiger.« – »Gut, ich verspreche es Ihnen«, sagte ich. Und leiser: »Wenn es mich auch viel Anstrengung kosten wird, wenigstens wird sie von kurzer Dauer sein.« Gleich darauf fuhr ich wie ein Irrer fort: »Aber ich bin doch gekommen, um Ihnen Ihre Briefe zurückzugeben, nicht wahr? Haben Sie die Güte, sie wieder an sich zu nehmen. Dieses schmerzliche Opfer bleibt mir noch zu bringen – lassen Sie nichts in meinen Händen, was meine Willenskraft schwächen könnte.« Und indem ich aus meiner Tasche das kostbare Bündel zog: »Hier ist es«, sagte ich, »das Zeugnis Ihrer trügerischen Freundschaftsversicherungen! Es band mich an das Leben, nehmen Sie es zurück. Geben Sie so selbst das Zeichen, das mich von Ihnen auf immer trennen soll.«

Hier gab die geängstigte Verliebte ganz ihrer zärtlichen Sorge nach. »Aber, Herr de Valmont, was haben Sie denn, was wollen Sie damit sagen? Entspringt der Schritt, den Sie heute tun, nicht Ihrem freiwilligen Entschluß? Ist er nicht das Ergebnis Ihrer reiflichen Überlegung? Und ist es nicht diese, die Sie dazu veranlaßt hat, selbst die notwendige Entscheidung zu billigen, die ich aus Pflicht getroffen habe?« – »Nun ja«, sagte ich, »Ihre Entscheidung bestimmt die meine.« – »Und was haben Sie beschlossen?« – »Das einzige, was, wenn ich mich von Ihnen trennen muß, meinen Leiden ein Ende machen kann.« – »Aber, so antworten Sie doch, was ist es denn?« Nun aber schlang ich heftig meine Arme um sie, ohne daß sie sich irgendwie zur Wehr setzte, und da ich aus diesem Vergessen der Wohlanständigkeit erriet, wie groß und mächtig ihre Erregung sein mußte, wagte ich Begeisterung: »Wunderbares Wesen«, sagte ich, »Sie haben ja keine Vorstellung von der Liebe, die Sie einflößen, Sie werden nie wissen, bis zu welchem Grade Sie angebetet wurden und um wieviel teurer mir dieses Gefühl war als mein Leben! Mögen alle Ihre Tage glücklich und friedlich sein; mögen sie von all der Seligkeit verschönt werden, deren Sie mich

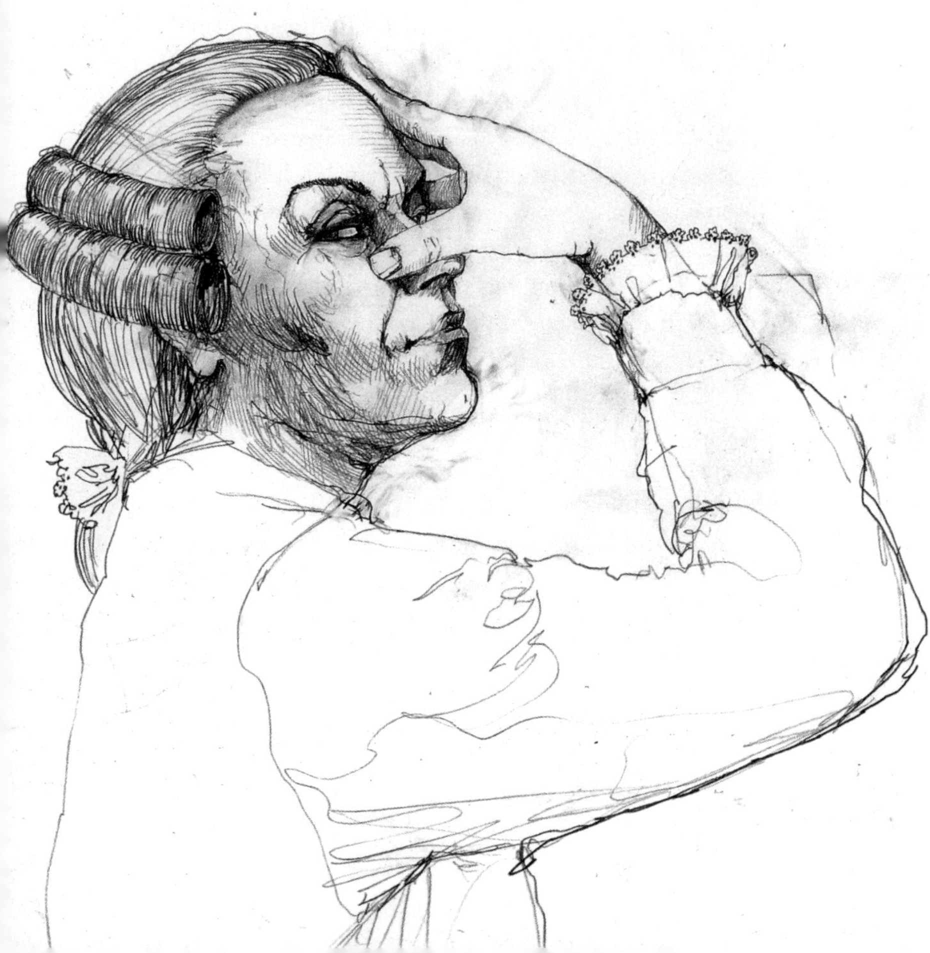

beraubt haben! Vergelten Sie diesen aufrichtigen Wunsch wenigstens mit einem Bedauern, einer Träne, und seien Sie versichert, daß das letzte meiner Opfer für mein Herz nicht das schwerste sein wird! Leben Sie wohl!«

Während ich so sprach, fühlte ich, wie ihr Herz stürmisch klopfte; ich beobachtete ihre entstellte Miene und ganz besonders die Tränen, die sie zu ersticken drohten und doch nur spärlich fließen wollten. Jetzt tat ich, als ob ich mich zum Gehen anschickte; sie aber hielt mich mit aller Kraft zurück. »Nein, hören Sie mich an!« stieß sie hervor. – »Lassen Sie mich«, sagte ich. – »Sie müssen mich anhören, ich will es.« – »Ich muß Sie fliehen, ich muß es!« – »Nein!« schrie sie . . . Bei diesem Wort stürzte sie sich oder vielmehr sank sie ohnmächtig in meine Arme. Da ich mich eines so glücklichen Erfolges noch nicht ganz sicher fühlte, spielte ich den tief Erschrockenen, geleitete oder trug sie aber trotz meinem gemimten Schrecken zu der von mir als Schauplatz meines Ruhmes im vorhinein erkorenen Stelle; und, in der Tat, sie kam erst zu sich, als sie, bereits unterworfen, die Beute ihres glücklichen Siegers war.

Bis zu diesem Punkte, meine schöne Freundin, werden Sie bei mir, wie ich hoffe, eine Sauberkeit der Methode finden, die Ihnen Vergnügen bereitet; und Sie werden feststellen, daß ich in keiner Weise von den wahren Regeln dieses Krieges abgewichen bin, von dem wir oft bemerkten, daß er dem andern so ähnlich ist. Beurteilen Sie mich also wie Turenne oder wie Friedrich den Großen. Ich habe den Feind, der nur hinausziehen wollte, gezwungen, sich zum Kampf zu stellen; es ist mir durch geschickte Manöver gelungen, das Terrain und die Art der Aufstellung selbst zu wählen; ich verstand es, den Feind in Sicherheit zu wiegen, um ihn in seiner Zuflucht um so leichter zu erreichen, und jagte ihm, bevor es zum Kampfe kam, den nötigen Schrecken ein. Ich habe nichts dem Zufall überlassen, indem ich mein Augenmerk auf den großen Vorteil im Falle des Erfolges und auf die Gewißheit von Auskunftsmitteln im Falle der Niederlage lenkte; endlich habe ich die Schlacht erst begonnen, als mir ein Rückzug gesichert war, durch den ich alles decken und halten konnte, was ich vorher erobert hatte. Das ist, glaube ich, alles, was man tun kann. Jetzt aber fürchte ich, wie Hannibal in den Wonnen Capuas zu erschlaffen. Folgendes hat sich seitdem zugetragen:

Ich war wohl darauf gefaßt, daß ein so großes Ereignis nicht ohne die üblichen Tränen und Verzweiflungsanfälle abgehen werde; und als ich zuerst etwas mehr Bestürzung und eine gewisse Versunkenheit bemerkte, schrieb ich das eine wie das andere der Art zu, wie sich eine Prüde benimmt. Also kümmerte ich mich wenig um diese kleinen Abweichungen, die ich für rein lokale hielt, und folgte einfach der großen, gebahnten Straße der Tröstungen, ganz überzeugt davon, daß, wie es gewöhnlich geschieht, die Empfindungen des Körpers der Seele zu Hilfe kommen würden und daß eine einzige Tat mehr ausrichten würde als alle Worte, denen ich übrigens meine Fürsorge angedeihen ließ. Aber ich stieß auf einen erschreckenden Widerstand, weniger erschreckend durch seine Heftigkeit als durch die Art, in der er sich kundgab.

Stellen Sie sich eine Frau vor, die völlig steif mit unbewegter Miene dasitzt; sie scheint weder zu denken, noch zu hören, noch etwas zu begreifen, und aus ihren starr vor sich hinblickenden Augen strömen fortgesetzt Tränen, doch gleichsam mechanisch. So war Madame de Tourvel, während ich auf sie einredete; wenn ich aber versuchte, ihre Aufmerksamkeit durch eine Liebkosung oder durch eine noch unschuldigere Geste auf mich zu lenken, wich diese scheinbare Apathie sofort dem Entsetzen, dem stoßweisen Atmen, Zuckungen und Schluchzen und dazwischen Aufschreie ohne ein verständliches Wort.

Diese Anfälle wiederholten sich einige Male und wurden immer stärker; ja der letzte war so heftig, daß ich ganz den Mut verlor und einen Moment lang fürchtete, ich hätte umsonst gesiegt. Ich nahm meine Zuflucht zu den üblichen Gemeinplätzen, unter denen sich folgender befand: »Sie sind also so verzweifelt, weil Sie mir das Glück geschenkt haben?« Bei diesen Worten wandte sich die anbetungswürdige Frau mir zu, und ihr Gesicht, obzwar noch ein wenig verstört, nahm wieder seinen himmlischen Ausdruck an. »Das Glück?« fragte sie. Meine Antwort können Sie sich denken. »Sie sind also glücklich?« Ich verdoppelte meine Beteuerungen. »Glücklich durch mich?« Ich ließ es an Lob und zärtlichen Reden nicht fehlen. Während ich so sprach, löste sich die Starrheit ihrer Glieder, sie lehnte sich lässig in den Fauteuil zurück und überließ mir die Hand, die ich zu ergreifen wagte. »Ich fühle«, sagte sie, »daß dieser Gedanke mich tröstet und erleichtert.«

Sie können sich denken, daß ich, so auf den Weg gebracht, von ihm nicht mehr abwich; und er war in der Tat der rechte und vielleicht der einzige. So kam es, daß ich bei einem zweiten Versuch anfangs einigen Widerstand fand, und was früher geschehen war, mahnte zur Vorsicht; aber dann rief ich ihr wieder jene Idee »meines Glückes« in Erinnerung und verspürte sofort deren günstige Wirkung. »Sie haben recht«, sagte das zärtliche Wesen, »ich kann mein Leben nur noch insoweit ertragen, als es dazu dient, Sie glücklich zu machen. Dem weihe ich mich ganz und gar. Von diesem Augenblick an gebe ich mich Ihnen, und Sie sollen von mir fortan weder eine Weigerung noch ein Wort der Reue hören.«

Mit dieser naiven oder erhabenen Unschuld lieferte sie mir ihre Person und ihre Reize aus und erhöhte mein Glück, indem sie es teilte. Die Trunkenheit war gegenseitig und vollkommen; und zum erstenmal währte die meine länger als die Lust. Ich erhob mich aus ihren Armen, um vor ihr auf die Knie zu sinken und ihr ewige Liebe zu schwören; und – um alles zu gestehen – ich dachte, was ich sagte. Auch dann noch, als wir uns getrennt hatten, verließ der Gedanke an sie mich nicht, und es kostete mich alle Mühe, ihn zu verscheuchen.

Ach, warum sind Sie nicht hier, um den Reiz dieses Abenteuers mit dem Ihrer Belohnung aufzuwiegen? Aber ich werde durch Warten nichts verlieren, nicht wahr? Und ich hoffe, das schöne Arrangement, das ich Ihnen in meinem letzten Briefe vorschlug, als zwischen uns abgemacht betrachten zu dürfen. Sie sehen, daß ich mein Wort halte; und meine Angelegenheiten werden, wie ich Ihnen versprochen, bald weit genug gediehen sein, so daß ich Ihnen einen Teil meiner Zeit widmen kann. Beeilen Sie sich also, dem lästigen Belleroche den Laufpaß zu geben, und lassen Sie den süßlichen Danceny, um sich nur noch mit mir zu beschäftigen. Aber was tun Sie denn so lange auf dem Lande, daß Sie mir nicht einmal antworten? Wissen Sie, daß ich Ihnen gerne böse sein möchte? Aber das Glück stimmt zur Nachsicht. Und dann vergesse ich nicht, daß ich mich, indem ich mich der Zahl Ihrer schmachtenden Anbeter einreihe, mich auch von neuem Ihren kleinen Launen fügen muß. Erinnern Sie sich indes, daß der neue Liebhaber nichts von den alten Rechten des Freundes verlieren möchte.

Adieu, wie ehemals . . ., ja, adieu, mein Engel, ich schicke Dir alle Küsse der Liebe!

PS. Wissen Sie, daß Prévan nach Ablauf seines Monats Gefängnis den Dienst hat quittieren müssen? Das ist heute die Neuigkeit von ganz Paris. Wahrhaftig, der Mann ist grausam bestraft für ein Unrecht, das er nicht begangen hat, und Ihr Erfolg ist vollständig!

Paris, den 29. Oktober 17..

126. Brief **Madame de Rosemonde an Präsidentin de Tourvel**

Ich hätte Ihnen schon früher geantwortet, mein liebenswürdiges Kind, wenn nicht die Ermüdung durch meinen letzten Brief mir meine Schmerzen zurückgebracht hätte, so daß ich in allen diesen Tagen meinen Arm nicht bewegen konnte. Es drängte mich sehr, Ihnen für die guten Nachrichten über meinen Neffen zu danken und ebenso Ihnen selbst dazu meine aufrichtigen Glückwünsche darzubringen. Man kann wahrhaftig nicht umhin, darin das Eingreifen der Vorsehung zu erblicken, die, an das Herz des einen rührend, zugleich die andere gerettet hat. Ja, meine liebe Schöne, Gott, der Sie nur prüfen wollte, ist Ihnen beigestanden, als Sie am Ende Ihrer Kraft waren; und trotz Ihrem leisen Murren scheint es mir, daß Sie ihm Dank schulden. Gewiß fühle ich sehr wohl, daß Sie es als angenehmer empfunden hätten, wenn dieser Entschluß Ihnen zuerst gekommen und der Valmonts nur die Folge davon gewesen wäre; rein menschlich gesprochen, scheint mir sogar, daß dann die Rechte unseres Geschlechtes besser gewahrt worden wären, und wir wollen doch keines von ihnen preisgeben! Aber was bedeuten diese oberflächlichen Erwägungen gegenüber den wichtigen Dingen, die sich hier erfüllten? Sieht man denn jemanden, der sich aus einem Schiffbruch rettet, sich darüber beklagen, daß er nicht die Wahl der Mittel hatte?

Sie werden bald erkennen, meine liebe Tochter, daß die Leiden, die Sie fürchten, von selbst nachlassen; und wenn sie auch in ihrer ganzen Stärke fortbestehen sollten, werden Sie dennoch merken, daß sie leichter zu ertragen sind als die Gewissensbisse nach dem Verbrechen und die Selbstverachtung. Vergebens hätte ich Ihnen früher mit dieser scheinbaren Strenge gesprochen: Die Liebe ist ein unbändiges Gefühl, das man durch Klugheit vermeiden, aber nicht besiegen kann, und das, einmal geboren, nur eines natürlichen Todes oder an völliger

Hoffnungslosigkeit stirbt. Daß Sie sich in diesem letzteren Fall befinden, gibt mir den Mut und das Recht, Ihnen ungeschminkt meine Meinung zu sagen. Es ist grausam, einen Todkranken zu erschrecken, der nur noch für Tröstungen und Linderungsmittel empfänglich ist; aber es ist weise, einen Genesenden über die Gefahren aufzuklären, denen er ausgesetzt war, um ihm die Vorsicht einzuschärfen, deren er bedarf, und den Gehorsam gegenüber den Ratschlägen, die er etwa noch nötig haben könnte.

Da Sie mich zu Ihrem Arzt gewählt haben, spreche ich zu Ihnen als solcher und sage, daß die kleinen Unzuträglichkeiten, die Sie augenblicklich verspüren und die vielleicht die Anwendung gewisser Arzneien erfordern, nichts sind im Vergleich zu der furchtbaren Krankheit, deren Heilung nun gesichert ist. Ferner möchte ich mir als Ihre Freundin, als die Freundin einer vernünftigen und tugendhaften Frau, noch die Bemerkung erlauben, daß diese Leidenschaft, die sie unterjocht hatte, diese an sich schon unheilvolle Leidenschaft es noch mehr wurde durch ihren Gegenstand. Wenn ich glaube, was man mir erzählt, so ist mein Neffe, den ich vielleicht mit übergroßer Nachsicht liebe und der in der Tat viele lobenswerte und angenehme Eigenschaften besitzt, nicht ungefährlich für die Frauen und auch nicht ohne Schuld ihnen gegenüber: scheint ihm doch fast ebensosehr daran gelegen, sie zu verführen, wie sie ins Verderben zu stürzen. Ich glaube wohl, daß Sie ihn bekehrt haben würden; niemals war eine Frau dessen würdiger. Aber so viele andere wiegten sich in der selben Illusion, und ihre Hoffnung wurde enttäuscht, darum ist es mir weit lieber, wenn Sie zu diesem Mittel nicht greifen müssen.

Bedenken Sie jetzt, meine liebe Schöne, daß Sie, anstatt Gefahren ausgesetzt zu sein, nun ein gutes Gewissen und Ihren Seelenfrieden haben werden und darüber hinaus noch die Genugtuung, die Hauptursache der glücklichen Umkehr Valmonts gewesen zu sein. Ich persönlich zweifle nicht daran, daß dies zum größten Teil das Werk Ihres tapferen Widerstands war und daß ein Augenblick der Schwäche Ihrerseits meinen Neffen vielleicht in lebenslanger Verblendung gelassen hätte. Ich freue mich an diesem Gedanken und wünschte, Sie dächten ebenso; Sie werden darin die ersten Tröstungen finden und ich neue Gründe, Sie noch mehr zu lieben.

Ich erwarte Sie hier in den nächsten Tagen, meine liebenswürdige

Tochter, wie Sie mir in Aussicht gestellt haben. Kommen Sie, um Ruhe und Glück an der Stätte wiederzufinden, wo Sie sie verloren; kommen Sie vor allem, um sich mit Ihrer zärtlichen Mutter darüber zu freuen, daß Sie das gegebene Wort so glücklich gehalten haben, nichts zu tun, das meiner und Ihrer nicht würdig wäre!

Schloß ..., den 30. Oktober 17..

127. Brief **Marquise de Merteuil an Vicomte de Valmont**

Wenn ich, Vicomte, Ihren Brief vom 19. nicht beantwortet habe, so geschah das nicht, weil ich keine Zeit dazu hatte, sondern einfach, weil er mich in schlechte Laune versetzte und ich in ihm weder Sinn noch Verstand fand. Ich hielt es also für das beste, ihn der Vergessenheit anheimfallen zu lassen. Da Sie aber auf ihn zurückkommen, auf die Gedanken, die er enthält, Wert zu legen scheinen und mein Schweigen als Einwilligung nehmen, muß ich Ihnen deutlich meine Meinung sagen.

Ich hatte wohl zuweilen den Ehrgeiz, allein einen ganzen Harem zu ersetzen, aber zu einem zu gehören, das hätte mir nie gepaßt. Ich dachte, daß Sie das wissen. Wenigstens jetzt, wo Sie nicht mehr tun können, als wüßten Sie es nicht, werden Sie ohne weiteres einsehen, wie lächerlich mir Ihr Vorschlag vorkommen mußte. Ich, ich sollte ein Gelüste opfern, noch dazu ein neues, um mich mit Ihnen zu befassen? Und wie sollte das geschehen? Indem ich als unterwürfige Sklavin warte, bis an mich die Reihe kommt, die erhabenen Gunstbeweise Eurer Hoheit zu empfangen. Wenn Sie sich zum Beispiel für einen Augenblick abwenden wollen von »jenem unbekannten Zauber, den die wunderbare, die himmlische« Madame de Tourvel allein Sie empfinden läßt, oder wenn Sie fürchten müßten, bei der »anziehenden Cécile« den Ruf Ihrer männlichen Superiorität zu gefährden, den Sie sich bei ihr so gerne erhalten möchten, dann – dann werden Sie bis zu mir herabsteigen und bei mir Vergnügungen suchen, die zwar nicht sehr lebhaft, dafür aber ohne Folgen sind; und Ihre kostbare Güte, wiewohl nur selten gespendet, wird zu meinem Glück dienen.

Gewiß, Sie sind reich an hoher Meinung von sich selbst, aber augenscheinlich bin ich es nicht in gleicher Weise an Bescheidenheit;

denn, wie sehr ich mich auch betrachte, ich kann mich nicht so tief herabgesunken finden. Das ist vielleicht ein Fehler von mir, aber ich mache Sie aufmerksam, daß ich noch viele andere besitze.

Vor allem habe ich den, zu glauben, daß der »Schulknabe, der süßliche Danceny«, der einzig an mich denkt, mir, ohne sich ein Verdienst daraus zu machen, seine erste Leidenschaft opfert, noch ehe er sie befriedigt hat, kurz, mich liebt, wie man es nur in seinem Alter tut, daß dieser Jüngling trotz seinen zwanzig Jahren zu meinem Glück und meinem Vergnügen wirksamer beitragen könnte als Sie. Ich erlaube mir sogar beizufügen, daß, wenn mich die Lust ankäme, ihm einen Kollegen zu gesellen, es nicht Sie wären, wenigstens nicht für den Augenblick.

»Und aus welchen Gründen?« werden Sie mich fragen. Erstens könnte es überhaupt keine geben: denn die Laune, die mich Sie bevorzugen ließe, kann Sie doch ebenso gut wieder ausschließen. Ich will indes aus Höflichkeit meine Entschließung begründen. Es scheint mir, daß Sie mir allzu viele Opfer bringen müßten, und ich, statt Ihnen die Dankbarkeit zu bezeigen, die Sie unfehlbar von mir erwarten würden, wäre imstande, zu glauben, daß Sie mir noch größere Opfer schulden! Sie sehen also, daß wir, so weit entfernt voneinander durch unsere Art, zu denken, uns in keiner Weise nähern können; und ich fürchte, daß es viel, sogar sehr viel Zeit brauchen wird, bevor ich meine Meinung ändere. Sobald ich mich gebessert habe, verspreche ich, Sie davon zu benachrichtigen. Bis dahin, glauben Sie mir, treffen Sie andere Verabredungen und behalten Sie Ihre Küsse – Sie haben ja soviel besseren Gebrauch dafür ...

»Adieu, wie ehemals«, sagen Sie? Aber ehemals schienen Sie sich mehr aus mir zu machen; Sie hatten mich noch nicht ganz und gar auf die dritten Rollen verwiesen und waren vor allem so gütig, auf mein Ja zu warten, bevor Sie sich meiner Einwilligung sicherfühlten. Finden Sie sich also damit ab, daß ich Ihnen statt »Adieu, wie ehemals« sage: Adieu, wie heute.

IHRE DIENERIN, HERR VICOMTE.
Schloß ..., den 31. Oktober 17..

128. Brief **Präsidentin de Tourvel an Madame de Rosemonde**

Ihre verspätete Antwort, Madame, habe ich erst gestern erhalten. Sie hätte mich auf der Stelle getötet, wenn ich noch ein Leben für mich besäße; aber ein anderer besitzt es, und dieser andere ist Herr de Valmont. Sie sehen, daß ich Ihnen nichts verheimliche. Soll es nun sein, daß Sie mich Ihrer Freundschaft nicht mehr für würdig halten, so fürchte ich immer noch weniger, sie zu verlieren, als sie durch Falschheit zu bewahren. Alles, was ich Ihnen sagen kann, ist, daß ich, von Herrn de Valmont vor die Wahl zwischen seinem Tode oder seinem Glück gestellt, mich für das letztere entschieden habe. Ich rühme mich dessen nicht, noch klage ich mich an: Ich sage nur, was ist.

Sie werden sich nach dieser Eröffnung leicht vorstellen können, welchen Eindruck mir Ihr Brief und die grausamen Wahrheiten machen mußten, die er enthält. Glauben Sie aber nicht, daß er Reue in mir erwecken oder mich jemals dazu veranlassen könnte, meine Gefühle und mein Verhalten zu ändern. Wohl kenne ich Momente schmerzlicher Pein; aber wenn mein Herz ganz zerrissen ist, wenn ich fürchte, meine Qualen nicht mehr ertragen zu können, dann sage ich mir: Valmont ist glücklich – und alles verschwindet vor diesem Gedanken oder wandelt sich vielmehr in Freude.

Ich habe mich also ganz Ihrem Neffen geweiht; für ihn habe ich alles aufgegeben. Er ist von nun an der Mittelpunkt meines Denkens, meines Fühlens, meines Handelns. Solange mein Leben zu seinem Glücke notwendig ist, wird es mir teuer sein, und ich werde es beseligend finden. Wenn er eines Tages anders darüber urteilt, soll er von mir weder Klage noch Vorwurf hören. Schon wagte ich es, meinen Blick auf diese verhängnisvolle Stunde zu richten, und mein Entschluß steht fest.

Sie werden jetzt einsehen, wie wenig mich die Furcht berühren kann, die Sie, so scheint es, für mich haben, daß nämlich Herr de Valmont mich ins Verderben stürzt. Denn bevor er dieses wollen kann, muß er aufgehört haben, mich zu lieben – und was sind dann noch leere Vorwürfe für mich, da ich sie nicht vernehmen werde? Er allein wird das Urteil über mich fällen. Da ich nur für ihn gelebt habe, wird mein Gedächtnis ganz in ihm befangen sein, und wenn er genötigt ist, anzuerkennen, daß ich ihn liebte, so bin ich gerechtfertigt genug.

Nun haben Sie in meinem Herzen gelesen, Madame. Ich zog das Unglück, Ihre Achtung durch meine Offenheit zu verlieren, dem Unglück vor, mich durch eine erniedrigende Lüge Ihrer unwürdig zu machen. Ich glaubte, dieses rückhaltlose Vertrauen Ihrer mir ehemals bezeigten Güte zu schulden. Wenn ich nun noch ein Wort hinzufügte, so könnten Sie meinen, ich vermäße mich, auf Ihre Freundschaft auch weiter zu zählen, während ich doch im Gegenteil mich selber richte, indem ich jedem Anspruch auf sie entsage.

Ich bin mit dem Ausdruck meiner Ehrerbietung, Madame, Ihre sehr ergebene und sehr gehorsame Dienerin.

Paris, den 1. November 17..

129. Brief **Vicomte de Valmont an Marquise de Merteuil**

Sagen Sie mir doch, meine schöne Freundin: Woher mag dieser Ton der Bitterkeit und des Spottes in Ihrem letzten Briefe kommen? Welches Verbrechen, das Sie in so schlechte Laune versetzt, habe ich Ahnungsloser denn begangen? Ich habe, so werfen Sie mir vor, getan, als sei ich Ihrer Einwilligung sicher, bevor ich sie noch erhalten hatte; aber ich dachte, daß das, was aller Welt gegenüber als Anmaßung betrachtet werden mußte, zwischen uns beiden nur als Akt des Vertrauens aufgefaßt werden konnte, und seit wann ist dieses Gefühl der Freundschaft oder der Liebe abträglich? Indem ich dem Wunsche die Hoffnung gesellte, gab ich nur dem natürlichen Trieb nach, der macht, daß wir uns immer dem angestrebten Glück so nahe als möglich vorstellen. Sie aber nahmen für Dünkel, was nur meine Ungeduld war. Ich weiß wohl, daß der allgemeine Brauch in diesem Fall einen respektvollen Zweifel eingeführt hat; aber Sie wissen auch, daß dies nur eine Formsache, eine bloße Höflichkeit ist, und ich war, so scheint mir, berechtigt zu glauben, daß solche kleinlichen Maßregeln zwischen uns nicht mehr nötig seien.

Ich möchte sogar meinen, daß dieses freimütige und offene Vorgehen, zumal wenn es sich auf eine alte Beziehung gründet, der abgeschmackten Schmeichelei weit vorzuziehen ist, die so oft die Liebe fade macht. Im übrigen rührt vielleicht der Wert, den ich dieser Art beimesse, von meiner Erinnerung an das Glück her, das ich mit Ihnen genossen habe; und gerade darum wäre es mir um so schmerzlicher, wenn Sie es anders auffaßten.

Das ist aber auch das einzige Unrecht, dessen ich mich schuldig weiß; denn ich kann mir nicht vorstellen, daß Sie ernsthaft denken konnten, es gäbe auf der Welt eine Frau, die mir begehrenswerter scheint als Sie, und erst recht nicht, daß ich Ihren Wert so irrig einschätze, wie Sie zu glauben vorgeben. Sie haben, schreiben Sie mir, sich betrachtet und sich nicht so tief herabgesunken gefunden. Das will ich gern glauben, und das beweist nur, daß Ihr Spiegel nicht trügt. Aber hätten Sie nicht weit eher und mit mehr Gerechtigkeit daraus schließen können, daß ich Sie ganz sicher nicht so beurteilt habe?

Ich suche vergeblich nach einer Ursache für diesen sonderbaren Einfall. Immerhin scheint mir, daß er mehr oder weniger mit den Lobsprüchen zusammenhängt, die ich mir erlaubte, andern Frauen zu spenden. Ich schließe es wenigstens aus der Beflissenheit, mit der Sie die Beiwörter »anbetungswürdig«, »himmlisch«, »anziehend« hervorheben, deren ich mich bediente, als ich Ihnen von Madame de Tourvel oder der kleinen Volanges sprach. Aber wissen Sie denn nicht, daß man solche Wörter öfter zufällig als mit Überlegung wählt und daß sie weniger das ausdrücken, was einem eine Person wirklich bedeutet, als die Situation, in der der Sprechende sich gerade befindet. Und wenn ich im gleichen Augenblick, da diese oder jene mich so lebhaft erregte, Sie darum nicht weniger begehrte, wenn ich Ihnen vor den beiden deutlich den Vorzug gab – denn unsere früheren Beziehungen können schließlich nur zu deren Schaden erneuert werden –, dann sehe ich nicht ein, worin der Anlaß zu so großen Vorwürfen liegt.

Nicht schwerer wird es mir fallen, mich wegen des »unbekannten Zaubers« zu rechtfertigen, an dem Sie mir ebenfalls einigen Anstoß zu nehmen scheinen, denn daraus, daß er unbekannt ist, folgt nicht, daß er stärker sei. Wer könnte die köstlichen Genüsse überbieten, die Sie allein immer neu und immer feuriger zu schenken verstehen? Ich wollte also bloß sagen, daß jener Genuß einer Art angehört, die ich noch nicht kannte, ohne ihm deshalb einen höheren Rang einzuräumen, und ich fügte hinzu und wiederhole es heute, daß ich dagegen ankämpfen und den Sieg davontragen werde. Und ich werde dies mit noch größerem Eifer tun, wenn ich diese leichte Mühe als eine Ihnen darzubringende Huldigung betrachten darf.

Was die kleine Cécile betrifft, so scheint es mir fast überflüssig, Ihnen von ihr zu sprechen. Sie haben nicht vergessen, daß ich mich mit diesem Kinde nur auf Ihre Bitte hin befaßt habe, und ich erwarte nur Ihre Erlaubnis, um mich ihrer zu entledigen. Ich konnte wohl ihre Naivität und Frische bemerken, ja sie einen Augenblick lang für »anziehend« halten, denn mehr oder weniger gefällt man sich immer in seinem Werk; doch sicherlich hat sie in keiner Beziehung genug Wichtigkeit, um irgendwie die Aufmerksamkeit zu fesseln.

Und nun, meine schöne Freundin, appelliere ich an Ihre Gerechtigkeit, rufe Ihnen Ihre ersten Gunstbeweise für mich zurück, die lange ungetrübte Freundschaft, das vollkommene Vertrauen, die unsere Bande seither noch fester knüpften – habe ich wirklich den strengen Ton verdient, den Sie mir gegenüber anschlagen? Wie leicht aber können Sie mich dafür entschädigen, wenn Sie nur wollen! Sagen Sie nur ein Wort, und Sie werden sehen, ob alle Zauber, alle Fesseln imstande sind, mich einen Tag, nein, auch nur eine Minute hier zurückzuhalten. Ich werde Ihnen zu Füßen, in Ihre Arme fliegen und Ihnen tausendmal und auf tausenderlei Arten beweisen, daß Sie die wahre Herrscherin meines Herzens sind und immer sein werden.

Adieu, meine schöne Freundin; ich erwarte Ihre Antwort mit großer Ungeduld.

Paris, den 3. November 17..

130. Brief **Madame de Rosemonde an Präsidentin de Tourvel**

Und warum, meine liebe Schöne, wollen Sie nicht mehr meine Tochter sein? Warum tun Sie, als wollten Sie mir ankündigen, daß jeder Briefwechsel zwischen uns abgebrochen werden soll? Ist's etwa, um mich dafür zu strafen, daß ich nicht erriet, was gegen alle Wahrscheinlichkeit war? Oder haben Sie mich im Verdacht, Sie willentlich gekränkt zu haben? Nein, ich kenne Ihr Herz zu gut, als daß ich glauben könnte, daß es so über das meine denkt. So betrifft denn auch die Pein, die mir Ihr Brief bereitet hat, weit weniger mich selbst als Sie!

O meine junge Freundin, ich sage es Ihnen mit Schmerz; aber Sie sind viel zu würdig, geliebt zu werden, als daß die Liebe Sie jemals glücklich machen könnte. Ach, welche wahrhaft zartfühlende und empfindsame Frau hat in diesem Gefühl, von dem sie sich so viel Glück versprach, nicht bitteres Leid gefunden! Weiß denn der Mann die Frau zu schätzen, die er besitzt?

Gewiß gibt es Männer, die ehrlich in ihrem Vorgehen und beständig in ihrer Zuneigung sind; aber wie wenige gibt es selbst unter diesen, die es verstehen, sich mit unserem Herzen in Einklang zu setzen! Glauben Sie nicht, mein liebes Kind, daß ihre Liebe der unsern gleicht. Wohl empfinden sie denselben Rausch, oft sogar mit größerem Ungestüm; aber sie kennen nicht den nie erlahmenden Eifer, die warme Fürsorge, die in uns jene Zärtlichkeit erzeugt, deren einziger Gegenstand der Geliebte ist. Der Mann genießt das Glück, das er empfindet, die Frau das, das sie verschafft. Dieser so wesentliche und so wenig bemerkte Unterschied beeinflußt in deutlich spürbarer Weise das ganze Verhalten der beiden zueinander. Das Vergnügen des einen besteht darin, seine Begierden zu befriedigen, das des andern vor allem darin, sie hervorzurufen. Gefallen ist für ihn nur ein Mittel zum Erfolg, während es für sie der Erfolg selbst ist. Und die Gefallsucht, die man den Frauen so oft vorwirft, ist nichts anderes als der Mißbrauch dieser Empfindungsweise und beweist gerade ihr Vorhandensein. Endlich bedeutet der ausschließliche Geschmack an einem Wesen, der für die Liebe besonders kennzeichnend ist, beim Manne nur ein Vorziehen, das bestenfalls seinen Genuß erhöht, den ein anderes Wesen vielleicht mindern, aber nicht ganz aufheben würde. Bei den Frauen hingegen handelt es sich um ein tiefes Gefühl, das nicht nur jedes andere Liebesbegehren vernichtet, sondern, stärker als die Natur und ihrer Macht entzogen, sie auch dort nur Widerwillen und Ekel empfinden läßt, wo aller Voraussicht nach wollüstige Gefühle sich einstellen müßten.

Und glauben Sie ja nicht, daß die mehr oder weniger zahlreichen Ausnahmen, die man anführen kann, diesen allgemeinen Wahrheiten mit Erfolg entgegengehalten werden können!

Für diese Wahrheiten bürgt die öffentliche Meinung, die nur bei Männern zwischen Untreue und Unbeständigkeit unterscheidet, eine Unterscheidung, auf die sie noch stolz sind, statt sich ihrer zu schämen. Bei uns Frauen hingegen kam sie nur bei jenen verderbten Geschöpfen in Aufnahme, welche die Schande unseres Geschlechtes sind und denen jedes Mittel recht ist, durch das sie dem peinlichen Bewußtsein ihrer Niedrigkeit zu entgehen hoffen.

Ich habe geglaubt, meine liebe Schöne, es könnte Ihnen von Nutzen sein, wenn Ihnen diese Gedanken zur Verfügung ständen, um sie den Hirngespinsten vom vollkommenen Glück entgegenzuhalten, mit denen die Liebe unsere Einbildungskraft zu narren pflegt – eine trügerische Hoffnung, an der man auch dann noch festhält, wenn man genötigt ist, davon zu lassen und deren Verlust die nur allzu fühlbaren Kümmernisse, mit denen eine heftige Leidenschaft untrennbar verbunden ist, noch reizt und vervielfacht. Dieses Amt, Ihre Schmerzen zu lindern und deren Zahl zu verringern, ist das einzige, was ich zur Zeit erfüllen will und kann. Bei den Leiden, gegen die es kein Heilmittel gibt, können die Ratschläge sich nur noch auf die Verhaltungsweisen beziehen. Um eines möchte ich Sie bitten, nämlich dessen eingedenk zu sein, daß einen Kranken bedauern noch nicht ihn tadeln heißt. Wer sind wir auch, daß wir einer den andern tadeln dürften? Überlassen wir das Recht zu richten Ihm, der allein in den Herzen liest; und ich vermesse mich sogar zu glauben, daß in seinen väterlichen Augen eine Schwäche durch viele Tugenden aufgewogen werden kann.

Aber ich beschwöre Sie, meine liebe Schöne, halten Sie sich insbesondere von jenen gewaltsamen Entschlüssen zurück, die weniger auf Kraft als auf völlige Entmutigung hindeuten! Vergessen Sie auch nicht, daß Sie, als Sie einen andern zum Eigentümer Ihres Daseins machten – um mich Ihres Ausdrucks zu bedienen –, Sie doch nicht Ihre Freunde dessen berauben konnten, was sie schon vorher besaßen und immer wieder beanspruchen werden.

Adieu, meine teure Tochter; denken Sie zuweilen an Ihre zärtliche Mutter, und seien Sie versichert, daß Sie stets und vor allen andern der Gegenstand ihrer liebevollsten Gedanken sein werden.

Schloß ..., den 4. November 17..

131. Brief **Marquise de Merteuil an Vicomte de Valmont**

Ich gratuliere Ihnen, Vicomte, diesmal bin ich zufriedener mit Ihnen als das letztemal; aber jetzt wollen wir recht freundschaftlich miteinander plaudern, und ich hoffe Sie davon zu überzeugen, daß das Arrangement, das Sie zu wünschen scheinen, für Sie wie für mich eine ausgemachte Dummheit wäre.

Haben Sie noch nicht beobachtet, daß das Vergnügen, das in der Tat die einzige Triebfeder der Vereinigung zweier Menschen verschiedenen Geschlechtes ist, doch nicht genügt, um eine Liebschaft zwischen ihnen zu begründen, und daß, wenn auch das Verlangen vorhergeht, das die beiden zusammenbringt, nichtsdestoweniger der Ekel folgt, der zurückstößt? Hier liegt ein Gesetz der Natur vor, das nur die Liebe umstoßen kann – und Liebe, kann man sie denn haben, wenn man möchte? Dennoch muß sie immer da sein, und die Sache wäre sehr bedenklich, wenn man nicht zum Glück entdeckt hätte, daß es genügt, wenn sie auf einer Seite da ist. Die Schwierigkeit ist somit zur Hälfte behoben, und das sogar ohne spürbaren Verlust: In der Tat genießt der eine das Glück zu lieben, der andere das zu gefallen, das zwar ein bißchen weniger lebhaft ist, aber dem sich das Vergnügen zu täuschen gesellt, das den Ausgleich herstellt, und alles ist in Ordnung.

Aber sagen Sie mir, Vicomte, wer von uns beiden wird sich der Aufgabe unterziehen, den andern zu täuschen? Sie kennen doch die Geschichte von den zwei Spitzbuben, die sich beim Spiele erkannten. »Wir können einander nichts anhaben«, sagten sie sich, zahlten jeder zur Hälfte das Kartengeld und verließen die Partie. Folgen wir beide diesem klugen Beispiel, glauben Sie mir, Vicomte, und vergeuden wir nicht zusammen die Zeit, die wir anderswo so gut verwenden können.

Um Ihnen zu beweisen, daß mich hierin Ihr Interesse ebenso wie das meine bestimmt und daß ich nicht aus Ärger oder Laune handle, will ich Ihnen die zwischen uns abgemachte Belohnung nicht verweigern: Ich bin mir durchaus bewußt, daß wir uns für eine einzige Nacht reichlich genügen werden, und ich zweifle sogar nicht daran, daß wir ihr so viel Reiz verleihen werden, um sie nur mit Bedauern enden zu sehen. Aber vergessen wir nicht, daß dieses Bedauern für das Glück notwendig ist, und wie süß auch unsere Illusion sein mag, so wollen wir uns doch nicht dem Wahn hingeben, sie könnte von Dauer sein.

Sie sehen, auch ich halte mein Versprechen, und das sogar, bevor Sie Ihre Verpflichtungen gegen mich erfüllt haben. Denn ich sollte doch den ersten Brief der himmlischen Prüden ausgeliefert bekommen; aber sei es, daß Sie ihn noch behalten wollen, sei es, daß Sie die Bedingungen einer Abmachung, an der Ihnen nicht so viel gelegen ist, wie Sie mich glauben machen wollen, vergessen haben, ich habe nichts, ganz und gar nichts empfangen. Und doch muß – oder irre ich mich? – die zärtliche Bigotte viel schreiben, denn was täte sie sonst, wenn sie allein ist? Sicherlich ist sie nicht vernünftig genug, sich zu zerstreuen. Ich könnte Ihnen also, wenn ich wollte, einige kleine Vorwürfe machen; aber ich will sie lieber nicht aussprechen, zum Ausgleich für die schlechte Laune, die ich Ihnen in meinem letzten Brief vielleicht gezeigt habe.

Und jetzt, Vicomte, habe ich noch eine Bitte an Sie zu richten, die ebensosehr in Ihrem Interesse wie in meinem ist: nämlich das um eine Weile hinauszuschieben, wonach mich vielleicht ebenso verlangt wie Sie, das aber, wie mir scheint, besser auf die Zeit nach meiner Rückkehr in die Stadt verlegt werden soll. Einerseits hätten wir hier nicht die nötige Ungestörtheit, und dann wäre auch einiges Risiko dabei; denn ein wenig Eifersucht würde genügen, um den traurigen Belleroche wieder fester an mich zu binden, der jetzt nur noch an einem Faden hängt. Er muß sich schon ungeheuer anstrengen, um mich noch lieben zu können; und ich bin schon so weit, daß ich in die Liebkosungen, mit denen ich ihn überschütte, ebensoviel Bosheit wie Berechnung lege. Aber zugleich werden Sie einsehen, daß ich Ihnen in diesem Fall kein Opfer brächte. Unsere beiderseitige Untreue wird den Reiz des Spiels noch sehr erhöhen.

Wissen Sie, daß ich zuweilen bedauere, daß wir auf solche Auskunftsmittel angewiesen sind? In der Zeit, da wir uns liebten – denn ich glaube, daß es Liebe war –, damals war ich glücklich. Und Sie, Vicomte? ... Aber wozu sich noch mit einem Glück befassen, das nicht wiederkommen kann? Nein, was immer Sie auch sagen mögen, eine solche Wiederholung ist unmöglich. Erstens würde ich Opfer von Ihnen verlangen, die Sie mir sicherlich nicht zugestehen könnten oder wollten und die ich vielleicht nicht verdiene; und dann – wie Sie fesseln? Nein, nein, ich will diesen Gedanken nicht einmal denken – und trotz dem Vergnügen, das mir im Augenblick das Schreiben an Sie macht, will ich Sie lieber schnell verlassen. Adieu, Vicomte.

Schloß ..., den 6. November 17..

132. Brief **Präsidentin de Tourvel an Madame de Rosemonde**

Tief gerührt, Madame, durch die Beweise Ihrer Güte, würde ich mich ihr ganz anvertrauen, wenn mich nicht eine Art Furcht zurückhielte, sie durch meine Annahme zu entweihen. Warum muß ich, da ich doch die Kostbarkeit Ihrer Güte ganz erkenne, zugleich fühlen, daß ich ihrer nicht mehr würdig bin? Ach, wenigstens will ich es wagen, Ihnen meine Dankbarkeit dafür zu bezeugen und insbesondere die Nachsicht der Tugend zu bewundern, die unsere Schwächen nur sieht, um ihnen ihr Mitleid zu schenken und deren machtvoller Zauber eine so sanfte und starke Herrschaft behält, sogar noch neben dem Zauber der Liebe!

Aber kann ich eine Freundschaft noch verdienen, die mir zu meinem Glück nicht mehr genügt? Ich sage dasselbe von Ihren Ratschlägen: Ich fühle deren Wert und kann sie doch nicht befolgen. Und wie sollte ich nicht an ein vollkommenes Glück glauben, wo ich es doch in diesem Augenblick empfinde? Ja, wenn die Männer so sind, wie Sie sagen, so muß man sie fliehen, muß man sie hassen; aber wie weit ist dann Valmont davon entfernt, ihnen zu gleichen! Wenn er auch, wie sie, jene Heftigkeit in der Leidenschaft kennt, die Sie Ungestüm nennen, so wird diese doch durch das Übermaß seines Zartgefühls weit übertroffen. O meine Freundin, Sie sprechen davon, daß Sie meine Leiden teilen wollen, freuen Sie sich doch mit mir über mein Glück! Ich verdanke es der Liebe, und um wieviel mehr wert wird es noch durch den Gegenstand dieser Liebe! Sie lieben, sagen Sie, Ihren Neffen vielleicht aus Schwäche? Ah, wenn Sie ihn kennten, wie ich ihn kenne: Ich liebe ihn abgöttisch und doch noch weniger, als er es verdient. Mag sein, daß er sich zu einigen Verirrungen hinreißen ließ, er gibt es ja selbst zu – aber wer kannte je wie er die wahre Liebe? Was soll ich Ihnen weiter sagen? Er empfindet sie so stark, wie er sie einflößt.

Sie werden annehmen, dies sei »eines jener Hirngespinste, mit denen die Liebe immer unsere Einbildungskraft narrt«; aber wenn dem so wäre, warum wäre er dann zärtlicher und beflissener geworden, seitdem er nichts mehr zu erreichen hat? Ich gestehe, daß ich früher eine Art von Überlegenheit an ihm fand, eine Zurückhaltung, die ihn selten verließ und die mir häufig wider Willen die falschen und häßlichen Schilderungen ins Gedächtnis rief, die man mir von ihm gegeben hatte. Aber seitdem er sich ohne Zwang den Regungen seines Herzens hingeben kann, scheint er alle Wünsche des meinen zu erraten. Wer weiß, ob wir nicht füreinander geboren sind, ob mir nicht das Glück bestimmt ist, für das seine notwendig zu sein? Ach, wenn das eine Illusion sein sollte, dann möge ich sterben, bevor sie endet! Doch nein, ich will leben, um ihn liebzuhaben, um ihn anzubeten. Warum sollte er aufhören, mich zu lieben? Welche andere Frau könnte ihn glücklicher machen, als ich? Und – ich fühle es an mir selbst – das Glück, das man hervorruft, ist das stärkste Band, das einzige, das wirklich bindet. Ja, dieses köstliche Gefühl adelt die Liebe, läutert sie gewissermaßen und macht sie wahrhaftig würdig einer zärtlichen und großen Seele, wie die von Valmont es ist.

Adieu, meine liebe, meine verehrungswürdige, meine nachsichtige Freundin. Ich würde vergeblich versuchen, Ihnen noch mehr zu schreiben; die Stunde ist da, wo er zu kommen versprach, und jeder andere Gedanke verläßt mich. Verzeihen Sie! Aber Sie wollen doch mein Glück, und das ist im Augenblick so groß, daß meine Kraft zu fühlen kaum genügt. Paris, den 7. November 17..

133. Brief **Vicomte de Valmont an Marquise de Merteuil**

Welches sind denn, meine schöne Freundin, diese Opfer, von denen Sie annehmen, daß ich sie Ihnen nicht zugestehen werde, und deren Lohn doch wäre, Ihnen zu gefallen? Lassen Sie sie mich doch wissen, und wenn ich schwanken sollte, sie Ihnen darzubringen, gestatte ich Ihnen, sie zurückzuweisen. Ei, was für eine Meinung haben Sie denn seit einiger Zeit von mir, wenn Sie selbst in nachsichtiger Stimmung an meinen Gefühlen und an meiner Willenskraft zweifeln? Sie sprechen von Opfern, die ich nicht bringen könnte oder wollte! So halten Sie mich also für verliebt, für gänzlich unterjocht und verdächtigen mich gar, den Wert, den ich auf den Erfolg legte, auf die Person zu legen? Ah, dem Himmel sei Dank! Ich bin noch nicht so tief gesunken, und ich erbiete mich, es Ihnen zu beweisen. Ja, ich werde es Ihnen beweisen, selbst wenn es sich gegen Madame de Tourvel richten sollte. Dann kann Ihnen sicher kein Zweifel mehr bleiben.

Ich konnte, scheint mir, ohne meinem Ruf zu schaden, einige Zeit einer Frau widmen, die wenigstens das Verdienst hat, zu einer Gattung zu gehören, die man selten antrifft. Vielleicht hat auch die tote Saison, in die dieses Abenteuer fiel, dazu beigetragen, daß ich mich mehr damit abgab; und selbst jetzt noch, wo der große Strudel der Gesellschaften kaum wieder anhebt, ist es nicht verwunderlich, wenn es mich fast ganz beschäftigt. Bedenken Sie doch, daß ich erst seit acht Tagen die Frucht von drei Monaten Mühe genieße! Ich habe mich oft länger bei dem aufgehalten, was viel weniger wert war und mich nicht so viel gekostet hat! . . . Und niemals haben Sie mir daraus einen Vorwurf gemacht.

Übrigens: Wollen Sie die wahre Ursache meines Eifers erfahren? Hier ist sie: Diese Frau ist von Natur ängstlich; in der ersten Zeit zweifelte sie unausgesetzt an ihrem Glück, und dieser Zweifel genügte, es zu stören, so daß ich kaum beginne, Beobachtungen darüber anzustellen, wie weit meine Macht in dieser Beziehung reicht. Und doch ist das etwas, was ich sehr neugierig bin, zu erfahren, und die Gelegenheit dazu findet sich nicht so leicht, wie man glaubt.

Zunächst ist für viele Frauen das Vergnügen immer nur das Vergnügen und nichts als das. Ihnen gegenüber sind wir, mit welchem Titel man uns auch schmücken mag, stets nur Arbeitleistende, einfache Dienstpersonen, deren Wert lediglich in ihrer Tätigkeit besteht und unter denen der, der am meisten tut, immer auch als der Beste gilt.

In einer andern Klasse, die heute vielleicht am zahlreichsten vertreten ist, beschäftigt die Frauen fast ausschließlich die Berühmtheit des Liebhabers, das Vergnügen, ihn einer Rivalin abspenstig gemacht zu haben, und die Furcht, sich ihn auch ihrerseits entrissen zu sehen. Wir sind zwar mehr oder weniger die Ursache der Art von Glück, das sie genießen, aber dieses hängt mehr von den Umständen als von der Person ab. Das Glück kommt ihnen durch uns, aber nicht von unserer Person.

Es galt demnach für meine Beobachtung, eine zartfühlende und empfindsame Frau zu finden, welche die Liebe zu ihrer einzigen Angelegenheit macht und in dieser Liebe nichts als den Geliebten sieht, deren Erregung, weit davon entfernt, dem gewöhnlichen Weg zu folgen, immer vom Herzen ausgeht, um erst dann zu den Sinnen zu gelangen. So habe ich sie zum Beispiel – ich spreche nicht vom ersten Tage – weinend und in Verzweiflung aus der Lust auftauchen und einen Augenblick später ihre Sinnlichkeit wiederfinden sehen, auf ein Wort hin, das zu ihrer Seele sprach. Da mußte auch noch jene natürliche Reinheit hinzukommen, die, durch die Gewohnheit eingewurzelt, ihr nicht erlaubt, ein Gefühl ihres Herzens zu verhehlen. Sie werden also zugeben, daß solche Frauen selten sind; und ich darf wohl annehmen, daß ich, wenn diese nicht wäre, vielleicht niemals ein solches Wesen angetroffen hätte.

So wäre es nicht verwunderlich, wenn sie mich länger festhielte als eine andere; und wenn das Werk, das ich an ihr vollbringen will, erfordert, daß ich sie glücklich mache, ja, vollkommen glücklich! – warum sollte ich mich dem entziehen, zumal da es mir dient, statt mich zu hindern? Aber daraus, daß der Verstand beschäftigt ist, folgt doch nicht, daß das Herz Sklave ist? Nein, gewiß nicht. Deshalb wird der Wert, den ich, wie ich nicht leugne, diesem Abenteuer beimesse, mich nicht hindern, auf andere auszugehen oder sogar es angenehmeren zu opfern.

Ich fühle mich so ungebunden, daß ich nicht einmal die kleine Volanges vernachlässigt habe, an der ich doch wirklich wenig hänge. Ihre Mutter reist in drei Tagen mit ihr in die Stadt zurück, und ich habe mir schon gestern Verbindungen zu sichern gewußt: ein Sümmchen an den Portier und ein paar galante Worte an seine Frau haben die Sache geregelt. Begreifen Sie, daß Danceny auf dieses einfache Mittel noch nicht gekommen ist? Und da sagt man, daß Liebe erfinderisch macht? Im Gegenteil, sie verdummt die Menschen, die sie beherrscht. Und ich – ich sollte mich vor ihr nicht schützen können? Seien Sie unbesorgt. Schon in einigen Tagen werde ich den vielleicht zu lebhaften Eindruck, den ich empfunden habe, abschwächen, indem ich ihn teile; und wenn eine einfache Teilung nicht genügt, werde ich sie vervielfältigen.

Ich bin nichtsdestoweniger bereit, die junge Klosterschülerin ihrem schüchternen Liebhaber in die Arme zu führen, sobald Sie es für angebracht halten. Es scheint mir, daß Sie keine Gründe mehr haben, dies zu verhindern; und ich will dem armen Danceny diesen hervorragenden Dienst gern erweisen. Das ist wahrhaftig das wenigste, das ich ihm für alle die schulde, die er mir erwiesen hat. Gegenwärtig ist seine größte Sorge, ob ihn Madame de Volanges empfangen wird. Ich beruhige ihn, so gut ich kann, mit der Versicherung, daß ich ihm am ersten geeigneten Tag so oder so zu seinem Glück verhelfen werde, und habe mich weiterhin auch zur Besorgung seiner Korrespondenz erboten, die er nach Ankunft »seiner Cécile« wiederaufnehmen will. Ich habe bereits sechs Briefe von ihm und werde vor dem glücklichen Tage wohl ihrer noch einen oder zwei erhalten. Dieser Junge muß wirklich nichts zu tun haben!

Aber lassen wir dieses kindliche Paar und kommen wir auf uns selbst zurück, damit ich mich nur noch mit der süßen Hoffnung befasse, die mir Ihr letzter Brief gibt. Ja, ganz gewiß, Sie werden mich fesseln, und ich würde Ihnen nie verzeihen, daran zu zweifeln. Habe ich denn jemals aufgehört, Ihnen meine Beständigkeit zu beweisen? Unsere Bande waren nur gelockert, nicht zerrissen; unser angeblicher Bruch war nur ein Irrtum unseres Denkens: In unseren Gefühlen, unseren Interessen blieben wir dennoch vereint. Dem Reisenden gleich, der enttäuscht heimkehrt, werde ich, wie er, erkennen, daß ich das Glück verließ, um der Hoffnung nachzujagen, und ich werde wie d'Harcourt sagen:

*Die fremden Länder entfachten in mir die Liebe zur Heimat**.

Bekämpfen Sie also nicht mehr den Gedanken oder vielmehr das Gefühl, das Sie zu mir zurückführt, und genießen wir, nachdem wir in unseren mannigfachen Ausflügen alle Vergnügen erprobt haben, das Glück zu fühlen, daß keines von ihnen dem vergleichbar ist, das wir miteinander erlebten und nun noch köstlicher wiederfinden werden!

Adieu, meine entzückende Freundin. Ich bin bereit, Ihre Rückkehr abzuwarten; aber beschleunigen Sie sie doch und vergessen Sie nicht, wie sehr ich sie ersehne. Paris, den 8. November 17..

134. Brief **Marquise de Merteuil an Vicomte de Valmont**

Wahrhaftig, Vicomte, Sie sind genau wie die Kinder, vor denen man nichts sagen und denen man nicht zeigen darf, ohne daß sie es gleich haben wollen! Einen bloßen Einfall, der mir kommt, und dem ich sofort hinzufüge, daß ich mich nicht bei ihm aufzuhalten gedenke, wenn ich Ihnen auch davon spreche, mißbrauchen Sie sofort, um

* Du Belloi, *Tragédie du Siège de Calais*

meine Aufmerksamkeit auf ihn zurückzulenken, um mich zu binden, dort, wo ich entschlüpfen möchte, und mich gewissermaßen gegen meinen Willen Ihre unbesonnenen Wünsche teilen zu lassen!

Ist es denn galant von Ihnen, mich die ganze Last der Klugheit allein tragen zu lassen? Ich sage Ihnen noch einmal und wiederhole es mir selbst noch öfter: Das Arrangement, das Sie vorschlagen, ist wirklich unmöglich. Selbst wenn Sie alle Großmut daran verwendeten, die Sie mir gegenwärtig zeigen, glauben Sie, daß ich nicht auch mein Zartgefühl habe und daß ich geneigt wäre, Opfer anzunehmen, die Ihrem Glücke schaden?

So ist es denn wahr, Vicomte, daß Sie sich über das Gefühl, das Sie an Madame de Tourvel knüpft, noch Täuschungen hingeben? Das ist Liebe, oder es hat nie welche gegeben. Zwar leugnen Sie es auf hundert Arten, aber Sie beweisen es auf tausend. Was ist das zum Beispiel für eine Ausflucht, die Sie gegen sich selber gebrauchen (denn mit mir sind Sie, glaube ich, aufrichtig)? Sie legen dem Wunsch, den Sie weder verhehlen noch bekämpfen können, nämlich den, diese Frau zu behalten, die Lust an der Beobachtung unter. Sollte man nicht meinen, daß Sie noch nie eine andere glücklich, vollkommen glücklich gemacht haben? Ach, wenn Sie daran zweifeln, dann haben Sie ein sehr schlechtes Gedächtnis! Aber nein, das ist es nicht. Ihr Herz betrügt ganz einfach Ihren Verstand und speist ihn mit schlechten Gründen ab; aber ich, die ein großes Interesse daran hat, sich nicht zu täuschen, bin nicht so leicht zufriedenzustellen.

So habe ich wohl Ihre Höflichkeit bemerkt, mit der Sie sorgfältig alle Wörter vermieden, von denen Sie meinten, daß Sie mir mißfallen hatten; ich habe trotzdem gesehen, daß Sie, vielleicht ohne sich dessen bewußt zu sein, an den gleichen Gedanken festhielten. In der Tat handelt es sich jetzt nicht mehr um die anbetungswürdige, die himmlische Madame de Tourvel, sondern um »eine erstaunliche Frau«, »eine zartfühlende und empfindsame Frau«, und zwar mit Ausschluß aller andern, kurzum, »eine seltsame Frau, wie man sie nicht zum zweitenmal antrifft«. Genau so steht es mit dem unbekannten Zauber, der deswegen noch nicht »der stärkste ist«. Gut, mag sein; aber da Sie ihn bisher nie angetroffen haben, ist mit großer Wahrscheinlichkeit anzunehmen, daß Sie ihn auch in der Zukunft nicht antreffen werden, und ein Verlust wäre nicht wieder gut zu machen. Entweder, Vicomte, sind das unverkennbare Symptome von Liebe, oder man muß überhaupt darauf verzichten, welche zu finden.

Seien Sie versichert, daß ich mit Ihnen diesmal ohne schlechte Laune spreche. Ich habe gelobt, mir keine mehr zu erlauben, denn ich weiß nur zu gut, daß sie zu einer gefährlichen Schlinge werden kann. Glauben Sie mir, es ist das beste, wir bleiben Freunde und nichts als das. Danken Sie mir dafür, daß ich den Mut aufbringe, mich zu verteidigen, ja, den Mut, denn manchmal hat man ihn sogar nötig, um einen Entschluß nicht zu fassen, von dem man weiß, daß er schlecht ist.

Es ist also nur noch, um Sie durch Überredung zu meiner Ansicht zu bekehren, daß ich auf Ihre Frage nach den Opfern antworte, die ich beanspruchen würde und die Sie mir nicht bringen könnten. Ich bediene mich mit Absicht des Wortes »beanspruchen«, weil ich ganz sicher bin, daß Sie mich im nächsten Augenblick zu anspruchsvoll finden werden. Aber um so besser! Weit davon entfernt, mich über Ihre Weigerung zu ärgern, werde ich Ihnen vielmehr dafür danken. Sehen Sie, Ihnen gegenüber will ich nicht heucheln, obwohl ich es vielleicht sollte.

Ich würde also fordern – da haben Sie die Grausamkeit! –, daß diese seltene, diese erstaunliche Madame de Tourvel für Sie nur noch eine gewöhnliche Frau wäre, eine Frau, wie sie eben eine ist: Denn machen wir uns nichts vor: Dieser Zauber, den wir im andern zu finden glauben, existiert nur in uns selbst, und die Liebe allein ist es, die das geliebte Wesen so sehr verschönt. Was ich da von Ihnen verlange, würden Sie vielleicht, so unmöglich es ist, doch kühn genug sein, mir zu versprechen, ja zuzuschwören, aber ich mache Sie aufmerksam, daß ich bloßem Gerede nicht glauben würde. Nur Ihr ganzes Verhalten könnte mich überzeugen.

Das ist aber noch nicht alles, ich wäre auch kapriziös. An dem Opfer der kleinen Cécile, das Sie mir so liebenswürdig anbieten, wäre mir gar nichts gelegen. Im Gegenteil, ich würde von Ihnen verlangen, diesen mühevollen Dienst bis auf neue Weisung meinerseits weiter zu versehen; sei es, daß es mir gefiele, auf diese Art meine Herrschaft zu mißbrauchen, sei es, daß ich, nachsichtiger oder gerechter, Genüge daran fände, über Ihre Gefühle zu verfügen, ohne Ihr Vergnügen behindern zu wollen. Auf alle Fälle würde ich Gehorsam fordern, und meine Befehle wären streng!

Es ist ja wahr, daß ich mich dann verpflichtet fühlen würde, Ihnen zu danken und – wer weiß? – vielleicht sogar Sie zu belohnen. Zum Beispiel würde ich sicher diese Abwesenheit abkürzen, die mir unerträglich würde. Ich würde Sie endlich wiedersehen, Vicomte, wiedersehen ... und wie? ... Aber Sie erinnern sich doch, daß dies nicht mehr als ein Geplauder ist, das bloße Ausmalen eines unausführbaren Plans, und ich will nicht die einzige sein, die das vergißt ...

Wissen Sie, daß mein Prozeß mich ein wenig beunruhigt? Ich wollte endlich genau erfahren, welches meine rechtliche Lage ist; meine Advokaten führen mir wohl einige Gesetze an und vor allem eine Menge von »Autoritäten«, wie sie sie nennen, aber ich kann darin nicht viel Vernunft und Gerechtigkeit sehen. Es tut mir jetzt beinahe leid, nicht auf einen Vergleich eingegangen zu sein. Indes beruhige ich mich bei dem Gedanken, daß der Prokurator geschickt, der Advokat beredt und die Prozeßführerin hübsch ist. Wenn diese drei Mittel kein Gewicht mehr haben sollten, müßte man das ganze Rechtswesen ändern, und wo bliebe da der Respekt vor unsern alten Bräuchen?

Dieser Prozeß ist gegenwärtig das einzige, was mich hier zurückhält. Der des Belleroche ist erledigt: Abweisungsbescheid bei Teilung der Kosten. Der Herr ist schon so weit, daß er bedauert, den Ball von heute abend zu versäumen – das sind so richtig die Leiden eines Unbeschäftigten. Ich werde ihm nach meiner Rückkehr in die Stadt seine volle Freiheit wiedergeben. Dieses schmerzliche Opfer bringe ich ihm und tröste mich mit dem Edelmut, den er darin erblickt.

Adieu, Vicomte, schreiben Sie mir oft; die genaue Schilderung Ihrer Freuden wird mich wenigstens zum Teil für die Verdrießlichkeiten entschädigen, denen ich hier ausgesetzt bin.

Schloß ..., den 11. November 17..

135. Brief **Präsidentin de Tourvel an Madame de Rosemonde**

Ich versuche Ihnen zu schreiben und weiß doch noch nicht, ob ich dazu fähig sein werde. Mein Gott, wenn ich bedenke, daß bei meinem letzten Brief das Übermaß des Glücks es war, das mich am Weiterschreiben hinderte! Heute drückt mich das Übermaß der Verzweiflung nieder, das mir nur noch Kraft läßt, meine Schmerzen zu fühlen und mich der, sie auszudrücken, beraubt.

Valmont ... Valmont liebt mich nicht mehr; er hat mich nie geliebt. Auf diese Weise endet Liebe nicht. Er betrügt, verrät, beleidigt mich. Alles, was an Unglück und Erniedrigung einen Menschen treffen kann, erlebe ich jetzt, und es kommt mir von ihm!

Und glauben Sie ja nicht, es handle sich um einen bloßen Verdacht; ich war weit entfernt davon, einen zu hegen. Das Glück, noch zweifeln zu können, ist mir nicht beschieden. Ich habe ihn gesehen: was könnte er mir noch sagen, um sich zu rechtfertigen? .... Aber was liegt ihm daran! Er wird es nicht einmal versuchen ... Unglückliche du! was könnten deine Vorwürfe, deine Tränen ihm anhaben? Um dich kümmert er sich am allerwenigsten! ...

Es ist also wahr, daß er mich geopfert, daß er mich preisgegeben hat ... Und wem?.... Einem gemeinen Geschöpf ... Aber was sage ich? Ach, ich habe sogar das Recht verwirkt, sie zu verachten. Sie hat weniger Pflichten verraten als ich, sie ist weniger schuldig als ich. Oh, wie weh tut das Leid, wenn die Reue dazukommt! Ich fühle meine Qualen sich verdoppeln. Adieu, meine liebe Freundin; wie unwürdig Ihres Mitleids ich mich auch erwiesen habe, Sie werden es dennoch für mich empfinden, wenn Sie imstande sind, sich eine Vorstellung von dem zu machen, was ich leide.

Eben lese ich meinen Brief noch einmal und gewahre, daß Sie durch ihn nichts erfahren. Ich will mich also bemühen, den Mut aufzubringen, Ihnen von diesem grausamen Vorfall zu erzählen. Gestern war's; ich sollte zum erstenmal nach meiner Rückkehr auswärts soupieren. Valmont besuchte mich um fünf Uhr und schien mir zärtlicher denn je. Er ließ mich merken, daß meine Absicht, auszugehen, ihm unlieb war, und Sie können sich denken, daß ich mich schnell entschloß, zu Hause zu bleiben. Jedoch zwei Stunden später war er auf einmal in Ton und Miene ganz verändert. Ich weiß nicht, ob ich durch irgend etwas sein Mißfallen erregt hatte; wie dem auch sei, bald darauf behauptete er, sich an ein Geschäft zu erinnern, das ihn zwinge, mich zu verlassen, und er ging, allerdings nicht ohne mir sein lebhaftes Bedauern darüber bezeigt zu haben, das mir damals zärtlich und aufrichtig vorkam.

Als ich allein war, fand ich es schicklicher, meine erste Verabredung nicht zu versäumen, da ich jetzt frei war, sie einzuhalten. Ich beendete meine Toilette und stieg in den Wagen. Unglücklicherweise fuhr mein Kutscher an der Oper vorbei, und wir gerieten in das Gedränge der abfahrenden Karossen. Vier Schritte vor mir sah ich in der Reihe neben der meinigen den Wagen Valmonts. Mein Herz pochte heftig, aber nicht aus Furcht; mein einziger Gedanke war, daß mein Wagen vorrücken möchte. Statt dessen war der seine genötigt, ein paar Schritte rückwärts zu fahren und befand sich nun neben dem meinen. Ich blickte schnell zum Fenster hinaus, aber wie groß war mein Erstaunen, als ich an seiner Seite eine Dirne sah, eine als solche stadtbekannte! Ich zog mich zurück, wie Sie sich denken können, und dieser Anblick war schon genug, um mein Herz tief zu kränken. Aber – Sie werden Mühe haben, es mir zu glauben , dieses Frauenzimmer, augenscheinlich durch eine schändliche Indiskretion ins Vertrauen gezogen, wich nicht vom Wagenfenster, starrte mich unverwandt an und lachte dabei so laut, daß es auffallen mußte.

Obwohl ich mich wie vernichtet fühlte, ließ ich mich doch in das Haus fahren, wo ich soupieren sollte. Aber es war mir unmöglich zu bleiben; ich fühlte mich jeden Augenblick einer Ohnmacht nahe und konnte vor allem die Tränen nicht zurückhalten.

In meiner Wohnung angekommen, schrieb ich an Herrn de Valmont und schickte ihm meinen Brief sofort zu. Er war nicht zu Hause. Da ich mich um jeden Preis aus diesem Zustand des Todes herausreißen oder ihn für ewig herbeiführen wollte, schickte ich noch einmal zu ihm, diesmal mit dem Befehl zu warten. Aber mein Diener kam vor Mitternacht mit dem Bericht wieder, der Kutscher sei eben zurückgekommen und habe ihm gesagt, daß sein Herr die Nacht über ausbleiben werde. Ich glaubte heute morgen, daß mir nichts mehr zu tun bliebe, als meine Briefe von ihm zurückzufordern und ihn zu bitten, nicht mehr bei mir zu erscheinen. Ich habe auch die entsprechenden Befehle erteilt, aber zweifellos waren sie überflüssig. Die Mittagsstunde ist schon vorbei, und er hat sich noch nicht gezeigt; ich habe nicht einmal ein Wort von ihm erhalten.

Jetzt, meine liebe Freundin, habe ich nichts mehr hinzuzufügen. Sie wissen alles, und Sie kennen mein Herz. Meine einzige Hoffnung ist, daß ich Ihre mitfühlende Freundschaft nicht mehr lange betrüben muß.

Paris, den 15. November 17..

136. Brief **Präsidentin de Tourvel an Vicomte de Valmont**

Zweifellos, mein Herr, erwarten Sie nach dem, was gestern geschehen ist, nicht mehr, bei mir empfangen zu werden, und zweifellos liegt Ihnen wenig daran! Dieses Billet hat also weniger den Zweck, Sie zu bitten, nicht mehr zu kommen, als vielmehr den, von Ihnen die Briefe zurückzufordern, die nie hätten geschrieben werden sollen, und die, wenn Sie sie trotzdem eine Zeitlang interessieren konnten, als Beweise einer Verblendung, die Sie hervorriefen, Ihnen doch jetzt ganz gleichgültig sein müssen, da die Verblendung verflogen ist und diese Blätter nur ein Gefühl ausdrücken, das Sie selbst zerstört haben.

Ich erkenne an und gestehe, daß ich unrecht daran tat, Ihnen ein Vertrauen zu schenken, dem vor mir schon so viele andere Frauen zum Opfer fielen. In diesem Punkt klage ich nur mich selbst an. Aber ich glaubte, wenigstens nicht verdient zu haben, daß Sie mich der Verachtung und Beschimpfung preisgeben. Ich glaubte, daß ich, indem ich Ihnen alles opferte und für Sie allein das Recht auf die Achtung der andern und auf die meine verlor, ich glaubte, erwarten zu dürfen, daß Sie mich nicht strenger beurteilen würden als die öffentliche Meinung, welche die schwache Frau von der verderbten noch durch eine gewaltige Kluft trennt. Dieses Unrecht, das für alle Welt eines wäre, ist das einzige, wovon ich Ihnen spreche. Ich schweige von dem Unrecht gegen die Liebe; Ihr Herz würde das meine nicht verstehen. Adieu, mein Herr.

Paris, den 15. November 17..

137. Brief **Vicomte de Valmont an Präsidentin de Tourvel**

Soeben, Madame, hat man mir Ihren Brief gebracht. Ich zitterte, als ich ihn las; er läßt mir kaum Kraft zur Antwort. Was für eine abscheuliche Vorstellung machen Sie sich von mir! Ach, gewiß habe ich viel Unrecht begangen, und zwar solches, daß ich es mir mein Leben lang nicht verzeihen werde, selbst wenn Sie es mit Ihrer Nachsicht entschuldigen wollten. Aber wie fern liegt meiner Seele das Unrecht, das Sie mir vorwerfen. Wie denn, ich – ich sollte Sie demütigen, Sie erniedrigen wollen? Wo ich Sie doch ebenso achte wie liebe und den Stolz erst kenne, seitdem Sie mich Ihrer würdig fanden! Der Schein hat

Sie betrogen, und ich gebe zu, daß er gegen mich gesprochen hat; aber hatten Sie denn nicht in Ihrem Herzen das, was nötig war, um dagegen anzukämpfen? Und hat dies Herz sich nicht empört bei dem bloßen Gedanken, daß es Grund zur Klage gegen mich haben könnte? Dennoch haben Sie es geglaubt! So haben Sie mich also nicht nur dieses grausamen Wahnsinns für fähig gehalten, sondern auch noch gefürchtet, sich ihm durch Ihre Güte gegen mich ausgesetzt zu haben. Ach, wenn Sie sich durch Ihre Liebe in solchem Maße herabgewürdigt fühlen, dann muß ich wohl in Ihren Augen selbst auch sehr niedrig sein?

Bedrückt durch das schmerzliche Gefühl, das dieser Gedanke mir verursacht, verliere ich die Zeit, die ich zu seiner Vernichtung verwenden sollte, damit, mich fruchtlos gegen ihn zu wehren. Um alles zu gestehen: Noch eine andere Erwägung hält mich ab. Soll ich Tatsachen wiederaufleben lassen, die ich so gerne ungeschehen machte, und Ihre Aufmerksamkeit wie die meine auf einen Moment der Verirrung lenken, den ich mit dem Rest meiner Tage zurückkaufen möchte, dessen Ursprung mir heute noch unbegreiflich ist und an den ich mich immer nur mit dem Gefühl der Demütigung und der Verzweiflung erinnern werde? Ach, wenn ich durch meine Selbstanklage Ihren Zorn erregen sollte, werden Sie, um sich zu rächen, wenigstens nicht weit zu suchen haben: Sie brauchen mich nur meinen Gewissensqualen preiszugeben.

Allein – wer würde es glauben? – dieser Vorfall hat zur ersten Ursache den mächtigen Zauber, den ich in Ihrer Nähe empfinde. Er ist es, der mich allzu lange ein wichtiges Geschäft vergessen ließ, das unaufschiebbar geworden war. Ich verließ Sie zu spät und traf die Person nicht mehr an, die ich suchte. Ich hoffte sie in der Oper zu finden, aber auch dort war sie nicht. Emilie, die ich dort traf – ich habe sie in einer Zeit gekannt, da ich noch weit entfernt war, Sie und die Liebe zu kennen –, Emilie hatte ihren Wagen nicht da und bat mich, sie in dem meinen zurückzubringen, nur ein paar Schritte weit. Ich sah darin nichts weiter und willigte ein. Aber dann begegnete ich Ihnen und fühlte sofort, daß Sie mich für schuldig halten würden.

Die Furcht, Ihnen zu mißfallen oder Sie zu betrüben, ist in mir so übermächtig, daß sie bemerkt werden mußte und in der Tat auch gleich bemerkt wurde. Von dieser Furcht getrieben, versuchte ich, das Mädchen dazu zu bewegen, sich nicht zu zeigen. Diese vom Zartgefühl eingegebene Vorsicht schlug zum Schaden der Liebe aus. Wie alle Frauen ihres Schlages fühlt sie sich ihrer angemaßten Herrschaft nur dann sicher, wenn sie sie mißbrauchen kann; darum hütete sich Emilie wohl, sich eine so glänzende Gelegenheit entgehen zu lassen. Je mehr sie meine Verlegenheit wachsen sah, um so frecher zeigte sie sich, und ihre tolle Lustigkeit, über die ich errötete und für deren Zielscheibe Sie sich einen Moment lang halten konnten, wurde nur durch meine grausame Qual verursacht, die doch gerade meiner Achtung und Liebe für Sie entsprang.

Bis dahin war ich wohl eher ein vom Unglück Verfolgter als ein Schuldiger; und da dieses Unrecht, »das für alle Welt eines wäre« und von dem allein Sie mir sprechen, nicht existiert, kann es mir nicht vorgeworfen werden. Aber Sie schweigen umsonst von dem Unrecht gegen die Liebe; ich werde darüber nicht das gleiche Stillschweigen bewahren, ein zu großes Interesse zwingt mich, es zu brechen.

Nicht daß ich in meiner Zerknirschung über diese unbegreifliche Verirrung, es ohne den heftigsten Schmerz über mich brächte, diese Erinnerung von neuem wachzurufen. Durchdrungen von meinem Unrecht, wäre ich bereit, die Strafe dafür zu tragen, oder ich würde die Verzeihung von der Zeit, von meiner unendlichen Zärtlichkeit und von meiner Reue erhoffen. Aber wie könnte ich schweigen, wenn das, was mir zu sagen übrig bleibt, für Ihr Zartgefühl wichtig ist?

Glauben Sie nicht, daß ich zu Umschweifen greife, um meinen Fehler zu entschuldigen oder zu bemänteln; ich bekenne mich schuldig. Aber ich bekenne nicht und werde nie zugeben, daß diese erniedrigende Verirrung als ein Unrecht gegen die Liebe angesehen werden kann. Eine Überrumpelung durch die Sinne, ein Moment des Selbstvergessens, dem bald Scham und Reue folgen – was hat das gemein mit einem reinen Gefühl, das nur in einer zartfühlenden Seele entstehen, sich nur durch die Achtung in ihr erhalten kann und dessen Frucht das Glück ist? Ach, entweihen Sie die Liebe nicht so! Fürchten Sie vor allem sich selbst zu entweihen, indem sie unter dem selben Gesichtspunkt vereinen, was niemals verwechselt werden darf. Überlassen Sie es den gemeinen und herabgekommenen Frauen, eine Nebenbuhlerschaft zu fürchten, deren Möglichkeit sie unwillkürlich fühlen, und Qualen einer ebenso peinigenden wie demütigenden Eifersucht zu leiden. Sie aber sollen die Augen abwenden von diesen Dingen, die

Ihre Blicke besudeln würden. Rein wie die Gottheit, strafen Sie wie diese die Beleidigung, ohne sie zu fühlen.

Aber welche Strafe werden Sie mir auferlegen, die noch schmerzlicher wäre als das, was ich schon empfinde? Die sich vergleichen ließe mit dem Schmerze, Ihnen mißfallen zu haben, mit der Verzweiflung, Sie betrübt zu haben, mit dem niederdrückenden Gedanken, Ihrer nun weniger würdig zu sein? Sie denken daran, zu strafen, und ich – ich bitte Sie um Tröstungen: Nicht daß ich sie verdiente, sondern weil sie mir notwendig sind und mir nur von Ihnen kommen können.

Wenn Sie plötzlich, meine Liebe und die Ihre vergessend, und mein Glück mißachtend, mich einem ewigen Schmerz preisgeben wollen, so haben Sie dazu das Recht: Schlagen Sie zu. Wenn Sie aber, nachsichtiger oder weicher gestimmt, sich an die zärtlichen Gefühle erinnern sollten, die unsere Herzen vereinten, an jene Trunkenheit der Seele, immer wieder erneut, immer wieder lebhafter empfunden, an diese so süßen, so beseligten Tage, die wir einer dem andern schenkten, an alle die Gaben der Liebe, die nur sie allein verschaffen kann – dann werden Sie vielleicht die Macht, all dies aufs neue erstehen zu lassen, der Macht, es zu zerstören, vorziehen. Was kann ich weiter sagen? Ich habe alles verloren und alles durch meine Schuld; aber durch Ihre Güte kann ich alles wieder zurückgewinnen. Bei Ihnen steht die Entscheidung. Nur noch ein Wort will ich hinzufügen. Gestern noch schwuren Sie mir, mein Glück sei sicher, solange es von Ihnen abhänge! Ach, Madame, wollen Sie mich heute ewiger Verzweiflung ausliefern?

Paris, den 15. November 17..

138. Brief **Vicomte de Valmont an Marquise de Merteuil**

Es bleibt dabei, meine schöne Freundin: Nein wirklich, ich bin nicht verliebt, und es ist nicht meine Schuld, wenn die Umstände mich zwingen, die Rolle des Verliebten zu spielen. Willigen Sie doch ein und kommen Sie zurück; Sie werden dann bald selbst sehen, wie aufrichtig ich bin. Ich habe gestern meine Probe dafür abgelegt, die durch das, was heute geschieht, nicht ungeschehen gemacht werden kann.

Ich war also gestern bei der zärtlichen Bigotte und hatte gerade keine andere Beschäftigung, denn die kleine Volanges sollte trotz ihres

Zustands die ganze Nacht auf dem für die Jahreszeit verfrühten Ball von Madame V . . . verbringen. Die Langeweile ließ mich anfangs wünschen, dieses Zusammensein bis in die Nacht hinein auszudehnen, und ich hatte zu diesem Zweck sogar ein kleines Opfer verlangt. Aber kaum war es gewährt, als das Vergnügen, das ich mir versprach, durch den Gedanken an die Verliebtheit getrübt wurde, deren Sie mich so hartnäckig verdächtigen oder die Sie mir wenigstens vorwerfen, so daß ich nun einzig den Wunsch fühlte, sowohl mich selbst zu vergewissern als auch Sie davon zu überzeugen, daß es sich von Ihrer Seite um reine Verleumdung handelt.

Ich entschloß mich also zu einer heftigen Maßnahme und verließ unter einem nichtigen Vorwand meine Schöne, die, ganz überrascht und wohl noch mehr betrübt, zurückblieb. Ich aber suchte seelenruhig Emilie in der Oper auf, und ich kann Ihnen bezeugen, daß bis zum Morgen, wo wir uns trennten, kein Bedauern unser Vergnügen getrübt hat.

Und doch gab es einen recht hübschen Anlaß zur Besorgnis, wenn meine völlige Gleichgültigkeit mich nicht davor bewahrt hätte. So erfahren Sie denn, daß ich kaum vier Häuser von der Oper entfernt mit Emilie in meinem Wagen den der sittenstrengen Bigotte dicht neben dem meinen sah und daß eine plötzlich entstandene Stockung des Verkehrs uns fast eine halbe Viertelstunde lang nebeneinander festhielt. Man sah sich wie am hellen Mittag, und es gab kein Mittel, zu entrinnen.

Aber das ist noch nicht alles. Mir kam der Gedanke, Emilie anzuvertrauen, daß dies die Frau mit dem Briefe sei. (Sie erinnern sich doch an meinen Streich und daß Emilie mir als Schreibpult diente*.) Sie, die es nicht vergessen hatte und die gern lacht, hatte nichts Eiligeres zu tun, als »diese Tugend«, wie Sie sich ausdrückte, nach Herzenslust zu betrachten, und sie tat das mit einem skandalösen Gelächter, das ärgerliches Aufsehen erregen mußte.

Auch das ist noch nicht alles. Schickte die eifersüchtige Frau nicht noch am selben Abend zu mir? Ich war nicht zu Hause; aber sie in ihrer Hartnäckigkeit schickte ein zweites Mal mit dem Befehl, auf mich zu warten. Nun hatte ich, als ich mich entschloß, bei Emilie zu

* 46. und 47. Brief

übernachten, den Wagen fortgeschickt und dem Kutscher nur aufgetragen, mich am Morgen abzuholen, und dieser, der bei seiner Rückkehr den Liebesboten vorfand, hielt es für das einfachste, ihm zu sagen, ich würde die Nacht über ausbleiben. Sie können sich die Wirkung dieser Nachricht vorstellen, und daß ich, als ich heimkam, meine Entlassung vorgefunden habe, kundgegeben mit aller Würde, die der Vorfall erforderte!

So hätte, wie Sie sehen, dieses nach Ihrer Ansicht endlose Abenteuer schon früh ein Ende nehmen können; und wenn dies nicht geschehen ist, so liegt das nicht daran, daß ich, wie Sie wohl glauben werden, Wert darauf lege, es fortzusetzen, sondern daran, daß ich es einerseits nicht schicklich fand, mich verabschieden zu lassen, und andererseits, weil ich Ihnen die Ehre dieses Opfers vorbehalten wollte.

Ich habe also auf das strenge Billet mit einer langen, gefühlvollen Epistel geantwortet, habe mich in ausführlichen Begründungen ergangen und es im übrigen der Liebe überlassen, sie stichhaltig zu finden. Ich habe bereits gesiegt. Soeben erhielt ich ein zweites Billet, das immer noch recht grausam ist und den ewigen Abbruch der Beziehungen bestätigt, wie es sich in einem solchen Falle gehört; aber der Ton ist nicht mehr der gleiche. Vor allem will man mich nicht mehr sehen: Dieser Entschluß wird mir viermal auf das unwiderruflichste verkündet. Ich schloß daraus, daß ich keinen Augenblick verlieren darf, mich bei ihr einzufinden. Schon habe ich meinen Jäger hingeschickt, damit er den Portier gefügig macht; und in einer Weile gehe ich selber hin, um mir den Akt der Verzeihung ausstellen zu lassen; denn bei solcherlei Sünden gibt es nur eine Formel, durch die man die allgemeine Absolution erwirkt, und diese wird nur von Person zu Person erteilt.

Adieu, meine entzückende Freundin, ich eile, dieses große Treffen zu bestehen.

Paris, den 15. November 17..

139. Brief **Präsidentin de Tourvel an Madame de Rosemonde**

Wie werfe ich mir vor, meine mitfühlende Freundin, daß ich Ihnen von meinen vorübergehenden Leiden zu früh und zuviel gesprochen habe! Ich bin die Ursache, daß Sie sich jetzt betrüben; der Kummer, den ich in Ihnen hervorrief, dauert noch an; und ich – ich bin glücklich. Ja, alles ist vergessen und vergeben oder vielmehr: Alles ist wieder gut. Dem Zustand des Schmerzes und des Entsetzens folgten die Ruhe und das Entzücken. O Freude meines Herzens! Woher soll ich die Worte nehmen, um sie auszudrücken? Valmont ist unschuldig; mit so viel Liebe kann man nicht schuldig sein. Dieses schwere Unrecht, diese Beleidigungen, die ich ihm mit solcher Bitterkeit vorwarf, er hat sie nicht begangen; und wenn ich in einem einzigen Punkt Nachsicht üben mußte – hatte ich nicht auch eigene Verfehlungen wieder gutzumachen?

Ich werde Ihnen keine Einzelheiten über die Tatsachen oder Gründe geben, die ihn rechtfertigen, vielleicht sogar würde der Verstand sie nicht richtig einschätzen, dem Herzen allein steht es zu, sie zu fühlen. Sollten Sie mich aber der Schwäche zeihen, so würde ich Ihr Urteil zur Unterstützung des meinen anrufen. »Für die Männer«, sagten Sie selbst, »ist Untreue noch nicht Unbeständigkeit.«

Ich fühle wohl, daß diese Unterscheidung, mag die öffentliche Meinung sie auch billigen, nichtsdestoweniger das Zartgefühl verletzt. Aber worüber könnte sich mein Zartgefühl beklagen, wenn das von Valmont noch heftiger leidet? Diese selbe Verfehlung, die ich vergesse, glauben Sie ja nicht, daß er selbst sie sich verzeiht oder sich darüber tröstet! Aber wie hat er durch das Übermaß seiner Liebe und meines Glückes dieses kleine Vergehen wieder gutgemacht!

Entweder ist meine Seligkeit größer, oder ich bin besser imstande, ihren Wert zu ermessen, seitem ich fürchtete, Valmont verloren zu haben; aber eines kann ich Ihnen sagen: Wenn ich die Kraft in mir fühlte, einen so herzzerreißenden Kummer wie jenen, den ich soeben durchlitten, noch einmal zu ertragen, ich glaubte, das Mehr an Glück, das ich seither verkostet habe, nicht zu teuer zu erkaufen. O meine zärtliche Mutter, schelten Sie Ihre unbesonnene Tochter, weil sie Sie durch Voreiligkeit betrübt hat; schelten Sie sie, weil sie vermessen den verurteilte und verleumdete, den sie nicht aufhören durfte, zu lieben! Doch mögen Sie sie auch als Törin erkennen, so sehen Sie doch, wie glücklich sie ist, und vermehren Sie ihre Freude, indem Sie sie teilen.

Paris, den 16. November 17.., abends

140. Brief **Vicomte de Valmont an Marquise de Merteuil**

Wie kommt es nur, meine schöne Freundin, daß ich keine Antwort von Ihnen erhalte? Mein letzter Brief schien mir doch eine zu verdienen; drei Tage ist's her, daß ich sie erhalten haben müßte, und ich warte noch! Jedenfalls bin ich ärgerlich darüber und werde Ihnen darum auch nichts von meinen großen Angelegenheiten erzählen.

Daß die Aussöhnung ein voller Erfolg war, daß ihr statt Vorwürfen und Mißtrauen nur neue Zärtlichkeit folgte, daß ich es jetzt bin, der für seine verdächtigte Unschuld Bitten um Verzeihung und Entschädigungen entgegennimmt, von alledem werde ich Ihnen kein Wort berichten, und ohne das unvorhergesehene Ereignis der letzten Nacht würde ich Ihnen überhaupt nicht schreiben. Aber da die Sache Ihr Mündel angeht und dieses wahrscheinlich nicht in der Lage sein wird, Ihnen selber zu schreiben, wenigstens für einige Zeit, so will ich mich dieser Aufgabe unterziehen.

Aus Gründen, die Sie erraten werden oder auch nicht, beschäftigte mich Madame de Tourvel seit einigen Tagen nicht mehr; und da diese Gründe bei der kleinen Volanges nicht vorhanden sein konnten, betätigte ich mich um so eifriger bei ihr. Dank der Gefälligkeit des Portiers stand mir kein Hindernis im Wege, und wir, Ihr Mündel und ich, hatten ein bequemes und geregeltes Leben. Aber die Gewohnheit verleitet zur Nachlässigkeit. In den ersten Tagen glaubten wir nie genug Vorsichtsmaßregeln für unsere Sicherheit getroffen zu haben und ängstigten uns noch hinter vorgeschobenen Riegeln. Gestern aber führte eine unglaubliche Zerstreutheit zu dem Zwischenfall, über den ich Ihnen berichten muß; und wenn ich meinerseits mit dem Schrecken davongekommen bin, so hatte es die Kleine viel teurer zu bezahlen.

Wir schliefen nicht, sondern lagen in der Ruhe und Entspanntheit, die der Wollust folgen, als wir plötzlich die Tür aufgehen hörten. Ich springe alsogleich nach meinem Degen, sowohl zu meiner eigenen Verteidigung als auch zu der unseres gemeinsamen Mündels; ich stürze vor und sehe niemand; aber die Tür war tatsächlich offen. Da wir Licht hatten, machte ich mich auf die Suche, fand aber keine lebende Seele. Da erst fiel mir ein, daß wir unsere gewöhnlichen Vorsichtsmaßregeln verabsäumt hatten, so daß die bloß angelehnte oder schlecht geschlossene Tür von selbst aufgegangen war.

Als ich mich dann zu meiner ängstlichen Gefährtin begab, um sie zu beruhigen, fand ich sie nicht mehr in ihrem Bette. Sie war gestürzt oder hatte sich in den Raum zwischen Bett und Wand geflüchtet, mit einem Wort: Sie lag dort bewußtlos ausgestreckt und wand sich in ziemlich heftigen Krämpfen. Sie können sich meine Verlegenheit vorstellen. Immerhin gelang es mir, sie wieder in ihr Bett und sogar zum Bewußtsein zurückzubringen; aber sie hatte sich im Fallen verletzt und spürte bald die Folgen davon.

Kreuzschmerzen, starke Koliken und noch unverkennbarere Symptome klärten mich bald über ihren Zustand auf; aber um ihr das deutlich zu machen, mußte ich ihr erst den Zustand nennen, in dem sie sich schon vorher befunden hatte; denn sie war völlig ahnungslos. Noch nie wohl bis auf sie hat eine sich so viel Unschuld bewahrt, obwohl sie doch alles Nötige tat, um sie loszuwerden! Oh, die verliert ihre Zeit mit Nachdenken nicht!

Aber jetzt verlor sie viel Zeit mit verzweifelten Klagen, und ich fühlte, daß ein Entschluß gefaßt werden mußte. Wir einigten uns also auf folgendes: Ich würde sofort zu dem Arzt und dem Chirurgen des Hauses gehen, sie verständigen, daß man sie holen werde, und ihnen unter dem Siegel des Geheimnisses alles anvertrauen; sie ihrerseits solle ihrer Kammerfrau klingeln, ihr alles gestehen oder auch nicht, ganz wie sie wolle, aber sie anweisen, ärztliche Hilfe zu holen und ihr vor allem verbieten, Madame de Volanges zu wecken – eine zarte Aufmerksamkeit, welche bei einer Tochter, die ihre Mutter nicht beunruhigen möchte, nur verständlich ist.

Ich habe meine beiden Gänge und meine beiden Geständnisse so rasch als möglich erledigt, eilte dann nach Hause und bin seitdem nicht wieder ausgegangen. Aber der Chirurg, den ich schon von früher kannte, besuchte mich heute mittag, um mir über den Zustand der Kranken Bericht zu erstatten. Ich hatte mich nicht getäuscht; indessen hofft er, daß man im Hause nichts merken wird, sofern keine Komplikation hinzukommt. Die Kammerfrau ist mit im Geheimnis; der Hausarzt hat der Krankheit einen Namen gegeben, und diese Geschichte wird sich wie tausend andere in Ordnung bringen lassen, falls wir es künftighin nicht für nützlich finden, daß von ihr geredet wird.

Aber gibt es denn noch irgendein gemeinsames Interesse zwischen Ihnen und mir? Ihr Schweigen könnte mich daran zweifeln lassen. Ich würde es überhaupt nicht mehr glauben, wenn nicht mein Wunsch danach mich alle Mittel suchen ließe, um mir diese Hoffnung zu bewahren.

Adieu, meine schöne Freundin; ich umarme Sie meines Grolles ungeachtet.

Paris, den 21. November 17..

141. Brief **Marquise de Merteuil an Vicomte de Valmont**

Mein Gott, Vicomte, was fallen Sie mir lästig mit Ihrer Hartnäckigkeit! Was kümmert Sie mein Schweigen? Glauben Sie etwa, daß ich es nur aus Mangel an Gründen, mich zu verteidigen, wahre? Wollte Gott, es wäre so! Doch nein, ich schweige, weil es mich Überwindung kostet, sie Ihnen zu sagen.

Sprechen Sie die Wahrheit: Täuschen Sie sich über sich selbst, oder suchen Sie mich zu täuschen? Der Unterschied zwischen Ihren Reden und Ihren Handlungen läßt mir nur die Wahl zwischen diesen beiden Meinungen. Welche ist die richtige? Was wollen Sie, daß ich Ihnen sage, wo ich doch selbst nicht weiß, was ich denken soll?

Sie scheinen sich die letzte Szene mit der Präsidentin als großes Verdienst anzurechnen. Aber was beweist sie für Ihr System oder was gegen das meine? Sicherlich habe ich nie gesagt, Sie liebten diese Frau so sehr, daß Sie sie nicht betrügen, nicht jede Gelegenheit dazu ergreifen würden, die Ihnen leicht oder angenehm schiene. Ich zweifelte sogar nicht daran, daß Sie unbedenklich genug sind, um die Begierden, die doch gerade sie geweckt hatte, bei einer andern, ja bei der ersten besten zu befriedigen; und ich bin nicht überrascht, daß Sie, Ihrer ausschweifenden Phantasie nachgehend, die man Ihnen nicht abstreiten kann, einmal das aus Absicht getan haben, was Sie tausendmal aus Gelegenheit taten. Wer aber weiß nicht, daß dies einfach die allgemeine Mode und der Brauch von euch allen ist, so viel eurer sind, vom Bösewicht bis zum dummen Laffen? Derjenige, der dabei nicht mitmacht, gilt als schwärmerisch, und gerade diesen Fehler möchte ich Ihnen nicht vorwerfen.

Aber was ich gesagt und gemeint habe und noch immer meine, ist, daß Sie nichtsdestoweniger für Ihre Präsidentin Liebe empfinden. Gewiß nicht eine sehr reine und wahrhaft zärtliche Liebe, aber doch die,

die Sie zu fühlen imstande sind: Die Liebe zum Beispiel, die an einer Frau Reize und Vorzüge findet, die sie gar nicht hat; die ihr einen besonderen Rang anweist und alle andern Frauen unter sie stellt; die macht, daß Sie ihr immer noch ergeben sind, auch wenn Sie sie beleidigen – kurz, eine Liebe, wie ich mir die eines Sultans für seine Favoritin vorstelle, was ihn nicht hindert, ihr zuweilen eine gewöhnliche Odaliske vorzuziehen. Mein Vergleich scheint mir um so zutreffender, als Sie, genau wie der Sultan, nie der Geliebte oder der Freund einer Frau sind, sondern immer ihr Tyrann oder ihr Sklave. Deshalb bin ich auch überzeugt, daß Sie sich sehr gedemütigt, sehr erniedrigt haben, um bei dem holden Geschöpf wieder in Gnade aufgenommen zu werden! Und kaum hielten Sie den Zeitpunkt für gekommen, um ihre Verzeihung zu erlangen, da eilten Sie beglückt davon, verließen mich, um dieses »große Treffen« zu bestehen.

Wenn Sie mir noch in Ihrem letzten Brief nicht einzig und allein von dieser Frau sprechen, so ist es nur, weil Sie mir von Ihren »großen Angelegenheiten« nichts erzählen wollen – Angelegenheiten, die Ihnen so wichtig erscheinen, daß das Schweigen, das Sie über sie wahren, Ihnen wie eine Strafe für mich vorkommt. Und nach diesen tausend Beweisen für Ihre entschiedene Bevorzugung einer andern stellen Sie mir ruhig die Frage, ob es noch irgendein gemeinsames Interesse zwischen uns gäbe! Hüten Sie sich, Vicomte! Wenn ich einmal antworte, wird meine Antwort unwiderruflich sein. Und wenn ich mich für heute scheue, sie zu geben, sage ich vielleicht schon zuviel. Ich will also durchaus nicht davon sprechen.

Alles, was ich tun kann, ist: Ihnen eine Geschichte erzählen. Vielleicht werden Sie nicht Zeit haben, sie zu lesen, oder nicht genug Aufmerksamkeit aufbringen, um sie auch richtig zu begreifen – nun, das steht Ihnen frei. Es wird schlimmstenfalls eine Geschichte sein, die auf unfruchtbaren Boden fällt.

Ein Mann meiner Bekanntschaft hatte sich, genau wie Sie, eine Frau, die ihm wenig Ehre machte, auf den Hals geladen. Er hatte wohl von Zeit zu Zeit Verstand genug, um sich zu sagen, daß dieses Abenteuer ihm einmal schaden müsse; aber obzwar er sich dieser Beziehung schämte, fand er doch den Mut zum Bruche nicht. Seine Verlegenheit war um so größer, als er sich vor seinen Freunden völliger Ungebundenheit gerühmt hatte; und dabei wußte er wohl, daß die Lächerlichkeit, der man sich aussetzt, um so mehr zunimmt, je heftiger man die Sache abzuleugnen sucht. So brachte er sein Leben damit zu, immer nur Dummheiten anzustellen und hinterher immer wieder zu sagen: »Es ist nicht meine Schuld.« Dieser Mann hatte eine Freundin, die einen Moment lang in die Versuchung geriet, ihn in diesem Rauschzustand der Öffentlichkeit preiszugeben und so seine Lächerlichkeit unauslöschlich zu machen. Dann aber, sei es weil sie weniger boshaft als großmütig war, sei es aus irgendeinem andern Grund, beschloß sie, zu einem letzten Mittel zu greifen, um auf alle Fälle, wie ihr Freund, sagen zu können: » Es ist nicht meine Schuld.« So schickte sie ihm ohne weitere Bemerkung einen Brief, gleichsam als eine Medizin, deren Gebrauch ihm zur Heilung seines Übels nützlich sein könne. Der Brief lautete wie folgt:

»Es wird einem schließlich alles langweilig, mein Engel, das ist ein Naturgesetz; es ist nicht meine Schuld.

Wenn mich also heute ein Abenteuer langweilt, das mich seit vier endlosen Monaten ganz und gar beschäftigt hat, so ist es nicht meine Schuld.

Wenn ich zum Beispiel genau so viel Liebe gehabt haben sollte, wie Du Tugend hattest, und das will viel sagen, so ist es nicht erstaunlich, wenn eins mit dem andern gleichzeitig zu Ende ist. Es ist nicht meine Schuld.

Daraus folgt, daß ich Dich seit einiger Zeit betrogen habe; aber Deine unerbittliche Zärtlichkeit zwang mich gewissermaßen dazu! Es ist nicht meine Schuld.

Heute verlangt eine Frau, die ich abgöttisch liebe, daß ich Dich opfere. Es ist nicht meine Schuld.

Ich weiß wohl, daß Dir dies eine schöne Gelegenheit gibt, von Eidbruch zu reden. Aber wenn die Natur den Männern nur Beharrlichkeit verlieh, während sie den Frauen Hartnäckigkeit gab, ist es nicht meine Schuld.

Glaube mir, suche Dir einen andern Geliebten, so wie ich mir eine andere Geliebte gesucht habe. Der Rat ist gut, sehr gut; wenn Du ihn schlecht finden solltest, so ist es nicht meine Schuld.

Adieu, mein Engel; ich habe Dich mit Vergnügen genommen und verlasse Dich ohne Bedauern. Vielleicht komme ich einmal wieder zu Dir zurück. Das ist der Lauf der Welt. Es ist nicht meine Schuld.«

Ihnen zu sagen, Vicomte, welches die Wirkung dieses letzten Versuches war und was daraus folgte, ist jetzt nicht an der Zeit; aber ich verspreche, es Ihnen in meinem nächsten Briefe zu sagen. Sie werden darin auch mein Ultimatum über die Erneuerung unseres Vertrages finden, die Sie mir vorschlagen. Bis dahin nur ein schlichtes Adieu ...

Beinahe hätte ich vergessen, Ihnen für Ihren Bericht über die kleine Volanges zu danken; das ist ein Artikel, den wir uns für die Skandalzeitung am Morgen nach der Hochzeit vorbehalten. Inzwischen spreche ich Ihnen zu dem Verlust Ihrer Nachkommenschaft mein verbindlichstes Beileid aus. Guten Abend, Vicomte.

Schloß ..., den 24. November 17..

142. Brief **Vicomte de Valmont an Marquise de Merteuil**

Ach, meine schöne Freundin, jetzt weiß ich wirklich nicht, ob ich Ihren Brief samt der Geschichte, die Sie mir darin erzählen und dem kleinen Briefmuster falsch gelesen oder falsch verstanden habe. Soviel kann ich Ihnen sagen, daß mir das letztere originell und sehr wirksam schien. Deshalb schrieb ich es ganz einfach ab und schickte es wiederum ganz einfach an die himmlische Präsidentin. Ich habe keine Minute verloren, denn die zärtliche Botschaft wurde bereits gestern abend bestellt. Ich hielt dies so für angebracht, weil ich erstens versprochen hatte, ihr noch gestern zu schreiben, und dann auch weil mir schien, daß sie an der ganzen Nacht nicht zuviel haben würde, um sich zu sammeln und über das »große Ereignis« nachzudenken – sollten Sie mir diesen Ausdruck auch wieder verübeln.

Ich hoffte, Ihnen schon heute morgen die Antwort der Heißgeliebten schicken zu können, aber es ist jetzt bald Mittag, und ich habe noch nichts erhalten. Ich will bis drei Uhr warten, und wenn ich bis dahin keine Nachricht habe, sie mir selber holen; denn nur der erste Schritt ist schwer, zumal wenn es sich um feine Lebensart handelt.

Und nun bin ich, wie Sie sich denken können, äußerst begierig, das Ende der Geschichte von dem Mann Ihrer Bekanntschaft zu erfahren, der so heftig verdächtigt wurde, nicht fähig zu sein, nötigenfalls eine Frau zu opfern. Hat er sich nicht gebessert? Und hat ihm seine großmütige Freundin nicht Gnade widerfahren lassen?

Nicht weniger verlangt mich nach Ihrem »Ultimatum«, wie Sie so politisch sagen! Auch möchte ich brennend gerne wissen, ob Sie auch in diesem letzten Schritte noch Liebe finden werden. Freilich, Liebe ist darin, und zwar sehr viel! Aber für wen? Indessen will ich mich nicht brüsten und erwarte alles von Ihrer Güte.

Adieu, meine entzückende Freundin; ich werde diesen Brief erst um zwei Uhr versiegeln in der Hoffnung, die ersehnte Antwort beilegen zu können.

Zwei Uhr nachmittags.

Noch immer nichts, die Zeit drängt, ich kann kein Wort mehr hinzufügen – aber werden Sie auch diesmal meine zärtlichsten Küsse der Liebe zurückweisen?

Paris den 27. November 17..

143. Brief **Präsidentin de Tourvel an Madame de Rosemonde**

Der Schleier ist gerissen, Madame, auf den das Trugbild meines Glückes gemalt war. Die unheilvolle Wahrheit erleuchtet mich und läßt mich einen sichern und nahen Tod sehen, zu dem mein Weg durch Schmach und Reue führt. Ich werde ihn gehen ... Ich werde meine Qualen lieben, wenn sie mein Dasein kürzen. Ich schicke Ihnen den Brief, den ich gestern erhalten habe; ich füge nichts hinzu, er trägt alles in sich. Es ist jetzt nicht an der Zeit, zu klagen, es bleibt mir nichts mehr, als zu leiden. Nicht Mitleid brauche ich, sondern Kraft.

Empfangen Sie, Madame, das einzige Abschiedswort, das ich aussprechen werde, und erfüllen Sie meine letzte Bitte: Mich meinem Schicksal zu überlassen, mich ganz zu vergessen, mich nicht mehr unter die Lebenden zu zählen. Es gibt ein Äußerstes im Unglück, wo selbst die Freundschaft unsere Leiden vermehrt und sie nicht heilen kann. Wenn Wunden tödlich sind, wird jede Hilfe zur Unmenschlichkeit. Jedes andere Gefühl ist mir fremd außer dem der Verzweiflung. Nichts schickt sich mehr für mich als die tiefe Nacht, in der ich meine Schande begraben werde. Ich werde meine Sünden beweinen, wenn ich noch zu weinen vermag; denn seit gestern habe ich keine Träne vergossen. Mein zertretenes Herz gibt keine mehr her.

Adieu, Madame. Antworten Sie mir nicht! Ich habe bei diesem grausamen Brief geschworen, keinen mehr anzunehmen.

Paris, den 27. November 17..

144. Brief **Vicomte de Valmont an Marquise de Merteuil**

Gestern, um drei Uhr nachmittags, meine schöne Freundin, ließ ich mich vor Ungeduld, noch immer keine Nachricht zu haben, bei der schönen Verlassenen melden. Man sagte mir, sie sei nicht zu Hause. Ich sah in dieser Phrase nur die Weigerung, mich zu empfangen, die mich weder betrübte noch überraschte; und ich zog mich in der Hoffnung zurück, daß mein Besuch eine so höfliche Frau wenigstens veranlassen werde, mich mit einer kurzen Antwort zu beehren. Die Begierde, eine solche zu erhalten, bewog mich, gegen neun Uhr eigens wieder nach Hause zu gehen, aber ich fand nichts vor. Erstaunt über dieses unerwartete Schweigen, schickte ich meinen Jäger auf Kundschaft aus, damit er in Erfahrung bringe, ob die empfindsame Person tot sei oder im Sterben läge. Als ich heimkam, teilte er mir mit, daß Madame de Tourvel mit ihrer Kammerjungfer um elf Uhr vormittags tatsächlich das Haus verlassen hatte; sie habe sich in das Kloster ... fahren lassen und um sieben Uhr abends ihren Wagen und ihre Leute fortgeschickt mit dem Befehl, auszurichten, daß man sie nicht erwarten solle. Damit hält sie sich nur an die Regel. Das Kloster ist der richtige Zufluchtsort für eine Witwe; und wenn sie bei diesem löblichen Vorsatz bleibt, werde ich ihr zu allem, was ich ihr schon verdanke, auch noch die Berühmtheit verdanken, die dieses Abenteuer erlangen wird.

Ich sagte es Ihnen doch vor einiger Zeit, daß ich Ihrer Besorgnisse ungeachtet auf der Bühne dieser Welt nur in neuem Glanze strahlend wiedererscheinen würde. Sie mögen nur vortreten, diese strengen Kritiker, die mich bezichtigen, schwärmerisch und unglücklich zu lieben; sie mögen mir zeigen, wie man einen Bruch schneller und brillanter bewerkstelligen kann – doch nein, ich weiß ihnen noch etwas Besseres: Sie sollen sich als Tröster melden, der Weg dazu ist ihnen gebahnt. Sie mögen es nur versuchen, diese Laufbahn zu betreten, die ich vom Anfang bis zum Ende durchmessen habe; und wenn einer von ihnen den geringsten Erfolg davonträgt, überlasse ich ihm den ersten Platz. Aber sie werden alle erfahren, daß ich, wenn ich's drauf anlege, einen unauslöschlichen Eindruck hinterlasse. Ja, unauslöschlich wird dieser sein; und ich will alle meine andern Triumphe für nichts zählen, wenn mir diese Frau jemals einen Rivalen vorziehen sollte.

Dieser Entschluß, den sie gefaßt hat, schmeichelt meiner Eigenliebe, das räum' ich ein; doch ärgert mich, daß sie in sich genügend Kraft gefunden hat, um sich dermaßen von mir zu trennen. So wird es zwischen uns beiden noch andere Hindernisse geben als die, die ich selber schuf! Wie, wenn ich mich ihr nähern wollte, könnte sie es nicht mehr wollen – was sage ich? –, es nicht wünschen, es nicht mehr als ihr höchstes Glück ansehen! Ist das noch Liebe? Und glauben Sie, meine schöne Freundin, daß ich es dulden darf? Könnte ich nicht zum Beispiel versuchen, und wäre es nicht rätlich, diese Frau wieder dahinzubringen, daß sie die Möglichkeit einer Aussöhnung sieht, die man doch immer wünscht, solange man hofft? Ich könnte einen solchen Schritt bloß andeuten, ohne ihm Wichtigkeit beizulegen, und folglich auch, ohne daß es Sie verstimmen würde. Im Gegenteil, es wäre ein einfacher Versuch, den wir in gegenseitigem Einverständnis machen würden; und selbst wenn er mir gelänge, so wäre das nur ein Mittel, um, sobald Sie es wünschen, ein Opfer zu wiederholen, das Ihnen zu gefallen schien. Und jetzt, meine schöne Freundin, erwarte ich den versprochenen Lohn, und alle meine Wünsche gelten Ihrer Rückkehr. Kommen Sie also schnell, um Ihren Geliebten, Ihre Vergnügungen, Ihre Freunde und den Wirbel der Abenteuer wiederzufinden.

Das der kleinen Volanges ist sehr gut ausgegangen. Gestern, als meine Unruhe mir nicht erlaubte, an einem Platz still zu bleiben, kam ich auf meinen verschiedenen Gängen auch zu Madame de Volanges. Ich fand Ihr Mündel bereits im Salon, zwar noch in der Kleidung einer Kranken, aber schon auf dem Wege zur völligen Genesung, was ihr ein frischeres und interessanteres Aussehen gab. Ihr Frauen wäret in einem solchen Fall wohl einen Monat auf dem Diwan liegengeblieben: Wohlan, die jungen Fräulein sollen leben! Diese da hat mir wirklich Lust gemacht, mich zu überzeugen, ob die Heilung vollständig ist!

Ich muß Ihnen noch sagen, daß der Unfall des kleinen Mädchens Ihren gefühlsduseligen Danceny beinahe verrückt gemacht hat. Anfangs vor Kummer, heute vor Freude. Seine Cécile war krank! Sie können sich denken, daß man bei einem solchen Unglück den Kopf verliert. Dreimal am Tage ließ er sich durch Boten nach ihrem Befinden erkundigen und ließ keinen vergehen, ohne sich persönlich einzustellen. Endlich erbat er in einer schönen Epistel an die Mama die Erlaubnis, ihr zur Genesung eines so teuren Wesens gratulieren zu dürfen, und Madame de Volanges willigte ein, so daß ich den jungen Mann dort sitzen sah, ganz wie in früheren Tagen, abgesehen von einer gewissen Vertraulichkeit, die er sich noch nicht zu erlauben wagt.

Die Einzelheiten habe ich von ihm selbst, denn wir gingen zusammen fort, und ich brachte ihn zum Schwatzen. Sie können sich die Wirkung nicht vorstellen, die dieser Besuch auf ihn gemacht hat. Ist das eine Freude, sind das Begierden, eine Hingerissenheit, die ich nicht zu schildern vermöchte. Da ich die großen Gemütsbewegungen liebe, verdrehte ich ihm vollends den Kopf, indem ich ihm versicherte, ich würde es ihm in wenigen Tagen ermöglichen, seine Schöne aus noch größerer Nähe zu sehen.

In der Tat bin ich entschlossen, sie ihm auszuhändigen, gleich nach Beendigung meines Experiments. Ich will mich ganz und gar Ihnen widmen; und schließlich wäre es denn der Mühe wert, daß Ihr Mündel meine Schülerin ist, wenn sie nur ihren Gatten betrügen soll? Die große Kunst besteht darin, den Liebhaber zu betrügen! Ganz besonders den ersten Liebhaber! Denn ich persönlich kann mir nicht vorwerfen, jemals das Wort Liebe ausgesprochen zu haben.

Adieu, meine schöne Freundin. Kommen Sie doch so bald wie möglich, um sich der Herrschaft über mich zu erfreuen, meine Huldigung zu empfangen und mir den Preis dafür zu bezahlen!

Paris, den 28. November 17..

145. Brief **Marquise de Merteuil an Vicomte de Valmont**

Im Ernst, Vicomte, Sie haben die Präsidentin verlassen? Sie haben ihr den Brief geschickt, den ich Ihnen für sie aufgesetzt hatte? Wahrhaftig, Sie sind reizend! Sie haben meine Erwartung übertroffen. Ich gestehe aufrichtig, daß dieser Sieg mir mehr schmeichelt als alle, die ich bisher errungen habe. Sie werden finden, daß ich diese Frau sehr hoch bewerte, die ich doch eben noch so wenig zu schätzen schien. Nein, so ist es nicht. Es ist ja gerade dies, daß ich nicht über Madame de Tourvel einen Sieg davongetragen habe, sondern über Sie; das ist das Drollige und wirklich Köstliche daran.

Ja, Vicomte, Sie liebten die Präsidentin sehr und lieben Sie sogar noch, Sie lieben sie bis zum Wahnsinn! Aber weil ich mir den Spaß erlaubte, Ihnen daraus einen Makel zu machen, haben Sie sie brav geopfert. Sie hätten ihrer lieber tausend geopfert, als einen Spott ertragen. Wozu verführt uns doch die Eitelkeit! Der Weise hat recht, wenn er sagt, daß sie die Feindin des Glückes ist.

Wie wäre es jetzt mit Ihnen bestellt, wenn ich Sie nur hätte narren wollen? Aber ich bin unfähig, zu täuschen, Sie wissen es ja, und auf die Gefahr hin, daß Sie nun auch mich zur Verzweiflung und ins Kloster treiben, lasse ich mich auf das Wagnis ein und ergebe mich meinem Sieger.

Indes, wenn ich kapituliere, ist es wirklich nur aus Schwäche. Denn welche schlimme Spitzfindigkeiten könnte ich gegen Sie noch vorbringen, und vielleicht würden Sie sie verdienen? Ich staune zum Beispiel, mit welcher Schlauheit oder Ungeschicklichkeit Sie mir beiläufig vorschlagen, ich solle Sie mit der Präsidentin wieder anknüpfen lassen. Das wäre Ihnen sehr genehm, nicht wahr, sich das Verdienst des Bruches zuzuschreiben, ohne doch dabei die Freuden des Genusses einzubüßen? Und da dieses scheinbare Opfer für Sie dann keines mehr wäre, bieten Sie mir an, es, sobald ich es wünsche, zu wiederholen! Bei einem solchen Arrangement würde ich die himmlische Bigotte immer für die einzige Erwählte Ihres Herzens halten, während ich stolz darauf sein müßte, die bevorzugte Rivalin zu sein. Wir Frauen wären beide betrogen, Sie aber wären zufrieden – und was kümmert Sie sonst als das?

Schade ist nur, daß Sie bei so viel Talent zum Plänemachen so wenig Talent zur Ausführung haben, denn durch einen einzigen unbesonnenen Schritt haben Sie sich selbst den Weg zu dem versperrt, was Sie am sehnlichsten wünschen.

Wie, Sie dachten wieder anzuknüpfen und waren imstande, ihr meinen Brief zu schicken? Da haben Sie mich aber für äußerst ungeschickt gehalten! Glauben Sie mir, Vicomte: Wenn eine Frau einer andern den Dolch ins Herz stößt, verfehlt sie selten die empfindliche Stelle, und die

Wunde ist unheilbar. Als ich zustieß oder vielmehr Ihren Stoß lenkte, vergaß ich nicht, daß diese Frau meine Rivalin war, daß Sie sie eine Weile lang mir vorgezogen, mit einem Wort, mich unter sie gestellt hatten. Wenn meine Rache fehlgeschlagen sein sollte, so bin ich bereit, die Folgen zu tragen. Deshalb finde ich es gut und richtig, daß Sie alle Mittel versuchen; ich fordere Sie sogar dazu auf und verspreche Ihnen, mich über Ihre Erfolge nicht zu ärgern – falls Sie welche haben. Ich bin diesbezüglich so unbesorgt, daß ich mich damit nicht weiter abgeben will. Sprechen wir also von etwas anderem.

Zum Beispiel von dem Befinden der kleinen Volanges. Sie werden mir nach meiner Rückkehr darüber genaue Nachricht geben, nicht wahr? Ich bin darauf sehr begierig. Nach dieser Unterredung werden Sie sich darüber entscheiden, ob Sie das kleine Mädchen ihrem Liebhaber aushändigen oder lieber ein zweites Mal versuchen wollen, der Gründer einer neuen Linie der Valmont unter dem Namen Gercourt zu werden. Diese Idee kommt mir sehr drollig vor, und obwohl ich Ihnen die Wahl überlasse, möchte ich Sie doch bitten, keinen endgültigen Entschluß zu fassen, bevor wir uns darüber unterhalten haben. Damit vertröste ich Sie nicht auf einen fernen Zeitpunkt, denn ich werde sehr bald in Paris sein. Den genauen Tag kann ich Ihnen noch nicht sagen, aber zweifeln Sie nicht daran, daß Sie sofort nach meiner Ankunft der erste sein werden, den ich benachrichtige.

Adieu, Vicomte. Trotz meinem Gezänk, meinen Bosheiten und meinen Vorwürfen liebe ich Sie immer noch sehr und bereite mich darauf vor, es Ihnen zu beweisen. Auf Wiedersehen, mein Freund.

Schloß ..., den 29. November 17..

146. Brief **Marquise de Merteuil an Chevalier Danceny**

Endlich reise ich, mein junger Freund, und morgen abend bin ich wieder in Paris. In Anbetracht der Umstände, die ein Ortswechsel mit sich bringt, werde ich niemand empfangen. Sollten Sie mir indes ganz eilig eine vertrauliche Mitteilung zu machen haben, so will ich Sie gern von der allgemeinen Regel ausnehmen, aber ausdrücklich nur Sie. Ich bitte Sie also, meine Ankunft geheim zu halten. Sogar Valmont erfährt sie nicht.

Hätte mir jemand vor einiger Zeit gesagt, daß Sie bald mein ausschließliches Vertrauen haben würden, ich hätte ihm nicht geglaubt. Aber das Ihre hat das meine nach sich gezogen. Ich wäre versucht, zu meinen, daß Sie Geschicklichkeit darauf verwendet haben, vielleicht sogar ein wenig Verführungskunst. Das wäre aber schlimm! Doch schließlich kann sie im Augenblick nicht sehr gefährlich werden; Sie haben ja wirklich anderes zu tun! Wenn die Heroine die Bühne betritt, kümmert man sich kaum um die Vertraute.

Sie haben ja nicht einmal Zeit gefunden, mich von Ihren neuen Erfolgen zu unterrichten. Als Ihre Cécile abwesend war, waren die Tage nicht lang genug für ihre zärtlichen Klagen. Sie hätten sie dem Echo anvertraut, wenn ich nicht dagewesen wäre, um sie anzuhören. Als sie dann krank wurde, erwiesen Sie mir die Ehre der Schilderung Ihrer Besorgnisse; Sie brauchten jemanden, dem Sie sie sagen konnten. Aber jetzt, da jene, die Sie lieben, in Paris ist, da es ihr gut geht, und besonders da Sie sie zuweilen sehen, ist sie Ihnen alles, und Ihre Freunde sind Ihnen nichts mehr.

Ich tadle Sie nicht darum; das kommt von Ihren zwanzig Jahren. Weiß man doch, daß, von Alcibiades bis auf Sie, die jungen Menschen Freundschaft immer nur kannten, wenn sie Kummer hatten. Im Glück sind sie manchmal indiskret, aber nie zum Vertrauen geneigt. Ich möchte wie Sokrates sagen: »Ich liebe es, daß meine Freunde zu mir kommen, wenn sie unglücklich sind«*. Aber in seiner Eigenschaft als Philosoph konnte er sie leicht entbehren, wenn sie nicht kamen. In diesem Punkt bin ich nicht ganz so weise wie er, und ich habe Ihr Schweigen mit der ganzen Schwäche einer Frau empfunden.

Halten Sie mich deshalb nicht für anspruchsvoll, das bin ich wirklich nicht! Dasselbe Gefühl, mit dem ich die Entbehrungen empfinde, läßt sie mich tapfer ertragen, wenn sie der Beweis oder die Ursache des Glückes meiner Freunde sind. Ich rechne also mit Ihnen für morgen abend nur insoweit, als die Liebe Sie frei und unbeschäftigt läßt, und ich verbiete Ihnen, mir das geringste Opfer zu bringen.

Adieu, Chevalier. Es wird mir ein wahres Fest sein, Sie wiederzusehen – werden Sie kommen?

Schloß ..., den 29. November 17..

* Marmontel, *Conte d'Alcibiade*

147. Brief **Madame de Volanges an Madame de Rosemonde**

Sie werden, meine verehrungswürdige Freundin, sicher ebenso betrübt sein wie ich, wenn Sie von dem Zustand erfahren, in dem sich Madame de Tourvel befindet. Sie ist seit gestern krank. Die Krankheit hat sie so heftig ergriffen und zeigt so schwere Symptome, daß ich deswegen sehr in Sorge bin.

Ein hitziges Fieber, fast ununterbrochene Delirien, ein unstillbarer Durst, das sind die äußeren Anzeichen. Die Ärzte erklären, daß man nichts vorhersagen könne, und die Behandlung wird um so schwieriger sein, als die Kranke sich hartnäckig gegen alle Heilmittel sträubt. So mußte man sie gewaltsam festhalten, um ihr zur Ader zu lassen. Und die Anwendung von Gewalt war noch zweimal nötig, um ihr den Verband wieder anzulegen, den sie in ihrem Erregungszustand immer wieder abreißen will.

Sie, die sie gleich mir so schwach, so schüchtern und sanft gekannt haben, begreifen Sie es, daß vier Personen sie kaum halten können und daß sie, wenn man ihr Vorstellungen macht, in unbeschreibliche Wut gerät? Ich fürchte, daß dies mehr als Fieberwahn ist und daß es sich um eine wirkliche Geistesumnachtung handelt.

Meine Furcht in dieser Hinsicht wird durch das vermehrt, was sich vorgestern zugetragen hat.

An diesem Tag kam sie gegen elf Uhr vormittags mit ihrer Kammerfrau in das Kloster . . . Da sie in diesem Haus erzogen worden ist und die Gewohnheit beibehalten hatte, manchmal zu Besuch zu kommen, wurde sie wie gewöhnlich empfangen und schien allen ruhig und bei guter Gesundheit. Ungefähr zwei Stunden später fragte sie, ob das Zimmer, das sie als Pensionärin bewohnt hatte, frei sei, und bat, als man dies bejahte, es wiedersehen zu dürfen. Die Priorin mit einigen andern Nonnen begleitete sie. Nun aber erklärte sie, daß sie gekommen sei, um wieder in diesem Zimmer zu wohnen, das sie, so sagte sie, nie hätte verlassen sollen; und sie fügte hinzu, sie werde erst »als Tote« ausziehen. Das waren ihre Worte.

Anfangs war man sprachlos; aber nachdem man sich von dem ersten Erstaunen erholt hatte, stellte man ihr vor, daß man sie als verheiratete Frau nur mit besonderer Erlaubnis aufnehmen könne. Weder dieser Grund noch tausend andere vermochten etwas über sie, und von diesem Augenblick an versteifte sie sich darauf, nicht nur das Kloster, sondern sogar das Zimmer nicht zu verlassen. Des Kampfes müde, willigte man um sieben Uhr abends endlich darein, sie dort übernachten zu lassen. Man schickte ihren Wagen und ihre Leute weg und verschob es auf den nächsten Tag, eine Entscheidung zu treffen.

Es wird versichert, daß den ganzen Abend hindurch weder in ihrem Gesicht noch in ihrem Benehmen etwas Irres gewesen wäre; das eine wie das andere schienen ruhig und besonnen. Nur vier- oder fünfmal sei sie in so tiefes Sinnen versunken, daß es unmöglich war, sie durch Reden daraus zu reißen, und jedesmal bevor sie daraus erwachte, hob sie die Hände an ihre Stirn und preßte sie, wie es schien, mit großer Kraft. Darauf fragte eine der anwesenden Nonnen sie, ob sie an Kopfschmerzen leide; sie starrte sie lange an, ehe sie Antwort gab, und sagte endlich: »Nicht dort sitzt das Übel!« Eine Weile später verlangte sie, allein gelassen zu werden, und bat, in Zukunft keine Fragen mehr an sie zu richten.

Alle zogen sich zurück bis auf die Kammerfrau, die zum Glück im gleichen Zimmer schlafen mußte, da kein andres frei war.

Nach dem Bericht dieses Mädchens verhielt sich ihre Herrin bis um elf Uhr nachts ziemlich ruhig. Um diese Zeit erklärte sie, sich schlafen legen zu wollen; doch bevor sie noch ganz entkleidet war, begann sie mit großer Lebhaftigkeit und heftigen Gebärden im Zimmer auf und ab zu gehen. Julie, die während des Tages Zeugin der Begebenheiten gewesen war, wagte nichts zu sagen und wartete schweigend wohl eine Stunde lang. Endlich rief Madame de Tourvel sie plötzlich zweimal an; sie hatte kaum Zeit, herbeizuspringen, als ihre Herrin ihr in die Arme sank und sagte: »Ich kann nicht mehr.« Sie ließ sich zu ihrem Bett führen und wollte nichts zu sich nehmen, noch erlauben, daß man Hilfe hole. Nur ein Glas Wasser ließ sie sich neben ihr Bett stellen und befahl Julie, sich schlafen zu legen.

Diese versichert, sie habe bis um zwei Uhr früh kein Auge zugetan und während dieser Zeit ihre Herrin weder sich bewegen noch klagen hören. Aber um fünf Uhr, sagt sie, sei sie von dem Reden ihrer Herrin geweckt worden, die mit lauter und deutlicher Stimme sprach. Als sie auf die Frage, ob sie etwas brauche, keine Antwort erhielt, sei sie mit einer brennenden Kerze an das Bett von Madame de Tourvel getreten, die sie aber nicht erkannte; doch habe sie plötzlich ihr sinnloses Reden unterbrochen und lebhaft ausgerufen: »Man soll mich allein lassen, man lasse mich in der Finsternis; die Finsternis ist es, die mir zukommt!« Ich habe mich gestern selbst davon überzeugt, daß diese Worte in ihrem Phantasieren immer wiederkehren.

Schließlich benutzte Julie den ihr gewissermaßen erteilten Befehl und ging hinaus, um Leute und Hilfe zu holen. Aber Madame de Tourvel wies jeden Beistand mit den Wutausbrüchen und Delirien zurück, die sich seither immer häufiger einstellen.

Die Verwirrung, in die das ganze Kloster dadurch versetzt wurde, veranlaßte die Priorin, gestern um sieben Uhr früh nach mir schicken zu lassen ... Es war noch nicht Tag. Ich eilte sofort herbei. Als man mich bei Madame de Tourvel meldete, schien sie wieder zur Besinnung zu kommen; sie sagte: »Ja, natürlich, sie soll nur eintreten.« Einen Augenblick später stand ich an ihrem Bett. Sie schaute mich fest an, ergriff lebhaft meine Hand und drückte sie und sagte mit starker, aber trauriger Stimme: »Ich sterbe, weil ich Ihnen nicht geglaubt habe.« Gleich darauf schlug sie die Hände vor die Augen, wiederholte die Worte, die ihr so häufig kamen: »Man soll mich allein lassen« usw. und wußte nichts mehr von sich.

Was sie zu mir gesprochen und was ihr im Delirium entschlüpfte, ließ mich befürchten, daß diese grausame Erkrankung eine noch grausamere Ursache habe. Aber achten wir die Geheimnisse unserer Freundin und begnügen wir uns damit, ihr Unglück zu beklagen.

Der ganze gestrige Tag war gleichermaßen stürmisch, geteilt zwischen erschreckenden Anfällen von Fieberwahn und kurzen Momenten lethargischer Mattigkeit, den einzigen, wo sie etwas Ruhe findet und uns vergönnt. Ich verließ den Platz an ihrem Bette erst um neun Uhr abends und will heute morgen für den ganzen Tag wieder hin. Sicherlich werde ich meine unglückliche Freundin nicht im Stich lassen, aber es ist doch entmutigend, mitanzusehen, wie sie jede Pflege, jede Hilfeleistung hartnäckig zurückweist.

Ich schicke Ihnen das Bulletin dieser Nacht, das ich soeben erhalten habe und das, wie Sie sehen, nichts weniger als tröstlich ist. Ich werde dafür sorgen, daß Ihnen alle pünktlich zukommen.

Adieu, meine verehrungswürdige Freundin, ich will mich wieder zu der Kranken begeben. Meine Tochter, die glücklicherweise fast wiederhergestellt ist, versichert Sie ihrer Ehrerbietung.

Paris, den 29. November 17..

148. Brief **Chevalier Danceny an Madame de Merteuil**

O Sie, die ich liebe! O Du, die ich anbete! O Sie, die Sie der Anfang meines Glückes sind! O Du, die Du es überschwänglich machtest! Empfindsame Freundin, zärtliche Geliebte, warum trübt die Erinnerung an Deinen Schmerz den Zauber, den ich empfinde? Ach, gnädige Frau, beruhigen Sie sich doch, die Freundschaft bittet Sie darum! Oh, meine Freundin, sei glücklich, das ist das Gebet der Liebe.

Aber welche Vorwürfe haben Sie sich denn zu machen? Glauben Sie mir, Ihr Zartgefühl mißleitet Sie! Die Reue, die es Ihnen verursacht, das Unrecht, dessen es mich anklagt, sind gleichermaßen illusorisch; und mein Herz sagt mir, daß es zwischen uns beiden keinen andern Verführer gegeben hat als die Liebe. Scheue also nicht davor zurück, Dich den Gefühlen hinzugeben, die Du einflößt, und Dich von dem Feuer durchdringen zu lassen, das Du entzündest. Wie, unsere Herzen sollten weniger lauter sein, weil sie erst spät sich klar wurden? Nein, gewiß nicht. Im Gegenteil, die Verführung ist es, die immer nur planmäßig handelt, um ihr Vorgehen und ihre Mittel zusammenzustimmen und die Ereignisse schon von weitem vorauszusehen. Aber die wahre Liebe läßt dieses Nachdenken und Überlegen nicht zu: Sie lenkt uns von unseren Gedanken durch unsere Gefühle ab, ihre Herrschaft ist nie stärker, als wenn sie unbekannt ist. Und in Schatten und Schweigen umschlingt sie uns mit Banden, die man ebensowenig bemerken wie zerreißen kann.

So glaubte ich sogar noch, trotz der lebhaften Gemütsbewegung, die der Gedanke an Ihre Rückkehr mir verursachte, trotz dem äußersten Vergnügen, das ich bei Ihrem Anblick empfand, daß einzig friedliche Freundschaft mich rufe und leite – oder vielmehr, ich war ganz den süßen Gefühlen meines Herzens hingegeben und dachte wenig daran, deren Ursprung oder tiefern Grund zu erforschen. So empfandest auch Du, meine zärtliche Freundin, ohne ihn zu erkennen, den gebieterischen Zauber, der unsere Seelen dem sanften Walten der Zärtlichkeit preisgab; und wir beide erkannten Amor erst, als wir aus dem Rausche erwachten, in den uns der Gott getaucht hatte.

Aber gerade das rechtfertigt uns, anstatt uns zu verdammen. Nein, Du hast die Freundschaft nicht verraten, und ich habe ebensowenig Dein Vertrauen mißbraucht. Ja, es ist wahr, wir haben alle beide unsere Gefühle verkannt; aber dieser Täuschung fielen wir zum Opfer, ohne sie absichtlich hervorgerufen zu haben. Ach, lassen wir doch ab, uns über sie zu beklagen, und denken wir nur an das Glück, das sie uns bereitet hat! Wir wollen es nicht durch ungerechte Selbstvorwürfe trüben, sondern nur darauf bedacht sein, es zu vermehren durch den Zauber des Vertrauens und der Sicherheit. O meine Freundin, wie teuer ist diese Hoffnung meinem Herzen! Ja, von nun an wirst Du, befreit von aller Furcht und ganz der Liebe hingegeben, alle meine Wünsche, meine Verzückungen teilen, den Rausch meiner Sinne, die Trunkenheit meiner Seele; und jeder Augenblick unserer beseligten Tage wird durch eine neue Wonne bezeichnet sein.

Leb wohl, Du, die ich anbete! Ich werde Dich heute abend besuchen. Aber werde ich Dich allein finden? Ich wage nicht, es zu hoffen. Ach, Du wünschest es nicht so sehnlich wie ich.

Paris, den 1. Dezember 17..

149. Brief **Madame de Volanges an Madame de Rosemonde**

Gestern, meine verehrungswürdige Freundin, gab ich mich fast den ganzen Tag der Hoffnung hin, Ihnen heute morgen einen günstigeren Bericht über das Befinden unserer teuren Kranken geben zu können. Aber seit gestern abend ist diese Hoffnung vernichtet, und zurück bleibt nur das Bedauern, daß ich sie aufgeben mußte. Ein Vorkommnis, scheinbar unwichtig, aber verhängnisvoll in seiner Wirkung, hat bei der Kranken einen Rückfall, wenn nicht gar eine Verschlimmerung hervorgerufen.

Ich hätte von dieser plötzlichen Wendung nichts begriffen, wenn unsere unglückliche Freundin mich gestern nicht ganz ins Vertrauen gezogen hätte. Da sie mir nicht verhehlt hat, daß auch Sie über all ihr Mißgeschick unterrichtet sind, kann ich mit Ihnen ohne Rückhalt über ihre traurige Lage sprechen.

Gestern morgen, als ich ins Kloster kam, sagte man mir, die Kranke schlafe seit mehr als drei Stunden, und ihr Schlaf war so tief und ruhig, daß ich einen Augenblick lang fürchtete, er könnte lethargisch sein. Bald darauf erwachte sie und machte selbst die Bettvorhänge auf. Sie sah uns alle mit dem Ausdruck der Überraschung an, und als ich aufstand, um zu ihr zu gehen, erkannte sie mich, nannte mich beim Namen und bat mich, näherzutreten. Sie ließ mir nicht die Zeit, eine Frage an sie zu richten, sondern fragte mich, wo sie sich befinde, was wir hier täten, ob sie krank sei und warum sie nicht zu Hause wäre. Ich meinte erst, daß es sich um ein neues Delirium handle, nur um ein ruhigeres als das vorhergehende, aber ich merkte bald, daß sie meine Antworten sehr gut verstand. Sie hatte in der Tat ihren Kopf wieder, aber nicht ihr Gedächtnis.

Sie fragte mich auf das genaueste darüber aus, was sich seit ihrer Ankunft im Kloster mit ihr begeben hatte, und sie wußte nicht, wie sie hierher gekommen war. Ich gab ihr in allen Einzelheiten Antwort und unterdrückte nur das, was sie zu sehr erschreckt hätte. Als ich dann meinerseits mich nach ihrem Befinden erkundigte, erwiderte sie mir, daß sie im Augenblick nicht leide, aber im Schlafe sehr gepeinigt worden sei und sich nun müde fühle. Ich redete ihr zu, sich zu beruhigen, und riet ihr, wenig zu sprechen. Daraufhin schob ich die Vorhänge zu, ließ aber einen kleinen Spalt offen und setzte mich an ihr Bett. Man brachte ihr ein wenig Fleischbrühe, die sie trank und gut fand.

So blieb sie ungefähr eine halbe Stunde, während welcher sie nur sprach, um mir für die Mühe zu danken, die ich mir ihretwegen gäbe, und sie legte in ihre Dankesbezeugungen all die Anmut, die Sie an ihr kennen. Dann wahrte sie einige Zeit völliges Schweigen, das sie nur brach, um zu sagen: »Ach ja, jetzt erinnere ich mich daran, wie ich hergekommen bin.« Einen Augenblick später rief sie schmerzlich: »Liebe Freundin, liebe Freundin, bedauern Sie mich, all mein Unglück fällt wieder über mich her!« Als ich mich über sie beugte, ergriff sie meine Hand und preßte ihren Kopf dagegen. »Großer Gott«, klagte sie, »kann ich denn nicht sterben?« Ihr Ausdruck, mehr noch als ihre Worte, rührte mich zu Tränen. Sie merkte es an meiner Stimme und sagte: »Sie fühlen Mitleid mit mir! Ach, wenn Sie wüßten . . .« Und dann, sich unterbrechend: »Schicken Sie die andern weg, und ich werde Ihnen alles erzählen.«

Wie ich glaube, Ihnen bereits angedeutet zu haben, ahnte ich schon, von welchen Dingen in ihrer Erzählung die Rede sein würde; und da ich fürchtete, daß dieses Gespräch, das, wie ich voraussah, lang und traurig werden mußte, dem Zustand unserer unglücklichen Freundin schaden könnte, machte ich anfangs Ausflüchte und sagte, sie bedürfe der Ruhe; aber sie bestand darauf, und so gab ich endlich ihren Bitten nach. Sobald wir allein waren, berichtete sie mir alles, was Sie von ihr bereits erfahren haben und was ich Ihnen aus diesem Grunde nicht zu wiederholen brauche.

Als sie zum Schluß auf die grausame Art zu sprechen kam, auf die sie hingeopfert worden war, brach sie in die Worte aus: »Ich glaubte, daß ich sicher daran sterben würde, und ich hatte den Mut dazu; aber mein Unglück und meine Schande zu überleben, das ist mir unmöglich!« Ich versuchte, diese Mutlosigkeit oder vielmehr diese Verzweiflung mit den Waffen der Religion zu bekämpfen, die doch bis dahin so viel Macht über sie hatte; aber ich fühlte bald, daß ich nicht genügend Kraft für dieses erhabene Amt besaß, und schlug ihr deshalb vor, den Pater Anselme rufen zu lassen, der, wie ich weiß, ihr ganzes Vertrauen hat. Sie willigte ein und schien es sogar heftig zu wünschen. So schickte man denn nach ihm, und er kam sofort. Er blieb sehr lange bei der Kranken und sagte beim Fortgehen, daß, wenn die Ärzte der selben Meinung seien wie er, die Spendung der heiligen Sakramente noch verschoben werden könne, er werde am nächsten Tage wieder kommen.

Es war ungefähr drei Uhr nachmittags, und bis um fünf blieb unsere Freundin ziemlich ruhig, so daß wir alle wieder Hoffnung schöpften. Um diese Zeit wurde unglücklicherweise ein Brief für sie gebracht. Als man ihn ihr geben wollte, antwortete sie erst, sie nähme überhaupt keinen Brief an, und niemand drängte sie dazu. Aber von diesem Augenblick an schien sie erregter. Bald darauf fragte sie, woher dieser Brief käme. Er war nicht abgestempelt. Wer ihn gebracht habe? Man wußte es nicht. In wessen Auftrag er abgegeben sei? Man hatte der Pförtnerin nichts darüber gesagt. Nun schwieg sie eine gute Weile lang, begann dann aber wieder zu reden, doch ihre Worte ohne Sinn und Zusammenhang zeigten uns, daß das Delirium wieder da war.

Indes kam wieder eine Zeitlang Ruhe über sie, bis sie endlich bat, man möge ihr den Brief geben, den man für sie gebracht hatte. Sie hatte kaum einen Blick darauf geworfen, als sie aufschrie: »Von ihm! Großer Gott!« Dann fuhr sie mit lauter, aber gepreßter Stimme fort: »Nehmt ihn weg! Nehmt ihn weg!« Sie bat, sofort die Vorhänge ihres Bettes zuzuziehen, und verbot, daß jemand sich ihr nahe. Freilich sahen wir uns fast im selben Augenblick wieder gezwungen, uns um sie zu bemühen. Die Wut des Fiebers erfaßte sie heftiger als je, und dazu kamen ganz entsetzliche Zuckungen. Diese Anfälle ließen während des ganzen Abends nicht nach, und ich erfahre durch den Bericht dieses Morgens, daß die Nacht nicht weniger stürmisch verlief. Mit einem Wort, ihr Zustand ist verzweifelt, und ich wundere mich, daß sie ihm noch nicht erlegen ist. Ich kann Ihnen nicht verhehlen, daß mir nur wenig Hoffnung bleibt.

Ich nehme an, dieser unselige Brief ist von Herrn de Valmont; aber was kann er ihr noch zu schreiben wagen? Verzeihung, meine liebe Freundin; ich versage mir jede Bemerkung, aber es ist schon ein grausamer Anblick, eine Frau so unglücklich zugrunde gehen zu sehen, die bisher so glücklich war und so würdig, es zu sein.

Paris, den 2. Dezember 17..

150. Brief **Chevalier Danceny an Marquise de Merteuil**

In Erwartung des Glückes, Dich, meine zärtliche Freundin zu sehen, gebe ich mich dem Vergnügen hin, Dir zu schreiben; und indem ich mich so mit Dir beschäftige, versüße ich mir den Kummer, von Dir entfernt zu sein. Dir meine Gefühle zu schildern, mich an die Deinen zu erinnern, ist für mein Herz ein wahrer Genuß, und durch diesen Genuß bietet selbst die Zeit der Entbehrung meiner Liebe noch tausend Köstlichkeiten. Und doch, wenn ich Dir glauben muß, werde ich von Dir keine Antwort erhalten, ja, dieser mein Brief hier soll der letzte sein, und wir werden uns eines Verkehrs enthalten, der nach Deiner Meinung gefährlich ist und den »wir nicht nötig haben«. Sicher werde ich mich fügen, wenn Du darauf bestehst: Denn was könntest Du wollen, das ich nicht schon aus diesem Grunde auch wollen müßte? Aber wirst Du mir nicht erlauben, daß wir darüber reden, bevor Du dich ganz entscheidest?

Was die Gefahren betrifft, so urteilst Du am besten allein darüber. Ich kann nichts berechnen und begnüge mich damit, Dich zu bitten, über Deine Sicherheit zu wachen, denn ich könnte nicht ruhig sein, wenn Du in Sorge bist. In dieser Beziehung bilden wir beide nicht eins, sondern Du allein bist wir beide.

Anders verhält es sich mit dem »Nötighaben«. Hier darf uns nur ein Gedanke beseelen, und wenn wir verschiedener Meinung sind, so kann dies nur an einem Mangel an Aussprache oder an gegenseitigem Verständnis liegen. Folgendes sagt mir darüber mein Gefühl.

Zweifellos scheint ein Brief ziemlich überflüssig zu sein, wenn man sich ungehindert sehen kann. Was könnte er auch sagen, das ein Wort, ein Blick oder sogar ein Schweigen nicht hundertmal besser ausdrückten? Dies scheint mir so wahr, daß, als Du mir davon sprachst, wir wollten uns nicht mehr schreiben, dieser Gedanke meiner Seele leicht einging; er war ihr vielleicht ein wenig unbequem, aber betrübt sie nicht ernsthaft. So ungefähr wie wenn ich einen Kuß auf Dein Herz drücken will und auf ein Band oder einen Schleier treffe; ich schiebe es einfach beiseite, ohne die Empfindung eines Hindernisses zu verspüren.

Aber dann haben wir uns getrennt, und sowie Du nicht mehr da warst, kam dieser Gedanke an das Schreiben wieder und quälte mich. Wozu, fragte ich mich, auch noch diese Entbehrung? Hat man denn, weil man voneinander entfernt ist, sich nichts mehr zu sagen? Nehmen wir an, daß man, begünstigt durch die Umstände, einen ganzen Tag zusammen verbringt – soll man dann die Zeit des Plauderns von der des Genießens abziehen? Jawohl, des Genießens, meine zärtliche Freundin; denn an Deiner Seite schenken selbst die Augenblicke der Ruhe einen köstlichen Genuß. Und schließlich, wie lange auch die Zeit sei, man muß sich doch trennen; und wie ist man dann allein! Wie kostbar ist da ein Brief! Auch wenn man ihn nicht liest, so schaut man ihn doch an ... Ach, gewiß, man kann einen Brief betrachten, ohne ihn zu lesen, so wie mich dünkt, daß ich noch Freude empfände, wenn ich im Dunkel der Nacht Dein Bildnis berührte ...

Dein Bildnis, habe ich das Wort geschrieben? Aber ein Brief ist doch das Bildnis der Seele. Es hat nicht, wie ein kaltes Bild, diese Starre, die der Liebe so fern ist; er macht alle Bewegungen unseres Gemütes mit: Abwechselnd belebt er sich, genießt oder ruht ... Deine Gefühle sind mir so teuer! Willst Du mich des Mittels berauben, sie einzusammeln?

Bist Du denn so sicher, daß das Bedürfnis, mir zu schreiben, Dich niemals bedrängen wird? Wenn in der Einsamkeit Dein Herz sich weitet oder bedrückt ist, wenn eine Regung der Freude bis an Deine Seele dringt, wenn unwillkürliche Traurigkeit sie einen Augenblick lang trübt, wird es dann nicht der Busen Deines Freundes sein, in den Du Dein Glück oder Dein Leid ergießest? Du wirst also ein Gefühl haben, das er nicht teilt? Du willst ihn fern von Dir einsam und träumerisch in die Irre gehen lassen?

Meine Freundin . . . meine zärtliche Freundin! Doch Dir allein steht die Entscheidung zu. Ich wollte nur erörtern, nicht Dich verleiten; ich habe Dir nur Gründe gesagt und wage zu glauben, daß ich stärker gewesen wäre, hätte ich mich aufs Bitten verlegt. Ich werde also versuchen, wenn es bei Deinem Entschlusse bleibt, mich nicht zu grämen, und will mir alle Mühe geben, mir selber zu sagen, was Du mir hättest schreiben sollen; aber schau, Du würdest es doch um so viel besser sagen als ich, und ich hätte vor allem weit mehr Vergnügen daran.

Adieu, meine entzückende Freundin. Endlich naht die Stunde, wo ich Dich sehen darf. Ich verlasse Dich schnell, um Dich eher wiederzufinden.

Paris, den 3. Dezember 17..

151. Brief **Vicomte de Valmont an Marquise de Merteuil**

Zweifellos, Marquise, trauen Sie mir nicht so wenig Weltkenntnis zu, daß ich mich über das Tête-à-tête hätte täuschen lassen, bei dem ich Sie gestern abend antraf, und über den »erstaunlichen Zufall«, der Danceny in Ihr Haus führte! Gewiß verstanden es Ihre wohlgeübten Gesichtszüge vortrefflich, den Ausdruck der Ruhe und der Unbefangenheit anzunehmen; auch haben Sie sich durch keines jener Worte verraten, wie sie der Verwirrung oder der Reue zuweilen entschlüpfen. Ich gebe obendrein zu, daß Ihre ausstudierten Blicke Ihnen vollkommen zu Gebote standen, und wären sie mir so glaubhaft als verständlich erschienen, so hätte ich, weit entfernt davon, den geringsten Verdacht zu schöpfen, nicht einen Moment lang an dem heftigen Ärger gezweifelt, den Ihnen »der lästige Dritte« verursachte. Aber um nicht umsonst so große Talente zu entfalten, um den Erfolg, den Sie davon erwarteten, zu erzielen, kurz, um die Täuschung, die Sie sich versprachen, wirklich hervorzubringen, hätten Sie zuvor Ihren Neuling von Geliebten mit größerer Sorgfalt beschäftigen müssen.

Da Sie beginnen, sich mit Erziehung zu befassen, lehren Sie doch Ihre Zöglinge, nicht beim geringsten Scherz zu erröten und aus der

Fassung zu geraten, auch nicht bei einer einzigen Frau das heftig abzustreiten, was Sie bei andern allen doch mehr oder weniger schwächlich zugeben. Lehren Sie sie ferner, daß sie fähig sein müssen, das Lob ihrer Geliebten zu hören, ohne sich gleich verpflichtet zu fühlen, dafür wie ein Eigentümer zu danken. Und wenn Sie ihnen gestatten, Sie in Gesellschaft anzusehen, so sollen sie wenigstens vorher lernen, den unverkennbaren Besitzerblick zu maskieren, den sie so ungeschickt mit dem der Liebe verwechseln. Dann erst können Sie sie in Ihren öffentlichen Vorführungen auftreten lassen, ohne daß ihr Benehmen der klugen Lehrerin Schande macht; und ich selbst, nur allzu glücklich, an Ihrem Ruhme mitzuwirken, verspreche Ihnen, die Programme dieser neuen Bildungsanstalt auszuarbeiten und zu veröffentlichen.

Aber vorläufig bin ich erstaunt, das muß ich sagen, daß Sie mich wie einen Schüler und Anfänger behandeln wollen. Oh, an jeder andern Frau würde ich mich bald gerächt haben und ein Vergnügen dabei empfinden, das jenes, um das Sie mich gebracht zu haben glaubten, leicht überträfe! Fürwahr, Ihnen gegenüber allein bin ich imstande, die Wiedergutmachung der Rache vorzuziehen; und glauben Sie ja nicht, daß der kleinste Zweifel, die geringste Unwissenheit mich hemmt: Ich weiß alles.

Sie sind seit vier Tagen in Paris – haben seither Danceny täglich gesehen, und zwar ihn allein. Selbst heute war Ihre Türe wieder verschlossen, und Ihrem Portier fehlte, um mir den Weg zu Ihnen zu versperren, nur die Selbstsicherheit, die Ihnen eigen ist. Und doch hatten Sie mich wissen lassen, Sie würden mich ganz bestimmt als Ersten von Ihrer Ankunft unterrichten, von dieser Ankunft, deren Tag Sie mir noch nicht angeben konnten, obwohl Sie mir am Abend vor Ihrer Abreise schrieben. Wollen Sie diese Tatsachen leugnen oder irgendeine Entschuldigung vorbringen? Das eine ist ebenso unmöglich wie das andere, und trotzdem halte ich noch an mich! Erkennen Sie daran Ihre Macht. Aber glauben Sie mir: Begnügen Sie sich damit, sie erprobt zu haben, und mißbrauchen Sie sie nicht länger! Wir kennen einander, Marquise; das Wort sollte Ihnen genügen.

Sie sind morgen den ganzen Tag außer Hause, sagen Sie mir? Schön; wenn Sie in der Tat auswärts sein sollten, werde ich es, wie Sie sich denken können, erfahren. Aber schließlich werden Sie am Abend wieder nach Hause kommen, und für unsere schwierige Aussöhnung wird die Zeit bis zum folgenden Morgen nicht zu lang sein. Teilen Sie mir also mit, ob unsere zahlreichen und wechselseitigen Sühnopfer in Ihrer Residenz oder *dort drüben* vollzogen werden sollen. Vor allem fort mit Danceny! In Ihrem unruhigen Köpfchen hatte sich der Gedanke an ihn festgesetzt, und ich kann es über mich bringen, auf diese Abirrung Ihrer Einbildungskraft nicht eifersüchtig zu sein. Aber bedenken Sie, daß das, was eine Laune war, von nun an zu einer ausgesprochenen Bevorzugung würde. Ich glaube mich für eine solche Demütigung nicht geschaffen und bin nicht gewillt, sie von Ihnen entgegenzunehmen.

Ich hoffe sogar, daß dieses Opfer für Sie keines bedeuten wird. Doch selbst wenn es Ihnen ein wenig schwerfallen sollte, meine ich, daß ich Ihnen mit einem recht guten Beispiel vorangegangen bin und daß eine gefühlvolle und schöne Frau, die einzig für mich lebte, die vielleicht in diesem Moment vor Liebe und Gram stirbt, einen jungen Schüler wohl aufwiegen kann, dem es zwar, wenn Sie wollen, weder an Hübschheit noch an Geist fehlt, der aber nichts vorstellt und keine Erfahrung hat.

Adieu, Marquise; ich sage Ihnen nichts über meine Gefühle für Sie. Alles, was ich im Augenblick tun kann, ist, nicht mein Herz zu erforschen. Ich erwarte Ihre Antwort. Bedenken Sie, wenn Sie sie schreiben, bedenken Sie wohl, daß es ein leichtes für Sie ist, mich die zugefügte Beleidigung vergessen zu lassen, daß aber eine Weigerung Ihrerseits, ein bloßes Zögern Sie um so unauslöschlicher meinem Herzen einprägen würde. Paris, den 3. Dezember 17.., abends

152. Brief **Marquise de Merteuil an Vicomte de Valmont**

Geben Sie doch acht, Vicomte, und nehmen Sie mehr Rücksicht auf meine übergroße Ängstlichkeit! Wie soll ich denn den niederdrückenden Gedanken ertragen, mir Ihre Mißbilligung zuzuziehen, und wie unter der Furcht vor Ihrer Rache nicht zusammenbrechen? Zumal, wie Sie ja wissen, es mir unmöglich wäre, Ihnen einen Streich, den Sie mir spielen, heimzuzahlen. Ich könnte sagen, was ich wollte, Ihr Dasein wäre darum nicht weniger glänzend und friedlich. Was hätten Sie schließlich zu befürchten? Daß Sie abreisen müßten, wenn man Ihnen die Zeit dazu ließe. Aber lebt es sich im Ausland nicht ebensogut wie hier? Und vorausgesetzt, daß der französische Hof Sie an dem neuen Hofe, an dem Sie sich niederlassen würden, in Frieden ließe, so wäre das nur ein Wechsel des Schauplatzes Ihrer Triumphe. Nachdem ich so versucht habe, Sie durch moralische Vorhaltungen wieder zur Besinnung zu bringen, wollen wir uns unseren Angelegenheiten zuwenden.

Wissen Sie, Vicomte, weshalb ich niemals wieder geheiratet habe? Ganz sicher nicht, weil es mir an vorteilhaften Partien gefehlt hätte, sondern nur damit niemand das Recht hat, an meinem Tun und Lassen etwas auszusetzen. Auch war es nicht etwa die Furcht, nicht mehr nach meinem Willen leben zu können – den hätte ich schließlich immer durchgesetzt –, aber es hätte mich beengt, wenn jemand auch nur das Recht gehabt hätte, sich darüber zu beschweren; denn – um es kurz zu sagen – ich wollte nur zum Vergnügen betrügen, nicht aus Not. Und da schreiben Sie mir einen regelrechten Ehemannsbrief! Sie sprechen darin nur von dem Unrecht meinerseits und von den Gnaden Ihrerseits! Aber wie kann man sich gegen den vergehen, dem man nichts schuldig ist? Das kommt mir unbegreiflich vor.

Sehen wir einmal zu: Um welche große Sache handelt es sich denn? Sie haben Danceny bei mir angetroffen, und das hat Ihnen mißfallen. Gut. Aber was konnten Sie daraus schließen? Entweder, daß es ein Zufall war, wie ich Ihnen sagte, oder daß es mein Wille war, wie ich Ihnen nicht sagte. Im ersten Fall ist Ihr Brief ungerecht; im zweiten ist er lächerlich. Also wozu haben Sie ihn geschrieben? Aber Sie sind eifersüchtig, und Eifersucht kann nicht vernünftig denken. Schön, so will ich es für Sie tun.

Entweder Sie haben einen Rivalen oder Sie haben keinen. Wenn Sie einen haben, müssen Sie gefallen, um ihm vorgezogen zu werden; wenn Sie keinen haben, müssen Sie wiederum gefallen, um zu vermeiden, einen zu bekommen. In beiden Fällen ist Ihnen das gleiche Verhalten vorgezeichnet, warum also sich quälen? Warum vor allem *mich* quälen? Verstehen Sie es denn nicht mehr, der Liebenswürdigere zu sein? Und sind Sie nicht mehr Ihrer Erfolge sicher? Pfui doch, Vicomte, Sie tun sich unrecht. Doch nein, das ist es gar nicht; Sie meinen einfach, ich sei es nicht wert, daß man sich meinetwegen so viel Mühe gäbe. Sie streben weniger nach meinen Gunstbeweisen als nach dem Mißbrauch Ihrer Macht. Wahrhaftig, sie sind ein Undankbarer! Das klingt wohl gar wie Gefühl? Und wenn ich noch eine Weile so weiterschriebe, könnte dieser Brief sehr zärtlich werden. Aber Sie verdienen es nicht.

Sie verdienen ebensowenig, daß ich mich rechtfertige. Zur Strafe für Ihr Mißtrauen sollen Sie es behalten. Ich sage Ihnen also nichts über den Zeitpunkt meiner Rückkehr, nichts über die Besuche Dancenys. Es hat Sie viel Mühe gekostet, etwas herauszubekommen, nicht wahr? Nun, und was haben Sie damit erreicht? Ich wünsche Ihnen, daß Sie viel Vergnügen dabei fanden; was mich betrifft: Das meine hat es nicht herabgemindert.

Alles, was ich auf Ihren Drohbrief antworten kann, ist also, daß er weder die Gabe hatte, mir zu gefallen, noch die Macht, mich einzuschüchtern, und daß ich im Augenblick so wenig als nur irgend möglich geneigt bin, Ihr Verlangen zu erfüllen. Tatsächlich beginge ich, wenn ich Sie annähme, wie Sie sich heute zeigen, eine wirkliche Untreue an Ihnen. Das hieße nicht mit meinem ehemaligen Geliebten wieder anknüpfen, sondern einen neuen nehmen, der dem alten um vieles nachsteht. Ich habe den ersten nicht so sehr vergessen, daß ich mich derart täuschen ließe. Der Valmont, den ich liebte, war charmant. Ich will sogar zugeben, daß ich nie einem liebenswürdigeren Mann begegnet bin. Ach, ich bitte Sie, Vicomte, wenn Sie ihn wiederfinden sollten, führen Sie mir ihn zu! Dieser wird mir stets willkommen sein.

Sagen Sie ihm jedoch, daß es auf keinen Fall für heute oder morgen wäre. Sein Doppelgänger hat ihm ein wenig geschadet, und wenn ich mich zu sehr beeilte, würde ich fürchten, einen Irrtum zu begehen. Oder habe ich vielleicht Danceny für diese beiden Tage mein Wort gegeben? Und Ihr Brief belehrt mich ja, daß Sie keinen Spaß verstehen, wenn man sein Wort nicht hält. Sie sehen also, daß Sie warten müssen.

Aber was kümmert Sie das? Sie werden sich immer noch genug an Ihrem Rivalen rächen. Er wird Ihrer Geliebten nichts Schlimmeres antun als Sie der seinen. Und schließlich ist nicht eine Frau so viel wert wie die andere? Das sind doch Ihre Grundsätze. Selbst jene, die »zärtlich und gefühlvoll einzig für Sie lebte und endlich vor Liebe und Gram stürbe«, würde nichtsdestoweniger der ersten Laune, der

Furcht, einen Moment lang lächerlich zu sein, geopfert werden. Und Sie wollen, daß ich mich geniere? Nein, das ist nicht gerecht!

Adieu, Vicomte, werden Sie wieder liebenswürdig. Schauen Sie, ich wünsche mir doch nichts Besseres, als Sie charmant zu finden, und sobald ich dessen sicher bin, verspreche ich, es Ihnen zu beweisen. Ich bin wirklich viel zu gut.

Paris, den 4. Dezember 17..

153. Brief **Vicomte de Valmont an Marquise de Merteuil**

Ich beantworte unverzüglich Ihren Brief und werde mich bemühen, deutlich zu sein, was Ihnen gegenüber nicht ganz leicht ist, wenn Sie einmal den Entschluß gefaßt haben, nicht zu verstehen.

Lange Auseinandersetzungen waren nicht nötig, um festzustellen, daß, da jeder von uns alles Nötige in Händen hat, um den andern zu verderben, wir beide ein gleiches Interesse haben, uns gegenseitig mit Schonung zu begegnen. Übrigens handelt es sich jetzt nicht darum. Aber zwischen dem gewaltsamen Entschluß, einander zugrunde zu richten, und dem andern, zweifellos besseren, einig zu bleiben, wie wir es bisher waren, und es noch mehr zu werden, indem wir unsere früheren Beziehungen wieder aufnehmen – zwischen diesen beiden Entscheidungen, sage ich, gibt es noch tausend andere, die man treffen kann. Es war also durchaus nicht lächerlich, wenn ich Ihnen sagte, und es ist ebensowenig lächerlich, wenn ich nun wiederhole, daß ich vom heutigen Tage an entweder Ihr Geliebter oder Ihr Feind sein werde.

Ich kann mir sehr gut vorstellen, daß diese Wahl Ihnen lästig ist, daß es Ihnen angenehmer wäre, sich durchzuschlängeln; und ich weiß wohl, daß Sie es nie geliebt haben, so zwischen ein Ja und ein Nein gestellt zu werden. Aber Sie müssen Ihrerseits fühlen, daß ich Sie aus diesem engen Kreise nicht herauslassen kann, ohne zu riskieren, daß Sie mich zum Narren halten; und Sie müßten voraussehen, daß ich das nicht dulden werde. Bei Ihnen steht jetzt die Entscheidung. Ich überlasse Ihnen die Wahl, aber ich kann nicht in der Ungewißheit bleiben.

Ich sage Ihnen nur im voraus, daß Sie mich durch Ihre Vernunftgründe, gute oder schlechte, nicht betrügen und ebensowenig durch irgend welche Schmeicheleien, mit denen Sie etwa Ihre Weigerung zu versüßen gedächten, mich bestricken werden. Mit einem Wort: Der

Moment der vollen Offenheit ist da. Ich verlange mir nichts Besseres, als Ihnen mit gutem Beispiel voranzugehen, und ich erkläre mit Vergnügen, daß ich den Frieden und die Einigkeit vorziehe. Muß aber das eine wie das andere gebrochen werden, so glaube ich, das Recht und die Mittel dazu zu haben.

Ich füge also hinzu, daß das geringste Hindernis, das mir Ihrerseits in den Weg gestellt werden sollte, meinerseits als eine regelrechte Kriegserklärung aufgefaßt würde. Sie sehen, daß die Antwort, um die ich Sie ersuche, weder lange noch schöne Sätze erfordert. Zwei Worte genügen.

Paris, den 4. Dezember 17..

Antwort der Marquise de Merteuil am untern Rand des gleichen Briefes:

Gut, also Krieg!

154. Brief **Madame de Volanges an Madame de Rosemonde**

Die ärztlichen Bulletins werden Sie besser über den bedenklichen Zustand unserer Kranken unterrichten, als ich es könnte, meine liebe Freundin. Ganz ihrer Pflege gewidmet, nehme ich mir nur die Zeit zum Schreiben, wenn es noch andere Vorkommnisse gibt als die der Krankheit. Da gibt es nun eines, auf das ich gewiß nicht gefaßt war. Ich habe nämlich einen Brief von Herrn de Valmont erhalten, dem es beliebte, mich zu seiner Vertrauten, ja sogar zu seiner Mittlerin bei Madame de Tourvel zu wählen, für die er gleichfalls einen Brief beigelegt hatte. Ich habe den letzteren samt einer Antwort auf den ersten zurückgeschickt. Diese lasse ich Ihnen hiermit zukommen, und ich glaube, daß Sie mit mir der Ansicht sein werden, daß ich das, was er von mir verlangt, nicht tun konnte, noch durfte. Selbst wenn ich es gewollt hätte, wäre unsere unglückliche Freundin doch nicht imstande gewesen, mich zu verstehen. Sie befindet sich in ständigem Delirium. Aber was sagen Sie zu der Verzweiflung des Herrn de Valmont? Darf man daran glauben oder will er alle Welt weiter täuschen – bis ans Ende*? Sollte er diesmal aufrichtig

* Da sich in der weiteren Folge dieser Korrespondenz nichts fand, was jeden Zweifel in dieser Frage hätte beheben können, entschied man sich für die Fortlassung dieses Briefes des Herrn de Valmont.

sein, so muß er sich mit Recht sagen, daß er an seinem Unglück selbst die Schuld trägt. Ich glaube, er wird mit meiner Antwort wenig zufrieden sein; aber ich muß gestehen, daß alles, was mich mit dieser unseligen Geschichte genauer bekanntmacht, mich mehr und mehr gegen ihren Urheber aufbringt.

Adieu, meine liebe Freundin. Ich kehre zu meiner traurigen Pflegerinnentätigkeit zurück, die noch trauriger wird durch die geringe Hoffnung auf Erfolg. Sie kennen meine Gefühle für Sie.

Paris, den 5. Dezember 17..

155. Brief **Vicomte de Valmont an Chevalier Danceny**

Schon zweimal war ich bei Ihnen, mein lieber Chevalier; aber seitdem Sie die Rolle des Liebenden mit der eines Don Juan vertauscht haben, sind Sie begreiflicherweise unauffindbar geworden. Ihr Kammerdiener hat mir indes versichert, daß Sie heute abend nach Hause kommen, er habe Auftrag, Sie zu erwarten. Ich aber, der ich über Ihre Pläne unterrichtet bin, weiß wohl, daß Sie nur für einen Augenblick nach Hause kommen werden, um sich für die Gelegenheit umzuziehen und dann gleich wieder Ihren Siegeslauf fortzusetzen. Das alles ist vortrefflich, und ich kann Ihnen nur meinen Beifall zollen. Aber vielleicht werden Sie heute abend versucht sein, Ihrem Siegeslauf eine andere Richtung zu geben. Sie kennen ja erst die Hälfte Ihrer Affären; ich muß Sie über die andere Hälfte unterrichten, und Sie werden dann entscheiden. Nehmen Sie sich also ein wenig Zeit und lesen Sie meinen Brief. Damit will ich Sie von Ihren Vergnügungen nicht abziehen, da ja mein Brief vielmehr nur den Zweck hat, Sie vor die Wahl zwischen ihnen zu stellen.

Wenn ich Ihr volles Vertrauen besessen, wenn ich durch Sie den Teil Ihrer Geheimnisse erfahren hätte, den zu erraten Sie mir überlassen haben, wäre ich rechtzeitig unterrichtet worden, und mein Eifer würde Sie, weniger ungeschickt, heute in Ihrem Vorgehen nicht beirren. Aber gehen wir von dem Punkte aus, auf dem wir jetzt stehen. Welchen Entschluß Sie immer fassen, auch der schlimmste wird für andere ein Glück bedeuten.

Sie haben für diese Nacht ein Stelldichein, nicht wahr? Mit einer entzückenden Frau, die sie anbeten? Denn welche Frau betet man in Ihrem Alter nicht an, wenigstens in den ersten acht Tagen! Der Ort der Handlung soll Ihr Vergnügen noch erhöhen. Ein bezauberndes kleines Haus, »das man eigens für Sie erworben hat«, soll die Lust durch den Reiz der Ungebundenheit und des Geheimnisses verschönen. Alles ist verabredet, man erwartet Sie, und Sie brennen darauf, sich hinzubegeben! Das ist es, was wir alle beide wissen, obzwar Sie mir nichts davon gesagt haben. Nun aber kommt das, was Sie nicht wissen und was ich Ihnen sagen muß.

Seit meiner Rückkehr nach Paris befaßte ich mich mit den Mitteln, Sie mit Fräulein de Volanges zusammenzubringen; ich hatte es Ihnen versprochen; und noch das letztemal, als ich Ihnen davon sprach, hatte ich allen Grund, Ihren Antworten, ich möchte sagen, Ihren leidenschaftlichen Ausbrüchen zu entnehmen, daß es Ihr Glück sei, mit dem ich mich befaßte. Ich konnte bei diesem recht schwierigen Unternehmen nicht ganz allein den Erfolg sichern, aber nachdem ich die nötigen Vorbereitungen getroffen hatte, überließ ich den Rest dem Eifer Ihrer jungen Geliebten. Sie hat in ihrer Liebe die Hilfsmittel gefunden, die meiner Erfahrung fehlten, und Ihr Mißgeschick will, daß ihr alles gelang. Seit zwei Tagen, so sagte sie mir heute, sind alle Hindernisse aus dem Wege geräumt, und ihr Glück hängt nur noch von Ihnen ab. Seit zwei Tagen hoffte sie, Ihnen diese Neuigkeit selber mitteilen zu können, und trotz der Abwesenheit der Mama wären Sie empfangen worden. Aber Sie sind überhaupt nicht erschienen! Um alles zu sagen: Das kleine Fräulein scheint mir ein wenig verärgert über diesen Mangel an Eifer auf Ihrer Seite. Nun, sie brachte es fertig, auch mich bis zu sich gelangen zu lassen, und ich mußte ihr versprechen, Ihnen den Brief, den ich hier beilege, so bald wie möglich zu übergeben. Da sie es so eilig hatte, möchte ich darauf wetten, daß es sich um ein Stelldichein für heute abend handelt. Wie dem auch sei, ich habe auf Ehre und Freundschaft gelobt, Sie würden die zärtliche Botschaft noch im Laufe des Tages erhalten, und ich kann und will mein Wort nicht brechen.

Und nun, junger Mann, wie werden Sie sich verhalten? Zwischen Koketterie und Liebe, zwischen Genuß und Glück, welche Wahl werden Sie treffen? Wenn ich zu dem Danceny spräche, den ich vor drei Monaten, ja auch noch vor acht Tagen kannte, dann wäre ich seines

Herzens und seines Vorgehens sicher; aber der Danceny von heute, um den sich die Frauen reißen, der auf Abenteuer aus ist und, wie es auf der Welt so geht, ein wenig Spitzbube geworden ist – wird dieser ein sehr schüchternes junges Mädchen, das nur seine Schönheit, seine Unschuld und seine Liebe hat, den Künsten einer »durchaus erfahrenen« Frau vorziehen?

Was mich betrifft, mein lieber Freund, so meine ich, daß selbst bei Ihren neuen Grundsätzen, die, wie ich gestehe, auch ein wenig die meinen sind, die Umstände mich zugunsten der jungen Liebenden stimmen würden. Vor allem ist es eine mehr, und dann der Reiz der Neuheit, und endlich die Befürchtung, die Frucht Ihrer Mühe zu verlieren, wenn Sie sie nicht rechtzeitig pflücken. Denn offen gesagt, in diesem Falle würde es sich wirklich um eine versäumte Gelegenheit handeln, und eine solche kommt nicht immer wieder, besonders bei einer ersten Schwäche; oft bedarf es nur eines Augenblicks der Übellaune, eines eifersüchtigen Argwohns, ja noch eines geringfügigeren Beweggrunds, um den schönsten Triumph zu verhindern. Die Tugend, die am Ertrinken ist, hält sich manchmal an schwanken Zweigen fest; einmal der Gefahr entronnen, ist sie auf ihrer Hut und läßt sich nicht mehr so leicht überrumpeln.

Im andern Fall hingegen: was riskieren Sie? Nicht einmal einen Bruch, allerhöchstens einen kleinen Zank, bei dem man durch einige Aufmerksamkeiten das Vergnügen der Aussöhnung erkauft. Was bleibt denn einer Frau, die sich schon ergeben hat, anderes übrig als die Nachsicht? Was könnte sie durch Strenge gewinnen? Den Verlust ihres Vergnügens ohne Vorteil für ihren Ruhm.

Wenn Sie sich, wie ich vermute, für die Partei der Liebe entscheiden, welche mir auch die der Vernunft zu sein scheint, so halte ich es für ein Gebot der Klugheit, sich wegen des Stelldicheins, das Sie versäumen, nicht vorher zu entschuldigen. Lassen Sie einfach auf sich warten. Wenn Sie so unvorsichtig sind, einen Grund anzugeben, wird man vielleicht versucht sein, ihn auf seine Wahrheit zu prüfen. Die Frauen sind neugierig und hartnäckig; alles wird schließlich herausgefunden. Ich habe Ihnen ja, wie Sie sehen, dafür das Beispiel eben selbst geliefert. Aber wenn Sie die Hoffnung bestehen lassen, die ja von der Eitelkeit aufrecht erhalten wird, so wird man sie erst lange nach der zu Erkundigungen geeigneten Zeit aufgeben. Morgen werden Sie dann die Wahl zwischen den unüberwindlichen Hindernissen, die Sie zurückhielten, haben: Sie werden krank, wenn nötig, tot gewesen sein oder sonst etwas, was Sie zur Verzweiflung gebracht hat – und alles kommt wieder in schönste Ordnung.

Im übrigen, für welche Seite immer Sie sich entscheiden, ich bitte Sie nur, mich davon zu unterrichten; und da ich selbst dabei nicht interessiert bin, werde ich alles recht finden, was Sie tun. Adieu, mein lieber Freund.

Noch möchte ich hinzufügen, daß ich Madame de Tourvel nachtrauere. Ich bin verzweifelt, von ihr getrennt zu sein, und gäbe die eine Hälfte meines Lebens hin, um ihr die andere weihen zu dürfen. Ach, glauben Sie mir, glücklich wird man nur durch die Liebe.

Paris, den 5. Dezember 17..

156. Brief **Cécile Volanges an Chevalier Danceny***

Wie kommt es, mein lieber Freund, daß ich Sie nicht mehr sehe, wo ich doch nicht aufhöre, Sie herbeizuwünschen? Sind Sie denn nicht so begierig darauf wie ich? Ach, jetzt bin ich wirklich traurig, viel trauriger als damals, wo wir voneinander ganz getrennt waren! Das Leid, das ich durch die andern erfuhr, kommt mir jetzt von Ihnen, und das tut viel mehr weh.

Seit einigen Tagen ist Mama nie zu Hause, Sie wissen es ja, und ich hoffte, Sie würden versuchen, sich diese Zeit der Freiheit zunutze zu machen. Aber Sie denken nicht einmal an mich; ich bin sehr unglücklich! Sie haben mir so oft gesagt, daß ich von uns beiden es bin, die weniger stark liebt! Ich wußte wohl, daß das Gegenteil wahr ist, und da haben wir den Beweis dafür. Wenn Sie gekommen wären, um mich zu sehen, so hätten Sie mich tatsächlich sehen können; denn ich, ich bin nicht so wie Sie, ich denke nur daran, wie wir zusammenkommen können. Sie würden wohl verdienen, daß ich Ihnen nichts von allem sage, was ich dafür getan habe und was mir so viel Mühe gemacht hat; aber ich liebe Sie zu sehr, und ich habe so große Lust, Sie zu sehen, daß ich nicht anders kann, als es Ihnen sagen. Und wenn Sie einmal da sind, werde ich ja sehen, ob Sie mich wirklich lieben!

* Dem vorigen Brief beigelegt

Ich habe es so geschickt angestellt, daß der Portier für uns ist. Er hat mir versprochen, Sie jedesmal, wenn Sie kommen, passieren zu lassen, als wenn er Sie nicht sähe; und wir können ihm ganz und gar trauen, denn er ist ein sehr anständiger Mann. Es handelt sich also nur noch darum, daß niemand im Hause Sie sieht, und das ist ziemlich leicht, wenn Sie nur abends kommen, wo nämlich gar nichts mehr zu befürchten ist. Seitdem Mama täglich fortgeht, legt sie sich schon um elf Uhr abends schlafen; also werden wir eine Menge Zeit für uns haben.

Der Portier hat mir gesagt, daß, wenn Sie so kommen möchten, Sie statt an das Tor an sein Fenster klopfen sollen, er werde Ihnen gleich öffnen. Die kleine Stiege werden Sie ja finden, und da Sie kein Licht haben können, werde ich die Tür zu meinem Zimmer ein wenig offen lassen, was Ihnen immerhin ein wenig Helligkeit geben wird. Geben Sie ja acht, keinen Lärm zu machen, besonders wenn Sie an Mamas kleiner Tür vorbeigehen. Bei der meiner Kammerjungfer kommt es nicht drauf an, weil sie mir versprochen hat, daß sie nicht aufwachen wird; sie ist auch ein gutes Mädchen! Wenn Sie dann wieder fortgehen, müssen Sie die gleiche Vorsicht wahren. Jetzt werden wir also sehen, ob Sie kommen.

Mein Gott, warum klopft mir denn so sehr das Herz beim Schreiben? Soll mir irgend etwas Widerwärtiges zustoßen, oder ist es die Hoffnung, die mich so erregt? Eins nur fühl' ich, daß ich Sie noch nie so sehr geliebt habe und daß ich mich noch nie so sehr danach gesehnt habe, es Ihnen zu sagen. Kommen Sie also, mein Freund, mein lieber Freund, damit ich Ihnen hundertmal wiederholen kann, daß ich Sie liebe, daß ich Sie anbete, daß ich immer nur Sie lieben werde.

Ich habe es fertig gebracht, Herrn de Valmont sagen zu lassen, daß ich ihm etwas mitzuteilen habe, und er als guter Freund wird sicher morgen kommen. Ich werde ihn dann bitten, Ihnen diesen Brief gleich zu übergeben. Also ich erwarte Sie morgen abend, und Sie werden ganz bestimmt kommen, wenn sie nicht wollen, daß Ihre Cécile sehr unglücklich ist.

Adieu, mein lieber Freund; ich umarme Sie von ganzem Herzen.

Paris, den 4. Dezember 17.., abends

157. Brief **Chevalier Danceny an Vicomte de Valmont**

Zweifeln Sie, mein lieber Vicomte, weder an meinem Herzen noch an meinem Tun. Wie könnte ich einem Wunsch meiner Cécile widerstehen! Ach, sie ist es, sie allein, die ich liebe, die ich immer lieben werde! Ihre Kindlichkeit, ihre Zärtlichkeit haben für mich einen Zauber, von dem ich mich vielleicht in einer schwachen Stunde ablenken lassen konnte, den aber nie etwas auslöschen wird. In ein anderes Abenteuer, sozusagen, ohne daß ich es merkte, hineingezogen, hat mich doch die Erinnerung an Cécile bis in den süßesten Genuß verfolgt; und vielleicht hat mein Herz ihr nie so aufrichtig gehuldigt wie in den Augenblicken, da ich ihr untreu war. Aber, mein Freund, schonen Sie ihr Zartgefühl und verhehlen wir ihr mein Unrecht, nicht um sie zu hintergehen, sondern um sie nicht zu betrüben. Das Glück Céciles ist mein glühendster Wunsch; nie würde ich mir einen Fehler verzeihen, der sie auch nur eine Träne gekostet hätte.

Ich fühle, daß ich Ihre Spöttelei über das, was Sie meine neuen Grundsätze nennen, verdient habe; aber glauben Sie mir, nicht sie sind es, die mich jetzt leiten, und ich bin entschlossen, es schon morgen zu beweisen. Ich werde mich vor der Frau anklagen, die meine Ausschweifung verursacht und geteilt hat, und ich werde zu ihr sagen: »Lesen Sie in meinem Herzen, es empfindet für Sie die zärtlichste Freundschaft, und Freundschaft, vereint mit dem Begehren, gleicht ach so sehr der Liebe! . . . Wir beide haben uns getäuscht; aber, wenn ich auch irren kann, so bin ich doch nicht der Lüge fähig.« Ich kenne meine Freundin; sie ist ebenso ehrlich wie nachsichtig; sie wird mehr tun, als mir recht geben: Sie wird mir verzeihen. Wie oft hat sie sich nicht vorgeworfen, die Freundschaft zu verraten, wie oft hat nicht das Zartgefühl ihr die Liebe vergällt! Tugendhafter als ich, wird sie in meiner Seele die ersprießlichen Ängste stärken, die ich so vermessen war, in der ihren ersticken zu wollen. Ich werde ihr meine Besserung verdanken, wie Ihnen mein größeres Glück. O meine Freunde, teilt Euch in meine Dankbarkeit! Die Vorstellung, daß ich Euch beiden mein Glück schulde, wird seinen Wert erhöhen.

Adieu, mein lieber Vicomte. Das Übermaß meiner Freude hindert mich nicht, an Ihren Kummer zu denken und daran teilzunehmen. Ach, könnte ich Ihnen doch nützlich sein! Ist denn Madame de Tourvel immer noch unerbittlich? Es heißt auch, daß sie sehr krank sei. Mein Gott, wie ich Sie bedaure! Möchte sie doch Gesundheit und zugleich Nachsicht wiedererlangen und Sie für immer glücklich machen! Das sind die Wünsche der Freundschaft; ich wage zu hoffen, die Liebe werde sie erhören!

Ich würde gerne noch länger mit Ihnen plaudern; aber die Zeit drängt, und vielleicht wartet Cécile schon auf mich.

Paris, den 5. Dezember 17..

158. Brief **Vicomte de Valmont an Marquise de Merteuil***

Nun, Marquise, wie befinden Sie sich nach den Freuden der letzten Nacht? Haben Sie sich nicht ein wenig ermüdet? Geben Sie es nur zu, Danceny ist bezaubernd, er vollbringt wahre Wunder, dieser Junge! Das hätten Sie von ihm nicht erwartet, was? Wahrhaftig, ich muß in mich gehen, ein solcher Rivale verdiente es wohl, daß ich ihm hingeopfert wurde. In vollem Ernst: Er hat eine Menge guter Eigenschaften! Und besonders welche Liebe, welche Beständigkeit, welcher feine Takt! Ja, wenn Sie jemals von ihm so geliebt werden sollten wie seine Cécile, werden Sie keine Rivalinnen mehr zu fürchten haben. Er hat es Ihnen diese Nacht bewiesen. Vielleicht könnte eine andere Frau ihn Ihnen mit gefälligen Künsten für einen Augenblick rauben; ein junger Mann versteht es noch nicht, herausfordernden Reizungen zu widerstehen; aber ein einziges Wort des geliebten Wesens genügt, wie Sie sehen, um diese Täuschung zu zerstreuen; demnach fehlt Ihnen zum vollen Glücke nichts, als dieses Wesen zu sein.

Sicher werden Sie darin nicht fehl gehen; Sie haben einen viel zu sicheren Spürsinn, als daß dies zu befürchten wäre. Immerhin hat meine von Ihnen anerkannte aufrichtige Freundschaft in mir den Wunsch hervorgerufen, Sie auf die Probe dieser Nacht zu stellen. Sie ist das Werk meines Eifers und war von Erfolg gekrönt. Aber nur keine Dankesbezeigungen, es ist nicht der Rede wert; denn nichts war leichter als das. Was hat es mich denn genau genommen gekostet? Ein geringfügiges Opfer und ein bißchen Geschicklichkeit. Ich habe mich

* Zu ihrem Erwachen

darein ergeben, mit dem jungen Mann die Gunst seiner Geliebten zu teilen; schließlich hatte er ebensoviel Recht auf sie wie ich, und es lag mir so wenig an ihr! Den Brief, den das Persönchen ihm geschrieben hat, habe ich ihr diktiert; aber das tat ich nur, um Zeit zu sparen, die wir besser verwenden konnten. Der meine, den ich beilegte, oh, der war nichts, fast nichts: Ein paar freundschaftliche Bemerkungen, um die Wahl des Neulings zu lenken. Aber auf Ehre, sie waren überflüssig; um die Wahrheit zu sagen: Er hat nicht einen Augenblick lang geschwankt.

Und heute wird er in seiner Unschuld zu Ihnen kommen, um Ihnen alles zu erzählen. Sicherlich wird Ihnen dieser Bericht viel Vergnügen machen! Er wird zu Ihnen sprechen: »Lesen sie in meinem Herzen!« So schreibt er mir in seinem Brief, und Sie müssen doch einsehen, daß das alles wieder gutmacht. Ich hoffe, Sie werden, wenn Sie in seinem Herzen das von ihm Gewünschte lesen, vielleicht auch darin lesen, daß so junge Liebhaber nicht ohne Gefahr sind; und außerdem noch, daß es besser ist, mich zum Freund als zum Feind zu haben.

Adieu, Marquise, bis zum nächsten Mal!

Paris, den 6. Dezember 17..

159. Brief **Marquise de Merteuil an Vicomte de Valmont***

Ich mag es nicht, wenn man schlechtem Benehmen noch schlechte Scherze gesellt; das ist nicht meine Art, noch mein Geschmack. Wenn ich mich über jemanden zu beklagen habe, verhöhne ich ihn nicht; ich tue etwas Besseres: Ich räche mich an ihm. So zufrieden mit sich selbst Sie auch in diesem Moment sein mögen, vergessen Sie eines nicht: Es wäre nicht das erste Mal, daß Sie sich im voraus und ganz allein Beifall klatschen, in der Hoffnung auf einen Triumph, der Ihnen in dem gleichen Augenblick entschwindet, in dem Sie sich zu ihm beglückwünschen. Adieu.

Paris, den 6. Dezember 17..

* Billet

160. Brief **Madame de Volanges an Madame de Rosemonde**

Ich schreibe Ihnen aus dem Zimmer unserer unglücklichen Freundin, deren Zustand immer ziemlich unverändert bleibt. Heute nachmittag soll eine Konsultation von vier Ärzten stattfinden. Leider ist dies, wie sie wissen, öfter ein Zeichen, daß Gefahr besteht, als ein Weg zur Rettung.

Immerhin scheint es, daß während der letzten Nacht die Besinnung ein wenig zurückgekehrt ist. Die Kammerfrau berichtete mir heute morgen, daß ihre Herrin sie ungefähr um Mitternacht rufen ließ, mit ihr allein sein wollte und ihr einen ziemlich langen Brief diktiert hat. Julie sagte noch: Während sie damit beschäftigt gewesen sei, den Brief zusammenzufalten, habe Madame de Tourvel einen neuen Anfall bekommen, so daß das Mädchen nicht wußte, welche Adresse sie schreiben sollte. Ich äußerte zuerst mein Erstaunen, daß der Inhalt des Briefes sie darüber nicht hinreichend unterrichtet hatte, aber auf ihre Antwort, sie habe befürchtet, sich zu irren, und ihre Herrin habe ihr doch befohlen, den Brief sofort abzuschicken, schien es mir richtig, das Schreiben zu öffnen.

Ich fand darin das Schriftstück, das ich beilege und das tatsächlich an niemanden adressiert werden kann, weil es sich an zu viele Personen wendet. Ich glaube freilich, daß unsere unglückliche Freundin ursprünglich an Herrn de Valmont schreiben wollte und daß sie sich dann unwillkürlich von der Verwirrung ihrer Gedanken mitreißen ließ. Wie dem auch sei, ich bin zu der Ansicht gelangt, daß man diesen Brief niemandem zustellen soll. Ich schicke ihn Ihnen, weil Sie daraus weit besser, als ich es Ihnen sagen könnte, ersehen werden, welche Gedanken den Kopf unserer Kranken erfüllen. Solange sie so heftig erregt ist, habe ich nur wenig Hoffnung: Der Körper erholt sich nur schwer, wenn der Geist so unruhig ist.

Adieu, meine liebe und verehrungswürdige Freundin. Wie glücklich sind Sie, entfernt von dem traurigen Schauspiel zu sein, das ich ständig vor Augen habe! Paris, den 6. Dezember 17..

Grausames und zerstörerisches Wesen, wirst Du nie müde werden, mich zu verfolgen? Genügt es Dir nicht, mich gequält, herabgewürdigt, erniedrigt zu haben? Willst Du mir auch noch den Frieden des Grabes rauben? Wie, an dieser Stätte der Finsternis, wo mich zu vergraben die Schmach mich zwang, sind die Leiden ohne Unterlaß, ist die Hoffnung unbekannt? Ich flehe nicht um eine Gnade, die ich nicht verdiene: Um klaglos zu dulden, wird es genügen, daß meine Leiden nicht meine Kräfte übersteigen. Aber mache meine Qualen nicht unerträglich! Laß mir die Schmerzen, aber nimm mir die grausame Erinnerung an die Freuden, die ich verloren habe. Wenn Du sie mir schon entrissest, laß nicht vor meinen Augen ihr zur Verzweiflung treibendes Bild erstehen! Ich war unschuldig und lebte in Frieden; weil ich Dich sah, verlor ich die Ruhe; weil ich Dich anhörte, wurde ich zur Verbrecherin. Urheber meiner Verfehlungen Du, mit welchem Recht strafest Du sie?

Wo sind die Freunde, die mich liebten, wo sind sie? Mein Unglück schreckt sie ab. Keiner wagt sich mir zu nähern. Ich bin in Bedrängnis, und sie lassen mich ohne Hilfe! Ich sterbe, und keiner beweint mich. Jeder Trost ist mir versagt. Das Mitleid hält am Rande des Abgrunds inne, in den der Verbrecher sich stürzt. Gewissensbisse zerfleischen ihn, und sein Schreien wird nicht gehört!

Und Du, dem ich einen Schimpf antat, Du, dessen Achtung meine Marter noch vermehrt, Du, der Du allein das Recht hättest, Dich zu rächen, was tust Du fern von mir? Komm und strafe Deine ungetreue Gattin! Auf daß ich endlich verdiente Qualen leide. Schon hätte ich mich Deiner Rache preisgegeben; aber es fehlte mir der Mut, Dir von Deiner Schande zu sprechen. Ich unterließ es nicht aus Heuchelei, sondern aus Achtung vor Dir. Möge wenigstens dieser Brief Dir meine Reue zeigen. Der Himmel hat für Dich Partei ergriffen: Er rächt Dich für eine Beleidigung, von der Du nichts wußtest. Er war es, der mir die Zunge band und meine Worte zurückhielt, aus Furcht, Du könntest mir eine Sünde vergeben, die er bestrafen wollte. Er hat mich Deiner Nachsicht entzogen, die seine Gerechtigkeit beleidigt hätte.

* Von ihr dem Kammermädchen diktiert

Erbarmungslos in seiner Rache, hat der Himmel mich dem Manne ausgeliefert, der mein Verderben ist. Um ihn und durch ihn leide ich zugleich. Vergeblich suche ich ihn zu fliehen; er folgt mir, ist da, bedrängt mich ohne Unterlaß. Ach, wie verschieden ist er jetzt von dem, der er war! Seine Augen drücken nur noch Haß und Verachtung aus. Sein Mund öffnet sich nur noch zu Vorwurf und Beschimpfungen. Seine Arme umschlingen mich nur noch, um mich zu zerfleischen. Wer rettet mich vor seiner unmenschlichen Wut?

Doch wie, da ist er ja . . . ich täusche mich nicht; er ist es, den ich wiedersehe. O Du mein liebenswürdiger Freund, empfange mich in Deinen Armen, birg mich an Deiner Brust – ja, Du bist es, Du bist es wirklich! Welch unheilvolle Verblendung hat mich Dich verkennen lassen? Wie habe ich gelitten, da Du fern von mir warst! Wir wollen uns nicht mehr trennen, niemals. Laß mich Atem schöpfen. Fühle, wie mein Herz klopft! Ach, es klopft nicht mehr aus Angst, sondern in der süßen Erregung der Liebe. Warum versagst Du Dich meinem zärtlichen Kosen? Wende mir doch Deine sanften Blicke zu! Was sind das für Ketten, die Du zu zerreißen suchst? Für wen bereitest Du dieses Leichengepräge? Was kann Deine Züge so entstellen? Was tust Du? Laß mich, ich schaudere! Mein Gott, es ist wieder das Ungeheuer!

Meine Freundinnen, verlaßt mich nicht! Ihr, die Ihr mich auffordertet, ihn zu fliehen, helft mir, gegen ihn anzukämpfen! Und Du, die Du nachsichtiger warst und mir versprachst, meine Leiden zu lindern, komm doch zu mir! Wo seid Ihr alle beide? Wenn es mir nicht vergönnt sein sollte, Euch wiederzusehen, antwortet wenigstens auf meinen Brief, damit ich weiß, daß Ihr mich noch liebt.

Laß doch ab von mir, Du Grausamer! Welch neue Wut überkommt Dich? Fürchtest Du etwa, daß eine sanfte Empfindung meine Seele umfangen könnte? Du verdoppelst meine Marter, Du zwingst mich, Dich zu hassen. O wie weh tut der Haß, wie versengt er das Herz, das ihn ausströmt! Warum verfolgen Sie mich? Was können Sie mir noch zu sagen haben? Sind Sie es nicht selbst, die es mir unmöglich machten, Sie anzuhören, wie auch, Ihnen zu antworten? Erwarten Sie nichts mehr von mir. Adieu.

Paris, den 5. Dezember 17..

162. Brief **Chevalier Danceny an Vicomte de Valmont**

Mein Herr! Ich bin von Ihrer Handlungsweise gegen mich unterrichtet. Ich weiß auch, daß Sie, nicht zufrieden, mir schändlich mitgespielt zu haben, sich nicht scheuen, damit zu prahlen und darüber zu frohlocken. Den Beweis für Ihren Verrat habe ich von Ihrer eigenen Hand niedergeschrieben gesehen. Ich gestehe, daß mein Herz tief betrübt war und daß ich Scham empfinde, weil ich selbst so sehr den schändlichen Mißbrauch gefördert habe, den Sie mit meinem blinden Vertrauen getrieben haben. Aber ich beneide Sie nicht um diesen schmählichen Vorteil und bin nur neugierig, ob Sie ihn immer über mich haben werden. Das wird sich erweisen, wenn Sie, wie ich hoffe, sich morgen zwischen acht und neun Uhr früh am Tor des Waldes von Vincennes beim Dorfe Saint-Mandé einfinden. Ich werde dafür Sorge tragen, daß dort alles zur Verfügung steht, was für unsere Auseinandersetzung nötig ist.

DER CHEVALIER DANCENY
Paris, den 6. Dezember 17 . ., abends

163. Brief **Monsieur Bertrand an Madame de Rosemonde**

Gnädige Frau!

Mit großer Betrübnis erfülle ich die traurige Pflicht, Ihnen eine Nachricht zu übermitteln, die Ihnen grausamen Kummer verursachen wird. Gestatten Sie mir, Sie zunächst an jene Ergebenheit in Gottes Willen zu erinnern, die wir alle so häufig an Ihnen bewundert haben und die allein uns die Leiden ertragen läßt, mit denen unser jammervolles Dasein besät ist.

Ihr Herr Neffe – – mein Gott, muß es denn sein, daß ich eine so ehrwürdige Dame so tief betrübe? – Ihr Herr Neffe hatte das Unglück, in einem Zweikampf zu fallen, den er heute morgen mit dem Herrn Chevalier Danceny ausgefochten hat. Der Anlaß des Zwistes ist mir völlig unbekannt, aber es scheint nach dem Billet, das ich in der Tasche des Herrn Vicomte gefunden habe und das ich die Ehre habe, Ihnen zu übersenden, es scheint, sage ich, daß nicht er der Herausforderer gewesen ist. Und dennoch hat der Himmel zugegeben, daß er es war, der unterlag.

Ich war gerade beim Herrn Vicomte, um ihn zu erwarten, als man ihn ins Palais zurückbrachte. Stellen Sie sich mein Entsetzen vor, als ich Ihren Herrn Neffen von zweien seiner Leute getragen und ganz in Blut gebadet erblickte! Er hatte zwei Degenstiche im Leib und war schon sehr schwach. Herr Danceny war auch da, und er weinte sogar. Zweifellos hat er zum Weinen allen Grund; aber was nützt es noch Tränen zu vergießen, wenn man ein Unglück angerichtet hat, das nicht wieder gutzumachen ist!

Ich war ganz außer mir und sagte ihm trotz der Wenigkeit, die ich bin, sehr deutlich meine Meinung. Aber da zeigte sich der Herr Vicomte wahrhaft groß. Er befahl mir zu schweigen; und den Menschen, der sein Mörder war, hat er bei der Hand genommen, seinen Freund genannt, vor uns allen geküßt und dann zu uns gesagt: »Ich befehle Euch, dem Herrn alle Ehre zu erweisen, die man einem tapfern und edlen Manne schuldet.« Außerdem hat er ihm in meiner Gegenwart ein sehr umfangreiches Bündel von Papieren übergeben lassen, die ich nicht kenne, aber von denen ich genau weiß, daß er ihnen große Wichtigkeit beilegte. Dann wollte er, daß man sie beide eine Weile allein ließe. Inzwischen hatte ich schnell alle Hilfe, sowohl geistliche wie weltliche, holen lassen; aber leider war das Übel unheilbar. Nicht ganz eine halbe Stunde später verlor der Herr Vicomte das Bewußtsein. Er konnte gerade noch die letzte Ölung empfangen und die heilige Handlung war kaum zu Ende, als Herr Vicomte den letzten Seufzer aushauchte.

Du lieber Herrgott! Als ich diesen kostbaren Sproß eines erlauchten Hauses bei seiner Geburt in meinen Armen hielt, konnte ich da ahnen, daß er in meinen Armen verscheiden und daß ich seinen Tod zu beweinen haben würde? Ein so vorzeitiger und so unglücklicher Tod! Meine Tränen fließen, ich kann sie nicht zurückhalten. Ich bitte Sie, mir zu verzeihen, gnädige Frau, wenn mein Schmerz sich mit dem Ihren mischt; aber in allen Ständen gibt es fühlende Herzen, und ich wäre wirklich undankbar, wenn ich nicht mein ganzes Leben lang einen hohen Herrn beweinte, der mir so gewogen war und mich so sehr mit seinem Vertrauen beehrte.

Morgen nach der Beisetzung werde ich überall die Siegel anlegen lassen. Sie können sich deswegen ganz auf mich verlassen. Sie wissen wohl, gnädige Frau, daß durch dieses unglückliche Ereignis die Erbeinsetzung nichtig wird und daß Sie wieder freie Verfügung über Ihr Vermögen haben. Wenn ich Ihnen dabei irgendwie dienlich sein kann, bitte ich Sie, mir gütigst Ihre Befehle zukommen zu lassen. Ich werde meinen ganzen Eifer darein setzen, sie pünktlich auszuführen.

Ich bin in tiefster Ehrerbietung, gnädige Frau, Ihr untertänigster usw.

BERTRAND

Paris, den 7. Dezember 17..

164. Brief **Madame de Rosemonde an Monsieur Bertrand**

Soeben erhalte ich Ihren Brief, mein lieber Bertrand, und erfahre durch ihn von dem furchtbaren Ereignis, dessen unglückliches Opfer mein Neffe geworden ist. Ja, gewiß, ich habe Ihnen Befehle zu geben, und nur um ihretwillen bin ich imstande, mich noch mit etwas anderem zu beschäftigen als mit meinem tödlichen Kummer.

Das Billet des Herrn Danceny, das Sie mir schickten, bildet den überzeugenden Beweis dafür, daß er der Herausforderer zu dem Zweikampf war. Meine Absicht ist demnach, daß Sie in meinem Namen sofort Klage erheben. Wenn mein Neffe seinem Feind und Mörder verziehen hat, so hat er damit seiner angeborenen Großmut nachgegeben; aber mir liegt es ob, seinen Tod zu rächen und gleichzeitig der Menschlichkeit und der Religion Genüge zu tun. Man kann das Gesetz nicht genug zur Strenge aufrufen gegen diesen Überrest von Barbarei, der unsere Sitten noch verseucht, und ich glaube nicht, daß uns in diesem Falle Verzeihung der Beleidigungen geboten sein kann. Ich erwarte also, daß Sie diese Angelegenheit mit all dem Eifer und der Tatkraft verfolgen, deren ich Sie fähig weiß und die Sie dem Andenken meines Neffen schuldig sind.

Sie müssen vor allem in meinem Namen den Herrn Präsidenten von ... aufsuchen und mit ihm alles besprechen. Ich selbst schreibe ihm nicht, da es mich drängt, mich ganz meinem Schmerz hinzugeben. Bitten Sie ihn für mich um Entschuldigung und lassen Sie ihn diesen Brief lesen.

Adieu, mein lieber Bertrand; ich lobe Sie und danke Ihnen für Ihre gute Gesinnung und bin stets die Ihre.

Schloß ..., den 8. Dezember 17..

165. Brief **Madame de Volanges an Madame de Rosemonde**

Ich weiß, meine liebe und verehrungswürdige Freundin, daß Sie von dem Verlust, der Sie betroffen hat, bereits unterrichtet sind; ich kannte Ihre zärtliche Liebe zu Herrn de Valmont und teile aufrichtig die Betrübnis, die Sie empfinden müssen. Ich bedaure von Herzen, daß ich dem Trauerfall, den Sie beweinen, einen neuen hinzufügen muß; aber ach, wir können unserer unglücklichen Freundin nur noch unsere Tränen weihen. Gestern um elf Uhr nachts haben wir sie verloren. Durch ein ihrem Schicksal anhaftendes Verhängnis, das aller menschlichen Voraussicht spottete, hat die kurze Weile, um die sie Herrn de Valmont überlebte, genügt, um sie seinen Tod erfahren zu lassen, so daß sie, wie sie selbst sagte, der Last ihres Unglücks erst erliegen durfte, als sein Maß voll war.

Sie wußten ja, daß sie schon seit zwei Tagen nicht mehr bei sich war; und noch gestern früh, als der Arzt kam und wir an ihr Bett traten, erkannte sie weder ihn noch mich, und wir konnten von ihr weder ein Wort noch das geringste Zeichen erlangen. Kaum aber waren wir zum Kamin zurückgekehrt, und kaum hatte mir der Arzt den traurigen Tod des Herrn de Valmont berichtet, als die Unselige plötzlich wieder zum vollen Bewußtsein kam, sei es, daß die Natur allein diesen Umschwung bewirkt hat, sei es, daß er durch die öfter wiederholten Worte »Herr de Valmont« und »Tod« verursacht wurde, die in der Kranken die einzigen Gedanken aufriefen, mit denen sie sich seit langem beschäftigte.

Wie dem auch sein mag, sie öffnete plötzlich ihre Bettvorhänge und rief: »Wie! Was sagen Sie da? Herr de Valmont ist tot?« Ich hoffte, sie glauben zu machen, daß sie sich täusche, und versicherte ihr, sie habe falsch gehört. Aber weit davon entfernt, sich überzeugen zu lassen, verlangte sie vom Arzte, daß er den grausamen Bericht wiederhole; sie winkte mich heran, als ich versuchte, sie davon abzubringen, und sagte leise zu mir: »Warum wollen Sie mich täuschen? Für mich war er doch schon gestorben!« So blieb nichts übrig, als ihr den Willen zu tun.

Anfangs hörte unsere unglückliche Freundin ziemlich ruhig zu; aber bald unterbrach sie den Erzähler mit den Worten: »Genug, ich habe genug gehört.« Und sofort verlangte sie, daß man die Bettvorhänge zuziehe. Als der Arzt sich dann um sie bemühen wollte, litt sie nicht, daß er ihr nahekomme.

Kaum war er gegangen, da schickte sie auch die Pflegerin und die Kammerfrau weg, und als wir dann allein waren, bat sie mich, ihr behilflich zu sein: sie wollte im Bette knien, und ich sollte sie dabei stützen. Einige Zeit blieb sie kniend und stumm, nur ihre Tränen flossen reichlich. Endlich erhob sie die gefalteten Hände gen Himmel und sagte mit schwacher, aber inbrünstiger Stimme: »Allmächtiger Gott, ich unterwerfe mich Deiner Gerechtigkeit; aber verzeihe Valmont. Möge mein Unglück, das ich bekenne, verdient zu haben, nicht gegen ihn zur Anklage werden, und ich werde Deine Barmherzigkeit preisen!« Ich habe mir erlaubt, meine liebe und verehrungswürdige Freundin, auf diese Einzelheiten einzugehen, von denen ich wohl fühle, daß sie Ihr Leid erneuern und verschärfen müssen; ich tat es, weil ich nicht zweifle, daß das Gebet von Madame de Tourvel dennoch Ihrer Seele einen großen Trost gewähren wird.

Nachdem unsere Freundin diese wenigen Worte hervorgebracht hatte, sank sie zurück in meine Arme; und ich hatte sie kaum zurechtgebettet, als sie von einer Schwäche ergriffen wurde, die zwar lange anhielt, aber durch die üblichen Mittel schließlich behoben werden konnte. Sobald sie das Bewußtsein wieder erlangte, bat sie mich, den Pater Anselme holen zu lassen. »Das ist jetzt der einzige Arzt, den ich brauche«, sagte sie, »ich fühle, daß meine Leiden bald enden werden.« Sie beklagte sich sehr über einen Druck auf der Brust und konnte nur mühsam sprechen.

Kurze Zeit darauf ließ sie mir durch ihre Kammerfrau ein Kästchen übergeben, das ich Ihnen schicke. Sie sagte mir, es enthalte ihr gehörige Papiere, und beauftragte mich, es nach ihrem Tode Ihnen sofort zuzustellen*. Dann sprach sie mir von Ihnen, von Ihrer Freundschaft für Sie und äußerte sich, soweit es ihr Zustand erlaubte, mit großer Wärme.

Der Pater Anselme erschien gegen vier Uhr und blieb fast eine Stunde allein mit ihr. Als wir ins Zimmer zurückkamen, war das Gesicht der Kranken ruhig und heiter; aber es war leicht zu sehen, daß Pater Anselme sehr geweint hatte. Er blieb zu den letzten kirchlichen Zeremonien da. Dieses Schauspiel, stets so erhaben und schmerzlich,

* Diese Schatulle enthielt alle Briefe, die sich auf ihre Liebesaffäre mit Herrn de Valmont bezogen.

wurde es noch mehr durch den Gegensatz zwischen der ruhigen Ergebenheit der Kranken und dem tiefen Schmerz ihres ehrwürdigen Beichtvaters, der neben ihr in Tränen zerschmolz. Die Rührung war allgemein, und sie, die alle beweinten, war die einzige, die nicht weinte.

Der Rest des Tages verging unter den üblichen Gebeten, die nur durch die häufigen Ohnmachtsanfälle der Kranken unterbrochen wurden. Endlich, gegen elf Uhr nachts, schien sie mir noch schwerer zu atmen und noch schmerzlicher zu leiden. Ich suchte mit meiner Hand ihren Arm; sie hatte noch die Kraft, sie zu nehmen und sich aufs Herz zu legen. Ich spürte kein Klopfen mehr, und in der Tat hauchte unsere unglückliche Freundin im selben Augenblicke ihre Seele aus.

Erinnern Sie sich, liebe Freundin, wie wir vor kaum einem Jahr, anläßlich Ihrer letzten Reise hierher, von einigen unserer Bekannten sprachen, deren Glück uns mehr oder weniger gesichert schien, und wie wir mit besonderem Wohlgefallen bei dem Schicksal ebenderselben Frau verweilten, deren Unglück wir heute zugleich mit ihrem Tode beweinen? So viel Tugend, so viel lobenswerte Eigenschaften und Reize; ein so sanftes und liebenswürdiges Temperament; ein Ehemann, den sie liebte und von dem sie angebetet wurde; ein Gesellschaftskreis, in dem sie sich gefiel und dessen Entzücken sie war; ein vorteilhaftes Aussehen, Jugend, Vermögen – und dieser Kranz von Glücksgaben, all das mußte durch eine einzige Unbesonnenheit verlorengehen! O Vorsehung, gewiß muß man deinen Ratschlüssen Ehrfurcht zollen, aber wie unbegreiflich sind sie! Ich halte inne, aus Furcht, Ihre Traurigkeit zu vermehren, indem ich mich der meinen hingebe.

Ich verlasse Sie, um mich zu meiner Tochter zu begeben, die ein wenig unpäßlich ist. Als sie heute früh durch mich den plötzlichen Tod zweier Bekannter erfuhr, befiel sie ein Unwohlsein, und ich ließ sie zu Bett bringen. Übrigens hoffe ich, daß dieses leichte Übelbefinden keine Folgen nach sich ziehen wird. In diesem Alter ist man ans Leid noch nicht gewöhnt, und jeder solche Eindruck wirkt dadurch um so lebhafter und stärker. Diese rege Empfindsamkeit ist ja gewiß eine löbliche Eigenschaft; aber wie sehr werden wir durch das, was wir täglich erleben, gelehrt, sie zu fürchten! Adieu, meine liebe und verehrungswürdige Freundin.

Paris, den 9. Dezember 17..

166. Brief **Monsieur Bertrand an Madame de Rosemonde**

Gnädige Frau!

Ihren Befehlen gemäß, die Sie an mich zu richten mir die Ehre gaben, hatte ich die Ehre, den Herrn Präsidenten von ... aufzusuchen, und ich habe ihn mit Ihrem Briefe bekannt gemacht und ihm, Ihrem Wunsche entsprechend, zugleich mitgeteilt, daß ich ohne seinen Rat nichts unternehmen würde. Diese hochachtbare Gerichtsperson hat mich beauftragt, Sie wissen zu lassen, daß die Klage, die Sie beabsichtigen, gegen den Herrn Chevalier Danceny einzureichen, gleichermaßen dem Andenken Ihres Herrn Neffen schaden würde und daß seine Ehre durch einen Gerichtsspruch notwendigerweise mit einem Makel behaftet würde, was zweifellos ein großes Unglück wäre. Seine Meinung ist also, daß man sich wohl hüten muß, irgendeinen Schritt zu tun, und daß, wenn dennoch einer zu unternehmen wäre, man im Gegenteil versuchen müßte, zu verhindern, daß die Staatsanwaltschaft von dieser unglücklichen Sache Kenntnis nimmt, die schon viel zu viel Lärm gemacht hat.

Diese Bemerkungen schienen mir sehr klug, und ich will nun neue Befehle von Ihnen erwarten.

Gestatten Sie mir, gnädige Frau, die Bitte, mir zugleich mit Ihren Aufträgen ein Wort über den Zustand Ihrer Gesundheit gütigst zukommen lassen zu wollen, die mir wegen des vielen Kummers, der Sie betroffen, außerordentliche Sorge macht. Ich hoffe, daß Sie die Freiheit, die ich mir herausnehme, meiner Anhänglichkeit und meinem Eifer zugute halten werden.

Ich bin in Ehrerbietung, gnädige Frau, Ihr usw.

Paris, den 10. Dezember 17..

167. Brief **Ungenannter an Herrn Chevalier Danceny**

Mein Herr!

Ich habe die Ehre, Sie davon zu verständigen, daß heute morgen im Königlichen Gerichtshof unter den Herren Generalprokuratoren von der Affäre die Rede war, die Sie letzthin mit dem Herrn Vicomte de Valmont hatten, und daß eine Anklage durch die Königliche Staatsanwaltschaft zu befürchten steht. Ich glaube, Ihnen mit dieser Warnung dienlich zu sein, sei es, damit Sie Ihre Gönner bemühen, um diesen ärgerlichen Folgen Einhalt zu tun, sei es, damit Sie im Falle des Mißlingens dieses Schrittes die nötigen Maßregeln zu Ihrer persönlichen Sicherheit ergreifen können.

Wenn Sie mir erlauben, Ihnen einen Rat zu geben, so möchte ich meinen, daß Sie gut daran täten, sich während einiger Zeit weniger zu zeigen, als Sie es in den letzten Tagen getan haben. Obwohl in dieser Art von Affären im allgemeinen Nachsicht geübt wird, so schuldet man doch nichtsdestoweniger dem Gesetze diese Rücksicht.

Diese Vorsichtsmaßnahme ist um so mehr geboten, als mir zu Ohren gekommen ist, daß eine Madame de Rosemonde, wie es heißt die Tante des Herrn Valmont, eine Klage gegen Sie einreichen will, und dann müßte die Anklagebehörde ihrem Ersuchen stattgeben. Es wäre vielleicht günstig, jemanden mit dieser Dame sprechen zu lassen.

Besondere Gründe halten mich davon ab, diesen Brief zu unterzeichnen. Aber ich zähle darauf, daß Sie, auch ohne zu wissen, von wem er kommt, der Gesinnung, die ihn eingegeben hat, Gerechtigkeit widerfahren lassen werden.

Ich habe die Ehre, zu verbleiben usw.

Paris, den 10. Dezember 17..

168. Brief **Madame de Volanges an Madame de Rosemonde**

Seit kurzem, meine liebe und verehrungswürdige Freundin, gehen hier über Madame de Merteuil recht seltsame und ärgerliche Gerüchte um. Natürlich bin ich weit entfernt, daran zu glauben, und ich möchte wetten, daß es nur eine häßliche Verleumdung ist. Aber ich weiß nur zu gut, wie leicht selbst den unwahrscheinlichsten Bosheiten Gehör geschenkt wird und wie schwer der Eindruck, den sie hinterlassen, sich wieder verwischt, und darum bin ich über diese hier doch höchst beunruhigt, so leicht sie sich, wie ich glaube, auch Lügen strafen ließen. Vor allem wünschte ich, daß ihnen noch rechtzeitig Einhalt geboten würde, bevor sie noch weitere Verbreitung finden. Aber ich habe erst gestern, viel zu spät, alle diese skandalösen Geschichten erfahren, die man herumzubieten beginnt, und als ich heute morgen zu Madame de Merteuil schickte, war sie gerade aufs Land verreist, wo sie zwei Tage verbringen soll. Man hat mir nicht sagen können, zu wem sie gefahren ist. Ihre zweite Kammerfrau, nach der ich schickte, hat mir bloß gesagt, ihre Herrin habe ihr befohlen, sie am nächsten Donnerstag zu erwarten, und von ihren Bediensteten, die sie hier gelassen hat, weiß keiner mehr. Ich selbst habe keine Ahnung, wo sie sein kann; unter ihren Bekannten gibt es, soviel ich mich erinnere, niemand, der so spät im Jahr auf seinem Landgut bleibt.

Wie dem auch sei, Sie werden mir, wie ich hoffe, bis zu ihrer Rückkehr einige Aufklärungen geben können, die für sie von Nutzen sind. Man bringt nämlich diese schändlichen Geschichten mit den näheren Umständen des Todes von Herrn de Valmont in Verbindung, von denen Sie doch offenbar unterrichtet sein müssen, wenn sie wahr sind, oder doch leicht imstande sind, sich zu unterrichten, worum ich Sie flehentlich bitte. So wissen Sie denn, was man öffentlich sagt, oder vielmehr vorerst nur munkelt, was aber sicherlich bald laut herausgeschrien werden wird.

Man sagt also, daß der zwischen Herrn de Valmont und dem Chevalier Danceny plötzlich entstandene Streit das Werk der Madame de Merteuil ist, die alle beide hinterging; die beiden Rivalen hätten, wie das fast immer so geht, damit begonnen, sich zu schlagen, und wären erst nachher zu Aufklärungen übergegangen; daraufhin sei es zu einer aufrichtigen Versöhnung gekommen, und Herr de Valmont habe, damit der Chevalier Madame de Merteuil vollständig kennenlerne und auch, um sich gänzlich zu rechtfertigen, seinen Eröffnungen noch eine Menge Briefe hinzugefügt, eine regelrechte Korrespondenz zwischen ihm und ihr, in der sie über sich selbst in freiester Sprache die skandalösesten Geschichten erzählt.

Ferner sagt man, daß Danceny in seiner ersten Entrüstung die Briefe jedem zeigte, der sie sehen wollte, und daß ihr Inhalt jetzt in Paris die Runde macht. Man führt besonders zwei Briefe an *: den einen, in dem sie die ganze Geschichte ihres Lebens und ihrer Grundsätze erzählt und der das Höchste an Gemeinheit sein soll; und den andern, der Herrn de Prévan, an dessen Geschichte Sie sich wohl erinnern, völlig rechtfertigt durch den darin enthaltenen Beweis, daß er im Gegenteil nur dem allerdeutlichsten Entgegenkommen der Marquise Folge geleistet hat und daß das Stelldichein mit ihr abgemacht war.

* Der 81. und der 85. Brief dieser Sammlung

Ich habe zum Glück die triftigsten Gründe, zu glauben, daß diese Bezichtigungen ebenso falsch wie gehässig sind. Erstens wissen wir alle beide, daß Herr de Valmont sich sicherlich nicht für Madame de Merteuil interessierte, und ich habe allen Anlaß zu der Annahme, daß Danceny es ebensowenig tat; damit scheint mir bewiesen, daß sie weder der Gegenstand noch die Urheberin dieses Streites sein konnte. Ich begreife auch nicht, welches Interesse Madame de Merteuil (die angeblich mit Herrn Prévan im Einverständnis war) an der Herbeiführung einer Szene hatte, die ihr durch das erregte Aufsehen nur peinlich sein mußte und für sie auch höchst gefährlich werden konnte, weil sie sich dadurch einen Mann zum unversöhnlichen Feinde machte, der zum Teil Mitwisser ihres Geheimnisses war und damals viele Anhänger hatte. Zu bemerken ist auch noch, daß sich seit dieser Geschichte keine einzige Stimme zugunsten von Prévan erhoben hat und nicht einmal von seiner Seite ein Einspruch erfolgt ist.

Diese Überlegungen könnten mich dazu bewegen, ihn für den Urheber der heute umlaufenden Gerüchte zu halten und diese Verleumdungen als das Werk des Hasses und der Rache eines Mannes anzusehen, der, da er sich verloren sieht, auf diese Weise wenigstens Zweifel zu verbreiten und vielleicht eine willkommene Ablenkung zu schaffen hofft. Aber, von welcher Seite diese Bosheiten auch kommen mögen, das dringendste ist, sie unwirksam zu machen. Sie würden in sich selbst zusammenfallen, wenn sich, wie wahrscheinlich ist, herausstellte, daß Valmont und Danceny nach dieser unglücklichen Affäre nicht mehr miteinander gesprochen haben und daß eine Übergabe von Papieren nicht stattgefunden hat.

In meiner Ungeduld, mir über diese Tatsachen Gewißheit zu verschaffen, habe ich heute vormittag zu Danceny geschickt; aber auch er ist nicht in Paris. Seine Leute sagten meinem Kammerdiener, er sei auf eine Nachricht hin, die er gestern bekommen, noch in der gleichen Nacht abgereist, und sein Aufenthalt sei ein Geheimnis. Offensichtlich fürchtet er die Folgen seiner Affäre. So kann ich nur von Ihnen, meine liebe und verehrungswürdige Freundin, die Einzelheiten erfahren, die mich interessieren und die Madame de Merteuil vielleicht sehr nötig haben wird. Ich erneuere meine Bitte, sie mir so schnell wie möglich mitzuteilen.

PS. Die Unpäßlichkeit meiner Tochter ist vorüber; sie versichert Sie ihrer Ehrerbietung. Paris, den 11. Dezember 17..

169. Brief **Chevalier Danceny an Madame de Rosemonde**

Madame, vielleicht werden Sie den Schritt, den ich heute unternehme, sehr sonderbar finden; aber ich beschwöre Sie: Hören Sie mich an, bevor Sie mich verurteilen, und sehen Sie nicht Keckheit und Vermessenheit dort, wo nur Ehrfurcht und Vertrauen sind. Ich verhehle mir das Unrecht nicht, in dem ich mich Ihnen gegenüber befinde, und ich würde es mir mein Leben lang nicht verzeihen, wenn ich auch nur während eines Augenblicks denken könnte, daß es mir möglich gewesen wäre, es zu vermeiden. Seien Sie sogar überzeugt, Madame, daß ich, wenn auch frei von Vorwurf, doch nicht frei von Kummer bin, und ich kann in aller Aufrichtigkeit hinzufügen, daß der Schmerz, den ich Ihnen verursacht habe, zu dem meinen in hohem Grade beiträgt. Damit Sie diesen Gefühlen glauben, deren ich Sie zu versichern wage, brauchen Sie nur sich selbst Gerechtigkeit widerfahren zu lassen und zu wissen, daß ich, ohne die Ehre zu haben, von Ihnen gekannt zu werden, doch die Ehre habe, Sie zu kennen.

Indes, während ich über das Verhängnis seufze, das zugleich Ihren Kummer und mein Unglück herbeigeführt hat, will man mich fürchten machen, daß Sie, einzig auf Rache bedacht, nur nach dem Mittel suchen, sie zu befriedigen, und sogar die Strenge des Gesetzes anrufen wollen.

Erlauben Sie mir, zunächst zu bemerken, daß Ihr Schmerz Sie hier irreleitet, denn mein Interesse in dieser Sache ist wesentlich mit dem des Herrn de Valmont verknüpft, und er würde von einer Verurteilung, die Sie gegen mich veranlaßt hätten, mitbetroffen werden. Ich würde also glauben, Madame, weit eher auf Ihren Beistand als auf Hindernisse zählen zu können, wenn ich Schritte unternehmen müßte, um dieses unglückliche Ereignis in Schweigen zu begraben.

Aber dieser Ausweg des Einverständnisses, der gleichzeitig dem Schuldigen wie dem Unschuldigen zugute kommt, kann meinem Empfinden nicht genügen; indem ich Sie als Gegenpartei auszuscheiden trachte, rufe ich Sie als meinen Richter an. Die Achtung der Personen, die man verehrt, ist zu kostbar, als daß ich mir die Ihre entreißen ließe, ohne Widerstand zu leisten, und ich glaube, die Mittel dazu zu haben.

Wenn Sie zugeben, daß die Rache erlaubt ist, ja sogar, daß man sie sich selber schuldet, wenn man in seiner Liebe, seiner Freundschaft und seinem Vertrauen verraten worden ist – wenn Sie das zugeben, dann wird mein Unrecht in Ihren Augen verschwinden. Sie brauchen meinen Worten keinen Glauben zu schenken; aber lesen Sie, wenn Sie den Mut dazu haben, den Briefwechsel, den ich in Ihre Hände gebe. Die Menge der Briefe, die sich darin im Original befinden, erweisen wohl die Echtheit jener, von denen nur Abschriften vorhanden sind. Im übrigen habe ich diese Papiere, genau so, wie ich die Ehre habe, sie Ihnen zu schicken, von Herrn de Valmont selbst erhalten. Ich habe nichts hinzugefügt und nur zwei Briefe behalten, die ich mir zu veröffentlichen erlaubt habe.

Der eine war für die gemeinsame Rache von Herrn de Valmont und mir nötig, zu der wir beide ein Recht hatten und mit der er mich ausdrücklich beauftragte. Ich glaubte zudem der Gesellschaft einen Dienst zu leisten, indem ich eine so äußerst gefährliche Frau, wie Madame de Merteuil es ist, entlarvte; denn sie ist, wie Sie sehen werden, die einzige und eigentliche Ursache von all dem, was sich zwischen Herrn de Valmont und mir zugetragen hat.

Ein Gefühl der Gerechtigkeit hat mich auch veranlaßt, den zweiten Brief zu veröffentlichen; er gilt der Rechtfertigung des Herrn de Prévan, den ich kaum kenne, der aber das harte Vorgehen gegen ihn keineswegs verdient hat und ebensowenig das strenge Urteil der öffentlichen Meinung, das noch mehr zu fürchten ist und unter dem er seither leidet, ohne ein Mittel zu seiner Verteidigung in Händen zu haben.

Sie werden also nur die Abschrift dieser beiden Briefe finden, deren Originale ich für mich behalten muß. In keine sichereren Hände glaube ich die übrigen Papiere legen zu können, an deren Erhaltung mir wohl gelegen ist, doch die zu mißbrauchen ich erröten müßte. Indem ich Ihnen, Madame, diese Papiere anvertraue, glaube ich den Personen, die sie angehen, ebensogut zu dienen, als wenn ich sie ihnen selbst übergäbe; und ich erspare ihnen die Verlegenheit, sie aus meinen Händen entgegenzunehmen und sie so wissen zu lassen, daß ich über Dinge unterrichtet bin, von denen sie zweifellos wünschen, daß sie aller Welt verborgen bleiben.

Ich glaube Sie noch davon verständigen zu müssen, daß die hier beigelegte Korrespondenz nur einen Teil einer weit umfangreicheren

Sammlung bildet, der Herr de Valmont sie in meiner Gegenwart entnommen hat und die Sie nach Abnahme der Siegel unter der Bezeichnung, die ich selbst gesehen habe: »Laufende Rechnung zwischen der Marquise de Merteuil und dem Vicomte de Valmont«* finden werden. Sie werden darüber nach Ihrem Ermessen verfügen, wie Ihre Klugheit es Ihnen eingibt.

Ich bin in Ehrerbietung, Madame, usw.

PS. Gewisse Nachrichten, die ich erhielt, und die Ratschläge meiner Freunde haben mich bestimmt, Paris für einige Zeit zu meiden. Aber mein Zufluchtsort, der für alle Welt ein Geheimnis sein soll, wird es für Sie nicht sein. Wenn Sie mich mit einer Antwort beehren wollen, bitte ich, sie an die Komturei von . . .bei P . . .zu richten, und zwar unter der Adresse des Herrn Komturs de . . . Von ihm aus habe ich die Ehre, Ihnen zu schreiben.

Paris, den 12. Dezember 17..

170. Brief **Madame de Volanges an Madame de Rosemonde**

Ich werde, meine liebe Freundin, von einer Überraschung in die andere, von einem Kummer in den andern gestürzt. Man muß Mutter sein, um begreifen zu können, was ich gestern den ganzen Vormittag gelitten habe; und wenn ich auch inzwischen über meine schlimmsten Befürchtungen beruhigt worden bin, so bin ich doch immer noch in lebhaftester Betrübnis, deren Ende ich nicht absehe.

Gestern gegen zehn Uhr morgens war ich erstaunt, meine Tochter noch nicht zu sehen, und schickte meine Kammerfrau zu ihr, um den Grund dieser Verspätung zu erfahren. Sie kam im Augenblick darauf ganz erschrocken zurück und erschreckte mich selbst noch mehr mit der Meldung, daß meine Tochter nicht in ihrem Zimmer sei und daß ihre Kammerjungfer sie heute morgen nicht zu Gesicht bekommen habe. Stellen Sie sich meine Lage vor! Ich ließ alle meine Leute kom-

* Aus dieser Korrespondenz, der Madame de Rosemonde nach dem Tode von Madame de Tourvel übergebenen und endlich den Briefen, die Madame de Volanges ihr anvertraute, wurde das vorliegende Buch zusammengestellt. Die Originale befinden sich noch im Besitz der Erben von Madame de Rosemonde.

men, besonders den Portier. Alle schworen, nichts zu wissen und mir keine Auskunft geben zu können. Gleich darauf begab ich mich in das Zimmer meiner Tochter. Die darin herrschende Unordnung belehrte mich darüber, daß sie es augenscheinlich erst am Morgen verlassen hatte; aber sonst fand ich dort nichts, was mich hätte aufklären können. Ich durchsuchte ihre Schränke, ihren Schreibtisch; ich fand alles an seinem Platz, alle Kleider mit Ausnahme des einen, in dem sie fortgegangen war. Sie hatte nicht einmal das bißchen Geld mitgenommen, das sie in ihrem Zimmer aufbewahrte.

Da sie erst gestern erfahren hatte, was man sich alles über Madame de Merteuil erzählt, der sie sehr zugetan ist, so sehr, daß sie gestern den ganzen Abend geweint hat; da mir auch einfiel, daß sie von der Abreise der Madame de Merteuil aufs Land nichts wisse, war mein erster Gedanke, sie habe ihre Freundin besuchen wollen und sei so leichtsinnig gewesen, allein hinzugehen. Aber die Zeit verstrich, ohne daß sie zurückkam, und alle meine Befürchtungen überfielen mich von neuem. Jeder Augenblick vermehrte meine Qual, und während ich darauf brannte, mich zu unterrichten, wagte ich doch nicht, Erkundigungen einzuziehen, aus Furcht, dadurch ein Vorkommnis auffällig zu machen, das ich später vielleicht um jeden Preis würde verhehlen wollen. Nein, in meinem ganzen Leben habe ich noch nicht so gelitten!

Endlich – es war schon zwei Uhr vorüber – erhielt ich gleichzeitig einen Brief meiner Tochter und einen der Oberin des Klosters von . . .Im Brief meiner Tochter hieß es einfach, sie habe gefürchtet, ich würde mich ihrer Berufung, Nonne zu werden, widersetzen, und habe deshalb nicht gewagt, mir davon zu sprechen. Im übrigen erging sie sich in Entschuldigungen, weil sie ohne meine Erlaubnis diese Entscheidung getroffen habe, die ich, so fügte sie hinzu, sicherlich nicht mißbilligen würde, wenn ich ihre Beweggründe kennte, doch bitte sie mich, nicht danach zu fragen.

Die Oberin schrieb mir, sie habe, als sie ein junges Mädchen allein kommen sah, es erst nicht aufnehmen wollen; nachdem sie sie aber ausgefragt und von ihr erfahren habe, wer sie sei, habe sie geglaubt, mir einen Dienst zu erweisen, wenn sie meiner Tochter zunächst einmal Zuflucht gewähre, damit sie nicht weiter allein herumlaufe, wozu sie fest entschlossen schiene. Die Oberin erbietet sich selbstverständlich, mir meine Tochter zurückzugeben, wenn ich sie verlange, fordert mich aber, ihrem Stande als Nonne entsprechend, auf, mich einer Berufung nicht zu widersetzen, die sie »sehr entschieden« nennt. Sie habe mich von dem Ereignis nicht früher verständigen können, weil es sie solche Mühe gekostet habe, meine Tochter zum Schreiben an mich zu bewegen, denn es sei ihre Absicht gewesen, den Ort ihrer Zuflucht keinen Menschen wissen zu lassen. Der Unverstand der Kinder ist doch eine grausame Sache!

Ich begab mich unverzüglich in das Kloster, sprach bei der Oberin vor und verlangte, meine Tochter zu sehen. Es kostete aber Mühe, bis sie, am ganzen Leibe zitternd, erschien. Ich sprach mit ihr sowohl in Gegenwart der Nonnen als auch unter vier Augen; aber alles, was ich aus ihr, die furchtbar weinte, herausbrachte, war, daß sie nur im Kloster glücklich sein könne. So entschied ich mich denn, sie dort bleiben zu lassen, doch nicht als Postulantin, wie sie es begehrte. Ich fürchte, daß der Tod der Madame de Tourvel und der des Herrn de Valmont ihr junges Gemüt in Verwirrung gebracht haben. Bei aller meiner Hochachtung vor der Berufung zur Klosterfrau würde ich doch nicht ohne Schmerz, ja nicht ohne Furcht, meine Tochter diesen Stand erwählen sehen. Mir scheint, wir haben schon genügend Pflichten zu erfüllen, auch ohne daß wir uns dazu noch neue schaffen, und es dünkt mich, daß wir in diesem Alter noch nicht wissen können, was für uns geeignet ist.

Meine Verlegenheit wird noch durch die nahe bevorstehende Rückkehr des Herrn de Gercourt erhöht. Werde ich dieses vorteilhafte Verlöbnis lösen müssen? Wie soll man nur das Glück seiner Kinder machen, wenn es dazu nicht genügt, es von Herzen zu wünschen und alle seine Mühe darauf zu verwenden? Sie werden mich sehr verpflichten, wenn Sie mir sagen, was Sie an meiner Stelle tun würden; ich bin nicht imstande, einen Entschluß zu fassen, und finde nichts so schrecklich, als über das Schicksal anderer entscheiden zu müssen, da ich mich gleich davor fürchte, als strenger Richter wie als schwache Mutter aufzutreten.

Ich werfe mir unablässig vor, Ihren Kummer zu vermehren, indem ich Ihnen von dem meinen spreche; aber ich kenne Ihr Herz und weiß, daß der Trost, den Sie andern spenden können, für Sie der größte ist, den man Ihnen gewähren kann.

Adieu, meine liebe und verehrungswürdige Freundin; ich erwarte mit großer Ungeduld Ihre Antwort auf meine beiden Fragen.

Paris, den 13. Dezember 17..

171. Brief **Madame de Rosemonde an Chevalier Danceny**

Nach dem, was Sie mir mitgeteilt haben, mein Herr, bleibt nichts übrig als zu weinen und zu schweigen. Man bedauert es, noch zu leben, wenn man solche Greuel erfährt; man schämt sich, eine Frau zu sein, wenn man von einer hört, die zu solchen Ausschreitungen fähig ist.

Was mich anbelangt, mein Herr, so bin ich gerne bereit, alles, was auf diese traurigen Vorkommnisse Bezug hat und mit ihnen zusammenhängt, dem Schweigen und Vergessen anheimzugeben. Mein Wunsch ist sogar, daß Ihnen daraus kein anderer Kummer erwachsen möge als der mit Ihrem unglücklichen Sieg über meinen Neffen unlöslich verbundene. Trotz seinen Verfehlungen, die ich zuzugeben gezwungen bin, fühle ich, daß ich mich über seinen Verlust niemals trösten werde; aber mein ewiger Schmerz wird die einzige Rache sein, die ich mir an Ihnen zu nehmen erlaube. Es steht bei Ihrem Herzen, deren Größe zu ermessen.

Wenn Sie meinem Alter eine Bemerkung gestatten wollen, die man in dem Ihren kaum zu machen pflegt, so wäre es die, daß niemand, der sein wahres Glück erkennt, es außerhalb der von den Gesetzen und der Religion gezogenen Schranken sucht.

Seien Sie versichert, daß ich die mir anvertrauten Briefschaften getreulich aufbewahren werde; aber ich bitte Sie, dareinzuwilligen, daß ich sie niemandem aushändige, selbst Ihnen nicht, mein Herr, es sei denn, daß dies zu Ihrer Rechtfertigung nötig würde. Ich wage zu hoffen, daß Sie sich dieser Bitte nicht verschließen werden und daß Sie nicht zu fühlen brauchen, wie oft man selbst die gerechteste Rache bereut, zu der man sich hinreißen ließ.

Ich fahre in meiner Bitte fort, da ich von Ihrem Edelmut und Ihrem Zartgefühl überzeugt bin. Beider Tugenden wäre es würdig, mir auch die Briefe des Fräulein de Volanges zu übergeben, die Sie anscheinend noch haben und an denen Ihnen wohl nichts mehr gelegen ist. Ich weiß, das junge Mädchen hat großes Unrecht an Ihnen begangen, aber ich glaube, daß Sie nicht daran denken, sie dafür zu bestrafen. Sie werden doch das Wesen, das Sie so sehr geliebt haben, nicht in den Schmutz ziehen wollen, und geschähe es nur aus Achtung gegen Sie selbst.

Ich brauche also nicht hinzuzufügen, daß die Rücksicht, die die

Tochter nicht verdient, in hohem Maße der Mutter gebührt, dieser sehr achtbaren Frau, der gegenüber Sie manches wiedergutzumachen haben; denn wie sehr man sich auch mit der angeblichen Erlesenheit seiner Gefühle selbst zu betrügen sucht, so macht sich doch derjenige, der als erster ein schlichtes und ehrbares Herz zu verführen trachtet, eben dadurch zum ersten Förderer seiner Verderbnis und trägt für immer die Verantwortung für alle Ausschreitungen und Verirrungen, die daraus folgen.

Verwundern Sie sich nicht, mein Herr, über soviel Strenge meinerseits: Sie ist der stärkste Beweis, den ich Ihnen für meine vollkommene Achtung geben kann. Und Sie werden sich ein neues Anrecht darauf erwerben, wenn Sie in die Wahrung eines Geheimnisses willigen, dessen Veröffentlichung Ihnen selbst schaden und ein Mutterherz, das Sie bereits verwundet haben, tödlich treffen würde. Mit einem Wort, mein Herr, ich wünsche, diesen Dienst meiner Freundin zu erweisen, und wenn ich fürchten müßte, daß Sie mir diesen Trost verweigern, würde ich Sie vorher bitten, zu bedenken, daß es der einzige ist, den Sie mir gelassen haben.

Ich habe die Ehre, zu sein usw. Schloß ..., den 15. Dezember 17..

172. Brief **Madame de Rosemonde an Madame de Volanges**

Wäre ich genötigt gewesen, meine liebe Freundin, die Aufklärungen über Madame de Merteuil, um die Sie mich ersuchen, mir aus Paris zu beschaffen und auf sie zu warten, so wäre ich noch nicht imstande, sie Ihnen zu geben; auch hätte ich wohl nur unbestimmte und nicht genügend erwiesene Auskünfte erhalten. Aber ich habe welche bekommen, die ich nicht erwartete und die zu erwarten ich keinen Anlaß hatte; und diese sind nur zu gut erwiesen.O meine Freundin, wie sehr hat diese Frau Sie getäuscht.

Es widerstrebt mir, im einzelnen auf diese Häufung von Schändlichkeiten einzugehen; aber seien Sie versichert: Was immer man Ihnen zutragen mag, es reicht an die Wahrheit noch nicht heran. Ich hoffe, liebe Freundin, Sie kennen mich gut genug, um mir aufs Wort zu glauben und keinen Beweis von mir zu verlangen. Es möge Ihnen genügen, zu wissen, daß es eine Menge Beweise gibt und daß ich sie in diesem Augenblick in Händen habe.

Es tut meinem Herzen sehr weh, daß ich zugleich an Sie die Bitte richten muß, von mir nicht zu verlangen, meinen Rat in bezug auf Fräulein de Volanges zu begründen. Ich empfehle Ihnen, sich ihrer Neigung, Nonne zu werden, nicht zu widersetzen. Sicherlich gibt es nichts, was uns berechtigen könnte, jemanden zum Eintritt ins Kloster zu zwingen, wenn die betreffende Person nicht dazu berufen ist; manchmal aber ist es ein großes Glück, daß sie es ist, und Sie sehen ja, daß Ihre Tochter selbst Ihnen sagt, Sie würden ihr Vorhaben nicht mißbilligen, wenn Sie ihre Gründe kennten. Er, der uns unsere Gefühle eingibt, weiß besser als unsere kurzsichtige Klugheit, was jedem frommt, und oft ist das, was uns als Äußerung seiner Strenge erscheint, im Gegenteil der Ausfluß seiner Barmherzigkeit.

Kurzum, mein Rat, der, wie ich fühle, Sie sehr betrüben wird und von dem Sie gerade darum überzeugt sein müssen, daß ich ihn nur nach reiflichem Überlegen gebe – mein Rat ist, Fräulein de Volanges im Kloster zu lassen, da sie sich ja aus eigener Wahl dazu entschlossen hat. Sie sollten sie zu diesem Schritt eher ermutigen, als ihr dabei hinderlich sein, und in Erwartung der Ausführung nicht zögern, das Verlöbnis, das Sie gestiftet haben, zu lösen.

Nachdem ich diese meine schmerzliche Pflicht erfüllt habe, bleibt mir, unfähig, wie ich bin, ihr einen Trost hinzuzufügen, noch eine Gunst von Ihnen zu erbitten, meine liebe Freundin: Stellen Sie mir über nichts mehr Fragen, was mit diesen traurigen Vorgängen zusammenhängt. Überliefern wir sie der Vergessenheit, die ihnen zukommt; unterwerfen wir uns, ohne überflüssige und betrübende Aufklärung zu suchen, den Ratschlüssen der Vorsehung, und glauben wir an die Weisheit ihrer Absichten, auch dann, wenn es uns nicht gestattet ist, sie zu begreifen. Adieu, meine liebe Freundin.

Schloß ..., den 15. Dezember 17..

173. Brief **Madame de Volanges an Madame de Rosemonde**

O meine Freundin, mit welch entsetzlichem Schleier verhüllen Sie das Geschick meiner Tochter! Und Sie scheinen noch zu fürchten, daß ich versuche, ihn zu lüften! Was verbirgt er mir denn, das ein Mutterherz noch mehr betrüben könnte als der schreckliche Verdacht, dem Sie mich preisgeben? Je mehr ich mir Ihre Freundschaft, Ihre Nachsicht vergegenwärtige, desto stärker werden meine Qualen. Wohl zwanzigmal seit gestern wollte ich dieser grausamen Ungewißheit ein Ende bereiten und Sie ersuchen, mich über alles schonungslos und ohne Umschweife zu unterrichten; aber jedesmal erbebte ich in Angst bei dem Gedanken an Ihre Bitte, keine Fragen an Sie zu stellen. Nun bin ich zu einem Entschluß gelangt, der mir noch einige Hoffnung läßt, und ich erwarte von Ihrer Freundschaft, daß Sie mir meinen Wunsch nicht abschlagen werden: nämlich mir darauf Antwort zu geben, ob ich ungefähr erraten habe, was Sie mir zu sagen haben könnten, und mir ohne Scheu alles mitzuteilen, was die Nachsicht einer Mutter zu entschuldigen vermag und was nicht ganz unverzeihlich ist. Sollte aber mein Unglück dieses Maß noch überschreiten, dann will ich mich dareinschicken, daß Sie mir allein durch Ihr Schweigen Auskunft geben. Hören Sie also, was ich schon weiß und wie weit meine Befürchtungen sich erstrecken.

Meine Tochter zeigte eine Neigung zu dem Chevalier Danceny, und es wurde mir hinterbracht, sie habe sich hinreißen lassen, Briefe von ihm zu empfangen und sogar zu beantworten; ich glaubte aber, es sei mir gelungen, zu verhindern, daß diese Verfehlungen eines Kindes einen gefährlichen Fortgang nähmen. Heute, da ich alles fürchte, kann ich mir als möglich vorstellen, daß meine Wachsamkeit getäuscht wurde und daß meine Tochter, indem sie sich verführen ließ, das Maß ihrer Verirrungen vollmachte.

Ich entsinne mich einiger Umstände, die mich in meinem Verdacht bestärken könnten. Ich schrieb Ihnen, daß meine Tochter bei der Nachricht von dem Herrn de Valmont zugestoßenen Unglück ein Unwohlsein befiel; vielleicht wurde diese Gemütserschütterung nur durch den Gedanken an die Gefahr veranlaßt, der sich der Chevalier Danceny in diesem Kampfe ausgesetzt hatte. Als sie dann später alles erfuhr, was man von Madame de Merteuil sagt, war vielleicht das, was ich für den Schmerz der Freundschaft hielt, lediglich Eifersucht oder die Trauer darüber, ihren Liebhaber untreu zu sehen. Auch ihr letzter Entschluß läßt sich, scheint mir, aus demselben Beweggrund erklären. Oft glaubt man sich zum Dienste Gottes berufen und ist doch nur über die Menschen empört. Vorausgesetzt nun, daß all dies wahr ist und daß Sie darum wissen, so ist es durchaus begreiflich, daß Sie es hinreichend gefunden haben, um mir einen Ratschlag von solcher Strenge zu erteilen.

Wenn dem aber so wäre, so würde ich meine Tochter wohl tadeln, aber trotzdem glauben, daß ich alles versuchen muß, um ihr die Gefahren und Qualen eines Klosterdaseins zu ersparen, das doch nur auf Illusion beruht und bald ein Ende finden muß. Wenn Danceny nicht alles Ehrgefühl verloren hat, so wird er sich nicht weigern, ein Unrecht wieder gutzumachen, das er allein verschuldet hat; und schließlich darf ich wohl glauben, daß die Verbindung mit meiner Tochter vorteilhaft genug ist, um sowohl für ihn als auch für seine Familie schmeichelhaft zu sein.

Das ist, meine liebe und verehrungswürdige Freundin, die einzige Hoffnung, die mir noch bleibt. Beeilen Sie sich, meine Vermutung zu bestätigen, wenn Ihnen das möglich ist. Sie können sich denken, wie sehnlichst ich Ihre Antwort erwarte und welch furchtbarer Schlag für mich Ihr Schweigen wäre*.

Eben wollte ich meinen Brief siegeln, als ich den Besuch eines Bekannten empfing, der mir von dem grausamen Auftritt erzählte, den Madame de Merteuil vorgestern erleben mußte. Da ich in den letzten Tagen niemanden gesehen habe, wußte ich nichts von dieser Geschichte. Hier der Bericht, den ich von einem Augenzeugen habe.

Madame de Merteuil kam vorgestern Donnerstag vom Lande zurück und ließ sich bei der *Comédie Italienne* absetzen, wo sie ihre Loge hat. Sie war dort ohne Begleitung, und – was ihr als ungewöhnlich auffallen mußte – während der ganzen Vorstellung erschien kein einziger Herr bei ihr in der Loge. Beim Weggehen betrat sie, ihrer Gewohnheit gemäß, den kleinen Salon, der schon voller Leute war. Sofort erhob sich ein Gemurmel, das sie aber offenbar nicht auf sich bezog. Sie bemerkte einen leeren Platz auf einer der Polsterbänke, ging hin und setzte sich. Doch im gleichen Augenblick standen alle die andern Frauen wie auf Verabredung auf und ließen sie ganz allein. Diese deutliche Bewegung der allgemeinen Entrüstung fand den Beifall der Herren; das Gemurmel wuchs und steigerte sich, wie man sagt, zu feindseligen Ausrufen.

Um ihre Demütigung vollständig zu machen, wollte ihr Unglück, daß Herr de Prévan, der sich seit jenem Abenteuer nirgends gezeigt hatte, im gleichen Moment den kleinen Salon betrat. Man hatte ihn

* Dieser Brief blieb unbeantwortet

kaum bemerkt, als alle – Männer und Frauen – sich um ihn scharten und ihm Beifall klatschten, und es fand sich, daß er im Kreise der Menge vor Madame de Merteuil zu stehen kam. Es wird versichert, sie habe trotz allem getan, als sehe und höre sie nichts, und habe nicht mit der Wimper gezuckt, aber ich halte diese Behauptung für übertrieben. Wie dem auch sei, diese für sie äußerst schimpfliche Situation dauerte bis zu dem Augenblick, da ihr Wagen gemeldet wurde. Und als sie ging, kam es wieder zu lauten Ausbrüchen der Entrüstung. Es ist furchtbar, die Verwandte einer solchen Frau zu sein. Herr de Prévan wurde am gleichen Abend von allen Offizieren seines Regiments, die anwesend waren, aufs herzlichste bewillkommt; ohne Zweifel wird er bald wieder Rang und Stellung zurückerhalten.

Der gleiche Bekannte, der mir diese Einzelheiten berichtet hat, erzählte auch, daß Madame de Merteuil in der Nacht darauf von einem sehr heftigen Fieber befallen worden sei, das man anfangs für eine Wirkung der äußerst peinlichen Situation hielt, in der sie sich befunden hatte, doch wisse man seit gestern abend, daß bei ihr am ganzen Leibe die schwarzen Blattern in einer sehr bösartigen Form ausgebrochen seien. Ich glaube wirklich, daß es für sie ein Glück wäre, zu sterben. Man sagt auch noch, daß diese ganze Geschichte ihr bei ihrem Prozeß sehr schaden wird, der dicht vor der Entscheidung steht und bei dem sie, wie behauptet wird, sehr auf das Wohlwollen der Richter angewiesen ist.

Adieu, meine liebe und verehrungswürdige Freundin. Zwar sehe ich in alledem die Bestrafung der Bösewichter, aber ich finde darin keinen Trost für ihre unglücklichen Opfer.

Paris, den 18. Dezember 17..

174. Brief **Chevalier Danceny an Madame de Rosemonde**

Sie haben recht, Madame, und ich werde Ihnen, soweit es von mir abhängt, sicherlich nichts von dem verweigern, woran Ihnen gelegen ist. Das Paket, das ich die Ehre habe, an Sie zu senden, enthält alle Briefe des Fräulein de Volanges. Wenn Sie sie lesen, werden Sie vielleicht nicht ohne Erstaunen sehen, welche Naivität man mit so viel Perfidie vereinen kann. Wenigstens war es das, was mich am meisten verwunderte, als ich sie soeben zum letztenmal las.

Aber kann man sich der heftigsten Empörung über Madame de Merteuil erwehren, wenn man sich vergegenwärtigt, mit welch scheußlichem Vergnügen sie alle Mühe darauf wandte, diese Unschuld und Arglosigkeit zu mißbrauchen?

Nein, ich empfinde keine Liebe mehr. Von diesem so ruchlos verratenen Gefühl ist in mir nichts mehr geblieben, und nicht Liebe veranlaßt mich, nach einer Rechtfertigung des Fräulein de Volanges zu suchen. Und dennoch, hätte dieses schlichte Herz, diese sanfte und gefügige Natur sich nicht leichter zum Guten lenken lassen, als sie sich zum Bösen hinreißen ließ? Welches junge Mädchen, das, so wie sie, frisch aus dem Kloster kommt, ohne Erfahrung und fast ohne Vorstellungen von der Welt, und das, wie es fast immer so geht, eine völlige Ahnungslosigkeit von Gut und Böse mitbringt – welches junge Mädchen, sage ich, hätte so niederträchtigen Künsten besser widerstanden? Ach, damit man Nachsicht übe, genügt es, zu bedenken, wie viele von uns unabhängige Umstände uns bestimmen, wenn wir vor dem furchtbaren Entweder-Oder zwischen dem Adel oder der Verderbtheit unserer Gefühle stehen. Sie haben mir also Gerechtigkeit widerfahren lassen, Madame, wenn Sie meinten, daß die Verfehlungen des Fräulein de Volanges, so lebhaft sie mich schmerzten, mir dennoch nicht den Gedanken an Rache einflößen. Es ist schon genug, daß ich darauf verzichten muß, sie zu lieben; es ginge über meine Kraft, sie zu hassen!

Ich bedurfte nicht der Überlegung, um zu wünschen, daß alles, was sie betrifft und was ihr schaden könnte, der Welt für immer verborgen bleibt. Wenn ich einige Zeit zu zögern schien, Ihre Wünsche in dieser Hinsicht zu erfüllen, so brauche ich, wie ich glaube, Ihnen den Grund dazu nicht zu verhehlen. Ich wollte vorher sicher sein, daß man mich wegen dieser unglückseligen Affäre nicht verfolgen werde. Während der Zeit, da ich Ihre Nachsicht erbat, ja sogar zu glauben wagte, darauf ein Recht zu haben, wollte ich den Anschein vermeiden, diese Nachsicht durch ein Entgegenkommen meinerseits zu erkaufen. Im Bewußtsein der Reinheit meiner Motive hatte ich, ich gestehe es, den Stolz, daß Sie daran nicht sollten zweifeln können. Ich hoffe, Sie werden dieses vielleicht überempfindliche Zartgefühl der Verehrung zugute halten, die Sie mir einflößen, und dem Wert, den ich auf Ihre Achtung lege.

In der gleichen Gesinnung erbitte ich von Ihnen als letzte Gunst, mich wissen zu lassen, ob ich Ihrer Meinung nach alle Pflichten erfüllt habe, die mir durch die unglücklichen Ereignisse, in die ich verwickelt war, auferlegt worden sind. Sobald ich über diesen Punkt beruhigt bin, steht mein Entschluß fest: Ich reise nach Malta ab. Dort werde ich mit Freuden ein Gelübde ablegen und getreulich halten, das mich von einer Welt scheiden wird, die mir, so jung ich bin, so großes Leid angetan hat. Ich werde versuchen, unter einem fremden Himmelsstrich den Gedanken an so viele gehäufte Greuel abzuschütteln, deren Erinnerung meine Seele nur traurig machen und besudeln könnte.

Ich bin, Madame, in Ehrfucht Ihr sehr ergebener usw.

Paris, den 26. Dezember 17..

175. Brief **Madame de Volanges an Madame de Rosemonde**

Das Schicksal der Madame de Merteuil scheint nun erfüllt, meine liebe und verehrungswürdige Freundin; und es ist derart, daß selbst die Gefühle ihrer größten Feinde geteilt sind zwischen der Entrüstung, die sie verdient, und dem Mitleid, das sie einflößt. Ich hatte recht, als ich sagte, es wäre für sie vielleicht besser, wenn sie an den Blattern stürbe. Sie ist davongekommen, das ist wahr, aber ganz furchtbar entstellt ist sie und hat ein Auge dabei verloren. Sie können sich denken, daß ich sie nicht wiedergesehen habe; aber man hat mir versichert, daß sie wirklich scheußlich aussieht.

Der Marquis de . . ., der keine Gelegenheit, eine Bosheit zu sagen, versäumt, meinte gestern, als er von ihr sprach, die Krankheit habe sie umgestülpt und ihre Seele sei jetzt auf ihrem Gesicht. Unglücklicherweise fanden alle diese Bemerkung treffend.

Noch ein anderes Ereignis ist eingetreten, durch das ihr Unglück und ihre Schuld vermehrt wird. Vorgestern wurde ihr Prozeß entschieden, und sie hat ihn einstimmig verloren. Sämtliche Auslagen, Schadenersatz mit Zinsen, Wiedererstattung der Erträge, alles wurde den Minderjährigen zuerkannt, so daß auch noch der geringe Teil ihres Vermögens, der in diesem Prozeß nicht auf dem Spiel stand, durch die Kosten aufgezehrt ist, und mehr als das.

Sobald sie diese Nachricht erfuhr, traf sie, obzwar noch krank, sofort

ihre Anstalten und ist noch in der gleichen Nacht allein mit Extrapost abgereist. Ihre Bediensteten sagen heute, keiner von ihnen habe sie begleiten wollen. Man glaubt, daß sie nach Holland ist.

Diese Abreise erregt noch mehr Geschrei als alles übrige: Sie hat nämlich ihre Diamanten mitgenommen, sehr beträchtliche Werte, die in den Nachlaß ihres Gatten einbezogen werden sollten; ferner Silberzeug, ihren Schmuck, kurz alles, was sie zusammenraffen konnte. Und sie hinterläßt an fünfzigtausend Franken Schulden. Es ist ein richtiger Bankrott.

Die Familie soll sich morgen versammeln, um eine Einigung mit den Gläubigern zustande zu bringen. Obwohl nur eine sehr entfernte Verwandte von ihr, habe ich mich erboten, auch meinerseits einen Beitrag zu leisten; aber ich werde bei dieser Zusammenkunft nicht anwesend sein, da ich einer noch viel traurigeren Zeremonie beiwohnen muß. Meine Tochter legt morgen das Kleid der Postulantin an. Ich hoffe, Sie haben nicht vergessen, meine liebe Freundin, daß bei diesem großen Opfer, das ich bringe, der einzige Grund, mich dazu verpflichtet zu fühlen, das Schweigen ist, in dem Sie mir gegenüber verharren.

Der Chevalier Danceny hat vor ungefähr vierzehn Tagen Paris verlassen. Es heißt, daß er nach Malta geht und die Absicht hat, dort ständig zu bleiben. Ob es wohl noch Zeit wäre, ihn davon abzuhalten? . . . O meine Freundin! . . . Hat sich denn meine Tochter so sehr vergangen? . . . Sie werden es wohl einer Mutter verzeihen, wenn sie sich in eine so furchtbare Gewißheit nur widerstrebend schickt.

Was für ein Verhängnis hat sich denn seit einiger Zeit um mich zusammengezogen und mich in den liebsten Wesen getroffen! Meine Tochter und meine Freundin!

Wen überliefe nicht ein Schauder bei dem Gedanken an das Unglück, das aus einer einzigen gefährlichen Beziehung erwachsen kann! Und wieviel Leid ließe sich nicht vermeiden, wenn man dies besser bedächte! Welche Frau würde nicht beim ersten Wort, das ein Verführer an sie richtet, fliehen? Welche Mutter könnte, ohne zu zittern, zusehen, wie ein anderes Wesen als sie zu ihrer Tochter spricht? Aber diese verspäteten Überlegungen stellen sich immer nur nach dem Ereignis ein, und eine der wichtigsten und wohl auch anerkanntesten Wahrheiten wird erstickt und bleibt unbeherzigt im Taumel unserer leichtfertigen Sitten.

Adieu, meine liebe und verehrungswürdige Freundin; in diesem Augenblick empfinde ich so ganz, daß unsere Vernunft, so unzureichend schon, um unser Unglück zu verhindern, noch mehr versagt, wenn sie uns darüber trösten soll. Paris, den 14. Januar 17..

Bemerkung des Herausgebers

Besondere Gründe sowie Rücksichten, die zu respektieren wir uns stets zur Pflicht machen werden, zwingen uns, hier innezuhalten.

Wir können in diesem Augenblick dem Leser weder die Fortsetzung der Abenteuer des Fräulein de Volanges mitteilen, noch ihn mit den unheilvollen Ereignissen bekannt machen, welche das Unglück der Madame de Merteuil ins Übermaß steigerten oder vielmehr ihre Bestrafung vollendeten.

Vielleicht wird es uns eines Tages möglich sein, dieses Werk zu vervollständigen; doch können wir uns dazu nicht verpflichten. Aber selbst wenn wir es könnten, würden wir glauben, zuvor den Geschmack des Publikums befragen zu müssen, das nicht die gleichen Gründe hat wie wir, sich für diese Lektüre zu interessieren.

Nachwort von Dominique Aury

Man weiß von dem Aussehen der Personen in den *Liaisons Dangereuses* nichts, außer daß Cécile Volanges blond war. Blond deshalb, weil, einer vorgefaßten Meinung zufolge, die Blondinen durch ihre Zurückhaltung rühmlichst bekannt sind. Und hierin allein liegt der Ursprung von Céciles Unglück. Wäre sie brünett – Madame de Merteuil versichert es –, so dächte Gercourt nicht daran, sie zu heiraten, noch die Marquise, sich durch sie zu rächen, und Valmont hätte eine andere zugrunde gerichtet. So daß die Blondheit weit eher eine Art Fluch als ein körperliches Merkmal ist: das verhängnisvolle Zeichen, das sie zum Opfer macht. Man sieht sie mit aufgelöstem Haar weinen, als man ihr auf die Spur kommt und Madame de Merteuil die Tränen noch stärker zum Fließen bringt, damit sie noch schöner sei; man sieht, wie sie sich sträubt und doch nicht wagt, laut zu schreien, als Valmont sie überrascht und vergewaltigt – doch nie erfährt man mehr von ihr. Sind ihre vom Weinen geschwollenen Augen braun, oder sind sie blau? Und Madame de Tourvel, das andere Opfer? Beide haben nur die allgemeine Schönheit, die Opfern zukommt; die eine ist fünfzehn, die andere zweiundzwanzig Jahre alt: glatte Haut, geschmeidiger Wuchs, runde weiße Brüste, frische Arme, um sie um den Hals des Henkers zu schlingen, und die Gabe der Tränen. Die andern Gestalten sind noch undeutlicher. Was für ein Mann war dieser Valmont? Wie sah er eigentlich aus, dieser Unwiderstehliche? War er nur »hübsch« wie Prévan oder noch schlimmer? Wie sah Madame de Merteuil aus? Man wird beim Überlegen inne, daß diese Lücke nur darum nicht stört, weil sie durch das Leben der Seele ganz und gar ausgefüllt ist. Diese Geschöpfe ohne Gesichter vibrieren vor Leidenschaft oder vor Sinnlichkeit. Man kennt sie nur in der Erregung, angespannt, zitternd oder verstört. Aber wie gut kennt man sie! Sie verkörpern die Tugend, die Schwachheit, die Verblendung, die Leidenschaften, von denen Pascal sagt, daß sie ein Feuerstrom sind, *libido sapiendi et dominandi*, die Leidenschaft zu erleben und zu herrschen, die Liebe auch, die offen eingestandene oder die heimliche; und man denkt jetzt nicht mehr daran, diesen Personen ein Gesicht zu geben, so sehr existieren sie in ihrer Seele und in ihrem Fleische, so sehr sind sie verwundbar und glühend. Man vergißt auch immer wieder, daß sie keine Vornamen haben – die kleine Volanges bildet auch diesmal eine Ausnahme –, ihre Titel genügen: die Marquise, der Vicomte, der Chevalier. Dadurch, daß sie nur ihren Titel tragen, wie eine Maske in der griechischen Tragödie, gewinnen sie an Feierlichkeit; sie stehen auf dem Schachbrett ihrer gemeinsamen Existenz, die Königin, der König und der Läufer, verwickelt in eine todbringende Partie, in der jedes von ihnen verliert, ohne Hoffnung auf Revanche. Reglos, stürmen sie doch alle in ihr Verderben wie die Gestalten Racines, und gleich ihnen ahnen sie es und weigern sich, daran zu glauben, ohne sich doch zu weigern, ihm entgegenzugehen. Sie gehen dem Unheil in einer vertrauten Welt entgegen, in dem aristokratischen Paris des achtzehnten Jahrhunderts, wo Madame de Merteuil ein Palais zwischen Hof und Garten bewohnt, mit dem geheimen Eingang, der nicht fehlen darf. Die Karossen holpern mit einem Höllenlärm über das Pflaster. Die vornehmen Herren machen sich mit den Tänzerinnen der Oper gemein. Paris ist der Schauplatz, aber auch das Land. Seit Jean-Jacques Rousseau haben alle Schlösser englische Parks; die Bäche, die man überspringen muß, sind nur dazu da, um das Herz der Präsidentin pochen zu machen, die tugendhaften und dankbaren Bauersleute nur dazu, um ihre empfindsame Seele in die Falle zu locken. Der Salon von Madame de Rosemonde enthält einen Whisttisch, Bergèren, den Stickrahmen der kleinen Volanges in einer Fensternische, ein Ruhebett. Immer gibt es ein Ruhebett oder eine Ottomane. Auch in Paris bei Madame de Merteuil. In Paris wie auf dem Schloß dient sie nur einmal, nämlich zu der gleichen Szene stummer Geständnisse: beabsichtigtes Geständnis bei Madame de Merteuil, die kunstvoll ihre Pose wählt, um durch eine hingebende Stellung (eine gewollte, aber nicht erheuchelte) Prévan zu ködern; unwillkürliches Geständnis bei Madame de Tourvel, die sich zum erstenmal von der Süße des Begehrtwerdens ganz umhüllen läßt, ohne eine Geste, ohne ein Wort. Es ist um die Sommermitte. Die Frauen tragen lange, lose gearbeitete Kleider aus leichtem Stoff; Schleiertüchlein verhüllen oder enthüllen, wenn nötig, ihre Schultern und ihre Brust. Cécile schläft halbnackt in ihrem zerwühlten Bett, dessen weiße Vorhänge aufgezogen sind, und hört Valmont nicht, der, die Blendlaterne in der Hand, zur Türe hereinkommt. So stellt sie in der Ausgabe von 1796 ein Stich von diskreter Liederlichkeit dar. Seltsam berührt der Kontrast zwischen dieser Diskretion und dieser

Liederlichkeit, zwischen dem ruhigen und schlichten Rahmen, dem ruhigen und höflichen Dasein im Schloß und der Entfesselung des Schluchzens in der Nacht, dem im Verborgenen fließenden Blut, dem Stöhnen des vergewaltigten kleinen Mädchens und vielleicht erregender noch ihrem Kichern und ihrer Willfährigkeit. Das währt vier Monate lang, von Anfang August bis Ende November, die Dauer eines Feldzugs, ein wenig länger als eine Jahreszeit. Ein schöner und siegreicher Feldzug, eine prächtige Jagd, das Wild wird zur Strecke gebracht. Alles begibt sich dort unter der Maske, im Schutze von Höflichkeiten oder verschlossenen Türen in einer seltsamen Stille mit heimlichem Kommen und Gehen, mit fein ersonnenen Finten, mit ängstlichen Seufzern; der Knoten schürzt sich in grausamem Schweigen, der nur durch Skandal und Tod gebrochen werden wird. Und dann wird das, was in den Kammern ins Ohr geflüstert wurde, auf dem Dach der Häuser ausgerufen werden.

Und siehe da! Ein neuer Skandal bricht aus: Diese Geheimnisse kommen an den Tag. Das hängt mit einer Besonderheit zusammen, die man, weil sie auf einer damaligen literarischen Mode beruht, für unwichtig halten möchte und die doch wesentlich ist: Man legt uns Briefe vor. Obzwar erdichtet, machen sie doch den Eindruck des Bekenntnisses, des äußersten vertraulichen Sichgehenlassens, wodurch ihre Veröffentlichung wie ein Verrat, wie eine Beschimpfung par excellence wirkt. Der Hauptschimpf, der in gewissen *Romans noirs* die Wüstlinge ihren Opfern antun, besteht darin, sie vor mehreren Zeugen nackt auszuziehen. Jeder Leser der *Liaisons dangereuses* ist ein solcher anrüchiger Zeuge, der sein Vergnügen darin findet, Menschen öffentlich entblößt und wider ihren Willen zur Schau gestellt zu sehen. Hier wird die Sache kompliziert, denn man ist zwar gern bereit, sich auf diese Weise zu vergnügen, aber es ist schwieriger, es einzugestehen. Laclos bekam es zu spüren. Sobald sein Buch erschien, sah sich dieser ehrenwerte und unbekannte Artillerieoffizier berühmt und zugleich ausgestoßen. Auf dem schönen Einband des Exemplars der *Liaisons dangereuses* in vier Duodezbändchen, das Marie-Antoinette gehörte – man kann es in der Bibliothèque Nationale in Paris besichtigen –, fehlt sowohl der Name des Verfassers als auch der Titel des Werkes. Alle lasen Laclos, niemand wollte ihn mehr kennen. »Wenn ich mit ihm allein wäre, bekäme ich Angst«, sagte die Marquise de Coigny und weigerte sich, ihn zu empfangen. Machte man ihm ernsthaft den Vorwurf, in der Gestalt seines Helden sich selbst gemalt zu haben? Das ist kein Grund. Noch nie hat jemand Angst vor Valmont gehabt, wenigsten keine Frau. Laclos, »gelb und dürr, schwarz gekleidet«, jagt Schrecken ein, entweder weil er erfindet – dann ist er ein Teufel, denn man muß ein Teufel sein, um die Wahrheit zu erfinden –, oder aber, weil er nicht erfindet – dann ist er ein Verräter, die schlimmste Sorte von Verräter, der Spitzel für die gute Sache, der Spion aus edler Absicht. Es gibt gegen ihn keine andere Verteidigung, als zu sagen, daß er lügt, und seine edlen Absichten zu leugnen. Daß im Jahre 1782 der Hauptmann Choderlos de Laclos, der sich auf der Insel Ré zwischen seinem Glacis und seinen Hohlgeschossen langweilte, sich der Niederschrift eines rächerischen Buches widmete, um den Abscheu vor dem Laster und die Liebe zur Tugend zu predigen, das glaubt keiner, außer ihm. Die gute Gesellschaft weiß nur eines: Er wurde in den Salons empfangen, man hat sich vor ihm nicht geniert, und er ist hingegangen und hat alles ausgeplaudert – natürlich lauter Unwahrheiten. Woraufhin man nichts Eiligeres zu tun hat, als die Modelle zu den Personen seines Romans zu finden. Man findet deren gleich zehn für eine. Madame de Merteuil? Ihr richtiger Name ist Marquise de Coigny (dieselbe, die so große Angst hatte), Madame de Genlis, die Marquise de Sassenage und so weiter. Und Valmont? Nun, der Graf de Tilly wäre stolz darauf, Valmont zu sein, wenn er sich traute, es zu sagen. Valmont, das ist Lauzun, das die Richelieu, Valmont nennt sich Legion. Er verkörpert die Grandseigneurs des Jahres 1778, von denen Stendhal in Neapel eine Liste fand in einem »sehr skandalösen« Manuskript des Generals Laclos, wie er sagt, mit Anmerkungen über ihren Lebenswandel. Stendhal, ein junger Leutnant der Italien-Armee, ist dem alten Laclos, General der Artillerie, begegnet. Er hat alle Chancen: Als Kind hatte er in Grenoble in den Familien Beyle und Gagnon eine Madame de Montmaur gesehen, eine reiche, alte, geistreiche Dame, die hinkte. Die Grenobler hielten sie für das Urbild der Madame de Merteuil; Cécile Volanges sei Mademoiselle de Blacons, Madame de Tourvel sei die Präsidentin de Vaux gewesen. Gewiß, sagen die Gelehrten, es handelt sich bestimmt um Grenoble, wo Laclos sechs Jahre in Garnison lag, und er selbst gibt es zu, aber keine der Zuschreibungen ist sicher, und die Person, die er selbst mit den großen

Anfangsbuchstaben L.T.D.P.M. als sein Modell bezeichnet, könnte eher Madame de la Tour du Pin Montauban sein. Man besitzt ihre Personalbeschreibung auf einem während der Schreckenszeit ausgestellten Paß: schwarzes Haar, schwarze Augen, weiße Haut, ein Schönheitsmal unter dem rechten Auge. Auch sie hinkte. Eine seltsame Übereinstimmung oder eine Verwechslung; jedenfalls hat sich Laclos, der, seiner Gewohnheit gemäß, über das Körperliche seiner Helden hinwegsah, dieses Merkmals nicht bedient. Und doch ist das Nachziehen eines Fußes beim Gehen eine der sagenhaften Eigenschaften des Teufels – und bei einer hübschen Frau ein Reiz mehr. Prévan ist angeblich Herr de Rochech . . ., sagt Laclos; das ergibt Herr de Rochechouart oder de la Rochechinard; alle beide sind Offiziere, einer von ihnen Grenobler. Über die andern Personen seines Romans wahrt Laclos Schweigen, erklärt aber ausdrücklich, daß er einer Madame de Tourvel nie begegnet sei; diese rührende Gestalt entspringt ganz seiner Einbildungskraft, ist seine liebste Schöpfung, sein Ideal. Anderseits gibt es zwischen 1783 und 1789 in Frankreich keine einzige Garnison, wo man dem durchreisenden Fremden nicht eine Marquise de Merteuil, einen Vicomte zeigte. Eine so allgemeine Zustimmung, so entrüstet man sich auch gab, beweist zumindest, daß das von Laclos enthüllte Geheimnis ein öffentliches Geheimnis war. Wenn das sich aber so verhielt, warum so viel Entrüstung und Geschrei? Das ist leicht zu verstehen: *Eine* Sache ist es, sich vor Freunden und Gleichgestellten dessen, was man ist, nicht zu schämen, ja sogar zu rühmen; eine andere, davon ganz verschiedene, plötzlich sein Konterfei und Ebenbild in den Händen und unter den Augen Unbekannter und ihnen auf Gnade und Ungnade ausgeliefert zu wissen. Die Zurschaustellung, sei es am Pranger auf dem Grèveplatz oder in den Blättern einer Zeitung (oder eines Buches), galt, wenn sie jemandem auferlegt wurde, immer als eine entehrende Strafe. Sowohl die Galakarossen als auch die Karren der zum Tode Verurteilten bieten gleichermaßen ein Schauspiel, aber das eine ist das Gegenteil des andern: Für jene, die in ihm die Hauptrolle spielten, bestand der riesengroße Unterschied zwischen Freiheit und Zwang, zwischen Ruhm und Schande. Tatsächlich fehlen nur noch wenige Jahre, bis durch die Rue und den Faubourg Saint-Honoré die Karren der zum Tode Verurteilten zu rollen beginnen, beladen mit jungen Frauen, deren einziges Verbrechen ist, der Marquise de Merteuil an Rang und Cécile an Herkunft zu gleichen. So sieht die Huldigung aus, die ein tugendhaftes und empfindsames Volk der Keuschheit darbringt: Es schneidet den unschuldigen Sinnbildern der Ausschweifung den Kopf ab. Laclos hätte, wie ein Hohenzoller, sagen können: »Das habe ich nicht gewollt«; und doch war er einer von jenen, die sie auf die Guillotine geschickt haben. Die revolutionäre Tragweite seines Buches ist eklatant: Wenn auch die Begebenheiten, die er an den Tag bringt, extreme Beispiele anführen, so sind sie doch nur in einem ganz bestimmten gesellschaftlichen Rahmen vorstellbar, in dem der privilegierten Klasse erlaubt ist, sich einzig mit ihrem Vergnügen zu beschäftigen. Ein guter Vorwand, das Privilegium zu vernichten, wenn es sich so schlecht bewährt. Hat er es vernichten wollen? Er setzte hinter seine Unterschrift Freimaurerzeichen; er verfaßte für die Besitzungen des Herzogs von Orléans – dessen Geheimsekretär er nach seinem Austritt aus der Armee wurde und dessen böser Geist er, wie die Royalisten sagten, war – den Text der für die Eingaben der Stände bestimmten Beschwerden. Dieser Text war so glänzend geschrieben und so heftig, daß er, wie die später erschienene Flugschrift von Sieyès, den meisten Beschwerdeschriften der andern Bezirke als Vorbild diente. Wenn es wahr ist, daß die Ereignisse des 5. und 6. Oktobers in Versailles auf ein orleanistisches Komplott zurückgehen, dessen geheimes Ziel die Ernennung des Philippe von Orléans zum Generalstatthalter des Königreichs war, so ist Laclos auch hier verantwortlich. Wie Valmont von Cécile, sagt er damals von seinem Gebieter, den der schöne Beiname Philippe-Egalité und die Zustimmung zum Königsmord nicht vor der Guillotine retten konnte: »Ich bearbeite ihn.« Und wieder ist es Laclos, der das englische Geld verteilt, das Zusammenrottungen und Aufruhr fördert. In diesem Getümmel vergißt der Mann der Tat, der er geworden ist, den Romancier nicht, der er war. Im Jakobiner-Klub rühmt er sich einmal seiner *Liaisons dangereuses* als eines revolutionären Ehrentitels: »Die grausamen oder schändlichen Szenen, mittels derer die Romanciers die verruchten Charaktere, die sie uns vorführen, entlarvten und bekämpften, blieben weit hinter der Wirklichkeit zurück«, läßt ihn das *Journal des Amis de la Constitution* sagen, als er von den Memoiren des Marschalls de Richelieu spricht. Und er fügt hinzu: »Die Revolution war für die Wiederherstellung der Sitten nicht minder nötig als für die

Schaffung der Freiheit.« Die Memoiren werden zur Rechtfertigung des Romans herangezogen, die Tatsachen kommen dem politischen Mythus zu Hilfe – was will man mehr? Laclos ist stolz darauf, und er hat recht. Dem, was anekdotisch und bruchstückhaft vorlag, hat er eine Wirklichkeit im Reich des Geistes, eine Wahrheit im Reich der Legende gegeben. Er bringt das böse Gerede der Leute mit dem Traum zur Deckung. Das Schauspiel einer so gesicherten persönlichen Ungebundenheit, wie es die eines Valmont oder einer Madame de Merteuil ist, hat etwas Luxuriöses, Unerreichbares, aber zugleich Herausforderndes, das in der Tat an Mythus und Traum grenzt und nur im Tod seine Sühne findet. Wie die von Laclos geschilderten Personen, Unschuldige und Schuldige gleichermaßen, in rasender Schnelle der Katastrophe und dem Tod zutreiben, hat nicht nur eine psychologische Bedeutung, sondern auch einen prophetischen Sinn: Die Menschen, die er der göttlichen Gerechtigkeit opfert, waren dazu bestimmt, Opfer der Volkswut zu werden. Ein geheimnisvolles, ein magisches Hingezogensein der französischen Aristokratie zu den Bildern des Unglücks rief das Unglück auf ihre Häupter herab, so wie man den Teufel heraufbeschwört, wenn man ihn nennt. Das Kapitel der Abtei von Saint-Denis beantragte, die »barbarischen« Grabmäler der Könige von Frankreich zu beseitigen, weil sie das Chor der Abteikirche beengten – dieselben Grabmäler, die Alexandre Lenoir weniger als zehn Jahre später für sein *Musée des Monuments Français* mit schwerer Mühe rettete, indem er die von ihnen gehüteten Gebeine preisgab. Die Tapisserien der Apokalypse in Angers dienten dazu, den Dachstock der Kathedrale gegen Wasser abzudichten, bevor man die kostbarsten verbrannte, um aus ihnen die Goldfäden zu ziehen. Die Grandseigneurs errichteten in ihren Parks künstliche Ruinen – man nannte sie Staffagen wie auf Gemälden – in Erwartung der wahren, von der Feuersbrunst geschwärzten Ruinen. Die Prinzessinnen vergossen über Clarissa Harlowe und die Neue Heloïse süße Tränen – in Erwartung der bittern Tränen über den geschändeten Leib und den abgetrennten Kopf der Prinzessin de Lamballe. Man denkt unwillkürlich an die nervösen und weinerlichen Kinder, denen die Eltern schließlich eine Ohrfeige geben: »Damit du weißt, warum du weinst!« So waren wohl auch die Leser Laclos' insgeheim darüber schockiert, daß er sie aus ihren sentimentalen Wonnen weckte und gang und gäbe

Begriffe zertrümmerte, die schon das romantische Zeitalter ankündigten: Das Schlagwort von der angeborenen Reinheit der jungen Mädchen zerstört er in der Gestalt der Cécile Volanges, das Schlagwort von der Beständigkeit der ersten Liebe in der Gestalt Dancenys und endlich und vor allem das Schlagwort von der Heiligkeit der Tränen. Man sieht in den *Liaisons dangereuses* (außer ein einziges Mal Valmont, weil er »im Schwung« ist, und ein anderes Mal Madame de Merteuil aus wohlerwogener Absicht) nur die hintergangenen Personen an der Grenze des Tragischen (Madame de Tourvel und Cécile) oder des Lächerlichen (Madame de Volanges) weinen. Tatsache ist, daß während der folgenden hundert Jahre die Partei der Tugend – wenn man das Tugend nennen darf – den Sieg davontrug. Das Blut der Revolutionen und der Kriege hat die Wonnen, die Delirien der Tränen so sehr gerechtfertigt, daß die *Liaisons dangereuses* in die staubigen Verstecke der Buchläden verwiesen, von 1815 bis 1875 von allen Polizeibehörden verboten und von der öffentlichen Meinung der verdächtigen Gattung zugezählt werden, die man Kolportageliteratur nennt. Indes, sobald die Revolution vorüber war, die Privilegien abgeschafft, die Urbilder der Dargestellten bedeutungslos geworden waren, hätte der Skandal, der durch Schlüsselromane erregt zu werden pflegt, in dem Maße, als die Zeit verstrich, seine Daseinsberechtigung verlieren müssen. Welche Gefahr verkörperte dieses Buch, welche ihm innewohnende, sowohl von den Umständen seiner Veröffentlichung wie von dem Willen seines Verfassers unabhängige Gefahr?

Es gibt deren mehrere. Die erste scheint das böse Beispiel zu sein. Da sind zwei Personen, die die Verführung selbst sind, die sich durch nichts in ihren Ausschweifungen hemmen lassen, weder durch die Moral noch durch das Mitleid, ja nicht einmal durch die Liebe. Der Tod allein kann sie bändigen. So könnte man also Moral und Mitleid für nichts zählen, für nichts sogar die Liebe, und unter dem Schutz des schönen Scheins die erregendsten und teuflischsten Anschläge ins Werk setzen? Alle Männer werden ein Valmont sein wollen, alle Frauen, soweit man sie gewähren läßt, eine Madame de Merteuil. Seltsam genug: Wenn man an die Vorbilder denkt, die in den *Liaisons dangereuses* zur Nachahmung reizen könnten, denkt man weder an Cécile noch an Madame de Tourvel, die doch jedem Wesen von gesundem Menschenverstand eine Lehre sein müßten. Bei Cécile ist das selbstverständlich.

Wie könnte man wünschen, so viel Verachtung einzuflößen, auch wenn man sie nicht verdient? Wie ist es vorstellbar, daß die Noblesse der Seele, der Edelmut, die leidenschaftliche Ehrlichkeit, die große Liebe der Präsidentin nicht imstande sein sollen, jemanden zur Nachahmung zu verlocken? Das kommt daher, daß – bei Wahrung aller Unterschiede – Cécile und die Präsidentin unter die selbe Rubrik fallen: Sie sträuben sich mehr oder weniger gegen ihr Schicksal, aber ihr Schicksal ist ihnen auferlegt. Was immer sie tun, sie bleiben passive Geschöpfe. Sie erdulden, haben niemals die Wahl. Man empfindet das um so stärker, als ihr Schicksal Fleisch und Blut hat: Valmont ist ihr Schicksal, Valmont ist ihre Niederlage. Während selbst in der Katastrophe, in der Valmont stirbt und die Marquise untergeht, eine gewisse luziferische Unabhängigkeit bestehen bleibt – schließlich hat jeder von den beiden sie gewollt – der Tod des einen, der Ruin der andern sind die Folge ihrer eigenen Handlungen, ihres Bündnisses und ihres Bruches –, brechen die andern zusammen, als ob sie ihre Einwilligung dazu gäben, so wie Don Juan dem steinernen Komtur die Hand reicht. Don Juan, das ist Madame de Merteuil: Es ist unmöglich, das letzte Bild zu vergessen, das Laclos uns von ihr gibt, noch unverwüstet durch die schwarzen Blattern und vor der Flucht, wie sie stumm und mit undurchdringlicher Miene vor der Menge verharrt, die murrt und sich zusammenschart, um sie zu beschimpfen. Gibt es zwischen ihrer hochmütigen Tapferkeit, zwischen ihrer dämonischen Größe und ihrer Sittenlosigkeit ein hinreichend zwingendes Band, so daß man verlockt wird, alles an ihr zu bewundern, alles in Bausch und Bogen nachzuahmen, so daß die Ansteckung unvermeidlich ist und die Begegnung mit ihrer Person verhängnisvoll wird, mit einem Wort, so daß sie in den Zeilen eines Buches ebenso gefährlich ist, wie sie im Leben war? »Wir wollen unsere Frauen, unsere Töchter mit einem so perversen, so verworfenen Geschöpf nicht verkehren lassen«, sagen die Ehemänner, die Väter und die Polizeipräfekten. Eine sonderbare Huldigung, die der Macht der Literatur dargebracht wird, indem man die Phantome in Druckerschwärze ebenso fürchtet wie lebendige Menschen. Wenn die beiden Hauptgestalten Laclos' sich noch damit begnügten, zu existieren, doch nein, indem sie einander beraten, sich gegenseitig Fehler verweisen, belehren sie auch. Die zweite Gefahr des Buches besteht angeblich in ihrer Lehre. Eine höchst einfache Lehre, die sich in der erstaunlich banalen Feststellung zusammenfassen läßt, daß man Liebe und Wollust trennen kann. Cécile entdeckt es in den Armen Valmonts: »Ich liebe Herrn de Valmont nicht«, schreibt sie, »ganz im Gegenteil, aber es gab Momente, wo mir war, als ob ich ihn liebte.« Danceny, zwar weniger scharfsichtig, ist dennoch bei Madame de Merteuil auf dem selben Wege. Aber sowohl die Marquise als auch Valmont brauchten nie von jemandem etwas zu lernen. Und warum nicht? Alle jungen Burschen, alle Männer, denen Gesetze und Sitten seit dem Anfang der Welt erlaubt haben, sich ein flüchtiges Vergnügen zu leisten und dafür zu bezahlen, wissen sehr gut, wann es sich um Vergnügen und wann um Liebe handelt: Sie suchen das eine und finden manchmal aus Zufall oder als Zugabe die andere. So erging es Valmont: Er wollte seinen Sieg und sein Vergnügen mit der Präsidentin, und er begegnete der Liebe – zu stolz und zu leichtfertig, um sich ihr hinzugeben, ist er doch viel zu bewußt, als daß er sie nicht erkennte. Daran ist nichts Neues. Wenn aber bei Männern das Wissen um diese elementare Unterscheidung berechtigt und gefahrlos ist, so will doch ein seltsames Vorurteil, daß es bei wohlerzogenen Frauen schändlich sei, wie wenn die Unwissenheit einen Schutz böte (das Gegenteil ist wahr, das zeigt sich bei Cécile: »Man hat sie im Kloster nicht gelehrt, wie vielen verschiedenen Gefahren die schüchterne Unschuld ausgesetzt ist«, sagt Valmont von ihr), wie wenn das Wissen, daß es eine Wollust ohne Liebe gibt, alle jungfräulichen Mädchen, alle treuen Ehegattinnen zu professionellen Dirnen oder Messalinen machen müßte. Die Einfalt vom Lande und das kleine weiße Gänschen, der reine, der strahlende Engel haben einige Jahrhunderte gebraucht, um zu sterben. Aber daß die Lektüre der *Liaisons dangereuses* auch nur eine einzige Ophelia auf den Schlüsselblumenpfad getrieben hat, der ins Verderben führt – das ist zum Lachen. So unbekümmert und leichtfertig ein Mädchen auch sein mag, es gehört doch mehr dazu: zum mindesten die Gelegenheit und meistens die Liebe oder das, was man für Liebe hält. Wenn Madame de Rosemonde Danceny gegenüber zu dem Schlusse gelangt, daß er in erster Linie die Verantwortung für die Vergehungen Céciles trägt, so hat sie nicht ganz unrecht. Gewiß hätte es auch ein anderer sein können, aber ein anderer, den sie geliebt oder den zu lieben sie geglaubt hätte. Früher oder später wäre sie sicher ins Verderben gerannt. Man kann sich nicht vorstellen, was ein

Geschöpf wie Cécile hätte retten können, außer vielleicht das Wissen um das, was ihr bevorsteht – außer vielleicht die Lektüre der *Liaisons dangereuses*.

Lassen wir die Gefahr beiseite, so steht doch fest, daß diese Lektüre einen Schock versetzt, einen Schock, der durch die Gewohnheit kaum abgeschwächt wird. Weshalb? Vielleicht aus zwei Gründen, von denen keiner mit dem augenscheinlichen Inhalt des Buches zu tun hat, der die Geschichte einer Rache ist (durch die alle getroffen werden, ausgenommen der, dem sie gilt: denn schließlich wird er immer noch eine andere Blondine finden). Man hat sofort den Eindruck, daß die von Madame de Merteuil gesponnene Intrige nur ein Vorwand ist. Sie glaubt vielleicht an ihre Rache, doch eben nur obenhin, nämlich in dem Maße, als die Tänzerinnen an das Thema des Balletts glauben, das ihnen ihre Pirouetten und ihr Wirbeln ermöglicht, den Flug mit ausgebreiteten Armen über die Bühne hin, wie der Schatten eines Vogels. Denn gerade das ist es, was sie tut und dessen Anblick bezaubert: Sie entfaltet ihre Talente auf einer imaginären Bühne, sie tanzt und macht die andern tanzen mit einem subtilen Wissen um ihre Gaben und die der andern und, wenn es nötig ist, mit Peitschenschlägen. Das Gefährliche und Spielerische in dieser Schaustellung wie bei den Evolutionen der Seiltänzerinnen oder der Tierbändigerinnen hinter Käfiggittern, die gleichfalls halbnackt und flimmernd sind, bildet den ersten Grund des Schocks, den man bei jedem neuen Lesen des Buches empfindet: Er ist fast körperlich. Der zweite Grund ist geistiger Natur und dringt mehr in die Tiefe: Es handelt sich um die Wahrhaftigkeit, mit der jede der Personen von sich spricht, um die Schärfe, mit der sie sich sieht und sich bejaht. Wenn man eine Maske anlegt, so für die andern, nie vor dem Spiegel. Madame de Merteuil ist das extreme Beispiel dafür: Sie weiß, daß sie von Stolz und von der Lust am Wagnis weit mehr geleitet wird als von der Sucht nach Vergnügen. Um ihretwillen könnte man den *Liaisons dangereuses* den Untertitel »Die Hoffart« geben, welche die erste der sieben Todsünden ist, und das Buch könnte zur Illustration der Aphorismen Nietzsches über den Willen zur Macht dienen. Die Ziele, auf die dieser Wille sich richtet, sind so unbedeutend, daß man ihn gewissermaßen in seiner Nacktheit wahrnehmen kann. Er gewinnt dadurch das Aussehen eines Kristalls, mit vielen Flächen glitzernd und unangreifbar; nichts kann seiner Herr werden, er muß von innen heraus in tausend Splitter zerspringen. Was im Punkte der Selbsterkenntnis für Madame de Merteuil gilt, gilt gleichermaßen für jeden der andern: Wenn sie lügen, wissen sie es, und niemals täuschen sie sich über sich selbst. Der verliebte Valmont weiß, daß er verliebt ist – daß er sich dagegen wehrt, heißt nicht, daß er sich dessen nicht bewußt ist. Die schuldig gewordene Cécile weiß, daß sie schuldig geworden ist – wenn sie sich darüber tröstet, ist es purer Leichtsinn, nicht Heuchelei. Danceny gibt sich nur den Anschein, als nähme er seine Kaprice für Madame de Merteuil für Liebe, weil Zärtlichkeit Mode ist und man im übrigen höflich sein muß. Der arme Junge, er ist durch die Mode so verbogen und viel zu jung, als daß er gelernt haben könnte, natürlich zu sein (was die Mädchen ganz von selbst sind, zum Beispiel Cécile). Dancenys Briefe, selbst die an Cécile gerichteten, sind ganz gespickt mit Redensarten, die er glaubt anwenden zu müssen, um den vollkommenen Liebhaber zu spielen; seine Briefe an die Marquise sind von einem Pathos, das in seiner Art ebenso lächerlich ist wie das der Preziösen bei Molière. Die Marquise macht ihm gegenüber daraus kein Hehl. Gewiß hat sie allen Grund zum Ärger, wenn sie sich sagen muß, daß es sie soviel Mühe kosten wird, ihn zurechtzubiegen. Aber das Unglück biegt ihn schnell zurecht: Er gewinnt mit einem Schlage Würde, um an Madame de Rosemonde zu schreiben, als er alles verloren hat. Im übrigen veranlaßt uns der »Ton« der Briefe, aus welchen die *Liaisons dangereuses* bestehen, zu einer Bemerkung: Die Männer drücken sich weniger glücklich aus als die Frauen. Danceny verwickelt sich in Modefloskeln, gewiß, aber es gibt Momente, in denen Valmont aus verschiedenen Gründen nicht mehr taugt. Vom Anfang bis zum Ende bilden die Briefe, die er mit Madame de Merteuil tauscht, ein mustergültiges Gefecht; die Gegner, die zugleich Spießgesellen sind, sind stets einander gleich und auch sich selber gleich, und die Florette werden erst in der letzten Sekunde entsichert; aber die Briefe an die Präsidentin, die die schönsten sein sollten, erstens, weil der Beruf, um nicht zu sagen, das Handwerk eines Verführers erfordert, daß Valmont vollkommene Liebesbriefe zu schreiben versteht, zweitens, weil die wahre Liebe, die er für Madame de Tourvel empfindet, dem Handwerk nachhelfen müßte – nun, diese Briefe an die Präsidentin sind mißraten. Sie sind imstande, in Madame de Tourvel Illusionen zu wecken, weil Madame de Tourvel Valmont vom ersten Tage ihrer Begegnung an liebt. Vom ersten Tage an kämpft sie weit eher gegen sich selbst als gegen ihn. Man muß verliebt sein, bis zum Wahnsinn verliebt, um Tränen über so kalte Erklärungen zu vergießen, die so ungeschickt vorgebracht werden und deren Listen so durchsichtig sind. Die Marquise, der nichts entgeht, hat mit Valmont Mitleid und kanzelt ihn ab. »Viel zu gezwungen, zu berechnet«, sagt sie. »Ihr Männer mit Grundsätzen«, fügt sie verächtlich hinzu. Es handelt sich um die ersten Briefe. Die letzten sind noch schlimmer: eine sentimentale Salbaderei, deren einzige Wirkung Langweile ist. Die Präsidentin hat recht, wenn sie sie ungelesen zurückschicken will. Im übrigen ist ihr Inhalt für sie ohne Wichtigkeit: Ein Brief des geliebten Wesens existiert außerhalb dessen, was er ausdrückt, er ist ein magischer Gegenstand, der den Abwesenden ersetzt und den Durst nach seiner Gegenwart lindert. Aber die Grundsätze eines Lovelace, die die Marquise Valmont zum Vorwurf macht, schaden ihm nur indirekt. Er läßt sich so sehr vom Spiel der Zweideutigkeit hinreißen, von der unmöglich scheinenden Aufgabe, die Wahrheit zu sagen, um besser zu lügen, daß er die Sicherheit seiner Hand wiederfindet; abgesehen von dieser einzigen Ausnahme fühlt er sich, wenn er an Madame de Tourvel schreibt, nicht dadurch geniert, daß er lügen muß, sondern daß er die Wahrheit sagt und doch nicht ganz sagt. Wäre er nur verliebt und willigte darein, es zu sein, so würde er ihr, wie alle Welt in diesem Fall, einfach schreiben: »Ich liebe Sie« (oder so ähnlich); wäre er nichts als ein Wüstling, er würde ohne Scheu mit ihr sein Spiel treiben wie an jenem Abend bei Emilie. Kurzum, er wäre in beiden Fällen frei. Seine Malaise kommt daher, daß er nicht frei ist, denn er liebt Madame de Tourvel und schämt sich, daß er sie liebt, schämt sich aber auch dessen, daß er nicht allein ist. Man kommt sich beim Lesen seiner Briefe an sie nicht indiskret vor, während man diese Empfindung sehr heftig hat, wenn man die der andern liest – nicht indiskret aus dem guten Grunde, weil seine Episteln an die Tourvel nicht für eine einzige Person geschrieben sind, sondern für drei. Sie sollen Madame de Tourvel überzeugen, sie sollen *auch* Madame de Merteuil, und endlich sollen sie Valmont selbst überzeugen: Sie haben die Aufgabe, die Niederlage der einen, den Beifall der andern zu sichern und Valmont einen Spiegel vorzuhalten, in welchem sein stets unverändertes Ebenbild ihm beweist, daß er nicht abnimmt, daß er dem idealen Valmont aufs Haar gleicht, dem Valmont-Mythus, den er mit solcher Sorgfalt aufgebaut hat, teils, um sich selbst zu gefallen, teils, um der Marquise nachzueifern. So absurd es klingen mag, Valmont hat etwas von den Gestalten Corneilles, wie jene setzt er die Meisterung seiner selbst über die Liebe; und die Sorge um sein Ansehen, um seinen Ruhm, wenn man es so nennen will, führt in ihm einen unablässigen Kampf mit der Leidenschaft. Seine Autoreneitelkeit, sein Bestreben, nach den Regeln zu triumphieren (wie die Ärzte bei Molière ihre Kranken nach den Regeln in den Tod beförderten), zieht ihn nach der einen, seine Liebe zieht ihn nach der andern Seite. Bei einem Menschen, der so leicht wiegt, ist der Ausgang des Kampfes nicht zweifelhaft: Weder die Leidenschaft noch die Ruhmbegierde siegt, der einzige Besiegte ist er selbst. Mag er sich auch noch so sehr als Werkzeug zur Meißelung seiner eigenen Statue gerieren, sich mit Hilfe der Zurechtweisungen und Ratschläge der Marquise noch so sehr bemühen und sich noch so sehr aufspielen – im Grunde fehlt es ihm an den nötigen Gaben, und er geht unter, hauptsächlich, weil Madame de Merteuil beschlossen hat, mit ihm zu brechen. Nie ginge er, sich selbst überlassen, so weit, weder im Guten noch im Bösen. Die Sorge um sein Ansehen, sein Streben nach Ruhm tragen im Katechismus einen recht banalen Namen: Furcht vor dem Urteil der Welt. Es kommt selten vor, daß die Furcht vor dem Urteil der Welt bis zum Verbrechen führt. Hier ist es der Fall. Valmont mordet Madame de Tourvel aus Furcht vor dem Urteil der Welt, um nicht verspottet zu werden, damit man nicht von ihm sagen kann, daß eine von ihm verführte Frau über sein Herz Macht gewonnen habe. Er tötet sie so sicher, als ob er sie, wie ein Romanheld bei Marquis de Sade, mit eigenen Händen erwürgen würde. Allerdings töten die Gestalten des Marquis de Sade auf ihre eigene Rechnung und zu ihrem eigenen Vergnügen, während Valmont im Auftrag der Marquise tötet und ohne sich dessen bewußt zu sein, was das ganze Ausmaß seiner Schwäche erkennen läßt. Nach dem Gesetz der Tragödie ist es richtig, daß er stirbt und daß, obzwar schwer getroffen, die Marquise es ist, die ihn überlebt; er ist nicht Manns genug, er wird niemals Mitglied der Vereinigung der Freunde des Verbrechens sein (die Marquise wohl). Er ist bösartig, aber ohne Rückgrat, bösartig, aber unsicher. Er sucht stets nach Stützen und nach Beweisen. Sogar seine Opfer sind selbst noch in ihrem Erliegen sicherer als er. Was nützt es ihm, daß er alle seine

Nächte damit verbringt, Cécile die Ausschweifung zu lehren? Madame de Merteuil macht ihn darauf aufmerksam: Cécile ist eine glänzende Schülerin, aber er ermüdet sich vergeblich, alle ihre Gedanken gelten nur Danceny. Was nützt es ihm, die Präsidentin erobert und dann verhöhnt zu haben? Er stirbt verzweifelt, besser gesagt: Er stirbt vernichtet; er sieht das Phantom eines Valmont, um dessentwillen er so lange an sich gearbeitet hat, zusammenbrechen, verleugnet das, was er für sein wahres Ich hielt, das Werk seines ganzen Lebens, und findet sich genarrt und schuldig wieder, verliebt und menschlich. Danceny, der ihm als blasse Folie dient, verleugnet seine Natur wie er. So besteht eine Art Parallele zwischen der Charakterschwäche der männlichen Gestalten und ihrem mangelhaften Ausdrucksvermögen, denn das, was sie ausdrücken, ist die Vorstellung, die sie sich von sich selbst machen oder die sie bei andern von sich selbst zu erwecken wünschen, nicht das, was sie wirklich sind. Sobald ihr Ideal versagt, ihre Grundsätze sie im Stiche lassen, merken sie, daß sie mit ihren Grundsätzen nicht verwachsen, sondern anders sind, als sie zu sein glaubten. Bei den weiblichen Gestalten findet das Gegenteil statt: Sie sind in erstaunlicher Weise sich selber treu. Ob sie Valmont Widerstand leistet oder ihm nachgibt, ob sie sich in Sicherheit glaubt oder ihre Niederlage eingesteht, Madame de Tourvel hat in ihrem Verhalten immer die gleiche Reinheit, immer etwas Unberührtes und Ergreifendes, von zitterndem Leben durchpulst und zugleich voller Ruhe, eine Noblesse, die sich nie verleugnet, nie mit sich feilschen läßt. Die Schurkenhaftigkeit ihres Geliebten kann ihr das Herz zerfleischen, sein grausames Vorgehen sie töten, aber all dies kann aus ihr keine andere machen. Weder Unglück noch Tod können etwas in ihr auslöschen; sie ist ohne Künstlichkeit, ohne Schminke. Der Tod wird sie ihrer Farben berauben, aber, weiß und kalt, wird sie doch diese göttliche Sanftmut bewahren, gegen die selbst Valmont machtlos war. Unglück und Tod geben sie nicht ihrer Wahrheit zurück, denn sie hat stets in ihrer Wahrheit gelebt. Sie stirbt, wie sie im Leben war, ihre Liebe ist intakt. Auch die erbärmliche kleine Cécile bleibt von der ersten bis zur letzten Seite sich selber ähnlich und hat, um dem Gewitter zu entfliehen, die gleiche Anpassungsfähigkeit an die Umstände, die gleiche Gewandtheit zur Verfügung, mit denen sie sich in die Gelegenheit schickte und der Lust darbot. Sie war verschlagen und verschwiegen und bleibt es auch, sie weinte, und sie weint noch immer. Sie wird aus dem Kloster schon wieder herauskommen, deswegen braucht man sich keine Sorge zu machen, es wird dazu, wie stets, nur der Gelegenheit bedürfen. Können die Schmach, der pekuniäre Ruin, die Blatternarben aus Madame de Merteuil eine andere machen? Nein. Sie ist entstellt, was eine Art der Brandmarkung durch das Schicksal bedeutet, da sie nicht durch das glühende Eisen des Scharfrichters gebrandmarkt werden kann – aber verändert ist sie nicht. Nach dem grausamen Witzwort, das Madame de Volanges zitiert, »hatte die Krankheit sie umgestülpt, jetzt war ihre Seele auf ihrem Gesicht«. Mag sein, doch ist es immer noch ihre Seele. Man erkennt es daran, daß sie keine Reue zeigt, keine Verzeihung erfleht, sich weder beklagt noch weint – die einzige Gestalt in den *Liaisons dangereuses*, die niemals weint (Weinen aus Verstellung zählt nicht). Diese verächtliche Gefühllosigkeit, ebenso hart gegen sich selbst wie gegen die andern, das ist ganz sie und das junge Mädchen, das sie war: die kleine Spartanerin von noch nicht fünfzehn Jahren im Reifrock, die, da sie keinen Fuchs hat, der ihr die Brust zerfleischt, sich darin übt, sich willentlich Schmerzen zuzufügen und dabei ein vergnügtes Gesicht zu zeigen. Als Kind schwieg sie; nun schweigt sie wieder; sie führt und empfängt die letzten Schläge schweigend, und schweigend entschwindet sie in Nacht und Exil.

Wenden wir uns von den Personen des Romanes ab und seinem Autor zu, so ist vielleicht das bemerkenswerteste, wie Laclos nach dem Erscheinen des Buches es in seinem Leben erst bestätigt und dann negiert. Weder sein Äußeres, noch seine Herkunft, noch seine Erziehung beriefen ihn von vornherein zur Rolle eines Lovelace oder zum Richter über solche Wüstlinge. Er war groß – ein Meter achtzig oder sogar dreiundachtzig, aber schmalschultrig –, hatte schwarze Haare, graue Augen, ein intelligentes Gesicht, einen aufmerksamen Blick ohne irgend etwas, das fesselt oder anzieht. Von hohem Adel wie Lauzun oder Richelieu (dem jedermann das Recht zuerkannte, als erste und wichtigste Beschäftigung die Liebe zu haben) war er keineswegs, sondern aus bürgerlicher Familie, wohl spanischen Ursprungs, die erst jüngst in den niedern Adel erhoben worden war. In den offiziellen Urkunden wird er schlicht mit Edler von ... bezeichnet. Sein Wappen hat tragische Farben: schwarze Speere und rote Flammen auf silbernem Grund. Er ist ein Provinzler, geboren am 19. Oktober 1741 in

Amiens, wo sein Vater Sekretär bei der Intendanz der Picardie und des Artois war. Pierre-Ambroise erhielt die Erziehung der Aspiranten von la Fère in einer der berühmten Militärschulen, aus denen in der folgenden Generation die künftigen Generäle der Revolution hervorgehen sollten, vor allem Bonaparte. Die Artillerie, die er wählte, war das strengste Korps. Mit zwanzig Jahren war er Oberleutnant und trug die berühmte Uniform: königsblau mit roten Aufschlägen und goldenen Knöpfen. Das war 1761, im Jahr, da die *Nouvelle Héloïse* erschien, was, wenn man nach dem durchschlagenden Erfolg des Buches urteilen darf, bedeutet, daß damals die Mode der empfindsamen Herzen und der Tugend begann. Zwanzig Jahre später schwimmt Laclos, der sich von den Abenteuern seiner Jugend inspirieren läßt (oder sie fortsetzt), gegen den Strom. In der Zwischenzeit ist zu der Mode der Tugend traurigerweise noch die der Gräberliebe hinzugekommen: Bonaparte liest in Brienne Ossian. Laclos macht nicht mit; um auch bei sich ein empfindsames Herz und eine zärtliche Seele zu entdecken, muß er sich erst mit einem Knalleffekt seiner Dämonen entledigen: *Les Liaisons dangereuses* erschienen 1782. Aber das ist noch nicht alles, so einfach geht das nicht. Im Jahre 1783, nach einem jener halbjährigen Urlaube, auf welche die Offiziere unter dem alten Regime in Friedenszeiten ein Recht hatten und die ihnen erlaubten, ein wenig Hofluft zu atmen, wird Laclos, immer noch mit dem Titel eines Hauptmanns beim Touler Regiment, nach La Rochelle geschickt, um dort ein Zeughaus zu errichten. Umrauscht von Ruhm und von Skandal, trifft er dort ein und findet, so erzählt man, ein ihm passendes Quartier in der Rue Saint-Antoine in einem Haus, das einen Garten hat. Die Mauer dieses Gartens bildete zugleich die Grenze des Gartens eines andern Hauses, in dem eine Madame Duperré wohnte, deren zweiundzwanzigstes und jüngstes Kind namens Guy der berühmte Admiral unter Louis-Philippe werden sollte. Madame Duperré, damals schon Witwe, besaß den distinguiertesten Salon der Stadt und unter ihren zweiundzwanzig Kindern eine achtzehnjährige Tochter namens Marie-Soulange. Als Marie-Soulange von der Anwesenheit Laclos' erfuhr, rief sie aus: »Wir werden niemals zulassen, daß Herr de Laclos in unserem Salon erscheint!« Man hinterbrachte das Laclos, und Laclos (oder Valmont) erwiderte: »Ich wünsche mich zu verheiraten; noch ehe sechs Monate um sind, wird Mademoiselle Duperré meine

Frau sein.« Marie-Soulange war sehr hübsch, mit kleinen Gesichtszügen, ganz rosig, große, dunkle Augen, ein sehr süßes Lächeln, schwarzes Haar in kurzen Locken, sie war klein und zierlich. Der lange, dürre Mann, den sie nicht sehen wollte, der zweiundvierzig Jahre alt war und der sie so kaltblütig zum Ziele seines ehelichen Feldzugs machte, wie hat er es diesmal angestellt? Tatsache ist, daß er Erfolg hatte. Sie verliebte sich rasend in ihn, und er in sie (infolge einer höheren Gerechtigkeit, die man so schön die poetische nennt). Im dritten Stock des Hauses, in dem Marie-Soulange wohnte, gab es ein ovales Boudoir, dessen geschnitzte Täfelungen allegorische Darstellungen der vier Jahreszeiten zeigten. Der Chronist, der es gesehen hat, äußert verschämt, daß seine Bestimmung nicht zweifelhaft sein konnte. Eine der Füllungen dieser Täfelung ließ sich als Tür zu einer geheimen Treppe im Mauerwerk öffnen. Die Treppe führte in einen Keller hinunter, von wo aus eine andere Treppe aufstieg, um in ein gleichfalls ovales Boudoir im ersten Stock eines Nachbarhauses zu münden, nämlich – es ist zu schön, um wahr zu sein, ist aber, wie es scheint, dennoch wahr – im Hause von Laclos! Ein anderer Chronist, der die Gelegenheit benutzt, um Marie-Soulange als ein kleines Nichts zu behandeln, berichtet, daß sie am 1. September 1784 eines unehelichen Kindes genas, das unter dem Namen Etienne Fargeau in das Taufregister eingetragen wurde, zweifellos eben jener Etienne, der älteste Sohn von Laclos und Marie-Soulange, ein unruhiger Geselle und begeisterter Soldat, der kein Buch lesen wollte, außer den *Liaisons dangereuses*, und während der letzten Kämpfe von 1814 bei Bac-en-Berry tapfer in den Tod ging. Aber an der Wende dieser drei Jahre zwischen 1783 und 1786, nach der nach allen Regeln der Kunst bewerkstelligten Verführung und den Zusammenkünften in den Régenceboudoirs, beginnt das Dementi, das Laclos sich selber gibt: das wunderbare, friedevolle, ein ganzes Leben währende Glück, glühende Zärtlichkeit, Treue und Liebe in innigem Verein. Im April 1786 erhielt er die Genehmigung zur Heirat mit Marie-Soulange. An ihrem Hochzeitstage, dem 3. Mai, legten die beiden den ersten Stein zum Zeughaus, und man hat in der Mauer des Waffensaals noch eine gravierte Kupfertafel gefunden, auf der eine Inschrift zugleich der »Gründung dieses Gebäudes und ihres Glückes« gedenkt. Fünfzehn Jahre später schreibt der General Laclos, der damals in Italien die Artilleriereserve der Armee Marmont befehligt, aus

Turin, aus Mailand zärtliche Briefchen an seine Frau: er tröstet sie darüber, daß sie zu dick geworden ist, spricht ihr von den Kindern, Etienne, Soulange und Charles, und wiederholt unzählige Male, daß sie »noch immer anbetungswürdig, noch immer angebetet ist«. Zwanzig Jahre nach ihrer ersten Begegnung, 1803, stirbt er, zweiundsechzigjährig, an Fieber und Ruhr in den Sümpfen von Tarent, wo er die Küsten in Verteidigungszustand setzen sollte. Er stirbt ohne Ruhm, ohne Freunde, ruiniert, allein und verzweifelt darüber, allein zu sein. Auf dem Gebiete des Ehrgeizes ist ihm alles mißlungen. Er hat seine Karriere als Erfinder, als Techniker verfehlt – die Denkschrift über Vauban oder vielmehr gegen Vauban, die er kurz nach seiner Heirat veröffentlicht hatte, war ihm bei seinem Avancement hinderlich; seine Erfindung der Hohlkugel, die das erste Stadium der Granate darstellt, trug ihm weder Achtung noch einen Namen ein, und wer erinnert sich daran, daß er als erster ein System zur Numerierung der Pariser Straßen vorschlug, das später zum Teil angewandt wurde? Er hat seine Karriere als Revolutionär verfehlt – der Fürst, dem er diente, wurde enthauptet, und wenn er selbst der Guillotine entrann, so lag das, behauptet die Legende, daran, daß er im Gefängnis von Picpus die Reden Robespierres verfaßte, dennoch brachte ihm der Tod Robespierres die Befreiung; wenn andere aus ihrer Tätigkeit bei den Jakobinern Vorteil zogen, so ging er aus der Revolution als ebenso verdächtiges, ebenso ruhmloses Subjekt hervor, wie er in sie eingetreten war. Endlich hat er seine militärische Karriere verfehlt – er war einer der Organisatoren des Sieges bei Valmy, irrte sich aber über den Ort der Schlacht und versäumte sie. Das Feuer eines Gefechts sah er zum ersten Male in Italien mit neunundfünfzig Jahren, doch ohne persönlich einzugreifen, er erhielt seine Befehle von großen, meist schlecht erzogenen Burschen, die halb so alt waren wie er und scheffelweise die Triumphe einheimsten, denen er sein ganzes Leben lang vergeblich nachgejagt hatte. Gewiß hat er seinen eigenen Triumph von ganz anderer Art erlangt. Tilly läßt in seinen Memoiren Laclos von den *Liaisons dangereuses* sagen: Er sei entschlossen gewesen, ein Werk zu verfassen, das von dem gewöhnlichen Weg abweiche und von dem die Erde noch widerhalle, wenn er nicht mehr sei. Aber das ist eine von jenen Wahrheiten, die man erst *post festum* entdeckt. Es scheint vielmehr, daß er das Buch zur Zerstreuung, in seinen Mußestunden und gleichsam zufällig geschrieben hat. Es wird in seinen Jugendwerken – Gedichten und komischen Opern von bestürzender Plattheit – durch nichts angekündigt; ebensowenig erinnert etwas an die *Liaisons dangereuses* in den Schriften, die auf sie folgen und in die er doch offensichtlich seinen ganzen Ehrgeiz gesetzt hat. *»L'Education des Filles«* zum Beispiel ist ein in der Manier Rousseaus geschriebener Erguß zu Ehren der »natürlichen Frau«, dessen Abgeschmacktheit durch den geschraubten Stil noch erhöht wird; und dennoch lassen sich zwei Seiten retten, in denen der Verfasser der *Liaisons dangereuses* wieder zu sich selbst findet: Es handelt sich um Ratschläge zur Verführung für den Gebrauch junger Mädchen. So daß, abgesehen von dieser Ausnahme (die in Wirklichkeit keine ist), sein Meisterwerk nicht als ein Meisterwerk unter belanglosen Hervorbringungen erscheint, sondern als ein ihm fremdes Werk, geschrieben von einem Doppelgänger, der an seiner Statt das Wort ergriffen hat. Die *Liaisons dangereuses* hatten sich derart von ihm abgelöst, um sich im Ruhmesglanz zu verklären, daß er gewissermaßen nicht mehr verantwortlich für sie war. Hierin liegt ein Widerspruch, der zu all den andern, aus denen sein Schicksal zusammengefügt ist, trefflich paßt: Der zweite Teil seines Lebens widerspricht dem ersten (wenn es wahr ist, daß seine Jugendabenteuer zu der Gestalt Valmonts beigetragen haben); als Offizier der Landarmee wird er nach zahlreichen Garnisonen im Landesinnern, in Toul, Straßburg, Grenoble, Besançon, Valence und wieder Besançon paradoxerweise in Seehäfen verschlagen. Da ist, der Küste der Charente gerade gegenüber, die Insel Aix – die selbe, von der Napoleon, als er sich auf den »Bellerophon« einschiffte, die von Laclos errichtete hölzerne Festungsanlage sah –, dort gibt der Offizier, weil er sich langweilt, seinem Leben einen Sinn, und zwei Jahre später, in La Rochelle, findet er, sozusagen um eine Wette zu gewinnen, wie in den Romanzen die ewig währende Liebe. Die Insel Aix ist flach, sandig und voller Binsen, und die Charentegegend, wohin man damals die Galeerensträflinge verbannte, war von Sümpfen durchzogen und mit Fieber verseucht. In einem andern Seehafen, in einem andern Sumpf- und Fieberland ist er gestorben, und auf einer andern Insel, wo er ein anderes Fort erbaute, der Insel San Paolo in der Bucht von Tarent, begrub man ihn. 1815, bei der Rückkehr der Bourbonen, wurde der Rest seiner sterblichen Hülle anläßlich eines Aufstands ins Meer geworfen: Man züchtigte den ehemaligen Jakobiner. So bleibt von ihm nichts als das Intimste, von dem man niemals wissen wird, ob es für ihn das Wesentliche war oder nicht: das, was er von der Liebe, der Hoffart und der Ausschweifung wußte und mit sehr kleinen, ordentlichen und leserlichen Schriftzügen sorgfältig numerierten Blättern anvertraut hat, wie König Midas sein Geheimnis dem Schilfrohr anvertraute, um es sich vom Hals zu schaffen.

Titel des französischen Originals: ›Les liaisons dangereuses‹
Deutsche Übersetzung von Hans Kauders
Mit 28 Illustrationen von Erhard Göttlicher, Hamburg

Gestaltung Klaus Detjen, Hamburg
Schrift 10 Punkt Baskerville (Monotype)
Satz LibroSatz Johannes Witt GmbH, Kriftel
Papier holzfrei weiß geglättet Werkdruck, 100 g/qm ›Sinfonie‹
der Papiergroßhandlung Ernst A. Geese, Hamburg
Lithographie Fischer Repro Technik GmbH, Frankfurt am Main
Druck Johannes Weisbecker, Frankfurt am Main
Bindung Großbuchbinderei Monheim GmbH, Monheim
ISBN 3 7632 3928 6 · Printed in Germany 1991